샬럿 스트리트

CHARLOTTE STREET
by Danny Wallace

이 도서의 국립중앙도서관 출판예정도서목록(CIP)은
서지정보유통지원시스템 홈페이지(http://seoji.nl.go.kr)와
국가자료공동목록시스템(http://www.nl.go.kr/kolisnet)에서 이용하실 수 있습니다.
(CIP제어번호: CIP2015007831)

샬럿 스트리트

Charlotte Street

대니 월리스 장편소설

엄일녀 옮김

문학동네

일러두기

1. 주석은 모두 옮긴이주이다.
2. 본문 중 고딕체는 원서에서 이탤릭체나 대문자로 강조한 부분이다.

런던의 삶과 사랑만큼
단조로운 것은 없지.
시골에서 올라온 여자들을 쫓아다니고
속사포 같은 클릭 열두 번으로 세상을 바꾸지.

〈사진 속 아가씨〉, 킥스

"좋은 여자지…… 떠났지만."

호비스 프레슬리*

* 현실적이고 솔직한 유머로 사랑받은 영국의 시인 겸 스탠드업 코미디언.

엘리엇에게

차례

London
Luck and Love

프롤로그

그 사건은 화요일에 일어났다.

영화였다면 쾅 하는 효과음도 났겠지만, 쾅 소리 따윈 없었다.

쾅도, 탕도, 탁도, 끼익도 딸가닥도 없었다.

다만 역사 수업중에 창문에서 섬광이 번쩍했고, 순간 유성이 핑 날아드는가 싶더니 곧 찬바람이 몰아쳤다.

이런 사건이 화요일에 일어날 리가 없다. 역사 다음은 미술 시간, 이런 것도 아니고.

녀석을 본 순간 나는 몸을 부르르 떨었다. 그런데 묘하게도, 녀석 못지않게 날씨도 뚜렷이 눈에 들어왔다. 상처투성이의 앙상한 나무들과 이 빠진 낡은 철책 너머로 부옇게 드리운 회색 비의 장막.

마치 꿈에서 뭔가 나쁜 일을, 뭔가 일어나서는 안 되는 일을 목격하는데 몸이 말을 듣지 않고 한 발짝도 움직일 수 없을 때와 비슷했다. 경고를 하려고 아무리 기를 쓰며 부르짖어도, 혀가 꼬이고 발음이 새면서 통 알아들을 수 없게 되는 꿈 말이다.

차라리 꿈이었다면 좋았을 텐데.

녀석을 뭐라고 불러야 하나? 무장 괴한? 이야기가 시작되기도 전에 이런 상황이라니 너무 드라마 같지만, 녀석은 정말 총기로 무장한 괴한이었다. 저기 길 건너편 대략 9층 높이에서, 자기가 쏜 첫 발에 만족한 듯 희희낙락거리며 지금 또 라이플의 공이치기를 잡아당겨 재장전하고 목표물을 찾고 있다.

무장 괴한이란 말이 무색하지 않다.

"자. 모두 일어서. 가자."

침착하게. 짧은 말로. 신속하게.

"지금 당장."

어느새 나는 교실 한가운데에 있다. 마음 같아서야 이 상황에 아주 잘 대처할 수 있을 것 같지만, 사실 내가 무엇을 할 수 있겠는가. 나는 고개를 돌려 길 건너 아파트를 다시 죽 훑어보고, 녀석이 있는 곳을 찾아낸다.

녀석은 웃고 있다. 녀석의 친구도 웃고 있다.

"네? 어디로요?" 누가 물었다. 아마 제이디프였을 것이다. 아니면 내가 맨날 이름을 까먹는 그 요상한 헤어스타일의 아이였을지도. 선생들이 흔히 팔방미인이라고 부르는 그런 애 있잖은가. 학생을 보호하라고 월급 받는 입장에서 나는 본능적으로 그 아이의 앞을 막아섰다. 마치 그애가 선생에게 질문을 함으로써 공격 목표가 되기를 자초하기라도 했다는 듯.

"복도, 가거라"라는 대답이 내가 할 수 있는 최선이었다. 당장이라도 뒤통수로 탄환이 날아들 것 같았지만 나는 애써 침착한 척 결연하게 도망치고 싶은 욕구와 싸웠다.

"저기요……" 한 아이가 말했다. "저기……" 나는 아이들을 바라보았다. 아이들 얼굴에서 내가 느끼고 있는 공포감이 여실히 드러났다. 아이들은 지금 눈앞에서 무슨 일이 벌어지는지 이해하려고, 그 의미를 파악하려고 안간힘을 쓰고 있었다.

"자, 지금 당장, 애나, 어서 가."

"선생님……"

목소리에 섞인 떨림, 두려움. 그것은 순식간에 전염되어 교실 전체에 퍼질 것이다.

"문으로 나가는 거야."

아이들은 벌벌 떨며 움직였고, 그러다 몸놀림이 점차 빨라졌는데, 무장 괴한 소식이 전교에 퍼지는 것만큼이나 빨랐다. 경찰차가 도착하고, 총을 들고 헬멧을 쓰고 방패를 앞세운 경찰들이 개를 데리고 출동한 것만큼이나 빨랐다. 아이들은 곧 평소의 모습으로 돌아왔고, 유리창에 얼굴을 들이밀고 내려진 베니션블라인드 사이로 바깥을 훔쳐봤다. 여덟에서 열 명쯤 되는 무장 경찰들이 앨마로즈 아파트의 계단을 쿵쿵거리며 올라갔다. 나머지 경찰들은 바짝 긴장해서 눈썹을 잔뜩 찡그린 채 해볼 테면 해보라는 듯 우리의 총잡이가 있는 곳을 노려보았다.

경찰이 녀석을 끌고 나오자 아이들은 환호성을 질렀다. 환호성은 사건이 일단락되었다는 첫번째 신호였다. 아이들은 선두의 진압대에 박수갈채를 보냈고, 경찰들에게 큰 소리로 이런저런 농담을 걸어댔고, 머리 위의 헬기를 향해 신나게 지저거렸다…… 하지만 아이들은 아까 내가 본 것을 보지 못했다.

나는 교실에서 마지막으로 나온 사람이었다. 세라에게는 나중에 얘기할 생각이었다. 세라는 주류상에 들러 리오하 포도주 한 병과 스텔라 맥주 여덟 캔들이 한 꾸러미—의사 처방전 없이 그녀가 구할 수 있는 유일한 약이었다—를 사서 곧장 집으로 달려와 나를 꼭 끌어안고 내 어깨에 머리를 기댔다. 나는 세라에게 아이들은 무사하다고, 애나 링컨과 벤 파월이 교장실로 달려가 도움을 청할 동안 나는 아이들과 같이 있었다고, 그러나 그땐 랜짓이 이미 999에 신고를 하고 아마 트위터에도 소식을 올린 후였을 거라고 얘기해주었다.

실제로 나는 그 교실에서 겨우 일이 초가량 더 지체했을 뿐이다. 도대체 이게 실제 상황인지, 녀석이 정말로 우리한테 총을 쏴댈 수가 있는 건지, 내가 혹시 착각해서 실수로 비상벨을 울린 건 아닌지 머릿속으로 되새기고 있었다.

그때 녀석이 다시 웃었다. 그리고 다시 총을 들어 겨냥했다.

그때처럼 나 자신이 혼자임을 절감했던 적이 없다. 그때처럼 나 자신을 돌아봤던 적이 없다. 내가 어떤 사람이고, 어떤 사람이 못 되고, 어떤 사람이 되고 싶은지.

다음 순간 내 얼굴에서 몇 센티 떨어지지 않은 곳으로 또 한차례 유성이 핑 날아들더니, 뒤쪽 벽에 맞고 튀어나와 바닥에 탕탕 튕기며 나아갔다.

바로 그때였어요, 의사 선생님. 제 속에서 뭔가 탁 하고 부서져 버린 게.

하나

(그녀 때문에) 삐뚤어졌어*

(She) Got Me Bad

먼저 자기소개부터 해야 할 것 같다.

나는 당신이 누구인지 안다. 당신은 이 책을 읽고 있는 독자다. 이유가 어찌됐든 장소가 어디든, 그게 당신이고 우린 곧 친해질 것이다. 당신이 아무리 아니라 해도, 에이, 아닐 리가 없잖은가.

그렇다면 나는?

내 이름은 제이슨 프리스틀리.

아, 지금 당신이 무슨 생각을 하는지 다 안다. 이렇게 생각하겠지. 어? 1969년 캐나다에서 태어났고 미국 인기 텔레비전 드라마 〈베벌리힐스의 아이들〉의 모범생 브랜던 월시 역으로 유명한 그 제이슨 프리스틀리?

* 각 장의 소제목은, 록과 솔을 결합한 음악으로 1970~80년대를 풍미한 미국의 남성 듀엣 '홀 앤드 오츠'의 곡 제목에서 따왔다.

당신의 이 지극히 합리적인 질문에 대한 내 대답은 뜻밖에도 아니요, 다. 나는 그 제이슨 프리스틀리가 아니다. 동명이인이다. 나는 캘리도니언 로드에서 폴란드인이 운영하는 신문 가게 옆 비디오게임 가게 2층에 사는 서른두 살 먹은 제이슨 프리스틀리다. 다들 그 신문 파는 집이 윤락업소인 줄 아는데 실제로는 아니다. 이 제이슨 프리스틀리란 사람은 여자친구한테 차여 싱글이 된 후 저널리스트라는 꿈을 이루기 위해 노스런던의 삼류 학교 부주임 교사 자리를 박차고 나왔으며, 싸구려 식당과 형편없는 영화를 두루 섭렵해 리뷰를 써서 사람들이 받아들기는 하지만 읽어보지는 않는 지하철 무가지에 싣는다.

그래, 나는 바로 이런 제이슨 프리스틀리다.

게다가 곤경에 처한 제이슨 프리스틀리이기도 하다.

내 앞에는—바로 여기, 이 테이블 위에, 내 코앞에—조그만 플라스틱 상자가 하나 있다. 생각해보니 요 조그만 플라스틱 상자 하나 때문에 상황이 바뀔 수도 있었다. 아니 최소한, 일이 다르게 흘러갈 수도 있었다.

그리고 지금 당장이라도, 다른 길을 택할 수 있다.

요 조그만 플라스틱 상자 안에 무엇이 들었는지는 모른다. 그럼 나중에는 알게 되려나, 그것도 모르겠다. 그 점이 이 곤경의 핵심이다. 알려고 들면 알 수도 있다. 한 시간 내에 상자를 열어 내용물을 살펴보기만 하면 확실히 알 수 있다…… 그 속에 희망이 있는지 없는지.

하지만 열어본다고 해도, 그 속에 희망이 있다고 해도, 그냥 그게 다라면 어쩔 텐가? 그냥 한줌의 희망뿐이라면? 그 희망이란 것이 알고 보니 별거 아니라면?

희망이라면 아주 질색하는 이유 중 하나—내가 아주 경멸하고 세상 어느 누구도 인정하려 들지 않는 것—는 뜻밖의 희망은 뜻밖의 절망으로 가는 가장 쉬운 지름길이기 때문이다.

그럼에도 불구하고 그 희망이란 놈이 이미 내 안에 들어왔다. 내가 초대하지도 기대하지도 않았는데, 어찌된 일인지 불쑥 쳐들어온 것이다. 아무 근거도 없이. 그녀가 나를 힐긋 쳐다봤고, 그 찰나의 시선에서 뭔가…… 느껴졌다는 점을 제외하곤.

그때 나는 샬럿 스트리트의 한 모퉁이에 서 있었다.

아마도 오후 여섯시쯤이었고, 웬 아가씨가—그래, 우린 여자가 등장하리라는 걸, 등장해야만 한다는 걸, 노상 등장하게 마련이라는 걸 피차 잘 알고 있다—손에 짐을 바리바리 들고 택시 문짝과 씨름하고 있었다. 그녀는 파란색 외투를 입고 멋진 구두를 신고 생전 듣도 보도 못한 이름이 박힌 하얀 쇼핑백과 상자를 잔뜩 들고 있었다. 심지어 힐스*라는 쇼핑백에서는 선인장이 고개를 삐죽 내밀고 있었던 것으로 기억한다.

나는 그대로 지나갈 생각이었고, 런던에서는 원래 다들 그러니까, 솔직히 말하면 거의 지나치던 중이었는데…… 그 아가씨가 선인장을 떨어뜨릴 뻔했다. 그러다 상자들이 한꺼번에 기우뚱했고, 그녀는 상자들을 부여잡고 균형을 유지하느라 엉거주춤 몸을 구부려야 했는데, 왠지 모르게 그 모습이 그렇게 귀엽고 예쁘고 안쓰러워 보였다.

* 생활 잡화 및 인테리어 용품 전문 매장.

그때 그 아가씨가 몇 마디 분별없는 단어를 내뱉었는데, 당신 할머니가 서성이다가 이 페이지를 보실지도 모르니까 굳이 언급하지는 않겠다.

피식 새어나오는 웃음을 참으며 택시 기사를 쳐다봤는데, 그 양반은 스포츠 채널을 들으며 담배만 피울 뿐 꿈쩍도 하지 않았다. 그래서 나는—나도 왜 그랬는지 모르겠다. 아까도 말했다시피, 여기는 런던인데—도와드릴까요, 하고 물었다.

그러자 그녀가 나를 보고 방긋 웃었다. 뭐라 말할 수 없이 근사한 미소였다. 어느새 나는 남자라면 당연히 그래야죠, 저만 믿으세요 모드가 되어 무슨 일이든 척척 해내는 잡역부처럼 그녀의 상자와 쇼핑백을 들고 있었고, 그녀는 끊임없이 어디선가 솟아나는 듯한 상자와 쇼핑백 들을 택시 안으로 밀어넣으며 "고맙습니다, 정말 친절한 분이시네요" 하고 말했다. 바로 그 순간이었다. 그 시선, 찰나의 눈빛에서 아까 말했던 뭔가가 느껴졌던 것이다. 그것이 모든 일의 시작 같았다. 그러나 성미 급한 기사 양반이 독촉을 해댔고, 밤공기는 찼고, 우리 둘 다 뭔가 다른 말을 하기에는 너무나 전형적인 영국인이었기에, 그녀는 그저 "고맙습니다"와 예의 그 미소를 반복했을 뿐이다.

그녀가 택시 문을 닫았고, 나는 택시의 미등이 도시 속으로 사라지는 모습을, 그 뒤로 희망이 짤그랑거리며 질질 끌려가는 모습을 지켜보았다.

그리고 그때—모든 상황이 끝난 것 같았던 그 순간—나는 아래를 내려다보았다.

내 손에 뭔가 들려 있었다.

조그만 플라스틱 상자.

나는 상자 앞에 적힌 문구를 보았다.

35밀리미터 일회용 카메라.

택시를 향해 소리치고 싶었다. 카메라를 번쩍 치켜들고 그 아가씨한테 빠뜨린 게 있다고 알려주고 싶었다. 순간 머릿속에서 망상이 꼬리에 꼬리를 물었다. 그 아가씨가 허겁지겁 돌아오면 커피 한잔 하자 말하고, 그녀가 실은 와인 한잔이 간절하다고 말하면 그러마 하고 와인 한 병을 사고—왜냐면 병으로 사는 게 가격 면에서 합리적이니까—그다음엔 빈속에 마시면 안 좋다는 합의에 이르고, 또 그다음엔 둘 다 일을 그만두고 조그만 보트를 사서 시골에서 치즈를 만들기 시작하는 것이다.

하지만 아무 일도 일어나지 않았다.

자동차 타이어가 끼익 긁히는 소리도, 기어가 드르륵 걸리며 멈추는 소리도, 후진 깜빡이도, 파란색 외투에 멋진 구두를 신고 미소 지으며 달려오는 여자도 없었다.

다른 택시 하나가 멈추더니 웬 뚱뚱한 남자가 현금지급기 앞에서 내렸을 뿐이다.

희망이란 놈에 대해 내가 무슨 말을 하고 싶은 건지 알겠지?

"자, 어쨌든 다른 얘기 하기 전에 먼저" 하고 데브는 들고 있던 비디오 카트리지를 손끝으로 애지중지 어루만졌다. "이 게임에 대해서 논의해보자. 수왕기* 말이야."

* 일본 비디오게임 전문 회사 '세가'에서 1988년 출시한 아케이드 게임. 고대 그리

나는 나름대로 최대한 벙한 표정을 지으며 데브를 쳐다보았다. 별 효과는 없었다. 우리가 알고 지낸 유구한 세월 동안 이 벙한 얼굴 외에 다른 표정의 나를 데브가 본 적이 있는지나 모르겠다. 분명 이 친구는 내가 대학 때부터 쭉 이런 얼굴이었다고 생각할 거다.

"자, 이 작품은 신비주의를 채용했을 뿐만 아니라, 당연히, 로마 문화에 그리스신화까지 흥미롭게 버무려놨단 말이지."

나는 고개를 돌려 파베우를 쳐다봤다. 그 역시 살짝 정신적 외상을 입은 듯한 얼굴이었다.

"자, 여기 음향효과에서 재미있는 건……" 하면서 데브가 갖고 다니는 열쇠고리의 버튼을 누르자, 거기서 조그맣게 변조된 소리로 용쓰는 듯한 '무우우우더엄에서 이이이러나라!'** 비슷한 말이 흘러나왔다.

나는 손을 들었다.

"그래, 제이스, 질문 있나?"

"왜 그런 소음을 열쇠고리에 집어넣고 다니는 거야?"

데브는 연극적인 몸짓을 더해 한숨을 쉬었다. "어휴, 미안하지만 제이슨, 넌 지금 여기 있는 파베우한테 1980년대 후반에서 1990년대 초반에 걸친 세가 메가 드라이브 게임의 초기 발전사에 관해 설명하는 중이라고. 미국 음악 듀엣 '홀 앤드 오츠'의 작품에 대한 네 개인적 열정을 다뤄주지 못해 미안하지만, 그 얘길 들으려고 파베우가 여기 와 있는 건 아니잖아, 그렇지?"

스를 배경으로 악마에게 납치당한 아테나를 구한다는 설정이다.

** 수왕기의 시작 화면에서 "Rise from your grave(무덤에서 일어나라)!"라는 대사가 알아듣기 힘든 발음으로 뭉개져 나와 이 같은 식으로 종종 패러디된다.

파베우는 씩 웃기만 했다.

파베우는 가게에 와 있을 때면 거의 늘 배시시 웃는 얼굴이다. 대개는 데브에게 빌려준 점심값을 받아내려고 온 거다. 그가 소닉 2와 아웃런의 빛바래고 케케묵은 포스터를 들여다보거나, 이 빠진 게임 카트리지와 바스러지기 일보 직전의 게임 잡지를 들척이거나, 지금 보면 젖먹이가 그린 것 같은 오래전에 단종된 플랫폼 게임과 슈팅 게임에 관한 리뷰를 넘겨보며 가게 안을 서성일 때면 나는 가끔 그의 얼굴을 관찰한다. 요전날 데브는 그에게 세가 마스터 시스템 게임기와 시노비*를 빌려주기도 했다. 1980년대 중반 동유럽에서는 닌자는 말할 것도 없고 마스터 시스템을 구경하기도 힘들었던 모양이다. 최신 엑스박스를 빌려줬다간 데브 말마따나 그 현란한 영상에 파베우의 시신경이 폭발할지도 모르니 그건 빌려주지 않기로 한다.

"어쨌든," 하고 데브는 말을 이었다. "우리 가게의 이름인 '파워업!'도 그 유래를 보면……"

데브가 무슨 짓을 하고 있는 건지 슬슬 알 만하다. 파베우를 지루하게 해서 가게에서 몰아내려는 수작이다. 화제를 독점하라. 괴롭혀서 쫓아내라. 머리에 쓸모없는 지식만 잔뜩 든 사람들이 흔히 사용하는 수법이다. "어라, 너 그거 몰랐냐?"라거나 "당연히 이미 알고 있겠지만……" 같은 말을 툭툭 던져, 상대를 깔아뭉개고 위축시켜 승리를 쟁취한다.

지금 데브는 수중에 땡전 한푼 없을 것이다.

---

* 조 무사시라는 닌자가 주인공인 아케이드 게임.

"파베우, 저 녀석이 너한테 얼마나 빌렸어?" 나는 주머니를 뒤져 오 파운드짜리 지폐를 찾으며 물었다.

데브가 내게 미소를 날린다.

나는 런던을 사랑한다.

런던의 모든 면이 좋다. 궁전과 박물관과 미술관은 확실히 좋다. 하지만 지저분하고 눅눅하고 퀴퀴한 면도 사랑한다. 아니 뭐, 그래, 엄밀히 말해서 그런 걸 사랑하는 건 아니다. 개의치 않는다는 거지. 더이상은. 이젠 익숙해졌으니까. 뭐든 일단 익숙해지고 나면 개의치 않게 되는 법이다. 새로 페인트칠한 지 일주일도 안 된 대문에 누가 낙서해놓은 것을 보게 돼도, 소풍 가서 축축한 진흙 바닥에 피크닉 매트를 펴기 전에 누가 버린 닭 뼈와 사과주 캔을 치워야 해도. 걸핏하면 바뀌는 큰길가의 패스트푸드 체인점이 간판을 세 번이나 바꿔 달았지만—'아브라케바브라'라는 케밥집에서 '피자 디 액션'으로, 그리고 '리얼리 프라이드치킨'으로—늘 그게 그거라고 해도 실망하지 않는다. 그 번쩍거리는 싸구려 디에 왠지 마음이 놓이고, 빤히 드러나는 그 속내에 고무될 때도 있다. 그런 게 바로 내가 매일 보는 런던이다. 관광객들은 다르다. 그들은 도체스터*를 본다. 해러즈 백화점과 근위병의 검정 털모자와 카너비 스트리트**를 본다. 그들이 저 동쪽 끝 마일엔드 로드의 해피쇼퍼 편의점이나 남쪽 변두리 페컴의 추저분한 디스코클럽을 볼 일은 거의

* 잉글랜드 도싯 주의 주도. 고대 로마령 브리타니아의 중심지로 로마 시대 유적이 많이 남아 있다.

** 런던 소호에 위치한 쇼핑가로, 젊은 취향의 스트리트 패션 중심지로 유명하다.

없다. 관광객들은 버킹엄 궁전에 가서 머리 위로 휘날리는 레드 화이트 블루 유니언잭을 보지만, 우리 같은 사람들은 탄두리 궁전에서 단사크 카레를 포장해 집에 와 심플리 레드*를 보고 화이트 라이트닝**을 마시고 보이 밴드 블루 출신의 아이돌 스타 덩컨 제임스를 본다.

이런 것들도 자랑스럽게 여겨야 한다.

아니면 최소한, 익숙해져야 한다.

스톡웰이 포르투갈 음식점들로 유명하고 해링게이 도처에 터키 식당이 깔려 있듯, 요즘 들어 캘리도니언 로드 끄트머리에 폴란드 식당이 좀 들어섰다. 그런 가게들이 생기자 데브는 점심시간을 완전히 새로운 문화를 접하는 기회로 활용했다. 대학 시절, 레스터에서 제일 잘나가는 나이트클럽 붐붐에서 볼리비아 여자애를 만났던 때와 똑같았다. 당시 나는 영문학을 공부했고, 데브는 한 달인가 볼리비아 말을 공부했다. 매일 저녁 데브는 한 페이지 내려받는 데 십 분쯤 걸리는 인터넷에 접속해 스페인어 문장들을 열심히 머릿속에 새겨넣으며 다시 한번 그 여자애와 마주칠 날만을 고대했으나, 그런 일은 두 번 다시 일어나지 않았다.

"운명이란!" 데브는 곧잘 이렇게 넋두리했다. "아아, 운명이란."

그런데 지금은 그 관심이 몽땅 폴란드로 향했다. 지금까지 맛본 치즈 중에서 제일 맛있다면서 신카 치즈를 우걱우걱 먹어대는

* 1985년 결성되어 이십오 년간 활동하며 5000만 장 이상의 앨범 판매고를 올린 영국의 솔 밴드.

** 주로 청소년들이나 노숙인들이 저렴한 비용으로 쉽게 취하기 위해 찾았던 싸구려 사과주. 지금은 단종됐다.

데, 그게 가공 치즈이고 조그만 비닐 포장에 담겨 있으며 맛은 데어릴리* 것과 똑같다는 사실은 철저히 무시하고 있다. 데브는 크로키에티와 크루프니크**를 사고, 별맛 없는 누렇고 두툼한 치즈 덩어리 위에 인공적인 밝은 핑크색이 도는 햄을 시멘트에 자갈 섞듯 섞은 그놈의 신카 치즈도 자꾸 산다. 한번은 비트***를 산 적도 있는데, 먹진 않았다. 그뿐이랴, 영업 종료 시간까지 가게에 손님이 있으면 그게 누가 됐든 반드시 퐁치키 두어 개와 예시노브카**** 한 잔을 손에 든 자기 모습을 꼭 보여주고야 만다. 일단 그 장면을 확실히 각인하고 나서 손님들이 주인장 손에 든 게 도대체 뭐냐고 물어오면, 데브는 "아, 이거 끝내줘요. 퐁치키 드셔보신 적 없나요?"라며 국경을 넘나드는 세계인으로서의 제 모습에 한동안 취해 있는 것이다.

하지만 뻐기려고 그러는 건 아니다. 진짜다. 데브는 본디 심성이 고운 녀석이고, 아마 자기 딴에는 손님을 잘 접대하고 그들에게 유용한 정보를 제공하고 있다고 생각할 것이다. 그래도 그게 제일 게으른 형태의 세계 여행이라는 사실에는 변함이 없다. 내가 아는 사람들 중 가만히 앉아 비디오게임을 하면서 전 세계가 자기한테 제발로 걸어오기를, 녀석이 즐겨 말하듯 뉴비*****의 새로운 물결이 들이닥치기를 기다리는 건 이 녀석밖에 없다. 데브도 물론 세계를 보고

---

* 영국 크래프트 사의 가공 치즈 브랜드.

** 크로키에티는 폴란드식 크로켓, 크루프니크는 꿀과 향신료를 넣어 만든 폴란드 전통 증류주.

*** 폴란드의 대중적인 수프인 바르시치는 비트를 넣어 끓인다.

**** 퐁치키는 주정을 넣고 반죽하여 잼 등 달콤한 재료로 속을 채운 폴란드 전통 도넛, 예시노브카는 블랙베리로 담근 폴란드 전통 브랜디.

***** 신참 혹은 초보자. 특히 컴퓨터나 인터넷 관련 활동에 입문하는 사람을 일컫는다.

싫어한다. 다만 가게 창문 너머로 온 세상을 보는 편을 선호한다는 거지.

이 게임 가게에서 물건을 사기 위해 온갖 군데서 사람들이 온다. 청춘을 되찾으려는 사람들, 컬렉션을 완성하려는 사람들, 왕년에 발군의 실력을 자랑했던 게임을 다시 찾는 사람들. 물론 새로 나온 게임도 있지만, 생계용으로 구색을 맞추려고 갖다놓았을 뿐이다. 사람들이 이곳을 찾는 이유는 그게 아니다. 혹여 새 게임을 사러 왔다 해도 종종 파워업! 추천 목록을 받아들게 된다. 그다음에 데브가 우치다 마코토*를 들먹이는 건 시간문제고, 그쯤 하면 보통 주인장의 우월함을 증명하여 손님들을 겁주어 쫓아내는 데는 부족함이 없다. 이 파운드짜리 '디캡 어택'이나 '미스터 너츠'를 팔 때도 있지만 대개는 빈손으로 내보낸다.

데브네 가게의 매상은 제로에 가깝지만 그에게는 제로에 가까운 정도로도 충분한 것 같다. 브릭 레인**에서 음식점 몇 군데를 운영하는 그의 아버지가 비디오게임 가게에 들어가는 기본 비용은 다 대주고 있어서, 쥐꼬리만큼 남든 어쨌든 가게에서 나오는 수익으로는 햄이 찔끔찔끔 박힌 샤진스카인지 뭔지나 사 먹고 다니는 것이다. 더욱이 데브는 내게 줄곧 잘 대해주고 있으므로 나로서는 그에게 이래라저래라 할 수 없다. 난 여자친구와 주거지를 잃었고, 오후에 가끔 가게를 봐주고 주 1회 크로키에티를 제공하는 것 외엔

* 세가의 유명 게임 개발자. 수왕기, 골든 액스, 에일리언 스톰 등 다수의 게임 개발에 참여했다.

** 벼룩시장과 방글라데시 타운으로 유명하며 전 세계 다양한 요리를 파는 레스토랑들이 밀집한 지역.

사실상 공짜나 다름없이 방을 얻었다.

어느 쪽이 더 문제적 인간인가 하면……

"자, 주브르하고 지비에츠가 있어. 어느 걸로 할래?" 데브는 폴란드 맥주들을 들어 보였다. 어느 쪽이든 제대로 발음할 자신이 없어서 나는 글자 수가 더 짧은 쪽을 택했다.

"아님 여기 어디 레치도 좀 있을 텐데." 그는 맥주 이름을 '레치'*라고 발음하고선 킬킬거렸다. 파베우한테 물어봐서 그 이름이 '레흐'로 발음된다는 걸 알면서도 일부러 그런다. 말하고 나서 한 번씩 킬킬거릴 수 있으니까.

"주브르면 됐어." 나는 난생처음 해보는 발음을 오물거렸고, 데브는 뚜껑을 가볍게 따서 내 쪽으로 맥주병을 건넸다.

나는 데브 뒤편의 거울에 비친 내 모습을 흘끔 보았다.

피곤해 보였다.

이따금 스스로를 보면서 생각한다. 이 정도면 됐나? 그리고 답한다. 응, 이 정도면 됐어. 지금 이 모습이 문자 그대로 가장 나은 내 모습인 테니까. 내일이면 살짝 더 나빠질 테고, 앞으로 쭉 이렇게 조금씩 내리막길이겠지. 비타민과 영양제가 필수다.

지금 내 머리는 딱 삼십대 중반 남자의 헤어스타일이다. 얼마 전까지만 해도 쿨하고 아이러니한 메시지가 담긴 티셔츠를 입고 다녔는데, 진짜 아이러니하게도 그런 티셔츠를 입으면 오히려 그다지 쿨해 보이지 않는다는 걸 깨닫고 그만뒀다.

---

* lech. 영어로 '추근거리는 남자'라는 뜻.

전위적인 헤어스타일에 도전하기엔 너무 늙었지만, 무덤까지 가져갈 스타일을 확정하기엔 너무 젊다. 무슨 스타일을 의미하는지 알겠지. 그때까지 남은 머리카락이 있을 정도로 운이 좋다는 가정하에 결국 우리 모두가 수렴되는 스타일 말이다. 남자의 헤어스타일을 억누르듯 남자의 야망을 억누르는 데 한결같이 일심동체로 협력해온 조용하지만 호전적인 아내와 버릇없는 자식들에게 둘러싸인 채, 숙식과 관광 일체가 포함된 휴양 리조트의 조식 뷔페에서 품이 낙낙한 셔츠를 입고 앉은 남자들 모두가 머리 위에 똑같이 얹고 있는 그 납작하게 풀죽은 헤어스타일 말이다.

내가 그들보다 조금이라도 더 낫다거나 내 야망이 엄청나고 가치 있다는 얘기를 하는 것 같지만, 사실 난 그저 스타일의 과도기에 있는 남자이고, 나 같은 남자는 세상에 널렸다. 이십대와 사십대 사이에 낀 어중간한 단계인 것이다. '삼십대 남자'로 일컬어지는 단계.

내가 문화 월간지 〈배너티 페어〉의 커버스토리를 맡게 되어 편집부에서 나를 크게 다루는 날이 오면 내 사진 밑에 뭐라고 캡션이 달릴지 궁금하다.

헤어: 에인절 지하철역 근처 '토니 & 가이'의 앤절라. 비록 그녀의 손가락에서는 니코틴 냄새가 진동하고 '물어볼게요'를 '묻어볼게요'로 발음하지만.

향수: 링크스 아프리카(남성용). 2.76파운드, 채링크로스의 테스코 메트로.

시계: 스와치("제네바 공항에서 충동구매한 거예요." 그는 너

털웃음을 터뜨리며 솔직히 고백하고, 니스풍 샐러드를 포크로 찍는다. "비행기가 세 시간 지연됐는데 토블론 초콜릿은 벌써 샀거든요!").

의상: 모델 본인 소유(말 그대로 전 세계 누구나 공짜로 얻을 수 있는 톱맨 VIP 10퍼센트 할인 쿠폰 덕을 봤다).

그렇다고 내가 그렇게까지 못난 건 아니다. 햄웨이 스트리트의 스페인 바에서 스페인 모델을 만나 그럭저럭 분위기 좋은 데이트를 한 적도 한 번 있다. 그녀는 내가 '전형적인 영국인'으로 보인다고 했다. 나는 그 말을 에롤 플린*처럼 생겼다는 뜻으로 받아들였는데, 나중에 알고 보니 플린은 호주 사람이었다.

"어휴 무슨 날이." 뭐 대단한 하루를 보냈을 리가 없는 사람치고는 좀 과하다 싶게 데브는 한숨을 내쉬며 말했다. "넌? 오늘 어땠어?"

"뭐, 나쁘진 않았어"라고 대답했지만 실은 정확히 그 반대였다.

오늘 아침 자리에서 일어난 순간부터 재수가 없었다. 우유가 안 왔고, 이건 평소와 그다지 다를 바 없지만, 우편집배원이 문을 쾅 치는 바람에 우편함이 덜커덩거린데다, 사실 결정타는 노트북을 켜고 페이스북을 열었을 때 맞았다. 명치가 뻐근해졌다. 이런 일이 벌어지리라는 건 알고 있었지만, 언젠가 이런 문장이 나타날 줄 알고는 있었지만, 결국 그 문장을 보고야 말았다.

……님이 생애 최고의 순간을 만끽하고 있습니다.

---

* 1930~40년대 할리우드 로맨스 영화에서 모험심 강한 호남 역할을 주로 맡았던 배우.

여섯 단어.

상태 업데이트.

그리고 그 옆에는 세라의 이름이 클릭하기 아주 쉽게 나란히 올라와 있었다.

그래서 나는 클릭했다. 그녀가 떴다. 생애 최고의 순간을 만끽하고 있는.

관둬, 속으로 생각했다. 그만 됐어. 일어나서 샤워나 하라고.

그래서 나는 그녀의 사진을 클릭했다.

그녀는 안도라*에 있었다. 게리와 함께. 빌어먹을 생애 최고의 순간을 만끽하면서.

나는 노트북 화면을 탁 쳐서 닫았다.

내가 보든 말든 상관 안 한다는 건가? 그 사진이 내 화면에 곧장 뜨리라는 걸, 내 명치를 곧장 강타하리라는 걸 깨닫지 못한 건가? 그 사진들…… 그 스냅숏들…… 내가 그녀를 바라보던 시점과 각도에서 찍힌 사진들. 하지만 이제 카메라를 들고 있는 사람은 내가 아니다. 그 순간을 포착하고 있는 사람은 내가 아니다. 그 추억들은 내 것이 아니다. 따라서 나는 간직하고 싶지 않다. 민소매 옷을 입고 햇볕에 그을린 행복한 그녀를 보고 싶지 않다. 칵테일이 놓인 테이블 너머에서 즐겁고 사랑스러운 표정으로 웃음을 터뜨리고 있는 그녀를 보고 싶지 않다. 사소하고 무의미하고 쓰라린 세부 사항—그들은 마르게리타 피자 한 판을 나눠 먹었고, 그녀의 곱슬머리가

* 스페인과 프랑스 사이에 위치한 작은 나라. 프랑스 대통령과 스페인 대주교가 공동 통치권자인 공화제 국가다.

햇빛에 밝게 빛났고, 그녀는 내가 선물한 목걸이를 이제 하지 않았다—을 굳이 찾아내서 눈여겨보고 싶지 않다. 나는 그 어느 것도 원치 않았다. 그런데도 나는 노트북을 다시 열었고, 어찌됐든 사진들을 다시 들여다봤고, 하나하나 자세히 살피면서 모든 것을 머릿속에 저장했다. 어쩔 수가 없었다. 세라는 생애 최고의 순간을 만끽하고 있었고, 나는…… 흠. 뭘 하고 있었지?

나는 나의 마지막 상태 업데이트를 보러 가봤다.

제이슨 프리스틀리 님이…… 수프를 좀 먹고 있습니다.

어이구야. 장하다 장해. 이봐, 세라, 당신이 여행지에서 생애 최고의 순간을 여지없이 만끽하고 있다는 건 잘 알지만, 그래도 불과 지난 수요일만 해도 내가 수프를 좀 먹고 있었다는 건 잊지 말자고.

왜 나는 그녀를 삭제해버리지 않았을까? 왜 그녀를 이 상황에서 제외해버리지 않았을까? 안심하고 인터넷에 접속할 수 있게 해놓지 않았을까? 같은 이유로 내 지갑 속에는 아직도 그녀의 사진이 들어 있다. 그녀의 출근 첫날 사진—커다란 푸른 눈과 루이뷔통. 찢어버릴 용기도, 쓰레기통에 처넣을 엄두도 나지 않았다. 그러면…… 그걸로 끝일 것 같아서. 체념 비슷하게 되어버릴 것 같아서. 그러나 중요한 점은 이것이다. 마음속 깊은 곳에서는, 언젠가 그녀가 나를 삭제할 것임을 알고 있었다. 그러면 진짜로 끝난 거고, 내가 선택할 수 있는 문제도 아니고, 그렇다면 나는 망한 거지. 그래도 마음 한구석으로는 그녀가 그럴 리 없다고 생각하고 있었다. 화장품과 〈그라치아〉*와 클리넥스로 꽉 찬 그녀의 가방 속 어딘가

* 패션과 연예 가십 등을 주로 다루는 여성 주간지.

에 내 사진도 있기를 희망하고 있었다.

역시나, 그놈의 희망이 또 등장하셨구먼. 하지만 이 희망은 언젠가는 무심하고 무참하게 깨질 것이다. 그녀가 게리와 함께 살기로 한다든가, 게리와 결혼하기로 한다든가, 게리와 꼬마 게리를 만들기로 한다든가 할 즈음이면 아마도 나는 그녀의 뇌리에서 까맣게 잊히겠지. 그들은 꼬마 게리를 게리라고 부를 테고, 꼬마는 그 망할 게리를 똑 닮겠지.

결국에 그녀가 나를 삭제할 때에 아마도 나는 여기 혼자 앉아 있겠지. 다들 윤락업소인 줄 아는데 실제로는 아닌 집과 이웃한 비디오게임 가게 2층의 곰돌이 이불이 깔린 우중충한 방에서. 지나고 나서야 문득 스친 생각이 고작 이런 거라니. 이제 더이상 그녀의 인생에 끼어들 여지가 없음을 알리는 화면을 물끄러미 바라보면서. 당신은 이제 더이상 그녀의 사진을 볼 자격이 없다고, 그녀의 친구들이 누군지, 그녀가 언제 숙취에 시달리고 졸리고 지각하는지 알 자격이 없는 것으로 사료된다고 고지하는 화면. 이제 더이상 그녀는 내가 수프를 먹든 말든 관심 없다고 선언하는 화면.

나의 인생.

삭제되었습니다.

비참합니다.

물론 더 나빠질 수도 있습니다.

주브르가 떨어질 수도 있습니다.

한 시간 후 주브르가 떨어졌다.

킹스크로스로 가는 길 중간에 공구 대여점이 있고, 그 옆에 덴이라는 조그만 아이리시 퍼브가 있는데, 데브가 그리로 가자고 했고, 나는 그러자고 했다. 뭐 어때. 누가 알아. 내 생애 최고의 순간을 즐기게 될지.

"아, 들어봐." 데브가 한 손을 저으며 말했다. "근데 누가 안도라에 가고 싶어하는 거야? 안도라에 뭐 좋은 게 있다고?"

더 포그스*가 흘러나오고 있었고, 우리 둘 다 술에 제법 취한 상태였다.

"풍광. 면세 쇼핑. 그 나라는 최고 지도자가 둘인데, 프랑스 왕과 스페인 주교래."

잠시 적막.

"너 위키피디아에서 봤지?"

나는 고개를 끄덕였다.

"프랑스에 왕이 있어?" 데브가 물었다.

"그럼 대통령. 몰라, 기억 안 나. 하여간 놀러가서 생애 최고의 순간을 만끽하기 좋은 곳이라는 거지. 게리라는 이름의 남자하고, 꼬마 게리들—몽땅 꼬마 흉악범처럼 생겼을 거야—같은 자랑거리가 생기기 전에 놀러갔다 와서는 보트를 한 척 사고 시골에서 치즈를 만드는 거야."

"너 지금 뭔 소리 하는 거냐?"

"세라."

"세라가 꼬마 흉악범처럼 생긴 아기들을 가졌어?"

"아마도." 발음이 꼬였다. "지금 막 또하나 뽑아냈을걸? 세라의

---

* 1982년 결성된 영국의 켈틱 펑크 밴드.

흉악한 아기들이 세계를 정복할 거야. 〈아라크네의 비밀〉*에서처럼 아기들이 막 증식해서 퍼지는 거야. 사람들 얼굴에 달라붙어서 그 쪼끄만 주먹으로 마구 두들겨패는 거지."

데브는 나의 통찰력 있는 예언을 곰곰 생각해보았다.

"이 친구 전에는 안 이랬는데." 데브가 말했다. "내 친구는 어디 갔어? 이 투덜이는 누구야?"

"그게 나야." 내가 말했다. "투덜이 스머프. 지난주에 집에 전화했는데 엄마가 그러더라고. '더럼엔 당최 오질 않는구나. 집에는 아예 발을 끊을 거냐?'"

"그러게 더럼의 본가에는 당최 왜 안 가는데?"

"자꾸 옛 생각이 나잖아. 뒤돌아보게 되니까. 어쨌든 세라한테는 이런 문제 따위 없겠지. 조그맣고 흉악한 아기를 가질 테니까."

"세라가 설마 흉악한 아기를 낳겠어? 게리는 투자은행가 비슷한 일을 한댔지?"

"투자은행가라고 흉악한 아기가 안 생기는 건 아니지." 나는 손가락을 들어 허공을 찌르며 이 문제에 대해서는 어떠한 이견도 용납하지 않을 것임을 단호히 내비쳤다. "게리야말로 흉악한 아기를 생산할 타입의 남자라고. 쪼끄만 대머리 아기겠지. 맨날 소리만 빽빽 질러댈걸."

"하지만 아기들은 원래 그러잖아." 데브가 말했다.

"어쨌든, 자정이 넘으면 절대 먹을 걸 주면 안 돼."** 내가 대꾸

---

* 독거미떼와 사투를 벌이는 내용의 1990년 프랭크 마셜 감독의 코믹 공포 영화.

** 조 단테 감독의 코믹 공포 영화 〈그렘린〉에서 귀여운 동물이 자정 이후 뭔가를 먹으면 사악한 괴물로 변신하는 내용을 패러디한 것.

했다.

잠시 침묵이 흘렀다. AC/DC*의 노래가 흘러나왔다. 내가 가장 좋아하는 노래다. 〈Back in Black〉—시대의 명반이다. 순간 나는 흥이 올랐다.

"한 잔 더 마시자. 주브르! 아니면 지보르그라도!"

하지만 데브는 몹시 심각한 표정으로 나를 지그시 쳐다보았다.

"넌 세라를 지워야 해." 데브는 담담한 어조로 말했다. "그냥 삭제해버리라고. 그걸로 끝내. 투덜이 스머프를 벗어나야지, 투덜이는 짜증이로 진화한다고. 내가 그 방면의 전문가는 아니지만, 〈디스 모닝〉**에 전화 걸어서 상담 전문가라는 아줌마들한테 물어봐도 똑같은 얘길 들을걸."

나는 고개를 끄덕였다.

"나도 알아." 나는 우울한 어조로 말했다.

"이게 2000칼로리나 된다고!" 데브가 소리쳤다. "2000! 신문에서 봤어!"

"그거 내가 보여준 거잖아." 나는 대꾸했다. 덴에서 몇 잔씩 원없이 마신 다음 집에 오는 길에 오즈에 들러 케밥을 샀다. "내가 너한테 그 기사를 보여주면서 '이것 봐! 케밥이 2000칼로리래!'라고 했잖아."

"어디서 봤든 간에, 내 말은 2000칼로리라는 건 케밥치고 굉장

* 1973년 결성된 호주의 하드록 밴드로 헤비메탈의 선구자라 불리며, 1980년 발표한 앨범 〈Back in Black〉은 세계적으로 큰 성공을 거두었다.

** 영국 ITV의 인기 아침 방송 프로그램.

하다는 거야. 그래도 너한텐 좋은 음식이지."

"그게 어떻게 좋은 음식이 되냐?"

"복부에 지방이 마블링처럼 박혀서 대재앙이 닥쳤을 때 좀더 유리하다는 거야. 안 먹고 더 오래 버틸 수 있으니까. 뚱보들이 지구를 접수한다!"

데브는 "야호!" 하고 부르짖는가 싶더니 칠리소스에 대고 콜록콜록 기침을 해댔다. 데브는 다년간 대재앙 이후의 세계를 헤매고 다니면서 아이템을 뒤지고 거대 풍뎅이와 싸우더니 세상의 종말에 좀 집착하는 경향이 생겼다. 그는 진심으로 비디오게임을 '중요한 수련'으로 여겼다.

그런 그가 지금, 현관문에 열쇠 하나 꽂는 것도 버거워하고 있다. 대재앙에서 그건 감점 요인이라고. 안경을 쓴다는 것도 감점 요인인데, 그래도 안경은 데브의 중요한 신체 일부다. 데브의 아이큐는 146 언저리다. 네 살 때 받았던 정신과 테스트에서뿐 아니라 텔레비전에서 했던 무슨 대화식 퀴즈에서도 같은 결과가 나왔고, 나도 좀 취한 상태에서는 이렇게나 똑똑한 데브가 참 자랑스럽다. 비록 직접 그와 말을 해보면 146 근처에도 갈 리가 없다는 생각이 들지만. 〈어프렌티스〉*가 몇 시즌이나 됐는지 모르겠는데 하여간 데브는 거기에 네 번 지원서를 넣었고, 웬일인지 캘리도니언 로드에서 매우 마이너한 중고 비디오게임 가게를 운영하는 이 공동 소유자에게 아직까지 만족스러운 답변이 오지 않고 있다. 그 때문에

* 영국의 억만장자 슈거 경과 함께 일할 사업가를 선발하는 텔레비전 서바이벌 프로그램.

데브가 정말로 속이 상했다는 것을 몰랐다면 나는 웃어버렸을 것이다.

데브의 시간이 열네 살에서 멈춰버렸다고 하면 대충 설명이 된다. 취미, 이성관계, 심지어 외모까지. 그도 그럴 것이, 데브가 열네 살 때 할아버지가 돌아가셨는데 그 일이 그의 삶에 지대한 영향을 끼쳤다. 정서적으로 트라우마가 됐다기보다, 물론 그런 면도 없지 않지만, 데브의 아버지가 돈 낭비하는 꼴을 못 보기 때문이다. 할아버지가 돌아가시기 한 해 전 데브는 자신이 다른 아이들과 다르다는 사실을 알아차렸다. 그냥 사소한 것들이었다—표지판을 못 읽는다든가, 시계를 못 본다든가, 별 희한한 재주로 끊임없이 침대에서 굴러떨어진다든가. 지독한 근시였던 것이다.

데브의 아버지는 사업가였다. 그의 아버지 생각은 이랬다. 가까이에서 쉽게 안경테를 얻을 수 있는데 뭐하러 돈 주고 새걸 사?

그리하여 데브는 할아버지 것을 물려받았다. 할아버지의 안경테였다. 문자 그대로 장례식이 끝난 후 사흘 만이었다. 분명 렌즈를 다시 맞췄지만, 화이트채플 로드에서 노점상을 하는 아버지 친구가 끼워준 흠집 잘 나는 싸구려 플라스틱 렌즈였다. 그후로 데브는 사 년 동안 엄마 선글라스를 쓴 젖먹이처럼 소년의 얼굴에 노인의 안경을 쓴 아이로 전교생의 놀림감이 되었다. 콧수염을 길러서 어떻게 만회해볼까 했지만 군사 독재자의 소형 판박이처럼 보였을 뿐이다.

이후로도 데브는 절대 새 안경테를 사지 않았다. 뭐하러 새걸 사나? 자신의 스타일을 완성했는데. 게다가 최근 들어서는 안경테 덕을 꽤 보고 있다. 대학 때는, 적어도 처음엔, 두꺼운 까만 뿔테를 쓴 괴짜 신입생이라고 사람들이 이상하게 봤지만, 안경은 1학년 때 편안한 담요 노릇*을 했고, 2학년 때는 기인이나 별종 정도로 여겨지게 했으며, 3학년 때는 본인의 희망사항이지만 시크한 매력 포인트가 되었다.

(그럴 리가.)

그러나 시간이 흐르고, 굳이 미용실에 갈 필요가 없는 더벅머리에다 이베이에서 일 파운드 일 페니에 사거나 공짜로 얻은 티셔츠를 더하고서는, 그의 안경은 자신감을 표출하며 악을 썼다. 안경이 악을 썼다…… 뭐, "내가 데브다!"라고 괴성을 질렀다는 얘기다.

외국 여자애들은 데브를 이해하진 못했지만 그의 밝은색 재킷을 좋아했고, 그가 쿨하다고 생각했다.

"자!" 마침내 현관문을 넘어선 데브가 비틀비틀 계단을 올라가며 주먹으로 난간을 내리쳤다. "어떡하면 네 기운을 북돋울 수 있는지 내가 알지."

집안에 들어서자 데브는 케밥을 테이블 위에 던져놓고 부엌으로 가더니 시끄럽게 물건을 이리저리 휘저으며 찬장을 뒤지기 시작했다.

나는 휘적휘적 내 방으로 가서 단호한 표정으로 노트북을 집어 들었다.

해야만 하겠지, 라고 나는 생각했다. 그냥 세라를 페이스북 친구에서 삭제하면 된다. 앞으로 나아간다. 과거는 잊고. 어른이 되는

* 만화 〈피너츠〉의 캐릭터 라이너스는 항상 담요를 들고 다니며 담요가 없으면 불안해한다. 이처럼 하나의 사물에 집착하고 그에 의존하여 마음의 안정을 찾는 심리를 담요증후군이라 한다.

거다. 별거 아니야. 그러고 나면 컴퓨터를 켤 때마다 이 깊고 묵직한 저릿함을 느끼지 않아도 되겠지. 뭔가 좋지 않은 것을 보게 되리라는 불길한 예감도. 난 내 인생을 살아갈 수 있게 될 거야.

인터넷 창을 열었을 때 데브의 외침이 들렸다. "아하!"

"찾았어, 제이스! 최고급 예시노브카하고 블랙베리 브랜디야! 예시노브카를 마시면서 닌텐도 64로 밤새도록 '007 골든아이'를 하는 거야, 어때?"

하지만 나는 듣고 있지 않았다. 들리지 않았다. 그냥 데브가 무슨 말을 하는지 짐작했을 뿐이다. 꽃병에 부딪혀 넘어지는 중인지, 인종차별 노래를 작곡하는 중인지, 알 게 뭐람. 나는 얼이 나갔고, 얼어붙었고, 머릿속이 새하얘졌다. 모니터에 뜬 화면 때문이었다.

이번에는 한 단어다.

그 한 단어가 나를 결딴내고 나의 희망에 종지부를 찍고 우리 가족을 웃음거리로 만들었다.

"제이스?" 난데없이 데브가 내 방 문간에 나타났다. "제임스 본드로 할래, 나탈리아로 할래?"

나는 돌아보지 않았다.

눈물이 핑 돌았고, 내 몸뚱이의 털 한 올 한 올이 다 느껴졌다. 내 눈에 보이는 것은 '세라 베넷 님이……'라는 문장과, 그리고 그 마지막 말, 결정타, 완벽하고 절대적인 빌어먹을 한 단어뿐이었다.

둘

말하지 않는 편이 더 나을 때도 있지

Some Things Are Better Left Unsaid

약혼했습니다.

당신이 궁금해하니까 얘기하는데, 그 단어는 이랬다.

약혼했습니다.

세라가 게리와 약혼했다. 게리가 세라와 약혼했다. 세라와 게리는 둘이 서로 약혼했다.

그후 데브와 함께 '007 골든아이'를 하며 날밤을 새우지는 않았다. 충격과 예시노브카에 넋이 나간 채, 이제는 블랙베리 악취가 진동하는 추운 방안에서 노트북 앞에 앉아 축하 댓글이 쏟아져들어오는 동안 새로 고침, 새로 고침, 새로 고침을 계속 클릭했다.

스티브는 만세!라고 썼는데 스티브는 늘 그런 식이었고, 제스는 대박!이라고 썼는데 딱 제스다운 말이었고, 애나는 그럴 때도 됐지!라고 썼다.

진심이야, 애나? 그럴 때도 됐다고, 정말? 걔네들은 만난 지 육 개월 됐다고, 애나. 세라와 나는 사 년을 사귀었어. 하지만 넌 우리 한테는 한 번도 결혼해야 한다고 말한 적 없잖아! 내 어디가 그렇게 마음에 안 들었는데? 옷 입는 꼴? 직업? 내가 너희 집 식탁에 레드 와인을 왕창 쏟아서 네 신발에 좀 묻었다고 나한테 등신이라고 욕했을 때 내가 화냈던 그 일 때문에?

그래, 분명 그 일 때문일 거야.

벤은 이보다 더 멋진 커플은 없다!라고 썼는데, 그 말은 정말 뼈저리게 아팠다. 왜냐면 벤은 내 친구였으니까, 세라, 네 친구가 아니라. 물론 다 네 영향권 아래로 들어가버리긴 했지만—결국 내 친구들까지도 네가 다 가져갔군—그건 단지 내가 소심한 탓에 더는 친구들을 볼 낯이 없어서 그런 것뿐이야.

나는 브랜디를 병째로 벌컥벌컥 들이켜며 계속 읽어나갔다. 탄성의 댓글마다, 축하의 말마다, 어머나 세상에, 라는 말에 덧붙인 불필요한 느낌표를 볼 때마다 가슴에 못이 박히고 눈에 가시가 박혔다.

나는 어쩌라고? 비명을 지르고 싶었다. 내 생각을 해주는 사람은 아무도 없는 거야? 세라가 약혼했다는 말에는 다들 흥분해서 꺅꺅거리면서, 내가 수프 좀 먹고 있다는 말에는 왜 다들 아무 말 없는 거야?

그때 그녀를 삭제해야 한다는 것을 머리로는 알고 있었다. 공식적으로 선언해. 이건 좋지 않다고, 이건 아니라고 그녀에게 알려.

하지만 이제 와서 그런 짓을 했다간 유치하고 무례하고 철없어 보일 것이다.

더욱이, 그랬다간 그녀의 사진을 보지 못하게 될 것이다.

세상에 맙소사, 끼고 있구나. 반지.

그때 그 테이블에서, 민소매 옷을 입고 맛없는 마르게리타를 먹던 안도라의 저녁때 칵테일 두어 잔을 마신 후 놈은 그 자리에서 청혼했음에 틀림없다.

마르게리타라니! 미트피스트도 아니고! 그 뭐냐, 너희는 이제 건강한 먹거리를 챙겨먹겠다 이거지? 필라테스도 다니고 비타민이 강화된 스무디도 마시고? 그래, 분명 그렇겠지.

나라면 그런 식으로 청혼하지 않았을 거야, 게리. 나라면 아주 특별한 청혼을 했을 거라고. 샴페인 잔에 반지를 숨겨둔다든가—무슨 말인지 알지—열기구를 타고 가다가 밧줄을 내려서 축구 경기장 한가운데로 수직강하한 다음 바로 그 자리에서 한쪽 무릎을 꿇고 청혼을 하고, 그 장면은 모두가 볼 수 있게 대형 스크린을 통해 생중계되는 거지. 왜냐면 난 급이 다르거든, 게리. 그리고 맞아, 게리, 난 세라에게 실제로 프러포즈할 예정이었어. 하지는 않았지만, 할 예정이었다고. 언젠가는. 다 계획해놨었다고. 아니 뭐 구체적으로 계획한 건 아니지만, 계획을 세울 계획이었다고. 그 프러포즈 계획들은 내 계획에서 매우 큰 비중을 차지했어. 비록 하지는 못했지만, 이젠 할 수도 없지만, 이 말만은 무슨 일이 있어도 꼭 해둬야겠어, 게리. 허접한 피자와 새파란 칵테일 따윈 내 계획에 명함도 못 내민다고.

오, 주여. 세라는 무척 행복해 보인다.

나는 블랙베리 브랜디를 꿀꺽 들이켜고 모니터를 향해 V 자를 그려 보였다.

그런 다음 일어나서 부엌을 소란스럽게 뒤지며 술병이 또 없나

찾았다.

너무 이른 시간이었고, 블랙베리 맛이 입안에서 가시질 않았다.

하지만 얼굴 근처에서 뭔가가 부르르 울렸고, 그 진동은 도무지 그칠 줄을 몰랐다.

나는 억지로 눈을 뜨고 휴대폰을 찾아서 들여다보았다.

발신자 이름을 알아보는 데 조금 시간이 걸렸다. 아니, 이름 자체가 아니라 왜 이 이름이 뜨는지 알아먹는 데 시간이 걸렸다.

세라.

지금이 몇시지? 일곱시? 여덟시?

받을 수가 없었다. 지금은 안 돼. 준비가 안 됐다고. 커피가 필요했고, 무관심하고 아무렇지도 않게 들릴 만한 대사라도 미리 몇 마디 적어놔야 했다. 나는 음성 녹음으로 돌리고 천장을 바라보았다. 이만하면 알아들었겠지, 라고 생각했다. 이젠 아무때나 자기 내킬 때 전화하면 늘 받아주는 사람이 아니라는 사실을 알려……

다시 부르르 진동이 울렸다. 나는 휴대폰을 들었다.

무슨 일이 생긴 걸지도 몰라. 게리가 세라를 찼을지도 모르잖아. 그녀가 나를 필요로 하는 이 순간에 그녀 곁에 있어줘야 할지도 몰라. 내가 얼마나 감수성이 풍부하고 멋진 사람인지 보여줘야지.

통화.

"여보세요?"

와우, 내 목소리가 나지막이 깔렸다.

"제이스?"

"안녕."

그리고 쉰 목소리. 낮고 쉰 목소리.

"잘 지내?"

"응."

딱히 속상해하는 말투는 아니었다. 세라의 어조는 냉랭했다. 딱딱한, 평소의 그녀다운 말투였다.

내가 이미 알고 있다는 사실을 그녀는 아마 모를 거라는 생각이 들었다.

좋아, 나는 마음을 다잡았다. 나한테 약혼했다고 말해봐.

"잘 못 잤나봐?" 그녀가 말했다.

응, 세라, 어쩌다보니 잠도 못 자고 정말이지 무척 힘든 밤을 보냈어. 자 이제 나한테 약혼했다고 말하는 게 어때? 그러면 나도 놀란 척하며 어른스러운 반응을 보여줄 수 있어.

"그냥 좀…… 데브하고 몇 잔 마셨어, 그러고 나서……"

"제이스, 왜 이렇게 짜증나게 굴어?"

나는 얼굴을 찡그렸다. 이건 대본에 없는 상황인데. 어쨌든 나는 너한테 짜증이란 말이지.

일 초가 흘렀다.

"내가…… 그게 무슨……"

"나를 봐서 최소한 기뻐해줄 순 있었잖아, 제이슨. 지금 넌 날 탓할 수 없어. 우린 각자 선택을 했고, 그리고……"

이건 아니다. 또 그 얘기라니.

"뭘 기뻐해?" 나는 아무것도 모르는 척 물었다.

"이미 알고 있잖아."

내가 아는지 모르는지 세라가 어떻게 알지? 뭘?

"세라……"

"나 약혼했어, 제이슨. 이렇게 들으니까 기뻐?"

"난…… 어, 그거 좋은 소식인데!" 내가 말했다. "잘됐네."

"어젯밤엔 그렇게 얘기하지 않던데."

나는 두어 번 눈을 깜박였다. 어젯밤에 내가 세라한테 전화했나? 세라가 나한테 전화했나? 나는 구석에 있는 테이블로 눈길을 돌렸다. 테이블 다리를 따라 한 줄기 블랙베리 브랜디가 흘러내린 자국, 그 옆에, 바로 거기에, 정보 전달자가 있었다. 나의 노트북, 나의 배신자가 여전히 켜진 채, 여전히 자랑스럽게, 몹시도 행복한 세라의 밝고 알록달록한 사진을 보여주고 있었다.

"어젯밤에는 형편없는 선택이라고 생각하는 것 같던데." 세라가 말했다.

"아냐, 그럴 리가."

"형편없는 선택이라고, 마르게리타 피자와 시시한 나날 때문에 너와 다시 합칠 기회를 날려먹고 동서고금을 통틀어 전무후무한 실수를 저지르려는 나를 말리지 않았다면서 내 친구들더러 몽땅 나쁜 놈들이라고 했잖아."

"시시한 나날?"

"게리가 무척 화났어. 게리는 매우 예민하거든. 네가 자기를 모욕했다고 생각해. 게리보고 남자 중의 마르게리타라고 했으니. 넌 미트피스트 같은 남자고, 게리는 마르게리타 같은 남자라고."

"게리가 인기남이라는 얘기였겠지. 나는 모든 사람의 입맛에 맞는 남자가 못 되고, 특히 건강에 신경쓰는 사람들이라면 그런 고기 투성이 피자 따윈……"

"그런 얘기가 아니었잖아, 안 그래?"

이젠 냉랭함 이면에 뭔가 다른 것이 있었다. 분노? 아니다. 뭘까? 체념. 이젠 더는 생각하기도 싫다는 투였다.

"철 좀 들어, 제이슨." 세라가 말했다. "딴사람을 찾아봐. 누구든. 그리고 그 토할 것 같은 집에서 나와서—세상에, 윤락업소 옆집이라니—앞을 보고 달리라고."

"거긴……"

"나한테 전화하지 마."

철컥.

나는 잠시 적막에 귀를 기울이고 있다가 일어나 앉았다.

"윤락업소 아닌데."

머리가 쿵쿵 울리기 시작했다. 휴대폰 통화 기록을 살폈다. 한 통도 없었다. 나는 그녀에게 단 한 통도 걸지 않았다. 그럴 줄 알았다.

뭐, 세라가 정신이 나갔나보지. 게리 때문에 세라가 맛이 갔을지도. 게리 때문에 그렇게 된 거라면 거참 잘됐네. 결국 누구 말이 맞았어? 나야 아니면 세라의 친구들이야? 일말의 거리낌도 없이 아무렇지도 않게 두 사람한테 잘됐네 기쁘네 하고 댓글을 달던 그 친구 녀석들은 도대체, 게리보고 멋진 남자네 어쩌네, 두 사람이 참 잘 어울리네 꼭 맞는 한 쌍이네 어쩌네 하더니……

잠깐.

기억 저 끝에서 어렴풋이 반짝이는 뭔가가.

안 돼.

맙소사, 안 돼.

나는 침대에서 벌떡 일어나 비틀거리며 노트북 앞으로 걸어갔다.

헉.

"'헉' 갖고 되겠냐." 데브가 현명하게 충고해주었다.

데브는 어스웜 짐* 티셔츠를 입고, 길 아래 카페에서 완전히 영국적이지만 실제로는 외국산인 코카콜라를 흡입하고 있었다.

"안 되지." 데브는 고개를 절레절레 젓고는 싱긋 웃었다. "'헉'은 절대로 이 상황에 적절한 반응이 될 수 없지."

데브 말이 맞다. 내가 저지른 행위를 생각해보았다.

나는 총 열네 장의 약혼 사진 밑에다 열과 성을 다해 깨알같이 댓글을 달았고, 만취한 상태에서 쓴 그 댓글들은 오스카 와일드식의 장려함과 스티븐 프라이**식 개그로 점철되어 있었다. 내 딴에는 신랄하고 날카롭고 지적으로 보일 거라고 생각했나보다. 그러나 대낮의 냉엄한 햇빛 아래서 다시 보니 전자제품 매장의 통유리 창에 대고 쉴새없이 중얼거리는 미친놈 같다.

"아, 이봐." 데브가 말했다. "이거 몇 명이나 봤을까? 실제로?"

"다 봤을 거야. 그 약혼 사진을 본 사람들은 다 봤겠지. 세라의 친구들, 내 친구들, 우리 둘의 친구들."

데브는 생각에 잠긴 듯 고개를 주억거리더니 대수롭지 않다는 듯 어깨를 으쓱했다.

"세라의 가족. 세라의 수많은 각양각색 동료들."

그제야 데브의 표정이 살짝 심각해졌다.

---

* 짐이라는 이름의 지렁이가 악과 싸운다는 내용의 아케이드 게임. 동명의 TV 시리즈로도 제작되었다.

** 영국의 유명 배우이자 작가, 코미디언, 시인, 방송 사회자, 영화감독.

"게리의 친구들. 게리의 가족. 게리의 수많은 각양각색 동료들."

"그러네……"

"먼 친척들. 학교 다닐 때 수학 시간에 옆자리에 앉았지만 이십 오 년 동안 얼굴은 못 본 사람들. 우연한 방문자들. 마이클 피시."

"마이클 피시? 기상 캐스터?"

"응, 기상 캐스터 마이클 피시. 그 사람이 게리 아버지랑 같이 골프를 치거든."

"뭐, 기상 캐스터 마이클 피시에 대해서는 신경 끄자. 내 장담하는데 기상 캐스터 마이클 피시는 네 댓글에 대해 별생각 없을 거야."

갑자기 머릿속에서 영상이 하나 스쳤고, 나의 에고가 콩알 반쪽만한 크기로 쪼그라들었다.

게리의 얼굴. 이상형의 여자에게서 예스, 라는 대답을 듣고 환희와 기쁨에 빛나던 얼굴, 그의 생애 가장 행복한 순간의 사진, 그런데 그 바로 밑에 양 엄지손가락을 치켜든 내 사진과 이름이 있고, 그 바로 옆에는 다음과 같은 말이 적혀 있다. 안녕! 난 게리야, 맛없고 시시한 피자를 좋아하는 꼴뚜기처럼 생긴 넘이지…… 나랑 결혼해주면 우린 맛없는 피자를 실컷 먹을 수 있어??!!!

하느님 맙소사.

꼴뚜기처넘 생긴 넘?

나는 진저리를 치고 차를 한 모금 홀짝였다. 데브의 눈이 휘둥그레졌다. 내가 차를 홀짝거렸기 때문은 아니다. 내가 이러는 걸 데브가 처음 본 것도 아니고 뭐라고 한 적도 없다. 웨이트리스가 왔기 때문이다. 우리가 여기 올 때마다 매번 데브는 그녀에게 강한 인상을 남기려고 애쓴다. 왜냐면—우리가 이미 의견 일치를 봤던 대로—여자는 어김없이 등장하게 마련이니까.

"도브라노츠!" 난데없이 데브가 소리쳤다. "야크 시 마시?"*

웨이트리스가 데브를 향해 어중간한 미소를 지으며 낮게 뭐라고 대꾸한 다음 대답을 기다렸지만, 데브는 할말이 없었으므로 그저 그녀의 얼굴만 멀뚱히 쳐다보았다.

대답이 나올 것 같지 않자 웨이트리스는 다시 다른 곳으로 가버렸다.

"괜찮네." 내가 말했다. "결과적으로, 실질적인 대화를 나누는 단계까지 온 거잖아."

"이 티셔츠를 입지 말았어야 했어." 데브는 땅을 치며 중얼거렸다. "스트리트 파이터 티셔츠를 입었어야 했는데."

데브는 멀어져가는 웨이트리스를 바라보았다.

"헉" 소리가 절로 나왔다.

요는 이렇다.

나는 게리에 대해서 결코 아무런 반감이 없다. 그는 전적으로 괜찮은 남자고, 전적으로 평범한 사람이다. 내가 게리를 만나봤으니까 하는 말이다. 둘 다 아는 한 친구의 생일 파티에서 우리는 우연히 만났다. 어색한 와중에도 나는 흠잡을 데 없이 완전무결하게 처신했고 심지어 농담도 한두 마디 던졌지만, 우리가 함께 대화를 나눌 만한 사이가 아님을 서로의 눈빛에서 읽을 수 있었다. 그 상황은 자연스럽지가 않았다.

---

* 폴란드어로 '도브라노츠'는 잘 자라는 밤 인사, '야크 시 마시'는 안부를 묻는 인사.

내가 아직도 선생 노릇을 하고 있다면 아마도 다음과 같이 기록했을 것이다.

외모: 보통.

화술: 보통.

총평: 게리는 야망이나 신념에 짓눌리지 않는 매우 밝고 쾌활한 학생이다. 함께 있으면 늘 여기가 어딘지 정확히 알게 된다. 바로 스티버니지*다.

알겠지? 괜찮은 남자다. 전적으로 훌륭하고, 전적으로 좋은 사람이다.

하지만 바로 그 점 때문에 거슬렸던 것 같다. "좋은 남자네, 저 정도면 괜찮지, 됐어." 스파크도 안 튀고 반짝임도 없다. 특별히 뛰어난 구석도 하나 없다. 그래서 그 생일 파티장에 서서 게리를 바라보면서, 우리가 얘기하는 것을 못 본 척하며 이런 일이 21세기의 성인들이라면 으레 겪는 흔한 일상사인 양 태연히 구는 세라를 그의 어깨 너머로 바라보면서, 나는 생각했다. 마법은 어디로 간 거야?

우리가 만났을 때는 마법이 있었잖아, 세라?

우리 둘 다 난생처음 가보는 술집. 거의 꽉 차오른 보름달 아래 사우스뱅크**를 산책하던 일. 우리한테 결혼한 지 몇 년 됐냐고 물어봤던 심야버스에서 만난 할머니. 너의 집 현관 앞에서 내게 건네

* 런던 북쪽 하트퍼드셔 주에 있는 교외 지역으로, 따분하고 지루한 동네라는 평판이 있다.

** 런던 템스 강 남안의 미술관, 극장 등이 모여 있는 거리.

준 전화번호, 그로부터 오 분 후에 그 길 끝 공중전화 부스에서 내가 건 전화, 당신 부엌에서 먹은 치즈토스트와 와인, 키스, 또 키스, 나중에 언젠가 그 이상한 할머니를 수소문해서 꼭 우리 결혼식에 초대하자던 약속.

뭐, 그래. 사실 마법이 아니었을지도 모르지. 꽉 차오른 보름달이면 더 좋았을 테고, 토스트 위에 치즈 말고 다른 얹을 것이 또 있었다면 좋았을 테고, 두번째로 키스했을 때 이가 부딪치지 않았다면 더 좋았을 테지. 하지만 세라, 내겐 그 정도 마법으로도 충분했어. 네게도 충분하리라 생각했고. 관계가 시작되기에 충분한 제대로 된 출발점이지. 이야기가 있잖아. 그런데 너와 게리 사이엔 뭐가 있었어?

두 사람은 회사 워크숍에서 만났다며. 조직 활성화를 위한 팀 빌딩 프로그램에서 같은 팀이었다며. 고속도로 옆 힐턴 호텔에서 둘이 술에 취했고. 두 달 후 조직 개편 때 게리가 스티버니지에서 발령되어 왔다지. 둘이 일곱시에 만나기로 했는데 둘 다 제시간에 도착했고, '올 바 원'에 갔다가 2차로 '피자 익스프레스'에 갔다고 했지. 그다음날 중고 폴크스바겐 골프를 싸게 살 수 있게 게리가 도와줬고. 그런데 이제 두 사람은 약혼했네.

이거야말로 정말 놀라운 일이로군, 세라, 그 스토리를 영화 판권으로 파는 게 어때?

아냐. 괜찮아. 그래. 내가 멍청이지.

그래도 난 말이지, 세라, 그 시작이 우리 관계를 끝까지 밀고 나갈 수 있을 만큼 강력하길 원했고, 너도 나와 같기를 바랐어. 우리 중 어느 누구도 고작 마르게리타 피자 한 판에 넘어가지 않았으면

했다고.

그러니까, 일이나 하러 가자.

전에도 말했다시피 〈런던 나우〉는 무가지다. 〈메트로〉나 〈런던 페이퍼〉와 비슷한데, 다만 이 신문은 지금! 혹은 오늘 저녁! 혹은 내일! 하면 좋을 만한 일들에 관한 리뷰로 꽉꽉 채워져 있다. 〈런던 나우〉의 대상 독자는 심심하긴 한데 뭘 해야 할지 모르는 사람들, 지하철에서 '라이브 인 런던' 면을 펼치고 생전 가지도 않을 아방가르드 멕시칸 퓨전 재즈 연주회 소식에 동그라미를 쳐가며 과시하길 좋아하지만 제대로 발음도 못하는 사람들이다.

흔히 볼 수 있는 꼭지들도 있다. 받은편지함에서 그대로 베껴넣은 보도 기사, 시골의 웬 미친 사람한테 돈 주고 팩스로 받는 별자리 운세, 파파라치가 찍은 팝 스타 사진, 고급 회원제 클럽 그루초나 센추리에서 우연히 발부리에 걸린 만화, 그리고 '요즘'이나 '혹시 아시나요'나 '당신을 봤어요' 따위의 아무도 그다음을 듣고 싶어하지 않는 문장으로 시작하는 독자 참여란.

게다가 이건 망할 게 뻔한 사업이다. 모두 그 사실을 알고 있지만, 그래도 이 정도면 이 바닥에서 해볼 만한 번지르르한 프로젝트고, 맨체스터에서 성공적으로 사업을 개시한 뒤였으므로, 런던에 관한 콘텐츠만 좀 추가하면 런던에서도 완전히 새로운 신문을 발간할 수 있으리라고 단순하게 생각했던 것이다. 무릎까지 잠긴 불황에 러시아 머니를 등에 업고 과감하게 일을 벌이며 어깨에 힘주고 으스대며 발을 내디뎠지만, 이제 어떻게든 그날그날 꾸려가는 것은 조와 편집부의 몫이다.

이런, 내 말투가 왜 이렇지. 순 마음에 안 든다는 투잖아. 누가 들으면 불만투성이인 줄 알겠다. 난 일감만 주어지면 즐겁게 하는 편이고, 저금해둔 돈도 좀 있다. 프리랜서라 함은 뭐든 척척 해치워야 한다는 뜻인데 그게 문제라면 문제다. 내게는 전문성이 없다. 나는 〈런던 나우〉의 고정 필진도 뭣도 아니다. 그저 일반적인 논평가일 뿐이며, 잡다한 것들에 관해 일반 대중에게 일반적인 의견을 내는 사람이다.

어, 내가 방금 '일반적인 의견'이라고 했나. 그건 좀 아닌 것 같다. 그 일반적인 의견이 나의 일반적인 의견이라고 볼 순 없다. 극단적인 버전의 일반적인 의견이다. 특정한 견해가 있어야 하니까 그렇다. 지난주에 베이스워터에 있는 신드바드라는 이름의 이슬람 음식점에 갔다. 만약 내가 아직 교직에 몸담고 있다면 다음과 같이 점수를 줬을 것이다.

전채: 음, 좋다. 아주 좋다. 특별한 건 없지만, 괜찮은 편이다.

주요리: 나쁘지 않다. 남기지 않고 다 먹었다. 그런대로 합격점.

총평: 괜찮은 음식점이다. 마침 근처에 있고 배가 고프고 이슬람 요리를 좋아한다면 한번쯤 가볼 만하다. 호들갑을 떨 정도는 아니지만.

하지만 이 바닥에서는 그 정도로 해서는 통하지 않는다. 이런 식으로 써야 한다.

전채: 맛이 단조롭고 따분하다. 이런 걸 전채라고 할 수 있나.

주요리: 엎친 데 덮친 격. 내상을 입을지도 모른다.

총평: 짜증날 정도로 특색이 없다. 신드바드가 이 요리를 일컫는 이름이라면, 두 단어로 된 합성어로 보는 편이 적절하지 않을까.*

봤지? 하하. 난 역시 유능해.

좀더 가시 돋친 어조로, 시니컬하게, 현학적으로. 이게 다 감자튀김을 데우려다 태워버린 사람이 쓴 음식 평이다.

조는 좋아했다. 그녀는 이런 식으로 쓴 리뷰를 아주 좋아했다. 나도 그녀의 관심을 끌려고 일부러 좀 막간 면이 있다. 조의 마음에 들면 일거리를 더 얻을 수 있을 테고, 여자의 관심을 받는다는 건 그 자체로도 나쁘지 않은 일이니까.

아직도 선생 노릇을 하고 있다면 다음과 같이 조를 평가했겠지.

외모: 조 앨리스 하퍼는 깔끔하고 단정하며 최신 유행에 대한 감각이 있다. 책상 주위에 잔뜩 어질러진 ASOS** 상자가 그 증거다. 한때 숱 많고 길었던 밤갈색 머리를 지금은 보브 스타일로 싹둑 잘랐는데, 대체로 '긴 점심시간'이 나거나 미용실 의자에 앉아 이상하게 사교적인 기분이 들 때 하게 되는 헤어스타일이다. 조는 이 사실을 머릿속에 잘 새겨두는 편이 좋을 것이다.

품행: 조는 야망과 추진력을 겸비한 여자이며, 성과물은 꾸준하고 평균 이상이다. 하지만 그녀의 가장 큰 꿈은, 잠깐 선생 노릇을

* 신드바드(Sinbad)라는 단어를 sin(죄)과 bad(형편없다)로 나누었다.

** 영국의 온라인 의류 쇼핑몰.

멈추고 본심을 드러내자면, '세상만사 다 싫어' 유의 칼럼을 쓰는 게 아닐까 싶다. 거 왜, 세상 모든 게 다 형편없고 짜증난다는 식의 칼럼들 있잖은가. 새로 방영되는 모든 TV 쇼와 뉴스에 나오는 얘기가 죄다 끔찍한 단점투성이고, 이는 칼럼니스트에 대한 더할 나위 없는 모욕이며, 차라리 그 시간에 더 중요한 일들, 가령 파스타를 전자레인지에 데우거나 전자레인지에서 데워지는 파스타를 멀거니 구경한다거나 하는 일들을 할 수 있었다며 분노한다. 인터뷰 첫째 장도 채 읽지 않고서 자기가 더 잘할 수 있었을 거라고 격노한다. 무엇이든 자기가 맡았으면 결과물이 더 나았을 거라고 기염을 뿜는다. 안타까운 점은 조가 본디 그런 사람은 아닐 거라는 데 있다. 그냥 유행이 그런 것이다. 튀기 위해 냉소와 조롱을 장착한다. 그게 쉽사리 유머가 된다. 디너파티에서 핀잔을 재치로 착각하고, 까다로운 불평불만을 흥미로운 의견 표출이라고 생각하는 사람들처럼 말이다.

그래도, 결국 버리는 건 제 시간이요 제 인생이다.

(ⓒ 교사를 위한 명언집)

총평: 나는 그녀의 패기에 박수갈채를 보낸다. 그녀의 새 헤어스타일을 좋아하며 그녀가 장차 큰 인물이 되리라 본다.

어쨌든 나는 사이비 냉소주의에 누구보다도 가책을 느낀다. 하지만 몇 가지 정상참작할 만한 이유가 있었음을 알아주기 바란다. 세라와 사이가 악화됐을 때 리뷰를 써달라고 받은 거의 모든 음반에 대해 나는 쓰레기라거나 엉성하다거나 조악한 표절이라고 악평을 써댔다(홀 앤드 오츠를 제외하면 나는 음악에 관해서 쥐뿔도 모른다). 나는 현학적인 문어체를 쓰며 딱딱거리기 시작했다. 마침내 세라가 떠났을 때는 시사회 스크린을 노려보며 감독들을 싸잡아 욕했다(나는 영화에 관해서 쥐뿔도 모른다. 〈쇼생크 탈출〉과 페드로 알모도바르 감독*을 숭배하고 좋아하지만, 너무 젠체하는 것 같아서 아무한테도 얘기하지 않는다). 여기서 명백한 진실은, 리뷰 따윈 내게 아무 의미가 없다는 것. 내가 아니라 나의 삶이 그때그때의 리뷰를 지배했다.

그리고 오늘, 끔찍한 밤을 보낸 후 숙취에 시달리면서, 나는 다음 희생양을 찾고 있다.

이번엔 누가 걸릴 것인가?

"아브리치라는 데야." 조가 말했다.

조는 검은색 터틀넥 니트를 입고 안경을 썼다. 딱히 시력이 나쁘지는 않지만 그 안경을 쓰면 수도권 내 주요 신문사의 끗발 있는 기자처럼 보인다. 조는 내게 그 점을 끊임없이 상기시켜주고 싶어한다. 조는 우리가 대학 때부터 알던 사이라는 게 마음에 걸리는 모양이다. 대학 때 그녀는 맨날 롱피그스** 티셔츠를 걸치고 다녔고, 양쪽 시력 모두 정상이었고, 컨버스를 신은 크고 예쁜 갈색 눈의 위노나 라이더 같았다.

대학 때 우리는 제법 친했다. 각자의 미래를 그리며 진지한 대화를 나눴다. 그후 그녀는 제 갈 길을 가서 편집장 데스크와 안경을 획

---

* 스페인 출신의 세계적인 거장으로 〈비밀의 꽃〉 〈귀향〉 〈내가 사는 피부〉 등 주로 욕망과 애정, 가족과 정체성을 다루는 영화를 만들었다.

** 1990년대 전성기를 누렸던 영국의 얼터너티브 록 밴드.

득했고, 나는 내 갈 길을 가서 눈 밑에 퀭한 다크서클을 획득했다.

"'뉴 인 타운' 꼭지에 들어갈 신장개업한 이탈리아 음식점이야. 너한테 딱이지. 그때 기억나? 브레드스틱은 채식주의자의 페퍼라미*라고 했던 거. 헤이마켓의 피자헛에서 걸핏하면 불같이 화를 내면서 브레드스틱을 주는 건 미리 배를 채워서 샐러드 뷔페를 조금밖에 못 먹게 하려는 수작이라고 했잖아."

내가 유명 요리사가 되지 못했다는 사실이 놀라운걸.

"그나저나 너 얼굴 되게 안 좋다. 그리고 이건 또 무슨 냄새야?"

"블랙베리 냄새일 거야." 내가 대답했다. "아니면 괴짜 냄새거나. 방금 괴짜랑 같이 아침을 먹었거든."

"블랙베리는 아닌데." 조가 말했다. "괴짜 냄새겠네. 데브는 어때? 잘 지내?"

"그 어느 때보다 데브답지." 나는 조가 건넨 프린트를 들여다보며 말했다. "레스토랑이네. 또 새로 문을 연 레스토랑."

조는 말없이 싱긋 웃었다. 그녀는 줄곧 내게 잘 대해줬고 일감을 던져줬다. 그 점에 대해서 나는 고마워하고 있다. 세라와 틀어진 어느 날 밤, 나는 이 오랜 친구에게 속을 다 털어놨고, 살아오면서 저지른 모든 잘못과 실수를 고백했다. 지나치게 정직하게, 술에 취해서, 정신이 나간 채. 처음부터 다시 시작할 수 있다면, 나 자신을 다시 반죽해서 틀에 넣고 새로 만들 수 있다면 좋겠다고 그녀에게 징징거렸다. 그때 이후 일어났던 그 모든 사건에도 불구하고, 우리 사이에 생긴 거리에도 불구하고, 조가 나한테 공정하게 대해준 것

* 독일과 영국의 유니레버 사에서 생산하는 미니 소시지 스낵.

처럼 나도 조를 공정하게 대하고 싶었다.

지난번에 내가 쓴 리뷰가 무척 마음에 든 것이 분명했다. 그 리뷰는 만사가 시들한 여인에게 호소하는 듯한 면이 있었고, 조는 그런 여인이 되고 싶어했다. 그러나 그 즉시 또 머릿속에 어떤 장면이 떠올랐다. 전부터 맴돌던 생생한 영상. 신드바드의 주방장이 고개를 빼고 서빙 직원이 돌아오기를 기다리고 있다. 자기 가게에 대한 리뷰가 드디어 실렸다는 얘기를 듣고 어떻게 나왔나 궁금해 죽겠는 것이다. '맛집 평가라니!' 주방장은 이렇게 생각하겠지. '드디어! 여행도 많이 하고 아는 것도 많고 취향도 세련된 미식가가 우리 가게를 평가하다니! 정말 기대되는걸. 나의 놀라운 요리가 글로 어떻게 재구성될까?' 그때 지하철역에 갔다 온 직원이 〈런던 나우〉를 머리 위로 들어 후드득 떨어지는 비를 피하며 가게 안으로 뛰어들어오고, '짜증날 정도로 특색이 없다'라는 문장이 주방장의 가슴에 영원히 새겨지면서 간이 철렁 내려앉고 눈은 따가워지겠지. 좌우 심실이 서서히 끓어오르며 두 눈이 눈물로 흐려지고, 사실 그 문장은 말도 안 되는 것이고 굳이 머리에 새겨 속 썩을 가치도 없는 얘기라는 생각은 떠오르지 않겠지. 그래도 가게는 잘된다. 내일 저녁에 신드바드에 오는 손님 수는 오늘 저녁과 별반 다르지 않을 것이다. 아무도 신경쓰지 않는다. 심지어 나도 삼십 분쯤 마음을 쓰다가 금방 까먹고 TV를 켜 〈위키스트 링크〉 퀴즈 쇼를 봤다. 하지만 신드바드 씨는? 신드바드 씨는 그 문장을 무덤까지 지니고 갈 것이며, 그동안 주방장으로서의 자존감이 좀 무너질 것이다. 그게 다 자기가 뭘 주문했는지조차 기억하지 못하는 한 남자 때문이다.

나는 고개를 흔들어 그 영상을 털어냈다.

"어디에 있는데?" 나는 물었다.

제발 시내 중심가에 있어라. 해로나 억스브리지나 머드슈트는 안 돼. 지금 제일 하기 싫은 일이 혼자서 형편없는 중국 음식을 먹으러 한 시간 동안 차를 타고 머드슈트에 가는 것이다.

"샬럿 스트리트." 조가 경쾌하게 말했다.

샬럿 스트리트. 얼마 전에 갔다 왔는데. 바로 어제.

파란색 외투. 멋진 구두. 미소.

어제 그 여자와 말을 했더라면 어떻게 됐을까? 제대로 대화를 했더라면?

"여섯시 예약이야."

"여섯시? 윗선에 아는 사람이라도 있는 모양이네."

조가 능글맞게 웃었다. 대학 때가 생각났다. 우리는 언제 변한 걸까? 아니면 여전히 어른 흉내를 내며 더 비뚤어진 척, 더 세상에 찌든 척하는 건 아닐까? 누구한테 인정을 받으려 애쓰는 건지 모르겠다. 세상인지 서로인지.

"기사는 아무때나 네가 줄 수 있을 때 줘." 조가 말했다. "추천 메뉴가 뭔지 물어봐서 무조건 그걸 시켜. 영수증 꼭 갖고 오고, 이상한 짓은 하지 마. 술은 네 돈으로 마시고. 그리고 목요일 저녁엔 시간 비워."

"왜?"

"갤러리 개관식이 있어."

"난 미술의 미 자도 모르는데."

"난 지금 너한테 일거리를 주고 있는 거야. 네가 원하던 거 아니었어?"

집으로 돌아오는 길에 나는 조가 리뷰를 쓰라고 준 음반과 DVD를 살펴보면서 이 제목들로 무슨 말장난을 할 수 있을까 열심히 머리를 굴렸다.

집에 돌아오니 이메일이 몇 통 와 있었다. 열어볼 마음이 들지 않는 메일들. 내가 얼마나 바보 같은 짓을 했는지 일깨우며 철 좀 들라고 충고하는 메일들. 한편으론 나의 정신 건강을 걱정하며 다음과 같은 말을 남긴 메일도 몇몇 있었다. 어이, 친구, 얘기할 사람이 필요하다면 말이야.

어쨌든 하나씩 열어보았다.

벤은 이렇게 썼다. 제이스, 만나서 커피나 한잔할래? 수다로 풀어내는 게 좋을 수도 있어.

삭제.

제이슨, 나 애나야. 세라의 가장 친한 친구인 애나. 온 동네를 들쑤시며 무시무시한 암탉 파티*를 기획하기 위해서, 핑크색 요정 날개를 사서 다들 등에 하나씩 달고 이즐링턴 근처의 '피처 앤드 피아노'**를 몽땅 쓸고 다니며 난리 법석을 피우기 위해서 이 약혼이 발표되기만을 간절히 기다린 애나. 그녀는 이렇게 썼다. 난 네가 너 자신에 대해 숙고하며 돌아볼 필요가 있다고 생각해. 술도 좀 자제하고. 그렇게 폭음하는 건 건강에 안 좋으니까, 제이슨. 술로 해결되는 건 아무것도 없어. 그리고 세라와 게리는 자기들끼리 잘살게 좀 놔둬. 넌 이미

* 결혼 전 신부와 여자 친구들끼리 모여 즐기는 파티.

** 주로 여성들이 이용하는 깔끔한 분위기의 바 겸 레스토랑 체인.

선택을 했고, 어른이라면 자신의 선택에 책임을 져야지.

그 밑으로 아홉 문단이 더 있었다.

삭제.

그다음에는…… 어.

게리다.

제이슨. 들어봐, 친구……

나는 움찔했다. 게리는 '친구'라는 단어를 썼다. 친한 척하려고 든다. 더 나쁜 건, 이해하는 척하려는 태도다.

세라는 내가 자네한테 편지 쓰는 거 몰라, 그러니까 이건 우리끼리만 아는 얘기로 하는 게 좋겠어.

게리, 당연히 세라는 알고 있겠지. 자네가 세라한테 얘기했을 테고, 세라가 별로 좋은 생각이 아닌 것 같다고 했지만 자넨 통 큰 대인배 행세를 하기로 했고, 아마 세라는 이렇게 감탄했겠지. "어머, 이래서 내가 당신을 사랑한다니까. 현명한 어른과 사귄다는 건 정말 굉장해." 그다음에 자네가 타이핑하는 동안 세라는 자네 뒤에 서서 어깨 너머로 화면을 봤을 테고.

자네가 쓴 댓글을 봤는데, 난 그냥 자네가 어떤 기분일지 알 것 같다는 얘기를 하고 싶었어. 나라도 세라를 놓치고 싶지 않았을 테니까. 그런 식의 사달이 났다는 건 아직 해결되지 않은 문제가 남아 있다는 뜻이겠지. 만약 자네가 얘기하고 싶은 생각이 들면……

그쯤에서 읽기를 포기했다.

나는 짧게 답신을 던졌다. 고마워, 게리. 자넨 정말 성격도 좋군. 나는 어슬렁거리며 아래층으로 내려가서 가게 문 닫고 한잔하러 가자고 데브를 꼬드겼다.

애나, 실제로는 술이 모든 것을 해결할 때도 있어.

식당에서 혼자 밥 먹는 것보다 더 우울한 일은 없다고, 식당에서 혼자 밥 먹는 일이 별로 없는 사람들은 말한다. 하지만 나는 개의치 않는다. 생각에 잠기면 된다.

데브, 란지트, 산다난다 파텔과 함께한 나의 오후는 결국 포스트먼즈 파크에서 마무리되었다. 요즘 우린 매우 자주 포스트먼즈 파크에 가는 것 같다. 리틀브리튼과 에인절 스트리트 사이에 숨어 있는 이 공원의 타일들이 몹시 마음에 든다.

설명하자면 이렇다.

1887년 조지 프레더릭 와츠라는, 영세 피아노공의 아들이 〈타임스〉에 신선하고 멋진 의견을 보냈다. 평범한 사람들이 일상에서 보여준 영웅적 행위를 후세에 영원히 전하자는 내용이었다. 빅토리아 여왕의 재위 오십 주년을 기념하는 의미도 되고, 평범한 삶이 행한 비범한 선善에 대한 증거로 남을 것이라면서. 참으로 아름다운 아이디어였다.

데브와 나는 근처에 갈 일이 있을 때마다 으레 그곳에 들르는데, 〈런던 나우〉 편집부 사무실이 지척에 있는 관계로 그럴 일이 꽤 많다. 오늘 같은 경우는 1차, 2차 걸치다보니 점점 가까이 가게 됐다. 어디로 향하는지 말할 필요가 없었다. 척하면 척이었다.

여하튼, 와츠가 보낸 편지에 〈타임스〉에서는 아무런 반응이 없었다. 아무도 그에게 답신하지 않았다. 아무도 그에게 동조하지 않았다. 그래서 와츠는 혼자서 그 일을 했다. 그리하여 런던 시내 한가운데에, 오래된 교회 정원의 담벼락을 따라서, 전에는 중앙우체국 구내였던 조그만 공원에, 저마다 자기희생적이고 용감한 행위를 기념하는 반질반질한 로열덜튼 타일이 수십 개씩 줄지어 붙어 있게 되었다.

우리는 그중 한 타일 앞에 서 있었고, 데브는 담배를 말았다.

조지 스티븐 퍼넬, 순경, 1899년 12월 22일.

해크니위크의 위크 로드에 위치한 엘리펀트 앤드 캐슬 화재 당시 두 사람을 구조한 후 다시 불길 속으로 들어가 생명의 위험을 무릅쓰고 술집 여종업원을 구했다.

낭독 후의 적막을 만끽할 때가 제일 즐겁다.

어느 순간 데브가 입을 열었다. "아마, 우리가 영웅이 못 되기 때문이겠지. 한 번도 영웅적인 일을 한 적이 없기 때문에 자격지심이 드는 걸 거야."

"난 자격지심 느낀다고 한 적 없는데."

"그래도 느끼고 있잖아, 안 그래?" 데브가 말했다. "난 느껴."

나는 뒤돌아서 다른 타일을 읽었다.

앨리스 에어스, 벽돌공의 딸, 버러의 유니언 스트리트 주택 화재 당시 용감무쌍하게 세 아이를 구하고 젊은 나이에 숨졌다.

"우린 매일 일상적인 삶을 살고 있잖아." 데브가 말을 이었다. "넌 리뷰를 쓰고 난 게임을 팔고, 가끔은 네가 내 게임을 팔고 내가 네 리뷰를 쓰고."

나는 웃었지만, 데브는 웃지 않았다.

"나름 뭔가 하고 있는 것 같지만, 실제로 우리가 하고 있는 게 뭐야? 우리가 해냈다고 말할 수 있는 게 뭐가 있어?"

나는 잠시 생각했다.

"난 지난주 수요일에 수프를 좀 먹었어."

데브는 싸구려 궐련에 불을 붙이고 나서 고개를 내저었다.

"제이스, 난 지금 진지해. 인생이 순간의 타이밍에 달려 있다면? 그 순간을 제때 포착하지 못한다면? 그 순간을 포착하지 못했는데 다음 순간이 다시는 오지 않는다면? 우린 영웅으로 기억될 수도 있고, 생을 마감하는 그날까지 조용히 살다 가는 수많은 사람 중 하나가 될 수도 있어."

데브는 다른 타일을 가리키며 읽었다.

"조지 리. 클러큰웰 화재 당시 의식을 잃은 소녀를 업고 탈출하다가 여섯 번 쓰러졌고, 그때의 부상으로 사망했다. 1876년 7월 26일."

그러고는 잠시 침묵하다가 입을 열었다.

"이 사람은 그 순간을 써먹은 거지."

"그럼 추천 메뉴는 뭡니까?" 나는 웨이터에게 물었다.

아브리치는 괜찮은 곳이었다. 근사하고 기능적인 인테리어(지루하다고 평해야겠다), 유능한 직원들(차갑다? 아니, 로봇 같다. 로봇 같다는 표현이 더 낫군), 또, 흠, 딴건 잘 모르겠다. 맛집 평가에서 눈에 불을 켜고 찾아보는 게 또 뭐가 있더라? 아, 커트러리가 있군. 분명 모자라지 않게 충분히 있는데, 이걸 어떻게 부정적으로 써야 할지 애매하다. 그리고 빵—빵이 담긴 작은 바구니가 있다. 이게 좀더 커야 하지 않을까.

"펜네가 아주 훌륭합니다. 굉장히 좋은 송아지 고기가 들어왔거든요." 웨이터는 예약을 한 사람이 예의 그 제이슨 프리스틀리가 아니란 걸 알고 조금 전까지도 배꼽을 잡고 웃었다. 나도 따라서 웃었지만, 서른둘이 되고 보니 그 농담도 슬슬 참아주기 힘들어진다.

"물론 피자도 있습니다. 근방에서 제일 맛있다고 자부합니다."

"좋네요. 어떤 피자지요?"

"제가 제일 좋아하는 건 신선한 토마토와 바질, 모차렐라 치즈를 얹은 얇고 바삭한 피자입니다."

"마르게리타 말인가요?"

"네 뭐…… 아브리치식 마르게리타죠."

마르게리타가 적당해 보였다.

"아브리치식 마르게리타로 하죠."

웨이터—그때 그의 이름이 허먼이라는 것을 봤고, 그렇다면 그도 남의 이름 갖고 비웃을 처지가 못 된다는 생각이 들었다*—는 내 주문을 받아들고 휘적휘적 가버렸고, 나는 음료수를 홀짝였다. 창문을 마주하고 2인용 테이블에 앉아서, 저녁 무렵 퇴근 인파가 택시를 잡거나 술집으로 향하는 모습을 바라보았다. 친구들을 만나고, 애인을 만나고, 즐겁게 노는 모습.

나는 브레드스틱을 반으로 쪼갰다.

하지만 이봐, 이것도 그리 나쁘지 않다고. 주변 사람들한테 나는 베일에 싸인 사내로 보일걸. 샬럿 스트리트를 내다보는 고독하고 위험한 사내 혹은 전문 킬러처럼 보일지도. 다들 전문 킬러가 뭘 시키나 궁금해서 고개를 외로 꼬고 훔쳐보다가, 마르게리타와 애플타이저**라는 걸 알고 실망했겠지.

---

* 1980년대에 미국 코미디언 폴 루번스가 연기한 피위 허먼이라는 유명한 코믹 캐릭터를 두고 하는 말이다.

** 남아프리카공화국의 대표적인 과일 탄산음료.

그때 놀랄 만한 일이 일어났다.

나는 브레드스틱을 내려놓고 허리를 펴 똑바로 앉았다. 그다음엔 벌떡 일어섰다. 그다음엔 나오기도 전인 마르게리타를 기억의 저편으로 내던졌다.

나는 그녀를 보았다.

셋

그 여자는 나타났다 사라진다

The Woman Comes and Goes

"그래서 어떻게 됐어?" 데브가 잔뜩 기대에 부풀어 물었다. "그러니까 그 피자 말이야."

데브는 폴로코크타*를 한 모금 들이켜고 작게 트림을 했다.

"진짜 그게 궁금해?"

"그냥 놔두고 나왔어? 피자값은 냈어?"

"피자 따위 알 게 뭐야. 내왔다가 도로 주방으로 가져갔겠지. 커튼 짜는 데 썼든가. 하여간 지금 얘기의 요지는 그게 아니잖아."

"딴사람이 대신 받아서 먹은 건 아닐지 난 그게 궁금하다고. 식당에 갈 때마다 딴사람이 시킨 피자를 가로채서 먹을 수 있다면 근사하지 않겠냐. 뭐랄까, 넌 리뷰 쓴다고 공짜로 먹었을 테니까……"

* 코카콜라와 유사한 폴란드 음료.

"데브…… 그 아가씨. 그 여자 말이야, 데브."

"알았어. 미안. 계속해. 그 아가씨가 뭐?"

이게 바로 요지란 말이다. 그 아가씨.

그녀는 난데없이 튀어나왔다.

유리창에 비친 내 모습을 멍하니 보면서 내가 정말 전문 킬러로 통할지 고민하고 있는데, 갑자기 저 너머 어둠 속에서 무언가가 슬쩍 움직였다. 1마일 떨어진 곳에서 움찔하는 듯한 아주 작은 움직임이었지만, 창 너머로 시선을 옮기기에는 충분했다.

그 아가씨는 스내피 스냅스 사진관에서 나와—똑같은 파란색 외투였지만 신발은 바뀌었던 것 같다—주위를 두리번거리고 있었다.

무엇 때문에? 나 때문에?

그럴 리가 없지. 어쨌든 뭔가를 찾고 있었다.

나도 모르게 벌떡 일어났고, 눈이라도 마주치길 바랐다. 온통 환하게 불 밝힌 이탈리아 레스토랑이니 손인사라도 할 수 있지 않을까 기대했지만 그녀는 나를 보지 못했고, 봤다 해도 기억할 리가 없었다. 기억하는 편이 오히려 이상하겠지.

"안녕하세요, 저는 일전에……"

"언젠가 제 쇼핑백을 들어주셨죠."

"네!"

"그래요, 안녕히 가세요!"

그때 퍼뜩 생각났다.

"내 재킷, 재킷 좀 갖다주시겠어요?" 나는 웨이트리스에게 부탁했다.

"다 드셨어요?"

"아뇨, 좀 필요한 게 있어서…… 재킷이 있어야 해요."

웨이트리스는 입구 쪽의 안내 데스크를 가리켰다. 그러나 안내 직원은 다른 손님과 얘기하는 중이었고, 시선을 끌려 했지만 그녀는 통 돌아보지를 않았다. 나는 접시를 들고 가는 다른 웨이터를 잡았다.

"저기, 내 재킷 좀 갖다줄래요?"

그러나 그는 싱긋 웃으며 안녕하세요, 하더니 그대로 가버렸다.

창밖을 내다보았다. 그 아가씨는 여전히 거기 서서, 여전히 주위를 둘러보고 있었다.

달려나가야 하나? "안녕하세요, 저를 모르시겠지만, 혹시 아시나 싶기도 하지만, 제가 뭘 좀 가져올 동안 여기서 잠시 기다려주실래요?"

"네 손님, 필요하신 거 있나요?"

마침내. 몇 초밖에 흐르지 않았지만, 어쨌든 마침내였다.

"내 재킷이 필요합니다! 제 자리는 저기…… 몇 번 테이블인지는 모르겠는데, 저기 브레드스틱과 애플타이서가 있는 데요."

직원이 자리를 힐끗 둘러보는 순간 나는 그 아가씨를 놓쳤지만, 그녀는 길 위로 약간 더 올라가서 여전히 주위를 두리번거리고 있었다. 아직 가능성이 있다.

"9번 테이블이군요, 프리스틀리 씨?"

"네."

"제이슨 프리스틀리!" 직원은 깔깔거리며 웃었다. "유명 인사시네요!"

"네, 저도 압니다. 제발 부탁인데, 내 재킷 좀 주시겠어요?"

이제 그 아가씨는 시야에서 사라졌지만 그리 멀리 가지는 않았을 테고, 끽해야 굿지 스트리트 모퉁이쯤 있을 것이다. 그러나 허먼은 휴대품 보관소에서 느긋이 내 옷을 꺼내고 있었고, 나는 손가락을 꺾으며 "아 좀"을 연신 중얼거렸고, 덕분에 아무도 내게 호감을 보이지 않았다. 드디어, 재킷이 내 손에 들어왔다.

아직 여기 있을까? 내 재킷 안주머니에? 나는 확인차 주머니를 두드려보았다.

있다.

나는 샬럿 스트리트를 반쯤 뛰다시피 내려갔고, 양쪽 인도를 훑으며 그녀를 찾았다.

저기 있다!

그 아가씨는 내 쪽을 쳐다보고 있었다. 웃으면서. 바로 그 미소였다. 팔을 치켜들어 흔들며.

나는 뜀박질을 멈췄다. 그녀가 사랑스럽게 보였다.

그때 그녀가 바라보던 택시가 내 옆을 미끄러져 지나치더니 천천히 정차했다.

지금이 나의 순간이었다. 잡을 타이밍이었다.

"그래서 잡았어?" 데브가 눈이 동그래져서 물었다. "그 순간을 활용한 거야?"

나는 잠시 말을 멈췄다.

"아니."

나는 활용하지 않았다. 당최 무슨 이유에선지 얼어버렸다. 카메라는 주머니 속에 있었다—내 주머니 속에 얌전히. 카메라를 꺼내 들고 "잠깐만요!" 하고 소리치며 달려가서 그녀에게 건넬 수도 있었다. 그럼 아마도 서로 가벼운 얘기를 나눴을 테고, 그녀가 예의 와인을 마시자고 하고, 나는 저녁을 제안하고, 그다음엔 뭐, 누가 알겠어? 그녀가 싼값에 중고 폴크스바겐 골프를 살 수 있도록 도와줬을지도.

이틀 동안 두 번이나, 이야기의 시작처럼 느껴졌다. 그런데 이틀 동안 두 번이나, 이야기는 시작도 못한 채 끝나버리고 말았다.

"왜?" 데브가 물었다. "왜 도대체 왜 도대체 왜?"

데브는 폴로코크타를 끝까지 쭉 빨아마시고 쓰레기통에 버렸다. 그리고 새 캔을 땄다.

"근데 그건 뭐야?"

"폴로코크타 안 먹어봤어? 와, 이거 굉장해. 콜라처럼 톡 쏘면서도 좀더 쇠맛이 나."

데브는 폴로코크타를 벌컥벌컥 마시더니 얼굴을 찡그렸다. 나는 데브의 질문을 숙고했다.

왜?

왜 무슨 짓이든, 무슨 말이든 하지 않았을까? 결정적으로 뭔가 턱 걸렸다. 그녀는 택시에—이번엔 누구의 도움도 없이 저 혼자—탈 때 나를 보았다. 단언할 수 있다. 미묘하긴 했지만 뭔가 있었다. 찰나의 반응, 미세한 변화, 하지만 분명 뭔가 있었다. 약간 놀란 시선, 살짝 찡긋한 코, 그녀가 나를 알아봤음을 말해주는 무언가가. 그러나 백만분의 일 초간 멈칫하고는 그걸로 끝이었다. 그대로 택시에 올라 문을 닫고 가버렸다.

"아니면 웬 남자가 어두운 밤에 한 손을 재킷 호주머니에 넣은 채 꼼짝도 않고 서서 자길 노려보고 있으니까 쳐다봤을 수도 있지." 데브가 말했다.

그럴지도 모르지.

그래도. 최소한 킬러로 보이는 데는 성공했군.

"그리고 그 물건 말인데, 그……"

"35밀리미터 일회용 카메라." 나는 카메라를 손안에서 굴리며 말했다.

"그래. 그건 어쩔 거야? 그 아가씨가 다시 나타나기를 바라며 계속 샬럿 스트리트를 어슬렁거릴 거야? 혹시 만나면 돌려주려고?"

"샬럿 스트리트에서 이틀 동안 두 번이나 그 아가씨를 봤다고. 두 번 다 스내피 스냅스 근처였고, 한 번은 그 안에서 나왔지. 분명 사진에 관심이 많은 거야."

"아니면 누가 자꾸 그 아가씨 카메라를 가져가나보지. 게다가 요즘 세상에 누가 일회용 카메라를 써? 취향도 참 이상한 여자야. 그래서 넌 어쩔 건데?"

나는 어깨를 으쓱했다.

"아무것도."

"아무것도? 야야 좀."

"난들 어떡하겠어. 근데 너 '어쩔 건데?'라는 건 무슨 뜻이야? 뭘 어째?"

데브는 음료를 벌컥벌컥 마시더니 몇 초 동안 나를 빤히 쳐다보았다.

"샬럿 스트리트 근처에 제법 괜찮은 술집이 몇 군데 있거든." 데브가 말했다.

그날 오후 나는 아브리치에 대한 리뷰를 일필휘지로 갈겨써서 송고했다.

'천상의 맛, 피자의 천국'이라고 쓰면서, 딱 적당한 양의 빵이 나왔고 서빙 직원들도 몹시 훌륭했다고 찬사를 늘어놓았다. 뭐, 내 이름이 다 까발려졌으니 어쩔 수 없다. 90년대 초반 아이돌 스타와 이름이 같다는 건 이럴 때 골치 아프다. 사람들이 금방 기억한다. 지루할 때 얘깃거리로 삼기도 좋다. 가령 당신이 신발 가게에서 일하는데 샤킬 오닐이라는 사람에게 버켄스톡 슬리퍼를 팔았다고 상상해보라. 동네방네 떠들고 다니고, 친구들한테도 문자를 보내겠지. "나 방금 샤킬 오닐이라는 녀석한테 신발 팔았다!" 그럼 친구들도 학교 다닐 때 같은 반이었던 동명이인들에 대한 이야기로 화답할 것이다. 립 밴 윙클*도 있고, 토비 앤스티스**도 있고, 4B반의 걔는 의대에 가더니 닥터 드레***가 됐다더라.

더욱이 허먼은 내가 음료숫값도 안 내고 내뺐다는 사실과 그 가게 피자에는 손가락 하나 대지 않았다는 사실을 기억할 것이다. 당시 나는 다시 레스토랑에 들어가 앉기도 뭣했고, 앉아서 피자를 먹자니 정신이 너무 산만했다. 레스토랑 측에서 편집부에 전화해 고자질할 게 분명했다—리뷰에 악평을 쓴다면.

---

* 미국 작가 워싱턴 어빙의 단편소설 제목이자 동명의 주인공 이름. 시대에 뒤떨어진 사람을 일컫는 대명사다.

** 영국의 라디오 진행자.

*** 미국의 래퍼이자 음반 프로듀서.

조가 이메일로 짧은 답신을 보내왔다.

흠, 리뷰 고마워. 너한테서 그런 찬사를 끌어내다니 엄청 맛있는 곳인가보네. 이상한걸, 내가 듣기론 형편없다던데. 별일 없어? 괜찮아?

서글프군, 나는 생각했다. 좋은 얘기를 하면 꼭 사람들은 괜찮냐고 물어본다. 그래도. 허먼이 그 기사를 읽고 기뻐하는 표정을 상상해보라고.

그냥 내가 피자를 좀 좋아하거든, 이라고 회신하고 나는 노트북을 덮었다.

여섯시가 되기 직전이었고, 우리는 샬럿 스트리트 16번지 앞에 서 있었다. '피츠로이 태번'. 윈드밀 스트리트와 교차하는 모퉁이.

"이건 바보 같은 짓이야." 내가 말했다.

"딜런 토머스가 여기서 자주 마셨어!" 데브가 말했다. "시인이 왜 이 술집에 다녔는지 궁금해."

"이건 바보 같은 짓이라고." 나는 재차 말했다. "딴 데 가자."

"내 말 못 들었냐? 딜런 토머스가 여기서 종종 술을 마셨다니까! 넌 어디 가고 싶은데? 웨더스푼스? 좋지, 〈라이트 스터프〉*에 나오는 내털리 핀컴을 볼 수 있을지도 모르고."

"딜런 토머스 보려는 거 아니잖아! 그리고 언제부터 이게 누굴 '보러 가는' 행사가 됐냐?"

"우리가 누굴 보러 온 건지 알면서 그러냐." 데브가 대꾸했다.

* 매슈 라이트가 진행하는 평일 오전 TV 토크쇼. 고정 패널이 출연하여 시사부터 연예까지 온갖 주제를 다룬다.

내가 그 아가씨를 본 게 두 번 다 오후 여섯시 무렵이었다. 아마도 여기 피츠로비아 근처에서 일하는 것 같았다. 그 일대는 이 술집 이름을 따서 피츠로비아라고 부르는데, 결과적으로 피츠로이라는 사람의 이름을 딴 것이 되었다. 술집 이름을 따서 지은 지명을 나는 무조건 사랑한다. 당연한 얘기지만 런던에는 그런 곳이 꽤 있다. 에인절, 매너하우스, 로열오크, 스위스코티지, 거기다 엘리펀트앤드캐슬까지. 코끼리도 성채도 없는 동네를 엘리펀트앤드캐슬이라고 부르다니, 그게 퍼브 이름인 줄 몰랐을 때는…… 그냥 그 술집 이름이 '비커 앤드 붑스'*가 아니었던 게 엄청난 행운이었다는 정도만 말해두자. 보통 그런 종류의 이름들은 집값에 영향을 미치는 경우가 허다하니까.

그리고 딜런 토머스에 대해서는 데브의 말이 맞았다. 우리가 피츠로이 태번에 처음 갔던 날, 브리스틀에서 왔다는 트위드재킷을 입은 빼드렁니 남자가 말하길, 이곳이 1920년대와 30년대와 40년대에 예술가와 지식인과 보헤미안 들의 아지트였다고 한다. 술집 어느 구석에나 그런 사람들이 모여앉아 생각을 교환하고 술에 취해 토론하고 싸우고 사랑하다가 결국 이 술집이 이 일대 전체를 특징짓기에 이르렀다고 했다. 조지 오웰도 여기서 술을 마셨다. 오거스터스 존도. 그런데 이제는 데브와 나 같은 사람들이 드나든다. 술집이 시무룩한 표정을 지을 수 있다면, 바로 지금 이곳이 시무룩하니 실망한 눈치라는 생각이 들 수밖에 없다.

그런데 이 사실들이 그녀와 관련해서는 어떤 의미일까? 언론계

---

* Vicar & Boobs. 목사와 젖무덤.

종사자? 아님 웨이트리스? 디자이너? 샬럿 스트리트는 내가 런던에 사는 동안만 해도 자주 변했다. 처음에는 온통 사진과 패션 관련 업체였는데, 그다음에 광고 회사들이 들어왔다. 한동안은 TV와 이런저런 라디오 스튜디오들이 성행했다. 지금은…… 레스토랑들과 술집들이다. 오직 피츠로이 태번만이 그 과정을 쭉 지켜보았다. 홀로 변화에 저항하며, 술집에 노래방 기계가 들어와도 고집스럽게 바의 자기 자리를 차지하고 앉아 있는 노인네처럼.

나는 데브에게 그 아가씨에 관한 얘기를 하고 싶었지만, 바보 같은 짓이라고 애써 폄하하며 고개를 저었다. 그걸 핑계로 한잔 걸치려 한 것뿐이라고. 모든 게 데브의 아이디어였다고 책임을 미루면서, 나는 이번 한 번만 하고 싶은 대로 다 하라고 받아주는 통 큰 친구 역할을 하고 있었다. 데브가 그 아가씨 얘기를 꺼낼 때마다 괜히 쿨한 척 화제를 돌리는 주제에, 속으로는 그 얘기를 하고 싶어 좀이 쑤시는 내 자신이 가증스러웠다.

"그 아가씨 이름이 샬럿일지도 몰라." 데브의 말에 나는 갑자기 신고 있던 구두에 새삼 매료된 듯 내 발만 뚫어지게 쳐다보았다. "이름이 샬럿이고 성은 스트리트인 거지. '미스 샬럿 스트리트.' 관광객을 위한 설명 같군."

"관광객들은 샬럿 스트리트를 좋아하지." 나는 데브의 눈을 피하며 대꾸했다.

실제로 그렇다. 엄밀히 말해서 관광객은 아니지만. 사업가들. 미국인 사업가들. 지금 이 시간에도 석양을 놓칠세라 '패로 앤드 볼'*

* 영국의 페인트 및 벽지 제조 회사로 역사적 건축물을 복원할 때 정확한 색감을 내

녹색으로 칠한 샬럿 스트리트 호텔 계단을 한꺼번에 몇 개씩 뛰어 내려오는 미국인들이 보인다. 다들 깔끔하게 면도한 피부에 세련된 정장 차림이고, 은색 메르세데스가 그들을 저녁식사 장소로 데려가기 위해 대기하고 있다. 식사 장소는 음…… 아이비** 정도는 돼야겠지.

데브와 나는 우리 옆을 미끄러지듯 스쳐가는 그들의 꽁무니를 쳐다본다.

"미국인으로 사는 것도 근사하겠지." 데브가 말했다.

"미국인이라고 다 저렇겠냐." 내가 대꾸했다. "헐크 호건***도 미국인이야."

데브의 시선이 샬럿 스트리트 위아래를 휙휙 오가며 식당과 술집에서 왁자지껄 웃으며 쏟아져나오는 런더너들을 훑었다. 샬럿 스트리트는 휴일 전날 같은 분위기였다. 무언가 달랐다. 무언가 행복한 기운이 떠다녔다. 데브가 그 아가씨를 찾는 중이라는 것은 의심의 여지가 없었다. 나도 어쩔 수 없다. 나도 똑같은 짓을 하고 있었으니까.

그러다 문득 멈춰버렸다. 기분이 묘했다. 이 장소에 있는 것이 묘했고, 스토킹이나 다를 바 없는 짓을 하고 있다는 게 묘했고, 그래서 어쩔 건데? 그 아가씨가 나타나면? 옆으로 지나가면? 하는 생각에 또한 묘했다. 뱃속에서 살짝 경련이 느껴졌다. 피커딜리의

는 데 주력하여 '런던 진흙' '코끼리의 숨결' 같은 고유의 독특한 색상 팔레트를 보유하고 있다.

** 코번트 가든 근처에 위치한 유서 깊은 고급 레스토랑.

*** 미국의 전설적인 프로레슬링 선수.

타이 식당에서 두번째 데이트를 하기 위해 세라를 기다리던 그날 저녁과 비슷하게 경련이 일었다.

나는 스스로에게 화를 냈다. 이건 데이트가 아냐. 스토킹이라고.

그때 데브의 눈이 휘둥그레졌다. 무언가를 빤히 보고 있었다. 바로 내 어깨 너머의 무언가…… 아니 누군가를.

"저 사람!" 데브는 눈썹 한 올 움직이지 않고 속삭이다시피 말했다. "저 사람 아냐?"

나는 얼어붙었다.

"설마." 나도 덩달아 눈을 동그랗게 뜨고 말했다.

"파란색 외투지?"

나는 고개를 끄덕였다.

"구두 신고?"

"구두야 당연히 신었겠지."

천천히 돌아보았다.

"아냐." 파란색 코트에 구두를 신고 성큼성큼 내 옆을 휙 지나가는 사람을 쳐다보며 내가 말했다. "키 큰 흑인 남자잖아."

데브가 껄껄 웃기 시작했다. 어떨 때 보면 이 녀석은 꼭 머저리 같다.

"야, 내가 어떻게 알겠냐? 난 그 아가씨를 한 번도 못 봤는데. 머리는 무슨 색이야?"

"금발 비스무리해."

"비스무리?"

"음, 금발에 가깝다고 해두지."

"눈은?"

"당연히 있지."

"무슨 색이냐고."

"그건 본인한테 직접 물어봐야 할 것 같은데."

"넌 게임 실력을 좀 키워야 할 필요가 있어, 스토킹 방면으로. 오늘은 내가 살게!"

데브는 술집 안으로 들어갔고, 나는 피식 미소 짓다가 고개를 젓고 껄껄 웃었다. 정말이지, 이 모든 게 바보 같았다. 바보 같았지만, 재밌었다. 만약 나 혼자 왔더라면, 뭐랄까, 변태처럼 보였을 것이다. 애초에 혼자 올 리는 절대 없지만. 데브와 함께 있으면 왠지 모험을 하는 기분이다. 우연히 발견한 표지판이 가리키는 대로 그냥 무작정 따라가보는 것처럼. 사실 나는 이 일을 그다지 진지하게 받아들이지 않았다. 그 아가씨가 어떤 사람일지 알 게 뭐람. 나치일 수도 있다. 애인이 있을지도 모른다. 그 애인 역시 나치일지도. 둘이 나치 강아지를 사서 취미로 같이 나치 댄스를 즐길 수도 있다. 생판 남인 그 여자가 나와 전혀 어울리지 않을 이유는 십억 가지도 넘는다……

가만, 어울리고 자시고 할 게 뭐가 있담? 여기서 난 정말 뭘 기대했던 걸까? 가령 그 아가씨가 오늘 저녁 나타났다고 치자. 그다음엔 어떡하지? 무슨 말을 하지? 괴상하고 수상쩍고 정신 나간 얘기로 들릴 텐데? 엊저녁에 당신을 봤다고, 또 내가 당신 카메라를 갖고 있는데 제때 돌려주지 않았다고? 줄 수도 있었는데 안 줬다고?

나는 손목시계를 확인했다. 여섯시 오분이다. 때가 됐다. 모퉁이에 있는 스내피 스냅스 쪽 길거리를 흘끔 보았다. 서성대는 사람이 몇 명 있었고, 한 무리의 소란스러운 사람들이 이탈리아 레스토랑

질리로 몰려갔다. 하지만 그 아가씨는 보이지 않았다. 아직은.

"자, 잔 받아." 데브는 내게 맥주 한 잔을 건넸다. "아직이야? 그 아가씨는 이 근처에서 일할 거야. 항상 여기를 떠나는 모습을 봤잖아? 여기 도착하는 건 한 번도 못 봤지?"

나는 고개를 끄덕였다.

"그래, 여기서 일하는 게 틀림없어. 이 근방에 널린 고급 사교 클럽에 돈 받고 동행해주는 아가씨일 거야. 아니면 주차 단속원일 수도 있지. 분명 둘 중 하나일 거야. 그 여자가 어느 방향으로 갔어?"

"글쎄—근데 난 그 여자를 고작 두 번 봤을 뿐인걸—이쪽으로 간 것 같아. 두 번 다 택시를 탔고."

"흥미롭군. 아마 단거리 이동일 거야. 지하철역이 바로 저 위에 있잖아. 즉, 이 근처에 직장이 있고 사는 곳도 그리 멀지 않다는 얘기지. 고객을 만나러 가는 게 아니라면."

"그 여자는 고급 에스코트 서비스 걸이 아냐." 내가 바로잡았다. "주차 단속원도 아니고."

"주차 단속원이라면 그 카메라에 대해 설명이 되잖아. 요즘은 증거 사진을 찍어 남기니까."

"일회용 카메라는 안 쓰지. 하여간, 그렇다면 주차 단속원 모자를 쓰고 있었겠지."

우리 둘 다 목을 빼고 거리를 바라보고 있었다.

하지만 그녀는 없었다. 여섯시 십분이 돼도, 그녀는 여전히 나타나지 않았다. 데브가 나를 쳐다보더니 아랫입술을 쑥 내밀고 탁탁 발을 굴렀다.

나는 다시 머쓱해졌다. 더이상 핑계도 통하지 않았다. 확실히 지금까진 '재미'라는 얇은 막에 싸여 있었지만, 그마저도 점점 녹아 없어졌다. 데브는 몇 번 혀를 차더니 코를 훌쩍였다.

맙소사, 우리가 지금 무슨 짓을 하고 있는 거지?

"야, 가자." 내가 말했다.

"설마, 농담이지?" 데브가 말했다. "난 네가 그 여자한테 무슨 말을 할지 궁금하다고!"

별안간 이 모든 게 하나도 재미없게 느껴졌다.

"그만두자. 기분이 이상해. 집에 가서 골든아이나 하자. 피파도 좋고."

보통 이렇게 말하면 통했다.

"좀만 더 기다려보자." 데브가 고집을 피웠고, 둘 다 묵묵히 서서 시선을 샬럿 스트리트 쪽으로 돌렸다.

그녀는 보이지 않았다.

당연히 보일 리가 없지.

그 아가씨와 나는 이틀 연속으로 같은 장소에 있었다. 그렇다고 그게 전통이 될 리는 없지 않은가.

우리는 다른 손님들과 함께 술집 바깥에 있었고, 데브는 담배를 말았다. 하늘에는 석양이 낮게 걸려 있고, 거리는 주황색으로 따스하게 물들었다.

일곱시 삼십분, 아니 삼십오분쯤이 되자 우리는 더이상 할 얘기가 없었다.

"술 마시러 왔으니까 술이나 더 마실까?" 데브가 어깨를 으쓱하며 하는 말에 나는 답했다. "여기서 말고."

그래서 지하철역을 향해 샬럿 스트리트를 걸어가는데, 모퉁이에서, 스내피 스냅스 바로 앞에서 데브가 나를 세웠다.

"세라 일 말인데." 데브는 내 팔을 살짝 잡으며 말했다. "분명 힘들겠지."

나는 인상을 쓰며 말렸다. "그만, 됐어, 어휴, 그만해." 하지만 데브는 나를 계속 쳐다보았다.

"그니까, 그래, 너무 갑작스럽게 일어난 일이라 좀 난감하긴 해, 하지만 너도 알잖아, 세상일이라는 게…… 뭐하는 거야?"

데브가 재빠른 손놀림으로 내 재킷을 툭 쳤다.

"뭐하는 건데?"라고 말하는 순간 깨달았다. 녀석이 내 재킷 주머니에서 뭘 낚아챈 것이다.

데브가 그것을 들어 보였다.

카메라였다.

"단 이 초도 세라에 대해 입을 다물 수 없으면서 뭘." 데브가 말했다. "서둘러! 삼십 분 후에는 문을 닫는다고!"

데브는 종종걸음으로 뛰어가 스내피 스냅스 안으로 들어갔다.

넷

런던, 행운 그리고 사랑

London, Luck and Love

데브는 '24시간 초고속 인화' 과정을 선택했다. 몹시 인상적인 이름이긴 하지만, 요즘 같은 시대엔 스물네 시간 안에 달에 도달하는 정도는 되어야 초고속으로 쳐준다는 게 함정이다.

데브는 내일 저녁에 이곳 스내피 스냅스 앞에서 다시 만나자고 했다. 어차피 내내 붙어다닐 거면서 공연한 언급이었다.

지금 당신이 무슨 생각을 하고 있는지 잘 안다. 이런 짓을 하면 안 된다는 거겠지. 타인의 사생활에 대한 매우 중대한 침해라고. 다 큰 성인 남자 둘이 알지도 못하는 여자의 개인적인 사진을 인화하다니. 사진에 뭐가 나올 줄 알고? 혹은 누가 나올 줄 알고? 누가 뭘 하는 장면이 나올 줄 알고?

당신 말이 맞다.

그럼에도 불구하고 데브는 자신만만했다. 그 아가씨가 절대 알지 못할 거라고 확신했다. 만약 그녀가 알게 된다면, 그건 사진을 보고 우리가 그녀를 찾아냈을 때뿐이라고. 사진이 나를 그녀에게 이끌었을 때.

데브가 어째서 사진을 보면 그녀를 찾아낼 수 있을 거라고 생각했는지 잘 모르겠다. 데브는 카메라가 없다. 녀석은 사람들이 종종 자신의 인적 사항과 연락처가 적힌 쪽지를 들고 셀카를 찍는다고 생각하나보다. 혹시나 카메라를 잃어버리면 누가 그걸 주워서 갖다줄지도 모르니 미리 자기 집을 가리키며 사진을 찍고 길거리 표지판 앞에서 포즈를 취한다고 생각하나보다. 어쨌든 데브의 미친 꿈이 실현되어 그런 사진이 정말로 카메라에 있다 치자. 그다음엔 어쩔 건데?

일단 그 아가씨의 집으로 가야겠지? 현관문을 두드리고, 이렇게 말하는 거다. "안녕하세요! 저랑 제 친구가 당신의 사적인 사진을 인화해서 신중히 연구한 끝에 당신 집을 찾아서 이렇게 뵙게 되었네요!" 그럼 그 여자는 두 번 다시 카메라 앞에 얼씬거리지 않겠지.

"어이구 성자 나셨네." 데브가 말했다.

"성자라는 게 아니라, 단지……"

"단지 뭐? 넌 안 궁금해? 계속 아무것도 모르는 편이 낫겠어?"

"단지…… 변태처럼 보일 수도 있다는 거지."

데브는 열쇠고리에 달린 버튼을 눌렀다. 무우우우더엄에서 이이이러나라.

"그게 무슨 상관인데?" 내가 물었다.

"'미적거리지 말고 얼른 해치워'라고 말하고 싶었을 뿐이야. 아쉽네, 이거보단 좀더 셀 줄 알았는데. 하여간, 들킬 리는 없어. 네가 괜히 신문에 기고하지만 않는다면. 아니다 싶으면 얼굴에 철판

깔고 그냥 내던져버리면 그만이야. 게다가 그건 일회용 카메라니까 몽땅 흔들리고 흐릿해서 별로 건질 만한 사진도 없을걸. 어쩌면 그 여자도 울타리 위에 쓸쓸하게 놓인 주인 없는 장갑이나 비둘기를 찍어놓고 그 밑에 '핍진성'이라든가 '마음은 그 자체로 하나의 나침반이다' 같은 허세 가득한 캡션을 끼적이는 별난 애들 중 하나일지도 모르고."

나는 고개를 주억거렸다. 데브 말도 일리가 있었다. 그 여자가 골 빈 허풍쟁이일 가능성도 없지는 않았다.

하지만 그렇지 않음을 알고 있었다. 처음부터 그녀를 공정하게 대하고 싶기도 했다. 기묘하게 들릴지도 모르지만, 이상하게 들리겠지만, 그녀에게 뭔가를 빚진 기분이었다. 엄밀히 말하면 그녀가 생판 남이라는 생각도 들지 않았다. 그녀는 나를 보고 싱긋 미소를 지었다.

게다가 또…… 하긴 내가 이런 게 한두 번이 아니지. 이런 느낌을 받았던 게. 중고등학교 때도 그랬고, 대학 때도 그랬다. 어떤 사람에 대한 생각이 머릿속을 비집고 들어와 제멋대로 날뛰며 점점 망상에 가깝게 확대됐던 적이, 지금까지 내 인생에서 서너 번쯤 있었던 것 같다.

고등학교 때 에밀리 파이라는 여자애가 있었다. 나보다 한 학년 아래였고, 꽤 예뻤다. 학교 정문 근처에서 친구들과 함께 걸어가던 그애가 내 옆을 스치며 나를 보고 방긋 웃었다. 최소한 내 눈엔 그렇게 보였다. 이제 와 생각해보면 지나가면서 그냥 아무 생각 없이 웃은 거였지만. 요컨대 '나를 보고' 웃은 게 아니었다는 거지. 중간에 눈이 잠깐 마주쳤지만, 그애는 얼른 시선을 돌렸다.

하지만 그애의 미소는 나의 오후를 지배했고, 이어서 나의 한 주를, 급기야 남은 학기를 완전히 점령해버렸다. 에밀리 파이가 나를 보고 방긋 웃었어! 그 말인즉슨…… 그애가 날 좋아한다는 뜻이잖아. 갑자기 에밀리 파이는 한 학년 아래 예쁜 여자애에서, 내 생의 모든 것이자 내가 늘 원하고 바라 마지않았던 인생의 동반자가 되어버린 것이다. 에밀리는 완벽했다—게다가 나를 좋아했다! 오, 에밀리 파이, 우린 어떤 삶을 살게 될까! 여행도 다니고, 우리집 거실에는 커다란 창문으로 햇살이 담뿍 들어오고 책장마다 책이 빼곡히 꽂혀 있겠지, 만약 아이가 생기고 비즈니스석으로 업그레이드할 마일리지가 부족하면 아예 뉴욕이나 파리에 아담한 아파트를 하나 마련하는 거야. 나는 내 분야에서 두각을 나타낼 테고, 너도 네 분야의 일을 하고 있겠지, 난 그런 면에서는 개념이 있는 사람이라 여성이 일하는 것을 적극 장려하거든. 우리가 좀더 나이가 들면 넌 네모난 안경을 쓰고 긴 카디건을 입겠지, 그때도 우린 여전히 손을 잡고 공원을 거닐고 함께 군것질을 할 거야, 나이를 먹어도 얼마든지 멋질 수 있으니까.

에밀리는 나보다 한 살 어렸고, 다들 알다시피 그 정도가 사귀기에 딱 좋은 나이 차였다. 나는 주어진 거의 모든 사실을 휘고 비틀고 두들겨 맞춰 '이것은 운명이야!'라는 결론을 내렸다. 어떻게든 에밀리와 엮여야 했고, 에밀리가 혹시 수업 도중 빠져나올까 싶어 온갖 핑계를 대서 수업을 빼먹고 복도에서 우연히 마주칠 때를 대비했다. 거울처럼 반사되는 레이밴 선글라스를 쓰고 에밀리의 집 근처에서 자전거를 타고 서성이면서, 좀도둑을 잡는다거나 어린애의 목숨을 구한다거나 해서 에밀리의 눈길을 끄는 장면을 상상하곤 했다. 단지 여자친구가 될 가능성이 보였다고 해서, 그때까지 한 번도 눈여겨본 적 없는 에밀리 파이가 내 머릿속을 떠나지 않는 여신이 된 것이다. 그저 그애가 내게 시선을 주었다는 이유만으로. 우리 사이엔 뭔가 있어! 첫눈에 알아본 거야!

그래서 나는 에밀리에게 러브레터를 썼다. 뭐, 엄밀히 말하면 러브레터라고 할 수도 없는 게, 우리 좀 만나봐야 할 것 같은데, 라는 식의 짧은 편지였다. 솔직히 정식으로 말을 붙이고 상대방의 대답을 듣는 게 겁이 나서, 수수께끼의 망토를 두르고 어른스러운 척 쿨하게 굴었다. 그렇게 어느 날 저녁, 매사에 진지한 친구 에드와 기나긴 토론을 거친 후, 철없고 어리석기 짝이 없던 나는 에밀리가 나의 러브레터를 기다리고 있으리라 진심으로 믿었고, 실행에 옮기기로 결심을 굳혔다. 에밀리가 내가 행동에 나서기만을, 그 순간만을 고대하고 있으리라 확신하면서.

그리하여 편지를 그녀의 집 현관문 안쪽으로 밀어넣고, 자전거를 전속력으로 달려 집으로 돌아왔다. 그러고는 하루인가 이틀이 지나서……

부르르르.

문자메시지가 오는 바람에 에밀리 파이에 대한 생각에서 퍼뜩 깨어났다. 나는 걸음을 멈추었고, 데브도 따라서 멈추었다.

"누구야?" 데브가 물었다.

어제는 전화를 뚝 끊어버려서 미안해. 넌 여전히 내게 소중한 친구야, 제이스. 우리 얘기 좀 하자. 할 얘기가 아주 많아.

"너도 아는 사람"이라고 대답하자, 데브는 '아하' 하는 표정을 지었다.

나는 문자를 물끄러미 들여다보았다. 맙소사, 그냥 방구석에 틀어박혀 혼자 머리 쥐어뜯게 날 좀 내버려두면 안 될까. '할 얘기가 아주 많아'라는 문장이 이렇게 부담스럽기는 처음이다. '할 얘기가 많다'는 건 '네가 들어야 할 얘기가 많다'는 뜻이고, '네가 들어야 할 얘기가 많다'는 건 '내가 널 정확히 어떻게 생각하는지 얘기하는 동안 넌 꼼짝 말고 정좌한 채 들어'라는 의미인데, 나로서는 감당할 수 없다. 아직까지는. 물론, 언젠가는 결국 얼굴을 보긴 봐야 할 것이다. 무엇보다 우린 여전히 친구 비슷한 관계니까. 우리는 늘 친구였을 때 제일 잘 맞았다. 우리가 그 이상이 될 수 없었던 게 바로 그 때문인 것 같다.

나는 휴대폰을 도로 주머니에 집어넣고 데브를 보며 어설프게 미소 지었다.

아무튼, 하루인가 이틀인가 지나서 나는 에밀리와 어울리는 무리 중 한 명을 통해서 그애의 대답을 받았다. 학창 시절에 누구나 그러듯, 에밀리 무리도 내 편지를 다 함께 돌려봤다. 에밀리는 내가 누군지 전혀 감도 못 잡았다고 한다. "아, 맞아, 걔?" 정도도 아니고, 어렴풋이 생각나는 것조차도 아니었다. 그애는 아예 내 존재 자체를 몰랐다.

이쯤에서 다시 한번 당신에게 소개합니다. 자, 희망님이 나오십니다, 짜잔!

그때 그 자리에서, 나는 인화된 사진을 찾지 않기로 결심했다.

그날 저녁 어머니와 아버지는 더럼에서 올라오셔서 런던 시내에 계셨다. 길 건너편에 있는 극장에서 잭과 에릭과 함께 〈빌리 엘리엇〉을 네번째로 관람하는 중이었고, 숙소는 늘 가던 베이스워터의 호텔이었다. 그 호텔에 묵으면 하루에 십이 파운드를 아낄 수 있지만 거기서 극장까지 왕복 택시비가 이십 파운드라는 사실은 간과했다.

어머니는 나를 보자마자 "맨날 우리가 널 보러 오는 것 같구나!" 라며 뼈 있는 농담을 건넸다. 우리 가족은 늘 가는 그릭 스트리트 끝에 위치한 헝가리 식당 게이 허자르에 모였다. 아버지가 이 집 벽에 걸린 시사 풍자만화를 좋아해서 우리는 늘 여기서 먹는다. 보수당 당수였던 마이클 하워드와 정치 기자 존 콜에 관한 카툰을 즐겨 보면서 아버지는 평생을 정부 중앙 부처에서 일해온 것처럼 말씀하시지만, 실은 '브라이언트 앤드 호즈워스 외장 및 천장 시공회사'의 중앙 부서에서 일했다. 어머니는 이 집의 찬 야생체리 수프를 좋아하지만, 내가 보기엔 실제로 좋아한다기보다 좋아한다고 말하기를 좋아하는 것 같다. 어머니는 한 번도 우리집 식탁에 야생체리 요리를 올린 적이 없다.

세라와 헤어진 뒤로, 나는 줄곧 우리 부모님이 내 얼굴 보기를 별로 달가워하지 않는다는 인상을 받았다. 당연히 피해망상이겠지만, 그래도 내가 우리 집안에서 더이상 반가운 인물이 아니라는 것은 알고 있었다. 나는 다시 평범한 제이슨이었다. 늘 그랬듯 예쁠 것도 미울 것도 없는 아들. 다 함께 기뻐할 만한 탑을 이제야 쌓았구나 싶었는데. 나는 수년에 걸쳐 탑을 쌓아왔지만, 아무도 내 탑이 완성될 거라고 기대하지 않았다. 그런데 지금, 완성을 눈앞에 두고 마지막 벽돌 몇 개만 남겨둔 상황에서, 모두의 염원이었던 장대한 프로젝트가 와르르 무너져 먼지투성이 잔해만 땅바닥에 굴러다닌다. 다들 나라는 탑을 다시 세워야 한다는 사실을 알지만, 즉각 다시 시작할 엄두를 내지 못하는 것이다.

'왜?' 그들은 불만을 터뜨리고 싶어했다. '네가 뭔데 우리의 세라를 빼앗아간 거야?'

하지만 우리집 식구들은 가족애에 충실했다. 그들은 내게 변함없는 애정을 보냈다. 그렇다고 말없는 비난이 감지되지 않는 것은 아니었지만. 그들은 내가 자기들 시간을 축내고 있음을 넌지시 암시했다. 나는 다시 십대 청소년으로 돌아갔다.

"근데 뭐, 어머닌 그냥 〈빌리 엘리엇〉 보러 오신 거잖아요." 나는 결국 이렇게 내뱉었다.

"우린 널 보러 올라온 거다." 아버지가 말했다. "〈빌리 엘리엇〉은 온 김에 본 거고."

"그래 요즘은 좀 어떠니?" 어머니가 그럴 줄 알았다는 듯 능숙하게 말머리를 돌리며 물었다. "'집필'은 잘 되어가?"

나는 따옴표로 강조된 단어는 무시하고 말했다.

"네, 잘하고 있어요. 오늘밤까지 마감해야 할 원고가 몇 개 있어서, 저는 이만……"

어머니의 얼굴이 살짝 일그러졌다.

"이만하면 괜찮죠, 잘 아시잖아요. 이 업계가 좀 힘들어요. 경기도 불황이고."

"그래, 교사직을 그만두길 잘했구나." 어머니는 혼자 고개를 끄덕이며 말했다. "물론 이건 그냥 내 개인적인 생각이지만, 어쨌든 너도 관두길 잘했다고 생각하지 않니?"

"그럼요." 나는 소시지를 열심히 살펴보며 말했다.

스티븐 형 얘기를 꺼낼 때가 됐다고 생각했다. 내게 집중된 비뚤어진 관심이 일 초만 득세하게끔 놔둔 뒤 나는 곧바로 물었다. "그런데 형은 어때요?"

"잘살고 있지!" 식구들은 거의 이구동성으로 외쳤다.

스티븐 형은 어김없이 잘살고 있었다. 그리고 이건 형제간의 라이벌 의식이라든가 그런 게 아니다. 나는 형의 삶이 부럽지 않았다. 형의 삶이 별로라는 뜻은 아니다. 그런 유의 삶을 동경한다면 끝내주는 인생이라고도 할 수 있다. 형은 현재 말레이텔에서 영업총괄을 맡고 있으며, 조카들은 다들 건강하게 햇볕에 그을렸고, 형수는 재밌고 쾌활한 사람으로 집에 허리 깊이의 비취색 수영장을 새로 만들 궁리를 하고 있다. 어머니 말로는 크리스마스 때 집에 온다는데, 올해 크리스마스에는 선물뿐 아니라 격려 연설까지 받겠구나 싶었다.

나는 스티븐 형의 삶이 아니라 그 목표 의식이 부러웠다. 형은 지금까지 쭉 한 우물만 팠다. 대학에서부터 싱가포르의 첫 직장까지, 입사 첫 주에 형수를 만나서 가정을 이루고, 진지하게 예측 가능한 출세가도를 달려왔다. 마치 오개년계획을 한꺼번에 받아서 엑셀 문서 한 장으로 출력해 하나씩 차근차근 실행해나가는 것 같았다. 형에게는 잘된 일이었지만 내게는 낭패이기도 했다. 행복한 형과 달리 나는 중산계급의 기대를 저버린 실망스러운 아들이었다. 자기 운명 자기가 꼰 거지, 남 탓할 거 없다는 말의 산증인이었다.

"그래…… 세라와는 요 근래 만난 적 있니?" 어머니는 일말의 기대를 품은 눈빛으로 과감히 물었다.

나도 '네!'라고 대답하고 싶었다. '네, 말씀드린다는 걸 제가 깜박했네요! 다 잘 해결됐어요! 만나서 밀크셰이크 한잔하면서 대화해보니 그게 다 오해였더라고요, 저흰 잘 지내고 있어요!'

어머니를 위해서라도 그렇게 말하고 싶었다. 나를 위해서 그렇게 말하고 싶었을지도 모른다.

"약혼했다던데요"라고 말하고 나서 나는 고개를 주억거렸다. 테이블 밑으로 아버지가 어머니의 손을 꾹 힘주어 잡았다.

해야 할 일이 있었다.

신문사에 보낼 리뷰들. 80년대 베스트 어쩌고(이건 쉽다—곡 제목 몇 개 나열하고, 요즘 우리 귀에는 영 촌스러워서 못 들어주겠다는 듯, 추천곡 한두 개쯤 대충 읊어주면 그만이다). 미국에서 들여온 턱수염 기른 포크 밴드(뭘 좀 아는 것처럼 보이는 친구들의 평을 찾아서 단어만 살짝 바꿔 쓴다). 선댄스 영화제에서 호평을 받은, 그림을 그릴 줄 아는 동물들에 관한 다큐멘터리(이건 진짜로 봐야 한다).

그래도 이것이 내가 교직을 떠난 이유였다. 아니 최소한, 이 일을 하기 위해 교직을 떠났던 것이다. 일필휘지로 기사를 써대며 런던 지식인들의 환영과 축하를 받는다. 일약 스타로 떠오른 인기 기자, 그것도 잠재력과 지성을 겸비한.

동료들은 시내 중심가의 술집 치키타에서 환송회를 열어주었고, 나는 거하게 작별 연설을 했다. 그들은 '가장 성공할 것 같은 사람'이라는 문구와 내 이름을 새긴 모형 트로피를 안겨주었다. 나는 테킬라를 마시며 즐거웠던 지난 칠 년을 기리는 축배를 들었다. 그때 인문계의 헤이먼 주임 선생님이 어지럽다며 화분 위로 꽈당 쓰러졌고, 그게 자리를 마무리해야 할 때라는 신호 같았다. 나오는 길에 우리 일행은 마이클 시어링 일당과 마주쳤다. 놈들은 후드를 덮어쓰고, 몇 놈은 자전거를 탄 채, 누군가 쓰레기통 근처에 버린 맥주 캔 주위에 모여 있었다.

"어이! 선생님!" 녀석이 소리쳤다. "술 취했어요?"

"이제 더는 '선생님'이 아니야." 나는 맞받아쳤다.

"그럼 뭔데요?"

나는 뭔가 재치 있게 응수하려고 고심했다.

"왕이다!"라고 슬쩍 던져보았다. 녀석은 말귀를 못 알아먹었다. 자빠지는 사람이 나오는 유튜브 영상이 아니라면 마이클 시어링은 결코 개그를 개그로 받아들이지 못했다.

"왕?" 마이클이 어리둥절해하는 사이 한 녀석—데이브 하퍼드였나?—이 "거지왕?"이라고 소곤거렸고 놈들은 폭소를 터뜨렸다. 나는 녀석들이 실컷 웃도록 내버려두었다. 결국 나는 녀석들한테서 해방이니까.

해방. 자유. 여기 이 방안에 앉아서 내 꿈을 즐길 수 있는 자유. 다들 윤락업소인 줄 아는데 실제로는 아닌 집과 이웃한 비디오게임 가게의 2층 내 방에서 삐걱거리는 테이블 위에 코드마스터스* 머그잔을 놓고 밀크커피를 마시며 흠집투성이 맥북으로 그림 그릴 줄 아는 동물들에 관한 영화를 보고 있을 자유.

자, 지금 웃고 있는 사람이 누구지, 마이클 시어링?

그런데, 라고 지금 당신이 생각하는 거 잘 안다. 돈은? 이라고.

---

* 영국의 비디오게임 제작사.

돈은 더 잘 버냐고? 뭐, 그렇진 않다. 수입은 형편없다. 데이브 하퍼드가 하던 신문 배달 자리를 넘겨받는 편이 더 나을 것이다. 그쪽이 언론계에 발을 담그는 더 확실한 방법이다. 런던 지식인들의 환영과 축하를 받는 더 확실한 방법이기도 하다. 하지만 이 일은 시작일 뿐이었다. 세라와 나는 항상 큰 그림을 그렸고, 그에 따라 착실히 상당액을 저축해왔다. 사이가 삐거덕거리기 시작하면서, 비록 우리 둘 다 면전에서는 그 사실을 부인했지만, 각자 몰래 저금을 눈여겨보고 있었던 것 같다. 현실적으로 산다는 것의 또다른 장점은, 희망은 퇴색해도 최소한 저금에 이자는 쌓인다는 것.

그리하여 내 은행 잔고는 제법 괜찮은 편이고, 집세도 안 내고 살며, 이제 좀더 원대한 꿈을 향해 발걸음을 내딛는 중이다. 특집기사나 여행기 같은 것을 집필할 수도 있다. 혹은 특정 전문 분야에 집중할지도. 지금은 〈런던 나우〉지만, 나중에는 〈배너티 페어〉나 〈콘데 나스트 트래블러〉 혹은 〈GQ〉에 기고할 것이다. 무관심한 대중에게 나 자신도 알지 못하는 평을 제공하는 나날은 먼 옛날 얘기가 될 것이다.

독자들은 아무 관심도 없지만, 홍보대행사들은 내 리뷰에 신경을 쓴다. 당연히 예술가들도 신경을 쓴다. 사실 예술가들이 제일 신경을 많이 쓴다. 하지만 나와 예술가들 사이에는 홍보대행사가 끼어 있고, 나와 홍보대행사 사이에는 편집자들이 있다. 따라서 나는 저들이 내 저널리스트로서의 진실성에 영향을 미칠 틈을 주지 않는다. 때론 나한테 그런 게 있는지조차 의심스럽지만. 〈발로 그린 그림—예술의 야생성〉을 볼 정도의 진실성이랄까.

재생 버튼을 눌렀다.

"영화는 어땠어?" 데브가 물었다.

다음날 아침, 데브의 입술 주위에는 치약이 묻어 있었다.

"굉장했어." 나는 계산대에 비스듬히 기대며 말했다. "너 바다사자가 이따금 일이 잘 안 풀릴 때 주황색으로 그림을 그린다는 거 알아?"

"진짜?"

"그런가보던데."

나는 그 영화를 처음부터 끝까지 다 보았다. 고양이가 이젤 앞에 앉아서 앞발로 물감을 패대기쳤고, 이어서 인상파 코끼리가 우람한 코로 거대한 캔버스를 휘저으며 조심성 없게 파란 물감을 치대는 장면이 나왔고, 그 모습을 보면서 웬 모자 쓴 여자가 시끄럽게 탄성을 질러댔다.

나라면 그보다 훨씬 더 잘 그리겠다는 생각이 들었지만, 물론 그건 당연한 거다, 난 코끼리가 아니니까.

"오늘 장사는 어때?" 내가 물었다.

"한정판 세가 사운드트랙을 가져온 녀석이 있더라고. 거기 파란 비닐에 싸인 거. 골든 액스와 아웃런의 메인 테마야, 고전이지."

"넌 턴테이블도 없잖아."

"한정판을 소유하고 있다는 그 자체가 중요한 거지. 넌 어때? 오늘 뭐할 거야?"

"편집부 사무실에 잠깐 들르려고. 뭐 일거리 좀 있나 보러."

"그냥 이메일로 하면 되잖아."

데브가 정곡을 찔렀다. 내 일의 대부분은 이메일로 충분히 해결

된다. 하지만 나는 편집부 사무실을 생각만 해도 좋았다. 서로 얼굴을 맞대고 하는 일이 좋았다. 전통적인 방법. 그곳은 요즘 내게 교무실이나 다름없었고, 같은 기자 나부랭이들끼리 얘기하는 것도 즐거웠다. 게다가, 그 덕분에 파워업!을 나와 캘리도니언 로드에서 벗어날 수 있다.

"오늘 저녁엔 어떡할래?" 데브가 씩 웃으며 물었다. "거기서 만날까, 아님 여기서 같이 갈까?"

"어딜 가는데?" 나는 애써 모른 체했다.

"스내피 스냅스지." 데브는 짜증난다는 듯 눈을 동그랗게 뜨고 말했다. "샬럿 스트리트 말이야!"

"아, 그래. 그거…… 근데 갤러리 개관식에 가야 할 것 같아서. 신문 일 때문에. 화이트채플에 있는 갤러린데, 일이 언제 끝날지 모르겠네……"

"아름다우신 조도 거기 와?"

"아니, 조는 안 올걸."

"조가 내 얘기를 했다고 네가 얼마나 자주 말했게?"

"대략 열 손가락으로 꼽을 정도였는데."

"아, 하지만 조가 실제로 얼마나 자주 내 생각을 하는지는 너도 모르잖아."

"설사 생각을 했다 하더라도 얘기한 횟수보다는 적을걸. 하여간, 난 그 일도 해야 하고, 조용히 앉아서 다른 잡지에 보낼 특집 아이디어도 생각해봐야 하고, 또……"

데브는 나를 빤히 쳐다볼 뿐이었다.

"야, 넌 궁금하지도 않냐? 난 궁금한데. 심지어 난 그 여자를 본 적도 없는데. 그렇다면 결론은, 그 여자는 아예 존재하지도 않고 그 일회용 카메라는 네가 샀던 거군. 그렇지?"

"그 여자는 존재해. 하지만 바쁜 걸 어떡해. 또 그건 좀…… 변태 같다고. 게다가 그게 무슨 소용이야? 여자 사진을 보면서 엉큼한 상상이나 하려고?"

"그래!" 데브가 맞장구쳤다. "맞아!"

"아냐. 아무 소용 없는 일이야. 우리가 한 시간 속성 인화로 맡겨서 그 자리에서 바로 사진을 봤다면 좋았겠지만……"

"문 닫을 시간이었잖아!"

"그러니까 내 말은, 하룻저녁 일은 그날로 끝내자는 거야. 신나게! 흥청망청! 하지만 그게 다음날까지 이어지면…… 분명 불법의 경계에 아슬아슬하게 걸리는 거라고."

"우라질!" 데브가 내뱉을 때 가게 문 위에 달린 조그만 종이 딸랑 울렸다.

"어쨌든 난 불쾌해! 싫어!"

"파베우!" 데브가 반겼다. "들어와!"

파베우는 뭔가에 발이 걸려 비틀거렸고, 잠깐 뒤돌아 밑을 보며 뭘 잘못 밟았는지 확인했다. 레고 블록 한 개가 떨어져 있었다. 내가 왜 이런 것까지 일일이 설명하고 있는지 모르겠지만.

"안녕, 제이슨. 데브, 너 어제 나한테 사 파운드 빌렸고, 예시노브카값도 육 파운드 있어."

"파베우, 이 수수께끼를 풀어봐. 여기 있는 제이스가……" 데브는 나를 가리켰다. "어떤 섹시한 아가씨한테 사진 필름을 받았는데, 지금 그걸 인화하기 싫다는 거야."

"뭐?" 파베우가 말했다. "뽑아야지!"

"난 그 사진을 '받은' 게 아니라고."

"그 아가씨가 제이스 손에 필름을 남겼지."

"그것도 엄밀히 말하면 사실이 아니지."

"네가 그 여자 사진을 훔친 거야?" 파베우가 물었다.

"아냐!"

"그 여자가 네가 그 사진을 갖고 있다는 걸 알아?"

"모를걸."

"그 여자가 알게 될까?"

"……아니."

"뽑아야지!" 파베우가 외쳤다.

데브는 득의양양한 표정이었다. 이미 그 사진들은 인화된 거나 마찬가지였다.

나는 포스트먼즈 파크에서 점심을 먹었다. 거기서 점심을 먹으면 제대로 직장인이 된 기분이 들었다. 주변에는 몸에 딱 맞는 하얀 셔츠와 핀스트라이프 슈트와 에이라인 스커트를 입은 세련된 도시 남녀들이 있었다. 집이 일터가 되고 나서 제일 먼저 깨달은 사실은 전우애를 나눌 직장 동료들이 사라졌다는 것이었다. 오해하지 마시길, 나는 늦잠 자는 것도 좋아하고, 새 소식을 〈라이트 스터프〉를 통해 듣는 것도 좋아한다. 국제적 사건에 대한 의견을 베껴야 할 때마다 제일 먼저 〈라이트 스터프〉를 틀고 앤턴 듀비크가 하는 말을 내 의견인 양 써먹는다. 〈루스 위민〉*을 배경으로 틀어놓고 점심을 차려먹는 것도 좋아하고, 식사 후에 자리에 앉아 〈런던 나우〉

를 넘어서는 입지를 다져줄 만한 아이디어를 궁리하는 것도 좋아한다. 하지만 지금 같은 때는, 직장 동료들끼리 삼삼오오 앉아서 마트에서 산 샐러드와 콜슬로를 떠먹으며 자기네들끼리만 통하는 농담을 하고, 남들 흉을 보면서 자기가 뭔데 운운하며 금요일 여섯시에 술이나 마실까 건성건성 약속을 잡는 것을 바라보는 게 좋았다. 건물 밖에 옹기종기 모여 담배를 피우는 사람들, 껄껄 웃으며 숨쉬기 힘들어하는 탁한 연기 속의 우정이 보기 좋았다. 사람들이 건물 안으로 들어갈 때는 경비원에게 꾸벅 인사를 하면서 여섯시 땡 하고 자유를 향해 탈주할 때는 본체만체하는 것도 좋았다.

내가 그리워하는 것은 교직이 아니다. 교육계에 몸담으며 무슨 큰 포부를 가진 적도 없었다. 애들을 가르친다는 건 보기보다 쉽지 않다. 내가 무슨 대단한 지식인이라면 모를까. 만약 내가 나의 예전 담임들이라면 나에 대해 이렇게 기록했을 것이다.

태도: 괜찮음.

소질: 없음.

총평: 글쎄.

대체로 애들이 문제였다. 일은 괜찮았지만 애들은 아니었다. 처음엔 노력도 해봤는데, 얼마 못 가서 그만두었다.

실제로 지난주에 어깨너머로 들은 솔직 담백한 대화 한 토막은 이랬다. 에식스로드 역 플랫폼에 서 있는데 오른편 어디쯤에서 아는 목소리가 들렸다. 세인트존스에 부임한 첫해 내가 가르쳤던 매

* Loose Women. 네 여자가 나와서 온갖 화제로 토론을 벌이거나 명사들을 인터뷰하는 텔레비전 프로그램.

슈 파울러란 아이였다. 매슈는 일찌감치 학교를 벗어나 이름을 떨치기 위해 세상 밖으로 나갔는데, 그전에 컴퍼스로 한 학년 아래 학생의 눈을 찔러 실명하게 할 뻔한 전력으로 이미 학교에 이름을 떨쳤다.

그랬던 애가 지금 여기, 후드를 뒤집어쓰고 트레이닝 바지를 한껏 추켜올려 입은 채 흉한 상처가 난 손으로 휴대폰을 들고 통화하고 있다. 나는 본능적으로 등을 돌리고 어제 자 〈메트로〉를 들어 얼굴을 가렸다. 말이 나와서 말인데, 내가 〈메트로〉를 본다는 건 조에게는 비밀이다. 들키면 잘린다. 하여간 나도 내가 왜 숨었는지 모르겠다. 매슈는 나를 알아보지도 못했을 텐데. 녀석이 내게 남긴 인상에 비해 교사로서 내가 녀석에게 남긴 인상은 매우 미미했다.

그때 갑자기 모르는 목소리가 끼어들었다. 녀석의 어머니와 아는 사람인 것 같았다.

"매퓨!" 아줌마는 우렁차게 외쳤다. "세상에 이게 얼마 만이냐! 엄마는 잘 있고?"

"네, 잘 계세요." 매슈가 대답했다.

"그래, 결혼은 했고?"

"아뇨." 매슈는 어깨를 으쓱했다.

"안 했어? 올해 몇 살인데?"

"스물하나요."

"스물하나?" 그 아줌마는 못 믿겠다는 듯 말했다. "그래도 분명 애기는 있겠지?"

"네, 십 개월 됐어요."

"아이고머니나!" 아줌마는 한시름 놨다는 듯 말했다. "난 또 하마터면……!"

매슈 파울러에게 토양침식에 흥미를 느끼도록 하는 건 지난한 일이었다. 하지만 그건 괜한 훈계조의 쓸데없고 모진 소리다. 분명 그럴 만한 사정이 있었겠지. 결손가정, 아마도. 아동 학대, 설마. 매슈 파울러는 지리학 같은 거 몰라도 상관없다고 생각했을 뿐이다. 나는 미셸 파이퍼처럼 지리학으로 랩을 만든다거나 나 자신에 대한 믿음, 아이들에 대한 믿음을 바탕으로 아이들을 북돋우고 한마음 한뜻으로 뭉치게 하는 데는 영 소질이 없었다. 전혀. 오히려 형편없는 밴드를 평가하고 밤늦도록 동물 예술가들에 관한 영화를 보는 편이 좋았다. 사실, 어찌되든 상관없다고 생각한 것은 내 쪽이었을 것이다.

나는 햄·겨자 샌드위치를 다 먹고 플라스틱 포장을 우그러뜨리면서 맞은편의 명판을 읽으려고 일어섰다.

존 크래머, 향년 23세, 케임브리지. 런던 시의회 서기. 오스텐드 근처에서 전혀 모르는 사람과 어느 외국인의 목숨을 구하려다 익사했다. 1901년 8월 8일.

샐러드와 스무디를 먹으며 벤치에 앉아 있는 사람들을 바라보았다. 저 사람들은 이 명판들을 읽었을까? 저 사람들도 똑같은 기분일까? 이런…… 쓸모없는 잉여가 된 기분?

나는 남은 폴로코크타를 쏟아버리고 빈 캔을 쓰레기통에 던져넣었다.

"그런 건 그냥 이메일로 보내면 되잖아?" 조가 말했다.

나는 벌써 메모리 스틱을 꽂고 변명 비슷하게 우물거렸다.

"지나던 길이야."

"맨날 지나던 길이래. 어딜 그렇게 맨날 쏘다니는데?"

"여기저기. 난 불가사의한 남자거든."

"네 어디가 불가사의한데, 제이슨? 넌 전광판이야. 훤히 다 보여서 이젠 지겹다고. 오늘 저녁에 갤러리 가는 거 문제없지?"

"고맙다, 조. 그래, 일곱시, 문제없지."

"작가가 천재라더라. 네 의견에 영향을 주려는 건 아니지만."

"아는 작가야?"

"내 사촌의 약혼자야."

"아, 그럼 살살 할게."

나는 조의 컴퓨터로 파일을 복사했고, 그 말인즉슨 조 쪽으로 가깝게 상체를 숙여야 했다는 거고, 그 말인즉슨 조가 의자를 약간 뒤로 빼야 했다는 건데, 뒤에 벽이 있어서 움직이는 데 한계가 있었으므로 약 일 초에서 삼 초간 우리는 꽤 바싹 붙어 있었다. 둘 다 아무 말도 없었다. 뭔가 말을 했다간 어색해질 것 같아서 탁탁 키보드 치는 소리와 조의 데스크톱이 우웅 돌아가는 소리만 듣고 있었다. 조에게서는 좋은 냄새가 났다. 커피와 민트 같다. 나는 잠깐 우리 둘의 관계에 대해서 생각했다.

"롭한테 넘길게." 내가 허리를 펴자 조가 말했다.

롭은 리뷰 담당 에디터다. 그가 뭘 하는지는 잘 모르겠지만. 일감은 전부 조한테서 나온다.

"좋아. 그러면……"

나는 그 자리에 선 채로 두어 번 눈을 깜박였다.

"그러면……?" 조가 말했다.

"그러면, 난 이제 갈게, 혹시……"

"혹시?"

어휴.

"일거리 더 없어?"

조가 씩 웃는데, 미소가 묘했다. 실망했다는 표정은 분명 아니고, 내가 일거리를 더 달라고 할지 몰랐다는 표정이다. 갑자기 돈 문제가 끼면 오랜 우정에 변괴가 생긴다. 그러고 보면 지난 수년 동안 이 우정에 부담을 주는 일은 차고 넘쳤었다. 여하튼 우리가 여전히 관계를 유지하고 있는 게 놀라운 일이었다. 제이슨과 조의 우정.

"일 얘기가 나왔으니 말인데, 요즘 우리 화제가 거의 일 얘기지만……" 조가 이제는 약간 사무적으로 말했다. "네가 쓴 아브리치 리뷰 오늘 아침 자로 나왔어."

오, 젠장.

"그래?"

"응."

젠장 젠장 젠장. 왜 그 얘기를 꺼내는 걸까?

"거기서 전화가 왔더라고. 너랑 통화하고 싶다고."

"아브리치에서?"

젠장.

"응, 나한테 대신 말하라고 했지."

딱 걸렸군. 아주 제대로 걸렸어.

"네 리뷰를 인용하고 싶대."

"뭐? 어느 부분을?"

"'천상의 맛, 피자의 천국'이라던가 뭐라던가."

"아, 그거. 그 사람들이 그러겠대?"

"내가 지어냈다고 하기엔 좀 이상한 얘기잖아?"

"그래서 넌 뭐라고 했는데?"

"뭐, 회사 측에선 우리 이름을 여러 곳에 내보내려고 안달이야. 지난주 회의에서 그러더라고. 우리가 '런던 추천 가이드'가 되길 바란다나. 우리가 아브리치를 이탈리아 음식의 구세주인 양 포고했으니, 아브리치에서는 그걸로 광고를 낼 거야. 서로 윈윈인 셈이지."

후유.

"뭐, 그럼 내가 오케이했다고 전해줘."

"잘됐네, 네가 결정할 문제는 아니거든. 사실 우리가 결정할 문제도 아니지. 어쨌든 아브리치에서 그러겠다니까. 또 너한테 쿠폰도 보내주겠대. 감사의 의미로. 그런 건 허용되지 않는다고 말하긴 했지만, 생각해보니까 우리가 저 빌어먹을 BBC도 아닌데 뭐. 동반 1인까지 무료로 먹을 수 있는 쿠폰인데…… 누구랑 갈 거야?"

"데브랑 가겠지."

조는 나를 쳐다봤고, 나는 그 눈빛이 데브 같은 녀석과 거의 어디든 함께 다니는 나의 배려심에 대한 감탄과 존경이길 바랐지만, 실은 연민의 눈빛이었다.

"나도 언제 확인하러 가봐야겠어." 조가 말했다. "그 천상의 피자라는 거 말이야."

"그래, 그러든가. 근데 일은 더 없어?"

조는 표를 한 장 꺼내들었다.

"롭한테서 아프다고 전화 왔었어. 몇번짼지. 이젠 진짜 믿어지려고 한다니까. 네시에 시사회가 있는데. 갈래?"

차이나타운의 후미진 곳에 위치한 조그만 시사회실에서 영화가 시작되었다.

시사회에는 나, 〈타임아웃〉 기자, 그리고 BBC 라디오 1에서 온 사람이 있었는데, 라디오 1의 턱수염 녀석은 영화 상영 내내 얼간이처럼 웃어댔다. 뒤쪽 자리에는 〈뉴스 오브 더 월드〉*에서 일하던 영화평론가가 펜 한번 들지 않고 지루하고 졸린 눈으로 조용히 앉아 있었다. 전에도 다른 시사회에서 이런 식으로 그와 함께 영화를 본 적이 있다. 그는 보는 영화마다 죄 마음에 들지 않는 모양이었다. 그래도 버스를 타고 지나갈 때면 '유쾌한 걸작!!!'(느낌표 세 개 붙임) 또는 '포복절도!!'(느낌표 두 개) 또는 '이 시대 최고의 영화!'(수수하지만 존재감 있는 느낌표 한 개) 같은 문구 밑에 그의 이름이 걸린 것을 자주 접한다.

그런 문구가 〈슈퍼 트루퍼스〉**에 달리면 그나마 양반이다.

오늘 영화는 학원 코미디인데, 쇼핑센터에서 사람들이 참 많이도 넘어진다. 늘씬한 여자애들도 나오고, 괴짜 남자애들도 나오고, 학생식당에서 음식을 집어던지며 싸우는 와중에 뚱뚱한 남자애가 식탁 밑에서 떨어진 햄버거를 집어 우걱우걱 먹는 장면도 나온다. 〈데일리 미러〉 기자가 유일하게 그 장면에서 껄껄 웃었고, 그 소리에 〈데일리 메일〉 기자가 잠에서 깼다.

* 영국 최대의 일요신문이었으나 휴대폰을 불법 도청한 부도덕한 취재 행위로 2011년 불명예 폐간했다.

** 시골 마을 사고뭉치 순찰대의 활약을 그린 코미디 영화. 평단의 반응은 엇갈렸으나 전체적으로 평균점이었다.

나도 건성으로 보다가 중반쯤 지나서는 아예 관심을 껐다. 그러다 저녁에 있을 갤러리 개관식이 생각났다. 주머니에서 살며시 갤러리 안내장을 꺼냈다. 저쪽 어두운 구석 어딘가에서 홍보 담당자가 눈을 번뜩이며 내가 영화에 계속 집중하는지 감시하는 게 느껴졌다. 나는 실수로 잘못 꺼낸 척 안내장을 도로 접었지만, 홍보 담당자가 눈길을 거두자 슬쩍 내용을 훔쳐보았다.

불가해한 여정의 시작—당신과 나와 저들을 통해 에고에서 이드로 가는 여행.

맙소사.

안내장에 메인으로 쓴 그림은 끔찍했다. 십자가에 달린 예수가 한 손에는 컵라면을 들고 다른 손에는 가십지 〈히트〉를 들고 있다. 오늘 저녁이 어떻게 흘러갈지 뻔했다. 대형 마트에서 파는 카나페와 플라스틱 컵에 든 미지근한 화이트 와인. 묵묵히 캔버스 앞에서 있으면 뭔가 잘못된 것처럼 보이겠지. 게다가 나는 혼자다. 당연히 참석자 목록이 있을 테고, 신문사에서 나왔다는 걸 들키는 순간 기억하지도 못하고 다시 볼 일도 없는 사람한테 붙잡혀 과잉 친절을 받으며 담소를 나눠야겠지. 그다음엔 지하철을 타고 집에 돌아와서 기사를 쓰고 열시 뉴스를 보고 자겠군.

무슨 저녁이 이래.

"이름이 마음에 드네요." 한 시간 반이 지나고, 문을 향해 발걸음을 옮기는데 홍보 담당자가 말을 걸었다. "그 사람 이름하고 같죠? TV에 나왔던."

"제이슨 프리스틀리."

"맞아요."

"네."

"영화는 어떻게 봤어요?" 홍보 담당자가 물었고, 당연히 이것이 나를 돌려세운 이유였다.

"아, 뭐, 만들면서 굉장히 재밌었겠는데요!"

"영화가 아주 재미있지 않나요?"

"그랬겠네요." 이런 사람들과 얘기할 때는 좀 얼버무릴 필요가 있다. "우리 애들이라면 환장했을 겁니다."

이런 게 탁월한 화술이란 거다.

"그래요?" 홍보 담당자가 물었다. "자녀분들이 몇 살인데요?"

"아, 애들요, 그게, 어려요. 어린애들이죠."

"얼마나 어린데요?"

"걔네들은…… 네 살이죠."

"둘 다요?"

"어, 네."

"쌍둥인가요?"

나는 어떻게든 말이 되게 해보려고 머리를 굴렸다.

"네."

"흠, 하지만 이건 18세 미만 관람 불가인데요!"

"하하, 그렇죠, 하지만, 그게, 애들은 아마…… 이 영화의 색감을 좋아할 것 같아요."

"귀엽네요, 맘에 들어요. 애들 이름이 어떻게 돼요?"

아, 좀 놔주라, 난 이제 무시무시한 갤러리에 가봐야 한다고.

"알렉스예요." 나는 대충 지어내서 대답했다. "한 명은 알렉스고…… 또 한 명은 밥이죠."

"알렉스와 밥이라고요?" 홍보 담당자가 물었다. "영화에 나오는 애들하고 똑같이?"

어?

나는 홍보 담당자의 어깨 너머로 영화 포스터를 보고 처음으로 주인공들 이름을 인식했다. 알렉스와 밥, ㅈ 되다.

"그럼 이만." 나는 자리를 떴다.

밖으로 나오니 문자메시지가 한 통 와 있었다.

준비됐어?

데브였다. 메시지를 확인했다.

피츠로이에 가 있을게. 너도 그리로 와.

시계를 보았다. 벌써 와 있겠군. 녀석이 이미 사진을 찾았으면 어쩌지? 교환권은 나한테 있지만, 녀석이 직원을 구워삶아서 받아 냈을 수도 있다. 녀석이 허튼짓을 하지나 않는지 잠깐 들러서 확인만 해볼까?

아냐. 절대 안 되지. 난 프로야. 지금 일하는 중이라고.

갤러리 개관식 안내장을 다시 들여다보았다.

불가해한 여정의 시작—당신과 나와 저들을 통해 에고에서 이드로 가는 여행.

버섯·치킨 컵라면과 예수.

나는 입술을 지그시 깨물었다.

"우라질!" 데브가 씩씩댔다. "유부녀였어."

나는 앞에 놓인 사진을 쳐다보았다.

물론 다른 사진들도 있었지만, 진짜로 눈여겨봐야 할 사진은 이 한 장뿐이었다.

“유부녀라니까.” 데브가 말했다.

내가 뭘 기대했는지 모르겠다. 뭘 바라고 있었는지조차 모르겠다.

당연한 말이지만 우리는 일을 저질렀다. 사진을 찾아온 것이다. 처음부터 우리가 만난 목적이 그거였고, 전광석화처럼 잽싸게 스내피 스냅스에 들러 찾아왔다.

그리하여, 지금 여기에 그녀가 있다. 그 아가씨가. 얼굴에선 빛이 나고, 예의 상큼한 미소를 띠고 있다.

나는 머리를 쥐어뜯었다. 당연히 결혼했겠지.

“근데 뭐랄까……” 데브는 그 아가씨를 가리키며 말했다. “웨딩드레스 같진 않은데. 누가 이런 옷을 입고 결혼해?”

“그러게, 옷이 이게 뭐냐?”

무슨 용도든, 그녀가 아무리 옷걸이가 좋다 한들, 진짜 흉측한 옷이었다. 면전에서는 절대 입에 올리지 않을 표현이지만, 그 옷을 형언할 단어는 흉측하다는 말밖에 없었다. 무척이나 괴이한 초록색 원피스인데, 생전 한 번도 여자를 본 적 없는, 혹은 원피스라는 걸 본 적 없는 사람이 디자인한 것 같았다.

“어쨌든 이쪽은 애인이 확실하네. 팔 두른 모양새 좀 봐.”

남자—잘생기고, 세련되고, 아마 스키 실력도 수준급일 테고, 힘 좋은 오토바이도 여러 대 있고, 틀림없이 레드 와인과 화이트 와인의 차이를 술술 말할 줄 알겠지—가 그 아가씨의 어깨에 팔을 두르고 있었고, 그녀도 즐거워 보였다. 정말 행복해 보였다. 남자도 즐거운 얼굴이다. 왜 아니겠어? 그녀는 기막히게 아름다웠다.

그 흉측한 원피스에도 불구하고. 나는 나도 모르게 남자의 묵직한 시계와 구릿빛 피부에 악담을 퍼붓고 있었다.

“잘생겼네, 안 그래?” 데브가 말했다. “분명 교양도 넘칠걸. 자기네들을 ‘막역한 친구’라고 부를지도. 하여간. 결국 잘된 일인지도 몰라. 이 여자가 이렇게 차려입고 퍼브에 나타나는 건 너도 싫을 거 아냐.”

“넌 지금 스트리트 파이터 티셔츠야.”

“길 좀 들이느라 입고 있는 거지. 이따가 파멜라를 보러 갈 계획이거든.”

“파멜라가 누군데?”

“그 웨이트리스 말이야. 팜-엘-라. 폴란드에서는 그렇게 발음해.”

나는 장당 일이 초도 안 걸리게 사진을 휘리릭 넘겨 보았다. 이게 다 무슨 소용이람? 그 아가씨한테는 우람하고 까무잡잡한 팔로 안아주는, 묵직한 시계와 힘 좋은 오토바이를 가진 남자가 있는데.

“아, 그 사진 좋은데.” 데브가 말했다.

신고 있던 신발을 우연히 찍은 사진이었다. 보도블록도 보였다. 다른 사진들은…… 이야기가 있는 것 같았다. 결혼식, 빈티지 자동차, 영화.

“스내피 스냅스에 사진을 도로 갖다주자.” 데브가 말했다. “실수로 바뀐 것 같다고 하지 뭐. 그 아가씨가 거기서 일회용 카메라를 샀을 수도 있고 사진을 뽑으려고 했을 수도 있잖아. 다시 들를지도 몰라.”

그래. 데브 말이 맞다. 옳은 말을 했다.

나는 작별 인사를 나누는 것처럼 마지막 몇 장을 슬슬 넘겼다.

"혹시 모르잖아, 네 전화번호를 남기면 그 아가씨하고 연락이 닿을지도. 그러면……"

그런데 순간……

……순간, 데브의 말이 들어오지 않았다.

귀에는 들어왔는데, 머리에는 들어오지 않았다.

이 사진—이 마지막 한 장—에 뭔가 내 눈길을 끌어당기는 부분이 있었기 때문이다.

"이제 어디로 가지?" 데브가 맥주를 마지막 한 방울까지 다 마시고는 말했다. "뭐할까?"

그러나 나는 여전히 사진을 뚫어져라 쳐다보며 무엇이 걸리는지 알아내려고 발버둥치는 중이었다.

이 사진은…… 카페에서 찍은 것이었다. 마시다 만 커피와 뭔지 모를 부스러기와 그 옆에 스푼이 놓인 테이블이 있었다. 카페 안은 따뜻하고 아늑했으며, 창문 밖으로 검은 택시의 밝은 노란 불빛이 보일락 말락 했다. 웨이터가 테이블을 치우고 있고, 테이블보는 바둑판무늬였으며, 벽에는 앤디 크레인이나 서그스처럼 한물간 연예인들이 차를 마시는 흑백사진이 걸려 있고, 한쪽 모서리에는 〈런던 나우〉를 읽고 있는 남자의 모습이 반만 보였다.

사실, 사진 한쪽 모서리에 반만 걸린, 〈런던 나우〉를 읽고 있는 남자는 나였다.

“충고를 새겨듣지 않는 자는 나중에 피를 본다”

_ 짐바브웨 쇼나 부족의 속담

안녕하세요?

누가 이 글을 본다면 좋겠어요. 어딘가에 조회 수를 알려주는 버튼이 있을까요?

안녕하세요?

앞으로는 친구들이 하는 말을 귀기울여 들을 거예요. 만약 여러분이 내 친구라면, 이 난관을 헤쳐나갈 수 있도록 나를 도와줄지도 모르잖아요. 나는 여러분의 충고를 새겨들을 겁니다. 그러니까 만약 내게 할말이 있으면 곧장 말씀해주세요, 잘 듣겠습니다. 이런 식으로 피를 보지 않겠다는 얕은 수작처럼 들리기도 하지만, 어쨌든 두루두루 좋은 일이지 않겠어요? 만약 내가 여러분의 집에서 사방팔방 피를 흩뿌리고 다닌다면 여러분도 싫겠죠.

이젠 저도 알겠어요, 귀담아듣는 것은 중요한 일이에요.

문제는—최소한 저한텐 문제였어요—눈앞에 보이는 것에 압도되어 귀가 멀 때가 종종 있다는 거예요.

네, 알겠습니다. 잘 듣겠습니다.

미리 고마움을 전합니다.

고마워요!

다섯

내 눈길 닿는 곳마다

Everywhere I Look

“미쳤군.” 지하철역으로 걸어가면서 데브가 말했다.

“나도 알아.” 그 외에는 달리 할말이 없었다. 내 머리는 정신없이 바쁘게 돌아가고 있었다.

나는 호주머니를 가볍게 두드렸다. 사진은 주머니 속에 잘 들어있었다. 그냥 갑자기 이 사진들이 세상없이 소중한 물건처럼 느껴졌고, 잘 있는지 궁금해서 자꾸 손이 갔다.

“아니, 내 말은 이게 완전히 미친 거라고. 아주 제대로 미쳤어.”

“나도 미쳤다는 건 잘 알고 있어. 미친 짓이지.”

“아니, 친구…… 이건 적절하게 미친 거라고. 그건 너였어, 사진 속의 남자. 네 손에 카메라가 남겨지기 직전에 그녀가 찍은 사진 속에 네가 있었어. 필름을 인화하지 않았더라면 어쩔 뻔했어? 그랬으면 넌 절대 몰랐을……”

“뭘 몰라?”

"그 뭐냐, 운명이잖아? 숙명이지. 인연이라고!"

나는 데브의 말을 무시하려 했지만 쉽지 않았다. 그 사진 속에 내가 있었다. 내 모습 반쪽, 특별히 잘 나온 건 아니었지만 그래도 나라는 사실에는 변함이 없었다. 테이블 위에 신문을 쫙 펼쳐놓고 앉아서 소시지를 우걱우걱 먹고 있었다. 카페 로마는 내가 자주 가는 곳도 아니었다. 평일 저녁 여섯시 직전에 그 카페에서 누가 사진을 찍는대도, 로마식 소시지를 게걸스럽게 먹어치우는 내 모습이 우연히 사진에 담길 확률은 통계적으로 봤을 때 희박하다. 이때가 그 카페에 세번째로 갔을 때인데, 그전 두 번은 토트넘코트 로드에 있는 영화관에서 혼자 영화를 보고 나서였고, 이때는 마침 근처에 있었던데다 익숙한 곳이기도 해서 출출한 김에 들른 것뿐이었다.

어쨌든 나는 거기에 있었다.

"이제 연이 닿은 거야." 데브가 두 눈을 반짝이며 말했다. "만약 그 아가씨가 히피라면 인연의 끈이 닿아서 우리 둘이 함께하게 된 거라고 작업할 수 있겠군. 히피가 아니라면 이런 우연이 있냐면서 어필해볼 수 있고. 디너파티에서 '첫 만남'을 얘기할 때 멋진 스토리가 될 거야. 이 아가씨는 디너파티에 자주 가게 생겼어. 근데 디너파티라는 데 가면 어떤 기분일지 궁금하군."

"얘기 아직도 안 끝났어?" 말은 이렇게 해도 우리 둘 다 내가 태연함을 가장하고 있음을 모르지 않았다. 요는, 나도 좀 흥분한 상태였다. 논리적으로 내가 흥분할 이유는 하나도 없었다. 모르는 사람의 사진에 내가 찍힌 횟수는 헤아릴 수 없을 만치 많을 것이다. 지금 이 시간에도 오사카에 사는 한 가족이 런던 여행에서 찍은 사진을 펼쳐놓고 감상하면, 거기에 내가, 트래펄가 광장 옆 차량 행렬 근처에서 눈을 껌벅이며 칼리포*를 짜는 내 모습이 있을 것이다. 수천수만의 타인들 사진 속 배경에, 지각하거나 숙취에 시달리거나 피로에 찌든 모습으로 웨스트민스터 근처에서 캔에 든 콜라를 들이켜거나 히스에서 아가씨들을 쳐다보는 내 모습이 누군가의 어깨 너머로 찍혀서, 누군가의 추억 속에 영원히 남을 것이다.

기묘한 일이라면, 그런 사진 중 하나를 내 두 눈으로 직접 보게 됐다는 것이다.

그 아가씨가 카페에 있는 나를 봤을까. 나는 그녀를 못 봤다. 〈런던 나우〉에 실린 내 최근 기사를 읽는 데 정신이 팔려 있었다. 편집부에서 원고를 거의 다 뜯어고칠 것을 요구하는 바람에 간결하고 명쾌하며 완벽했던 원고가 너덜너덜해졌고, 대체 편집부가 무슨 생각으로 그랬을까 혼자 고민하며 속을 끓이던 중이었다. 나는 설탕을 넣은 차 한 잔과 소시지, 으깬 감자를 먹으며 그날 텔레비전에서 뭘 하는지 편성표를 들여다보고 있었다. 어느 순간에도 그 아가씨를 의식하지 못했고, 어느 순간에도 찰칵 소리를 듣거나 플래시가 터지는 것을 보지 못했다. 만약 그녀가 나를 의식했다면, 내가 그녀의 삶에서 단순한 엑스트라에서 일일 조연 급으로 격상됐다면, 그녀의 짐을 거들어줬을 때 왜 전혀 내색하지 않았을까? 왠지 조짐이 좋지 않다. 나는 그녀의 레이더망에 들어가지도 못한 것이다. 게다가 그때 그녀에겐 애인이 있었다. 묵직한 시계를 찬 애인이. 내가 무슨 수로 그녀의 레이더망에 걸리겠는가? 나는 스와치

---

* 과일향을 첨가한 튜브형의 빙과류.

를 차고 있는데.

하지만 만약…… 만약 정말로 어떤 인연이 맞닿은 거라면……?

이튿날 아침, 나는 스스로를 납득시키려 애썼다. 이봐, 좀 괴상하긴 하지만 정말로 그런 일이 일어났다고. 그래서 뭐 어쨌다고? 그 아가씨는 사진을 인화하기 전에 남은 필름을 소진하던 중이었고, 그때 우연히 내가 근처에 있었다. 따지고 보면 애초에 그날 저녁 내가 그녀를 본 것도 그저 근처에 있었기 때문이다. 굉장한 우연처럼 보였지만 이제 와 생각해보니 그저 말문을 틀 때나 써먹을 만한 시시한 이야기였다. 끽해야 첫 만남의 어색함을 누그러뜨리기 위한 에피소드 정도쯤 될까. '참 재미있는 일도 다 있지 않아요?' 수준의.

하지만 데브는 굽히지 않았다. 여전히 전 지구적 차원의 엄청난 파문이라면서 어젯밤 감흥의 여운이 가시지 않은 채였다.

"인마, 사람들은 그보다 훨씬 비논리적인 이유로 애도 갖는다고!"

"너 언제부터 '인마'라는 말을 썼냐? 그리고 혹시라도 내가 그 아가씨를 다시 만나게 되면 그렇게 얘기해야 한다고 생각하냐? '안녕하세요, 저를 모르시겠지만, 당신이 찍은 사진의 배경에 제가 있었어요. 자, 그럼 애를 가집시다!'"

"제이스, 넌 나머지를 몽땅 간과하고 있구나. 그 카메라가 네 손에 남겨졌다는 사실 말이야."

"그건 내 대처가 미숙했던 탓이지."

"같은 장소에서 그 여자를 다시 봤잖아!"

"그래, 카메라를 찾고 있었겠지."

"야! 좀! 이건 절호의 기회라고! 응? 이 순간을 써먹어야지!"

사실을 말하자면, 나도 그러고 싶었다. 어젯밤 늦게까지 사진을 뒤적뒤적 넘겨 보면서 정확히 뭐라 말할 수 없는 무언가를 찾고 있었다. 여러분이나 나나 잘 알다시피 나는 그 아가씨에 대해서 아는 것이 전무한데, 그럼에도 불구하고 시간이 지날수록 점점, 무언가 알고 있다는 느낌이 들었다.

내가 안다고 생각하는 사항은 다음과 같다.

그녀가 좋아하는 계절은 봄이다. 노랑은 그녀가 제일 좋아하는 색이고, 수선화는 노란색이기 때문이다. 그녀는 수선화를 좋아한다. 아마 어딘가의 농장에서 자랐을 테고, 나는 농장에 대해선 잘 모르지만 농장 가까이에는 수선화가 종종 피어 있게 마련이니까. 농장에서 자란 사람이니까 그녀는 당연히 동물을 좋아한다. 아무래도 동물을 싫어하는 여자를 좋아하기는 힘들지. 게다가 정리해놓은 얘기가 틀어지거든. 런던에 있는 그녀의 아담한 아파트는 직접 공들여 수선하고 페인트칠한, 낡았지만 멋스러운 가구들로 채워져 있다. 고향—어디일까? 아마 웨일스겠지—에서 런던으로 올라올 때 주말 벼룩시장에서 산 가구들이다. 고향에는 어린 시절 첫사랑을 두고 왔다. 그녀가 지금까지 키스한 유일한 남자애다. 집이 너무 좁아서 고양이나 개를 키우지는 못하지만 길에서 마주치면 예뻐하며 주인과 한참 동안 이야기꽃을 피운다. 고양이! 그녀는 고양이를 제일 좋아한다! 그리고 내가 본 두 번은 다 택시를 타고 갔지만, 틀림없이 자전거를 타고 다니며, 그때 입고 있던 파란색 외투는 제일 좋아하는 옷이라서 날씨에 상관없이 어디든 입고 다닌다.

바보 같은 짓이라는 거 나도 안다. 내가 그린 그림은 그저 내가 원하는 여인상에 지나지 않는다는 것도 잘 안다. 동물 애호가, 낡고 허름한 자전거, 어딜 가든 항상 입고 다니는 파란색 외투, 날마다 출근길에 마주치는 좌판의 싱싱한 수선화, 참 진부하기 이를 데 없긴 하다.

그러고 보니 직장이 있었군. 그녀는 무슨 일을 하지? 이번에도 상상의 나래는 현실을 능가했다. 내 머릿속에서 그녀는 출판 홍보 담당자였다. 화려하진 않지만 중요한 책을 맡는다. 과학 전문지 〈뉴사이언티스트〉의 기자나 BBC 라디오 〈월드 서비스〉의 작가가 흠집투성이 구닥다리 마란츠 녹음기를 들고 인터뷰를 하러 오기 전에 교수진 앞에 다과가 준비됐는지 확인한다. 아니면 그녀는 어디로 튈지 모르는 자유로운 영혼의 미대생일지도 모른다. 발톱을 무지개색으로 칠하고 르누아르라는 이름의 토끼를 기를지도.

아님 프랑스 여자일 수도 있다. 솔직히 그녀가 프랑스인이라 해도 상관없다.

아니 실은, 영업직일 것이다. 1990년대 후반에 EU의 환경안전지침들을 위반하고 BBC의 탐사보도 프로그램 〈와치도그〉에도 나온 창문 설치 업체 소속이다. 그 파란색 외투도, 그날 입을 옷이 그것밖에 없어서 입었다. 동물에는 관심도 없다. 수선화가 어떻게 생겼는지도 잘 모른다. 말버러 레드를 피우고 어린애들을 못 견디고 워터스톤스 서점에는 가본 적도 없다. 정말로 자전거가 있어도 앞에 바구니가 달리고 핸들에 조화가 꽂힌 낡고 허름한 자전거가 아니라, 폼은 나지만 개성 없는 티타늄 자전거일 거다. 경제관념 없고 게으른 오빠한테 뜯어내서는, 제대로 타지도 않고 아파트 복도 벽에 기대어 세운 채 방치해서 흉물이 됐을 것이다.

사진에서 어떻게 보이는지는 중요하지 않다. 중요한 건 사진 바깥에 있으니까.

그러한 탓에 내 상상의 나래는 창문 밖으로 그 이상 훨훨 날아가지 못했고, 내 가슴과 희망은 여전히 제자리를 지켰으며, 내 발은 캘리도니언 로드의 비디오게임 가게에 붙박여 있었던 것이다.

나는 주전자를 불 위에 올렸고, 데브는 '영업 종료' 표지판을 '영업중'으로 휙 돌려놨다. 잠시 후 문이 열렸다.

"안녕, 데브. 안녕, 제이슨."

"안녕, 파베우."

"데브, 사 파운드 밀렸어. 거기다 예시노브카값 육 파운드도 있어."

"당연히 갚아야지!" 데브가 말했다. "근데 먼저, 자네의 조언이 필요해."

"뭔데?"

"내가 너희 동포한테 고백을 하려고 하거든."

파베우는 어리둥절한 표정이었다.

"파멜라라는 여자야. 팜-엘-라. 대화를 하고 싶어. 뭔가 재밌는 얘깃거리로. 조언 좀 해줘."

파베우는 진지한 얼굴로 고개를 끄덕였다.

"그 카페 여종업원?"

"맞아!" 데브가 말했다. "미인이지. 금색 블리치를 넣은 갈색 머리 아가씨."

"응. 도움이 많이 필요하겠는데. 세계에서 가장 따분한 여자일걸."

데브는 이해가 안 간다는 표정이었다.

"수수께끼 같은 여자던데."

"아냐, 전혀. 엄청 지루해. 엄청 따분한 여자야."

나는 파베우와 망연자실한 데브를 놔두고 어슬렁어슬렁 위층으로 올라왔다.

일해야지. 아니, 커피. 커피가 먼저고 그다음이 일이다. 하지만 진짜 커피여야 한다. 데브가 끓인 인스턴트가 아니라. 인스턴트를 싫어하는 건 아니다. 데브표 인스턴트를 싫어하는 것뿐이다. 나를 진정한 커피의 세계로 이끈 사람은 세라였다. 대체로 과시욕이었던 것 같다. 내 프렌치프레스 여과기와 격조 높은 커피잔과 공정무역 원두를 보라. 문득, 세라와 게리가 싱싱한 꽃으로 장식한 방에서 맨발에 하얀 리넨 바지를 입고 반짝반짝 빛나는 마룻바닥에 양반다리를 하고 앉아 집에서 만든 카페라테를 홀짝이며 크루아상을 반으로 쪼개고 콜드플레이를 들으며 현학적으로 찰리 브루커의 칼럼을 서로 인용하면서 세상만사가 영락없는 쓰레기라고 깔깔거리는 장면이 머릿속에 그려졌다.

나는 주머니에서 사진을 꺼내 테이블 위에 툭 던졌다. 초록색과 노란색의 스내피 스냅스 봉투는 마구 구겨진 상태였다. 봉투를 열고 다시 한번 타인의 삶을 훑어볼까 하다가 그냥 서랍 속에 밀어넣었다.

주머니 맨 밑에 아까 쑤셔넣은 지저분한 A5 용지가 보이길래 꺼내서 폈다.

영화라고 쓰여 있었다. 남자애 둘. 알렉스와 ???

이런 게 쓸모가 있으려나.

감독: 피터 도널드슨. 부엉이 나오는 부분은 좀 웃겼음.

기억을 되새겼다. 확실히 웃기긴 했다.

어쨌든 이걸로 250단어짜리 원고를 써야 했다.

알렉스와 밥, ㅈ 되다, 라고 썼다.

단어 수: 4.

나는 의자에 등을 기대고 지금까지 한 작업을 바라보았다. 마음에 들었다. 커피를 한 모금 마시고 다시 키보드에 손을 얹었다.

……는 피터 도널드슨 감독의 작품이다.

단어 수: 7.

손가락으로 테이블을 두드렸다.

한눈팔지 마, 스스로를 타일렀다. 집중하라고.

라디오를 켰다가 다시 껐다.

남자 주인공 둘을 내세우는데, 나는 계속 썼다. 한 명은 알렉스고, 또 한 명은 밥이다.

단어 수: 17.

'둘'을 '두 사람'으로 바꿨다. 18.

또 손가락으로 테이블을 두드리다가 창밖을 쳐다보았다. 야채 트럭이 모퉁이 슈퍼마켓에 물건을 내리고 있었다. 에티오피아 식당 주인이 빈병을 내놓고 있었다.

서랍으로 눈길을 돌렸다. 서랍을 열었다. 봉투 안에 얌전히 들어 있는 사진을 보았다.

"제이슨!" 데브가 아래층에서 소리쳤다. "잠깐 도와줘!"

"뭔데?"

"가게 좀 잠깐 봐줄래? 파베우가 폴란드 사랑 노래를 가르쳐주겠대!"

서랍을 닫고 다시 단어 수를 쳐다보았다.

18.

됐어, 나쁘지 않아.

데브는 십오 분에서 이십 분가량 자리를 비웠다. 가게 안에 흐르던 골든 액스 주제가에 맞춰 데브가 퇴장하자마자 나는 매직 FM을 틀었다.

나는 게임에 관해서 아는 게 거의 없다. 몇 가지 사실을 주워섬기기도 하고 대화도 얼마간 가능하지만, 게임에 관해서 안다는 것은—차원이 다른 얘기다. 그래서 파워업!에 들어서는 소수의 용감한 사람들과 의사소통을 하는 일은 까다로운 작업이다. 대충 허세가 통할 것 같은 사람으로 보이면 한번 허세를 부려보기도 하는데, 대부분의 경우 그 자리에서 곧장 두 손을 들고 내가 잠시 가게를 봐줄 뿐이라는 사실을 겸허히 인정해야 한다. 가끔은 손님들이 한시름 놓은 표정을 보인다. 그 의미인즉슨 데브에 관해서 들은 바가 있다는 얘기다. 얼마 전 〈레트로 게이머〉라는 잡지에서 데브를 인터뷰하더니 "시내 중심가에서 양질의 레트로 게임을 수호하는 영국 최후의 보루"라고 칭했다. 데브는 그 문장을 명함에 박고 인터뷰 기사를 액자에 넣어 카운터 뒤에 걸었다. 그 옆에는 '못 말리는 게임 짐승' 데이브 페리의 사인이 든 사진과 빅 보이 배리가 쓰던 조이패드 그리고 1992년 유럽 게임 대회 챔피언 대니 컬리의 사진이 걸려 있었다. 데브는 대니 컬리가 가게에 왔지만 숫기가 없어서 자기에게 말도 못 걸고 갔다고 생각했다.

매직 FM의 디제이가 날씨에 관해 지껄이던 농담이 끝났을 때 가게 문 위에 달린 조그만 종이 울렸다. 나는 고개를 들어 손님을 보고 순간 경직됐다.

전에 내가 가르쳤던 매슈 파울러였다. 뭐, 엄밀히 말해서 가르쳤다고 할 수는 없다. 내가 교탁 앞에 있을 때 그애가 책상 앞에 앉아 있던 것뿐이니. 같은 학교 애를 장님으로 만들 뻔했던 녀석. 십 개월 된 아이의 아빠이고, 그 십 개월 동안은 〈제러미 카일 쇼〉나 〈트리샤 고더드 쇼〉*에 나온 누군가에게 악쓰는 일은 멀리했을 것이다.

매슈는 후드티에 달린 모자를 눌러썼고, 트레이닝 바지 어딘가에서 아주 작게 MP3 플레이어 돌아가는 소리가 났다.

내 쪽을 힐긋 쳐다보고는 이내 중고 게임 카트와 CD가 든 상자로 가서 뒤적이기 시작했다.

녀석은 나를 알아보지 못했다.

나는 긴장을 풀고 카운터를 정리하기 시작했다. 하지만 정리는 시늉일 뿐 자꾸 녀석을 힐끔거리게 됐는데, 분명히 말하지만 의심 때문이 아니라 궁금해서였다. 학교를 떠난 후에 뭘 하고 살았을까? 여기엔 왜 온 걸까? 얼핏 유명 연예인과 마주친 기분이었지만 이 경우에는 상대가 나를 두들겨패지나 않을까 약간 겁먹은 상태랄까.

MP3 플레이어 소리가 멈추고 녀석이 다시 한번 내 쪽으로 시선을 던졌다. 나는 지켜보고 있었다는 게 찔려서 얼른 뒤돌아 쓸데없이 물건들을 작은 무더기로 쌓고 또 쌓았다.

---

* 일반인 게스트들이 출연해 불행한 개인사를 감정적이고 격앙된 어조로 털어놓는 TV 토크쇼.

그때 녀석이 카운터로 왔다.

"안녕하세요, 선생님."

으악.

"안녕…… 매슈. 맷."

"여기서 일하세요?"

이제 와서 아니라고 말하면 좀 이상하겠지.

가만, 이상할 건 또 뭐야.

"아니. 잠깐 가게 봐주는 거야. 친구 대신."

녀석은 고개를 끄덕이고 가게 안을 둘러보았다.

"그렇군요, 가게 주인 이름이 뭐였죠? 전에 여기 몇 번 와봤거든요. 성격이 좀 예민하시던데, 그 친구분, 그렇죠?"

모자를 그렇게 눌러쓰니 그렇지.

"아직 세인트존스에 계세요?" 맷이 물었다.

말은 나한테 하고 있지만 눈은 계속 딴 데 가 있었다.

"아니, 지금은 기자야. 기자 나부랭이 비슷한 거지."

"맞다, 선생님 이름을 신문에서 본 적 있어요. 그땐 선생님인지 아니면 동명이인인지 몰랐지만."

"〈베벌리힐스의 아이들〉에 나온?"

"그 사람은 아닐 거라고 생각했죠."

나는 빙긋 웃었다.

"그럼 선생님은 잘 지내시는 거죠?"

그제야 녀석은 내 쪽을 수줍은 듯 쳐다보았다.

"선생님이라고 안 불러도 돼."

"그럼 뭐라고 불러요?"

"글쎄, 프리스틀리 씨?"

갑자기 우스꽝스럽다는 생각이 들었다. 바람돌이 소닉 포스터 앞에 서서 손님한테 점잖게 프리스틀리 씨라고 불러달라고 요구하는 모양새라니.

"아님 제이슨. 그냥 제이슨 형이라고 불러."

맷은 코를 한 번 훌쩍이고 얼굴을 긁적였다.

"프리스틀리 씨라고 부를게요. 그래도 괜찮죠?"

순간 어색한 기운이 감돌았다. 무슨 말을 해야 할지 생각이 나지 않았다. 데브라면 뭐라고 했을까 열심히 머리를 굴렸다.

"그래. 필요한 건 다 찾았어?"

"그냥 둘러보고 있었어요."

"애는 잘 크고?"

무의식중에 나온 말이었다. 하지만 녀석은 내가 어떻게 알았는지 의아해할 터였다. 녀석이 싱긋 웃었다.

"저도 그날 선생님 봤어요. 지하철역에서. 선생님이 저를 못 알아보셨다고 생각했죠."

"애 이름이 뭐야? 아들? 딸?"

"엘가예요."

엘가? 요즘 누가 애 이름을 엘가라고 지어?

"좋은 이름이네…… 애기 이름으로."

"애 같은 거 없어요." 맷이 씩 웃으며 말했다. "그때 보신 그 아줌마가 맨날 사람들 붙잡고 애기 타령이거든요. 그냥 애 하나 낳아서 제 나이에 할 도리 다했다고 생각하게 놔두는 편이 속 편할 것 같아서 그랬어요."

나는 껄껄 웃었다. 녀석이 지어낸 이름이 엘가라는 게 신기했지만 어쨌든 맘에 들었다.

"넌 어떻게 지내?"

맷은 어깨를 으쓱했다.

"학교랑은 별로 안 맞아요. 아직 뭐가 잘 맞는지 잘 모르겠어요."

"어디서 일해?"

"채플마켓에 있는 자동차 정비소에서요."

그때 녀석의 바지 속 어디선가 에이콘이 노래하기 시작했다. 맷의 휴대폰 벨소리거나, 그게 아니라면 에이콘은 정말 열심히 새 공연장을 수소문해야겠다.

맷은 화면에 뜬 발신인 이름을 노려보았다.

"가봐야겠네요. 힘내세요, 선생님. 만나 뵈서 반가웠습니다. 잘 지내신다니 좋네요."

"담에 또……"라고 입을 열었지만 이미 녀석은 뒤돌아서 가게 밖으로 발을 내딛고 있었다.

맷이 캘리도니언 로드를 가로질러 가로등에 쇠사슬로 매어놓은 흠집투성이 산악자전거 쪽으로 뛰어가는 모습을 바라보았다.

학교는 맷에게 맞지 않았다. 녀석의 심정이 십분 이해가 갔다.

그때 문 위에서 또 한번 딸랑 조그맣게 종이 울렸고 다른 손님이 들어왔다. 나는 건성으로 미소를 지어 보이고는 등을 돌렸다. 제대로 접객을 하지 않았고, 그럴 마음도 들지 않았다. 맷 때문에 아직 머릿속이 복잡했다. 그런데 손님의 생김새가, 구릿빛 피부와 단정한 머리가 왠지 낯이 익어서 다시 돌아섰다. 옅은 눈썹을 치켜뜨고 애매한 미소를 띤 그가 거기에, 아직도 문간에 서 있었다.

“여보게, 안녕하신가.” 안타까워하는 듯한 목소리로 그가 말했다. 마치 주머니 속에 망치를 숨긴 수의사가 마취에서 막 깨어나려는 고양이를 내려다보듯.

여섯

하늘이 무너진다

The Sky Is Falling

“여보게, 자네가 여전히 세라를 사랑하고 있다는 건 나도 잘 알아.”

아, 제발, 그만, 그 여보게라는 말은 좀 참아달라고. 미국에서 왔거나 1950년대 사람이 아니라면 요새 누가 여보게라는 말을 쓴다고? 게리는 서른네 살이고 하트퍼드셔 출신이다.

나는 가게 문을 닫고—데브도 이해할 것이다—“커피 한잔…… 그냥 근황이나…… 한담이라든가……” 나누자는 말에 마지못해 응했다.

벌써 십 분째 나는 말이 쏟아져나오는 게리의 입만 멍하니 쳐다보고 있었다. 겉만 번지르르하고 장황하고 의미 없고 애매한 말들. 이윽고, 기나긴 터널을 빠져나오면서 아, 내가 라디오를 켜놨었구나 하고 깨닫듯, 앞에 있는 게리가 보였다.

“……세라가 딴사람하고 사귄다는 게 자네에겐 힘들었겠지.”

게리의 말에 나는 정신을 차리고 집중했다. "하지만 늦든 빠르든 자기 행동에 책임을 져야 하는 순간이 오게 마련이야. 그만 두 손 들고 항복하라고. '난 엉망진창이었어'라고 솔직히 털어놓고 앞으로 나아가야지. 안 그러면 자네 인생은 가치 없는 삶이 될 거야."

딴사람이 말했다면 이 마지막 말은 위협적으로 들렸을지도 모른다. 겁을 주려고 날리는 경고성 화살. 하지만 게리에게서 들으니 〈닥터 필〉*에 나오는 좀 시원찮은 에피소드의 한 토막 같았다.

나는 게리의 말을 끊으려 했다.

"세라를 아직 사랑해서 그런 게 아냐." 커피잔을 쳐다보며 말했다. 하지만 게리는 내 말을 무시하고 자기 말을 계속했다.

"다들 한 번씩 겪는 일이잖아." 그의 플리스 스웨터가 새삼 눈에 들어왔다. '두바이 사막 클래식 2004'라는 문구와 아랍에미리트 로고가 작게 박혀 있다. 뭉친 털도 보풀도 없다. 신경써서 관리한 플리스 스웨터였다. "요컨대 누군가와 사귀기도 하고 헤어지기도 하고. 세상 사는 게 다 그렇지. 인생은 너무 짧아."

불현듯 나는 게리가 어떤 사람인지 깨달았다. 그는 '인생은 너무 짧다' 같은 문구를 방금 생각해냈다는 듯 말하는 남자였다. 그런 심오한 말을 생각해내다니 나는 정말 천재야, 라고 생각했을 것이다. 나중에 어디서 '인생은 너무 짧다'라고 쓴 자동차 범퍼 스티커를 보면 누가 자기를 표절했다고 생각할 사람이다.

"하루하루가 생의 마지막 날인 듯 살아야지." 적어도 그런 얘기를 하는 게 민망하다는 걸 알긴 아는지 게리는 시선을 테이블보 위

* 필 맥그로 박사가 진행하는 고민 상담 TV 토크쇼.

의 얼룩에 고정한 채 말했다. "그리고 미련이 남아 있다면……"

"정말로 세라한테 미련이 있어서 그런 게 아냐." 내가 말을 잘랐다. "그때 난 술에 취한 상태였고, 컴퓨터 앞에 있었던데다가, 그래, 내가 좀 실수를 하긴 했어. 엄청난 실수를 했지. 자네는 그런 실수는 절대 하지 않으니까 자화자찬할 만하지만, 게리, 사람은 실수를 하게 마련이라고."

오, 주여. 제가 '사람은 실수를 하게 마련'이라고 말했나요. 이건 게리보다 더 심하잖아.

"과거에 얽매여 살면 안 돼." 게리가 말했다.

그리고 다시 도돌이표.

당혹스러운 일이었다. 어른한테 꾸지람을 듣는 기분이었다. 진정한 사나이한테. 대인관계를 자유자재로 주무를 줄 아는 사람한테. 내 생각에 게리가 지금 이 상황을 한껏 즐기는 이유는 바로 그거였다. 동정심이나 노파심에서 이러는 게 아니다. 그는 이 말이 하고 싶어서 온 것이다. "나를 봐. 내 능력을 보라고. 나는 세라와 완벽한 연애를 할 뿐 아니라 당신이 어디서부터 엇나갔는지, 당신이 왜 실패자인지 알려줄 만큼 도량이 넓은 사람이야. 그러면서도 당신한테 호의를 베푸는 것처럼 보이게 할 수 있지. 아, 신사답게 실크해트라도 쓰고 올걸."

"게리, 저기, 난 이제 가봐야겠어." 나는 그의 말허리를 끊고 반 넘게 남은 커피를 꿀꺽꿀꺽 간신히 한입에 삼켰다. 그리고 진심이라는 것을 보여주려고 의자를 뒤로 조금씩 뺐다.

"가게 문을 닫고 와서 데브가 걱정할 거야. 데브는 지금 폴란드 노래를 배우는 중이거든. 게다가 화요일 오후 세시에서 네시 사이는 가게가 제일 바쁠 때야. 데브가 제일 바쁠 때지. 내가 거기서 일하는 건 아니지만."

게리는 허둥거렸다.

"가기 전에 말일세, 친구…… 저기, 이건 내가 할 말은 아니지만, 그래도……"

그래도 뭐?

그는 잠시 침묵을 지켰고, 그것을 즐기는 것 같았다. 보통 때라면 나도 얘기 중간의 짧은 공백을 좋아한다. 최장 일 분까지 쉬어 갈 수도 있다. 이건 일종의 재능이다. 세라는 종종 인생은 잠깐의 공백 사이에 일어나는 일들이라고 말하곤 했다. 어떤 공백은 아주 위대하며, 위로가 되기도 한다. 나의 목적지를 들은 택시 기사의 짧은 침묵, 알겠다며 고개를 끄덕이기 전 잠깐의 공백. 극장에서 광고가 끝나고 영화가 시작되기 전의 공백, 음악과 영상과 소음이 일순 사라지고 휴대폰이 꺼지는 순간, 휴대폰 액정 화면의 반짝임이나 남의 시선을 의식해 조심스럽게 팝콘 봉지를 바스락거리는 소리만이 도드라진다. 하지만 지금 이 경우는…… 좋지 않은 공백이었다. 이런 침묵에서는 어떤 위안도 얻을 수 없다.

"관두자."

"뭔데?"

"아냐, 내가 얘기하는 건 적절하지 않아."

"뭔데, 게리?"

최후의, 결정적인 침묵. 이번 건 더 짧지만, 더 못됐다.

"아냐."

그러고서 게리는 테이블 위에 오 파운드 지폐를 던져두고 싱긋 웃으며 의자를 뒤로 뺐다.

"알았어."

게리는 굳이 가게까지 같이 가겠다고 고집을 피웠다. 나는 좀 전에 쓸데없이 쌓아올린 조그만 물건들을 이번에는 도로 흩어놓으면서 내가 얼마나 바쁜 몸인지 게리에게 보여주려고 했지만, 솔직히 별로 바빠 보이지 않았다. 그냥 물건들을 갖고 노는 남자로 보였다.

대충 짐작이 가지 않는가.

게리는 게임 패키지를 뒤적거리며 표지에 적힌 문구를 내게 큰 소리로 읽어주었다. 게리는 뭐든 소리 내어 읽는 사람 중 하나였다.

"1+1!" 아까 에소 주유소 앞을 지나가면서도 그는 의기양양하게 읊었다. "갓 구워낸 롤빵!" 뭐라 대꾸할 말이 없었다. "캘리도니언 푸드 앤드 와인!"에는 또 뭐라고 대답하나.

그리고 결정타—게리가 사진을 발견했다. 미처 사진을 치울 시간이 없었던 것이다.

"이 사진 자네 건가?" 누가 봐도 뻔하게 초조해하며 꿈지럭대고 있던 나는 즉시 움직임을 멈췄다.

"응. 아니. 친구 거야."

나는 얼른 내놓으라는 뜻에서 손을 내밀었지만 게리는 흥미가 당긴 것 같았다.

"이 여자는 누구야?"

"어…… 말하자면 친구지. 오랜 벗."

오랜 벗이라?

게리는 한번 더 꼼꼼히 여자를 살폈다. 그의 시선이 첫번째 사진을 훑었다. 뭘 하는 건지 알 만했다. 그는 사진 속의 여자와 세라를 비교하며 누가 더 나은지 저울질하고 있었다.

"잘됐네, 제이슨." 게리는 사진을 부채꼴로 펼쳐놓으며 마침내 입을 열었다. "친구가 있다는 건 좋은 거지."

나는 고개를 끄덕였다. 뭐, 해될 건 없잖아? 게리는 세라한테 가서 내가 반짝이는 눈동자의 금발 미인과 데이트한다고 말할지도 모른다. 물론 그는 말하지 않을 것이다. 그러면 세라가 놓친 물고기가 너무 커 보일 테니까. 오히려 게리는 세라한테 내가 비디오게임 가게에서 일하고 있었다고, 선원이 그려진 스웨터를 입고 있었다고 말하겠지.

"휫비네." 게리는 생각에 잠겨 말했다.

"어?"

"여기 휫비잖아? 수도원을 보니 알겠군."

게리가 사진 한 장을 손가락으로 짚었다. 그녀—정체가 뭐든 간에—는 빨간 스카프를 두르고 카메라 앵글 바깥의 누군가가 하는 말에 활짝 웃고 있었다. 내가 제일 좋아하는 사진이다. 바람이 보이진 않지만 느껴진다. 맑고 깨끗한, 거미줄을 일소해주는 시원하고 상쾌한 바람. 배경에는 절벽 위 높은 곳에 게리가 말한 건물이 있었다. 지금은 게리의 손가락 때문에 보이지 않지만.

나는 최선을 다해 교묘히 그 손가락을 치웠다. 이건 내 거라고, 게리. 꿈도 꾸지 마.

"어렸을 때 가본 적이 있거든. 물론 혼자 간 건 아니고. 아버지가 캠핑카를 끌고 저기 올라가는 걸 좋아하셨어. 휫비는 언제 갔었어?"

나는 용케 고개를 끄덕이는 동시에 흔드는 묘기를 부렸다. 게리는 자기 좋을 대로 해석했다.

"뭐, 잘해봐, 제이슨."

만약 사진을 손에 들고 있지 않았더라면 게리가 나가는 모습을 지켜봤겠지만, 나는 사진에서 눈을 떼고 싶지 않았다.

데브는 한 시간 후에 이상한 가락을 흥얼거리며 돌아왔다.

"크시슈토프 크라프치크의 〈보 에스테시 티〉라는 노래야"라며 이렇게 덧붙였다. "난 방금 내가 무슨 말을 한 건지 하나도 몰라."

"어떤 노랜데?"

"사랑 노래지. 영원하고 불꽃같고 가슴 아픈 사랑에 관한. 오직 비디오게임 가게 남자만이 파멜라라는 이름의 폴란드 웨이트리스에게 품을 수 있는 그런 사랑. 넌 뭐했어?"

"게리가 왔더라."

데브의 얼굴이 일그러졌다. 하지만 속으로는 은근히 이런 일에 사족을 못 쓴다.

"뭐래?"

"잘 해결해보재. 악감정은 갖지 말자고. 여보게, 라면서 말을 걸더군."

"멋진 놈이네, 게리라는 녀석. 이해는 안 가지만."

"그러면서도 내 심사를 건드리려는 것 같던데."

"어떻게?"

"얘기를 하려다 말아."

"하려다 말아?"

"뜸을 들여. 일부러. 뭔가 말할 것처럼 얘기를 꺼내는 거야. 그러곤 입을 다물어. 한동안 침묵."

"흔히들 말하다가 잠시 멈추기도 하잖아. 나도 가끔 그러는걸."

"너는 일시정지 버튼을 누르는 거지. 게리는 잠깐 멈춘 게 아니었어. 주의를 끌려는 침묵이었지."

"나도 가끔 주의를 끌려고 말을 끊어. 바로 요전날 저녁에도 그랬어. 말을 잠깐 멈추면 사람들이 무슨 일인가 하고 주목하거든. 나라면 그런 데 신경쓰지 않겠어."

"하지만 내 생각엔……"

"생각을 하지 마. 생각하다보면 절대 세라를 못 잊을걸. 생각할수록 꼬리에 꼬리를 문다고."

그래서 나는 생각하지 않기로 했다.

2층에서 밥과 알렉스에 대한 리뷰를 마저 끝내고(5점 만점에 3점) 모니터를 노려보았다.

불가해한 여정의 시작—당신과 나와 저들을 통해 에고에서 이드로 가는 여행.

커서가 깜박거리며 나를 쳐다봤다. 나만큼이나 이 문구에 경악한 것이다.

대체 무슨 말을 쓰려고?

안내장을 찬찬히 살펴보았다. 엉뚱한 단어에다 굵은 글씨로 강조 표시를 해놨고, 느낌표도 너무 많았다.

'카이코 카카마라는 영국의 가장 놀라운 신예 아티스트다!! 그의 끈기와 선견지명은 미술계를 뜨겁게 달구었으며, 그의 팬 중에는 에

번 댄도를 비롯하여……'

갑자기 삶의 의지가 사라져버려 무겁게 한숨을 내쉬었다. 예술은 주관적인 것 아닌가? 그렇다면 내가 뭐라 하든 내 의견은 타당하다. 하지만 내가 그 전시를 보지 않았어도 타당한가?

그래, 그래도 타당하다고 생각한다. 나는 타이핑하기 시작했다.

에번 댄도를 비롯하여……

십 분 후, 기사를 이메일로 송고했다.

그러고는 의자 깊숙이 앉아서 게리에 대해 생각했다. 왜 말을 하려다 멈칫했을까? 내가 전혀 모르는 여자의 사진을 가지고 있다는 것을 알게 되면 어떻게 생각할까?

그때 휴대폰이 울렸다. 조였다.

"안녕, 머저리. 글은 술술 잘 써져?"

"방금 이메일로 보냈는데."

"어땠어?"

"열어보면 알잖아!"

"전시회 말이야."

나는 안내장을 집어들었다.

"아, 그거. 놀라웠지. 선견지명으로 가득하고 또…… 그 끈기하며."

"어이구야, 굉장하네. 근데 난 단 한 번도 너를 예술 애호가로 착각한 적 없거든."

"어쩌나, 나 예술 애호가 맞는데."

"학교 다닐 때 나버러 로드에 있는 집에서 우리랑 데브랑 그 미대 다니던 프랑스 여자애하고 같이 살던 거 기억나? 그 여자애가 너한테 인체 모델을 해달라니까 넌 누드모델 해달라는 줄 알고 이사 나갈 뻔했잖아?"

나는 웃음을 터뜨렸다.

"그냥 사과나 하나 들고 벤치에 앉아 있어달라는 것뿐이었는데."

이번엔 조가 웃음을 터뜨렸다. 익숙한 허스키한 웃음소리다. 조와 나는 사귀는 것 비슷한 단계까지 갔었다. 학교 다닐 때 딱 한 번, 당시 유행하던 디스코 파티에 다녀온 후였다. 조의 사촌이 런던에 놀러왔다가 앓아눕는 바람에 조가 자기 방을 내주고 내 방으로 기어들어와서 둘이 동틀 때까지 영화 〈구니스〉를 봤다. 그래서 나는 한때 조가 나를 좋아했다는 사실을 알고 있다. 어쩌면 아직도 좋아할지도. 결국 내게는 잘된 일인지도 모른다.

"그건 그렇고, 거기서 너 안 보이던데."

"응?"

"전시회에서 너를 못 봤다고."

나는 얼어붙었다. 조가 지금 농담하는 건가?

"무슨 말이야?"

"그 전시회에 나도 가게 되고 말았거든."

떠보는 건가? 아니면 들킨 건가?

"너도 거기 갔었다고? 그래?" 가볍게 농담하듯 말하고 싶었지만, 아무래도 겁먹은 것처럼 들렸다.

"갔었어. 잠시 들러볼까 해서. 넌 어디쯤 있었는데?"

"나야…… 딴 데 있었겠지."

"딴 데 어디?"

"주 전시실에서 좀 떨어진 구석에."

"구석 같은 데는 없었어. 주 전시실이라고 부를 만한 공간도 없었고."

"어, 잠깐 들어갔었는데, 너무 복잡해서, 그래서 그냥……"

"거의 비어서 한산하던데. 너 가지도 않았지?"

수화기 너머로 조의 컴퓨터에서 땡 하는 소리가 들렸다. 망할. 이메일. 내 이메일이 도착한 것이다.

"갔었어! 잠깐 들러서 고개만 내밀었어!"

제발 믿어줘. 제발 믿어주세요.

"제이슨." 나는 식은땀을 흘리기 시작했다. 조가 마우스를 움직여 뭔가를 클릭해서 첨부파일을 열어보는 소리가 들렸기 때문이다. "너 실제로 보지도 않고서 대충 리뷰 써서 제출한 적 있어?"

덫을 놨던 걸까? 학창 시절 얘기를 해서 방심시키려고?

"아니…… 그게…… 나도 갔는데, 아마 네가 못 봤을……"

"'에버 댄도를 비롯하여 칼 배럿 등의 팬을 보유한'……" 조의 말에 간이 철렁 내려앉았다. 내가 보낸 기사는 정확히 그렇게 시작했다. "'카이코 카카마라는 놀라운 선견지명을 지닌 아티스트로서'…… 흠, 제이슨, 나야말로 너의 선견지명에 놀라움을 감출 수가 없다."

"조, 미안해, 내 얘기 좀 들어……"

"영화는 본 거 맞아? 그것도 대충 지어낸 거야?"

"그건 봤어. 아주 세세한 내용까지 말해줄 수 있다고, 하지만 전시회는…… 너무 늦어서, 지하철이……"

"음식점 리뷰 건은? 그 레스토랑에 가보긴 했어?"

"갔었어! 마르게리타 피자를 시켰다고!"

사실관계를 따졌을 때 틀린 말은 아니다.

"네가 한 짓을 알고 나니 이 전화 통화가 몹시 난감하다."

오 하느님. 오 주여. 이러지 마세요. 안 돼요.

"편집부 사무실로 좀 와줘야겠어."

뭐라고? 왜? 자를 거면 그냥 지금 바로 잘라.

"롭이 아직 병가중인데, 방금 몇 주 더 쉬겠다고 연락이 왔어. 무슨 수술을 받나봐. 그래서 그 자리를 메꿔줄 사람이 필요해."

"롭……이라면?"

"리뷰 담당 에디터 롭 말이야."

"그러니까…… 나보고 리뷰 담당 에디터가 되어달라고?"

"아니, 당분간 리뷰 담당 자리를 메꿔달라고."

"그럼 내가……"

"여기저기 돌아다닐 필요도 없어. 그냥 딴사람들한테 시키면 돼. 즉 편집부 내근직이라는 얘기야."

"그야 상관없지! 그러니까, 아주 좋아!"

잠시 침묵.

"조, 네가 이러는 거 혹시……"

"뭐?"

"아니, 네가 나한테 갚아야 할 빚 같은 건 하나도 없다고 알려주려고."

"내가 이러는 건, 대체 근무자가 필요한데 제니퍼는 이미 휴가 일정을 잡았고 샘은 월요일에 외근이고 로런은 거절했기 때문이야. 그러니까 월요일부터야, 알았어? 출근은 열시까지지만, 넌 크루아상 몇 개랑 커피 한 잔 사들고 아홉시까지는 충분히 오겠지."

그렇게 된 것이었다.

제이슨 프리스틀리. 리뷰 담당 에디터. 〈런던 나우〉.

냅킨이었지만, 눈을 가늘게 뜨고 살짝 초점을 흐릿하게 맞추면 거의 명함처럼 보였다.

데브가 축하의 의미로 맥주를 한잔 샀다. 데브는 맥주잔을 테이블에 내려놓으며 말했다.

"지금까지 주류 언론은 비디오게임을 열외 취급해왔어. 하지만 '아직 게임은 끝나지 않았어', 〈런던 나우〉가 이 멋진 신세계로 향하는 문이 되는 거야. 내가 대담무쌍하게 리뷰를 쓸 거고, 열과 성을 다해서……"

"조하고 얘기해볼게." 내가 말을 잘랐다. "내 권한이 어디까지인지 아직 잘 몰라서."

데브는 그쯤으로 만족하는 것 같았다.

"그래도 기분이 좀 거시기하겠다, 조하고 같이 일하면?"

나는 어깨를 으쓱했다. 데브도 어깨를 으쓱했다. 피차 모를 일이었다.

허공에서 침묵이 맴돌았다. 나는 침묵이 뚜렷해질 때까지 기다렸다. 그러고 나서……

"데브, 휫비에 대해서 뭐 아는 거 있어?"

"휫비?"

"휫비."

"이름밖에 모르는데. 왜?"

"그 아가씨 말이야. 사진에서. 그중 몇 장은 휫비에서 찍은 거였어."

"아하!" 데브는 손가락을 튕겨 딱 소리를 내더니 검지로 나를 가리켰다. "그럴 줄 알았어!"

"뭘 알아?"

"내 그럴 줄 알았지! 너! 너 그 여자를 사랑하지!"

"사랑 안 해! 그 여자가 휫비에 간 적이 있다는 사실을 알아냈을 뿐이라고. 난 네가 아까 아스다*에 다녀왔다는 걸 알지만, 그게 내가 널 사랑한다는 뜻은 아니잖아."

"휫비에서 찍은 거라는 건 어떻게 알았어?"

"게리 덕분에."

"그럼 게리가 아는 사람이야?"

"그 아가씨가 아니라 휫비를 알아본 거지. 방학 때 종종 휫비에 갔었대."

"확인해보자." 그러더니 데브가 갑자기 길 건너편을 가리켰다. "파멜라다."

데브는 그 이상야릇한 노래를 다시 흥얼거리기 시작했다.

"디데이가 언제야?"

"고백? 글쎄. 아마 내일쯤."

우리는 버스 정류장 쪽으로 총총 걸어가는 파멜라를 묵묵히 바라보았고, 그녀가 도로 가장자리에 주차된 차를 향해 총총 걸어가는 모습도 계속 바라보았다. 여기저기 움푹 패고 찌그러진 파란색 비바였는데, 그건 문제가 안 되는 것이, 파멜라가 그 차를 발견하

* 테스코, 세인즈베리와 더불어 영국의 3대 대형 할인 판매점.

고 무척 기뻐했기 때문이다. 운전자는 남자였고, 남자도 기쁜 표정이었다. 이 방면으로는 내가 데브보다 훨씬 빨랐으므로, 파멜라가 차에 타고 남자 쪽으로 상체를 기울여 키스를 나누고 남자의 뒤통수를 쓰다듬을 무렵 나는 라거 맥주를 벌컥벌컥 들이켜고 있었다.

"아, 나 원!" 데브의 외마디에 움찔한 나는 고개를 끄덕여 공감과 연민을 표시했다. "아, 나 원!"

그때 전화가 걸려왔다. 잘 지내냐는 말에 나는 데브한테서 멀찌감치 떨어져 대답했고, 게리가 왔었다고 하니 그녀는 알고 있다고 했고, 그녀가 미안하다고 해서 나는 괜찮다고 했고, 그녀가 얼굴 보고 말하는 게 낫겠다고 만나서 얘기 좀 할 수 있냐길래, 나는 요즘 내가 얼마나 바쁜지 자랑하고 싶은 마음에 깐깐하게 안 된다고 그냥 지금 얘기하자고 했고, 그래서 우린 그냥 얘기하게 됐고, 나는 귀를 기울였고, 그녀는 오늘 왜 전화했는지 말했다.

먹구름이 몰려와 폭우가 쏟아지는 편이 나았을 텐데. 왜냐면 하늘이 곧장 땅바닥에 내리꽂혔으니까.

일곱

수많은 변화가 밀려든다

A Lot of Changes Coming

아니, 그건 좋은 소식이었다.

엄밀히 말해서 좋은 소식이었다.

"나 임신했어." 세라가 말했다.

세라는 내게 그 소식을 어떻게 전해야 할지 난감했었나보다. 특히나 내가 그런 짓을 저지르고 나서는. 하지만 사실은 사실이었고, 세라는 기뻐했다.

십이 주 때 초음파검사를 받았다. 임신을 축하하기 위해 여행을 갔다. 게리는 프러포즈를 했다. 친구들에게 알렸다. 이 얼마나 성숙한 어른다운 처신인가.

"직접 얼굴 보고 얘기하고 싶었어." 그녀가 말했고, 나는 뭔가 긍정적인 격려와 응원의 대답을 했는데, 뭐라고 했는지 죽어도 기억이 안 나는 건, 그 순간 머릿속엔 이제 나는 어쩌지? 하는 생각뿐이었기 때문이다.

게리의 침묵이 무슨 의미였는지 이제는 알겠다.

"임신의 침묵이라고 부르면 되겠네!" 데브의 말에 나는 그를 빤히 쳐다보았고, 데브는 웃음을 거두고 맥주를 홀짝였다.

그 멈칫거림은 단순히 세라에 관한 침묵이 아니었다. 그와 나의 관계를 압축해서 보여주는 침묵이었다. 자기에게 특별한 정보가 있고, 마음만 먹으면 그 정보로 나를 박살낼 수도 있지만, 자신은 너무나 점잖고 너무나 신뢰할 만하고 너무나 정직하기 때문에 그러지 않기로 하고, 그래도 여전히 승자는 자신이라는 것을 은근히 전달하는 침묵.

우리는 승합차 전문 렌터카 업체 바로 옆에 있는 덴에 갔다. 둘 다 침울한 기분이었다.

그럼 된 거지, 뭐. 내 인생의 한 장이 끝났다. 제대로 마침표다. 세라는 엄마가 될 것이다. 그리고 나는 언제까지나 전 애인에 지나지 않을 테고. 그러다 어느 날에는 전 애인들 중 하나가 되겠지. 결국 언젠가는, 예상보다 빨리, 아무것도 아닌 사람이 될 것이다.

그래, 세라에게 미련이 남은 것처럼 들린다는 것도 알고, 그래, 그 사실을 뒷받침하는 증거가 충분히 쌓였다는 것도 안다. 아닌 게 아니라 이렇게 일일이 다 써서 여러분에게 보고하지 않았는가. 하지만 이건 다른 얘기다, 이번만은. 이건 세라에 관한 게 아니다. 나의 과거에 관한 것도 아니다. 이건 나의 미래에 관한 얘기다. 한 사람이 쏜살같이 앞으로 내달리면 나머지 한 사람의 현재는 과거가 되어버리고, 미래는 생각만 해도 벅차다.

어쩌면 잘됐다고 안도해야 할 일이다. 나는 림보에서 벗어났다. 어딘지 모를 곳을 헤매느니 어딘가에 당도하는 게 낫다. 나를 대신

해 결정은 이미 내려졌다. '제이슨과 세라'는 이제 두 번 다시 불가능하다. 앞으로 절대, 일말의 여지도 없이, 무슨 일이 있어도, 둘이 나란히 이름을 쓰는 일은 없을 것이다. 그러니 이젠 걱정할 거리도 없다.

하지만 그렇게 돼서 뭐? 나의 행복이 다른 사람의 변덕과 환상에 달려 있다는 사실에는 변함이 없는데.

다른 사람의 결정에 휘둘려서는 안 된다. 나 스스로 결정해야 한다.

"어떻게든 해야겠어." 데브는 자신이 진지하다는 것을 보여주기 위해 손가락으로 테이블을 두드리며 말했다. "멀리 떠나자. 우린 여자한테 상처받은 사내들이야. 너는 지금 딴 남자와 약혼하고 임신한 전 애인과 완전히 끝났고, 내 경우엔 아내가 될 예정이었던 폴란드 아가씨가 런던에 굴러다니는 유일한 복스홀 비바를 탄 남자와 키스했지."

데브는 나를 똑바로 쳐다보며 매우 심각한 어조로 말했다.

"유로디즈니 어때?"

"너하고 유로디즈니는 안 가."

"야. 유로디즈니가 어디가 어때서. 너랑 나랑."

"너하고 유로디즈니는 안 갈 거야."

"주말에 삐딱한 총각 파티 하는 셈 치면 되잖아."

"지금 나한테 너랑 같이 유로디즈니에 가서 삐딱한 주말을 보내자고 하는 거냐?"

"'사나이들'처럼 해보면 어떻겠냐는 거지. 세상 모든 여자들한테 우린 자기네들처럼 놀지 않는다는 걸 보여주자. 다들 보는 데서 맥주를 마시고 트림을 거하게 하는 거야."

"유로디즈니에서?"

"그래. 아니면 브루게. 아님 암스테르담."

"월요일부터 출근해야 돼."

"더블린."

"쌩쌩하게 출근해야 해."

"좋아. 그럼 팬티만 달랑 입고 뒹굴뒹굴하면서 필립 스코필드의 게임 쇼나 보자. 일요일 내내 말은 한마디도 안 하고 〈컴 다인 위드 미〉*만 주구장창 봐도 되지."

나는 〈컴 다인 위드 미〉를 말도 못하게 좋아한다.

"맛없는 음식을 먹고 우울하게 돌아다니다가 맥주 캔을 마구 짜부라뜨리는 거야!" 데브는 한마디 한마디 할 때마다 목소리에 점점 힘이 들어가며 흥분했다. "아니면…… 순간을 활용하자. 나쁜 것을 좋게 변화시키는 거야! 여행! 경험! 너하고 내가!"

한 잔씩 들어갈 때마다 점점 솔깃해지며 그 제안이 실제로 괜찮게 들렸다.

이른 아침이었고—일러도 너무 일렀다—나는 좀더 눈을 붙이려고 애쓰는 중이었다. 바깥에서 끽끽거리는 소리가 들렸다. 다 쉬어가는 새된 비명은 승합차를 교살하는 소리 같았다.

비틀거리며 침대에서 빠져나와 블라인드를 걷어올리며 움찔했

* Come Dine with Me. 네다섯 명의 일반인 참가자가 서로 자기 집에 경쟁자들을 초대하여 요리를 대접한 후 점수로 평가받는 요리 서바이벌 프로그램.

다. 그 소음의 정체는 진작부터 알고 있었다. 데브의 닛산 체리다. 데브가 차를 끌고 나가려 할 때마다 차는 그렇게 비명을 질러댔고, 데브는 한참을 씨름하다가 저편에서 버스가 다가오는 게 보이면 하는 수 없이 차를 포기하고 보닛을 쾅 닫고는 길 건너 버스 정류장으로 달려가곤 했다. 여덟시였다. 대체 뭣 때문에 데브는 토요일 아침 여덟시에 자기 차를 공격하고 있는 걸까?

파멜라가 오는 것을 보고 사나이답게 보이고 싶었나보다. 렌치를 꼭 쥐고 나갔을 테고, 얼굴에 묻힐 기름때 얼룩의 정량을 두고 심각하게 고민했겠지. 사나이답게 보이는 가장 좋은 방법이다. 속이기도 쉽다. 얼굴에 자동차 오일 좀 묻히고, 기계 옆에서 고개를 끄덕이며 "아하"라고 중얼거리면 된다.

블라인드를 다시 내리려던 찰나에, 뭔가 눈에 밟히는 게 있었다. 보닛 밑의 사내는 헐렁한 청바지를 입고 있었다. 데브는 헐렁한 청바지를 입지 않는다. 좀 많이 끼거나 너무 짧다 싶은 청바지, 아니면 통신판매로 구 파운드에 산 고무줄 바지를 입는다. 게다가 저건 후드티? 자동차가 다시 끽끽댔고 문득 나는 깨달았다…… 도둑질을 목격하고 있다! 절도 현장이다! 누가 데브의 차를 훔치려 한다! 뭐, 일단 고친 후에, 그다음에 훔치려는 거다.

"데브!" 나는 충격과 흥분에 휩싸여 침대 위로 다시 쓰러지며 소리쳤다. "데브!"

대답이 없었다. 무기가 필요했다, 그것도 매우 긴급하게. 이상한 것은, 내게 무기류가 거의 없다는 점이다. 쌍절곤 같은 것도 없고, 칼붙이는 날이 안 들고, 배드민턴 라켓은 무기라기엔 뭔가 위협적인 느낌이 결여되어 있다. 그래서 나는 복도의 작은 테이블 위에 있던 머리빗을 움켜잡았고, 순간 머리빗이란 게 우리집에 있다는 사실에 새삼 놀랐으며, 달려가면서 데브의 방문을 두들겼다.

"누가 네 차를 훔쳐가려고 해!"라고 외치고 계단을 뛰어내려가며 머리빗을 더욱 단단히 그러쥐었고, 빗의 어느 쪽 끝이 더 위협적일까 열심히 머리를 굴렸다.

현관에 거의 다 왔을 때쯤 다시 끽끽대는 소음이 들리자 나는 공황 상태에 빠졌다. 데브는 대체 어디 있는 거야? 지원군이 필요한데! 닛산이 도와달라고 비명을 지르고 있는데, 한시가 급하다고! 도둑이 일을 다 마치는 데는 겨우 몇 시간밖에 안 걸려!

"데브!" 나는 소리쳤다. "무기를 더 가져와!"

현관문을 열어젖혔고, 그리하여 닛산 체리의 코앞에 팬티 차림에 손에는 아직 사용하지 않았음이 분명한 머리빗을 들고 아침 햇살에 두 눈을 껌벅이는 사내가 별안간 나타나게 된 것이었다.

그리고 또 한 사람, 도둑이 있었다. 나의 적. 아직도 자동차 보닛 밑에서 자신이 처한 무지막지한 위험을 전혀 알아차리지 못한 채 열심히 뭔가 만지작거리고 있는 놈. 빗으로 놈을 냅다 후려쳐야 할지 아니면 뭔가 경고부터 해야 한지 고민했다. 그런데 경고로는 어떤 말이 좋을까? 또 그다음엔 무슨 말을 하지? "이 고물 차는 뭐하러 고치고 있어?" 정도가 사리에 맞는 유일한 발언인 듯했고, 그래서 머리빗을 치켜들고 이렇게 소리쳤다. "이봐!"

끽끽 소리가 멎었다. 나는 머리빗을 움켜쥔 손에 힘을 주었다.

"안녕하세요, 선생님." 도둑놈이 말했다.

아.

매슈 파울러였다.

매슈 파울러가 왜 데브의 차를 고치고 있지?

"맷?" 그제야 내가 팬티 차림에 머리빗을 휘두르고 있음을 깨달았다. 때마침 버스 한 대가 지나가서 그럴싸한 변명거리를 생각해 낼 시간을 벌었다.

"머리를 빗던 중이야."

뭐, 변명은 변명이다, 어쨌든.

"어이, 어이!" 내 왼편에서 누가 불렀다. 데브였다. 커피와 조그만 갈색 봉지 몇 개를 들고 우리 쪽으로 성큼성큼 걸어오고 있었다. 데브는 나한테 봉지를 하나 던졌고, 나는 가슴으로 받았다. 따뜻하고 기름기로 번들거리고 축축했다.

"오즈에서 베이컨 샌드위치를 팔더라고." 데브가 말했다. "넌 환타 맞지, 맷?"

맷은 데브에게 엄지를 치켜들어 보이고 나서 차를 가리켰다.

"플라이휠이 나갔어요."

데브와 나는 동시에 고개를 주억거리며 말했다. "아하."

"금방 고칠게요."

"어쩌다가 맷이 저 차를 고치게 된 거야?" 나는 청바지를 꿰입으며 물었다.

"뭐, 고장난 차를 타고 갈 순 없으니까."

"아니, 내 말은 그게 아니라, 맷을 어떻게 알게 됐냐고. 그리고 '가다'니? 어딜 가는데?"

"여행을 떠나야지! 세상 모든 여자들에게 성명을 전하기 위한 우리의 여행! 어젯밤에 계획 세웠잖아!"

계획을 세우지 않았던 걸로 분명히 기억하는데. 세웠다고 해도 뭘 어쩔 건데?

"거사를 도모하려던 중에 맷이 지나갔고, 맷이 너를 아냐고 묻길래 일단 모른다고 시치미뗐지, 혹시 청부 살인일 경우에 대비해서. 그러다가 맷이 자동차 정비소에서 일한다는 얘기가 나와서 보다시피."

나는 유리창으로 다가갔다. 뭐, 하여간. 맷 파울러가 도움이 되기도 하네.

바깥에서 끽끽대던 소음이 낮은 그르렁거림으로 바뀌는 동안 나는 베이컨 샌드위치를 한입 더 베어먹었다.

"열시에 출발이다." 데브가 신이 나서 말했다.

"대체 어딜 가는데?"

"어제 다 상의했잖아!" 데브는 박수를 치고는 계단을 쿵쿵 뛰어내려갔다.

나는 여벌 티셔츠 한 장을 테스코 쇼핑백에 쑤셔넣고 지갑을 집어들었다. 뭐, 안 될 건 없잖아? 여행도 재미있을지 모른다. 하지만 나는 데브의 계획이 무엇인지 이미 알고 있다는 불안한 느낌이 들었다.

계단을 내려갔는데 좀 이상한 장면을 보았다.

"어, 맷, 너도 가니?"

맷이 환타를 꿀꺽꿀꺽 마시면서 뒷좌석에 앉아 있었다. 가는 길 중간에 어디 내려주려는 모양이지.

"내가 맷한테 같이 가자고 했어." 데브가 샌드위치의 마지막 한 입을 먹으며 말했다. "차를 고쳐줬잖아. 자격이야 충분하지, 우리보다 더."

좀 꺼림칙했다. 이건 정상이 아니다. 이렇게 갈 수는 없다. 타블로이드 신문에 걸핏하면 실리는 기사가 옛 제자와 도피 행각을 벌인 선생에 관한 거다. 하지만 걔네들은 보통 금발 미인이지, 파이프렌치를 상비하고 은근히 흉악범처럼 생긴 남학생인 경우는 거의 없다.

"그럼 맷도 우리 목적지를 아는 거야?"

"네." 맷이 대답했다. "휫비요."

"휫비?" 나는 놀라서 되물었다. 데브가 씩 웃었다. 당연히 웃어야지. 휫비에 가는 것에 대해서 어젯밤에 얘기한 기억은 없다. 내가 휫비를 언급했고 데브가 여행 얘기를 했지만, "아침 일찍 일어나서 휫비에 가자"고 말한 사람은 없었다. 이건 우리의 계획이 아니라 데브의 계획이었다.

"요크셔인가 어딘가에 있는 휫비죠?" 맷이 물었다. "처음 가봐요."

"근데 넌 이렇게 떠나면 즐겁니? 그러니까, 달리 해야 할 일이……"

"런던을 벗어나본 적이 거의 없어요." 맷이 말했다. "스윈던으로 이사 간 고모가 한 분 계셔서 거긴 가봤어요. 보즈워스하고."

"보즈워스?"

"네, 선생님도 계셨죠."

맙소사, 맞다. 우린 보즈워스에 갔었다. 애써 기억에서 지워버렸던 수학여행. 맷은 선물 가게에서 지우개 열두 개를 훔쳤고, 닐 콜린스는 쓰레기통에 오줌을 누었다. 하지만 이 경우는 다르다. 이건 순전히 재미 삼아 가는 여행이다. 게다가 휫비라니. 휫비에는 가고 싶지 않았다.

"사실 오늘은 여행하기에 별로 안 좋은 날이라서." 나는 이렇게 말을 꺼내보았다. "좀 전에 이메일을 받았는데……"

"네 컴퓨터 꺼져 있던데. 내가 봤어."

"그러니까 새벽에……"

"새벽에 너 자고 있던데."

"저기." 나는 한숨을 내쉬었다. "정말 휫비에 가고 싶은 거 맞아? 앨턴타워스는 어때? 아니면…… 스네어스브룩은? 거기 가면 높은 언덕도 있고."

"높은 언덕!" 데브가 목소리를 높였다. "맷, 너 높은 언덕 보고 싶냐?"

맷은 어깨를 으쓱했다.

나는 데브를 노려보았다. 휫비 건에 대해서는 더이상 파고들 수 없었다. 맷 앞에서는. 자초지종을 설명할 수 없었다. 게다가 이건, 내가 지금까지 가르친 모든 애들과 그 애들이 만난 모든 애들이 휫비 건에 대해서 알게 되기 대략 십오 분 전이었다. 나는 전략을 수정했다.

"휫비까지 가려면…… 꽤 멀잖아."

맷은 어깨를 으쓱하고는 고개를 끄덕였다. 이 모든 상황이 좀 괴상망측했다.

차가 움직이기 시작했고, 데브는 갈색 봉지를 돌돌 말아서 구겼다.

"맞아!" 데브가 외쳤다. "차로 다섯 시간 거리! 내 애마의 능력을 한번 보자고!"

나는 그의 애마를 쳐다보았다. 꼭 차에 탈 필요는 없었다. 도로 집안으로 들어가서 필립 스코필드와 그의 말하는 큐브를 기다려도 되고, 오즈에서 케밥을 사 먹거나 덴에 가서 한잔 걸칠 수도 있었다.

잠시 고민했다.

우리는 부르릉거리며 거의 시속 6킬로미터의 속도로 캘리도니언 로드를 빠져나갔다.

"제아무리 철저히 씻어도 까마귀는 여전히 까맣다"
_ 짐바브웨 쇼나 부족의 속담

나는 런던 못지않게 인터넷을 사랑해요.

런던도 나를 그만큼 사랑하는지는 잘 모르겠지만, 어쨌든 서로 공들이고 있는 관계죠.

현재 이 블로그에 찾아오는 사람은 여섯 명이네요. 지금까지 쓴 글이라곤 민망한 넋두리(흑흑) 세 개뿐이고, 그나마 한 개는 앞으로 친구들 충고에 귀기울이겠다면서 보기 흉하게 자기연민을 늘어놨는데, 앞으로도 친구들 충고는 당연히 안 들을 거예요, 난 그런 타입의 여자가 아니거든요. 또 앞으로는 술 마시고 포스팅하지 않도록 노력하겠습니다. 그 점에 대해서는 사과할게요.

이제 여섯 분 모두를 환영하는 편이 좋겠네요. 여러분이 나를 어떻게 찾았든, 이 블로그를 어떻게 생각하든.

안녕하세요, 말레이시아의 마틴 님.

안녕하세요, 캡틴 스팅크제트 님.

안녕하세요, 모린 님.

안녕하세요, 부르르삐 님.

안녕하세요, 포이스와루턴의노숙자 님.

마지막으로 안녕하세요, 누군지 모르는 여섯번째 님. 어떻게 했는지 몰라도 익명으로 남아 계시네요.

캡틴 스팅크제트 님이 본인 닉네임에 필적할 만한 근사한 닉네임을 지어주시지 않는다면 저도 당분간 익명으로 지낼까요?

분명 마지막 포스팅에 고개를 갸웃하셨겠죠. 운이 없는 날에 쓴 글이었어요. 그날 뭘 잃어버렸거든요. 정확히 두 가지였고, 둘 다 다시 찾지 못했어요. 하나는 사랑이었으니, 아마 이쪽이 메인이겠죠. 일회용 카메라의 분실을 소재로 명시를 써낸 시인은 그리 많지 않은 걸로 봐서요. 네, 나머지 하나는 일회용 카메라거든요. 병아리색 코닥 일회용 카메라를 소재로 한 명화나 훌륭한 오페라도 제가 아는 한은 없어요. 하지만 따지고 보면 원래 예술에 관해 아는 것이 별로 없네요. 미술 전시회에 간 적이 있는데, 죄다 뉴스에서 보던 코끼리가 그린 그림과 똑같아 보였어요. 그래서 그냥 카페 로마에 갔죠.

이상하게 들리겠지만, 내가 어느 쪽을 더 아쉬워하는지 모르겠어요. 그 사람과의 관계인지, 카메라인지.

관계에 대해서는 어떻게든 대처할 수 있어요. 가슴 아프긴 해도요. 한동안은 끝났다는 생각이 들 때마다 폐가 쪼그라들고 심장이 쥐어짜는 것처럼 아프죠. 하지만 길게 보면, 적어도 내 경우에는, 바닥에 쌓인 잔해들이 이별을 극복하는 데 도움이 되더군요. 사랑의 증거품들이 만든 조그만 무더기가 치유를 도와준다는 게 내 생각이에요.

이번 경우 증거품은 사진이었어요. 피츠로비아에 갈 때 가방에 넣어 갔었죠. 인화를 할지 말지 갈피를 못 잡은 채로 카페 로마에 앉아 있다가, 마음을 정하기까지 그 병아리색 사진관 앞을 삼백 번쯤 왔다갔다했을 거예요.

내가 충분히 강한 사람이라면 필름을 인화했겠죠.

내가 아주 강한 사람이라면 안 했을 거예요.

하지만 이젠 영영 아무것도 할 수 없게 되어버렸고, 앞으로 나아갈 기회를 도둑맞은 기분이에요. 그 순간들을 다시 한번 들여다보고, 다시 한번 스스로에게 그때 이야기를 처음부터 끝까지 들려주고, 어떻게 그리고 언제 앞으로 나아갈 것인가를 결심할 기회를 도둑맞은 거죠.

인터넷에 널리고 깔린 게 이런 블로그인데, 정중히 사과드려야 할 것 같아요. 여자들이나 남자들이나 다들 세상이 자기 얘기에 관심이 있다고 생각하죠. 친구들에게 얘기할 수도 있겠지만, 걔네들은 아늑한 자기 집으로 돌아갔어요. 게다가 내가 친구들에게 이 상황을 알리고 싶은지도 잘 모르겠어요. 난 여기 있어요. 런던에서, 홀로, 외롭게, 꿈속에서 살지요.

이제 그만 나가볼게요. 〈컴 다인 위드 미〉가 시작했거든요. 정말로 〈컴 다인 위드 미〉가 제 일상에서 최우선 순위예요. 그럼 여섯 분 모두 아주 즐거운 저녁 시간 보내시길 진심으로 기원합니다.

ㅅㄴ*

추신. 술집에서 어깨너머로 듣게 되거나 드라마에서 종종 들리는 상투적인 대사 있잖아요. 한 사람이 상대방을 똑바로 쳐다보면서 무척이나 심각한 어조로 이렇게 말하죠. "상황은 변하게 마련이야. 사람은 변해."

'사람'이라는 말을 유독 강조하니까 그들이 '사람' 쪽에 무게중심을 두고 얘기하고 있다는 걸 알게 되고, 그 말을 한 다음에는 잠시 침묵해서 그들이 얼마나 심각하고 진지한지 보여줘요.

물론 나도 상황은 변하게 마련이라고 생각해요. 하지만 내 경험상, 대체로 상황이 변하는 건 사람들이 변하지 않기 때문이더군요.

---

* 글쓴이 이름의 초성.

여덟

바람 쐬기

Getaway Car

"이봐, 맷." 데브가 라디오를 끄며 말했다. "너도 곧 알겠지만, 제이슨의 전 여자친구가 약혼하고 임신했거든."

잠시 침묵.

나는 데브를 노려보고는 고맙다고 말했다.

"축하드려요." 맷이 말했다. "아니…… 뭐랄까 어쨌든."

우리는 바넷을 지나서 A1 고속도로 위 어딘가에 있었다. 정확한 위치까진 몰라도 된다.

"게다가 말이야." 데브가 말했다. "내 여자친구는 복스홀 비바를 모는 녀석이랑 놀아나더라고."

어, 이건 좀 거북스러운데.

"그런 연유로 이번 여행이 시작됐지. 우린 세상 모든 남자들을 위해 저항의 기치를 올린 거야."

"기치를 올린 건 아니지." 내가 말했다. "세상 여자들이 이 여행에 관해 알고 있을 리도 없고."

"잠재의식에서는 알고 있어." 데브가 대꾸했다. "잠재의식에서는, 굉장히 기분 나빠하고 있지. 무슨 말인지 알겠냐, 맷? 넌 세상 모든 여자들한테 말하고 싶은 거 없어?"

"근데 휫비는 뭐가 좋은 거예요?" 맷은 창밖을 물끄러미 내다보며 말했다. "괜찮은 클럽 같은 거라도 있어요?"

내 온몸의 털이 곤두섰다.

안 돼, 데브. 하지 마.

"제이슨이 가고 싶어했어. 그치, 제이슨?"

"음." 나는 시선을 피하며 말했다. "휫비."

"제이슨이 아는 어떤 사람이 휫비에 간 적이 있거든."

"그렇군요." 맷이 말했다. 다섯 시간의 드라이브를 시작한 이유치고는 뭔가 빈약했다.

"여자였어." 이 순간을 즐기며 데브가 말했다.

"사실 잘 모르는 아가씨야." 나는 이 말이 사태를 좀더 명확히 해주길 바라며 덧붙였지만 실제로는 전혀 도움이 되지 않음을 깨달았다. "일종의 장난이지."

"장난 아닌데." 데브가 끼어들었다. "들어봐. 제이슨이 마음에 드는 아가씨를 봤는데, 그 아가씨의 카메라가 수중에 들어왔고, 사진을 인화했더니 그중 한 장에 제이슨이 찍혀 있었어. 그중에 휫비에서 찍은 사진도 한 장 있는 걸 알게 돼서 지금 우리가 거기에 가는 거야."

"우리가 휫비에 가는 이유는 그게 아냐." 나는 딱 잘라 말했다.

데브가 나를 똑바로 쳐다보았다.

"야, 우리가 휫비에 가는 이유는 정확히 그게 맞아."

나는 고개를 돌려 맷에게 뭔가를 좀더 설명해주려 했지만, 녀석은 제법 충격을 받은 표정이었다.

"그 여자가 거기 없으면 어떡하려고요?" 맷이 물었다. "거기서 찍은 사진이 한 장 있다고 해서 그 여자가 아직도 거기 있을 거라는 보장은 없잖아요."

맞는 말이다. 사진은 보통 그런 식의 보장을 하지 않는다.

"우리가 거기 가는 이유는 그게 아냐, 맷……"

"좋아……" 데브가 말했다. "우리는 바람 쐬러 가는 거야. 뭐라도 건질까 해서. 그래도 혹시 알아? 몇 가지 실마리를 찾을 수 있을지."

"그 여자 어떻게 생겼어요?" 맷이 물었다.

"그런 건 중요하지 않아." 내가 대답했다.

"조수석 서랍 열어봐." 데브가 말했다. "그 안에 사진이 있어."

"너 사진도 갖고 왔냐!" 내가 소리쳤다.

"당연하지!"

"좀 보죠." 그제야 흥미가 생긴 듯 맷이 말했다.

"묘하네요." 그 아가씨의 사진을 여전히 손에 들고서 맷이 말했다. "뭐랄까, 운명 같아요."

길고 긴 여정이었다. 우리는 워크삽 외곽의 리틀 셰프에서 점심을 먹고 막 나오는 참이었고, 데브와 맷은 뭐랄까 운명 같은 얘기를 지난 두 시간 내내 떠들고 있었다. 나도 그 사이에 끼어 있는 것 외에 달리 수가 없었다. 게다가 소시지는 더럽게 맛이 없었다.

"만약에 그 여자를 다시 만나면 뭐라고 하실 거예요? 혹시 그 여자를 처음 만났을 때로 되돌아간다면 다르게 말할 거예요? 그니까 제 말은, 그때도 그 여자의 카메라를 가져갈 거예요?"

"그게 무슨 말이야?"

"그 여자의 카메라를 가질 거예요, 아니면 얼른 정신을 차려 그 여자가 택시에 타기 전에 얘기하겠어요?"

"왜?"

"그러니까 재 말은, 만약 그럴 수만 있다면, 이 사진을 갖지 않는 쪽을 택했겠느냐는 거지." 데브가 거들었다.

나는 어깨를 으쓱했다.

"모르겠어."

하지만 당연히 사진을 갖는 쪽을 택했을 것이다. 사진은 흥미로웠다. 뭔가 새로웠다. 아직 결실을 맺지 못한 인연이었다. 인연이 닿기나 한다면 말이지만.

"사진을 갖고 싶지 않았다면 그냥 내다버렸겠죠." 맷이 말했다. "하지만 안 그랬어요. 갖고 있었어요. 그래서 우리가 지금 여기에……"

"워크샵 근처의 더럽게 맛없는 소시지를 파는 리틀 셰프에서 나왔지."

"맞아요!" 맷이 맞장구쳤다. "바로 그거예요!"

지난 몇 시간을 함께하면서 나는 맷이 마음에 들었다. 내가 기억하던 것보다 훨씬 자기 생각이 분명했고, 확실히 호기심이 많은 녀석이었다. 뭔가 감수성이 풍부한 면도 있었고, 좀더 둥글둥글했다. 완전히 동그랗다는 게 아니라, 모나지 않았다는 말이다.

우리는 다시 차를 타고 휫비를 향한 여정을 재개했다.

"맞다." 데브가 말했다. "가족 여행이라고 말해놨으니까 그렇게 보이도록 노력해줘."

나는 뜨악하게 데브를 쳐다보았다.

"뭐라고 했다고?"

"가족 여행. 가족 요금으로 냈거든. 삼십 파운드."

"하지만 우린 가족이 아니잖아. 어딜 봐서 우리가 가족이야. 맷은 뭐가 돼?"

"우리 아들이라고 하지."

"아, 그거 정말 멋진 계획이네! 그럼 뭐, 너랑 내가 아홉 살 때 의학적인 돌파구를 찾은 거냐? 더군다나 재는 아시아계도 아니고, 우린 둘 다 남자라고."

"전통적 의미의 가족인 척할 필요는 없어. 런던에서 왔다고 하면 그 사람들도 다 이해할 거야."

데브가 여관 문을 두드렸다. 잠시 후 문이 열렸다. 분홍색 벨루어 운동복을 입은 땅딸막한 아주머니가 우리를 노려보았다.

"안녕하세요!" 데브는 큰 소리로 인사했다. "서쪽 런던에서 온 가족이에요!"

아주머니는 초콜릿 바를 베어물었다.

나는 신나게 놀았다.

도도하게 굴 수도 있었고, 냉소적으로 행동할 수도 있었지만, 그냥 재미있게 놀았다.

지금까지 두어 시간 동안 우리는 미니골프를 치고, 캔에 든 진토

닉을 마시고, 풍물 시장을 찾아가고, 데브를 오락실에서 끌어내고, 고스풍 의상을 입은 사람을 가리키며 구경하고, 시와 직물을 주제로 한 '워즈 앤드 울' 전시회의 맨 앞 여섯 작품을 보았다.

이게 당최 무슨 짓인지 모르겠지만…… 즐거웠다. 사나이들의 주말? 그건 아니었다. 데브와 나는 사나이라기엔 안쓰러웠고, '워즈 앤드 울' 전시회를 보자는 건 맷의 제안이었다. 아니, 그보다는 충동에 좀더 가까웠다. 충동적이어서 더 재미있었다.

"자 이제 뭐하지?" 데브가 말했다.

데브가 오랑지나*를 너무 많이 마셔서 속이 울렁거려 바다를 봐야 한다기에 우리는 부둣가로 내려왔다. 어떤 할아버지와 쿡 선장에 관한 얘기를 나눴고, 드라큘라에 관한 인쇄물을 읽었다. 데브는 어디서 개구리 커밋**이 인쇄된 광고지를 주워왔는데, 단돈 일 파운드에 캐딜락이라는 이름의 요란뻑적지근한 나이트클럽으로 모신다는 쿠폰이었다. 광고지의 모양새로 봐서는 그곳이 과연 일 파운드 값어치를 할지도 의심스러웠다.

"배고파 쓰러지겠어요." 맷이 말했다. "KFC 어때요?"

그러나 내 머리에는 그 말이 들어오지 않았다.

두 사람의 어깨 너머로, 바로 저기 하늘을 배경으로, 그 건물이 보였다.

물론 각도도 다르고 거리도 다르지만, 분명 그 건물이었다. 절벽 높은 곳에서 부둣가를 굽어보고 있었다. 무슨 성당이라고 했는

* 오렌지 과즙이 들어간 탄산음료.

** 미국 어린이 TV 프로그램 〈세서미 스트리트〉에 나오는 개구리 캐릭터.

데…… 게리가 손가락으로 짚은 그 성당이었다.

"저기 이름이 뭐죠?" 벤치에 앉은 할아버지에게 물었다.

"세인트힐다 수도원. 이스트클리프 위에 있어. 그리로 올라가는 길이 있는데, 199계단이야, 알아둬."

하지만 굳이 계단을 올라갈 것까진 없었다. 성당을 가까이에서 볼 필요도 없었다. 내가 봤던 대로 보고 싶었다. 사진에서 봤던 각도에서. 사진에서 봤던 거리에서. 그녀가 봤던 대로.

불현듯 어떤 생각이 떠올랐다. 묘한 순간이었다. 내 안에 있던 청년—수집가 기질이 있는—의 생각이겠지만, 여하간 나는 그 아가씨와 같은 풍경을 보고 있었고, 어떤 형태로든 이 순간을 저장하고 싶었다. 내가 여기 왔었다는 사실을 증명하기 위해서. 기념품이라든가, 뭔가 보여줄 수 있는 것.

"제군들, 저게 바로……"

그러나 데브는 이미 빙그레 웃고 있었다. 진작에 알고 있었던 것이다. 녀석이 오랑지나를 겨우 한 캔밖에 마시지 않았다는 걸 깨달았다.

데브는 주머니에서 뭔가를 꺼내서 내게 내밀었다.

상자였다.

조그만 플라스틱 상자.

옆면에 35밀리미터 일회용 카메라라고 쓰인 조그만 플라스틱 상자.

"조금만 더 왼쪽으로요." 맷이 주문했다. "다시 조금만 더 오른쪽으로."

맷은 사진을 유심히 연구하는 중이었고 똑같이 모사할 생각이었다. 새 일회용 카메라의 뷰파인더는 손톱만했고 흠집이 나 있었다— 데브는 이 카메라를 해피쇼퍼 편의점에서 일 파운드 주고 샀다. 오늘이 하늘은 더 흐리고 바람도 더 셌지만, 그럼에도 불구하고 이곳은 똑같은 장소였다.

그날 그녀는 쓰레기통에서 6미터 정도 떨어진 파란 말뚝 근처에 있었고, 우리는 쓰레기통과 말뚝을 둘 다 찾아냈다. 뭐, 찾았다고 생각한다. 하지만 정확한 장소에서 정확한 구도를 잡아내는 일은 마치……

……그건 예술의 경지였다.

"거기!" 맷이 외쳤다. "찾았어요!"

나는 얼어붙었다.

"좋아, 준비됐어?" 데브가 말했다.

"잠깐, 잠깐만."

어떤 표정을 지어야 하지? 말하자면, 나는 두 사내놈들 앞에서 사진을 찍고 있는 것이다. 매너 교본에서는 이럴 때 뭔가 창의적인 짓을 해야 한다고 가르친다. 가령 짐짓 인상을 쓴다거나 미친듯이 팔을 흔든다거나 하는 식으로. 하지만 이건 내 사진이 아니다. 다른 사람의 사진이다. 그녀의 사진이다. 어떻게 보면 나는 지금 초대도 받지 못한 주제에 무단 침입한 불청객이다. 여기에 어떤 매너 규칙이 적용되는지 잘 모르겠다. 좀더 공손히 예의를 갖춰야 할까? 머리라도 좀 빗을까. 아니면……

찰칵.

"좋아. 잘 찍었어, 맷." 데브가 말했다.

"잠깐만." 내가 말했다. "난 그냥…… 딴 데 보고 있었다고."

"완벽해. 우수 어린 표정이 낭만적이야. 웨스트라이프의 싱글 커버 같더군."

"하지만 딴 데 보고 있었을 뿐이야!"

"여러분, 저 진짜 제대로 굶어죽게 생겼다고요." 맷이 카메라를 집어넣으며 말했다.

"잠깐만! 한 장 더 찍어!"

"왜, 신경쓰여?" 데브가 싱글벙글거리며 말했다.

잠시 침묵.

"저쪽 모퉁이에서 치킨집을 본 것 같아." 내가 말했다.

가게 이름이 기억나지 않으니까 그냥 '캡틴 테러블의 맹독성 치킨집'이라고 하자. 맷은 치킨 한 바구니에 오 파운드도 안 하는 할인 행사에 황홀해했고, 카운터 앞의 주인—이란계인가?—도 우리를 마음에 들어하는 것 같았다.

"어디서들 오셨나?" 주인이 물었다.

"런던에서요." 내가 대답했다.

"휴가?"

"그런 셈이죠." 사실은 괴상망측한 비즈니스 여행에 가깝지만.

"내가 멋지다고 생각하는 직업이 뭔 줄 알아?" 치킨을 먹으면서 데브가 말했다. "문짝 방문판매원이야."

황달에 걸린 것 같은 기다란 형광등이 우리를 비추고 있었다. 조명 때문에 슈퍼드러그*에서 밥을 먹는 기분이었다.

"문짝 방문판매원이란 직업은 없어." 내가 대꾸했다.

---

* 영국의 대표적인 화장품 및 건강 용품 체인점.

"지금 말하고 있잖아. 집집마다 돌아다니면서 문짝을 파는 거야. 그런데 현관문을 두드리는 순간 이미 이 집엔 문이 있다는 걸 알게 되니까, 바로 퇴근해도 돼. 그날은 하루 쉬는 거야."

"그게 무슨 말이야?"

"지금 말하고 있잖아. 괜찮은 직업 아냐?"

"집안에 방문이 필요할지도 모르죠." 맷이 대꾸했다. "잘못 걸리면 하루종일 일해야 할걸요. 엿 같은 직업이에요."

나는 옥수수를 야금야금 먹다가 맷을 돌아보며 물었다.

"지금 하는 일에 만족해? 자동차 정비 일."

맷은 어깨를 으쓱했다.

"괜찮아요."

"하지만 네가 하고 싶은 일이 그거야?"

맷은 재차 어깨를 으쓱했다.

"요컨대, 평생 하고 싶은 일이냐고. 자기 직업을 천직이자 소명으로 여기는 사람들도 있고, 천직을 찾으려면 내세에 다시 태어나야 하는 사람들도 있지." 나는 독선적으로 말했다.

"이거 무슨 기독교랑 관계된 거였어요?" 맷은 기겁했다. "우리가 여기 온 이유가 그거예요? 교회 사진 찍는 거? 그래서 그 분홍색 뚱보 아줌마한테 우리가 한 가족이라고 말한 거예요?"

"거긴 수도원이고, 아주머니 풍채가 좀 당당하긴 하셨지. 마지막 대답은 아니, 아니야."

"그럼 제 직업에 무슨 문제가 있어요?"

"아무 문제 없어. 내 말은 그런 뜻이 아니야. 난 그냥, 그러니까…… 네 꿈이 뭐야?"

"전투기 조종사?" 데브가 끼어들었다. "드래그 레이서?"*

"재가 일곱 살짜리 애냐."

"전 뭔가 만들고 싶어요." 맷이 나직이 말했다.

"찻주전자 만들기!" 데브가 말했다. "좋지!"

"네, 뭐. 저기요, 제가 정말 하고 싶은 건……" 맷이 말했다. "퍼브에 가는 거예요."

"아니, 직업 면에서 말이야." 내가 말했다.

"하는 일에는 신경 안 써요."

"그걸로 충분해?"

"뭐, 선생님이 가르치는 일에 대충 만족했던 것처럼요?"

나는 한숨을 내쉬었다.

"난 한심한 교사였지."

"아뇨." 맷이 말했다. "무력한 교사였던 건 맞아요. 하지만 억지로 뭘 강요하진 않았어요. 하고 싶은 것을 하게 놔두셨죠."

"그게 교사라는 직업에 대한 설명으로 맞는 말인지 잘 모르겠는걸." 데브의 말에 맷은 허리를 펴고 똑바로 앉았다.

"그런 얘기가 아니에요. 선생님은 우리를 있는 그대로 내했어요. 우릴 바꾸려고 애쓰지 않으셨죠. 괜찮은 선생님이었어요. 그냥, 아마도, 마음이 담겨 있지 않았을 뿐이죠."

기분이 좋지 않았다. 맷의 말이 맞다는 것을 알았고, 객관적으로 봐도 녀석의 말이 옳았다. 다만 녀석이 자기 말이 옳다는 것을 스스로도 알고 있는지, 그건 알 수 없었다. 속마음을 들킨 기분이었

* 직선주로를 최단 시간에 달려 승부를 가리는 초단거리 자동차경주 참가자.

다. 누구와 부대끼든지 간에—아이들이든 학부모든 학교 당국이든—내가 별로 그곳에 있고 싶어하지 않았을 뿐임을 녀석은 알았던 것 같다. 영혼의 어두운 밤 어쩌고저쩌고 하는 넋두리를 하려는 건 아니다. 그냥 어떻게든 되겠지, 하고 생각했다는 거다. 현재의 자리에서 최선을 다하지도 않으면서 뭔가 다른 천직이 있겠지, 하고 혼자 확신했던 것 같다. 어쩌면 실제로 노력한 적은 단 한 번도 없었을지 모른다. 이제야 해볼 생각이 들었다.

"넌 어떻게 살고 싶어?"

"모르겠어요." 맷은 머쓱한 듯 대답했다.

"괜찮아." 내가 말했다. "다들 몇십 년씩 모르고 살기도 하니까. 나도 몰랐어."

"전 뭔가 만들고 싶어요."

"그렇구나. 그것도 좋지. 어디에 흥미가 있어?"

"축구요. 음악이랑."

"어떤 음악?"

"그냥 음악요. 뭐든."

"그래서 아기 이름을 엘가라고 한 거야?" 내 말에 맷은 그건 아니라는 듯 싱긋 웃었지만, 당연히 그 이름을 딴 것이었다. "그럼 강의를 듣든가 해야지. 뭘 하고 싶은지 잘 생각해서 적절한 강의를 알아봐. 찾아보면 다 있어. 두드리면 세상은 열려!"

맷은 나를 빤히 쳐다보았다. 무슨 생각을 하는지 알 만했다.

"자 그럼 퍼브에 갈까." 내가 말했다.

졸리 세일러에서 네 잔씩 마신 우리는 두말할 나위 없는 천재들이었다.

"스페인!" 데브가 외쳤다.

"스페인의 수도는 스페인이 아니지." 내가 반박했다.

게임기는 우리한테서 지금까지 팔 파운드를 갈취했고, 안타까움을 표하는 크리스 태런트의 녹음 멘트도 어쩐지 고깝게 들렸다.

"마드리드." 맷의 대답에 나는 감동을 받아 뒤돌아보았다. 하지만 내 반응이 너무 선생처럼 가르치려 드는 것 같아서 다시 앞을 보고 3번을 눌렀다.

"레알 마드리드잖아요?" 맷이 덧붙였다. "프로 에볼루……"

"'프로 에볼루션 사커'* 하냐?" 데브가 고개를 절레절레 저으며 말했다. "내가 보기에 그건 좀 상업성이 짙어."

"그럼 뭘 하시는데요?"

"소니의 '월드 투어 사커'."

"그건 후져요."

"안 후져, 명작이야."

"데브!" 내가 필사적으로 불렀다. "심시티 2000이 플레이스테이션용으로 처음 발매된 해는?"

딴건 몰라도 이건 데브가 확실히 알겠지?

"보기가 뭐야?" 데브가 즉각 반응했다.

"데브! 눈을 떠!"

"생각하는 중이야!"

"1번 1990년. 2번 1993년. 3번 1999년. 4번 2000년."

---

* 일본 코나미 사의 축구 게임 '위닝 일레븐'의 유럽 발매 명칭.

데브는 눈을 뜨고 멍하니 화면을 쳐다보았다. 카운트다운이 시작됐다. 크리스 태런트가 득의만만한 표정으로 발을 굴렀다.

"데브? 얼른! 이것만 맞히면 일 파운드 딸 수 있어!"

"흠, 흥미로운걸……"

앞으로 십 초 남았다. 데브는 손가락으로 턱을 두드리며 고민했다. "흠."

"데브!"

"시간이 좀더 필요해!"

"찬스는 다 써버렸다고!"

오 초 남았다.

맷이 버튼을 탕 내리쳤다.

"93년!"

숨막히는 순간.

딩동댕.

"정답입니다!"

크리스 태런트는 굉장히 기뻐하는 것 같았다. 우리는 낄낄거리며 하이파이브를 했다.

일 파운드짜리 동전이 아래쪽 받침대로 또르르 굴러나왔다.

"그럼 감자칩 쏘세요." 맷이 말했다.

"아니면……" 데브의 말에 우리는 그를 쳐다보았다. 데브는 주머니에서 뭘 꺼내더니 그것을 펼쳤다.

입장료 일 파운드짜리 업소는 그 돈을 실내장식에 투자하지 않는다.

캐딜락은 최악이었다. 제대로 최악이었다. 싸구려에 낡아빠졌고, 지저분한 호텔 옆에 딱 붙어 있었다. 맥주를 엎지르고 그 위를 하이힐과 나이키 운동화가 밟고 다녀 카펫에서는 십 년은 족히 묵은 악취가 났다. 벽면은 끈적끈적했고—벽면이 말이다!—공기도 뭔가 심상찮았다. 사납고 호전적인 기운, 아니 그 정도까지는 아니더라도 토요일 저녁에 비좁은 구석에 처박혀서 빈속에 과음을 한 사내들이 발산하는 좌절감의 냄새는 분명히 맡을 수 있었다. 옷은 유니폼처럼 똑같았다. 벤 셔먼 셔츠, 깔끔한 허리띠, 은색 버클이 달린 구두 혹은 불룩하게 끈을 맨 운동화.

"크리스털 샴페인* 마시자!"고 데브가 외쳤고, 그런 말이 캐딜락에서 울려퍼진 건 아마 그때가 처음이었을 거다. 데브가 그런 말을 한 건 확실히 처음이었다. "크리스털 샴페인을 마시자, 그리고 나중에 여우년들이라고 회상할 만한 여자들한테 말을 걸자."

"그런 건 휫비에서 안 통할걸."

"그럼 그냥 '숙녀분들'이라고 하지 뭐."

"여긴 크리스털 샴페인도 없을 텐데."

"그런 고급 칵테일로!" 데브가 신이 나서 외쳤나.

근처 어딘가에서 싸움이 났다.

우리는 남성미 물씬 풍기는 맥주 세 잔을 들고 댄스 플로어 근처 한쪽 구석자리에 앉았다. 데브는 여자들을 열심히 훑어봤고, 맷은 휴대폰을 꺼냈다.

---

* 러시아 황실에 공급되던 값비싼 최고급 샴페인.

"집에 문자 보내려고요." 맷이 말했다. "남동생한테."

저쪽 구석에는 미국 헤비메탈 밴드 슬립노트의 티셔츠를 입고 머리를 하나로 묶은 남자 셋이 독주를 손에 들고 고개를 푹 숙인 채 자기들끼리 안전과 위안을 도모하며 따닥따닥 붙어 있었다. 휫비에 오직 셋뿐인 헤비메탈 광팬들일 것이다.

그때 갑자기 데브가 소리쳤다. "우와, 저 여자 좀 봐!"

앞머리를 부풀려서 넘기고 뭔지 모를 파란색 액체가 담긴 병을 든 여자애는 오만하고 거침없는 분위기를 풍겼고, 데브는 이제 그 여자애를 손가락으로 가리키고 있었다.

"가리키지 마!" 나는 데브를 말렸다. "정 보고 싶으면 그냥 쳐다보기만 해."

"너야 상관없지." 데브가 나를 돌아보며 말했다. "넌 잘나가잖아! 운명이 네 편이니까! 너한텐 사진 속의 그 아가씨가 있어! 근데 난 뭐야? 나한텐 내게 관심도 없고 남자친구까지 딸린 폴란드 여자밖에 없잖아!"

"데브, 이게 어디가 잘나가는 거냐. 운명이 내 편이라고도 할 수 없어. 스내피 스냅스는 내 편일지 모르겠지만. 그 두 가지는 완전히 다른 얘기라고."

"운명은 네 편이야! 그리고 넌 승진도 했고……"

"승진했어요?" 맷이 고개를 들고 말했다. "가게 계산대를 맡은 거예요?"

"가게 얘기가 아냐." 나는 차분하게 설명했다. "월요일부터 〈런던 나우〉에서 리뷰 담당 에디터로 일하게 됐어."

"그래요?" 맷이 말했다. "근사하네요."

"내 얘기로 돌아와서." 데브가 끼어들었다. "너한텐 사진 속 아가씨가 있어. 맷한테는 가족이 있고. 나만 혼자……"

"자유라고요?" 맷이 말했다.

"바로 그거야!" 데브가 말했다. "나만 자유야!"

맷은 그런 의미로 말한 게 아닌 것 같은데.

"그러니까 내가 손가락으로 여자를 가리키고 싶다면……"

"뭘 가리키고 싶다고?" 누가 옆에서 말을 받았다.

우리는 고개를 들었다. 앞머리를 부풀려서 넘기고 뭔지 모를 파란색 액체가 담긴 병을 든 여자애가 바로 앞에서 우리를 내려다보며 서 있었다. 그리고 그 양옆에는 데님 미니스커트를 입은 건장한 친구 둘이 서 있었다.

맙소사, 나는 생각했다. 상대는 셋이었다. 우리도 셋이다. 쟤네가 우격다짐으로 우리를 꼬시면 어떡하지?

"아뇨." 겁먹은 목소리로 데브는 안경을 한껏 추어올리며 말했다. "다른 걸 가리키고 있었어요."

다른 것?

"사람요. 다른 사람." 데브가 징징했다. "방금 여기 있었는데. 지금은 없네요."

"당신 정체가 뭐야?"

정체? 이름이 아니라?

"난 데브예요. 그리고 이쪽은…… 우리 가족."

데브는 겁에 질린 표정으로 나를 힐끔 보았다. 녀석은 여관 아주머니가 여기저기 스파이를 심어놓았다고 생각하나보다.

세 여자는 일제히 맷을 쳐다보았다. 나를 보는 사람은 한 명도 없었다.

"안녕?" 가운데 여자애가 인사했다.

"안녕." 맷이 인사했다.

여전히 내 쪽으로는 눈길 한번 주지 않았다. 나는 약간 불쾌해졌다.

"이름이 뭐야?" 여자애가 물었다.

"맷."

"이 사람들이 네 아빠야?"

이 사람들이 네 아빠냐고?

"아는 형들이야." 맷의 말에 뭔가 따스한 게 북받치는 기분이었다. 형들이라. "고등학교 때 선생님이랑 그 동거인이야"가 아니라. 아는 형들.

"뭐야, 이건?" 난데없이 웬 남자 목소리가 끼어들었다. 남자는 벤 셔먼 셔츠를 입고 조그만 은색 버클이 달린 구두를 신었는데, 아마 말 안 해도 짐작들 하겠지.

"아무것도 아냐." 건장한 여자애가 대답했고, 남자의 관심에 꽤 기뻐하는 눈치였다.

"폴이 너한테 맥주를 샀어." 남자는 여자애를 다시 플로어 쪽으로 데려가려 하며 말했다.

"필요 없어." 여자애가 말했다.

이런.

"폴이, 너한테, 맥주를, 샀다고." 남자는 여자를 똑바로 노려보며 일부러 띄엄띄엄 천천히 말했다.

"사달라고 한 적 없어." 여자애가 남자한테 등을 돌리며 말했다.

"앉게 옆으로 좀 비켜요."

맙소사. 여자애는 맷 옆에 앉고 싶어했다.

나는 쩔쩔매며 데브를 흘끔거렸지만, 녀석은 나를 보고 있지 않았다. 데브는 마냥 신이 난 것 같았다. 맷은 제 앞의 술잔만 뚫어져라 쳐다봤다. 어떻게 해야 할지 알 수 없었다. 여자애는 나보고 옆으로 좀 비켜달라고 했다. 나한테. 건장한 여자애가 앉게 옆으로 좀 비켜달라고 하면 당신은 어떻게 하겠는가? 그러니까, 폴이 여자애한테 이미 맥주를 산 상황에서. 폴이 누군진 모르겠지만. 모르긴 해도 이 여자애를 기다리고 있을 것이다. 그리고 이 남자—저 근육과 주먹과 버클을 봐라—는 그대로 버티고 서서, 여전히 우리를 굽어보고 있었다. 이 남자는 누구지? 여자애 애인인가? 오빠인가? 여자애는 내 옆으로 파고들며 비키라고 손짓했고, 나는 졸아들었다.

여자애가 털썩 앉자 좁은 소파의 내 쪽 끝이 부풀어 나는 앉은 채로 1센티쯤 떠올랐고, 그 바람에 솔직히 내가 바라는 것보다 덜 남자다운 기분이 들었다.

건장한 여자애 나머지 둘은 남자를 데리고 휘적휘적 가버렸다. 하지만 남자는 가기 전에 내 뒤통수에 송곳 같은 시선을 깊숙이 꽂아넣었다.

'내 의지가 아니라고!' 나는 외치고 싶었다. '난 그냥 비킴을 당한 것뿐이야!'

그러나 휫비의 나이트클럽에서 여자애가 비키라고 해서 비켰을 뿐이라고 소리치는 건 몰매 맞기 딱 좋은 네 가지 방법 중 하나였다.

"어디서 왔어?" 여자애가 물었고, 맷이 미처 대답하기도 전에 데브가 몸을 가까이 들이밀었다.

"런던에서. 노스런던. 에인절 근처쯤?"

여자애는 데브를 무시했다.

"그냥 하룻밤 놀러온 거지?"

여자애는 정체가 불분명한 파란색 액체를 한 모금 벌컥 들이켰고, 맷은 고개만 끄덕였다.

어색한 침묵이 흘렀다.

"그거 알아? 내 가슴에서 지울 수 없는 단 한 가지가 있는데, 그건……" 데브는 잠시 말을 끊었다. "……바로 내 젖꼭지야!"

데브는 이 농담에, 자기가 한 농담에, 몇 년 동안 모르는 사람들에게 줄기차게 시도해온 농담에 신이 나서 우쭐거렸지만, 여자애는 그를 멀거니 쳐다보다가 젖꼭지가 있겠다 싶은 곳으로 시선을 옮겼을 뿐이다. 나는 데브에게 힘내라는 의미에서 격려의 미소를 지어 보였지만, 실제로는 아마 우거지상으로 보였을 것이다. 나는 딴청을 피웠다.

클럽 맞은편에서는 여자애의 친구들이 무표정한 얼굴로 앉아 각자 마실 것을 홀짝였고, 아까 그 남자와 남자의 친구 두 명은 가슴을 내밀고 앉아서 우리를 노려보았다.

우리는 그곳에 십 분인가 더 머물렀고, 여자애는 결국 폴—누군진 모르겠지만 그녀의 가장 관대한 후원자—과 맥주가 있는 곳으로 돌아가버렸다.

"사진 속의 그 여자 말인데요." 맷은 감자칩을 먹으며 말했다. "그래서 찾을 거예요, 말 거예요?"

우리는 밤의 끝자락이 스며들기 시작한 벤치에 앉아 있었다. 나는 웃음을 터뜨렸다.

“내가 그 여자를 찾아야 한다고 생각해?”

“오늘밤은 무언가를 결심해야 하는 밤이야!” 데브가 불분명한 발음으로 외쳤다. “하늘에 그렇게 쓰여 있어! 우린 이미 퀴즈 게임에서 일 파운드를 땄고, 모직 전시회에도 갔다 왔어. 이건 완벽한 타이밍이야!”

우리는 일어나서 여관을 향해 걷기 시작했다.

“무슨 결심을 해요?” 맷이 물었다.

“모르지! 제이스는 그 아가씨를 찾아야 해! 난 파멜라를 내 것으로 만들 테야! 그리고 넌…… 너는, 글쎄, 넌 뭘 하고 싶어?”

“모르겠어요.” 맷이 대답했다.

“뭐, 우리가 어떻게든 찾아줄게. 아주 중요하고 인생을 바꿀 만한 멋진 것으로.”

“저는 행복해지고 싶어요”라고 맷이 말했고, 데브와 나는 걸음을 멈췄다.

맷은 멈추지 않았다.

그냥 계속 걸었다.

녀석은 “금방 돌아올게요” 하더니 어느 가게 쪽으로 가볍게 뛰어갔다. 데브와 나는 다시 발걸음을 옮겼다.

“아주 괜찮은 녀석인데.” 데브가 말했다.

“그래. 정말로.”

“학교 다닐 때는 어땠어?”

“꼭 저렇지는 않았어.”

"널 좋아하던데."

"이게 무슨 소개팅이냐."

"아니, 내 말은, 쟤가 널 존경한다고. 예전 선생하고 같이 어울려 다니는 거, 분명 쟤한테는 멋쩍은 일일 텐데."

"나한테도 좀 멋쩍은 일이야."

우리는 모퉁이를 돌았다. 등산 용품점 앞 벤치에 앉아 있던 한 무리의 청년이 자기들끼리 왁자하게 웃기 시작했다. 그중 한 명이 빈 캔을 발로 찼고, 캔은 또르르 굴러가서 등산 용품점 문에 부딪혀 튕겼다.

이런 상황에 나타나는 또다른 사내가 되는 것은 좋지 않다. 두 사내는 더욱 나쁘다. 두 사내면 무리를 이룬 것이 된다. 라이벌 무리의 등장. 둘 중 하나는 고무줄 바지를 입었고, 다른 하나는 한참 전부터 치킨 냄새를 풍기고 있다고 해도 말이다.

청년들은 거듭 웃어댔고, 나는 즉시 시선을 돌려 딴 데를 쳐다봤다. 그래도 그들이 최소한 세 명은 되고, 상점 앞에 대고 캔을 발길질하는 심보의 녀석들이란 것은 알 수 있었다. 그러다 흘끔 곁눈질을 했는데…… 젠장.

그놈들이었다.

아까 그놈들 말이다.

나는 가슴을 부풀려 내밀고 일부러 남자답게 성큼성큼 걸었다. 다큐멘터리에 나오는 사람들이 그렇게 하라고 조언하니까. 체구를 크게 보여라. 담대하게 보여라. 자신감 있게 보여라. 오 분 후에는 두들겨맞아라. 밤에 캘리도니언 로드의 펜턴빌 교도소 앞을 종종거리며 지날 때마다 수없이 연습해서 완벽하게 익힌 걸음걸이다.

그 당시 나는 지나가는 사람들이 모두 먹고 있던 바게트로 나를 때리거나 감자튀김으로 찌를 거라고 확신했다.

그때 일이 벌어졌다.

"어이."

계속 걸어. 그냥 계속 걸으라고.

"어이!" 이번에는 목소리가 더 가깝게 들렸고, 돌아봤더니 더 덩치가 좋고 우두머리쯤 되어 보이는 녀석이 우리 쪽으로 어슬렁어슬렁 다가왔다.

"네놈이 날 불렀지?" 녀석이 말했다.

숨을 쉬어.

"뭐? 아니, 안 불렀는데."

"나한테 씹새끼라고 했지, 그럼?"

뭐? 맙소사, 전형적인 시작이다. 놀이터에서도 이렇게 시작하고, 밤중에 모르는 동네에서도, 공중전화 부스나 흠집투성이 현금인출기 근처에서도, 술이 떨어진 사내들 옆에서도 사건은 이런 식으로 시작된다.

"솔직히 친구들, 나는 입도 벙긋 안 했습니다."

"댁 이름이 씹새끼랑 비슷하게 들려요?" 데브가 반쯤 웃는 낯으로 물었다.

"너 방금 뭐라 그랬어?"

"내 말은 그러니까 어쩌면 댁이 잘못 들었을 수도 있고, 아니면……"

내가 말을 가로챘다. "이봐요, 솔직히 아무 문제 없잖아요. 우린 단지 집에 가던 길이었고……"

"집이 어딘데?"

"지금은 여관에 있죠."

"아니, 집이 어디냐고."

"런던." 데브가 말했다.

잘못된 답이다.

"런던 근교예요." 내가 정정했다. "실은 런던에서 한참 멀죠."

젠장, 왜 이런 일이 벌어지는 걸까? 왜, 하고 많은 곳 중 하필 휫비에서?

"또 한 놈은 어디 갔냐?" 뒤에 있던 녀석이 물었다.

"어……" 나는 뒤를 돌아보았다. "……모르겠는데."

이제 그 덩치 큰 녀석은 내 앞으로 바싹 다가왔다. 입냄새도 맡을 수 있었다. 틀림없이 사과주다. 위스키를 살짝 섞었나? 싸구려 담배도.

아니, 그건 다른 사람 냄새였다. 덩치 옆에 있던 쇠꼬챙이 같은 녀석, 실실 웃으면서 발뒤꿈치를 까딱거리는데, 잔뜩 들떠서 담배를 빠는 것도 잊고 있다. 저 녀석이 폴이겠지? 폴처럼 생겼다. 어딜 가나 꼭 저런 녀석이 있다. 싸움도 못하는 말라깽이면서 악에 단단히 받친, 호가호위하는 작은 개처럼 위험하기 짝이 없다. 물불 가리지 않고 무슨 짓이든 하고, 특히 주인을 위해서라면 눈에 뵈는 게 없다. 폴은 눈을 빛내며 흥분했고, 가슴팍이 빠르게 오르락내리락했다.

"저기." 나는 말을 꺼내보았다. "아무 문제 없다니까."

하지만 놈들은 아무 문제가 없다고 생각하지 않는 것 같았다. 조금이라도 무시당했다 싶으면 몹시 상처를 받았기에 그들로서는 뭐든지 다 문제인 듯했고, 정말 딱 일 초 만에 2학년 때 워터하우스 선생님이 알려준 최선의 싸움법이 떠올랐다. 몸을 조그맣게 공처럼 마는 것이었다. 하지만 데브한테 몸을 동그랗게 말라고 어떻게 말해줄 것이며, 또 그다음엔 무슨 일이 벌어질지, 우리가 동그랗게 둘둘 말린 두 개의 런던 공이 되고 나서 만약……

쾅.

오른편 어디선가 쾅 하는 소리가 났다. 아니 정확히 말해서 쾅은 아니었다. 뭔가 크게 찌그러지고 부서지는 소리였다. 나는 얼어붙고 데브는 움찔했을 때, 다시 그 소리가 들렸다. 놈들은 본능적으로 팔을 들어 머리를 막았다. 돌아보니, 녀석이 있었다.

맷이 뭘 찾아 들고서—짧은 파이프 같기도 하고 무슨 금속 막대기 같기도 하고 알 게 뭐람—공중전화 부스를 후려쳐서 박살내고 있었다.

후려쳐서, 박살내고, 있었다.

후드티에 달린 모자를 깊숙이 눌러쓰고, 주위에 눈길 한번 주지 않고, 그저 후려치기만 했다. 후려치고, 유리 조각이 이리저리 튀고, 오로지 그 소리만이, 계속 반복됐다. 고통스럽고 후두음처럼 낮게 으르렁거리는, 위협적인 소리였다.

"빌어먹을……" 하며 작은 개는 뒷걸음쳤지만, 우리는 그대로 제자리에 조용히 서 있었다. 간이 커서가 아니라, 우리도 겁에 질렸기 때문이다.

이윽고 맷은 금속 막대기를 땅바닥에 팽개쳤고, 막대기는 제 힘에 못 이겨 소란스럽게 떼구루루 굴러갔다. 맷은 헐떡이며 우리 쪽으로 곧장 걸어왔고, 그것만으로도 놈들에겐 충분했다—놈들은 달아났다.

그때, 도무지 이해할 수 없는 일이 일어났다.

맷이 오다가 잠깐 서더니, 일회용 카메라를 꺼내서 길 저편으로 걸음아 날 살려라 도망가는 놈들의 사진을 찍고서, 다시 주머니 속에 집어넣었던 것이다.

데브와 나는 여전히 거리를 두고 있었다. 맷이 제정신인지, 이제부터 우리한테 헤드록을 걸지 않을지, 우릴 유리창에 메다꽂거나 또 금속 막대기를 휘둘러대며 도망가는 우리 사진을 찍으려 들지 않을지, 알 수가 없었다. 요컨대, 내가 뭘 어떻게 해야 하나? 선생 모드로 돌아가? "매슈 파울러, 당장 그만두지 못해?"라고 고함을 지르나? 자정이 지난 시각에 어딘지도 잘 모르는 곳에서 우리는 빈손이었고, 동급생을 장님으로 만들 뻔했던 아이는 조금 전에 폭력의 냄새를 희미하게 맡은 것만으로 공중전화 부스를 박살냈다.

맷이 다가오자 나는 몸에 힘을 주었고, 무슨 일이 일어나든 스스로를 보호하자고 각오를 다졌다. 하지만 맷은 모자를 벗고 손바닥을 마주쳐 탁탁 털더니 이렇게 말했다. "괜찮아요?"

"끝내줬다고!" 길을 따라 걸어가면서 데브가 호들갑을 떨었다. 우리는 아드레날린이 넘쳤고 안도감과 함께 쌩쌩해졌다. 몇 초마다 다른 가로등 불빛이 차례로 이어져 매우 느린 디스코텍 조명을 받는 것 같았다. "GTA*의 한 장면 같았어!"

* Grand Theft Auto. 다양한 범죄 미션을 통해 주인공을 범죄 조직의 밑바닥부터 키워서 성공시킨다는 내용의 비디오게임.

"오늘밤에 네가 우리 목숨을 구했어." 나는 살짝 들떠서 떠들었다.

"그냥 한바탕 짖었을 뿐인데요." 맷이 말했다. "겁을 준 것뿐이에요."

"아니, 아까 그 퀴즈 게임에서 말이야. 너 아니었으면 그 일 파운드는 못 땄을 거야."

그렇게 걸어가면서 나는 두 사람과 어깨동무를 하고 남자답게 포옹을 한 번씩 나눴다. 그때 멀리서 경찰차 사이렌 소리가 들려서 슬슬 뛰기로 했다.

우리는 삼십 파운드짜리 여관방을 놔두고 닛산 체리에서 밤을 보냈다. 데브가 잘도 열쇠를 잃어버렸고—어련하겠어—분홍색 벨루어 운동복의 주인아주머니는 열시 통금을 철저히 지키는 모양이었다.

"너무 심하잖아." 데브가 투덜댔다. "일가족을 이렇게 길거리로 내쫓다니."

하지만 상관없었다. 어떻게 보면 더 나았다. 우리는 낄낄거리며 이야기를 나눴고, 우리 사이가 이미 끈끈하다고 말할 수도 있겠지만, 닛산 체리 안에서 이보다 더 끈끈해진 사이는 없을 것이다.

작은 아씨들처럼 낄낄대고 웃는 동안, 무슨 일 때문에 내가 이 좁은 차 안에서 이리 신나게 놀게 됐더라, 생각해보았다. 이별? 그녀의 약혼? 임신? 그래.

하지만 아니다. 실은 그게 아니었다.

우리가 어디에 왔는지, 왜 하필 이곳인지, 데브가 무슨 계획을 세웠는지 생각해보면, 답은 그게 아니었다.

나는 그 아가씨에게 빚을 진 거나 다름없었다.

아까 했던 결심이 옳았다. 이제 더이상 남들 결정에 휘둘리지 말아야 한다. 나 스스로 결정해야 한다.

"가볼까." 동이 틀 무렵 내가 말했고, 데브가 꿈지럭거렸다.

저멀리 세인트힐다 수도원의 꼭대기가 보였고, 아침해가 풍화된 돌들을 사로잡아 부드러운 주황빛으로 물들이고 있었다.

"배고파." 데브는 하품을 했다.

그래도 나는 물끄러미 수도원을 바라보고 있었다.

워크샵 바로 외곽의 리틀 셰프에서 우리는 숙취와 덥수룩한 머리칼과 쑤시는 삭신을 안고 도로 차에 기어올랐다.

맷은 차에서 기다리고 있었다. 오늘 아침엔 왠지 말이 없었다. 데브는 숙취에 시달려서 그렇다고 단언했다. 나는 동의하기로 했다.

고속도로에 들어섰을 때 나는 끔찍한 소시지를 마지막 한입까지 먹어치웠다.

"우라지게 근사한 여행이었어." 데브가 말했다. "폭력! 도박! 여자들! 라스베이거스쯤 다녀온 것 같다니까!"

"머리를 거꾸로 처박힐 뻔했고, 일 파운드를 땄고, 여자들한테 무시당했지. 마치 횟비 같았어."

데브는 낄낄 웃었지만, 맷은 무표정했다.

나는 고개를 돌려 녀석이 괜찮은지 살폈다. 맷은 뭔가 생각에 빠져 있었다. 무릎 위에는 사진을 펼쳐놓았다. 수도원이 나온 사진만 봤었던 맷은 우리가 커피와 먹을 것을 사올 동안 조수석 서랍에서 나머지 사진을 꺼내 보았고, 지금 그 사진들을 무릎 위에 펼쳐놓고 있었다.

"맷?" 나는 녀석을 불렀다.

맷은 입을 벌린 채 고개를 들었고, 우리더러 보라며 어떤 사진 한 장을 쳐들었다.

아홉
다음 단계
Next Step

버스 안에서 나는 누가 버린 〈메트로〉를 주워들었다.

꿈속에서 본 휴대폰 번호로 문자를 보낸 후, 그 번호의 주인인 스물여덟 살 여자와 결혼한 영국 남자가 있다.

닉 브레먼(29세)이 어느 날 아침 깨어났을 때 머릿속에서 자꾸 똑같은 번호가 맴돌았다. 그의 가장 친한 친구인 마이클 심스는 문자를 보내보라고 부추겼고, 그 문자는 간결했다. "저를 아시나요?"

꿈에서 본 전화번호의 주인 조 로건은 처음에는 경계했지만 결국 답장을 보냈다. 얼마 지나지 않아 두 사람은 빈번히 문자메시지를 주고받기 시작했고, 한 달 후 만나서 사랑에 빠졌다.

사랑의 화살을 맞은 브레먼은 이렇게 말했다. "이게 얼마나 황당한 일인지 지금도 믿기지 않습니다. 하지만 한번 해보자는 생각이 들었어요. 아무래도 제가 행운의 번호를 발견한 것 같아요!"

두 사람은 월요일에 로건 양의 고향인 요크에서 결혼식을 올렸다.

뭘 사가야 할지 몰라서 전부 다 조금씩 샀다.

크루아상, 팽오쇼콜라, 건포도 페이스트리, 프레첼 여섯 개와 견과 한 봉지.

몇 년 만에 처음으로 직장인다운 기분이 들었다. 롭의 의자가 좀 더 내 것처럼 느껴지도록 높이를 낮추고, 롭이 남긴 부스러기를 치우고 일할 공간을 만들었다.

조금 있으면 조가 나타날 것이고, 다른 사람들도 곧 출근하겠지. 특집 담당 클렘. 예술 담당 앤서니. 다들 맨체스터에서 대량으로 보내온 기사와 우리 쪽에서 직접 취재한 쪼가리 기사를 취합해 내일 판을 짜깁기할 준비가 되어 있었고, 머리 위에서 째깍거리는 상상의 시계는 하나같이 모른 척했다. 시계 따윈 상상하기 싫었다. 나는 이 자리에 있다는 사실만으로 마냥 행복했다. 최악의 사업 계획에 발을 담근 거라고 해도, 얼룩투성이 벽지와 맥 컴퓨터와 풍자 포스터와 쓸쓸히 방치된 홍보용 선물이 뒹구는, 밀크티에 담갔다 꺼낸 듯 온통 베이지색으로 평범하기 짝이 없는 이 사무실 안에 있는 것만으로 즐거웠다. 책상 밑 쓰레기통 옆에는 앞에 커다랗게 '경축 성 패트릭의 날!'이라고 쓴 거대한 기네스 모자가 있는데, 딱 한 번 쓰고 놔뒀을 것이다. 그 옆에는 '기다리고 기다리던 〈가필드〉 DVD & 블루레이 출시 기념!'으로 배달원이 놓고 간, 양손에 흡착용 고무가 달린 뚱뚱한 고양이 인형이 있었다.

데브가 봤으면 엄청 좋아했을 텐데. 데브라면 이것들을 구원할 것이다. 아니, 신나게 만끽할 것이다. 해마다 3월이 되면 기네스 모자를 써볼 날을 손꼽아 기다릴 테고, 틀림없이 뚱뚱한 고양이 인형을 넛산 체리에 모셔두고 신호에 걸렸을 때 혹시 화제 삼아 작업을 걸어볼 수 있지 않을까 기대에 부풀 것이다. 나는 데브에게 조만간 고맙다는 뜻으로 뭔가 갖다주자고 메모했다. 데브는 내가 바람을 좀 쐴 필요가 있다는 것을 알았다. 그래서 데리고 나가 바람을 쐬어주었다.

나는 사무실 안을 한번 둘러보고 점찍어두었다. 손에 낄 수 있는 노랗고 거대한 헐크 호건 주먹 두 개와 〈호건이 제일 잘 알아〉 DVD.

저건 데브 거다. 머잖아 그렇게 된다는 말이다. 일단 내가 여기에 좀 익숙해지면. 일단 저것들을 손에 넣을 위치가 되면.

나는 신참답게 얌전히 앉아서 혹시라도 말썽에 휘말리지 않도록 조신하게 굴었다. 지난해 언저리부터 신문에 내 이름이 고정적으로 실리긴 했지만, 나는 박힌 돌이 아니었다. 아직은. 굴러들어온 돌이었다. 자리를 메꾸기 위해 굴러들어온 사람. 비중이 크지 않은 특정 섹션을 맡아 송고하는 사람. 가령, 부동산은 이리저리해서 점점 더 비싸질 것이다 아니면 이리저리해서 점점 더 싸질 것이다, 라고 딱 두 가지 얘기만 하는 부동산 전문 기자. 연예 전문 기자(기사 예문—단독 특종. 시에나 밀러는 노래도 하고 싶지만 현재로선 연기에 집중하는 것도 행복하다고 한다). 한 주 동안의 신제품 종합(새 주전자가 나왔어요!). 자동차. 스포츠. 별 내용 없는 연예인 백문백답(질문 예시—만약 당신을 과일에 비유한다면 어떤 과일일까요?). 건강. 부富. 그리고 리뷰. 내가 맡은 섹션. 이 모든 것이 마케팅 전문가들이 정한 시간 내에 읽히고 반쯤 소화된 후 버려지도록 고안되었다. 런던 지하철 평균 탑승 시간과 똑같은, 이십 분 내에.

나는 롭의 받은편지함을 열어보는 것으로 일을 시작하기로 했다. 홍보 메일들은 누가 이미 다 열어봤고, 영화 시사회, 칵테일파티, 음반 출시 등이 있었다. 재밌군. 드라마에서 흔히 보는 여자들처럼 나도 드라마 속 한 장면을 찍어볼까. 몇 분에 한 번꼴로 옷을 갈아입고, 새 구두를 사고, 느긋하게 맨해튼을 산책하다가 카나페를 먹고 택시를 잡아타는 것으로 우아한 하루를 보낼 수도 있다. 다만 여긴 영국이다. 좀더 구체적으로 말하자면 영국의 평일 저녁이다. 영국의 월요일이라면 캐리 브래드쇼는 몇 분에 한 번꼴로 카굴*을 갈아입고, 웨스트필즈를 느긋하게 산책하다가 미지근한 초밥을 먹고 감기에 걸리는 것으로 우아한 하루를 마감해야 할 것이다. 켄티시타운 로드에 새로 문을 여는 라이먼 문구점 개업식 말고 캐리를 초대할 만한 다른 건수가 없을까 생각하며 다른 메일을 더 열어봤다. 다음달 6일에 캐리 브래드쇼는 뭘 할까? 오거 페이스라는 형편없는 밴드가 매달 6일에 퍼브 2층 공연장을 도는 지역 투어의 첫 무대를 보려고 사우스웨스트런던에 있는 퍼브의 2층 공연장에 갈까? 그럴 리가. 그런 곳엔 캐리가 아니라 나 같은 사람이 가지.

나는 얇은 봉투를 찢어서 열었다. 또 어느 밴드에서 CD를 보내왔다. '킥스'라는 이름이다.

이걸로 시작해볼까.

메일을 계속 클릭하면서 CD를 스테레오에 넣고 재생 버튼을 눌렀다. 자파케이크**에서는 자파케이크 한 상자와 함께 자파케이크

* 비바람을 막기 위해 입는 모자 달린 가볍고 긴 상의.

의 미래를 논하며 자파케이크가 지금까지처럼 앞으로도 사랑받을 거라는 내용의 안내문을 보내왔다. '자파케이크'라는 단어를 참 많이도 썼다.

CD 커버를 빙빙 돌리면서 생각했다. 나쁘지 않은데. 나는 검토에 들어갔다.

킥스의 〈Uh-Oh〉.

제법…… 괜찮았다. 내가 음악 전문가라는 얘기는 아니다. 가요와 클래식을 구분할 줄은 안다. 대학 때는 음악 주간지 〈멜로디 메이커〉를 구독했다. 스티브 라마크가 누군지 알고, 황동 테이블이 있는 어느 퍼브에서 제인 로와 꽤 가까운 곳에 앉은 적도 있다. 하지만 어느 밴드의 음악을 듣고 그 즉시 그들이 영향을 받은 앨범과 흠모하는 음악가를 줄줄이 읊어대는 축에는 못 낀다. 그런 사람들은 저기 밖에 있다. 그런 사람들은 드럼의 첫 박만 들려줘도 레드 제플린이나 림프 비즈킷을 언급하며 이 모든 것의 유래가 〈버디 송〉***을 작곡한 사람까지 거슬러올라갈 수 있다고 장광설을 늘어놓기 시작한다. 데브도 비디오게임에 관한 한 그런 사람이다. 게임을 한 번만 보면 그 게임의 목표가 뭔지, 어디서 아이디어를 얻었는지, 무엇과 접목한 것이며 얼마나 잘 만들어졌는지가 줄줄 나온다. 하지만 나는 못한다. 나는 다른 종류의 사람이기 때문이다. 이를테면 '유형 2'다. 모든 걸 있는 그대로 판단하는 사람. 이편이 옳다거나

** 동그란 스펀지케이크 위에 초콜릿과 오렌지 잼을 입힌 과자. 우리나라 초코파이와 비슷한 위상의 대표적인 영국 과자다.

*** 영국 밴드 트위츠가 스위스와 독일 지역에서 옛날부터 전해오던 멜로디를 연주곡으로 편곡해 '버디 송'이라는 제목으로 발표하여 크게 히트했다.

공정하다거나 정의롭다는 게 아니라, 다만 내게는 그들의 그런 열정이나 지엽적인 정보에 대한 욕구가 별로 없다는 말이다. 나는 전부 다 조금씩 좋아했다. 통째로는 필요 없었다. 그래서 '유형 1'의 사람과 대화할 때는 좀 긴장하게 된다. 유형 1의 사람은 옆에 서기도 전에 벌써 자기 의견을 가지런히, 어쩌면 가나다순으로 정리해서 발표할 준비를 하고 있다. 그러면 유형 2의 사람은 먹던 샌드위치를 방패 삼아 움츠러든다.

리뷰 담당 에디터 자리가 아마도 내게는 잘 맞을 것 같다. 나의 주특기는 주특기가 없다는 것일지도. 비록 내가 홀 앤드 오츠에 대해서는 제법 알지만 말이다.

(이 모든 게 어디서부터 시작됐지? 〈(She) Got Me Bad〉. 최고의 노래? 〈Las Vegas Turnaround〉. 최고의 음반? 〈Big Bam Boom〉. 최고의 멤버? 홀. 아님 당신이 오츠를 더 좋아한다면 오츠. 최고의……)

"이건 또 뭐야?" 누가 느닷없이 말을 걸었다. 나는 내 의자—롭의 의자인데 하여간—를 빙 돌려 음악을 껐다. 조였다.

"킥스라는 애들인데." 나는 존 필처럼 통찰력 있고 해박하게 들리도록 애쓰며 말했다. "브라이튼 출신 밴드야. 요즘 여기저기서 공연해. 이건 〈Uh-Oh〉라는 곡이고."

"싱글이야 앨범이야?"

쯧쯧. 나는 들여다봐야 안다. 존 필이라면 찾아볼 필요도 없을 텐데.

주의를 딴 데로 돌리자.

"아, 네가 말한 대로 크루아상 사왔는데. 다른 것들도 좀 있고."

"자파케이크도 있어?"
"그건…… 어, 그건 자파케이크에서 왔지."
이렇듯 심오하고 영감을 자극하는 대화로 나 제이슨 프리스틀리의 〈런던 나우〉 리뷰 담당 에디터 시대의 막이 올랐다.

자. 이제 나의 업무중 일과에 대해서는 되도록 말하지 않으려 한다. 딱히 알 필요도 없다. 정말 몰라도 된다. 내가 열한시에 토피 크리스프와 사과 한 알을 먹었다는 것도, 한시 좀 지나고 잠깐 나가서 프렛에 들러 콜라와 가재 랩 샌드위치를 샀다는 것도 알 필요 없다. 클렘이 이십 분 지각했다는 것도, 조가 클렘은 매번 이십 분씩 늦는다고 말했다는 것도 알 필요 없고, 정확히 어떤 리뷰를 정확히 어떤 필자에게 맡겨야 할지 정리한 다음 내가 캐슬 디펜스 게임을 한 판 하고 트윅스를 먹었다는 것도 몰라도 된다.
여러분이 알아두어야 하는 것은, 내가 행복했다는 사실이다. 이야말로 내가 세인트존스를 떠나면서 원했던 것이다. 사무실. 앉을 자리가 있고, 같이 앉아 있는 사람들이 있고, 가재 랩 샌드위치와 콜라를 사올 점심시간이 있는 곳. 안정감과 동료라는 거품 같은 환상.
물론 학교에도 동료가 있기는 했다. 교무실에. 교무실에 들어서는 순간 우리는 더이상 선생이 아니었고, 그 안에서는 도덕의 심판자 노릇을 하지 않아도 되었다. 거기서는 냉소를 날리기도 한결 편했다. 오히려 장려되는 편이었다. 하루 온종일 품행을 방정히 하라느니 말을 가려 하라느니 지적하고 돌아다닌 우리에게 교무실은 평범한 즐거움을 누릴 수 있는 작은 등대 같은 존재였다. 휴식처. 자신의 머그컵을 찾아 인스턴트커피와 설탕을 수북이 넣는 순간 어깨 위에 얹힌 짐이 훌쩍 들리는 아름다운 공간인 동시에, 누가 아이들에 관해서 가장 험한 말을 할 수 있는지 겨루게 되는 각축장이었다. 주전자 물이 끓을 즈음이면 교사들은 지금까지 만난 아이들 대부분을 깔아뭉갰는데, 여기서 '깔아뭉갰다'는 건 일부 교사들의 진짜 희망사항이라는 걸 다들 알 거라 생각한다. 교사들은 전쟁을 겪어본 사람들만이 진심으로 공감할 수 있다고 말한다. 그것은 놀이터의 규칙과 같았다. 그리고 피할 수 없는 고역인 조회 시간이 있었다. 사람들 앞에서 얘기하는 것은 도저히 내 스타일이 아니었고 앞으로도 절대 좋아질 일은 없을 것이다. 조회 시간 연설을 요리조리 잘 피하다가 딱 한 번 나서게 됐는데, 두 번 다시 하지 않겠다고 맹세했다. 지독히 심드렁한 아이들 앞에서 의욕을 북돋는 연설을 하는 것보다 더 기운 빠지는 일은 없다. 정말 의욕이 꺾이는 일이다. 특히나 교실 안의 어느 누구도—무엇보다 나 자신이 가장—내가 하는 말을 믿지 않을 때는 말이다.

그 모든 것에도 불구하고—도무지 교사들이 말하는 요점을 알아듣지 못하는 아이들에도 불구하고, 학교와 보육원을 혼동하는 것 같은 학부모들에도 불구하고—나는 교사 일을 계속해나갔다. 어쩌면 학교를 떠나는 일은 없었을지도 모른다. 딜런 베일만 아니었더라면.

나는 몸서리를 치며 딜런의 분노에 찬 조그만 얼굴을 머릿속에서 쫓아냈다.

여섯시 정각이었으므로, 딜런 베일 같은 아이에 대한 생각은 하고 싶지 않았다.

어찌됐든, 나는 내가 있을 곳을 찾았다.

샬럿 스트리트는 나 같은 사람들로 발 디딜 틈 없이 붐볐다. 하루 일과를 마친 선량하고 정직한 근로자들이 제일 좋은 외출복을 입고 서류 가방을 든 채 피츠로이에서 쏟아져나와 노섬벌랜드 암스를 가득 메웠다. 사람들 표정이 하나하나 정말 행복해 보였다. 나는 그들 모두를 지나쳐 곧장 걸어가서 모퉁이를 돌아 래스번 스트리트에서 제일 조그만 퍼브에 틀어박혔다. 명품 가방과 한정판 컨버스 운동화로 무장한 잘나가는 사람들 사이에 내가 낄 자리는 없는 듯했다. 뉴먼 암스 레스토랑 앞에는 첼시 유니폼을 입은 학생들과 젊은이들이 '퍼시 패시지'*라고 쓰인 표지판을 가리키며 낄낄거렸고, 웃을 때마다 손에 든 맥주잔에서 페로니와 포스터가 출렁거려 보도를 적셨다. 그것이 피츠로비아의 특징이었다. 수많은 샛길과 골목. 일군의 소지주의 폐해였다. 그들은 저마다 발언력과 결정권을 갖고 있으며, 미래는 생각지도 않고 런던의 별 볼 일 없는 좁은 구역에서 각자 무질서하게 일을 벌인다. 이웃한 매릴러번이나 블룸즈버리는 퍼시 패시지 같은 것을 용납하지 않을 것이다. 퍼시 스퀘어나 퍼시 빌딩이라면 모를까.

그런 면에서는 피츠로비아를 당할 수 없다.

나는 데브와 맷을 기다리며 매의 눈으로 바깥을 지켜보았다. 녀석들은 연구 결과를 가지고 금방 이곳으로 올 터였다.

사진을 보았을 때 맷은 깜짝 놀랐다. 그냥 사진을 가리키며 "봐

---

* Percy Passage. 퍼시 골목길이라는 지명인데, 여자의 성기를 뜻하는 pussy와 발음이 비슷하다.

요!"라고 했다가, 좀더 구체적으로 뭔가를 손가락으로 짚었다. 우리는 정말 열심히 들여다봤지만 보이는 건 그냥 자동차였다. 하지만 맷의 눈에는 그냥 자동차가 아니었다.

"하하하!"

나는 뒤로 돌았다. 데브가 어슬렁어슬렁 들어왔다. 손가락으로 자기 뒤편을 가리키고 있었다.

"퍼시 패시지래!"

바텐더가 움찔하는 게 느껴졌다. 오늘 저 소리를 몇 번이나 들었을까. 정확히 몇 년이 지나야 저 길의 마력이 사라질까.

"명문 학교 첫날은 어땠어?" 데브가 자리에 앉으며 물었다.

"괜찮았어."

"'레벨 업' 섹션에 대해서 얘기해봤어?"

"'게임 오버' 아니었어?"

"'레벨 업'이 훨씬 강력하잖아. '게임 오버' 하면 어린애들이나 읽을 거리처럼 들려서."

"음, 아직 말을 꺼내진 않았어. 신참 주제에 새로운 기획 제안은 아직 이른 것 같아서."

"제안해야지! 네 역량을 입증해! 아이디어를 마구 내는 거야! 사람들이 좋아할걸! 우리 일은 새로운 아이디어를 중심으로 돌아가는 거라고."

"네 일은 비디오게임 가게 운영이잖아."

"꿈과 희망이야, 제이스! 나는 꿈과 희망을 다루는 사람이야! 난 널 파일럿으로 만들 수 있어. 탱크 조종사나 슈퍼히어로도 가능해. 파란 꼬마 고슴도치로 만들 수도 있지. 나는 마법사 혹은 꿈을 엮는 사람이야. 아님 〈그녀는 요술쟁이〉에 나오는 여주인공의 남자 버전이지. 오늘 아침에도 어떤 사람을 데일리 톰슨*으로 만들어주고 왔어."

데브는 맥주를 홀짝이고 우쭐거리는 표정을 지었다. 노스런던에서 누군가를 데일리 톰슨으로 만들 수 있는 사람은 자기밖에 없다는 듯.

"내 생각이 맞았어요." 옆에서 이런 말이 들려왔다. "그 차 말이에요."

맷이 우리 옆에 털썩 앉았다.

"희귀한 차더군요. 무척 희귀하죠."

맷은 잔뜩 흥분해 주머니에서 사진을 꺼냈다. 녀석의 손가락에는 자동차 오일이 묻어 있었다. 녀석의 손이 내 손보다 훨씬 남자답다는 사실에 짜증이 치밀었다.

"같이 일하는 브린 형이 전 세계에서 딱 열두 대만 생산된 파셀 베가 엑셀랑스 같다고 하더라고요. 하지만 그건 아니었어요."

"거참 유용한 정보로군."

"그래도 파셀 베가 뭐시기인 건 맞고요, 1960년대에 제작된 자동차예요." 어쩌면 맷은 나한테 뭔가를 가르치게 된 게 즐거운 걸지도. "이것도 1100대만 생산됐어요. 지금은 몇 대나 남아 있는지 모르겠지만."

나는 사진을 다시 들여다보았다. 초록색이고 관리가 잘된 차라

---

* 영국의 육상 스타로 1980년과 1984년 올림픽에서 10종경기 금메달을 획득했다. 이 유명세를 바탕으로 '데일리 톰슨의 10종경기'라는 컴퓨터게임도 출시되었다.

는 것 말고는 그다지 할 수 있는 얘기가 없었다. 아, 바퀴도 달려 있었다. 앞쪽에 그녀가 있었고, 매우 즐거워 보였다. 초록색 자동차 옆, 잔뜩 찌푸린 하늘 아래, 즐거워하는 아가씨. 괴짜들을 위한 클루도* 같다.

"그래서 뭐가 어떻다는 건지 잘 모르겠어." 내가 말했다.

"그 여자를 찾을 수 있다는 거죠! 새로운 단서라고요! 휫비처럼! 자동차를 찾으면 그녀를 찾을 것이다!"

"자동차 근처에 서 있을 뿐인데. 아주 가까운 것도 아니고. 어깨 너머로 보이는 정도인데. 그리고 우리가 경찰 기록에 접근할 수 있는 것도 아니잖아?"

"이건 실마리라고요!"

맷은 답답하다는 듯 웃었고, 약간 뒤늦게 데브도 따라 웃다가 나를 보고 어깨를 으쓱했다.

"글쎄, 이런 차를 가진 사람들이 가입하는 클래식 자동차 클럽 같은 게 있지 않을까." 데브가 말했다. "어쩌면 그 아가씨 이웃의 차일지도 모르고. 아니면…… 친구의 차든지."

맞다. 그 묵직한 시계를 찬 구릿빛 피부의 남자. 그 남자라면 당연히 클래식 자동차 한 대쯤은 있겠지. 세상에 열두 대밖에 없다는 차 중의 한 대. 이름도 모르는 그 남자에게 딱 어울리는 차였다.

나는 다시 사진을 집어들었다.

"이게 단서인 것 같기는 한데." 내가 말했다.

"당연히 단서지!" 데브가 말했다. "봐, 오히려 우리를 혼란에

---

* 미스터리 추리 보드게임.

빠뜨리는 미끼일 수도 있지만, 어쨌든 뭔가 있긴 있어. 뭔가 있는데……"

"물고기." 문득 떠오르는 게 있었다. "물고기야."

잠시 어색한 침묵이 흘렀다.

"봐." 나는 얼른 방금 사진 속에서 알아챈 것을 가리켰다. 피사체들 뒤에 건물이 하나 있었다. 피사체가 있는 도로 맨 끝자락에 위치한 커다란 흰색 건물. 그리고 건물 꼭대기 바로 옆에 어떤 단어가 반만 보였다. 아래쪽 반.

"알래스카." 데브가 사진을 내게서 빼앗으며 말했다.

"……일 리가 없지. 핸들이 오른쪽에 있어. 영국제야. 외제 차의 옵션이라고 쳐도……"

"알래스카에 있는 건물이 아냐." 내가 데브의 말을 끊었다. "그냥 건물 이름일 거야. 뭘까, 공장? 공장일지도. 그 아가씨가 이 공장에서 일하는 걸 수도 있어."

"뭘 만드는 공장일까?" 데브가 말했다. "알래스카인을 만드는 건 아닐 거 아냐. 알래스카인은…… 그냥 알래스카인이지."

"나도 몰라." 나는 갑자기 머릿속이 복잡해져 건성으로 대답하고, 다른 사진들을 집어들고 샅샅이 살피기 시작했다. 묘한 생각이 머리를 스쳤다. 보는 법을 깨달은 것이었다.

예전에 『내 안의 물고기』라는 책을 읽은 적이 있다. 3억 7500만 년 전의 한 물고기 화석을 찾는 데 집착한 어느 과학자에 관한 책인데, 그는 우리 모두가 특정 물고기에서 진화했다고 생각했다. 먼지 같은 입자에서 제 가슴팍을 둥둥 치는 원숭이에 이르는 여정의 중간쯤에 해당하는 그 물고기에게는 목과 손목의 원형이 있었다.

물속의 혼돈을 박차고 나와 광대한 미지의 세계로 진입한 물고기였다. 그 물고기가 아니었다면 이 세계는 지금도 미지의 상태로 남아 있었을 것이다. 우리에게 세계란 없었을 것이다. 할 일도 없고 있을 곳도 없었을 것이다. 택시를 탄 여자들도, 퍼시 패시지도, 이성애자도, 동성애자도, 오늘의 수프도, 그 무엇도 없는 무無였을 것이다. 그 과학자는 같은 화석을 찾는 일군의 과학자들과 함께 캐나다령 북극해에 닿았고, 몇 주 동안 화석을 찾아 헤매었으나 다른 과학자들이 뭔가 하나씩 발굴할 때마다 빈손으로 낙담했다. 다른 사람들한테는 있고 나한테는 없는 게 뭐지? 무얼 놓친 걸까?

그러던 어느 날, 과학자는 문득 깨달았다. 그는 초점을 똑바로 맞추지 않았다. 우선순위가 틀렸다. 보는 법을 몰랐던 것이다. 그 사실을 깨닫자마자—바로 그 순간 처음으로 물고기가 눈에 들어왔다—아침 햇살 속에 반짝이는 화석들로 주변 몇 킬로미터의 땅이 환히 빛났다. 쉽게 풀어서 얘기하느라 살짝 낭만적으로 바꾼 감이 있지만, 어쨌든 실제로 내 감상이 그랬다. 별안간, 그 사실을 깨달은 순간, 과학자가 눈을 뜬 순간, 지천에 널린 물고기 화석이 그를 향해 윙크를 하고 손을 흔들며 마침내 그가 볼 수 있게 된 것을 축하했고, 땅속의 다이아몬드처럼 반짝거렸다. 바로 그런 기분이었다. 이 사진들에는 다이아몬드가 지천으로 깔려 있었다.

어쩌면 내 안의 물고기를 찾은 것일지도 몰랐다.

감격스러웠다. 그 과학자는 구 년하고도 수백 페이지가 걸렸는데.

전에는 사진을 볼 때마다 정말 그 아가씨만 눈에 들어왔다. 심지어 사진이 찍힌 장소에 직접 서봤으면서도 이 사진들이 특정한 장소에서 찍혔다는 사실을 깨닫지 못했다. 말도 안 되는 소리 같지만, 내 사진이 아니었기 때문에 사진에 나온 장소들이 진짜로 존재하는 장소들 같지가 않았다. 실제로 있어서 내가 갈 수 있는 곳, 혹은 지나쳤었거나 카페 로마의 경우처럼 들어가봤을 수도 있는 곳 같지 않았다.

"우리가 해야 하는 일은……" 데브가 사진을 도로 빼앗으면서 말했다. "연결 고리를 찾아내는 거야. 이 사진들을 관통하는 하나의 주제."

나는 코를 찡긋했다.

"누가 사진을 그런 식으로 찍어?" 내가 말했다. "일관된 주제로 사진을 찍진 않잖아. 그냥 찍는 거지."

"그래." 데브가 말했다. "네 말이 맞아. 하지만 그건 디지털카메라로 찍을 때지. 우린 지금 일회용 카메라의 심리학을 논하는 거라고."

"왜 마구잡이면 안 되는데요?" 맷의 질문에 나는 다시 교사의 심정이 되어 뿌듯함을 느꼈다.

"왜냐하면 일회용 카메라에 담긴 사진은 실상……" 데브는 미리 연습이라도 한 것처럼 말을 꺼냈다.

그러고는 현자 같은 표정을 짓더니 의자에 편안히 기대고 앉았다. 맷과 나는 데브 쪽으로 몸을 숙였다가 우리 둘의 얼굴이 너무 바싹 붙었음을 깨닫고는 도로 의자 등받이에 기대 앉았다.

"일회용 카메라에는 특별한 사진을 담기 마련이야. 사진은 쉽게 지울 수 있으니까 보통 아무 생각 없이 찍어. 횟수나 타이밍에 관계없이 그냥 누르고 보는 거지. 일단 사진을 보고 너무 취해 보인다거나 부었다거나 피곤해 보인다거나 하면 다시 한 장을 찍어. 사진용으로 특화된 표정을 하고. 하지만 이 사진들은……"

데브는 사진들을 집어들고 통째로 허공에 흔들어댔다.

"이것들은 그야말로 스냅숏이야. 인생의 스냅숏들. 즐거운 순간 또는 특별한 순간에, 작정하고 찍은 사진이야. 그러니까 계획을 세워야 하지. 특별한 순간은 부지불식간에 흘러가버리니까. 우린 항상 순간순간을 놓치고 있는 거라고."

"그게 무슨 얘기예요?" 맷이 물었다. 하지만 나는 몸을 앞으로 기울였다. 데브가 무슨 말을 하는지 알아들었기 때문이다.

요즘 내 기분이 딱 그랬다. 순간순간이 손가락 사이로 빠져나가는 느낌.

"자, 여기 열두 장짜리 필름이 있어." 데브가 계속했다. "열두 번의 순간을 포착할 수 있는 거지. 횟수는 한정되어 있어. 그래서 이 조그만 상자에 한 순간씩 포착해서 담을 때마다 여분이 하나씩 줄어들어. 그리하여 마지막 한 장을 찍을 때는 그 순간이 정말 특별하다는 확신이 있어야 돼. 왜냐, 그다음에 그런 순간이 와도 그냥 흘려버릴 수밖에 없으니까."

나는 속으로 생각했다. 그 얼마나 오싹한 일인가, 기회를 멀거니 놓쳐야 하다니.

"그 아가씨는 일회용 카메라로 자신의 소박한 이야기를 완성하고 싶었던 거야. 제대로 마무리를 짓고 싶었던 거지. 혹은 새로 시작하거나. 다음 필름으로 넘어가기 위한 쉼표로서."

여기서부터 데브의 논리가 좀 어설프게 흘러간다 싶었다.

"잠깐만. 그 마지막 한 장은 나였다고."

데브는 그저 씩 웃었다.

"내 말이 그 말이야. 넌 이미 그 여자 이야기의 일부야. 이젠 네가 그녀를 네 이야기의 한 부분으로 만들어야 해."

그러고 나서 데브는 주머니에 손을 넣더니 파란색 일회용 카메라를 테이블에 슥 올려놓았다.

나는 그것을 쳐다보았다.

그러다 카메라를 집어들어 주머니에 넣었다.

그대로 앉아 좀더 술을 마시면서, 이전에는 보이지 않던 배경이나 전경 또는 구부러지고 잘린 모퉁이에서 새로운 실마리를 짚어내며 열기를 더해가면서, 나는 이들에게 말을 해야 하나 말아야 하나 고민했다. 오늘 낮에 내가 한 일을 얘기할까 말까. 지금 이 순간도 무척이나 고무적이지만, 나는 아까 벌써 나만의 소소한 기회를 만들어냈다.

가재 랩 샌드위치를 먹고 캐슬 디펜스를 한 판 하고 트윅스를 먹은 후, 나는 따분한 업무를 들먹이고 재미있는 건수는 하나도 없다고 딴전을 피우면서 애써 말을 돌려 당신에게 그 얘기 하는 걸 피했다.

나는 이미 오늘 낮에 그 아가씨에게 한 걸음 더 가까이 다가가기 위한 일을 저질러버렸다.

열

그녀는 예쁘다

She's Pretty

목요일, 오전 여덟시. 나는 뱃속에서 초조한 흥분이 스멀스멀 올라오는 것을 느끼며 킹스크로스로 가는 91번 버스에 앉아 있었다.

그 일을 하기로, 물속에서 기어나와 이 순간이 영영 사라지기 전에 붙잡아서 내 안의 물고기가 되기로 결심한 이후, 나는 태풍 전야처럼 평안해졌다. 해볼 만한 일이었다. 혹시 모르지, 그 덕에 잘 풀릴지도. 데브는 운명이라고 말했다. 나도 전에는 운명을 믿었다. 운명이 내 발목을 잡아 나를 데브의 아파트로 내동댕이치기 전까지는. 운명에 관해서 질리도록 떠벌리고 다니는 남자와 같은 아파트에 사는 게 내 운명이라면 너무 잔인하다.

나는 고개를 들었다. 노란 방수 재킷을 입고 역 바깥에 서서 추위를 이기려 발을 동동 구르며 출근길 러시아워가 끝나기 전에 〈런던 나우〉 증정본을 최대한 많이 나눠주려고 기를 쓰는 아저씨들과 아주머니들이 보였다.

'증정본'이라는 용어는, 여담이지만, 신문사에서 배포 아르바이트 교육을 하면서 '무가지' 대신 부르라고 시키는 말이다. 어떤 남자들에게 스스로를 '저격수'가 아니라 '명사수'라고 부르라고 가르치는 것과 마찬가지다. 물론 뜻은 그게 그거지만, 디너파티에서 둘 중 누구 옆에 앉을 것인지 고르라면 확실히 얘기가 좀 달라진다.

나는 〈런던 나우〉 증정본을 한 부 받아들면서, 신문을 나눠준 아저씨에게 잊지 않고 감사의 말을 전했다. 내 인사말이 아저씨에게 따뜻하고 멋진 하루를 선사하지 않을까 했는데, 아저씨는 벌써 다음 사람한테 신문을 내미는 중이었다. 나는 고개를 푹 숙인 채 역 구내로 들어가 곧장 런던의 지하 깊숙한 곳으로 내려갔다. 누구보다 무엇보다 어디보다 낮은 곳, 아무도 모르게 혼자 신문을 읽을 수 있는 곳으로.

덜컹덜컹 흔들리는 노던 라인의 맨 마지막 칸에 타고 신문을 펼쳐 38면을 찾았다. 평균 이십 분의 승차 시간 막바지에 이르면 읽게 되는 면이다.

'당신을 봤어요' 섹션.

클렘이 폐렴에 걸려 이틀 정도 사무실을 비운 틈을 타서 그의 컴퓨터를 사용했다. 서둘러야 했다. 샘이 잠깐 담배 피우러 나간 사이에 해치워야 했는데, 잘 해냈다. 나만의 소소한 노력의 순간. 뭐, 나도 노력했다고, 이야기가 오늘 여기서 끝난다 해도, 봐, 나도 할 만큼 했어, 라고 자부할 수 있는 무언가를 해냈다.

나는 교묘하고 실용적으로 접근했다. 다 보여줄 필요는 없었다. 그건 투고자들이 흔히 하는 실수다. 종종 데브와 나는 집안에 앉아서 '당신을 봤어요'에 실린 글을 큰 소리로 읽으며, 지하철역 플랫폼에서 자신을 뚫어져라 쳐다보던 남자가 자신에게 첫눈에 반했을 뿐만 아니라 직접 엄선한 예리한 칼들과 『호밀밭의 파수꾼』을 품고 다닌다는 것을 알게 됐을 때 당사자는 어떤 생각이 들까 궁금해 했다.

그래서 나는 올바른 방법을 배웠다. 몇 가지를 고르고, 나머지는 제외했다. 당신을 사랑하는 것 같아요!(6월 18일)라든가 당신은 세상에서 제일 아름다운 존재예요!(6월 23일)는 안 된다. 당신을 다시 봐야만 해, 우린 꼭 만나야 해, 나는 당신의 얼굴을 만지고 싶어(9월 4~9일)는 절대 안 된다.

그런 식으로는 절대 안 되지. 그저 솔직하고 호의적이며 사실만을 기술한 스무 단어의 경이로움.

'당신을 봤어요'는 수면 위로 거의 드러나지 않지만 인기 섹션이었다. 지면의 삼분의 일이 첫눈에 반했다 놓친 사랑, 놓친 기회와 순간, 두려움과 고뇌로 채워지고, 무엇보다 대부분은…… 희망이었다. 자신의 입장을 호소하기 위해 쓸 수 있는 건 스무 단어뿐이다. 스무 단어 안에 난생처음 보는 여자 혹은 남자에게 만나고 싶다는 마음을 전해야 하고, 본인이 살인자도 깡패도 부활한 예수도 아님을 납득시켜야 하고, 히스를 산책하거나 커피를 마시거나 식사를 하자고 제안해야 하고, 함께하는 순간이 나 못지않게 그 사람에게도 큰 의미가 있으리라고 설득해야 한다.

그다음에, 상대방이 그 스무 단어를 보기를 바라야 한다. 그것이야말로 대단한 희망이다. 800만이 사는 도시에서 매일 발행되는 무가지 중 한 신문 38면에 인쇄된 스무 단어의 문장. 북극에서 큰 소리로 스무 단어를 외치고 그게 바람에 실려 그 말을 들려주고 싶은 이 세상의 단 한 사람에게 전해지기를 기도하는 모양새다. 북극에서 센트럴 라인 지하철의 두번째 칸으로 전해지기를 말이다. 그것도 그 사람을 단 한 번 봤다는 이유만으로.

그런데 그게 통한다. 가끔은, 통한다. 심심치 않게 그런 얘기가 들리고, 그 결과는 흔히 〈런던 나우〉 같은 데서 보게 된다. 기사는 다음과 같은 문장으로 시작한다. 지하철로 통근하는 대런 하우(32세)는 어느 날 저녁 퇴근길에 토트넘행 열차에서 줄리 드레이퍼(33세)를 보고 첫눈에 하늘이 내린 사랑임을 알았다. 문제는, 줄리 씨가 열차에서 내리는 중이었다는 것이다! 그리고 두 사람의 결혼식을 자세히 묘사하면서 친구들의 인터뷰로 마무리한다.

이러한 조그만 성공담과 소소한 승리담에 고무되어, 그라운드호그 데이*에 객차 안에서 마음이 뒤숭숭해진 사람들은 단순한 희망 이상을 품는 것이다.

그녀가 이 글을 읽었으면 좋겠어. 그녀도 같은 느낌이면 좋겠어.

누가 나를 봐줬으면 좋겠어. 다시 만날 수 있으면 좋겠어.

나는 지면을 쭉 훑어보았다.

당신을 봤어요. 이번주 월요일 니스든 쇼핑센터 앞을 지나는 182번 버스에서. 나는 당신을 보고 있었지만 당신은 창밖을 보고 있었지요. 언제 커피 한잔 어때요?

그래, 행운을 비네, 친구.

당신을 봤어요. 코번트 가든의 페티시 파티에서. 당신은 동양인 소녀

---

* 다람쥣과의 마멋이 겨울잠에서 깨어난다는 날로 다가올 봄을 예측하는 다양한 축제가 열린다. 매년 2월 2일.

을 때리는 거대한 수녀로 분했지요. 섬뜩했어요.

나도 섬뜩하네.

읽어가면서 이젠 단순히 훑어보는 게 아니라 정말 구구절절 저들에게 공감했고 저들의 희망사항을 이해하게 됐다. 그리고 이해하는 만큼, 내 경우가 저들과 같지 않기를 바랐다. 왜냐하면 나의 순간은 분명 특별하니까. 유일무이하니까. 보답받을 만한 가치가 있으니까.

〈런던 나우〉는 매일 예순 가지 사연을 실었다. 남자들한테 온 사연이나 여자들한테 온 사연이나 수는 엇비슷했다. 사연마다 열두 개가량의 답변을 받았다. 사람들은 눈에 들고 싶어서, 선택되고 싶어서, 누군가의 '그 사람'이 되고 싶어서 안달이었다. 사연을 실은 사람이 누구든 상관없이.

쭉 읽는 와중에 메스꺼움과 함께 흥분이 일면서, 나도 마음 한구석에서는 거기에 실린 사람이 되고 싶어한다는 것을—기대한다는 것을—깨달았다. 샬럿 스트리트에서 만난 정체불명의 남자. 당신은 내 가방을 들어줬고, 내 마음도 가져갔어요 따위의 것. 그편도 괜찮을 것이다. 낭만적이다. 어쩌면 나는 이목을 끄는 남자일지도 모른다. 눈에 띄려고 수녀복을 입고 동양인 소년을 때릴 필요는 없는 남자일지도.

좀더 속도를 내 읽어내려갔다.

당신을 봤어요. 매일 당신을 봐요. 매일 당신과 인사해요. 내 눈빛을 읽을 수 있나요? 나는 매일 당신이 보고 싶어요. 나는 매일 당신을 사랑해요.

이 남자의 사연은 뭘까? 수위? 버스 운전사? 안내원? 상대 여자는 누굴까? 이 남자의 존재를 알고 있을까? 남자는 여자에게 중요한 사람일까, 아님 단순히 벤지 레스토랑의 계산대에 서 있는 남자일 뿐일까?

남자는 왜 여자에게 말을 하지 않을까?

나는 그 이유를 안다. 그 특별한 순간이 실은 자기 머릿속에만 존재하는 것일지 모른다는 우울한 두려움 때문이다. 인파를 사이에 두고 마주친 두 눈, 똑같은 생각을 한 두 사람, 하지만 애초에 그런 순간은 존재하지도 않았고 사실은 한 사람만의 경험이었다면, 그런 것도 특별한 순간이라고 할 수 있나?

그 사실을 알기에, 우리는 말하지 않는다. 시선을 피하거나, 동전을 찾는 척하면서 상대가 먼저 행동에 나서길 바란다. 이 설렘과 가능성과 열망을 잃어버릴 위험을 무릅쓰고 싶지 않은 것이다. 이 순간은 너무 완벽하니까. 이 찰나의 희망은 대단한 가치가 있으니까, 아마도 죽을 때까지, 자식과 손주와 증손주에게 둘러싸여 침대에 누워 죽어가면서도 마지막으로 잠깐이나마 이기적인 생각을 해보지 않을 도리가 없을 것이다. 만약 칠십사 년 전에 난도스 레스토랑 앞에서 CD를 팔던 어그 부츠를 신은 아가씨한테 정말로 말을 걸었더라면 어떻게 됐을까 하고.

만약 그랬다면 어떻게 됐을까? 그다음엔? 만약 나섰더라면, 위험을 무릅썼더라면, 바로 잃게 될 것임을 우리는 알고 있다. 하지만 묘하게도 마음 한편에서는 그 느낌이 쌍방향이라 믿고 있다. 그래야만 하니까. 아니라기엔 너무 특별하니까. 뭔가 서로 통했다고 믿는다. 비록 그 증거라곤…… 어떤 걸까? 평소보다 한 호흡 정도 더 머물렀던 시선? 한번 더 돌아본 시선? 그건 빈 택시를 찾아 두리번거린 것이기 쉽다. 혹은 우리가 입고 있던 재킷이 자기 남자친구에게 잘 어울리겠다 싶어 돌아본 것일 수도 있다. 아니면 왜 자기를 뚫어지게 쳐다보는가 싶어 봤을지도.

당신을 봤어요. 지하철에서 천장에 달린 손잡이를 잡지 않더군요. 열차가 흔들려서 당신이 내 쪽으로 쓰러지길 바랐어요. 그런 일은 없었지만.

빙그레 웃음이 났다. 절대 큰 소리로 얘기하지 않는 이런 소소한 순간들은, 사랑스러운 하이쿠처럼 완벽하게 정련되어, 비열한 도시의 먼지 속에 낭만과 열정을 아로새긴다.

그리고 마침내, 내가 쓴 것이 나왔다.

읽었다.

당신을 봤어요. 샬럿 스트리트에서. 당신은 택시를 타는 중이었죠. 당신 물건 중 일부를 아직도 내가 갖고 있는 것 같군요. 돌려드리고자 하니 연락 주세요.

이렇다.

실용적이다. 놀라울 것도 감동적일 것도 없다. 결혼식에서 큰 소리로 읽을 만한 것은 못 되지만, 그래도 깔끔하다.

내릴 역에 다 왔다.

'당신을 봤어요' 사연을 하나 더 읽었다……

나는 첼시 브리지 근처에서 당신을 보았고 당신에게 키스했어요. 영원처럼 느껴진 순간이었어요. 나는 도망쳐야 했지만 내 번호를 남겼어요. 아마 잃어버린 모양이죠?

……신문을 접었다.

나는 누군가의 희망을 옆자리에 놓고 일어섰지만, 나 자신의 조그만 희망은 가지고 내렸다.

커피와 크루아상을 집어지고(오늘은 좀 간소해졌는데…… 클렘은 다이어트중이고 샘은 직접 바삭한 머핀을 구워 가져온다) 사무실에 도착하니 재킷에서 휴대폰 진동이 느껴졌다.

세라가 보낸 문자였다.

고마워, 제이스…… 기분좋은 제스처네. 조만간 한잔?(물론 무알코올로) ♥

나는 살짝 미소 지었다. 내가 어제 해치운 또다른 일은, 자료를 찾는 척 한가하게 인터넷을 하면서 세라에게 꽃다발을 보낸 것이었다. 너무 화려한 것 말고, 그냥 평범한 꽃다발에 세라와—당연히—게리의 좋은 소식을 축하한다고 조그만 카드를 넣었다. 임신 소식에 바보 취급당했다고 분개해봤자 소용없는 짓이다. 아기가 우위를 점하기 시작하면 싸움을 포기하는 게 맞다.

아기를 상대로 싸우면 안 된다는 말이다.

나는 답장을 보냈다.

좋지. 다시 한번 축하해. 미안…… 여러 가지로. 커피가 좋겠네.

보내기 버튼을 누르고 잠시 휴대폰 화면을 멍하니 바라보았다. 잘한 일이었다. 하지만 여전히 세라를 만나볼 마음은 나지 않았다. 아직은. 세라의 아기가 자란 후에…… 언제? 열여덟이 되면? 대학에 들어가면? 그래도 여전히 너무 이르다.

그 아이가 은퇴할 무렵이면 모를까.

사무실에 들어가니 조가 막 자리에 앉으려 하고 있었다.

"누구한테 문자 보냈어?" 조가 웃으며 물었다. "밖에서 바로 네 옆을 지나쳤는데. 아주 무아지경이더라."

"아, 그냥……" 잠시 뜸을 들였다. "세라한테."

"세라?" 뭐라 꼬집어 말하기 힘든 분위기가 스쳤다. "그럼 너희들……?"

"아냐."

"아니…… 야?"

"전혀."

잠시 침묵.

"아쉽다."

나는 커피가 담긴 종이컵의 뚜껑을 열고 자리에 앉았다.

"너희 둘 잘 어울렸는데." 조는 컴퓨터를 켜는 일이 갑자기 평소보다 훨씬 어려워진 척하며 말했다. "아쉽겠다…… 잘 안 돼서."

그러자 아픔이 밀려들었다. 죄책감과 후회가 뒤섞인 익숙한 통증, 그러나 이번엔 훨씬 쓰라렸다. 조에게 그런 얘기를 들으니 더욱 고통스러웠다.

"뭐, 그렇지." 이걸로 대화가 끝났음을 알리며 나는 밝게 말했다. 그러고는 모니터를 쳐다보며 머릿속으로 할 일 목록을 만들기 시작했다

다음으로 사무실에 들어온 사람은 클렘이었다. 문짝을 벽에 쾅 부딪치며 시끄럽게 등장했고, 출렁이는 뱃살 아래로 시커먼 바지를 입었고, 침대에서 보낸 며칠 동안 턱수염으로 온갖 실험을 한 것 같았다.

"좋은 아침!" 샘이 인사했다. "커피?"

"응, 사실 코피가 좀 나긴 했지만." 클렘이 환히 웃으며 말했다. "이 망할 놈의 폐렴!"

사무실에 잠깐 들르기만 할 때는 클렘이 매우 조용하고 존재감 없는 사람이라고 생각했는데, 알고 보니 아니었다. 나이 마흔 줄에 이르러 말장난과 비평과 시사 풍자에 능하다는 것을 스스로 매우 자랑스러워하는 남자였다. 자랑이 과해 허세라고 해도 무방했다.

"지하철이 또 연착했어." 클렘이 한숨을 내쉬며 말했다. "그야말로 놀랄 일이었어."

그는 웃음기가 사그라졌다고 생각하는 지점까지 잠시 말을 끊었다가 다시 이었다. "민영화는 개뿔, 내 국철을 돌려줘!"

나는 예의바르게 "허허" 소리를 냈다. 그때 클렘이 고개를 돌려 정면으로 나를 쳐다보았다. 이제야 먹잇감을 발견한 것이다.

"제이스, 내가 퍼스트 그레이트 웨스턴*을 뭐라고 부르는지 알아? 워스트 그레이트 웨스턴이야. 그리고 난, 거 뭐냐, 세컨드 그레이트 웨스턴 같은 거 타기 싫다고!"

클렘은 반응을 기대하며 나를 쳐다봤지만, 내 입에선 그저 모기 소리만한 "허허"밖에 나오지 않았다. 하지만 그걸로도 충분했다. 퍼스트 그레이트 웨스턴에 관해선 이제 다 써먹은 모양이었다. 그 다음엔 퍼스트 헤이트 웨스턴 어쩌고 하면서 아직 개발중인 듯한 농담을 끄집어냈는데, 내가 의자를 빙그르 돌려 딴 데를 봐도 별로 괘념치 않는 것 같았다.

주변엔 온통 보도 자료가 널려 있었고, 내가 직접 써보고 싶은 리뷰도 두어 건 있었다. 우선 짐 자무시의 새 영화. 나는 짐 자무시

---

* First Great Western. 민간 철도 회사로 런던 패딩턴 역에서 잉글랜드 서부와 사우스웨일스 지역으로 향하는 철도 운행을 총괄한다.

를 좋아한다. 아니 그보다, 그의 이름이 마음에 든다. 그 이름을 말하는 것만으로 영화에 대해 뭘 좀 아는 듯한 기분이 든다. "인스턴트는 질색"이라고 말하며 맥스웰하우스 커피 대신 듣도 보도 못한 콜롬비아 커피를 마시는 남자가 된 기분이다. 디너파티에서 "사실 우리집엔 텔레비전도 없어요. 그런 물건은 질색이라서요"라며 으스대는 사람이 된 기분이다.

인상적인 사람이 된 기분.

다른 사람들이 짐 자무시의 새 영화에 대해 써놓은 것을 찾아볼 수는 있다. 전반적인 반응이 어떤지 대략 감을 잡기 위해서. 처음 며칠간은 도무지 감이 잡히질 않는다.

나는 구글 창을 열고 '짐 자무시'라고 쳤다. 그러나 작은 검색창에 나타난 글자는 그게 아니었다. 내가 그 글자를 입력하지 않았던 것이다. 이렇게 쳐놨다.

알래스카 빌딩 런던.

날 보는 사람이 없는지 확인했다.

그리고 검색을 클릭했다.

"어…… 잠깐 실례?" 잠시 후 클렌이 의자를 빙 돌리며 말을 걸었다. "누구 내 컴퓨터 쓴 사람?"

나는 얼어붙었다.

"난 아닌데요." 내가 말했다.

"아니라고, 제이슨? 그럼 내 로그인 창에 왜 자네 이름이 있지? 이게 자네가 아니라면 당연히 1990년대 텔레비전 드라마 〈베벌리 힐스의 아이들〉에 나왔던 그 배우겠지. 하지만 사무실에서 그 배우를 본 적이 없으니, 나로 하여금 이건 틀림없이 자네라는 생각이

들게 하지 않겠나! 그나저나 자네가 내 컴퓨터에 로그인하지 않았는데 로그인 창에 자네 이름이 나타나다니 이거 희한한데."

알았어요, 클렘.

"아하. '로그인 창에 로그인하다'. 로그인하다, 로긴 창에. 어쨌든 로그인 창의 목적은 그거 아닌가. 로그인하는 거. 로긴 창에."

좋아요, 알았어, 알겠다고.

"내가 잘 모르는 로그인 요정이라도 있나? 꼬마 요정이 어디든 제멋대로 여기저기서 로그인하는 거야?"

알았다고요.

"내가 그랬어요, 클렘. 없는 동안 한 번 로그인했어요. 이제야 생각나네요. 제 컴퓨터가 다운되는 바람에. 딴 데서 급히 로그인해야 했거든요."

클렘은 만족스러운 표정이었다.

"나로 하여금 수수께끼가 풀렸다고 생각하게 하는군!"

클렘은 대단히 기쁜 듯했다. 말끝마다 '나로 하여금'이라는 대사를 넣는 것만으로 무슨 대단한 농담을 창안했다고 생각하는 사람 같았다.

"자, 그럼 자네가 여기서 뭘 했는지 볼까." 클렘은 모니터로 시선을 돌리며 말했다.

"네?"

"컴퓨터 히스토리를 확인해보자고. 자네가 뭘 했는지 모조리 알 수 있거든. 아동 포르노가 아니길 비네, 제이슨. 그걸 금하는 법이 생겼거든, 내 말이 맞을걸."

클렘이 낄낄거리며 이리저리 클릭을 해댔고, 따끔따끔하고 당혹스러운 열기로 내 목은 벌겋게 물들었다.

"이봐, 그냥 이메일 확인했다니까요."

"흠…… 그러니까 한번 보자고."

"클렘……"

그는 이제 이 상황을 즐기면서 스크롤을 내리고 있었다. 뭘 보고 있는지 누가 알랴. 나는 곧 죽을 만큼 초조해졌다. 클렘이 그걸 알아내면 뭐라고 변명하지? 큰 소리로 말해버리면 어떡하지? '당신을 봤어요'는 편집부 내의 농담거리였고, 피곤한 조롱과 편리한 냉소의 공간이었으며, 이 사람들 정신 상태 좀 봐! 유의 비꼼의 대상이었다. 자기들도 매 끼니 혼자 즉석식품으로 때우는 주제에 웃기는 일이었지만, 여하간 나는 말라 죽을 때까지 시달릴 것이다. 나는 전학 온 아이였고, 다들 꼬투리를 잡으려고 안달이었고, 단 한 번의 실수라도 아이들은 그것을 빌미로 별명을 지어 죽을 때까지 골려먹을 것이다.

"클렘, 좀 봐줘요, 이메일을 확인했을 뿐이라니까요. 저기요."

"이걸 건드렸구나, 제이슨. 내가 계속 봐도 될까?"

"클렘, 아무것도……"

"그건 내가 판단할 문제야, 제이슨! 이건 내 컴퓨터라고!"

그때 나의 무언가가 뚝 끊겼다. 무엇 때문인지 모르겠다. 치켜뜬 눈썹? 자기가 컴퓨터 주인입네 하고 거들먹거리는 모양? 다른 사람 인생에 참견하는 천진난만한 농담? 나는 그를 막아야 했다.

"클렘, 당신은 지금까지 내가 만난 사람들 중에 유머 감각이 제일 거지 같아. 그러니까 농담은 집어치우고 씨발 일이나 제대로 하지그래?"

클렘은 앉은 자리에서 그대로 굳었다.

알다시피, 입에서 무슨 말이 나오는지도 모르는 채 뭔가 엄청난 말을 해버리고 나면 삼사 초 정도, 원래 의도보다 훨씬 가볍게 능치며 넘어가는 방법을 고민할 수 있는 시간이 주어진다. 뭐, 나는 그런 생각을 하느라 그 삼사 초를 날려먹었지만.

"제이슨, 잠깐 얘기 좀 할까?"

조가 내 옆에 서 있었다.

나는 고개를 끄덕이고 자리에서 일어났다. 클렘은 돌아보지 않았다. 나는 그의 모니터를 봤다. 여전히 로그인 화면 그대로였다.

"하고 싶어도 못했을 거야, 제이슨. 하지도 않았고. 나도 사생활은 중요하다고 생각하는 사람이야." 클렘은 나직이 속삭였다.

샘이 면도하다가 베인 얼굴로 맛없는 머핀을 들고 들어왔다.

"자, 너와 세라와 관련된 모든 일에 대해서 대화가 좀 필요한 것 같다." 모퉁이를 돌면 나오는 스타벅스에서 조가 말했다.

"개인적인 일에 대해 직장 상사와 얘기하는 건 좀 거북한데."

조는 싱긋 웃었다. 하지만 괜찮은 구실이었다. 세라 건은 조도 아는 일이니까. 그런데도 조가 포기하지 않으려는 낌새여서 나는 간이 철렁했다.

"이해해, 네 기분이 안 좋은 것도…… 더욱이 너희 둘이 그런 일을 겪은 다음이니."

조는 가슴 아프다는 표정을 지었다.

"그리고……"

"조, 그 얘기는 하지 말자. 난 세라한테 화나지 않았어. 좀 충격을 받긴 했지만, 지금 최선의 방법은 그냥 앞으로 밀고 나가는 거야. 손꼽아 기다릴 만한 다음 기회를 찾아야지."

"이봐, 제이스. 넌 세라한테 문자를 받았어. 그로부터 오 분 후에 애먼 클렘한테 벌컥 화를 냈고."

"클렘은 머저리야."

"그래, 머저리지. 하지만 착한 머저리야." 조가 말했다. "나로 하여금 그런 생각이 들게 하네."

나는 씩 웃었다.

"오늘 저녁에 간단히 한잔할까?" 조가 물었다. "그동안 밀린 얘기도 좀 하고. 데이트 어때, 어릴 때처럼?"

"오늘 저녁엔 안 되겠는데. 보러 갈 공연이 있어서."

"누구 딴사람 시켜. 이제 너한텐 무궁무진한 권한이 있잖아."

"직접 보고 싶어서 그래. 밴드인데, 마침 사우스런던에서 공연한다길래 잠깐 들러보려고."

"'마침' 사우스런던에서 한다고? 사우스런던에는 왜?"

"그냥…… 할 일이 있어서. 아니, 보는 거지. 볼 게 있어서."

조는 의아하다는 듯 나를 쳐다보았다.

"일거양득이군." 나는 혼자 고개를 끄덕이며, 마치 그게 조의 아이디어라도 되는 양, 생각해보니 조의 말이 옳고 정말로 그편이 내게 제일 좋겠다는 듯 중얼거렸다.

조는 고개를 갸우뚱했다.

아파트였다.

버몬지에 위치한 알래스카 빌딩은 아파트였다. 사우스런던에서도 후미진 곳에 박혀 있었고, 개조된 공장의 옛 출입문 안쪽에 숨어 있었지만, 어쨌거나 아파트는 아파트였다.

어쩌면 그녀는 여기에 사는지도 모른다.

옛 물개 가죽 공장에. 어쩌면 나는 옛 물개 가죽 공장에 사는 사람에게 잘 끌리는 체질일지도 모른다. 아니면 그저 이전에 무두장이와 염색공이 득시글거리던 곳에 사는 사람들에게 끌리는 체질이든가. 벽돌로 지은 출입구에 물개 가죽 공장의 흔적이 남아 있었다. 거무스름하게 얼룩진 알래스카 물개 조각. 맞은편에는 바둑판무늬와 파란색으로 치장된 '파이널 펄롱'이라는 퍼브가 있는데, 폐업을 하고 널빤지로 문을 막아놨다. 거리에는 인적이 하나도 없었다. 공장에서도 인기척이 느껴지지 않았다.

그럼에도 불구하고. 그녀는 여기에 살지도 모른다. 혹은 이 근처에. 파이널 펄롱에서 술을 마신 것일지도 모른다.

사실 그녀가 파이널 펄롱에서 술을 마신 게 맞다면 나는 실로 엄청난 난관에 봉착한 셈이다.

나는 사진을 가지고 왔다. 내가 떠올린 대단한 아이디어는 근처의 누군가에게 물어보자는 것이었다. 최대한 자연스럽게 아무 일도 아닌 척. "이 여자 본 적 있어요?" 사람들이 늘 하는 짓이다. 고양이를 찾을 때도 그러지 않나. 게다가 내가 버몬지에서 계속 살 것도 아니고, 여기서 평판을 쌓을 일도 없다.

거리를 따라 좀더 내려가다가 어느 케밥집에서 살아 있는 사람의 유일한 흔적을 보았다. 나는 사진을 다시 들여다보았다. 이 아가씨가 케밥을 먹을 것 같지는 않았다. 점심으로 마크스 앤드 스펜서에서 샐러드를 사고 조금 아쉽다 싶으면 밀키웨이 초코바를 먹을 듯한 인상이었다. 그런 점에서 그녀가 마음에 들었다. 그녀는…… 건강해 보였다. 반짝거렸다. 하지만 그렇다고 해서 일반적으로 널리 인정된 사실, 즉 제아무리 미스터 모티베이터*라도 가끔은 케밥을 먹어줄 필요가 있다는 명제의 당위성이 폄하되지는 않는다.

"안녕하세요." 카운터 앞의 가게 주인이 마침내 돌아보자 나는 말을 꺼냈다. "저, 좀 이상하게 들리시겠지만, 혹시 이 아가씨가 여기 온 적 있나요?"

주인은 인상을 쓰면서 칠리소스를 치우고 사진을 가져갔다.

"이 아가씨? 실종?"

"실종? 아뇨, 그냥…… 제가 좀 찾는 중이에요. 연락이 끊겨서."

일회용 카메라에 대해 설명할 만한 자리가 아닌 것 같았다.

"마누라?"

"아뇨. 친구입니다."

"왜 연락이 끊겨?"

"그냥, 어쩌다보니."

"싸웠어?"

"전혀요. 그러니까, 여기 오는 사람인가요?"

"아니"라면서도 그는 여전히 사진을 들여다보았다. 그러더니……
"유리창에 붙여도 돼."

"네?"

---

* 본명은 데릭 에번스. 1990년대에 아침 TV 쇼 〈GMTV〉에서 운동 강사 및 동기부여 연설자로 활약하며 유명해졌다.

"그래. 복사해서, 유리창에 붙여. 그 아가씨가 지나갈지도 모르니까. 왜 여기 올 거라고 생각하는데? 케밥 좋아해?"

주인장은 꽤 길게 너털웃음을 터뜨렸다.

"뭐, 그 사진이 바로 저기서 찍혔고, 그래서……"

"복사해. 들어와, 봐."

"아뇨, 괜찮습니다. 아마……"

"얼른, 복사해! 들어와!"

"괜찮다고요!"

하지만 그는 사진을 꽉 잡고 있었다. 그리고 소리를 질렀다. 위층에 있는 누군가한테 내려오라고 소리치는 것이었다. 웬 남자애—열일곱 살 정도, 낡은 LA 레이커스 티셔츠를 입었다—가 쪽문으로 고개를 쏙 내밀자 주인은 오직 아버지들만이 가능한 화법으로 험악하게 몇 가지 지시를 내렸다. 아이는 사진을 받아들고 들여다보면서 문을 닫았다.

"재가 복사해. 캐논. 프린터가 복사도 하지. 캐논이야."

주인은 고개를 주억거렸고, 나는 감동했다는 듯 말했다. "캐논이군요."

이곳의 에티켓은 어떤 건지 감이 오지 않았다. 이 남자는 내게 나름의 호의를 베풀고 있다. 자신의 케밥 가게 유리창에 사진을 붙여 연락이 끊긴 옛 친구를 찾는 나를 도와주려는 것이다. 그러면 나는 케밥을 사야 하리라.

"어…… 기다리면서 케밥 하나 먹을게요, 주세요."

"칠리소스?" 주인은 대단히 기뻐하며 물었다.

몇 분쯤 지나서 쪽문이 다시 열렸고, 아이는 사진이 조잡하게 프린트된 A4 용지를 들고 나왔다. 사진 위쪽과 아래쪽에 메시지를 적을 공간을 비워놨고, 사인펜도 색깔별로 몇 개 골라서 가져왔다.

"어서." 주인장이 재촉했다. "써!"

"어…… 네."

난감했다. 아까 나는 이 아가씨가 내 친구라고 말했다. 연락이 끊긴 친구라고. 어떻게 하면 미친놈처럼 보이지 않게 말을 지어낼 수 있을까?

초록색 펜을 집었다가, 초록색으로 쓰는 사람은 사이코패스밖에 없다고 들은 기억이 나서 대신 빨간색 펜을 집었다.

나는 사진 속의 여자분이신가요? 하고 적었다. 주인장은 감자튀김이 가득 든 철망을 흔들어대며 내 모습을 쭉 지켜보고 있었다. 맞다면, 연락 주세요!

결과물을 쳐다보았다. 느낌표가 좀더 필요하다고 판단했다. 그래서 두어 개 추가했다. 그다음에 펜을 바꿔서 몇 개 더 그려넣었다. 그러고 나니 사이코패스도 아마 이랬을 거라는 생각이 들었다.

주인이 결과물에 만족하는 것 같아서 나는 맨 아래 내 전화번호를 적고 종이를 그에게 주었다.

"행운을 빌어!"라면서 주인장은 내가 주문한 케밥을 카운터 너머로 밀어주었다. "아가씨가 전화하길 빌게."

나는 고개를 끄덕이고, 포피 어필* 깡통에 일 파운드를 넣었다.

어두워진 거리로 나와서 케밥집 주인과 그 아들이 환한 가게 안

---

* Poppy Appeal. 1차세계대전 종전 기념일을 즈음하여 참전 용사들과 군 직원 및 가족을 위해 열리는 자선 모금 운동. 기부자들에게 붉은 양귀비(poppy) 종이 배지를 달아준다.

에서 그들만의 일일 드라마를 찍듯 말다툼하는 장면을 잠시 지켜 보았다. 유리창에 붙은 사진은 벌써 기름으로 얼룩졌고, 그 앞을 지나가는 한 커플은 밤에 대항해 팀을 짜기라도 한 듯 고개를 숙인 채 부둥켜안고서 사진이고 뭐고 아예 안중에 없었다.

나는 손목시계를 확인했다. 이미 늦었다.

킥스는 근처의 조촐한 곳에서 공연했다—캠버웰의 로드니 플레이스 한쪽 구석에 자리한, 밝은 초록색 외관의 '크라운 앤드 앵커'라는 퍼브였다. 자동차 유리 전문점과 이웃해 있고, 바로 맞은편은 주택가였다.

그 밴드는 분명 성취감을 느꼈을 것이다.

어쨌거나 나는 그랬다. 진심으로. 내가 벌써 우리 신문을 대표하는 정식 음악 평론가가 된 것 같았다. 내가 올 거라고 미리 연락했다고 들었는데, 과연 입장료 삼 파운드가 굳었고, 중요 인사가 된 기분이었다.

"안녕하세요, 제 이름은 제이슨 프리스틀리입니다." 내 말에 입구를 지키던 여자애가 웃음을 터뜨렸다.

난 이런 반응에 익숙하다.

"우아, 케밥 냄새가 진동하네요." 여자애가 말했다. "웃어서 죄송해요."

"아, 네…… 방금 케밥을 먹었거든요. 제 이름 때문에 웃는 줄 알았어요."

"제가 왜 남의 이름을 듣고 웃어요?"

그녀는 입꼬리로만 살짝 웃었다.

"하여간, 저는 〈런던 나우〉에서 왔습니다."

"네, 알아요. 가명일 거라고 생각했는데. 아시다시피, 신문에 나쁜 평을 쓸 때 성가신 일을 피하려고 가명을 쓰기도 하잖아요. 기자님이 쓴 리뷰 봤어요. 사는 데 불만이 많은 분 같던데요?"

그녀는 예뻤고, 이 여자애 말이다, 미소 짓고 있었다. 이십대 초반이나 됐을까. 까만 생머리의 앞머리가 눈썹까지 가지런히 내려왔다. 집에서 만든 듯한 티셔츠와 형광 파란색 레깅스를 입고 있었다. 근사했다. 갑자기 쉰 살은 먹은 기분이었다.

"그게 아니라, 그냥…… 취향이 별난 거죠." 나는 해명했다.

"뭐, 천천히 놀다 가세요." 그러면서 여자애는 팔을 뻗어 살며시 내 손을 잡았다.

순간 할말을 잃었다.

그때 여자애가 내 손바닥에 스탬프를 찍었다.

킥스는 괜찮았다. 정말 괜찮았다. 그러니까 내 말은, 전에도 설명했듯 내가 전문가는 아니지만 전문가 행세를 하라고 돈을 받고 있으니 가장 전문가다운 탈을 쓰고 말하선대, 킥스는 훌륭했다. 게다가 그들에게는 팬도 있었다. 여남은 명쯤 될까. 동네에서 늘 보던 밴드를 보려고 일부러 브라이튼에서 여기까지 왔으니, 그들의 열정에 꼬투리를 잡을 수는 없다.

밴드는—다섯 명으로 이루어졌다—다들 열아홉 살 언저리였고, 왔다갔다 폴짝거리며 마음껏 무대를 즐겼고, 노래 중간중간에 세상살이의 시들함을 조롱하는 농담도 던지며 부담 없이 느긋하게 공연을 이어갔다. 음반에서 들어봤던 곡이 한두 개 나왔고, 나는 뒷자리에 앉아 근처에서 주운 냅킨 위에 몇 가지를 메모했다.

공연장에서는 늘 어떻게 어울려야 하는지 몰라 난감했다. 늘 낯설었고 주위를 의식하면서 쭈뼛거렸다. 편하게 마음 가는 대로 내 맡길 수도 없고, 내 박자 감각도 믿을 수가 없어서 살짝 인상을 쓰고 고개를 까딱거리는 편인데, 그러면 어딘가 다른 곳, 고원에서, 다른 사람들보다 훨씬 높은 수준으로 예술을 감상하고 있다는 기분이 들었다. 종이를 한 장 들고 있으면 더욱 사기 백배했다. 뭘 쓰고 있다는 건 완전히 심취하지 않아도 됨을 뜻했다. 나는 팬으로서 온 것도 아니고, 우연히 들른 것도 아니다. 무언가를 하기 위해서, 이유가 있어서 온 거다. 종종 인생 전반에 걸쳐 그렇게 종이를 들고 다닐 수 있다면 좋겠다는 생각을 한다.

그때 그녀와 눈이 마주쳤다.

입구를 지키던 여자애가 나를 바라보며 미소를 머금고 있었다. 이 곡을 좋아하는 것 같았다. 그러다 나를 향해 좀 얄궂게 데블 혼* 을 해 보였고, 나는 고개를 끄덕이고 마주 씩 웃으며 그와 비슷한 손짓을 시도했으나 어쩐지 택시를 부르는 듯한 손 모양이 되었다. 여자애는 다시 밴드 쪽으로 고개를 돌렸고, 나는 엄숙한 얼굴로 돌아와 몇 가지 메모를 추가했다. 메모래봤자 생각나는 대로 '음악' 이니 '노래'니 하는 단어를 끼적인 것에 불과했다.

여자애가 또 나를 쳐다보고 있나 슬쩍 봤지만, 아니었다.

그때 공연이 끝났다.

나는 맥주를 마저 마시면서 좀더 어슬렁거리기로 했다. 밴드가

* devil horn. 손가락을 쫙 편 상태에서 엄지, 중지, 약지를 구부린 록 특유의 손짓.

조그만 무대에서 내려오자 여자애가 그들과 포옹하는 모습이 보였다. 멤버들은 땀에 흠뻑 젖었고, 벌써 레드스트라이프 맥주 캔을 손에 들고 있었다. 겸연쩍어진 나는 벌컥벌컥 잔을 비우고 미니 지하철 노선도를 꺼내 어떻게 집에 갈 것인가 궁리했다.

그때 여자애가 눈앞에 나타났다.

"한잔하실래요?"

새벽 한시 삼십팔분, 우리는 채링크로스 로드에 있는 피닉스라는 퍼브에 있었다.

애비—여자애의 이름이다—와 나, 킥스와 그 팬들은 이제 술에 취해 혀가 꼬였다. 하지만 기분좋은 꼬임이었다. 편안하게 알딸딸한 상태. 나는 벌써 많은 것을 알아냈다. 일단 애비는 현재 싱글이고, 밴드의 수석 프로모터 겸 총무 역할을 하고 있다. 브라이튼 대학에서 공연 및 시각예술을 공부하는 학생인데, 학교는 기대했던 것보다 재미가 없다. 그런데 사실 당신에게 별로 해줄 얘기가 없는 게, 뭐랄까, 애비가 싱글이라고 밝힌 순간 그 외의 다른 것들은 더 이상 나의 관심사가 아니었다.

"그럼 우리 음악이 괜찮다고 생각했다는 거죠?" 애비는 평소 내게 익숙한 거리보다 더 밀착해오며 말했다. 뺨에 반짝이를 뿌렸던 것 같다.

"응." 내가 말했다. "정말 괜찮아. 자, 여기 내가 쓴 걸 봐."

나는 구깃구깃해진 냅킨을 꺼내서 읽기 시작했다.

"음악. 노래. 스피커. 기타."

애비가 킬킬거리며 냅킨을 채가려 했지만, 나는 어찌어찌 사수했다.

"색다른 노래와 색다른 가사." 내가 이어서 말했다. "드럼 연주도 훌륭하고."

"킥스는 브라이튼의 브라이티스트*예요." 애비의 말이 내 머릿속에 박혔다.

우리는 한쪽의 긴 의자에 나란히 앉았고, 킥스는 이곳에 잘 어울렸다. 가죽 재킷과 흐트러진 머리칼과 로큰롤 관련 인용구가 박힌 티셔츠. 이곳 손님은 대부분 공연장 사람들이었다. 저녁 공연을 갓 마치고 나온 잘생긴 남녀들, 아직 무대화장을 지우지 않은 사람들도 있고, 분명 공연용 의상과 분장 그대로 온 사람들도 있었다. 킥스는 그들보다 더 거칠었고 더 젊은 생기를 풍겼다. 그리고 나는 킥스의 로큰롤 회계사처럼 보였다.

나는 한동안 마이키와 이야기를 나눴다. 이걸 일종의 인터뷰라고 생각하는 것 같길래 나도 진지한 질문을 던지고 온 정신을 기울여 열심히 듣는 척 장단을 맞춰야 했다. 마이키는 밴드 이름의 유래(퍼걸 샤키에 대한 오마주라는데 도무지 무슨 소린지 몰라서 알아듣는 시늉만 했다)와 차후에 하고 싶은 일에 관해 얘기했다. 나는 어느새 그들에게 조언을 하고 있었다. 문자 그대로 그 바닥에 관해 일자무식인 남자가 하는 사려 깊은 조언. 하지만 그들은 열심히 내 말을 경청하며 건배로써 내게 경의를 표했고, 나는 쿨한 새 패거리에 들어간 것 같았다.

밖으로 나와 우리는 작별 인사 대신 우스꽝스러운 하이파이브를

* brightest. 여기서는 최고 유망주라는 뜻으로 쓰였다.

나눴고, 나는 미국식으로 '맨'이라는 호칭을 평소보다 자주 사용하고 있었다.

"만나서 반가웠어, 맨. 행운을 빌어!"

"그럼 리뷰는 언제 나와요?" 난데없이 애비가 물었다.

나는 비틀거리며 택시를 잡았다. 밴드는 자기들 택시에 꾸역꾸역 올라탔다.

"며칠 안에." 내가 말했다.

그러자 애비는 나를 똑바로 쳐다보며 말했다.

"본인에 대해서 좀 얘기해주세요."

뜬금없는 요청이었다. 그런 말을 들으면 뭐라고 답할 수 있을까? 애비는 이미 내가 노스런던에 살고(다들 윤락업소인 줄 아는데 실제로는 아닌 집과 이웃한 곳에 살고 있다는 얘기는 안 했다), 〈런던 나우〉의 리뷰 담당이며(일을 시작한 지 이틀밖에 안 됐고 병가중인 사람의 대타라는 말은 안 했다), 내 이름이 제이슨 프리스틀리라는 것(자기 큰언니가 몇 년 동안 지갑에 브랜던 월시의 사진을 넣고 다녔다고 애비가 말했다)을 알고 있었다.

근데 또 뭘?

침착해, 속으로 생각했다. 넌 연장자야. 경험도 쌓였고. 점잖고 세련된 도시 남자지. 신발도 흠잡을 데 없고. 지갑도 있고. 도장 하나만 더 찍으면 코스타 카페에서 카페라테 한 잔을 무료로 마실 수도 있어.

그러나 내 입에서 나온 말은 이랬다. "여자친구가 나를 찼는데, 이젠 딴 남자와 약혼하고 그 남자의 아기를 가졌어."

잠시 침묵.

"또 최근에 카메라를 하나 주웠어."

끔찍한 침묵의 순간이 찾아왔다.

애비는 잠시 나를 빤히 쳐다봤다.

그러더니……

"어떤 카메라인데요?"

나는 웃음을 터뜨렸다. 마이키가 창문 밖으로 고개를 내밀었다.

"애비, 얼른 와!"

애비는 슬슬 돌아서더니 이렇게 말했다. "한두 주 후에 다시 올 거예요. 괜찮다면 케밥 같이 먹을래요?"

나는 그녀에게 데블 혼을 들어 보였다.

이번에는, 제대로였다.

열하나

게으름뱅이

Lazyman

일어나보니 데브가 아침을 준비하는 중이었다.

'아침을 준비하는 중'이라는 말인즉슨, 주전자에 물을 끓이고 있었다는 얘기다.

"나도 한잔 줄래?" 데브가 거실에서 소리쳤다. 이른 아침 '모던 워페어 3'의 상쾌한 사운드가 나의 발걸음을 가볍게 했다.

나는 데브에게 홍차를 건네주고 소파에 털썩 앉았다.

"도브라노츠?" 데브는 화면에서 눈도 떼지 않고 물었다.

"끝, 내, 주, 는 밤이었지."

"그래? 무슨 일이 있었는데?"

"로큰롤이라네, 친구. 로큰롤이 있었지. 밴드 공연을 보고 다 같이 퍼브에 갔어."

"우아, 그보다 더 로큰롤할 수는 없겠는데. 퍼브라니! 어떻게 하면 그런 수준에 다다를 수 있지? 넌 이제 분명 상류사회에 진입한 거야."

"킥스라는 밴드야, 데브. 그 친구들을 만났는데, 되게 쿨한 애들이야. 그 자리에서 바로 친해졌어. 애비라는 여자애도 있었는데, 나한테 홀딱 반한 것 같아."

"그 밴드의 프로모터지?"

나는 멈칫했다. 내가 멈칫하는 걸 데브가 알아챘다. 멈칫할 때 내 표정이 어떤지 나는 모르는데, 데브는 아는 것 같다. 어쩌면 나는 걸핏하면 멈칫하는지도 모른다.

"리뷰 잘 써달라는 거 아니겠냐?"

"아냐, 그게…… 우연히 공연이 끝난 다음에 같이 있게 됐는데, 그래서……"

"또 보기로 했어?"

"아마도 한두 주 후에."

"리뷰 실린 다음에?"

"현재로선 구체적으로 잡은 약속은 아니지만……"

"그래. 그런 일은 안 생겨. 애비는 잊어버려. 지금 애비가 문제가 아니잖아."

그러더니 데브는 갑자기 게임기를 팽개쳤다.

"아! 얘기한다는 걸 깜박했다! 그거 진짜 천재적이었어!"

"뭐가?"

"네가 보낸 메시지 봤어! 그 아가씨한테!"

나는 눈만 끔벅였다. 뭔 소리래?

"나도 봤다니까!" 데브가 재차 말했다.

"케밥집 말이야?"

"무슨 케밥집? 아니, 〈런던 나우〉 말이야. 굉장히 재미있었어. 아주 깜찍하더군."

"재미난 거 전혀 안 썼는데. 깜찍한 것도. 완벽히 공평무사를 기해서 썼다고. 기업 간 거래처럼. 군더더기 없이 직설적으로."

데브는 어디 이런 뻔뻔한 놈을 봤나 하는 표정으로 씩 웃고는 〈런던 나우〉 한 부를 내 가슴팍에 던졌다.

나는 38면을 펼쳐서 읽었다.

당신을 봤어요. 샬럿 스트리트에서. 당신은 택시를 타는 중이었죠. 당신 물건 중 일부를 아직도 내가 갖고 있는 것 같군요. 돌려드리고자 하니 연락 주세요.

"설마설마했다!" 데브가 말했다. "이런 걸 낼 거라곤 한마디도 안 했잖아. 하여간 아주 머리 잘 썼어. 손에 닿는 기회를 활용하라. 가서 부딪쳐라! 재미있어!"

하지만 재미있으라고 한 일은 아니었다. 스무 어절 안에서 재미를 추구하기란 힘든 일이다. '당신을 봤어요'를 빼고 실제로 스무 어절이었다. '당신을 봤어요'는 늘 앞에 붙이는 문구였고, 나의 간결한 커뮤니케이션 기술과 분별력 있는 면모를 보여주기 위해 정확히 스무 어절이 되도록 신경써서 문장을 다듬었다. 또한 그 글은 법적으로 관련 사실을 부인할 권리를 포괄하고 있다. 내 추측대로 만약 묵직한 시계를 찬 사내가 온갖 무술에 능통한 유단자일 경우, 추호도 낭만적인 뜻으로 얘기한 게 아니었다고 발뺌할 수 있는 아주 그럴듯한 핑계를 마련해놓은 것이다. 근데 스무 어절로…… 그게 되나?

나는 바보처럼 어절 수를 세기 시작했다. 데브는 계속 종알거렸다. 근데 그 아가씨가 이걸 볼 가능성이 있기나 할까. 그 아가씨도 아침을 먹으면서 이 얘기로 성가시게 구는 동거인이 있을지 몰라. 아마 런던 전역 수만 명의 사람이 이 광고를 갖고 자기 동거인을 놀려먹고 있을 거야. 어쩌면 그중 극소수는 어떤 사람이 자기를 알아봤다는 사실에 거실이나 버스나 지하철이나 기차에서 혼자 흥분하고 있을지도 몰라. 혼자만의 순간이라고 생각했던 시간을 사실은 다른 사람과 공유하고 있었다는 것을 깨닫고……

잠깐.

나는 다시 셌다. 그러고 또 세어봤다.

열아홉 어절이었다.

데브가 말했다. "내가 보기엔 뻔뻔스러운 것 같긴 한데, 그래도 가끔은 여자들이 이런 걸 좋아하잖아? 살짝 위험부담이 있긴 해도."

열아홉 어절이라고?

그제야 생각났다.

클렘이 라이터를 두고 갔다고 중간에 사무실로 돌아왔는데, 마침 나는 글 작성을 유려하게 끝내고 돌아선 후였다. 클렘이 들어올 때 이미 그의 책상에서 몇 발짝 떨어져 있었던 게 기억난다. 하루만 지나면 이렇게 눈앞에서 볼 텐데 뭐하러 다시 보나 싶어 내가 쓴 것을 확인하지 않았다.

그런데 잘못 쓴 글자가 있었다.

그로 인해 나의 분별 있는 메시지가 정말 피하고 싶은 종류의 다른 글이 되어버렸다. 나는 문장을 두고 한참을 고심했기 때문에 여태껏 내가 썼다고 생각한 문장을 읽어왔던 것이다.

실제로 신문에 실린 글은 마무리가 달랐다.

이렇게 실려 있었다.

돌려받으려면 연락 주세요.

나는 눈을 감았다가 뜬 다음 다시 읽었다.

돌려받으려면? 안 돼! 돌려드리고자 하니, 라고! 돌려드리고자 하니 연락 주세요!

돌려받으려면이라니, 그건 아니지! 무례하다고! 약 올리는 것 같잖아!

데브와 내가 그동안 비웃었던 메시지가 바로 이런 종류였다. 유머 감각도 없고. 품위도 없고. 부적절한 문신을 하고 햇볕에 시뻘겋게 탄 술주정뱅이가 펍에서 자기를 무시하려 애쓰는 정신이 말짱하고 세련된 아가씨를 어떻게든 꼬셔보려고 폐점 시간까지 최후의 발버둥을 치는 것과 다름없다. 선의로 포장하긴 했지만, 시종일관 그 안에 담긴 뜻은 아무래도 고상하다고 보기 어렵다.

그건 내가 아니었다.

이제는 확신한다. 100퍼센트 확신하건대 그 아가씨는 분명 이 메시지를 볼 것이다. 그녀는 이 메시지를 볼 것이고, 어떻게 대응할지 마음을 정한 다음 케밥집 앞을 지나가다가 그 종이도 볼 것이고, 빨갛고 노랗고 파란 느낌표로 점철된 진짜배기 사이코패스의 전단지를 보고서는 해외로 도망쳐 그 묵직한 시계를 찬 구릿빛 피부의 남자와 결혼할 것이다.

잘했어, 제이슨 프리스틀리! 안 그래도 절망적인 상황에 너답게 독특한 사고를 쳐서 더욱더 암담한 상황으로 몰고 가는구나.

나는 조용히 신문을 접었다. 그때 데브가 생각났다는 듯 말했다.

"케밥은 또 뭐야?"

사무실 앞 버스 정류장에 내릴 때 그날 아침의 네번째 전화가 울렸다. 지금까지 대화는 대체로 다음과 같이 흘러갔다.

나: 여보세요?

남자애: 네, 저예요, 당신이 찾던 이상형의 여자.

나: 넌 남자애잖아.

남자애: 아뇨, 전 케밥 가게 포스터에 있던 여자예요.

나: 아침 내내 나한테 전화 걸던 그 남자애 맞지?

남자애: 그럼 남자애를 찾는 포스터는 왜 붙였어요?

나: 야, 네 전화번호 지금 나한테 있다.

남자애: 이젠 남자애 전화번호까지 따는 거예요?

나: 끊어.

(숨죽인 채 낄낄대는 소리와 손바닥을 마주치는 소리가 들리고, 뒤에서 누가 "또 걸어봐! 또 걸어!" 한다.)

나의 탐색은, 변변치 않은 대로 그럭저럭 순항할 수도 있었는데.

나는 커피와 클렘에게 줄 미니 초코바 한 통을 들고 양처럼 순하게 사무실로 기어들어갔다. 클렘은 미니 초코바라면 환장했다. 사무실에 있다보면 그냥 알게 되는 사소한 정보다.

"이건 그냥 미니 초코바가 아닌데!" 클렘이 감사를 담아 희극적으로 눈썹을 치켜세우며 말했다. "마크스 앤드 스펜서의 미니 초코바야!"

"하하!" 좀더 큰 소리로 웃었어야 했나. "그거 좋아하는 거 같길래. 어젠 실례가 많았습니다."

"뭘 그런 걸 갖고!" 클렘이 말했다. "사람이 그럴 때도 있는 거지."

"재미있으라고 한 말에 내가 괜히 발끈해서."

"그거 진짜 재미있지 않았나?" 클렘은 친절하게 덧붙였다. "자넨 류머티즘을 앓고 있을 뿐이야. '유머 감각이 티끌만해지는 병' 말일세!"

"하하!" 나는 연거푸 웃었다. 그런 기발한 생각을 어떻게 해냈는지 당최 모르겠다는 듯.

"다음주에 클렘이 스탠드업 코미디 무대에 서기로 한 거 알아?" 조는 눈도 마주치기 싫다는 듯 모니터를 뚫어져라 바라보며 말했다.

"농담하는 거죠?" 내가 말했다.

"아니, 농담을 하게 되는 거지!" 클렘은 자신의 농담에 몹시 신나서 떠들었다. "바라건대 내가 농담을 하게 될 거라고! 이봐, 샘, 방금 들었어?"

샘은 피곤한 눈으로 돌아봤다.

"내가 스탠드업 코미디를 한다니까 제이슨이 '농담하는 거죠?' 했고, 내가 '아니, 농담을 하게 되는 거지!'라고 했어."

샘은 다시 고개를 돌렸다.

"자네 표정을 자네가 봤어야 하는데!" 클렘은 등을 돌려 제자리에 앉으며 말했다. "계속 그렇게 서 있으면 내가 망치로 박아넣어 줄 거야!"

나는 클렘에게 엄지손가락을 들어 보이고 자리에 앉았다.

클렘은 허공을 주시하며 엄지손가락과 관련된 농담을 지어내보려고 입술을 달싹였다.

나는 리뷰를 쓰기 시작했다.

'브라이튼의 브라이티스트'라고 제목을 붙였다.
상당한 노력을 기울였다.

점심시간. 포스트먼즈 파크. 가재 랩 샌드위치, 캔 콜라 그리고 잔뜩 흥분한 데브.

"네가 출근하자마자 생각났어!" 데브가 말했다.

"뭐가?"

"너. 그 아가씨. 가능성. 일을 성사시키기 위해서 필요한 모든 게 네 손안에 있어!"

나는 녀석을 빤히 쳐다보며 혹시 예시노브카 냄새가 나지 않는지 조심스럽게 살폈다. 우리는 걷기 시작했다.

"생각을 해봐." 데브가 말을 이었다. "너한테는 독자들이 있어. 그 아가씨를 찾기 위해 동원할 수 있는 독자들이지!"

"무슨 얘길 하는 거야?"

"넌 할 수 있다고. 이곳 전체를 네 마음대로 활용할 수 있어!"

"이곳이라니?"

"런던."

"좀더 구체적으로 말해서?"

"〈런던 나우〉!"

아냐, 아냐, 고맙지만 사양할게, 데브. 내가 그 생각을 안 해본 게 아니다. 신문에 특집으로 실리면 꽤 효과가 있겠지만, 지나치게 눈에 띈다. 너무 당황스럽다. 너무 애처롭고 필사적이다. 기자 나부랭이들이 쓴 그런 특집 기사를 종종 봤는데, 본인들이 스피드 데이트* 같은 데 푹 빠져서는 거기에 대해 아는 척하고 실실거리며 비꼬는 기사를 쓴다. 나는 그런 데 끼고 싶지 않다.

"그건 아닌 것 같다." 내가 말했다. "그 아가씨가 좋아할 것 같지 않아."

"네가 그걸 어떻게 알아?"

"너무 이목을 끌어. 그 사람이 현재 어떤 처지인지도 모르잖아?"

"뭐라고? 내 말은 큰 건을 하나 터뜨리라는 게 아냐. 네가 활용할 수 있는 도구가 있다는 얘기지. 그 사진들만 해도 그래. 사진에 실마리가 풍부하다는 데 동의하지? 사진의 배경, 가게, 알래스카라고 쓰인 커다란 빌딩 앞에 서 있는 근사한 자동차."

나는 버몬지에 갔던 일에 대해서는 함구했다.

"거기가 어딘지 모르니까 독자들한테 물어보는 거야. 이름하여 '런던의 숨겨진 곳'. 소정의 상품을 주고. '여기가 런던의 어디인지 알아맞힐 수 있나요?'"

나도 모르게 웃음이 나왔다. 나쁘지 않은데.

"넌 왜 그렇게 열심이야?" 내가 물었다.

"그럼 네가 방구석에 처박혀 있지 않을 테니까. 아님 이건 어때? 그 아가씨가 누군지 독자들한테 물어보는 거야. 주위에 다른 사람들도 좀 있는 사진을 골라서 신문에 실은 다음 우연히 찍은 사진인 척하고는, 임의로 그린 동그라미 안에 있는 사람한테 무작위로 선물을 준다고 하는 거야. 그 아가씨가 전화를 걸면, 게임 끝이지!"

"그 사람이 신문을 안 보면?"

---

* 미혼 남녀들이 돌아가며 잠깐씩 만남을 가지고 나서 최종적으로 마음에 드는 사람을 꼽는 미팅 방식.

"그 아가씨를 아는 사람들이 보겠지! 그럼 그 사람들이 알려주는 거야. 가령 이름이 수전이라 치면, 수전 네가 신문에 나왔어! 너 오 파운드 벌었다!"

나는 그 의견에 대해 숙고해보는 척했다. 하지만 벌써 숙고는 끝냈다. 이건 해볼 만했다. 더욱이 제법 신선하고 매력적이다. 별로 스토킹 같지도 않다. 좀더…… 창의적이다.

우리는 발걸음을 멈췄다.

데브가 말했다. "〈런던 나우〉는 단순한 〈런던 나우〉가 아냐. 그것은 바로 너의 런던! 나우!"

데브는 스스로 뿌듯한 듯 즐거워 보였다.

"슬로건으로 제안해봐."

데브의 어깨 너머로 타일이 눈에 들어왔다.

어니스트 베닝, 조판공, 향년 22세. 어느 깜깜한 저녁에 핌리코 부두에서 배가 뒤집어졌을 때 한 손에는 노를 쥐고 다른 손으로 한 여자를 붙잡아 구해주다가, 여자가 구조되는 동안 가라앉았다.

"이 순간을 써먹어야지!" 데브가 말했다.

"뭐, 가능하겠지." 조가 말했다. "그래도 좀 지방지스러운데."

"하지만 우린 지방지 맞잖아." 내가 대꾸했다. "런던도 지방 중 하나라고, 안 그래? 기사 대부분을 맨체스터에서 받지만, 그래도 일부는 우리 독자들을 위한 게 돼야지. 런더너를 위한 기사. 돈 주고 사는 퀴즈보다 낫잖아? 이미지 섭외도 내가 알아서 할게."

"어떻게?"

"사진 아카이브에서 구매하려는 건 아냐, 자, 벌써 비용이 절약

되잖아! 아, 그럴 게 아니라, 내가 직접 스냅숏을 찍어야겠다. 어쨌든 런던을 좀더 잘 알기 위해 노력하는 중이니까. 나한테도 도움이 될 거야. 여기저기 돌아다니는 게. 이것저것 구경하고. 바람도 쐴 겸."

조는 잠깐 생각해보는 것 같았다.

"한두 주 정도 내보내고 나서 독자들한테 사진을 투고받아도 되긴 하겠다."

"그렇지!" 내가 말했다. "좋아, 그럼…… 난 나가서 사진을 찾아볼게."

나쁘지 않았다. 뭔가를 제대로 하고 있는 느낌이다. 그 아가씨 사진을 한 시간씩 물끄러미 쳐다보다가 휫비나 버몬지나 어딘가로 차를 몰고 가는 것보다는 훨씬 정상적이다. 게다가 이 스냅숏들은…… 대부분 런던에서 찍은 것들이다. 또는 그런 것으로 보인다. 데브의 아이디어는 오래 지속될 만한 아이템이었다. 그저 적절한 사진을 고르고 런던에 근거지를 둔 조사원 한 부대를 부추기기만 하면 된다.

나는 책상 위에 사진을 펼쳐놓고 가만히 한 장 한 장 뒤적였다. 전혀 쓸모없는 사진도 있었다. 가령 묵직한 시계를 찬 사내가 레스토랑에서 가리비를 먹고 있는 사진. 그건 내게 아무짝에도 소용이 없다. 그러나 다른 것들은 그렇지 않다. 공원 같은 곳을 걷고 있는 그녀의 모습, 그 너머로 보이는 석조 입구 위에는 돌출 꾸밈석들이 거대한 삼각 아치를 이루고 가장자리에선 초록색 잎사귀들이 넘실거렸다. 이 석조 출입문을 확대하기만 하면 된다. 이런 게 바로 런던의 숨겨진 곳이다. 여기가 어딘지 아는 사람이 있을 것이다. 아니면 이거, 영화관 안에서 찍은 사진. 토요일 오후 영화가 상영되기 직전에 갑자기 무대에서 오르간 연주자가 〈We'll Meet Again〉* 을 연주할 것만 같은 낡은 영화관이다. 팝콘 한 봉지, 물 한 병, 하나둘 켜지는 저녁 조명. 이곳이 어디인지 궁금하다. 이날 저녁 무슨 일이 펼쳐졌을지 궁금하다. 만약에……

"가리비네?"

나는 화들짝 놀라 내 사진을 주섬주섬 챙겼다. 그녀의 사진을. 내 사진은 아니지.

"네?"

"가리비!" 클렘이 사진을 집어들며 말했다. "가리비라는 말을 세게 발음하면 좀 기분 나쁘게 들리지 않아? 근데 이 잘생긴 친구는 누구야?"

"그건……" 어떻게 설명하지? 잘생긴 남자가 가리비를 먹는 사진을 왜 갖고 있는지 어떻게 설명하지? "제 동생입니다." 거짓말을 했다.

"그래?"

망했다. 진짜로. 조. 조는 어디 있지? 조는 나한테 형이 있다는 걸 안다. 하지만 자세한 얘기는 한 적이 없다. 특이한 척, 특별한 척하고 싶고, 흔한 남자처럼 보이기 싫어서 가족사에 대해서는 거의 말하지 않았던 것 같다. 그러나 그 외의 모든 건 함께 얘기하고

---

* 2차세계대전 당시 전장으로 떠나는 군인들과 그 가족, 연인들의 심정과 공감되어 널리 사랑받은 베라 린의 1939년 히트곡.

토론하고 해부했다. 어디서 왔는지, 어디로 가고 싶은지, 우리의 미래를 어떻게 볼 것인지, 십 년 후에는 어떻게 될지. 얘기를 너무 많이 나눈 게 흠이라면 흠이었다.

나는 얼른 사무실을 흘끔거리며 조를 찾았다. 다행이다. 조는 프린터 옆에서 구시렁거리고 있었다. 하느님 감사합니다, 우리에게 싸구려 재생 잉크를 내려주셔서. 하느님 감사합니다, 십 년 후에 조를 사무기기에 돈을 아끼는 회사로 인도하셔서.

"닮은 데가 별로 없는데." 클렘이 말했다. "동생은 뭐하는데?"

"동생은…… 치과 의사예요. 교정 전문이죠."

클렘은 감명받았다는 얼굴이었다.

"개업의예요." 나는 덧붙였다. "병원은…… 원즈워스에 있죠. 릴리언이라는 여자와 결혼했는데 애완동물은 안 키워요."

멈출 수가 없었다.

"제수씨는 산업공학 엔지니어예요. 금발이죠."

그만 좀 닥치면 좋으련만.

"찰버트 스트리트." 클렘이 뜬금없이 말했다.

"뭐가요?" 내가 물었다.

클렘은 사진을 가리키며 빙긋 웃었다.

"저 레스토랑 주소."

뭐? 어떻게 안 거지?

클렘은 허리를 숙이고 잘생긴 남자가 손에 든 메뉴판을 가리켰다.

"날 어디로 데려가는 건데?" 데브가 물었다. "가리비는 또 뭐고?"

"저기." 택시가 스위스코티지를 지났을 때 내가 말했다.

우리는 세인트존스우드에서 그리 멀지 않은 프린스앨버트 로드로 향하고 있었고, 데브는 세인트니 프린스니 하는 사람들이 있었을지도 모르는 곳에 발을 디디는 일에 영 익숙지 않았다.

"널 저기로 데려가는 중이야." 마침내 택시가 멈추자 나는 고층 아파트를 가리키며 말했다.

"저 고층 건물?"

"그냥 고층 건물이 아냐. 1층에 레스토랑이 있어. 저기 있는 줄도 몰랐던 레스토랑. 클렘이 아니었으면 몰랐을 거야."

"그럼 가리비 식당이야?"

"아니. 그게 아니라, 실은 나도 잘 몰라. 아마 그럴걸. 맛집 평가하러 가는 거야. 어쨌든 그 사람들은 그렇게 알고 있어. 실제로는 정탐 좀 해보려는 거고."

"드디어 착수했구나." 데브는 그제야 이해가 간다는 듯 신이 나 내 손에서 사진을 빼앗아갔다. "근데 이 아가씨, 이 사진에서는 어째 좀 남자처럼 보인다."

"묵직한 시계남이잖아. 이 남자의 정체는 차차 알게 되겠지."

"시계남이 누군지는 나도 알아. 레스토랑에서 맞닥뜨리면 어떡하지?"

"그 남자가 여기 있을 확률은 거의 없어. 그보다는 이 가게가 우리한테 어떤 정보를 줄 수 있는지 알아보는 거야. 한번 가늠해보는 거지. 메트르디*한테 그 아가씨를 본 적 있냐고 물어볼 수도 있고."

"이야. 너 방금 '메트르디'라고 했냐. 왜, 다들 윤락업소인 줄 아

* maître d'. 수석 웨이터.

는데 실제로는 아닌 집과 이웃한 게임 가게 2층의 남는 방에 차린 네 아늑한 보금자리에 대해서도 메트르디한테 얘기하지?"

"직업의식이 높은 메트르디는 그런 데 관심 없어." 내가 말했다. "가자."

오슬로 코트는 알고 보니 복고풍 레스토랑이었다. 복고풍 실내장식. 복고풍 옷을 입은 복고풍 남자들이 복고풍을 좋아하는 사람들 사이로 복고풍 디저트 수레를 밀고 다녔다.

"이거 좀 묘한데." 데브가 프릴이 달린 분홍색 커튼을 감상하며 말했다. "묵직한 시계남이 그 아가씨를 여기 왜 데려왔을까? 꼭 임대 아파트 1층에 있는 가정집 같잖아."

"아니, 그게 아닐지도 몰라. 어쩌면……"

하지만 그 두 사람이 왜 여기 있게 된 건지 다른 이유를 추측할 수가 없었다. 요는, 절대 '데이트'가 아니라는 거다. '거래처 고객 접대'라면 모를까. 그럼 그렇게 된 건가. 어쩌면 그 아가씨는 거래처 고객일지도 모른다. 혹은 시계남이. 그래서 두 사람은 일주일 내내 같이 있기로 하고, 공원을 산책하고 술집에 가고 오슬로 코트 같은 레스토랑에 다녔다. 플라토닉한 사업을 하는 사람들은 으레 그러니까. 플라토닉하게.

"메뉴는 정하셨습니까?" 웨이터가 물었다.

"가리비요!" 데브가 말했다. "이 친구도 가리비!"

"사실, 난……"

"야아! 우린 가리비 때문에 여기 왔잖아, 안 그래?"

"그야……"

"우리가 여기 온 건 가리비 때문이라고……"

나는 앞에 놓인 가리비를 경멸하는 눈빛으로 쳐다보았고, 장담하건대 가리비도 똑같은 눈초리로 나를 쳐다보았다. 데브는 일회용 카메라를 꺼내서 가리비 입을 벌리는 시늉을 하는 내 모습을 담았다.

직업의식이 높은 맛집 평론가가 꼭 되어야 할까.

"근데 그건 했어?" 데브가 말했다. "런던의 숨겨진 곳?"

"분부대로 거행했습니다."

"어떤 사진으로?"

"이거."

나는 안주머니에서 봉투를 꺼내 점찍어둔 사진을 찾았다. 데브는 내가 하는 일을 지켜봤고, 그래서 나는 살짝 신경이 곤두섰다. 무슨 생각을 하는지 뻔하다. 녀석은 방금 이렇게 생각했다. '오호, 이젠 아예 상비하고 다니잖아?'

이 사진은 추운 날에 찍은 듯했다. 볼이 빨갛고 입김이 하얗게 서려 있다.

"공원 산책." 데브가 말했다. "내가 저명한 아티스트라면 제목을 그렇게 붙이겠어."

"이 돌로 된 출입구 보여? 거기를 확대한 사진을 썼어. 상당히 독특해 보여."

데브가 말했다. "이게 런던이 아니라면 골치 아프겠다. 만약 누가 '사실 그건 플리머스에 있는 러셀 왓슨의 집인데요'라고 하면 이 '런던의 숨겨진 곳' 꼭지에 좋은 선례가 못 될 텐데."

"이건 누구네 집이 아냐. 여긴…… 공원이야. 런던에 있는 공원. 장담할 수 있어, 날이 흐리고 비가 오잖아."

우리는 서로를 빤히 쳐다보았다.

데브는 나를 자랑스러워하는 것 같았다.

'런던의 숨겨진 곳'은 그 주의 신문에 실렸다. 지면의 몇 제곱센티미터를 사적으로 유용해 런더너들의 면전에 사진을 들이밀다니, 좀 약아빠진 짓이 아닌가 하는 생각도 들었다. 물론 다른 사람들한테는 아무것도 아닐 것이다. 외부에서 구입한 십자말풀이와 스도쿠, 촌철살인의 재미라곤 눈을 씻고 찾아봐도 없는 만화가 실린 지면에 들어간 조그만 박스.

하지만 내게는, 뭐랄까, 조그만 트로이의 목마였다. 게다가 정답자에게 주는 상금이 이십오 파운드면 나쁘지 않잖아. 그러니까 내 말은, 우리가 독자를 상대로 사기치는 건 아니라는 뜻이다. 독자는 그냥 정답만 맞히면 되는 거니까.

유일한 문제는, 당연하지만, 내가 정답을 모른다는 거다. 물론 사람들은 정답이 있다고 생각할 것이다. 사실 그 점이 이런 종류의 퀴즈가 갖춰야 할 최소 요건이다. 맞는 답이 실제로 존재할 것.

그래도, 괜찮을 것 같았다. 분명 의견이 일치되는 지점이 있을 것이다. 어쩌면 지금쯤 〈런던 나우〉 독자들 예순 명 혹은 일흔 명쯤이 제 나름대로 정답이라고 확신하는 답을 이메일로 보냈을지도 모른다.

나는 사무실에서 컴퓨터에 로그인했다.

메일은 하나도 안 들어온 모양이다.

뭐, 오전 일곱시 삼십분밖에 안 됐으니까. 오늘은 출근이 좀 일렀다. 나는 새로고침을 세 번 정도 한 다음 커피를 내린다.

정오까지 세 통의 추측 메일이 도착했다.

나는 차 한 잔으로 혼자 축배를 들었다. 방금 내가 〈런던 나우〉 역사상 가장 성공과 거리가 먼 꼭지를 성공리에 안착시킨 것이다.

그 얘기를 조한테 했더니 조는 깔깔거리면서 다음에는 빅벤 사진을 쓰라고 했다. 하지만 다음에 쓸 사진은 이미 정해져 있었다. 그 영화관. 벨벳과 팝콘과 어두운 보라색 조명이 있는 오래되고 허름한 영화관.

"정답자가 있긴 해?" 조의 질문에 나는 긍정으로 시작해서 부정으로 끝나는 표정을 지었다. 실은 아직 조사에 착수하지 않았던 것이다.

나는 다시 추측성 답들을 쳐다봤고, 이중에 정답이 있을까 궁금했다.

나가서 알아봐야 할 것 같다.

한여름의 런던은 그 무엇에도 견줄 수 없다. 태양 속에 숨어 있다 나온 것 같다. 뭘 보든 누굴 보든 알 수 있다. 당장 평온함이 도시를 부드럽게 감싸안고 점심시간이 느긋해진다.

그리니치에 사는 렌 씨가 '런던의 숨겨진 곳'에 보낸 첫번째 답을 조사하느라 다녀온 소호 스퀘어에서 나는 때 이른 여름을 만났다(미안합니다만, 렌 씨, 완전히 헛짚으셨습니다). 올해 들어 처음 맞는 진짜배기 햇살에 직장인들도 노숙인들도 제각기 저마다의 활동에서 손을 놓은 듯 한결같이 기분좋게 햇볕을 쬐면서, 어느 그룹으로 뭉쳤느냐에 따라 플라스틱 샌드위치 포장을 벗기고 새빨간 스무디 뚜껑을 열거나 쓰레기통 주위를 배회하며 담배꽁초를 그러모아 바스러뜨려서 새로 말거나 했다. 길 아래 미용 전문학교에서 쏟아져나온 아가씨들 한 무리가 머리부터 발끝까지 새하얀 차림으로, 혹시나 파마 수업에 들어가기 전에 로제 와인을 큰 잔으로 걸칠 수 있지 않을까 하며 모퉁이의 퍼브를 흘끔거렸다.

그리고 나무들. 전에는 소호 스퀘어에서 이런 나무들을 본 적이 없다. 새로 심었나? 원래 여기 있었나? 폭염이 시작되면 시의회에서 울창하게 늘어진 키 큰 아름드리나무들을 실어다놓는 걸지도. 아니면 그늘이 필요해질 때만 나무의 존재를 깨닫게 되는 건가.

나는 지금 하이게이트 공동묘지에 와 있다. 여긴 어릴 때 여자친구를 만나러 한두 번 와본 게 다인데, 그애는 밤마다 이 지역을 배회한다는 흡혈귀와 시체 먹는 귀신에 대해서 얘기해주곤 했다. 18세기 초에 어떤 귀족이 관에 실려 영국으로 들어와 하이게이트 묘지에 묻혔는데, 악마 숭배자들이 그를 다시 소환하는 바람에 언데드들의 뱀파이어 왕이 되었다나. 자신의 진정한 소명을 너무 늦게 발견한 사람들의 얘기는 어쩐지 안타깝다. 동네에 갑자기 출몰하는 뱀파이어 왕을 처치하는 적절한 방법은 그를 다시 파내서 심장에 말뚝을 박고 머리를 베어내고 시체를 불태우는 거라고 많은 사람들이 얘기했지만, 다른 이들이 지적했듯 당시 그것은 불법이었고 교양 없는 짓이었다. 이런 종류의 얘기를 들으면 나는 영국에 대한 따스한 애정이 샘솟는다. 뱀파이어 왕이 자꾸 늘어나 마을이 점령당한다 해도, 교양 없는 짓은 할 수 없다.

나는 공동묘지 입구를 지나 지도를 살폈다. 윌드스톤에 사는 샘 씨는 정답이 확실하다고 꽤나 단호히 주장했다. 한 커플이 킥킥거리다가 묘지 안을 헤매는 나를 보고선 웃음기를 거두더니 둘이서 손을 꼭 잡고 땅바닥만 쳐다보면서 내 옆을 지나쳤다.

하이게이트 공동묘지는 으스스했다. 순간 저 커플이 나랑 같은 방향으로 갔으면 하는 생각이 들었다. 나무들이 해를 가렸고, 오후 햇살이 비치는 묘와 카타콤과 납골당은 어쩐지 신경에 거슬렸다. 마치 다가오는 밤을 기다리는 것 같았다. 무덤 사이를 요리조리 지나가는 너를 지금은 일단 봐준다만 곧 두고 보자, 라고 벼르는 듯했다. 동쪽 묘역은 나도 좋아했다. 떡갈나무 그늘과 세월에 씻긴 오솔길들과 예쁘장한 공터가 마음에 들었다. 내가 달가워하지 않는 건 서쪽 묘역이다. 이곳은 담쟁이덩굴에 장악됐다. 덩굴은 손닿는 곳은 어디건 손을 뻗어 무덤의 목을 조르고, 고딕풍 기념비를 덮어 감추고, 석상을 한쪽 맨손 혹은 두 눈만 빠끔 놔둔 채 칭칭 휘감아버렸다. 마치 햇빛을 갈구하듯, 주위를 온통 둘러싼 죽음과 사투를 벌이듯.

나는 성큼성큼 빠른 걸음으로 조그만 언덕을 내려갔다. 잘못 박혀 위태위태한 못처럼 사방에서 금방이라도 무너질 듯한 무덤을 지나서, 윌드스톤에 사는 샘 씨가 득의양양하게 말했던 곳으로 향했다.

윌드스톤에 사는 샘 씨는 득의양양할 만했다.

거기 있었다. 희한하게 생긴 아치형 입구, 가장자리에 넘실거리는 잎사귀들. 그 아가씨가 서 있던 장소였다. 활기찬 모습으로 반짝거리며 행복하게 카메라를 향해 활짝 웃고 있던 그녀가, 지금은,

나를 향해 웃고 있다.

이집션 애비뉴로 들어가는 입구였다.

나는 잠시 그 자리에 서서 풍경을 두 눈에 담았다.

"그래서 어떻게 했어?" 나중에 데브가 물었다. "주변 사람들한테 물어봤어? 전단지 붙였어?"

"전단지 캠페인은 썩 좋은 생각이 아닌 것 같아." 나는 홍차를 저으면서 그날 오후에 버몬지에 사는 십대 녀석들한테 받은 문자 두 통을 떠올렸다. "주변 사람들한테 묻지도 않았어. 누구한테 물어봐야 할지 알 수가 없어서. 뭘 물어야 하는지도 모르겠고."

"그래서 그냥 거기 서 있다 왔단 말이야?"

"사진을 찍었어." 나는 일회용 카메라를 꺼내놓으며 말했다. "나한테 생각이 있어."

"오, 뭐, 그것도 분명 쓸모가 있겠지. 무슨 생각인데?"

"그 아가씨가 하이게이트 공동묘지에서 뭘 하고 있었을까 생각해봤어. 왜 사진을 찍었을까. 하루는 가죽 공장 앞에 있더니, 다음 날은 레스토랑에서 가리비를 먹고, 세번째 날에는 고딕풍 공동묘지라니! 그야말로 제멋대로잖아."

"제멋대로일 리는 없어. 무슨 연결 고리가 있어야 해. 그건 일회용 카메라라고. 하나하나가 다 의미로 연결되어 있어, 분명."

"못 믿겠는데. 모두가 다 연결되어 있는 건 아냐!"

데브는 양손을 들어올리고 '내가 저번에 이미 다 설명했잖아'라는 표정을 지었다.

"저, 사진들은, 연결되어, 있다고. 만약 이게 비디오게임이라면,

넌 지금 가령 6단계 '묘지'에 와 있는 셈이고, 영문 모를 일들이 차츰 풀려가기 시작하는 거야. 숲에서 노교수를 만났더라도 그가 너에게 힌트를 줬을 거야."

데브는 나를 물끄러미 쳐다봤다.

"너 혹시……"

"아니, 숲에서 힌트를 줄 노교수는 못 만났어. 뱀파이어 왕하고 킥킥거리는 커플만 봤지."

데브는 묘한 눈길로 나를 쳐다보았다.

"들어봐." 내가 말했다. "가끔씩 삶은 그냥 삶일 뿐이야. 어떤 일이 일어나고, 또다른 일이 생기고, 그 두 가지 사건을 연결하는 중간 고리가 없을 때도 비일비재해. 그 아가씨는 레스토랑에 갔고, 묘지에 갔고……"

"묘지의 특정 장소지."

"……그래 우리가 아는 건 그뿐이지."

나는 데브에게, 머릿속에서 무슨 일이 벌어지고 있든 그냥 그 안에서만 생각하고 밖으로 꺼내지 말라는 마지막 말을 기어이 내뱉고 말았다. 효과가 있는 것 같았다.

"콜라치 좀 먹을래?" 데브는 한숨을 내쉬며 물었다.

"그게 뭔데? 맥주?"

"치즈야."

"고맙지만 사양할래."

한 시간 후 휴대폰 문자 수신음이 울렸다. 나는 놀라서 눈을 껌벅거리다가, 거실로 가지고 나가 데브에게 보라고 내밀었다.

"개코원숭이가 나무에서 떨어지는 것은 이상한 일이다"

_ 짐바브웨 쇼나 부족의 속담

개코원숭이 운운하는 이 말이 무슨 뜻인지는 잘 몰라요. 다른 것들하고 같이 인터넷에서 퍼왔는데, 포스트에 제목을 붙여서 여기 오시는 여덟 분의 관심을 잃지 않으려는 저 나름의 어설픈 시도인 거죠.

그렇다고 요즘 내 일상이 나무에서 떨어진 원숭이와 무슨 관련이 있는 건 아니에요. 만약 내가 원숭이를 봤는데 그게 나무에서 떨어졌다면 지금쯤 틀림없이 여러분에게 벌써 다 말했을 테니까요. 트위터에도 곧장 썼을 거예요. 방금 나무에서 떨어진 원숭이를 봤다고. 굉장히 신기했다고. 하여간, 대신 딴 얘기를 하죠. 오늘은 혹시나 그동안 그 사람이 연락하지 않았을까 하는 생각이 들었어요. 다 망가지고 끝장났을 때 휴대폰 번호를 바꿨거든요. 결과적으로는 더 좋은 요금제로 바꾸게 됐으니, 모든 일에는 일장일단이 있는 거겠죠.

이해가 되지 않는 건, 결국 일이 이렇게 되리라는 걸 내가 처음부터 알고 있었다는 거예요. 도대체 난 뭘 기대했던 걸까요? 그가 전혀 다르게 나와주기를? 아니면 늘 하던 대로 해주기를? 원숭이가 나무에 있는 건 하나도 이상하지 않을 거예요. 뻔하고 예측 가능한 일이니까.

이제야 머리가 제법 돌아가는 것 같아요.

요즘 이 블로그에 들어오는 분은 총 여덟 명이에요. 여덟 명이라니! 우리가 길에서 서로 지나친 적이 있을까요? 여러분이 나를 보면 알아볼까요? 우리 아버지는 사람은 한 번 스치기만 해도 서로를 알아볼 수 있다고 곧잘 말씀하셨거든요.

이 도시에는 800만 명의 낯선 이들이 살고, 나는 오늘 그들 중 몇몇에게 방긋 웃는 얼굴을 보여줄 거예요. 그중에 나를 찾는 사람이 있을지도 모르니까.

나를 찾는 사람이 아무도 없다면, 정말 난감한 일이 되겠지만요.

ㅅㄴ.

열둘

나를 그녀와 단둘이 내버려두지 마

Don't Leave Me Alone With Her

나 원, 이것참 난감했다.

애비의 문자에 어디서 만나자고 답해야 할지 알 수가 없었다. 마음의 준비가 안 된 상태였다. 애비가 연락을 할 리 없었다. 데브는 그렇게 확신했다. 모든 게 리뷰를 위한 거라고 했고, 나도 마지못해, 대낮에 맨정신으로 생각해보고는 승복했다. 데브 말이 맞다, 십중팔구 그럴 거다. 애비는 나보다 한참 어렸고, 훨씬 쿨했다. 그런데 애비가 문자를 보내서, 킥스에 대해서는 한마디도 없이, 주말에 친구 생일 파티가 있어 런던에 올 건데 간단히 뭘 좀 먹거나 할 생각이 있느냐고 물어온 것이다.

나는 얼른 답장을 보냈다. 애비의 제안이 창문턱의 먼지처럼 한 순간 머물다 바람결에 획 날아올라 어디론가 사라질 것만 같았다.

샬럿 스트리트는 어때?

그렇다, 내게는 샬럿 스트리트를 좋아할 만한 이유가 있었다. 샬럿 스트리트라면 괜찮은 인상을 줄 거라고 판단한 것이기도 했다. 여러모로 융통성 있는 장소였다. 샬럿 스트리트에서는 어느 쪽이든 가능하다. 감동을 안겨줄 수 있다. 상대의 취향에 따라 샬럿 스트리트 호텔 바에서 두 자릿수 파운드짜리 칵테일을 살 수도 있고, 그런 걸 안 좋아하는 사람이라면 뒤편의 작은 술집에서 파이를 사도 된다. 어쨌든 시작은 그 중간 어딘가에서 하고, 대충 상황을 파악하고 난 후에는 어느 쪽으로 갈지 결정해야 한다. 그래서 칵테일과 파이의 중간쯤이 필요하다.

그 가운데쯤 적당한 곳.

"어서 오세요, 아브리치입니다!" 안내 데스크의 여직원이 외쳤다. "천상의 맛, 피자의 천국에 오신 걸 환영합니다!"

나는 약간 일찍 도착해서 이 정신 사나운 환영사를 듣는 둥 마는 둥 했지만, 그 와중에도 이 인사말이 왠지 무척 낯익고 친숙하게 들렸다. 어디서 들었더라?

"예약하셨습니까?" 여직원이 물었다.

"아, 네. 두 사람요. 이름은 프리스틀리입니다."

여직원은 목록을 훑어보다가 멈칫했고, 그 순간 그녀의 안구 뒤편에서 뭔가 폭발하는 것 같았다. 그녀의 시선이 내 쪽으로 휙 꽂혔다.

"제이슨 프리스틀리 님?"

"방문해주셔서 몹시 기쁠 따름입니다." 말랐지만 강단 있어 보이는 지노 점장은 체구에 비해 너무 큰 시계를 차고 있었다. "진심으로, 다시 와주셔서 반갑습니다. 잘 오셨습니다."

지노 점장은 한 손을 내 어깨에 얹은 채 다른 손으로 악수하려고 부단히 노력했다.

"천만의 말씀입니다." 나는 똑바로 앞만 보며 말했다.

"부디 편하게 식사를 즐기시고, 프리스틀리 씨를 위해서 저희가 특별히 마련한 메뉴도 준비하도록 하겠습니다."

"좋지요……" 나는 그에게서 벗어나고 싶어 이렇게 말했고, 효과가 있었다. 점장이 가버렸으므로.

악몽이었다.

'천상의 맛, 피자의 천국'은, 당연히, 죄책감에서 벗어나려고 일필휘지로 써내려간 리뷰에 있던 아브리치에 대한 나의 공식 논평이었다. 그런데 이 사람들이 내 말을 아주 진지하게 받아들인 모양이다. 정말로 진지하고 심각하게 받아들였다. '천상의 맛, 피자의 천국'은 이제 아브리치의 공식 슬로건인 듯했다. 냅킨에도 박혀 있고 메뉴판에도 인쇄되어 있었다. 전 직원의 셔츠에도 빠짐없이 새겨져 있었다.

그게 끝이 아니었다. 그 문구 밑에는 어김없이 내 이름이 등장했다.

제이슨 프리스틀리—〈런던 나우〉!

이 사람들은 나의 마법 같은 언어에 무척이나 신나서 잔뜩 고양된 나머지 심지어 느낌표까지 덧붙인 것이다.

거듭 말하거니와, 이것은 악몽이다.

애비—형광 파란색 아이라이너를 칠하고 다 찢어진 데이비드 보위 티셔츠에 스키니 진을 입은—가 들어오면, 내 이름이 새겨진

셔츠를 입고 내 이름이 인쇄된 메뉴판을 나르는 수십 명의 사람들에게 둘러싸인 나, 제이슨 프리스틀리를 목격할 것이다. 어느 피자를 고르든 천상의 맛을 보장한다는 메뉴판에서, 페이지마다 인쇄된 내 이름을 보게 될 것이다. 애비는 풍선과 메모지와 야구모자를 쓴 여자를 보게 될 것이고, 그 모든 것들이 오늘 저녁 런던에서 가장 평범한 레스토랑—사실 문구는 그래야 했다—에서 인생 최고의 저녁을 경험하게 되리라고 주장했다.

설상가상, 분명 내가 이 상황을 자랑스러워하는 것처럼 보일 터였다. 모든 게 착각이라거나 희한한 우연의 일치라고 둘러댈 수가 없었다. '사실 난 여기 별로 안 좋아해'라고 말할 수가 없기 때문이다. 나는 명백히 아브리치의 열렬한 팬이다. 그 사실을 부정했다간 언론인으로서 나의 신뢰성에 금이 갈 뿐만 아니라, 애초에 그렇게 맛없는 데라면 약속 장소를 왜 여기로 정했는지 의아해할 것이다. "네가 파이를 좋아할지 칵테일을 좋아할지 몰라서 절충안으로 피자를 던져주면 되겠다고 생각한 거야"라고 말할 수 없는 것과 마찬가지다.

그래서 나는 그대로 앉아 애비가 오길 기다릴 수밖에 없었고, 부디 애비가 눈치채지 못하길 빌어야 하는 처지가 된 것이다. 어쩌면 알아차리지 못할 수도 있다. 가능한 얘기다.

가능한 얘기…… 일까?

절대 그럴 리가 없지.

"흠, 특이하네요." 애비는 자리에 앉으며 바깥에서 받아온 전단지를 테이블 위에 올려놓았다. 전단지의 맨 위에 내 이름이 18포인트 크기의 팔라티노 서체로 조르르 박혀 있었다.

불과 일주일 전에 안면을 튼 두 사람이 피자의 천국에서 만나 천상의 맛을 함께 나눌 수도 있는 거죠, 라고 애비가 말해줄지 모른다고 기대했지만, 그런 일은 일어나지 않았다. 애비는 손가락으로 서빙 직원을 가리켰다. 그는 제이슨 프리스틀리 티셔츠와 야구모자를 세트로 갖춰 입고 있었다. 애비의 표정이 심각해졌다.

나는 "별로 흔치 않은 상황이긴 하지만"이라고 운을 뗀 다음 다급하게 덧붙였다. "너한테 잘 보이려고 여기로 데려온 건 아냐. 잘 보이려는 의도는 전혀 없어."

"뭐, 알려주셔서 고맙네요."

"아니 내 말은, 내가 너한테 잘 보이고 싶었다고 해도 이런 식으로는 아니라는 거지."

"온 사방에 기자님 이름이 있어요." 애비는 메뉴판을 들여다보며 말했다.

"그래, 나도 알아."

"이거 봐요. 다른 문구도 인용해서 관련 메뉴 밑에 적어놨어요. 마르게리타 피자는 '큰 기쁨'이래요."

나는 메뉴판을 집어들고 들여다보았다.

"'큰 기쁨'이어야 한다는 거겠지." 고개를 절레절레 저으며 말했다. "좀 이상하게 들리겠지만, 나 피자 별로 안 좋아하거든. 저기, 딴 데 갈래? 칵테일이나 파이는 어때?"

애비는 콧잔등을 잔뜩 찡그려 보였다. 나한테 콧잔등을 찡그려 보이는 사람은 별로 없는데.

"안녕하세요, 선생님. 안녕하십니까, 부인!"

지노 점장이었다. 그가 돌아왔다. 게다가 선물도 가져왔다. "감사의 표시입니다!" 자랑스러움과 선의를 가득 담은 말이었다.

거대한 유리컵 두 개에 새우와 상추를 가득 넣고 밝은 핑크색 소스를 잔뜩 뿌린 다음, 제이슨 프리스틀리의 인용구가 깨알같이 적힌 조그만 깃발을 빙 둘러 꽂았다.

어째서? 어째서 나는 저 문구에 별다른 노력을 기울이지 않았을까? 헤밍웨이의 문장은 인용되는 게 수백 개가 넘어도 하나같이 훌륭하다. 오스카 와일드는 근사한 문구를 포도씨 뱉듯 픽픽 뱉는다. 내가 죽을 때 사람들이 나에 대해 기억하는 게 이 문구뿐이라면 어떡하지? 이것이 나의 유일한 유산이라면?

"아, 고맙습니다……"라고 내가 말문을 열며 고개를 들자, 어서 더 말하라며 재촉하는 점장의 표정이 보였다. 그는 뭔가 근사한 문구를, 전단지에 인쇄하거나 비행기 꼬리에 붙여 런던 중심가를 날아다니도록 할 만한 문구를 기대하고 있었다. "커다란 유리컵에 담긴 새우가 귀엽네요."

점장은 애매한 미소를 지으며 그 문장을 머릿속에서 굴렸다. 아무리 굴려봐도 '커다란 유리컵에 담긴 귀여운 새우'는 다음번 마케팅에 대대적으로 써먹기에는 무리라는 걸 알겠지. 점장은 좀처럼 새우에서 눈길을 떼지 못한 채 새우가 계속 완벽한 자태로 잘 있는지 확인하면서 물러갔다. 우리는 그가 사라질 때까지 기다렸다.

애비가 입을 열었다. "파이로 하죠."

우리는 피시 패시지 건너편 술집으로 왔고, 나는 애비가 칵테일파가 아니라 파이파라서 내심 기뻤다. 당신이 내게 파이파 여자를 소개해주면, 나는 당신에게 인생이 무엇인지 아는 여자를 보여주겠다. 반면에 칵테일파 여자를 소개해준다면, 나는 그녀의 구두를 칭찬하겠다. 내가 아는 한 칵테일파 여자들은 구두에 대한 칭찬을 듣지 못하면 매우 까다로워진다.

"자, 이곳에 대한 공식 판결은 뭐예요?" 애비는 포크를 손에 들고 퍼브를 둘러보며 말했다. "이제 누가 제이슨 프리스틀리 전신 쫄쫄이를 입고 나와서 아주아주 저렴한 양질의 파이에 관한 제이슨 프리스틀리 송을 부르나요?"

나는 멋쩍어서 껄껄 웃었다.

"이 사람들한테는 어떤 평을 했어요?" 애비가 물었다.

"맹세코 난 아브리치가 제이슨 프리스틀리 캠페인을 저렇게 공들여 펼칠 거라곤 꿈에도 생각지 못했어. 만약 알았더라면, 런던의 피자 가게가 모조리 망했다 해도 절대 거기로는 데려가지 않았을 거야."

"아무렴." 애비가 말했다. "물론 그렇겠죠."

그러곤 그녀는 싱긋 웃었다.

애비가 내게 연락을 해왔다는 사실만으로 기분이 좋았다. 그것도 난데없이 별안간. 애비가 나와 데이트를 하고 싶어하다니, 우쭐한 기분이었다. 킥스나 앨범 리뷰에 관해 한마디도 없었다는 점 또한 기뻤다. 누굴 만나서 상대의 저의가 뭘까 고민하지 않아도 된다는 게 상쾌했다. 그래, 그래서 지금, 대낮의 냉정한 햇살 아래, 우리의 차이는 더욱 확연히 드러났다. 그녀는 젊고 쿨하고 예뻤고, 나는 평범한 레스토랑의 예쁘지 않은 야구모자에 이름을 빌려준 남자였다. 하지만 이것은 서로 호감을 품은 두 사람의 계산 없는 순수한 만남이었다.

"한 가지 부탁드리고 싶은 게 있어서요."

방금 내가 말한 거 머릿속에서 싹 다 지워버리기 바란다.

"말해봐." 암, 당연히 그러시겠지, 지금 이게 나를 좋아하는 누군가와의 단순한 데이트라고 생각해본 적 단 한 번도 없어, 라는 것을 보여주려고 나는 힘차게 머리를 끄덕이며 말했다.

"어휴, 젠장, 이러려고 만나자던 건 아닌데." 애비가 말했다. "청탁을 하려고 만나자고 했던 건 아니라고요. 그렇게 생각했어요?"

"아니, 난 그러니까, 네가 다시 연락할 거라곤 전혀 생각지 못했어, 정말로. 혹시 연락이 오더라도 리뷰가 나온 다음일 거라고 생각했고."

애비는 매우 진지한 눈빛으로 나를 응시했다.

"기자님, 난 리뷰 때문에 당신 꽁무니를 쫓아다니진 않아요. 일단 당신을 쫓아다닌다는 말부터 틀리고요."

애비는 마지막 남은 파이 한입을 먹어치웠고, 나는 실망한 기색을 보이지 않으려 애썼다.

"상처받으신 것 같네."

"상처받은 거 아냐." 너무 급하게 대꾸했다. 그녀가 무슨 의미로 그렇게 말했는지 생각해볼 새도 없이 말이 먼저 나와버렸다.

"분명히 상처받았어. 지난번에 내가 기자님 본인에 관해 뭔가 얘기해달라고 했을 때, 기자님 첫마디가 뭐였는지 기억나요?"

"카메라였던가?"

애비는 빙그레 미소 짓더니 의자 등받이에 편히 기대어 앉았다. 틈이 입을 벌렸다—어색한 틈, 애비 쪽에서는 별로 서둘러 채울 생각도 없어 보이는, 하품과 함께하는 잠깐의 침묵.

"알았어." 내가 말했다. "그래, 좀 상처받은 상태야."

"내가 '본인 얘기 좀 해주세요'라고 말하면, 대부분의 남자들은 나한테 잘 보이려고 해요. '사람 목숨을 구한 적이 있어'라거나 '동물을 좋아해'라거나 '내 생애 가장 큰 문제는 내가 이따금 너무 친절해진다는 거야' 뭐 이런 식으로요. 그런데 기자님은 본인이 얼마나 상처받았는지 알려주려고 했어요."

"뭘 부탁하려는 건데?" 나는 화제를 바꾸려고 운을 뗐다.

"제이슨……"

"자, 뭐든 말해봐. 무슨 부탁이 하고 싶은 거야?"

"애를 갖고 싶어요."

애비는 등을 기대고 앉아서 나를 빤히 쳐다보았다. 음악이 점점 더 시끄럽게 울려대는 듯했고, 점점 더 혼란의 도가니가 되어갔다.

"뭐가…… 갖고 싶다고?"

"이상하다는 건 저도 알아요. 근데 말예요, 기자님은 애가 갖고 싶어요?"

오, 끝내준다. 제정신이 아니야. 이 여자는 제정신이 아니었어.

"뭐, 나도, 언젠가는……" 나는 고개를 주억거리며 더듬더듬 말을 이었고, 이 퍼브 안의 다른 사람들도 대부분 비슷한 주제의 이야기를 나누는 양 태연하려 노력했다. "너도 알다시피, 그게…… 오늘 당장은 아니야."

"오늘일 리가 없잖아요." 애비가 말했다. "열 달은 걸린다고요. 빌어먹을 공공 의료. 그러면 언제 애를 갖고 싶어요? 딸의 경우로 범위를 좁혀보죠."

"글쎄…… 갖고 싶긴 해. 결국엔 갖고 싶겠지. 나도…… 나도 가끔은 생각해본 적 있어, 그건 부정하지 않을게, 하지만……"

나는 어깨를 으쓱하고는 양손을 저었다. 그게 더할 나위 없는 최선이었다.

"그럼 그게 당신 최종 답변인 거죠?"

지금 이 술만 다 마시면 이십 분 내에 집에 갈 수 있겠다.

"그런 것 같아, 맞아."

애비는 잠시 생각에 잠겼다. 싸늘한 순간. 그리고 이어지는 키득거림.

"기자님, 나 별로 애 갖고 싶지 않아요. 앞날이 창창한 나는 당신보다 삼백 살은 어린걸."

내 표정에 안도와 기쁨이 역력했던 게 분명하다. 애비가 깔깔 웃으며 이렇게 말했으니 말이다. "장난 좀 쳤을 뿐인데 아주 하얗게 질렸네! 당신 애를 갖고 싶은 건 아니야!"

'만세'라는 말이 들어가지 않은 대답을 찾느라 고심하는데, 애비가 맥주를 한 모금 마시더니 말했다. "그냥 기자님하고 얘기하고 싶어서 그랬어요."

나는 잠시 시간을 두고 애비의 표정을 살폈다.

아무런 이해관계도 없는 사람이 왜 이렇게 관심을 보이는 걸까? 나도 모르게 그런 생각이 들었다.

그때였다.

"제이슨." 침묵을 깨며 누가 퉁명스럽게 내 이름을 불렀다.

나는 침묵을 깨는 퉁명스러운 목소리를 좋아하지 않는다. 그런 목소리가 좋은 소식을 가져오는 경우는 거의 없다. 고개를 들었다.

애나였다.

애나? 애나가 어떻게……?

머릿속에서 그녀의 말이 윙윙거렸다.

난 네가 너 자신에 대해 숙고하며 돌이켜볼 필요가 있다고 생각해. 술도 좀 자제하고. 그렇게 폭음하는 건 건강에 안 좋으니까, 제이슨.

나는 맥주잔을 더욱 단단히 움켜잡았다.

술로 해결되는 건 아무것도 없어. 그리고 세라와 게리는 자기들끼리 잘살게 좀 놔둬. 넌 이미 선택을 했고, 어른이라면 자신의 선택에 책임을 져야지.

"안녕, 애나." 만약 이게 만화였다면 내 목소리는 이를 덜덜 부딪치며 나왔을 것이다. 애나의 말투는 늘, 어쩐지 하면 안 되는 짓을 하다가 들킨 기분이 들게 했고, 이번에도 그랬다. 당황스러워 얼굴이 확 붉어졌다. 애나는 세라의 가장 친한 친구였다. 최소한 내가 등장하기 전까지는 그랬다. 애나는 나를 딱히 좋아하지 않았고, 이래저래 듣기로 그녀가 게리에게 보이는 호감은 나 때와는 비교도 되지 않는 듯했다. 게리, 그 꼴뚜기처넘 생긴 넘.

이제 세라 옆에 내가 없으니, 애나는 전력을 다해 세라와의 관계를 회복하고 있었다. 게리를 포함하여. 나는 늘 그들이 내 험담을 하면서 친해지는 게 아닐까 의심스러웠다. 애나는 두 번 다시 세라를 놓지 않을 것이다. 애나는 정보 수집을 즐겼다. 요컨대 가십에 능하다는 말이다. 누군가의 험담을 들으면 그것을 잘 활용해서 두고두고 우려먹을 것이다.

만약 내가 아직도 선생 노릇을 하고 있다면 다음과 같이 애나를 평가했겠지.

용모: 가는 입술, 가는 눈썹, 가는 코, 가는 몸, 얇은 피부. 주머니에는 클리넥스를 잔뜩 넣고 다닌다. 감기를 항상 달고 있고, 항상 차갑다.

화술: "난 단지 솔직하게 말하는 것뿐이야!"라는 말을 남발한다. 그게 마치 무례함에 대한 면죄부라도 되듯, 단지 솔직하게 말하는 것뿐이니 우리 모두 그녀의 훌륭하고 열린 태도에 박수갈채를 보내야 한다는 듯. 다른 사람들이 자기에게 솔직하게 대하는 것은 싫어하고, 그런 사람들에게는 더욱 가혹한 솔직함으로 응수한다.

총평: 피하라. 피하는 것만이 답이다. 뭐라고? 난 단지 솔직하게 말할 뿐이다.

"잘 지냈어?" 나는 억지웃음을 지으며 말했다. 아무 정보도 주지 않고 태연하고 과감하게 밀고 나가야만 그녀를 빨리 보낼 수 있다.

애나는 쯧쯧 하더니 애비에게 손을 뻗어 악수를 청했다. 악수를 함으로써 애비를 음미하고 관찰하고 애비의 형광 파랑 아이라이너와 찢어진 데이비드 보위 티셔츠와 그 밖에 나와 전혀 안 어울리는 모든 것을 힐끔거리는 구실로 삼았다.

"미안해요, 이 사람이 꽤 무례하죠?" 애나는 가볍게 웃으며 말했다. 하지만 그 말의 진짜 의미는 내가 낯뜨겁고 민망한 사람이라는 뜻이다. "난 애나라고 해요. 세라의 친구인데요?"

애나는 말 끄트머리에 물음표를 달았다. 안 그래도 됐는데. 그것은 물음이 아니라 사실 확인이었다. 애나는 떠보는 중이었다. 애비의 반응을 떠보고, 애비가 아는 정도로 미루어 정체를 알아내려는 심산인 것이다. 얘가 세라에 대해서 아나? 애나는 궁금했던 것이다. 이 남자가 저 여자한테 전후 사정을 다 말했나?

"스베틀라나예요." 탁한 저음의 지독한 러시아 사투리가 내 바로 왼쪽에서 튀어나왔다. 이해가 안 되는 게, 내 바로 왼쪽에는 애비가 있었고, 애비의 목소리는 탁한 저음도 아니었으며, 사투리도 안 썼다. 애비는 영국 표준 말투를 썼고, 무엇보다 스베틀라나라는 이름의 사람은 분명 여기에 없었다.

"아!" 애나는 깊은 감명을 받은 것 같았다.

"난 러시아 창녀예요."

경악한 나는 고개를 돌려 애비를 쳐다보았다.

"제이슨은 나를 자주 찾아와요. 근데 가끔은 그냥 만나서 울고만 싶어해요."

애나의 눈이 살짝 커졌다.

"오늘은 계속 울기만 하네요. 엉엉 울기와 파이 먹기. 이런 날을 나는 제이슨 프리스틀리의 밤이라고 불러요. 그냥 엉엉 울고 파이를 먹죠. '크라이파이'."

애나는 잠시 멍해 있다가 고개를 끄덕이고는 자기 신발을 보며 히죽 웃고 고개를 들었는데, 짜증이 난 것 같았다.

"그렇다면 댁과 정신연령이 비슷한 사람을 만난 것 같네요." 애나가 말했다. "그럼 저는 이만 가볼게요. 실컷 드세요, 파이."

나는 멀어져가는 애나를 바라보며, 과연 그녀가 지금 이 일을 까먹고 세라도 영영 이 일에 대해 모르는 게 가능할까 생각해보았다.

"엉엉 울기도요!" 애비가 애나의 뒤에 대고 외쳤다. "울기와 파이에요!"

나는 할말을 잃은 채 다시 애비를 쳐다보았다.

"기자님의 전 애인인 줄 알았어요." 애비는 숨죽여 키득거리며 말했다.

"그래서 내가 엉엉 울고 싶을 때 찾아가는 창부라고 말해줘야겠다고 생각했어?"

"맞아요, 맨!" 애비가 대답했다. "여자들은 그런 데 환장하거든!"

"그래?"

"다 그런 건 아니고요. 어쨌든 저 사람은 당신 타입은 아닌 것 같네요. 크랩트리 앤드 에벌린에서 쇼핑을 했던데. 라벤더향 물건을 사서 쟁이기 시작하는 순간 독거노인을 위한 패키지여행도 같이 예약하는 편이 좋거든요."

나는 싱긋 웃고는 고개를 저었다.

"자, 한잔하러 가요!" 애비가 말했다.

나는 어리둥절했다.

"지금 한잔하는 중인데."

"그럼 두잔하러 가죠!"

오늘밤 내가 애비와 데이트하고 있는 건지 아닌지 헷갈렸는데, 아마 아닌 것 같다. 왜냐하면 어느 순간 애비가 웬 청년의 입술에 육감적으로 입을 맞추며 인사를 나눴기 때문이다.

우리는 캠던의 '굿 믹서'라는 곳에서 허리가 가늘고 나긋나긋한 힙스터들에게 둘러싸였다. 그전에는 봄베이믹스 과자를 공짜로 준다고 해서 캐슬헤이븐 로드의 테이크아웃 인도 음식점에 들렀고,

홀리 암스*에도 잠깐 들어가 닉 그림쇼가 구석자리에 웅크리고 앉아 웃기는 모자를 쓴 키 큰 남자와 옥신각신하며 신나게 말다툼을 벌이는 장면을 보았다.

충동적으로 캠던에 가자고 하면 뭔가 젊고 활기차고 신나고 쿨하게 들린다. 하지만 현실적으로는, 무척 거북하고 불편하다. 안전장치가 필요하다. 바닥에 버려진 닭 뼈 부스러기를 밟고 요리조리 길을 찾으려면 밑창이 두툼한 신발이 필수다. 마라톤에서 물이 든 종이컵을 건네는 자원봉사자들처럼 일고여덟 걸음마다 만나는 약파는 사내들을 지나치려면 정중하지만 강철같이 단호한 표정이 필요하다.

"대마 어때, 친구?" 첫번째 남자가 말한다.

"대마 어때?" 두번째 남자가 말한다.

"대마?" 혹시나 내가 열두 걸음 만에 마음을 바꿔서 전격적으로 삶을 재고하고 불현듯 마약에 대한 갈망을 키웠을 경우에 대비해서 세번째 남자가 권한다.

"왜?"라고 소리치고 싶어진다. "당신 상품이 저 사람 것보다 나은 게 뭔데? 최소한의 성의라도 좀 보여야지! 그런 사업 머리 갖고 〈드래곤스 덴〉**에 나가는 건 어림도 없어!"

아까부터 피곤했는데, 겨우 열한시 사십오분이었다.

'겨우' 열한시 사십오분이라는 건, 시간 얘기가 나올 때마다 애비가 몇시건 상관없이 항상 '겨우'라는 말을 앞에 붙였기 때문이

* 연예인과 연예인 지망생이 자주 가고 관광객에게도 유명한 퍼브.

** 획기적인 사업 아이디어로 벤처 투자자들로부터 투자를 받아내는 리얼리티 TV 프로그램.

다. 심판의 날이 온다고 해도 '겨우' 심판의 날밖에 안 될 것이고, 애비는 천국의 문 앞에 도착하기 전에 마지막으로 들를 술집을 찾아내고야 말 것이다.

물론 그래서 애비가 마음에 들었다. 애비와 있으니 예전으로 돌아간 것 같았다. 심지어 세라를 만나기도 전으로. 애비처럼 밤새 마시며 놀 수 있던 시절로. 이제 몸은 받쳐주지 않았지만 나도 애비를 따라 이십대 때처럼 열심히 놀았다. 누구에게도 매이지 않은 자유분방한 싱글의 삶이었다. 이 도시가 늘 장려하는 삶의 방식이었다.

어쨌든, 애비가 키스를 한—나는 계속 혼잣말을 하는 중이다, 그건 아주 가벼운 키스였다고—청년도 밴드를 하는 애라는 걸 알게 되었고, 그제야 애비의 데이트 상대가 주로 밴드에 있는 애들일 거라는 데 생각이 미쳤다. 나는 엄청 쿨해지기로 마음먹었다. 다시 '맨'이라는 단어를 사용하기 시작했다.

"내가 함 한잔 살까, 맨?" 머릿속에서는 '한번' 대신 '함'을 쓰는 게 더 쿨했는데, 다음에 나올 말이 '한잔'이라는 걸 깜박하는 바람에 결과적으로 '함 한잔'이 되어 괜히 복잡해져버렸고, 무슨 언어장애를 앓고 있는 것처럼 들렸다.

"전 괜찮아요"라고 청년이 사양했고, 나는 괜히 짜증이 났다. 실제로 녀석은 괜찮아 보였으므로.

"금방 돌아올게요." 애비가 말했다.

나는 주위를 둘러보았고, 다시 한번 내가 나이들었다는 사실을 절감했다. 어둑어둑한 조명의 당구대 주변으로는 스키니 진과 스키니 타이와 몸에 딱 달라붙는 티셔츠와 군용 부츠와 펠트 소재 중

절모가 있었고, 다들 흐느적거리고 흔들거리고 흐물거렸다. 애비가 가고 나자 자격지심의 파도가 밀려와 나를 덮쳤다. 내가 지금 뭘 입고 있나 생각해보았다. 청바지, 이건 괜찮아, 하지만 저들이 입고 있는 바지와 달랐다. 저런 바지는 어딜 가야 살 수 있는지도 몰랐다. 지금 내가 입고 있는 셔츠는 누가 〈GQ〉에 입고 나온 것을 보고 산 거다. 그리고 컨버스 운동화. 그런데도 여기서 나는 백조 무리에 낀 까마귀처럼 눈에 띄었다. 쟤들은 몇 살이나 됐을까? 스물? 스물하나? 내가 가르쳤던 학생이 있을 수도 있다. 지금 이런 생각을 하는 애가 있을지도 모른다. 저 아저씨 우리 학교 선생 아냐? 서른 살도 한참 넘은 꼰대 선생 아냐? 여기 굿 믹서에? 우리 틈에 끼어서?

"하고 있는 밴드 이름이 뭐지?" 나는 청년에게 물었다. 그는 내 쪽을 거의 쳐다보지 않았는데, 혹시라도 나를 봤다가 내게서 늙음이 전염될까봐 그러는지도 몰랐다. 그는 웅얼거렸다. "베어피트 라이어스*요."

"이름 좋은데." 내 말에 그는 그저 고개를 끄덕이고는 어슬렁 자리를 떴다.

그때였다.

"짜잔!"

애비였다. 애비가 돌아왔다. 그런데 데이비드 보위 티셔츠를 입고 있지 않았다.

"그건 어디서 난 거야?" 나는 경악했다.

* Bearpit Liars. 베어피트는 정치인과 함께하는 질의응답 토론회를 뜻하는 속어.

"훔쳤어요."

"그 티셔츠를 훔쳤다고? 언제?"

"피자 가게에서 화장실 갔을 때. 입으면 제법 전문 직업인처럼 보일 것 같아서요."

나는 티셔츠에 박힌 문구를 다시 읽었다.

천상의 맛, 피자의 천국!—제이슨 프리스틀리, 〈런던 나우〉!

"글쎄, 아브리치에서 일하는 아르바이트생처럼 보인다는 점에서 직업인으로 보이기는 하네."

"뭐, 그 집 피자가 훌륭하다는 얘기를 들었으니까." 애비가 말했다. "어, 근데 제이는 어디 갔지?"

"제이? 제이라면 네가…… 키스한 그 남자애?"

아, 제이. 네가 이겼어. 이제 난 일어나야겠군.

"서두르지 마요." 애비가 말했다. "때가 되면 당신에게도 키스할 거예요."

아니, 좀더 머물러볼까.

애비가 말했다. "산책이나 할까요?"

누가 자정이 넘은 시각에 캠던에서 산책을 할까. 캠던이나 그 주변 지역의 역사를 들춰보면 자정이 지난 후 수문 옆을 산책하는 게 좋은 생각이라고 여긴 사람은 문자 그대로 아무도 없었다. 더욱이, 밤에 캠던 근처를 산책하는 일에 대해 내 딴에는 비교적 명확히 의견을 표명했다고 생각했는데, 아무래도 애비에게는 명확히 전달되지 않았던 모양이다. 애비는 산책하려는 뜻을 절대 굽히지 않았고, 캠던뿐 아니라 깡통으로 치장하고 양초로 불을 밝힌 주거용 보트가 즐비한 곳까지, 초조하게 깜박이는 영 못 믿을 가로등 아래를 걷는 산책을 감행하려는 듯했다.

그러나 여자애한테 때가 되면 키스하겠다는 얘기를 들은 이상, 많은 부분을 양보할 수밖에 없다. 비록 그 장소가 운하 옆이라고 해도.

우리는 약간 멀리까지 걷다가 시커먼 형체 둘을 지나쳤다. 노상강도일 거라고 확신했는데 알고 보니 조그만 개와 신경질적인 주인이었다.

"근데 어떤 거였어요?" 애비가 물었다. "기자님이 주웠다는 카메라가?" 나는 슬며시 웃음이 나왔다. 다시 카메라 얘기다. 무슨 카메라 집착증이라도 있나.

"일회용 카메라였어."

"죽이네." 애비가 말했다. "완전 구닥다리야. 그래도 일회용 카메라는 뭔가 좀 있어 보여요. 즉석 사진에 대한 추억이랄까. 가령 그런 사진에는 특별한 의미가 있잖아요. 제법 고심한 끝에 찍은 거니까. 하룻밤 놀고 나서 휴대폰이나 그런 데 남은 십억 장의 사진과는 차원이 다르죠. 그런 사진은 그냥 바탕화면에 있다 지워지는 거고. 일회용은 영원히 남아요."

"넌 내 동거인하고 만나봐야겠다. 둘이 잘 통하겠네."

"그럼 여자는요? 그 여자하고는 어떻게 된 거예요?"

나는 얼굴을 찌푸렸다.

"여자랑 관련 있는 건 어떻게 알았어?"

"그야, 여자친구가 임신했다고 하길래 대충 끼워맞춘 거죠."

"아, 그 여자. 내 전 여자친구."

"실연의 상처는 극복하셨네요."

"그건 어떻게 알아?"

"왜냐면 내가 여자 얘길 했을 때 기자님이 맨 처음 떠올린 사람이 전 여자친구가 아니니까. 두번째로 생각나는 여자가 된 거죠. 언젠가는 세번째가 될 테고, 그다음엔 아예 떠올리지도 않게 될 거예요."

나는 나뭇잎을 몇 개 걷어찼다.

"그래, 그냥…… 그런 거지. 헤어졌을 때는……"

"어쩌다가 헤어졌어요?"

우리는 벤치에 앉았고, 나는 애비에게 헤어진 이야기를 하기 시작했다. 애비는 운하를 물끄러미 쳐다보며 적당한 추임새를 넣고 적절한 질문을 했다. 나는 지금껏 당신에게 털어놓기를 피해왔던 사실 한 가지를 그녀에게 말할 준비가 되었다.

이젠 어느 정도 알 만치 아는 사이가 된 것 같다. 당신과 나 말이다. 애초에 시작이 좀 불안했고 그때 나는 투덜이에 가까웠지만, 알다시피 나는 나대로 이유가 있었고 자주 예시노브카에 절어 있었다. 그러나 이젠 제대로 시작 버튼을 누를 타이밍이고, 근사한 여자애랑 벤치에 앉아 있기도 해서, 이 글을 읽는 당신이 더이상 나를 좋아하지 않을 수도 있는 지점까지 나아가기로 한다.

내가 이야기를 털어놓자 애비는 두 눈 가득 연민을 담고 나를 쳐다보았다. 그러나 누구를 향한 연민인지는 알기 어려웠다.

열셋

누가 세상이 공평하다 그래?

Who Said The World Was Fair?

"맙소사, 제이슨, 무슨 일이야?"

어디로 가야 할지 몰라서 결국 이리로 왔다.

그녀가 말한다. "들어와, 얼른." 어둠 속에서 한참 걸려 찾은 블랙스톡 로드에 있는 아파트의 좁고 어둑어둑한 현관에서 나는 그녀를 지나쳐 안으로 들어간다.

"동거인은 어디 갔어?" 베트남 요리 1인분과 와인 한 잔, 열시 뉴스에 맞춰진 텔레비전을 보고 나는 묻는다.

"난 동거인 없는데?" 그녀가 의문문처럼 끝을 올려 말하는데, 그 어투가 어쩐지 인상적이다. 그녀는 내가 모르는 새 어른이 된 것 같다. 하지만 우린 둘 다 삼십대고, 지금쯤이면 최소한 혼자 사는 집 정도는 마련해야 맞다.

"와인 마실래?" 그녀가 내 숨결에서 술냄새를 맡을 거라는 갑작스러운 망상에 사로잡혀 나는 허리를 숙이고 그녀에게서 떨어진다. "무슨 일 있어?"

초점 없이 멍한 눈은 술 탓이거나 추위 탓이거나 눈물 탓이다. 나는 그 모든 일의 부당함과 분노와 진눈깨비 때문에 조금 몸을 떨고 있다.

"얼음처럼 차가워." 그녀가 말한다. "왜 그래?"

"엉망진창으로 무너진 것 같아." 나는 되도록 정직하게 말한다. 미소는 가짜고 눈물이 핑 돈다. 어느 모로 보나 오늘은 정직함의 날이다. "엉망진창으로 무너진 것 같고, 어떻게 해야 할지 모르겠어."

그때 모든 게 한꺼번에 쏟아져나오고, 수면 바로 아래에 걷잡을 수 없는 눈물과 폭풍 같은 흐느낌이 자리하고 있다는 걸 깨닫는다. 그녀도 분명 그것을 알고 있다. 그녀는 만지면 깨질세라 조심스럽게 나를 대하며 구운 감자나 뭐 다른 거라도 먹고 싶은지 물어본다. 그 사심 없는 작은 배려에 감격해 나는 거의 무릎을 꿇을 뻔한다.

예전으로 되돌아가고 싶다. 그 모든 일이 일어나기 전으로, 토닉 없는 진과 독주에 찌들기 전으로 돌아가고 싶다. 그러면서도 사람들이 이렇게, 그녀가 나를 대하듯 이렇게 내 응석을 받아줬으면 좋겠다. 철이 들라거나 어른이 되라거나 스스로 극복하라거나 네 인생은 알아서 해결하라고 하는 얘기는 듣고 싶지 않다.

불공평한 일이었다. 나는 그런 일을 바란 적도 없었다. 그 사건이 왜 나를 이렇게 만들었는지 알 수가 없다. 하지만 그 사건 이후로 나는 이 꼴이다. 어째서 나 혼자만 이 꼴이지?

아니, 나 혼자는 아니다, 그렇지? 왜냐면 그녀가 알아주니까. 그녀에게는 낯선 일이기 때문일지도 모르고, 날이면 날마다 씨름하지 않아도 되기 때문일지도 모르겠지만, 하여간 나는 마침내 내게 관심을 가지고 내 말에 귀기울여주는 사람과 얘기하는 기분이다. 세인트존스와 딜런과 절망에서 벗어나, 나를 위해 다른 미래를 볼 수 있는 사람과 함께.

세라, 너도 내게 관심과 애정을 기울였지. 그런데 왜 그렇게 갑자기 매정해진 거야? 누가 그 마개를 닫아버렸지? 어른이 되라느니 네 삶을 찾으라느니 하는 소리를 듣고도 야단맞는 기분이 아닌 사람이 어딨어? 당연히 내 마음을 알아주지 않는구나 하는 생각이 들지 않겠어?

나는 와인잔을 꽉 쥐고 내 몫의 와인을 콸콸 따른다. 그녀는 그저 나를 위해서 히터를 틀고, 그 친절한 배려에 나는 거듭 가슴이 아리고, 나는 다 털어놓고, 그녀는 다 이해하고, 시간은 금방 자정을 넘고, 그녀는 크리스마스 때 아버지에게 선물하려다 깜박 잊은 위스키를 찾아낸다. 그 모든 게 너무 따스하고, 너무 벅차고, 너무 넘치는데, 내 손은 있어야 할 곳보다 더 그녀의 다리 가까이에 있고, 문득 나는 그녀가 늘 아름다운 사람이었음을, 둘도 없는 친구였음을, 이 모든 게 더할 나위 없이 적절한 순간임을 깨닫는다.

나는 부엌 조리대에 기댔다가 곧바로 화들짝 놀라 몸을 바로 세웠다. 손바닥으로 파리를 눌러 죽인 줄 알았는데, 데브의 슈거 퍼프*였다.

언젠가 데브가 찾을 것이므로 싱크대 한쪽으로 밀어두었다.

길고 긴 밤이었다. 주전자 물이 끓는 소리가 나자 나는 티백을 찾으면서 간밤에 대해 좀더 생각해보았다.

이야기하기 좋은 밤이었다. 그녀는 좋은 청자였다.

또 내가 형편없는 청자였음을 깨달았는데, 그녀가 설탕을 넣는지

* 설탕을 입히고 벌꿀향을 가미한 아침식사용 시리얼.

안 넣는지 그새 까먹은 것이다.

“안 넣어요, 감사!” 그녀가 내 방에서 소리쳤고, 그로부터 오십억분의 일 초 후 데브의 방문이 휙 열리더니 사자 소리를 들은 미어캣처럼 데브가 고개를 쏙 내밀었다.

“누구야?” 데브가 입 모양으로 물었다.

“애비.” 나도 입 모양으로 대답했고, 일단 충격이 가라앉자 데브는 팬티 바람으로 살금살금 내게 다가왔다.

“이거 엄청난 소식인데.” 데브가 나직이 말했다. “잘했어.”

“아무 일도 없었어.” 내가 말했고, 데브는 그 말은 안 들었으면 좋았을걸 하는 표정을 지었다.

실제로 아무 일도 없었다. 키스도 없었다. 대부분의 남자애들이 애비의 키스를 받지 못했을 거라는 느낌이 들었다.

“아침 먹으러 가자, 네가 쏠 거지?” 데브가 말했다. “왜냐면 아침 먹으러 가면 너한테 말해줄 게 있거든.”

방에 들어가니 애비는 내 베개를 두 번 접어 등을 받치고 방바닥에서 찾은 내 티셔츠를 입은 채로 노트북을 두드리고 있었다.

“페이스북이 켜져 있던데요.” 애비는 화면을 가리키며 딱하다는 듯 말했다. “알고 싶어요?”

“뭘?” 나는 그녀의 차를 바닥에 내려놓으며 물었다.

“세라 님은……” 애비는 나더러 상태 업데이트를 마저 읽으라고 재촉했다. 나는 어깨를 으쓱했다.

“……드레스를 입어보고 있습니다.”

무슨 말을 해야 할지 몰라서 거푸 어깨를 으쓱하고 말았다.

웨딩드레스? 아님 임부용 드레스? 세라의 상태 업데이트는 내가 원치 않는 정보와 대답할 수 없는 질문을 남겼다.

왠지 어머니가 생각났다. 어머니는 우리의 이별을 매우 안타까워하셨다. 어머니는 기꺼이 세라를 도와주고 싶어했을 테고, 웨딩드레스와 임부용 드레스를 고를 때 조언을 아끼지 않았을 것이며, 당신이 다시 시어머니가 되고 할머니가 될 날을 손꼽으며 즐겁게 이런저런 계획을 세우셨을 것이다. 스티븐 형이 형수와 결혼할 때, 어머니와 예비 형수는 틈만 나면 스카이프로 통화했다. 나는 어머니가 나를 위해서도 따로 계획을 세워두었음을 알았다.

자식이 연인과 헤어지면 부모도 알게 모르게 희생자가 되는 것 같다. 한 번의 말다툼 혹은 한 번의 실수 혹은 한 번의 이기적인 행동 때문에 당신들의 행복한 미래가 취소되고, 결혼식 연설이 날아가고, 유모차를 끌고 공원에 나가 오리한테 먹이를 주거나 소풍을 즐길 기회가 사라지는 것을 지켜볼 수밖에 없으니까. 그러고 나면 부득이하게 처음으로 되돌아가, 몇 달 후에 혹은 몇 년 후에 혹은 언제가 됐든 자식이 누군가를 만나길 바라고, 다시 한번 은밀히 희망을 품고 계획을 세울 수 있기를 바란다. 부모는 자식과 한 팀이기에 그러는 동안 자식을 저버리지는 않지만, 그들이 품었던 희망은 물거품이 되고, 세 사람의 어색한 저녁식사 또는 〈빌리 엘리엇〉으로 대체되는 것이다.

"오, 제이슨." 이별 소식을 전한 날, 어머니는 수화기에 대고 서글프게 말씀하셨다. "이제 어쩌냐? 그럼 이제 어떻게 되는 거니?"

다 그 바보 같은 일 때문이었다. 그냥 바보 같은 사건이었지만, 그래도 사건은 사건이었다. 내가 좀더 소인배였다면 그 아이를 탓했을 것이다. 세인트존스의 흉악하고 어리석고 분노에 찬 아이. 당연히 인종차별주의자이고—왜 인종차별주의자가 되었는지는 모른다—세상에 대한 분노로 가득차 있지만, 본질적으로는 또 한 명의 양아치에 지나지 않은 아이. 이렇게 말하면 억울해하는 것도 같고 속물처럼 들리기도 하겠지만, 그래도 묻겠는데, 딜런이 그런 일을 저질렀는데 내가 어떻게 아무렇지도 않을 수 있겠느냔 말이다. 딜런의 일이 있었을 때, 나는 학교를 떠나야 했다. 쉽게 결정하지 않았다. 세라가 당신에게 뭐라고 말하든, 나는 성급히 결정하지 않았다. 그러나 세라는 알아주지 않았다. 나는 믿을 수가 없었다. 그토록 오랜 세월 함께한 여자친구가, 도무지 알아주지 않았던 것이다.

어느 날 딜런은 선생을 죽이겠다고 결심했다.

나도 안다—신파조로 들리겠지. 하지만 경찰 보고서에 그렇게 쓰여 있었다. 계획적인 범행은 아니었다. 선생을 죽이고 싶다고 생각한 적은 한 번도 없었는데, 어느 날 갑자기 그냥 그러기로 결심했다. 그래서 점심시간에 집에 갔다가 친구인 스펜서 그레이와 함께 학교의 안뜰이 훤히 보이는 맞은편 건물로 올라갔다. 딜런은 형의 공기총을 갖고 와서 탄환을 장전하고 정면의 가장 가까운 교실을 노렸고, 공교롭게도 그 교실에서는 내가 9학년 아이들에게 다축 방적기에 대해서 설명하고 있었다.

처음에는 그냥 섬광이 번쩍했을 뿐이다. 미세한 뭔가가 눈앞을 휙 지나갔고, 벽에 금이 살짝 갔다. 나는 계속 수업을 했는데, 또 뭔가 지나갔다. 반딧불이나 아주 작고 빠른 유성 같은 것이 윤작과 휴경지를 설명하는 포스터 앞을 지나 교실을 가로질렀다.

나는 유리창을 힐긋 보았고, 조그맣고 동그란 구멍이 눈에 띄길래 누가 장난감 총을 쐈나 하고 의아해했던 기억이 난다. 그러나 장난감 총이 유리를 뚫을 리가 없고, 만화 〈비노〉 이후로 아이들은 장난감 총을 쓰지 않았다. 설마설마했지만, 그제야 무슨 일인지 감이 오기 시작했다.

결국 경찰관 마흔 명이 등장했다. 노스런던의 어느 흐린 날 오후에 일어난 실제 상황이 아니라 마치 〈뉴스 24〉를 보고 있는 양, 아이들은 재미있어하며 유리창에 얼굴을 대고 총과 방탄복을 열심히 구경했다. 나는 용케도 침착하고 질서 있게 아이들을 모두 교실에서 내보냈다. 실제로 그 정도 크기의 공기총으로는 아무도 해칠 수 없었겠지만, 그럼에도 불구하고 딜런의 의도와 그 생각, 슬픔, 분노, 증오는 내게 영향을 끼쳤고, 그날 저녁 집에 가서 핀더스 크리스피 팬케이크에 리오하 포도주 한 병을 마시고 나자 그것들이 확 밀려들었다. 나는 울었다. 그냥 운 게 아니라 아기처럼 악을 쓰며 엉엉 울었다. 덜덜 떨면서 캑캑거리며 숨을 쉴 수 없을 때까지.

처음에는 세라도 무척 공감하며 매우 다정하게 대해주었다. 그녀는 그 주의 남은 날에 몽땅 휴가를 냈고, 나도 며칠 쉬었지만, 시간이 어떻게 흘러갔는 줄도 모르게 충격이 시간을 먹어치웠다. 나는 방어적으로 행동했고 의심이 많아지고 신경이 곤두섰다. 안전한 집안에만 있고 싶어했고, 〈컴 다인 위드 미〉나 〈와치도그〉처럼 하여간 일상을 대변하는 평범한 소리에 위로받았다. 얼마 후, 어쩌면 자연스럽게, 세라는 점점 동정심을 거두었다.

"제발 좀, 걔는 그냥 어린애일 뿐이라고." 어느 날 저녁 세라가 말했다. 그날만 해도 세번째인가 네번째인가 다섯번째로 우리는 말다툼을 벌일 기세였다. "걔는 자기가 무슨 짓을 하는지도 몰랐다고! 기껏 조그만 공기총이잖아!"

이제야 그녀의 절망을 알겠다. 그때는 몰랐다. 당시 나는 내 속에 완전히 침잠해 나밖에 몰랐고, 희생양이라는 생각에 사로잡혀 있었다. 세라는 자기 어머니가 늘 조언했던 대로 하려고 했을 뿐인지도 모른다. 기운을 내게 하려고. 하지만 그런 식으로는 기운이 나지 않는다. 그날 나는 수업을 맡고 있었다. 나는 딜런이 고른 선생이었다. 그래, 당시 그 건물 맞은편, 그 교실에 있던 선생이 나였던 것은 우연이다. 하지만 나는 바로 그 우연과 무작위성 때문에 겁에 질렸다. 그것은 세상이 내가 생각했던 것보다 훨씬 위험한 곳이라는 증거였다.

나는 화가 났다. 딜런에게 화가 났고, 세상에 화가 났고, 남자답지 못한 내게 실망한—사실이든 아니든—세라에게 화가 났다. 요는, 딜런이 총을 겨눴을 때 내 인생이 달라졌다는 것이다. 어찌 보면 딜런은 그날 확실히 선생 한 명을 죽였다고 할 수 있다. 확실히 인간관계 하나는 작살냈다.

아니.

아니다, 그건 내 탓이다.

"그러니까." 애비가 내 생각을 끊으며 끼어들었다. "그 여자를 삭제했어요."

"으응?"

"내가 그 여자를 지웠다고요. 야비한 여자예요. 당신이 이 글을 볼 수 있고 상처도 받으리라는 걸 뻔히 알면서 그런 글을 올리잖아. 그래서 기자님의 전체 소셜 네트워크에서 그 여자를 삭제해드

렸죠."

나는 애비가 농담하는 줄 알고 피식 웃었다. '소셜 네트워크'라는 말을 하면서 손가락으로 따옴표를 그렸기 때문이다. 그런데 애비는 차를 한 모금 마시고는 계속 뭔가를 클릭했다.

"저기…… 미안한데, 뭐라 그랬어?"

애비는 천진난만하게 나를 쳐다보며 어깨를 으쓱했다.

"그게 최선이에요. 내 말 믿으세요."

네 말을 믿으라고? 난 널 잘 알지도 못하는데.

"애비, 도대체 왜 그런 짓을 했어?"

슬슬 화가 나기 시작했다.

"네가 나에 대해서 뭘 안다 그래, 사실 하나도 모르잖아. 근데 내가 널 어떻게 믿어? 넌 세라를 만난 적도 없고, 지금 네가 무슨 소리를 하는지도 모르면서, 내 페이스북에 들어가서 세라를 삭제했다고? 세라가 알게 될 거야! 내가 자기를 삭제했다는 걸 보게 될 거라고!"

이 사태를 믿을 수가 없었다.

"그게 어떻게 보일지 짐작이나 해? 남의 사생활을 이렇게 망가뜨릴 수는 없는 거야. 마음대로 내 방에 들어와 내 노트북을 써서 나를 얼간이로 만들어? 이제야 겨우 관계를 회복해가는 중이었는데, 이게 뭐냐고."

나는 예의바른 사람이고, 화가 나도 정중함을 잃지 않는 남자이며, 다른 사람의 기분을 엉망으로 만들면 내 기분도 엉망이 되는 타입이지만, 지금 애비는 자신이 도를 넘었음을 알아야 할 필요가 있다. 두어 번 좋은 만남을 가졌다고 해서 내 사생활에 참견할 수 있다는 거야? 참견해도 된다고 생각하는 거야 뭐야? 빌어먹을.

"애비, 넌 알 필요가 있어……"

"제이슨, 당신한테 이건 필요 없어요."

나는 말문이 막혔다. 애비가 나를 빤히 쳐다보았다.

당신한테 이건 필요 없어요. 참 하기 쉬운 말이다. 남이니까.

"놔버려요. 엉망진창이 돼버렸지만, 지금 놔버리지 않으면 두 번 다시 아무것도 제대로 할 수 없게 돼요. 당신도 나름대로 괜찮은 결혼 상대지만, 하자가 있는 상품이죠. 하지만 자신이 그거 하나로 규정되게 놔둘 순 없잖아. '세라 님이 결혼했습니다. 세라 님이 즐겁게 잘살고 있습니다. 세라 님은 이제 더이상 당신이 필요하지 않습니다.' 이렇게 끊임없이 되새겨주는 것 따위 내다버려요. 이딴 거 봐서 뭐하게. 그냥 다시 처음으로 돌아가서, 재충전을 하고, 그 다음에 관계를 회복해도 늦지 않아요. 다만 그전에, 바뀌어야 할 부분을 스스로 바꿔야 해요."

애비가 정확히 이렇게 말했는지, 아니면 그냥 이런 식으로 말했는지 기억나지 않는다. 하지만 그녀의 말은 이치에 맞았고, 나는 내색하지 않았지만 조금씩 침착함을 되찾았다. 어쩌면 나를 대신해서 이런 결정을 내려줄 누군가가 필요했는지도 모른다. 가끔은 그럴 때도 있다.

그때 정말로 이해할 수 없는 일이 일어났다. 애비가 내 쪽으로 머리를 기울였다. 아주 바싹 다가와 얼굴에 닿는 그녀의 숨결이 느껴졌고, 그녀에게서 샴푸 냄새가 났고, 내 다리에 그녀의 손이 가볍게 닿았는데, 이 세상에서 가장 섹시한 단 한 가지였다. 내 티셔츠를 입고 바로 내 곁에 있는 이 아가씨, 아주 가까이, 이토록 사랑스럽게, 바로 여기에.

그리고 애비는 내게 키스했다. 살며시 부드럽게 가만히 그녀는 내게 입을 맞췄다.

그녀는 허리를 펴고 앞머리를 쓸어넘기며 창문을 향해 방긋 웃고는 내게 싱긋 미소 지었다.

"그냥 친구가 되고 싶어요." 애비가 말했다.

나는 두 눈을 껌벅거렸다.

"어?"

"당신한테 필요한 사람은 내가 아니야."

"하지만 나한테 키스했잖아. 아니, 둘이서 키스한 거지. 어쨌든 네가 나한테 키스했어."

"아까 그 상태에서 빠져나오고 싶어서요. 안 그랬으면 둘 다 내내 그 생각만 했을 테니까. 우리 앞에 놓인 길은 그 길이 아니에요."

나는 다시 눈만 껌벅였다.

"어?"

"이 길이 훠어어얼씬 나아요"라면서 애비는 베개를 집어들어 방패 삼듯 꾁 안았다. "그건 그렇고, 사실은 안 지웠어요." 애비는 씩 웃었다.

"뭐, 뭐라고?"

"사실은 그 여자를 친구 목록에서 삭제하지 않았다고요. 정신 나간 거죠. 남의 집에서 어슬렁거리면서 이것저것 대신 지워주고 다니면."

"내 말이 그 말이잖아!"

"흠, 내가 정말 멋대로 지웠을 거라고 생각했다니, 그거 좀 모욕적인데. 어쨌든 이젠 지울 수 있다는 걸 알았죠? 그래도 되고, 실제로도 가능하고, 또, 그래야 한다는 걸."

나는 노트북을 쳐다보았다.

"그리하여!" 길 아래 카페에서 데브가 말했다. "내가 암호를 풀었다는 말씀!"

우리는 애비를 데리고 토요일 아침을 먹으러 나왔다. 나는 여전히 뭐가 뭔지 정리가 되지 않은 상태였다. 이렇게 관심사가 휙휙 바뀌는 사람은 생전 처음 봤다. 내가 아는 사람들은 어떤 일이든 하나에 지긋이 몰두했다. 한 가지에 천착해 서서히 생각을 가꾸어 나갔고, '충동적'이라는 것은 디오더런트쯤으로 여겼다. 하지만 충동적인 것도 나름 상쾌하고 활기찬걸.

맷은 오토바이를 타고 오는 중이었다. 데브는 맷에게 아르바이트 자리를 제안하고 싶다고, 외출 준비를 하면서 말했다. "맷이 잠재력을 발휘하는 데 내가 영감을 줄 수 있을 것 같아서." 나는 감명받았다. 데브의 게임 가게가 사람을 고용할 수 있는 곳인지 미처 몰랐다. 또한 데브가 남에게 영감을 줄 수 있는 사람이라는 것도 지금 처음 알았다. 데브가 오늘 포켓몬 팬티를 입었다는 사실을 감안했는데도.

"무슨 암호를 풀었어요?" 애비가 물었을 때, 여종업원이신 파멜라 양이 우리가 주문한 음식을 가져오자 우린 모두 조용해졌다. 데브가 그녀를 쳐다보지 않으려고 일부러 열심히 시선을 피하는 걸 알아챘지만, 그 외에 내가 뭘 더 알 수 있겠는가? 파멜라가 평소보다 일 초라도 더 오래 데브를 쳐다봤나? 데브가 미리 외워둔 폴란드어 문장을 시도할 때를 대비해서 미소 지을 준비를 하고 있었나? 파멜라가 우리 테이블에 포크와 나이프를 내려놓고 나비처럼 가버릴 때까지 데브는 테이블에 묻은 잘 지워지지 않는 얼룩을 닦아내는 척했다.

"장거리경주를 하는 중이야." 데브가 음모를 털어놓듯 말했다. "파멜라가 나를 보고 싶어하게 만드는 거지."

"틀림없이 효과가 있겠네요." 애비가 말했다. "근데 아까 그건 뭐예요? 뭘 풀었다고요?"

"암호. 주제. 우리는 그 두서없는 사진들을 관통하는 하나의 주제를 찾는 중이야."

"나는 빼줘." 내가 말했다. "난 그 아가씨를 찾고 있을 뿐이니까. 찾아서 사진을 돌려주면 올해도 한 건 해낸 셈이지."

애비가 싱긋 웃으며 말했다. "뭐 이런 거예요? 이름을 떨치기 위해 어떤 이들은 산에 오르고, 어떤 이들은 바다를 헤엄쳐 건너지만, 제이슨 프리스틀리는 분실물을 찾아준다."

"그래서 그 주제가 뭔데?" 내가 물었다. "이 사진들을 한데 묶는 일관성이 뭐야? 잊지 마, 곧장 그녀를 찾을 수 있을 정도가 아니라면 소용없어. 아무래도 너의 그 파멜라 전략처럼 바보라도 할 수 있는 간단한 계획일 것 같은데."

데브는 숨을 깊이 들이마시더니 애비를 쳐다보았다.

"이 이상한 여자애는 믿을 만해?" 데브는 애비를 가리켰다.

"아니." 내가 말했다.

"좋아. 얘기해주지, 어쨌든. 사진 속의 그 여자는 뱀파이어야."

데브는 마침내 말하고야 말았어, 라는 태도로 느긋이 의자 등받이에 기대어 앉았다. 나는 아랫입술을 빼물고 맞아, 나도 그런 게 아닐까 생각하고 있었어, 라는 태도로 고개를 끄덕였다.

"정확히 뱀파이어는 아니더라도, 뱀파이어에 강박적으로 집착하고 있어. 고딕 오타쿠 같은 거지. 위험한 존재야, 고딕 오타쿠들은."

나는 사진을 한 장 골라 들었다. 데브는 이 놀라운 발표를 위해 사진을 통째로 가지고 나왔다.

"별로 그렇게 고딕 오타쿠처럼 보이진 않는데." 나는 그녀의 행복한 미소와 금발머리와 여름용 원피스, 고딕풍에 대한 집착이라고는 눈곱만큼도 없어 보이는 모습을 가리키며 말했다.

"뭐, 전형적인 반응이야. 능숙한 '데이워커'*의 모습이거든."

"데브는 왜 이 여자가 뱀파이어라고 생각하는데요?" 애비가 매우 진지한 어조로 물었다.

"그 주제는 아직 전개해나가는 중이야. 생각을 해봐. 이 아가씨는 묘지에 다닌다고."

"묘지에 다닌다고요?"

"하이게이트 공동묘지." 나는 아는 사람을 대변하듯 방어적으로 말했다. "관광 코스야."

"그래, 하지만 뱀파이어로 유명한 관광 코스지. 뱀파이어의 왕도 친히 거기서 살고—네가 나한테 말해줬잖아! 게다가, 그들은 브램 스토커가 하이게이트를 방문한 후에 『드라큘라』를 집필하기 시작했다고 생각해."

* 마블 코믹스의 만화 〈블레이드〉에 등장하는 캐릭터로, 햇빛에 구애받지 않아서 낮에도 활동할 수 있는 흡혈귀.

"그래, 하지만 그걸 증거로 삼기엔 좀……"

"휫비. 그리고 휫비도 있어."

"휫비는 또 왜?"

"브램 스토커가 쓴 『드라큘라』의 배경이 바로 휫비야! 그래도 모르겠어? 그 여자는 드라큘라광이야! 드라큘마니아!"

"그럼 가리비는 어떻게 설명할 건데?" 내가 이의를 제기했다. "드라큘라가 가리비를 먹어?"

"가리비scallop랑 머릿가죽scalp이랑 비슷하게 들리지 않나?" 애비가 슬쩍 말을 보탰다.

"드라큘라는 사람들 머릿가죽을 벗기지 않아. 물개를 몽둥이로 때려잡지도 않고, 네가 그 공장을 언급할까봐 미리 말하는 거야."

"모르지, 제이스." 데브가 말했다. "뱀파이어는 죽음에 집착하거든, 그게 사람이든 수생동물이든."

"이봐." 나는 상당히 단호하게 말했다. 이 여자는, 나의 여인은, 그 아가씨는, 절대 뱀파이어가 아니라는 확신이 있었다. "이건 그냥 무작위로 아무때나 찍은 사진이야. 사진에서 그녀의 삶에 대한 깊은 통찰을 얻을 수 있는 게 아니듯, 사진을 보고 곧장 그 아가씨를 찾을 수 있는 게 아니라고. 난 이 사진들로 할 수 있는 일은 다 했고. 어쨌든 오늘 애비가 나한테 좋은 걸 가르쳐줬어. 칠판을 깨끗이 지우고 상쾌하게 출발하는 일에 관해서. 이 시점에서 내가 해야 할 일은 그거 같아. 싹 다 잊는 거. 그리고 이제 내 일에 집중하는 거."

하지만 아무도 듣고 있지 않았다. 애비는 사진에 완전히 빠져서 정신이 딴 데 가 있는 듯했다. 그러더니 사진을 한 장 집어들었다.

"이거야." 그녀가 말했다. "이거야!"

우리는 돌스턴의 리오 그랜드 영화관 앞에 있었다.

"내 장담하는데 지금은 빌어먹을 드라큘라 주간이라고!" 셋이서 버스를 타고 가면서 데브는 계속 떠들어댔다.

사실 지금은 알제리 영화 주간이었다. 간판에 길쭉한 붉은 글자로 그렇게 쓰여 있었고, 그 앞에 멍하니 서서 간판을 바라보는 우리 앞으로, 거리를 쓰느라 여념이 없는 한 청소부가 빗자루로 깡통을 굴리며 지나갔다.

"저기" 하며 애비가 입을 열었고, 산들바람이 그녀의 앞머리를 스치고 지나갔다. "두 분이 어떤 여자를 불법 스토킹하는 바보 괴짜 듀엣이 아니라고 항변할 수 있는 유일한 이유는 두 사람 중 한 명이 사진 한 장에 나왔다는 사실이죠. 그것만 아니라면 난 이 자리에 있지도 않았을 거야. 비록 내가 여기 와야 한다고 주장하긴 했지만."

"이건 운명이야." 데브는 시인이나 된 듯 한껏 신비한 분위기를 잡으려 애쓰며 말했다.

"당연히 운명이지, 안 그래요?" 애비가 맞장구쳤다. "하지만 그 운명이란 게 존재하지 않는다는 점이 문제죠. 동기란 건 존재해요. 그리고 동기는 우리가 행동하게 이끌죠. 두 분은 그 여자를 찾아야 하는 동기가 있어요. 하지만 찾을 거라는 보장은 없죠."

"그래서 하고 싶은 말이 뭐야?"

"기자님은 그 여자를 좋아해요. 그런 순간이 있었어요. 뭔가 느낌이 온다고 생각했지. 그리고 그 여자의 사진에서 본인을 발견했어요. 그녀를 찾아 나설 아주 좋은 동기죠. 게다가 핑계도 좋아, 착한 사마리아인이 되려는 것뿐이니까. 반면에, 그녀를 찾지 말아야 할 동기도 있어요."

"그게 뭔데?"

"당신이 지금 엉망진창이라는 거요. 평생의 반려자가 되길 바랐던 여자는 그녀가 평생의 반려가 아닐지도 모른다고 의심하다가 놓쳤고, 결국 그 여자는 딴 놈의 반려자가 됐어요. 딴 놈이 낚아채서 임신시켜버렸고, 당신은 이제 닭 쫓던 개 신세로 데브한테 얹혀서 윤락업소 바로 옆에 사는 거죠. 기분 나빠하지 마세요, 데브."

"거긴 윤락업소 아닌데." 데브가 조용히 말했다.

"자, 이제 어느 쪽 동기에 따라 움직일 건가요? 운명은 존재하지 않아요. 아무튼 미리 정해진 운명 같은 건 없어요. 만약 두 손 놓고 멍하니 있겠다면, 당신 운명은 팬티 바람으로 그 조그만 윤락업소 옆집에 그저 가만히 들어앉는 거겠죠, 그렇게 영원토록, 아멘. 그건 당신 문제예요, 어느 동기에 따를 것인지는 본인이 선택하는 거니까."

"그럼 최소한 넌 이게 이상하다고 생각하지는 않는 거네."

"아, 진짜 이상하죠. 스토킹의 경계를 넘을락 말락 하는 짓이고, 게다가 다른 사람의 카메라 필름을 현상하는 건 어쨌든 명백한 불법이잖아요? 하지만 그런 건 당신 선택이고, 나는 앞으로 무슨 일이 벌어질지 알게 될 때까지는 일단 판단을 보류하겠다는 거예요."

나는 그러길래 내가 불법이랬잖아, 라는 표정으로 데브를 쳐다보았다. 데브는 무슨 영화를 하나 둘러본답시고 포스터 앞을 어슬렁거렸다.

옛날에는 킹스랜드 로드의 이 자리에 미술품 경매인의 상점이 있었다. 그 자리를 아르데코 영화관이 이어받았고, 1970년대인가 80년대에 리오 그랜드 영화관으로 이름을 바꾸었다. 당시에는 센강에서 춤추는 것처럼 리오라는 이름이 쿨함의 절정이었고, 너나없이 리오라는 간판을 내걸었다. 유행을 좇은 이름이 여기서는 완전히 뿌리를 내렸지만, 다른 곳에서는 그렇지 않았다. 저 아래 밀레니엄 캡스는 벌써 해크니 컴퍼트 캡스로 이름을 바꾸었다. 더이상 1999년도 아니고 세기말의 들뜬 파티 분위기도 어지간히 퇴색했으니까. 그 바로 오른편에는, 축구 스타의 애인과 하룻밤 신나게 노는 데 끼어든 못생긴 친구처럼 밀레니엄 프라이드치킨이 망측하게 방치되어 있다. 그곳—치킨집 말고 영화관—을 보았을 때 나는 심장이 내려앉았다. 이건 뭐, 영락없는 데이트 코스였다.

내가 마지막으로 세라와 함께 간 영화관이 어디였지? 무슨 영화를 봤더라? 〈아이언맨 2〉였던 것 같다. 가는 길에 말다툼을 했고, 팝콘값이 푯값에 맞먹는다며 구시렁거려서 세라가 짜증을 냈고, 그후에 난도스에서 밥을 먹으면서도 둘 다 거의 말이 없었고, 밖에서 웬 주정뱅이가 경찰차를 걷어차서 몸싸움 끝에 체포됐을 때도 그에 대해 뭐라고 얘기를 나눌 기운이 없었다.

그 아가씨의 경우는 달랐을 것이다. 일단 장소부터 장려한 아름다움이 살아 있는 리오다—N1 쇼핑센터의 HMV 레코드점 위층에 위치한, 어딜 가나 판박이인 체인 영화관이 아니다. 품격이 있었다. 클래식했다. 남자—이름은 모르겠고 묵직한 시계를 찬 그놈 말이다—는 분명 자신의 클래식 카—이름이 뭐였더라? 베가스였나?—에 그녀를 태우고, 은제 앤티크 휴대용 술병에 정성 들여 만든 칵테일을 담아 가져오고, 영화관을 통째로 빌려서 자신이 좋아하는 알제리 영화 특별 상영전을 미리 준비하고, 네온사인 불빛 아래 누워서 함께 영화를 볼 수 있게 패밀리 사이즈의 야외용 부드러운 파란색 체크무늬 담요를 깔 것이다. 그후에 그녀를 데리고 지하에 위치한 편안한 분위기의 바에 가는데, 아마 프랑스식 회원제 바일 테고, 그가 들어오면 잘생긴 직원이 쾌활하게 인사를 건네고, 한쪽에서는 재즈 트리오가 연주를 시작할 것이다. 매력적이고 발랄한 여인들이 그를 향해 손을 흔들어 인사하는데, 놀랍고 인상적이지만 그녀에게 거슬릴 정도는 아닐 것이다. 남자는 뉴욕에서 갤러리를 운영하는 여자들인데 자기 작품을 진열하고 싶어서 안달이라고, 혹은 빅벤이 보이는 템스 강변에 있는 자신의 꼭대기층 아파트 세입자일 뿐이라고, 혹은 국경없는의사회와 함께 아이티 아이들을 돌봤을 때 알게 된 사람들이라고 설명한다. 위의 구체적인 세 가지 경우 중 한 가지를 그녀에게 얘기한 다음, 남자는 고뇌에 찬 강렬하고 아득한 눈빛으로 어딘가를 응시하며 최상의 선택인 새빨간 로마네콩티 와인이 담긴 잔 가장자리를 손가락으로 훑고, 그 아가씨는 남자에게 훨씬 더 깊이 빠져들게 될 것이다……

찰칵.

돌아보니 애비가 내 일회용 카메라를 들고 있었다.

"그림 좋네요." 애비는 콧잔등에 주름을 잡으며 말했다. "분위기 있어 보였어."

애비는 필름을 앞으로 감았다. 우리가 사진을 몇 장 찍었더라? 네 장? 다섯 장?

"눈빛이 강렬했어? 고뇌하는 것 같았어?"

"그냥 좀 기분이 안 좋아 보였는데요."

"맞아, 하지만 여자들은 그걸 좋아하잖아."

애비는 깔깔 웃고 나서 인상을 쓰며 말했다.

"아, 비슷하게 찍으려고 했는데. 그 여자 사진이랑 비슷해 보이게. 배경에 저 포스터가 나오네."

나는 포스터 쪽을 힐긋 보았다.

"그래서?"

"그래서 그 여자 사진은 어디 있어요?"

나는 사진을 꺼내서 애비에게 건넸다. 애비가 씩 웃었다.

"보여요? 여자 어깨 너머로? 영화 포스터 보이죠? 저 포스터가 언제 걸렸는지 알아내면, 이 여자가 언제 여기 왔었는지 알 수 있다고요……"

내가 미처 상황을 파악하기도 전에 애비는 리오의 파란 양쪽 여닫이문 틈으로 쏜살같이 달려들어갔다. 데브가 내 옆으로 슬쩍 다가와 속삭였다.

"마녀야."

"뭐?"

"그 여자는 마녀야. 내가 영화 포스터를 확인해봤는데, 상영작 중 하나가 마녀에 관한 거야. 마녀와 뱀파이어는 같이 어울릴걸. 그 여자는 오타쿠가 분명해. 애비는 어디 갔어?"

"뭣 좀 알아본다고 잠깐 갔어."

데브의 휴대폰이 울렸다.

도대체 둘이 어디 간 거예요?라는 문자였다.

우리는 서로 얼굴을 쳐다보았다.

"맷한테 우리가 여기 온다고 얘기를 했어야 했나." 데브가 말했다.

"한 달이야!" 애비는 볼링 핀을 눈대중으로 가늠하며 말했다. "고작 한 달 늦을 뿐이라고요. 그 여자를 만질 수도 있을 만큼 가까워요."

애비는 종종걸음으로 나아가 팔을 크게 휘둘러 볼링공을 발 앞에 쾅 하고 떨궜다.

"안됐네!" 애비의 볼링공이 거터로 떨어지는 모습을 지켜보며 데브가 말했다.

"고작 한 달이에요." 애비는 거듭 강조했다. "그 사진들은 비행운 같은 거예요. 여자가 추억을 뒤에 남겼고, 그 흔적이 희미해져 갈 때 마침 당신이 발견한 거죠. 알겠어요? 여자는 사진이 없어졌고, 추억이 사라졌다고 생각하지만, 당신이 카메라를 찾아낸 거야. 추억을 되살려낸 셈이죠!"

"운명이야!" 데브는 볼링공을 집어들며 말했다. "운명!"

애비와 나다니는 것은 제법 피곤한 일이었다. 우리는 태비스톡 호텔 지하에 있는 블룸즈버리 볼링장에 와 있다. 애비가 가보고 싶다더니 막상 도착해서는 마음을 바꾼 미술관에서 엎어지면 코 닿을 거리다. 미술관에 오기 전에 애비는 스피털필즈 마켓에서 요즘 뜨고 있는 디자이너의 원피스를 사고 싶다며 도시 반대편으로 우리를 끌고 가더니 막상 도착해서 옷을 보고는 "너무 매끈"해서 안 사겠다고 했다.

"그 영화관 사진이 한 달 전에 찍힌 거니까, 그후에 찍은 사진은 전부 그보다 최근 거예요. 결국 그 모두가 당신이 찍힌 사진으로 귀결되는 셈이죠."

나는 관심 없다는 듯 무심한 표정으로 일관하려 애썼지만, 애비가 얘기를 하는 방식은 은근히 흥미진진했다. 여자의 관점에서 본 얘기였다. 좀더 꼬집어 말하자면, 데브의 관점에서 본 얘기가 아니라는 말이다.

"게다가……" 애비는 재빨리 말을 이었다. "남자가 여자에게 보여준 건 데이트 영화가 아니에요. 베트남 죽음의 수용소에 관한 영화였어요. 데이트라면 남자가 여자를 데리고 왜 베트남 죽음의 수용소에 관해 배우러 왔겠어요?"

우리 왼편에서는 성대한 암탉 파티의 식전 행사인지, 노래방에서 쏟아져나온 여자들이 피노 와인과 폭소로 붉게 상기된 채 깔깔대며 서로의 어깨를 밀쳤다.

"다른 영화를 봤을지도 모르잖아." 왜 이 상황을 불확실한 경우로 몰아가고 싶어하는지 스스로도 의아해하며 내가 이견을 제시했다.

"그 여자랑 영화를 본 사람이 정말 그 남자 맞을까요?" 애비가 말했다. "사진에는 여자밖에 안 나왔는데."

"그 남자 맞아." 내가 말했다. "누군가 사진 찍어준 사람이 있어야 하잖아. 그리고 사진에 등장하는 다른 사람은 그 남자밖에 없어."

"아뇨." 애비가 말했다. "당신도 등장하잖아요. 사진에 등장하는 다른 사람은 그 남자와…… 당신이죠."

애비는 양손을 하나씩 들었다.

"과거…… 그리고 미래."

데브는 순한 양처럼 앉았다. 고개를 들어보니 데브의 공이 느릿

느릿 거터 쪽으로 굴러가고 있었다.

"안됐네요." 애비가 말했다.

데브의 휴대폰이 다시 울렸다.

"망했다." 데브가 말했다. "맷한테 우리가 자리를 옮겼다고 얘기하는 걸 깜박했어."

"암튼 고마워요." 맷이 말했다. "런던 구경 한번 끝내주게 잘 시켜줘서. 카페에 갔다가, 시장에 갔다가, 뭔 빌어먹을 훌륭한 미술관 앞에 갔다가 다시 여기로, 제기랄 처음 그 카페에서 15미터 거리네."

맷은 원을 한 바퀴 그려 보였다. 우리는 파워업!으로 돌아왔다. 데브는 오전에 파베우한테 가게를 봐달라고 했고, 토요일 오후에 꽉꽉 들어찬 손님을 예상하며 돌아왔다.

"한 명도 없었어!" 파베우가 말했다. "이 시시한 게임들을 사고 싶어하는 사람은 아무도 없었다고."

"파베우, 이건 시시한 게임이 아냐. '콜 오브 듀티' 시리즈 마지막 편은 수백만 달러의 제작비를 들였고 배우 키퍼 서덜랜드가 성우를 맡았어. 그러니까…… 이쯤 하면 교훈을 얻었으리라 믿어."

"어련하시겠어." 이 반응으로 미루어보건대 파베우는 매일 오후 네시에 학교를 마친 애들이 십 분간 가게를 가득 메운다는 것과 그 애들이 훔쳐간 트윅스 초코바와 사라진 릴트 소다수로 인해 연간 몇백 파운드의 손실을 입는다는 것을 경험으로 배운 것 같다. 데브는 크로키에티 포장지를 뜯고 한입 베어물었다.

"근데 저 여자는 뭐예요?" 맷이 물었다.

애비는 시가를 찾아 시내 쪽으로 달려나갔다.

"애비 말이야?"

"보자마자 웬 시가를 찾겠다고 난리래요?"

"그냥 자기는 시가를 좋아한다면서 우리 모두 시가가 있어야 한다고 하던데. 거 왜, 미대생이거든."

맷은 이해한다는 듯 고개를 주억거리고 '미대생'이라는 단어를 입속으로 굴렸다.

"네, 저도 그런 사람들 가끔 봐요. 커다란 안경을 쓴 미대생들. 얼마 전에 윔피 햄버거집에서 가짜 콧수염을 단 미대생들도 잔뜩 봤어요. 왜 그러는진 모르겠지만. 근데 저 여자가 왜 두 사람 옆에서 기웃거리는 거예요?"

"그럼 뭐 안 되냐?" 나는 좀 방어적으로 대꾸하고선, 이내 이렇게 덧붙였다. "애비가 우리보다 열 살은 어리고 엄청 쿨하다는 점 말고 문제 될 게 뭐야. 그니까 내 말은, 너희 둘 다 그렇다는 거야, 쿨한 건 제외하고."

맷이 폭소를 터뜨렸다. 맷이 웃으면 마음이 놓였다. 우린 잘 맞는 친구가 되어가는 중이었지만, 만날 때마다 처음엔 살짝 성에 같은 것이 끼었다. 맷이 우리가 선생과 제자였다는 사실을 잊고 신경 쓰지 않게 되기까지 어느 정도 해빙기가 필요했다. 웃음은 좋은 신호였다.

"제 말은 그러니까……" 맷은 단어를 신중히 고르다가 결국 실패했다. "저 여자랑 그 뭐냐, 사귀는 건가요?"

"아냐." 나는 당혹스러워하며 얼른 말했다. "아니, 우린 그냥 친구 사이야."

문이 열렸다. 손님이 들어왔다. 우리는 고개를 돌려 손님을 쳐다봤고, 손님은 자기가 뭔가 방해를 한 건가 싶어 머뭇거렸다. 데브가 놀라서 보고 있던 〈데일리 스타〉를 내렸다. 손님은 살며시 문을 닫고 나갔다.

"바로 이거야!" 데브의 말에 맷과 나는 다시 고개를 돌렸다.

"여기 카메라를 주운 어떤 사람에 대한 기사가 있어."

나는 호기심이 동했다.

"한 남자가 휴가중에 디지털카메라를 주웠는데, 사진을 보고 자기 페이스북에 올렸어. 그랬더니 친구의 친구가 카메라 주인을 알아보고는 카메라를 찾아줬다는 거야. 굉장하다."

"6단계 분리 이론이군." 똑똑해진 기분을 느끼며 내가 말했다.

"육 뭐요?" 맷이 물었다.

"모든 사람은 서로 연결되어 있다는 이론이야." 내가 설명했다.

가게 문 위의 종이 다시 딸랑 울렸고, 이번에는 굳이 돌아보지 않았다. 데브의 가게에서는 종종 있는 일이다. 데브는 노스런던 비디오게임계의 겁나는 실력자였으므로 손님들은 종종 가게에 들어오기 전에 준비를 해야 했다.

"지구상의 누구든, 나는 그 사람을 아는 사람의 아는 사람의 아는 사람을 알고, 결과적으로 그 사람과 안다는 거야. 아는 사람 여섯 다리만 거치면 가능하다는 거지. 내가 직접 시도해본 적은 없지만, 그럴 일이 없었으니까, 이론적으로는 가능하지 않을까?"

하지만 데브는 내 말에 감동을 받았다는 듯 나를 쳐다보지 않았다. 앞으로 일어날 일이 두렵다는 듯 나를 쳐다보고 있었다.

"안녕, 제이슨."

나는 고개를 돌렸다.

“안녕, 세라”라고 말하는 내 목소리가 들렸다.

그녀를 본 지가…… 맙소사, 얼마 만에 보는 거지? 세라는 처음 보는 옷을 입고 있었다. 안도라에서 그을린 구릿빛 피부는 여전히 건강해 보인다. 그리고 끼고 있다. 그 반지. 게리, 스티버니지에서 온 거친 사내와 그녀의 영원한 약속을 뜻하는 증표. 나는 그녀의 배 쪽을 흘끔거렸다. 아직은 표가 안 난다, 아직까지는 그다지. 아, 시곗줄을 새로 샀구나. 재밌군, 전 애인을 만났는데 그런 거나 눈에 들어오다니.

“누구를 찾으려는 건데?” 도와주기라도 할 것처럼 세라가 태연하고 가볍게 말을 건넨다.

“별거 아니야.” 나는 말했다. “그냥. 손님이야. 데브 가게 손님.”

“거짓말.” 세라는 씩 웃으며 말했다.

“거짓말 아냐.” 나는 어린애처럼 대꾸했다. 왜 항상 세라는 내가 요즘 거짓말한다고 그러는지 모르겠다. 거짓말이 맞긴 했지만. 그리고 그때, 그런 느낌에 워낙 익숙해진 탓인지, 수치심이 다시 엄습했다. 당혹감과 수치심. 수치심이 최악이었다. 이상하게도 죄책감은 그다음이었다. 세라에게 얘기하지 않았던 그 모든 나날 동안 죄책감이 언제나 내 목구멍 안쪽과 가슴 깊숙한 곳에 박혀 있었지만, 그래도, 그 모든 것을 철저하게 압도적으로 아우르는 감정은 수치심이었다.

지금까지 내가 밝히고 싶어하지 않았던 일—아마 이미 다들 알아차렸겠지만—이 있었던 건 딜런의 공기총 사건으로부터 한 달쯤 지난 무렵이었고, 세라가 한 달 동안 포옹과 홍차와 눈물로 우울한 나를 항상 곁에서 지켜주었는데도, 그녀가 단 한 번 약해졌다고, 딱 한 번 나를 야단쳤다고, 단 한 번 나더러 스스로 극복해야 한다고 했다고, 나는 화를 내고 술에 취해 밖으로 나가 다른 여자와 자는 것으로 은혜를 원수로 갚았다. 실제로, 조와 자는 것으로.

그렇다.

이제 알았는가?

조이기 때문에 더욱 나쁜 것이다.

우리는 그대로 서서 무슨 말을 해야 할지 몰라 서로를 말똥말똥 쳐다보고 있었는데, 애비가 환히 웃으며 시가 네 개를 들고 들어왔다.

세라가 말했다. "아, 당신이 바로 그 러시아 창녀겠군요."

열넷

남동부 도시의 창

Southeast City Window

모르는 게 약일 때도 있다고 생각한다. 세상에는 내가 모르는 일이 많다. 그리고 차라리 몰랐으면 좋았을걸 하는 일도 잔뜩 있다. 모른다는 것—내가 모른다는 것을 모르는 것—은 특별한 일이다. 모르면 생각이 자유로워진다. 요컨대 멋대로 내 생각을 투사하여 상상의 나래를 펼칠 수 있다.

바로 그것이, 당연히, 그 아가씨의 경우에 내가 해온 일이었다. 멋대로 투사하기. 아주 사소한 힌트에 의지해 틀림없이 아무 의미도 없을 일에서 의미를 찾아낸다. 어둑한 저녁 샬럿 스트리트에서 설핏 보여준 애매한 미소에 의지해서. 하지만 그편이 현실보다 나았다. 바로 지금, 길 아래 카페 바깥 자리에서 돌덩이 같은 침묵을 지키며 세라와 같이 앉아서, 그녀는 스푼을 만지작거리고 나는 커피가 나오길 기다리는 것, 이것이 현실이니까.

세라가 가게에 들어왔을 때 친구들도 다 같이 말을 잃었다. 의례적인 인사말을 주고받고, 데브는 세라와 가볍게 포옹도 나눴지만, 이것이 친교를 위한 방문이 아니라는 것쯤은 다들 알고 있었다. 이것은 절교를 위한 방문이었다.

"그래서……" 세라가 말문을 여는데, 그때 파멜라가 와서 커피를 다 흘리며 내려놓았다. 커피 옆에는 일회용 설탕 봉지가 천 개쯤 질식할 것처럼 빽빽이 들어찬 은단지가 있었다.

"설탕을 좀더 주시겠어요?" 나는 진지한 얼굴로 농담을 했고, 세라가 싱긋 웃었다.

"네"라고 파멜라가 대답했다. "오늘은 친구 없어요?"

데브가 들었다면 좋아서 까무러쳤겠다. 장거리경주가 통했어!

"네, 그 친구가 지금은 인도주의적인 일을 하느라 바빠서요." 내가 대답했다.

나중에 데브에게 너는 현재 인도주의자야, 라고 말해줘야겠다. 예전에는 더 심한 것도 흉내냈다. 신부. 민간 항공기 조종사. 인도 왕자. 파멜라는 어깨를 으쓱하고는 가버렸다.

"데브가 요즘 열 올리는 사람?" 파멜라가 목소리가 들리지 않을 정도로 벌어지자 세라가 물었다.

"응, 파멜라야."

"데브는 유니폼 입은 사람을 좋아하더라."

"앞치마도 유니폼에 속해?"

카페 안에서 주인이 파멜라한테 소리를 지르고 있었다. 우리는 일 마이크로초쯤 쉬었다가 다시 난감한 상태를 이어갔다.

"전에 데브가 다른 여자 쫓아다니던 때 기억나?"

"좀더 자세히 말해줘야지." 나는 눈썹을 치켜세우며 말했다. "훨씬 더 자세히."

우리 얘기를 하는 것보다 데브 얘기를 하는 편이 더 쉬웠는데, 그러고 보면 국가사회주의의 부상이든 스윙볼 게임이든 다른 화제라면 아무것이라도 그랬을 것 같다.

"그 여자 있잖아……" 세라가 스푼으로 나를 가리키며 말했다. "데브가 '내 반쪽'이라고 말했던 그 여자."

아. 뭐, 그거라면 얘기가 다르지. 반쪽이라고 불린 사람은 딱 한 명밖에 없었다. 두 사람은 '개라지 온 하이버리 코너'라는 인디 클럽에서 만났다. 그때는 아이를 마중나온 아버지처럼 보이는 일 없이 인디 클럽에 다닐 수 있던 시절이었다. 데브는 그 여자에게 고백했고, 그녀를 연모했고, 그녀가 옆에 없으면 보고 싶어했고, 세탁소에 맡긴 옷을 대신 찾아주고, 그녀 대신 세탁소에 옷을 맡기고, 한 번도 그런 일은 없었지만 혹시나 그녀가 갑자기 들를 때를 대비해 그녀가 가장 좋아하는 요리를 배웠다. 그런데 그렇게 삼 주가 지났는데도 그녀는 데브의 성이 뭔지도 몰랐다. 데브는 심한 충격을 받았다. 그때 이후로 데브는 명함을 만들어 갖고 다녔다.

세라는 뭔가 생각난 듯 빙그레 웃었다.

"그날 저녁 이후로 늘 생각나는데, 데브가 말하길……"

"그래. 굉장했지. '사랑의 어떤 점을 좋아하는지 말할 수는 있겠지만, 사랑이 좋은 거라고는 말할 수 없을 거야.'"

"그래서 우리가 그날 저녁 내내 그 말에 동의하지 않은 사람들의 예를 읊어줬잖아. 사랑이라는 이름으로 작곡한 오페라며, 그린 그림이며, 등반한 산이며, 정복한 나라며."

"필 콜린스, 엘비스 코스텔로, 빌리 조엘의 온갖 사랑 노래들, 라틴어로 사랑이라는 뜻의 학명이 붙은 아주 작은 곤충들, 하트 FM에서 밤낮으로 흘러나오는 음악들.”

“그럼에도 불구하고 데브는 여전히 ‘좋아, 놔둬, 생각해볼게’라는 식이었지.”

키득거림과 편안한 침묵. 세라가 가장 좋아한다고 했던 그런 종류의 침묵. 하지만 그러한 침묵은 더이상 우리의 전유물이 아니었다. 그것은 채워지기 위해 존재할 뿐이었다.

“게리는 잘 지내?” 나는 에둘러 물었다.

“아주 좋아.”

“좋네.”

“좋지.”

“좋아.”

“게리는 새 차를 보러 갔어.”

“그거 굉장한 소식이네.”

“골프가 말썽을 부리기 시작해서. 내가 게리의 렉서스를 몰 수는 없고. 그래서……”

“승합자. 조만간 승합자가 필요해지겠네.”

나는 세라의 배를 가리켰다. 세라는 입술을 깨물고 고개를 끄덕였다.

“왜 찾아온 거야, 세라? 난 미안하다고 사과했고, 게리한테도 얘기했고, 또……”

“얼굴을 직접 보고 얘기하고 싶어서. 네가 왜 또 이런 식으로 나오는지 모르겠어. 술에 취해서 우리 사진에 달아놓은 댓글은 이해가 가기도 해. 어쨌든 너한테 제일 먼저, 꼭 제일 먼저는 아니더라도 동시에라도 얘기했어야 하는 건 맞으니까. 하지만 그건 내 잘못이 아냐. 네 잘못이지."

나는 커피잔을 물끄러미 쳐다보았다.

"우린 둘 다 새 출발을 시작했어. 거기에 대해서는 감사하자고. 어쨌든 우리 사이가 얼마나 오래갔을지는 모르는 일이었잖아?"

세라는 빙긋 웃고 커피를 홀짝였지만, 내 머릿속은 온통 뭐라고? 뭐라고? 였다.

"우리 사이가 얼마나 오래갈지 모르는 일이었다니, 그게 무슨 소리야? 내가 실수를 했고, 넌 이해하지 못했지만 난 처참한 상황이었어. 그건 너도 알고 있잖아."

"어쨌든 맥빠지는 상태였어, 제이슨. 때론 그냥 맥빠지고 싫증나는 거야. 난 너한테 괜히 짜증이 났고, 너도 분명 나한테 짜증이 났을 거야."

"그렇지 않았어." 내가 말했다. "넌 완벽한 여자친구였어."

"넌 내가 늘 미리 서두른다고 싫어했어. 외출할 때마다 현관문을 두세 번씩 잠갔다 열었다 확인한다고 싫어했지."

"그건 진짜 사소한 거잖아!" 담담히 말했지만 사실 나는 소리치고 싶었다. 뱃속에서 슬픔과 분노가 엎치락뒤치락했고, 어느 쪽이 이길지 알 수가 없었다. "현관문이 잠겼는지 확인한다는 이유로 헤어지는 사람은 없어!"

"별거 아닌 일이지만, 그 이상을 의미하기도 하지. 넌 지금 좋은 쪽으로만 기억하고 있는 거야. 네가 한 일이 우리에게 필요한 거였다는 식으로. 거참 굉장한 필터링이네, 제이스."

"필터링 하려는 마음은 전혀 없어." 내가 말했다.

"넌 날 배신하고 나서야 우리 둘 사이에 더이상 배신하고 자시고 할 게 없다는 것을 깨달았잖아."

"과거를 윤색하지 마, 세라." 끔찍했다. 이건 마치 복수하는 것 같았다. 차라리 내가 좋은 관계를 망쳤다고 해줘. 원래부터 아무것도 없었다는 식으로는 몰고 가지 마.

"네 문제는 말이야, 제이스, 넌 네가 사랑에 빠져 있다는 생각 자체를 사랑한다는 거야."

"아, 어디 영화에서 본 모양이군. 사람들이 으레 하는 말이지. 근데 그게 뭐 어때서? 인생의 소소한 낭만이잖아?"

"그건 괜찮아, 하지만 그것 말고도 필요한 요소가 있어. 신뢰가 필요하다고. 넌 맨날 학교를 그만둔다느니 뭔지 모를 일을 한다느니 지껄이면서 한 번도 결혼이나 아기 얘기는 입도 벙긋하지 않……"

"세상에 그런 케케묵은 신파조 넋두리라니! 그런 건 TV에나 나오는 얘기야. 우리 얘기가 아니라고. 너 혼자 합리적이고 이성적인 여자고, 난 맨날 유치하고 지질한 남자냐?"

짜증나지만, 나는 그녀가 짚은 요점을 증명한 셈이다.

"네가 하고 싶은 말은, 네가 전적으로 사실이 아닌 일을 사실처럼 말하고 있다는 거야. 그럼 아기나 결혼 얘기를 게리는 너희 데이트 첫날 꺼낸 거야? 굉장한 전략이군. 힐턴인지 와가마마인지 하여간 그런 데서? 둘이서 달빛 아래 산책도 하지 않고? 추억이 될 만한 에피소드도 전혀 없이?"

"연애에서 가장 쓸모없는 게 그 에피소드라는 거야. 에피소드는 에피소드일 뿐이지. 두 사람이 어떻게 만났는지 누가 신경쓴다 그래? 말 그대로 아무도 신경쓰지 않아."

"나는 신경써."

"그럼 말 그대로 너만. 우린 헤어질 때까지 사 년을 만났어, 제이스. 난 이제 서른이야. 내 우선순위는 변했어. 넌 안 그래?"

나는 그 문제에 관해 생각해보았다. 나의 우선순위가 뭘까? 머릿속을 헤집어 샅샅이 긁었다. 분명 뭔가 있을 텐데. 하지만 생각나는 거라곤 빵과 우유가 먹고 싶다는 것, 그리고 욕실 타일 둘레에 실리콘을 새로 발라야 하는데, 하는 것뿐이었다.

"그리고 네가 나를…… '삭제'했다는 걸 알았을 때……" 세라가 말했다.

세라는 손가락으로 허공에 따옴표를 찍었다. 나는 미간을 찡그렸다.

"그게 무슨 말이야?"

"참 유치하다. 나 말이야. 내가 유치하게 굴고 있다고. 우린 십대도 아닌데. 마이스페이스나 페이스북 같은 걸로 말다툼할 일도 없고. 누구든 자기 마음대로 언팔하거나 친구 목록에서 삭제할 수 있는 건데……"

애비다. 애비가 한 짓임에 틀림없다. 나한테 맡긴다고 했다가 내가 결국 겁을 먹고 토스트를 만든다며 내뺐을 때 내 계정에서 세라를 삭제한 것이 분명했다.

"중요한 건, 나를 삭제한 네 결정을 정말 존중한다는 거야. 우리 둘 중 하나는 해야만 하는 일이었어. 너에겐 여백이 필요해. 내가 그랬던 것처럼 너도 새 출발을 해야 해. 근데 좀…… 마음이 아프더라고. 마치 네가 나를 밀어낸 것 같아서."

잘됐군, 나는 생각했다.

마음이 아팠다니 고소하다.

세상에서 가장 치사하고 야비하게도, 나는 기운이 솟았다. 세라의 마음을 아프게 하고, 무언가를 잘라내고, 조금은 진전을 한 것 같아 기분이 좋았다. 세라가 어딘지 모르게 신경을 쓴다는 뜻이었으니까. 내가 아직도 그녀에게 의미 있다는 얘기였으니까. 나는 연애하던 시절에 이미 세라의 마음을 아프게 했고, 그것도 아주 저질이었다. 그런데 지금 여기서 그런 짓을 한 데 대해 다시 신나하면서, 이 더없이 자질구레하고 유치한 승리를 자축하고 있다니.

사람의 도리가 아니라는 생각이 든 것은 그때였다. 그 야비한 승리감은 애처롭고 비루하고 허망했다.

"내가 그런 게 아냐." 나는 겸손하게 말했다. "친구가 그런 거야. 왜, 그 러시아 창녀라는."

세라의 표정이 알아차리기 힘들 정도로 아주 조금 밝아졌다. 세라에 관해서라면 나는 어떤 작은 변화도 느낄 수 있다.

"삭제할까 생각하기도 했어." 나는 인정했다. "악의가 있어서가 아니고, 나는 게임 가게 2층에서 데브와 함께 살고 있는데. 새 출발을 하는 네 모습을 보고 있기가 괴로워서."

시 소속의 대형 트럭이 덜덜거리며 지나갔다. 땅이 울리고 디젤 연기가 자욱하게 퍼지는 동안 우리는 테이블 위에 놓인 커피잔을 꼭 붙잡고 있었다.

"근데 지울 수 없었어. 지우고 싶지 않았어. 우린 과거를 공유했고, 이제 나는 오로지 앞으로 나아가려고 해, 그렇게 하기로 마음먹었어. 근데 과거를 폐기하는 게 무슨 소용인가 싶더라고. 쓸데없는 짓이잖아, 안 그래?"

세라는 싱긋 웃었다.

그러고는 가방을 열었다.

봉투를 꺼내서 테이블 위로 살짝 밀었다.

"한번 고려해주면 좋겠어." 세라는 기대감과 미안한 마음을 반반씩 담은 미소를 띠고 말했다.

파멜라가 성큼성큼 오더니 일회용 설탕 천 봉지를 또 테이블 위에 탁 내려놓았다.

데브와 나는 브라이튼행 여섯시 기차 시간에 맞춰서 애비를 빅토리아 역에 내려주었다.

"다음주 금요일에 뭐해요?" 애비가 물었다.

"모르겠는데." 내가 말했다.

"전화할게요." 애비는 우리 둘의 볼에 뽀뽀를 해주고 물러나서 불도 안 붙인 시가로 경례를 붙였다.

"우리한텐 과분하게 멋진 애야." 데브는 멀어져가는 애비를 바라보며 말했다. "그나저나, 애비한테 내가 조각 관련 학위가 있다고 했거든. 되도록 기억해주면 큰 도움이 되겠어."

"알았어. 샬럿 스트리트로 가자." 내가 말했다. 하지만 당신이 생각하는 그런 이유로 가는 건 아니다.

"왔구나!" 클렘은 맥주병을 움켜쥐며 말했다. 맥주병에 붙은 상표를 거의 다 긁어낸 것을 보니, 초조함이 손가락을 제멋대로 조종한 모양이었다.

"오늘은 〈런던 나우〉 최고의 날인걸요." 내가 말했다. "당연히 와

야죠."

"너무 박하게 평가하진 마." 클렘은 윙크를 했다. "이번이 겨우 세번째 코믹콩이니까."

클렘은 자신의 코미디 공연을 '코믹콩'이라고 불렀다. 그런 식의 말장난이 그가 하는 공연의 전부는 아니길 바랐지만, 왠지 전부일 것만 같은 예감이 들었다.

"이쪽은 데브, 같이 사는 친구입니다." 내가 소개했다.

"데브는 뭘 줄인 건데?" 데브가 대답을 하려는데, 클렘이 다시 끼어들었다. "다리가 짧네!"

데브는 멍하니 클렘을 쳐다보았다. 클렘은 열심히 설명했다.

"데브는 뭘 줄인 거냐고? 다리를 줄였어. 그래서 다리가 짧아."

클렘은 폭소를 터뜨리고 데브의 머리 위로 뭔가 휙 지나가는 소리를 냈는데, 아마 데브의 키가 그 정도로 작았으면 개그가 통했으리라는 제스처였던 것 같다.

우리는 퍼시 패시지에서 20미터가량 떨어진 시간제 디스코텍 처클헤드의 제일 뒤편에 서서 그곳 광경을 음미했다. 이제 막 일곱시 반이 지났을 뿐인데 맨 앞줄은 이미 술에 취해서 소란스러운 암탉파티 일행이었고, 온통 핑크색 날개와 천사 고리가 뒤엉킨 가운데 예비 신부가 있었다. 그 뒤의 외국인 학생 한 무리는 막판 전단지 광고의 희생양으로, 생애 최고의 밤과 진짜배기 런던 체험을 약속한다는 말에 낚였을 것이다. 그뒤의 중년 커플은 코미디언 지미 카와 마이클 매킨타이어의 저해상도 사진에 속았을 가능성이 높다. 내기해도 좋은데, 그런 사람들은 절대로 처클헤드 같은 업소를 뛰지 않는다. O2 센터나 웸블리 아레나에는 적어도 무대 뒤에 대기실이랑 공짜 생수라도 있지.

바 옆에서 클렘은 코미디 대본을 쓰는 법과 기교에 관한 얘기를 꺼내며 다른 코미디언들의 환심을 사려고 애쓰는 중이었지만, 정작 다른 공연자들은 가능한 한 빨리 그날 저녁 무대를 끝내려고 앞 순서를 확보하는 데 혈안이 되어, 고작 두 차례 무대를 경험한 이 중년 코미디언의 조언에 100퍼센트 열중한다고 할 수 없었다.

"근데 애비는 무슨 꿍꿍이일까?" 데브가 나를 팔꿈치로 찌르며 말했다.

"그게 무슨 말이야?"

"왜 황금 같은 주말을 우리와 함께 보내고 싶어 안달일까? 다음 주에는 왜 또 만나자는 걸까?"

"우리 매력에 끌렸나보지."

데브가 껄껄 웃어젖혔다.

내가 말하고도 좀 가소롭긴 했다.

"얼마 못 가서 질릴 거야." 데브가 말했다. "그런 사람들은 원래 그래. 애비 같은 자유로운 영혼의 소유자들은 이리 갔다 저리 갔다 잘도 나다니잖아? 친구들을 모아서 그룹으로 엮는 거야. '이쪽은 내 음악 친구들. 저쪽은 내 예술가 친구들. 또 이쪽은 서민적인 노스런던에 사는, 지금쯤 삶의 안정을 찾았어야 마땅한 삼십대 솔로 친구들. 세상에 이 사람들은 카페에서 밥을 먹는대!'"

"글쎄. 애비가 도움이 되긴 했어. 세라 문제에 관해서 나름 날 도와줬지. 끈질기게 그 문제에 파고들어서, 세라와 내가 솔직히 털어놓고 얘기하게 해줬어."

"근데 애비한테는……"

"애비한테 애인이 있는지 없는지는 나도 몰라. 애비한테 직접 물어봐."

"물어보면 있다고 하겠지. 그런 건 모르는 편이 나아. 모르면 항상 기회가 있는 법이거든. 남편과 함께 있더라도, 혼인 서약을 하는 모습을 방금 봤더라도, 절대 결혼했느냐고 물어보지 마. 철저히 기회를 깨부수는 셈이니까."

그때 사회자가 무대에 올라와 그날의 공연을 소개했고, 클렘은 두번째 맥주병의 상표를 긁어서 떼내기 시작했다.

"오우우우, 예스." 클렘은 클럽의 양쪽 여닫이문을 밀어 열고 거리로 나오면서 제법 그럴듯하게 광고에 나오는 개* 흉내를 냈다. "오우우우, 예스."

데브와 내가 그를 따라 밖으로 나오며 무슨 말을 해야 할지 고민하는 사이 클렘은 허공에 대고 펀치 비슷한 것을 날렸다.

"무대를 제대로 즐기셨나보네요." 데브의 말이 내 신경을 건드렸다. 내가 딱 그 정도 말로 어물쩍 넘어가고 싶었기 때문이다. "어떠셨어요, 이번 공연?"

"나? 세 마디로 말해주지. 워스트 그레이트 웨스턴! 자네들 그 반응 들었지?"

우린 그저 웃었다. 분명 듣긴 들었는데, 주로 어색할 때 내는 발소리와 기침 소리였다.

* 처칠 보험 회사의 광고에 등장하는 개. '처칠 도그'로 유명하며, 고개를 끄덕이면서 "오, 예스"라는 말을 반복한다.

"한잔해야겠다!" 클렘은 더없이 기막힌 저녁을 보냈다는 듯 양손을 휘저어가며 말했다.

"교통카드에 관한 얘기인데." 바에 앉아 우리 앞에 놓인 칵테일을 노려보고 있는데 클렘이 말했다. "이게 굉장히 포괄적이야. 다들 교통카드가 뭔지 알고, 다들 교통카드를 사봤으니까. 그러니까 내가 '이 교통카드만 있으면 허용된 모든 경로를 이용해 킹스크로스에 갈 수 있어'라고 말한 다음, '그럼 달에 들렀다가 갈 수도 있는 거네?'라고 받으면 폭소가 터지는 거야. 왜냐, 다들 교통카드를 알지만 그걸로 달에 간다는 생각을 한 사람은 아무도 없거든."

우리는 클렘의 오 분짜리 공연에 대한 해석을 십 분째 듣는 중인데, 진도는 여전히 첫번째 농담에 머물러 있었다. 데브는 클렘이 두번째 대사를 칠 때부터 멍해져서 샬럿 스트리트 호텔의 바 안을 두리번거렸다. 이곳은 우리의 지지와 격려에 보답하는 차원에서 클렘이 보인 간소한 성의였다. 그러나 그 간소한 성의가 잔당 삼십 파운드쯤 된다는 것을 클렘은 미처 알지 못했던 것 같다. 그는 바텐더와 흥정을 해보려다 통하지 않자 결국 우리에게 칵테일값만큼의 대가를 요구하는 중이었다.

클렘이 말했다. "만약 자네한테 가장 좋아하는 순간을 콕 집어내라면 언제가 될까? 그냥 궁금해서."

"음……" 나는 곰곰 생각해보는 척했다. 창문이 열려 있었고, 바깥의 인도에 테이블과 수다와 와인이 깔려 있었다. 우아한 차림의 도어맨이 퇴근 시간 따위에 관심 없는 척 소맷부리를 만지작거렸고, 데브는 여자들 무리를 빤히 쳐다보았다. 죄다 곧게 편 생머리에 크리스티앙 루부탱 구두를 신었고, 소비뇽 블랑 세 잔과 보드카 라임 두 잔 옆으로 최신형 블랙베리 펄 휴대폰이 마치 행렬처럼 대열을 이루고 있었다. 마치 '맞아, 우린 능력 있고 성공한 일중독자들이야, 하지만 여기 샬럿 스트리트에서 노는 것도 열심이지'라고 얘기하는 것 같다.

"왜냐면, 내가 가장 좋아하는 순간은." 아직 아무도 대답하지 않았다는 사실에는 아랑곳 않고 클렘이 말을 이었다. "아까처럼 애드리브를 칠 때거든. 그 남자가 컵을 떨어뜨렸을 때 '조심해요, 지금!' 하고 말한 것처럼."

"그거 진짜 좋았죠." 나는 맞장구를 쳤고, 데브는 클렘 말고 딴 사람이 말도 한다는 사실에 놀란 눈치였다.

"아, 내가 지금 뭐하는 거지?" 클렘은 제 이마를 탁 치는 시늉을 했다. "오늘은 나만을 위한 밤이 아닌데. 자네들이 가장 좋아하는 건 뭔가?"

"방금 전에도 묻지 않았나요?" 데브가 말했다.

"하지만 대답 안 했잖나." 클렘이 말했다.

"그 애드리브 좋았어요." 데브가 말했다.

"하지만 그건 내가 한 말인데." 클렘이 말했다.

"뭐, 어쨌거나." 데브의 대꾸에 클렘은 기분이 상한 듯했다.

"어쨌든 이만 가봐야겠는걸." 클렘이 말했다. "대본 작업에 들어가야 해서. 다음주에 스마일 하이 클럽에서 큰 무대가 있어. 거기서 크게 터뜨려야지. 그다음 목표는 기업 행사를 뛰는 거야. 그게 돈이 되거든."

클렘은 칵테일을 쭉 들이켜고 테이블 위에 잔을 탕 내려놓았다.

"칵테일cocktail이라니 웃기는 이름이잖나, 수탉cock도 꼬리tail도 안 들었는데?"

나는 억지로 웃었고, 클렘은 히죽하고는 말했다.

"이것도 공연에 넣어야겠군!" 내가 어떻게 반응할지 고민하는 사이, 클렘이 바에서 누군가를 알아본 모양이었다.

"아, 자네 동생도 공연을 보러 왔었군?" 클렘이 말했다. "이 농담은 비밀로 해줘!"

"누구요?" 나는 반문했다.

"자네 동생 말이야. 저기 바에 앉은 사람이 자네 동생 아닌가?"

"제이스는 동생 없는데요." 데브가 말했다.

나는 고개를 돌려 쳐다보았다.

"난 한 번 본 얼굴은 절대 안 까먹거든." 클렘이 말했다. "혹은 시계도. 혹은 시계의 앞면도!"

클렘이 말한 남자는 맥주를 고르고 있었다. 몇 가지를 묻고 맥주 펌프를 가볍게 두드렸다. 그러면서 그가 옆으로 몸을 약간 틀었고…… 아……

"저러면 물론 시계는 안 보이지만." 클렘이 말했다. "자네가 갖고 있던 사진에서 봤지."

나는 얼어붙었다.

사람들이 가끔 얼어붙었다는 말을 하지만, 지금 이와 같은 상태를 말하는 것은 아닐 것이다. 나는 완전하고도 철저하게 얼어붙었다. 그 남자였다. 그 남자가 여기 있었다. 그 남자가 여기 이 바 안에 있었다.

"뭘 한다 그랬지?" 클렘이 물었다. "자네 동생이 무슨 일을 한다고 했더라?"

"그러게." 데브는 그제야 상황을 깨닫고, 사태를 인지하고, 씩 웃으며 말했다. "네 동생은 뭐 해?"

"척추 교정사야." 그날 클렘에게 뭐라고 얘기했는지 기억 속으로 조용히 손을 뻗으며 대답했다.

"교정 전문 치과 의사인 줄 알았는데?"

"취미 삼아 하는 거예요."

"제수씨는 금발이고?"

"온통 금색이죠."

"좋아. 뭐, 그건 그렇고." 내가 빤히 그 남자를 바라보는 동안 클렘은 소지품을 챙기는 일에 관해 뭐라뭐라 얘기하면서 버스를 타야 할지 지하철을 타야 할지 돈 아끼지 말고 택시를 타야 할지 고민이라는 말을 늘어놨지만, 내 귀에는 들어오지 않았다. 그 남자가 여기 있으니까. 그 남자, 시계남, 묵직한 시계를 찬 남자. 그 말인즉슨 어쩌면 그녀도 이곳에 있을지 모른다는 뜻이었다.

여기서 그녀와 우연히 마주친다고 해도 영 터무니없는 건 아니었다. 그녀와 시계남 둘 다 샬럿 스트리트 근처에 직장이 있는 게 분명했다. 시계남은 알래스카 아파트나 묵직한 시계나 구릿빛 피부나 특별 한정판 자동차로 보아 부유한 사람이다. 그가 샬럿 스트리트 호텔에서, 술 한잔을 사든가 월세를 내든가 선택해야 하는 이곳에서 한담을 나눈다는 것이 말이 안 되는 일은 아니었다. 아마 고객에게 구애를 하거나 계약서에 도장을 찍고 있겠지.

나는 다시 바 안을 자세히 훑어보았다. 그녀가 이곳에 있나? 그녀도 여기 있을까?

참 이상하게도, 나는 그 아가씨가 이곳에 없기를 빌었다. 그녀가 절대 여기 없기를 바라는 그 기분이 나를 휘감고는 떠나질 않았다. 정말 그녀가 여기 있다면 나는 죽어버릴 것이다.

만일에 대비해 열심히 실내를 살폈지만, 무엇보다 일단 나는, 준비가 되어 있지 않았다. 이발한 지도 오래됐고, 입은 옷도 마음에 들지 않았다. 교회에 가는 옷차림으로 나왔는데 마침 그날 부모님의 친구의 친구의 아들인 아이돌 그룹의 남자애를 만날지도 모른다는 소식을 듣고 깜짝 놀란 십대 여자애처럼 자의식에 사로잡혔다.

둘째로, 만약 그 아가씨가 이곳에 있다면, 이곳 샬럿 스트리트 호텔 1층의 바에, 블랙베리 펄과 찰랑찰랑 빛나는 머리카락과 루부탱 구두들 가운데 있다면, 그녀는 그 남자와 함께 있다는 뜻이었다. 또한 만약 그녀가 그와 함께 이곳에 있다면, 그녀가 나와 함께 여기 있게 될 가능성은 제로였다.

셋째로(맙소사, 세번째까지 있어!), 만약 그 아가씨가 이곳에 내가 아니라 그 남자와 함께 있는 거라면, 그걸로 된 거였다. 그걸로 끝이었다. 로맨스도, 미스터리도, 여자의 사진을 훔친 후 그걸 이용해서 그녀를 스토킹하려 했던 은밀한 계획—로맨스 전문 출판사 '밀스 앤드 분'의 고전적 레퍼토리다—도 영원히 물거품이 된다.

나는 저쪽에서 눈치채지 못하도록 조심하면서 되도록 오랫동안 남자를 관찰했다. 몸에 잘 맞는 클래식한 감색 정장, 하늘색 셔츠, 실크 넥타이. 반들반들 광을 낸 구두에는 은색 버클이 달려 있었다. 그 점은 다행이었다. 버클 달린 구두를 신는 남자를 좋아하는 여자를 사랑할 수 있을지 자신이 없었다. 몸은 잘 가꿨고—이렇게 말하는 편이 몸매가 잘빠졌다고 말하는 것보다 기분이 나으니까—

사진에서 봤던 모습보다 뒷머리가 길었다.

결혼반지는 끼고 있지 않았다.

"가서 얘기해봐." 데브가 부추겼다. "뭔가 저 남자에 대해서 알아내. 애인이 있는지 물어봐."

"지금 내가 술집에서 모르는 남자한테 다가가서 애인이 있는지 물어봐야 한다는 말이야?"

"그렇게 직설적으로는 아니지. 좋아하는 축구 팀이라든가 뭔가 남자다운 걸 물어본 다음에, 애인이 있는지 물어야지."

"그럼 나더러 술집에 있는 남자한테 다가가서 좋아하는 축구 팀을 물어본 다음 '애인 있나?'라고 말하라고?"

"너 내 말을 일부러 게이 헌팅처럼 왜곡하고 있어."

나는 다시 시계남을 건너다보았다. 그는 페로니를 반쯤 마시고 웬 남자와 함께 웃고 있었다. 동료인가? 친구인가? 아무튼 바에 비스듬히 기댄 모습이 마치 제집 안방에 있는 것처럼 편안해 보였다. 마치 샬럿 스트리트 호텔이 자기 것이며, 지금 이것이 그가 입장을 허락한 낯선 이들이 모인 파티인 것처럼.

우리의 원래 계획은 칵테일을 다 마신 다음 우리 같은 서민적인 커플이 모이는 뉴먼 암스로 살짝 빠지는 것이었는데, 데브는 지금 신이 난 모양이었다.

"네가 안 가면 내가 간다." 데브가 말했다. "시계남의 직장은 분명 이 근처고, 그 아가씨도 직장이 이 근처거나 아니면 시계남을 만나러 오는 길에 너랑 계속 마주친 걸 거야. 두 사람은 단순히 직장 동료일 수도 있어."

"가지 마." 나는 몹시 심각한 표정으로 데브를 잡았다. "이건 저 남자에 관한 일이 아니야. 그 여자에 관한 일이고, 그녀는 지금 여기에 없잖아."

그러나 내가 정말 두려워한 것은, 데브가 시계남과 말을 트고, 사진에 관해 설명하고, 이 얼마나 굉장한 우연인가 얘기한 다음, 이래저래 사진을 남자에게 넘기기로 하면 어쩌나 하는 것이었다. 그렇다면 나는 눈 뜨고 강도를 당한 꼴이 된다. 기회를 강탈당하는 것이다. 순간을 강탈당하는 것이다. 내가 갈망해온 그 순간을. 데브에게 말하지 않았던, 무언가의 시작이 될 수도 있을 그 순간. 에피소드의 도입부. 세라에게는, 이제 나이도 들고 좀더 시니컬해지고 인생에 지치고 나한테 질린 세라에게는 비웃을 만한 종류의 일이지만, 내게는 아니었다. 남자라면 보통 바라거나 갈망하거나 인정하지 않는 종류의 일이었는데, 그들이 그러는 것은 오직 여자들만 그런 일을 바란다고 말하면 훨씬 편하기 때문이다. 우리 남자들은 그저 〈톱기어〉 티셔츠를 입고, 〈톱기어〉를 시청하면서, 얌전하고 순종적인 여인이 〈톱기어〉 잡지를 갖다주기를 바란다.

이런 이야기를 데브에게 하려는 순간, 데브가 벌떡 일어나더니 바 쪽으로 곧장 뚜벅뚜벅 걸어갔다.

열다섯

남자는 임무 수행중

Man on a Mission

"와, 내 말 들어봐, 진짜 죽여줘." 십여 분 후 데브는 피츠로이 태번 바깥 자리에서 기쁨으로 가볍게 몸을 떨며 말했다. "이제 넌 쏘기만 하면 돼. 쏘기만 하면 맞는다니까."

우리는 같은 부류 사이로 돌아온 것에 안도하며 맥주잔을 들고 서서 창문 너머로 어둑한 조명의 바를 들여다보았다. 데브는 순간을 포착해서 써먹었고, 바야흐로 최전방에서 가져온 정보를 풀어놓으려는 참이었다.

"왜 그런 생각이 들었냐고? 저기 있는 저 남자는……" 데브가 손가락을 들어 가리키자 나는 혹시 저쪽에서 볼까봐 데브의 손을 쳐서 떨어뜨렸다. "유머 감각이라곤 눈곱만큼도 없더라고. 너한테는 유머 감각의 씨앗이나마 있으니, 네 승리지."

나는 다시 유리창 안쪽을 쳐다보았다. 시계남의 친구가 뭔가 웃기는 얘기를 했는지, 시계남은 친구의 팔을 찰싹 때리고 고개를 뒤로 젖혀 박장대소했다. 멀리서 보기엔 유머 감각이 있는 것 같았지만, 그 점에 관해서는 기꺼이 데브의 말을 믿어주기로 했다.

"유머 감각은 항상 1순위잖아, 안 그래?" 데브는 짐짓 무게를 잡았다. "그게 항상 맨 위에 있으니까, 시계남한테 유리한 게 뭐가 있는지 모르겠다, 돈과 외모와 모종의 매력을 빼면 말이야. 하지만 넌…… 너한텐 유머 감각 비슷한 게 있어."

"넌 파멜라가 네 유머 감각을 좋아할 것 같냐? 파멜라가 영어를 배울 때나 비디오게임에 관한 모든 것을 외울 때, 네 유머 감각이 통할 것 같아?"

데브는 데브식 표정을 지었다. 나는 진작부터 하고 싶었던 얘기로 말머리를 돌렸다. "그래서 시계남한테 뭐라고 말을 걸었어? 어떻게 얘기를 시작했어?"

"아무 생각이 안 나서 교통카드를 꺼내고 말했지. '이 카드에 허용된 모든 경로라고 적힌 게 이상하지 않아요? 그렇다면 달을 거쳐 갈 수도 있잖아요?' 그랬더니 시계남이 웃더군."

"웃었어?"

"웃었어. 이어서 '칵테일은 수탉도 꼬리도 들어 있지 않은데 이상한 이름이다'를 시도했어."

"또 웃었어?"

"아니, 그건 안 좋아하던데. 좀 외설적이라고 생각했나봐. 어쨌든 말은 텄어."

데브는 주문한 음료가 나올 때까지(제일 싼 수돗물을 주문했는데 바텐더가 아주 기뻐하는 것 같진 않았다) 이삼 분가량 시계남과 얘기를 했고, 나는 그 모습을 지켜보았다. 그동안 내내 신경이 곤두서 있었다. 금방이라도 발각되거나 잡힐 것만 같았다. 경찰이 나타나 즉시 사진을 돌려주라고 명령하거나 나를 곧장 벨마시 교도소로 끌고 가기라도 할 듯. 데브가 두 남자 사이를 비집고 들어가, 시계남이 아까 했던 것처럼 맥주 펌프를 두드릴 때 내 뱃속은 뒤집어졌다.

어느 순간, 신경이 곤두설 대로 곤두서 머리가 아파오자, 나는 들킬 경우를 대비해 핑계를 찾기 시작했다. 내 일회용 카메라랑 헷갈렸다—그것이 우리가 필름을 현상한 이유다. 아니면 데브는 요양원 환자고 나는 간병인인데, 시샘 많은 동료가 내 음료수에 약을 타는 바람에 그걸 마시고 내가 쓰러진 틈을 타서 탈출한 데브가 혼자 저지른 짓이라고 말할 수도 있다. 하지만 한번 더 그쪽을 쳐다봤을 때, 내 눈에는 술집 안의 모든 사람들 눈에 보였을 장면이 들어왔다. 그냥, 세 남자가 바에 서서 웃고 끄덕이며 서로 얘기를 나누는 중이었다.

그리고 그때…… 두 남자 중 한 명이 주머니에 손을 넣더니 명함을 꺼냈다.

"그래서 어떤 사람이야?" 내가 물었다. "명함은 왜 달라고 했어?"

"둘이 무슨 일에 종사하냐고 물었지."

"그랬더니?"

"레스토랑 경영자라더라. 되게 유식하게 말하던데. 최소한 레스토랑에 투자를 하는 모양이야. 그래서 우리 아버지가 브릭 레인에서 레스토랑을 운영한다고 했지. 그랬더니 짜잔…… 명함이야."

데브는 내게 명함을 건넸다. 명함을 보았다. 이름과 전화번호뿐, 다른 건 아무것도 없었다.

데브는 또다시 운명 운운하며 나를 열심히 설득했다. 그리고 나는 또다시 운명이 아니라는 것을 데브에게 상기시켜야 했다. 이곳은 샬럿 스트리트다. 샬럿 스트리트 근처에서 일하는 사람들은 대체로 샬럿 스트리트 근처에서 보기 쉽다. 샬럿 스트리트 근처에서 일하는 누군가를 발견하는 것, 샬럿 스트리트의 직장에서 일을 마치고 여전히 샬럿 스트리트에 있는 사람을 발견하는 게 운이 좋다고 한다면 그럴 수도 있겠지만, 그게 운명이라고?

사실, 그게 뭐든 별로 상관은 없었다. 행운, 기회, 상황, 뭐라 이름 하든 중요치 않았다. 중요한 건 그로 인해 내 기분이 어떻게 변했는가 하는 거다.

다음날 아침 일어나니 아래층에서 데브와 데브 아버지가 우르두어*로 서로를 다그치는 소리가 들렸다. 최근 들어 데브의 아버지는 대략 한 달에 한 번꼴로 들러서 아들에게 우르두어로 뭐라뭐라 소리질렀다. 최근 들어서는 데브도 맞고함을 지르기 시작했다.

"집안 문제야." 그럴 때마다 데브는 시무룩하게 말하고 〈라이트 스터프〉를 보거나 커피를 내렸고, '집안 문제'라는 말을 들었을 때 사람들이 흔히 그러듯 나는 그 화제를 흘려버리곤 했다.

데브 부자의 말다툼을 들으면서 천장을 물끄러미 쳐다보며 다른 것을 생각해보려 애썼다. 당연히 세라가 생각났고, 세라가 나오면 게리도 나와서, 그 생각은 넘겨버렸다. 그리고 엊저녁 일이 떠올랐다. 그 남자. 그 남자의 명함.

* 파키스탄의 공용어로 인도에서도 널리 사용된다.

"자, 사람들한테 들려줘!" 클렘이 신나서 말했다. "말해주라고!"

"클렘은 굉장했어요." 나는 거짓말을 했고, 조는 고개를 갸웃하고는 씩 웃었다. 클렘에게 즐거움을 표하는 동시에 내게는 불신을 표하는 멋진 동작이었다.

"엄청난 순간이 있었지." 클렘이 의자에 앉은 채로 빙 돌더니 아무것도 아닌 척 태연자약하게 말했다. "누가 맥주잔을 떨어뜨렸을 때 생각했지, 좋아, 여기서 애드리브를 치자……"

나는 미소 띤 얼굴로 고개를 끄덕이며 다른 사람들 자리를 지나 내 자리로 걸어갔고, 어느 타이밍에 컴퓨터를 들여다보며 구글 검색을 해도 좋을지 계산했다. 한 손은 주머니에 넣은 채 손가락으로 명함 가장자리를 만지작거리고 있었다.

나는 오늘 아침에 조가 얼마나 기운 없고 시무룩해 보이는지 전혀 깨닫지 못했다. 클렘이 입을 닫고 나서—한참이 걸렸다—시간이 꽤 흐른 후에 샘이 나를 한쪽으로 데려가 이렇게 말할 때까지도 몰랐다. "무슨 일이래? 뭐 얘기 들은 거 없어?"

"전혀. 무슨 얘기 말인데?" 나는 되물었다.

사실을 말하자면, 그때 나는 왠지 조를 쳐다볼 수가 없었다. 세라를 다시 보고 나서부터 조를 보기가 힘들어졌다. 조를 볼 때마다 내가 어떤 종류의 인간이 될 수 있는지 생각나버렸다. 나는 그때 일을 싹 다 머릿속에서 몰아내고 다시 주머니 속의 명함을 만지작거렸다.

데이미언 앤더스 래스킨.

데이미언 앤더스 래스킨에 관해서 우리는 무엇을 알아낼 것인가.

데이미언 앤더스 래스킨에 관해서 알게 되리라고 생각했던 것은 다음과 같다.

나는 그가 엄청난 부자라는 사실을 알아내리라 예상했다.

그 돈의 대부분은 부유한 귀족 기업가인 그의 아버지한테서 나오고, 그의 아버지는 아직도 아들 주변을 맴돌면서 가업에 더욱 힘쓰라고 가엾은 데이미언을 줄기차게 다그치며, 가업은 아마 래스킨이라는 회사의 포도밭 관련 사업일 테고, 수백 년 전통의 그 회사는 초기에 노예제와 얽혔던 이력을 숨기기 위해 한두 번 이름을 바꿨을 것이다.

그는 틀림없이 이튼을 나왔고, 거기서 아마도 아프리카 어느 나라의 왕자를 만났을 테고, 왕자는 기꺼이 데이미언에게 각종 무기 계약 특혜를 주었으며, 상대적으로 보잘것없는 아버지의 와인 사업을 무색게 할 요량으로 데이미언은 무기 거래에 힘썼지만, 군사 쿠데타가 일어나는 바람에 왕자의 입지가 무너져 그의 독자적 사업의 미래는 불투명해졌을 것이다.

그는 래스킨 사 프라하 지부를 설립하는 와중에 만난 동유럽 출신 모델과 한 번 결혼한 전력이 있고, 지부 설립은 아버지가 그에게 맡긴 임무였으나 완전히 실패로 끝났는데, 그도 그럴 것이 데이미언의 마음이 '래스킨 와인 앤드 스피릿' 회사에 있지 않았으며 앞으로도 와인 사업에는 관심이 없을 것이기 때문이다. 래스킨 부부에게는 아이가 없는데, 여자 쪽에서 자기 몸매와 클리니크 화장품 광고 계약 연장에 집착했기 때문이다. 막 서른에 접어든 여자가 남편이 사업과 정부한테만 신경을 쓴다는 건 참기 힘든 일일 것이다.

그는 아마 테니스 실력이 수준급일 텐데, 메인에서 열린 유명 인사들의 주말 골프 모임에서 만난 팻 캐시나 이반 렌들에게 개인 레슨을 받았으며, 그 골프 모임은 래스킨 사에서 자선 명목으로 주최했으나 실은 오로지 절세와 가십 잡지 〈OK 매거진〉에 명예롭게 실리는 것이 목적이었을 것이다. 스포츠카도 잘 몰고, "나는 여자 다루듯 스포츠카를 다루지"라면서 지금 당장은 잘 생각이 안 나는데 하여간 재치 있는 농담으로 말을 끝맺으면, 코츠월드에서 열린 성대한 연회에서 그 말을 들은 제러미 클라크슨*이 씹고 있던 통돼지 바비큐를 퉤 뱉고 박수를 칠 것이다.

내가 생각했던 데이미언 앤더스 래스킨은 이렇다. 그가 어딜 가든, 그의 말에 알맹이가 있든 없든, 사람들은 적절한 성량의 품위 있는 웃음으로 그의 얘기를 받아주고, 그가 나타나면 일부러 대화를 중단하고 혹시나 인사를 받을 수 있을까 하는 기대에 그에게 목례를 하고, 여자들은 그와의 결혼을 꿈꾸고, 남자들은 같이 있는 여자들이 제발 꿈 좀 깨도록 그가 꺼지길 바란다. 삶이 그에게 무엇을 내밀더라도 그는 언제나 여유로운데, 데이미언 앤더스 래스킨은 전혀 힘들이지 않고 쟁반에 받친 희망을 진상받았기 때문이다.

모든 것이 과해 보였다. 너무 이질적이고, 경쟁하기에 너무 힘겹고, 싸움 상대로 너무 벅차다. 내가 근본적으로 세라에게도 부족했다면, 세라마저도 '맥빠지는' 기분이었다면, 하물며……

"안 그래?" 클렘의 말이 나의 상념을 끊었다.

* 영국의 자동차 전문 방송인, 기자, 작가. 〈톱기어〉 진행자로 유명하다.

나는 다시 사무실에 와 있었다.

무표정한 응시. 치켜세운 눈썹. 나는 의견을 요구받았다. 근데 무엇에 관해서?

"어…… 맞습니다." 나는 있는 대로 권위를 끌어모아 과장된 어조로 말했다.

주위가 찬물을 끼얹은 듯 조용해졌다.

"다만…… 엊저녁 공연 중간쯤에 한 남자가 '형편없어!'라고 외쳤을 때 얘기가 아니라면요."

클렘은 등을 돌렸다. 바로 그 얘기였던 모양이다.

이름과 전화번호만 달랑 명함에 박으려면 어마어마한 자신감이 필요하다.

물론 데브의 명함은 그보다 한발 더 나아가 이름만 달랑 적혀 있는데, 명함을 받은 여자들이 절대 연락을 할 리가 없다는 것을 데브가 알고 있기 때문이며, 이건 자신감이 정말 아예 없다시피 한 경우에 해당한다.

하지만 요즘 세상에 누가 인터넷을 비켜갈 수 있겠는가? 누가 구글을 피해갈 수 있겠는가? 소셜 네트워크에 한마디만 언급돼도, 한 장짜리 업계 회보에 단신으로 실려도, 지역신문 독자 투고 지면에 자전거 고정대나 사업 계획 인가에 관해 한 줄만 실려도.

아무렴 그렇지, 데이미언 앤더스 래스킨은 결과를 내놓았다.

결과는 풍성했다.

홍보 분야에 몸담고 있으니, 그럴 만했다.

〈마케팅 위크〉에 그의 프로필이 제법 길게 나왔다. 일간 〈텔레그래프〉의 재계 소식란에도 몇 번 등장했는데, 한 신제품 출시 행사에서 커밀라인가 클로데타인가 콜레트인가 하는 이름의 화려한 미인들과 함께 카나페를 먹고 있는 장면이 포착됐다. 〈옵저버 푸드 먼슬리〉에는 그가 투자한 레스토랑에 관한 언급이 실렸다. 〈가디언〉에서는 그를 '전 홍보계의 신동, 현 거물 데이미언 래스킨'이라고 칭했다.

그는 자수성가한 사람이었다. 노동자계급 출신으로, 장학금을 받고 대학에 다녔다. 1990년대 초에 브래드퍼드의 신생 홍보대행사에 들어갔다. 회사는 사 년 후에 소호의 딘 스트리트로 확장 이전했고 그로부터 사 년 후에는 뉴욕 식스스 애비뉴에 사무실을 냈다. 그후 그는 회사를 나와서 독립했다. 현재는 포리스트 래스킨 PR의 대표이사인지 상무이사인지 부사장인지 그렇다. 그 모든 것이 대단히 인상적이었다. 그를 싫어할 만한 이유는 거의 찾아볼 수 없었다.

그때 이런 기사가 눈에 들어왔다.

래스킨(42세)은 이렇게 의견을 개진했다. "포리스트라는 단어는 자연스러운 성장을 함축한다. 자연스러운 성장이야말로 매 분기 매해 우리의 목표이며, 태초부터 우리가 궁극적으로 이루어온 것이다."

태초라니. 처음부터, 겠지. 또 요즘 누가 '의견을 개진'한다고 쓰냐? 기사 꼬락서니하곤.

그의 고객 명단을 살펴보았다. 죄다 당구장이나 인도 식료품점 같은 곳이길 바라면서.

메르세데스 벤츠 봄/여름 시즌 광고.

오호.

돌체 & 가바나 팝업 스토어 기획, 소호/딘스게이트/더 레인스.

스와로브스키.

그레이 구스.*

브라이틀링.

그 시계. 그의 시계가 브라이틀링이었다.

뱅 & 올룹슨.

렉서스.

최근에 렉서스에 관해서 뭔가 굉장히 좋은 얘기를 들었는데.

그때 머릿속에서 딱 떠오르는 게 있었다.

나는 구글에서 포리스트 래스킨 퍼블리시티를 검색했다.

주소를 찾았다.

데브에게 전화를 걸었다.

라이벌에 대해 검색하는 일이 사람의 집중력을 얼마나 끌어올리는지 참 웃긴다.

포리스트 래스킨은 당연히 샬럿 스트리트에 있었다.

세계적인 광고 회사 사치 앤드 사치에서 몇 미터 떨어진 곳, 그 아가씨가 나도 모르게 내 사진을 찍은 카페 로마의 거의 맞은편이었다.

데브와 나는 닛산 체리를 타고 있는데, 워커스 감자칩 봉지와 칼리포 아이스크림 껍데기가 우리 발을 이불처럼 덮고 차는 주차 금지선을 밟은 채였다.

* 프랑스의 고가 보드카 브랜드.

여섯시 삼십분이 넘은 시각이었다. 런던 전역의 주차 단속원들은 이미 집으로 가는 지하철에 몸을 실었다. 샬럿 스트리트의 사람들은 저녁을 즐기기 위해 일을 끝내고들 있었다. 데브는 〈게임프로〉 과월호에 푹 빠졌다. 나는 XFM에 주파수를 맞추고 창밖을 내다보았다.

지금 깨달았는데, 샬럿 스트리트는 상당히 예쁜 거리였다. 다만 회사들이 좀더 몰려 있는 이쪽 끝은 약간 더 평범했다. 아름드리나무가 우리 머리 위로 드리워져 있었고, 가지들이 도로 쪽으로 뻗어 서로 어울려 아치를 이루며 햇살과 빗발과 진눈깨비를 몰아냈다.

이곳에 있으면 나도 이 거리의 일부라는 느낌이 든다. 자기 이름을 붙이고 싶은 거리다.

저기 제이미 바가 있다. 거기서 데이미언 앤더스 래스킨이 도쿄나 시드니에서 오는 답변을 기다리며 한밤중에 위스키를 들이켜는 모습을 상상한다.

엘레나도 있다. 세월이 흘러도 언제나 변함없는, 전설의 엘레나 이름을 딴 이 가게에서 총총걸음으로 분주히 돌아다니며 사람들을 편안히게 배려하는 아흔 살의 프랑스 여인은, 신작 시사회를 막 끝낸 드니로에게도, 지하철역에서 〈이브닝 스탠더드〉를 파는 청년에게도 똑같이 코코뱅*을 대접한다.

안드레아도 있는데, 사실 안드레아스지만, 왠지 안드레아가 더 어울리는 것 같아서 다들 그냥 안드레아라고 부른다.

필리핀 레스토랑 조세핀도 있고, 태국 요리점 시암 센트럴, 인도

---

* 닭고기에 레드 와인을 넣고 졸인 프랑스의 대표적인 가정식.

요리점 팜스 오브 고아, 일식집 니코니코, 커리리프, 그리스식 무도장……

“전 세계가 샬럿 스트리트에 모여 있군.” 데브가 나의 상념을 가로채 말했다. “그래서 계획이 뭐야?”

“그 남자를 미행할 거야.”

“그 남자를 미행한다고?”

“그 남자를 미행한다. 뭐 어때? 미행해보자고.”

“그다음엔 어쩌게?”

“그건 그때 가서 보지 뭐.”

“뭘 볼 건데?”

“어떻게 할 건지 보자고. 그 남자가 그 아가씨와 함께 있거나, 그 아가씨한테 가는 거면, 뭐…… 그땐 게임 끝이지. 그 둘이 사귀는 거니까.”

나는 재킷 주머니를 가볍게 두드렸다. 데브는 조용히 나를 쏘아보았다.

“사진은 갖고 왔어.” 나는 데브의 시선을 피하며 말했다. “두 사람이 어디 있든 그 집 현관문 밑에 사진을 밀어넣고, 우린 달아날 거야.”

데브가 내 쪽으로 몸을 돌렸다.

“그냥 그걸로 끝? 이번엔 과감하게 나설 줄 알았는데.”

“이게 가장 가까이 다가선 거야. 내가 하던 일이라야, 단순히 그녀가 있던 장소를 찾아내 같은 곳에서 내 사진을 찍는 정도였잖아? 인기 없는 꽉지를 만들어 〈런던 나우〉에 밀어넣고. 효과가 없었지.”

"하지만 그 아가씨와 얘기해보고 싶지 않아?" 데브가 물었다.

"그니까…… 끝을 봐야지."

나도 생각해봤다. 그리고 아니라는 결론에 이르렀다. 얘기해보지 않을 것이다. 역시, 모르는 게 더 나을 때도 있는 법이다. 요컨대, 만약 그녀가 더할 나위 없이 완벽하다면? 내가 머릿속에서 상상한 모든 게 진짜라면? 내가 알고 싶어했던 그 여자에게 낡았지만 멋스러운 가구와 건강한 홍조와 불굴의 낙천성이 있을까? 학교 다닐 때 에밀리 파이에게 그 편지를 쓰지 않았다면 어떻게 됐을까. 그렇다, 끝을 보지는 못했겠지만, 적어도 그렇게까지 처참한 기분을 느끼지는 않았을 것이다. 내 거듭된 실연의 기원은 에밀리 파이에게 러브레터를 보낸 그날, 기회를 붙잡았던 그날로 거슬러올라간다고 보면 된다.

따라서 대답은 아니요다. 이번에는 모르는 편이 더 낫다. 절대 아니라고 확인 사살을 당하느니, 그럴 수도 있었다고 생각하는 편이 나을지도 모른다. 사진 속 여자로 남아 있는 편이, 만나서 이렇게 될 줄 알았다고 느껴지는 여자가 되는 것보다 낫다.

물론, 데이미언 앤더스 래스킨이 우리를 그녀에게 안내할지는 미지수였다. 두 사람이 사귀는지조차 분명치 않았다. 데브에게 말하면서는 혼자 공정한 척, 어른스러운 척했지만, 결과를 모르기 때문에 더욱 흥미진진한 게임이었다. 무너지고 망가지고 상처입은 가슴을 위해 완전히 새로운 감성과 느낌으로 임하는 블라인드 포커*였

* 상대에게 패를 한 장도 보여주지 않은 상태에서 승부를 가리는 게임. 보통 베팅 금액도 높고 위험부담도 크다.

다. 자해하는 사람들이 뭐라고 하더라? 그저 느끼기 위해서 자해한다던가? 글쎄, 난 그렇게까지 망가지지 않았다. 그러나 가끔은 위험을 무릅쓰는 것만으로도 생동감과 활기를 느꼈다. 순간을 활용하는 것만으로.

게다가, 난 잃을 게 아무것도 없었다. 전혀. 그냥 한 가지 생각, 약간의 희망밖에는. 그다음엔 적어도 앞으로 나아갈 수 있을 터였다.

"그 남자가 게이라는 데 한 표 건다." 데브가 말했다. "영화에서 보면 맨날 그러더라. 우스꽝스러운 단서가 죽 나오고, 그 모든 게 하나의 방향을 가리키더니, 그 남자와 맞닥뜨린 순간 그가 이렇게 말하는 거야. '제 파트너를 소개하지요.' 그러면 다들 어떤 여자가 나올지 두근두근하는데, 웬 사내가 들어오는 걸 보고 입이 떡 벌어지는 거지."

데브는 핸들을 때리면서 껄껄 웃어댔다.

"그다음에 다 같이 게이 바에 가는 거지. 그 파트너는 이름이 중성적이라 혼란을 부추기고. 있잖아, 팻이라든가 끝에 e가 없는 조Jo라든가."

데브는 웃음기를 거두고 말했다. "맨, 때론 나도 사는 게 영화 같았으면 좋겠어."

나는 데브를 쳐다보았다.

"지금 닛산 체리를 타고 기본적으로 잠복근무라고 할 만한 작전을 수행중이잖아."

데브의 눈이 반짝 빛났다.

그때 뭔가 낯익은 소리가 들렸다. 나는 라디오의 볼륨을 키웠다.

"킥스다." 나는 신이 나서 말했다.

"누구?"

"그 밴드 말이야. 내 친구거든. 아니 뭐, 한 번 만난 적 있다고. 애비가 프로모션 하는 그 친구들."

나는 소리를 더 키웠다. 〈Uh-Oh〉였다. 걸 그룹 슈거베이브스의 1호와 사귀는 디제이가 노래가 끝난 후 이렇게 소개했다. "XFM에서 들려드린 브라이튼의 브라이티스트, 킥스였습니다……"

"저거 내가 쓴 문구야!" 나는 또 신나서 외쳤다.

"킥스의 보도 자료에 그렇게 써 있군요, 제가 뭐라고 감히 이의를 제기하겠습니까…… 킥스는 이번주 금요일 저녁 킹스크로스의 스칼라에서 플레이 앤드 레코드, 네이버스 프롬 헬 그리고……"

"애비가 온다던 날이잖아." 데브가 말했다. "금요일 저녁."

디제이가 광고로 넘어가자 우리는 고개를 들었고, 데이미언 앤더스 래스킨이 사무실에서 나와 샬럿 스트리트 맞은편으로 길을 건너는 모습이 보였다.

"체리, 출동!"이라고 소리지르며 데브는 시동을 걸고 외친 그대로 실행에 옮겼다.

결과적으로, 그리 멀리 갈 것도 없었다.

우린 최대한 몸을 낮춰 그를 미행하려 했지만, 뒤차들이 최소한 시속 50킬로미터는 내야 할 것 아니냐고 빵빵거리는 와중에 도보로 걸어가는 사람을 추격하기란 여간 까다로운 일이 아니었다. 〈스타스키와 허치〉*를 보면 절대 이렇지 않던데.

* 열성적인 모범 형사와 태평스럽고 세상 물정에 밝은 베테랑 형사가 한 팀으로 묶이

설상가상, 래스킨은 멀리 가지도 않았다. 엎어지면 코 닿을 거리였다.

"진짜 저기야?" 나는 간판을 쳐다보며 말했다.

우리는 오륙 분 정도 시간 차를 두고 안으로 들어갔다.

"두 명이요." 내가 가게 안을 훑어보는 사이 데브가 말했다.

저쪽 창가 자리에 그가 앉아 있었다. 맞은편 의자에는 아무도 없었다.

그녀를 기다리는 중인지도 모른다. 어쩌면 이 모든 것이 아브리치에서 시작되어 아브리치에서 끝날지도.

"이제 어떡하지?" 데브가 물었다.

"지켜보는 거지." 내가 말했다.

근데 좀 이상했다. 하필이면 왜 아브리치지? 왜 아브리치에서 저녁을 먹는 걸까? 이 가게에 무슨 엄청난 흠이 있어서 그런 건 아니다. 다만 조금만 더 가면 로카가 있었다. 데이미언 같은 남자들은 로카 같은 레스토랑에서 식사를 한다. 그들은 여자들을 로카 같은 곳으로 데려간다. 우선 모히토를 시키고, 늘 가는 단골이므로 주문을 도맡아 하는데, 테이스팅 메뉴는 피하고 껍데기가 연한 게와 은대구와 오세트라 캐비아로 식탁을 채운다.

"저 남자 옆에 앉자." 데브가 소곤거렸다.

"저 남자 옆에 앉지 말자." 나직이 대꾸하는데 제이슨 프리스틀리 모자와 티셔츠를 쌍으로 맞춰 입은 웨이트리스가 나타났고, 데브가 손가락으로 가리키며 말했다. "창가 자리로 가도 되나요?"

면서 좌충우돌하는 2004년 코미디 영화. 1970년대 인기 드라마를 원작으로 했다.

데이미언 앤더스 래스킨에게서는 좋은 냄새가 났다.

내가 만약 아직도 선생 노릇을 하고 있다면 다음과 같이 그를 평가했을 것이다.

용모: 데이미언은 브레드스틱을 씹거나 자신과 어울리지 않는 가게의 코팅된 메뉴판을 무심히 들여다볼 때조차도 '난 지금 매우 바쁘고 정신은 딴 데 가 있다'고 할 만한 모습이다. 자세히 들여다보면 광고에 나오는 남자가 연상되는데, 아마도 집에 있는 무지하게 큰 스테인리스스틸 냉장고에는 배추만 잔뜩 들어 있을 것이다.

품행: 우리가 자리에 앉을 때 웨이터가 그에게 탄산수를 따라주었는데, 그는 "고마워요"라고 말하긴 했지만 어느 나라 왕자라도 되는 양 한 번도 고개를 들지 않았다.

총평: 나는 그가 고개를 들지도 않았다는 점이, 직원을 알은체하지도 않았다는 점이 마음에 들었다. 그와 내가 똑같지 않다는 뜻이기 때문이다.

하지만 고개를 들지 않아서 실은 나도 좀 실망했지 않나?

지금 우린 데이미언한테서 불과 몇십 센티미터 떨어지지 않은 곳에 앉아 있는데, 그는 이 상황이 무엇을 의미하는지 전혀 모르는 듯했다.

무슨 말이냐면, 우리집에서 그는, 이 남자는 스타나 마찬가지였다. 그에게 푹 빠져 있다거나 광팬이라거나 그런 건 아니지만, 우린 그에 관해서 잘 알고 있었다. 스타벅스에서 우연히 〈스타 트렉〉

의 장 뤽 피카르 함장 옆에 앉게 된 것과 비슷하달까. 그런 스릴이 있었다. 내가 당신을 안다는 걸 알려주고 싶어 근질근질하다. 왠지 그 사람의 비밀이라도 알아낸 것처럼. 하지만 알은체하지는 않는다. 무시한다. 왜냐하면 그가 그러길 원할 테고, 나도 괜히 호들갑스러운 사람으로 보이기 싫다. 이런 심정이 이해가 가는지?

데브도 같은 기분이라는 것을 나는 알고 있었다. 그래서 우리는 조용히 메뉴판을 살펴보면서 손가락으로 턱을 가볍게 두드리며…… 잠깐-데브-저-녀석-도대체-무슨-짓을-하는-거야?

"실례합니다." 데브가 갑자기 데이미언 쪽으로 상체를 기울이고 말을 걸었다.

"데브?" 나는 피자에 관해 물을 것이 있는 양 데브를 불렀다. "데브, 이건 어때……"

"번거롭게 해서 죄송합니다만……"

데이미언 앤더스 래스킨은 아이폰에서 고개를 들고 우리 둘을 쳐다보았다…… 저건 뭐지? 순간적인 인지? 우리가 만난 적 있나요 하는 찰나의 표정? 근데 데브는 뭘 하는 중이지?

"저기 혹시"라고 말하는 데브를 나는 눈을 동그랗게 뜨고 지켜보았다. "사진 좀 찍어주실 수 있을까 해서요."

데브는 활짝 웃으며 일회용 카메라를 들어 보였다.

내 일회용 카메라다.

데이미언 앤더스 래스킨은 잠시 카메라를 쳐다보더니 싱긋 웃었다.

"물론이죠, 작동법은 알고 있습니다."

"어……" 갑자기 데브가 기억을 더듬는 시늉을 했다. "데이미언,

맞죠?"

찰칵.

"이렇게 우연히 또 만나다니 정말 신기하네요." 데브는 입안 가득 페퍼로니를 문 채로 틀림없이 네번째로 그 말을 되풀이했다. "그 많은 식당 중에 여기서!"

"뭐, 직장이 바로 요 앞이니까요." 데이미언이 말했다.

데브는 나를 대화에 끌어들이려 줄기차게 시도했지만, 나는 매우 조용히 그야말로 입을 닫고 있었다.

"이런 질문 드려도 될지 모르겠는데, 이 가게에 투자하고 계신가요?" 데브가 물었다.

데이미언은 실실 웃으며 포크를 내려놓고 냅킨으로 입가를 닦았다.

"아뇨, 아닙니다. 제가 투자하는 곳은 쇼어디치에 있어요. 허슬 앤드 자이브란 곳이죠. 나름의 멋을 추구하는 스피키지* 재즈 레스토랑입니다."

우린 둘 다 그 말이 무슨 뜻인지 정확히 알기나 하는 것처럼 고개를 끄덕였다.

"이곳은 그다지 저와 어울린다고는 할 수 없겠죠……" 여기서 예의 실실거리는 능글맞은 미소가 다시 나왔다. "하지만 얼마 전에 저희 회사에서 이곳의 홍보를 맡게 되어서요. 사실 정말 시시한

* 1920~1930년대 미국 금주법 시대에 성행했던 무허가 술집. 이곳에서 백인 중산층이 흑인 문화를 받아들이면서 재즈가 유행하고, 풍요롭고 무절제한 당대만의 독특한 분위기가 형성되어 일명 재즈 시대가 탄생한다.

건이지만, 이 식당 머잖아 맨체스터에도 분점을 열고 육 개월 후에는 글래스고에도 분점을 낼 계획이라니까, 아예 처음부터 관여해서 유리한 관계를 만들어가는 편이 낫죠. 신입들에게는 좋은 경험이 될 테고…… 경기 불황 때는 이것저것 가릴 수 없어요."

나는 그의 시계와 양복을 쳐다보았다. 경기 불황이 그에게 특별히 시련을 안겨주었다고 보기는 어려웠다.

"데브는 무슨 일을 한다고 했죠? 레스토랑?"

"네, 레스토랑 몇 군데 지분이 있긴 해요." 데브가 말했다. "주로 브릭 레인에 있는 가게죠. 공학 쪽에도 몸담고 있습니다. 비디오게임 공학. 꽤 세밀한 분야라 자세히는 말하지 않는 편이 낫겠어요."

"그럼 당신은요, 제이슨?"

"언론 쪽에 있습니다." 나는 되도록 가볍게 들리도록 애썼다.

"성이 어떻게 되시죠?"

"프리스틀리입니다." 내 말에 데이미언은 웃음을 터뜨렸는데, 이번에는 평소와는 다른 이유였다.

그는 냅킨을 들어 보였다.

"천상의 맛, 피자의 천국!" 데이미언은 재미있어하며 읽었다. "이게 당신이었어요?"

"네, 그건……" 당황스러웠다. 이 남자는 웹사이트를, 제국을 가지고 있다. 나는 내 이름이 적힌 냅킨을 가지고 있다.

"아브리치에서 런던점 홍보에 좀더 비용을 쓰자고 확신하게 된 계기가 바로 이거였다는 거 아세요? 지금 내가 무료로 먹고 있는 게 아니라면 한턱내고 싶은데요!"

"한턱내셔도 되는데." 데브가 말했지만 데이미언은 못 들은 척했다.

"그럼…… 〈런던 나우〉군요." 데이미언은 갑자기 지대한 관심이 생긴 듯 말했다. 하지만 얼굴에 스친 표정은 우려와 걱정에 가까웠다. "힘든 시기죠."

"그래요?"

"거기 분위기는 어떤가요? 직원들 사기는 어때요?"

사기? 사기는 괜찮은데.

"아 뭐, 아시다시피." 나는 말했다.

"흠, 당신은 괜찮을 거예요. 그니까, 들리는 소문이 좀 있어서. 자리에 어울리지 않는 얘기를 하려는 건 아닙니다."

"아뇨, 그게 아니라, 저는 프리랜서거든요. 그러니까 회사에서 제게 자세한 얘기를 해주지는……"

"제이슨은 리뷰 담당 에디터예요." 데브가 말했다.

"리뷰 담당 에디터 노릇을 하는 거죠." 내가 정정했다. "잠시 다른 사람 대타로."

"어쨌든 저희를 벌써 한 번 도와주신 셈이네요." 데이미언의 말에 나는 어깨를 으쓱하고 아무것도 아니라는 시늉을 했다. "저희 고객 리스트에 이름이 있습니까? 저희가 리스트를 관리하거든요. 특별한 분들만 따로. 종종 행사 비슷한 걸 열어요. 당신을 리스트에 넣어야겠군요. 이메일이 어떻게 되죠?"

그러더니 자기 휴대폰에 내 이메일을 입력했다.

십 분쯤 지나서 데이미언은 "그럼" 하며 일어섰다.

그는 가게 안을 슥 돌아보고 공모자처럼 윙크를 날렸다.

"뭐, 적어도 여긴 제가 다시 손댈 필요 없겠네요." 데이미언이 말했다. "사람들이 반응을 보인다는 건, 저희 홍보 회사의 고객에겐 세상 그 무엇보다 중요한 일이죠."

데브와 나는 일어서서 어정쩡하게 데이미언과 악수를 나눴다. 한꺼번에 같이 한 게 아니라 한 명씩 차례대로 했다는 말이다.

"아우프 비더젠*, 친구들." 그가 말했다. "제이슨, 연락드리겠습니다."

"아," 데브가 내게 한쪽 눈을 찡긋하며 말했다. "마지막으로 하나만."

데이미언은 빙글 돌아서 호기심에 찬 표정으로 눈썹을 치켜세웠다.

"싱글이신가요?"

잘했어, 데브. 절묘해. 나는 자리에 앉아 문자메시지를 확인하는 시늉을 했다.

"그니까 제 말은, 사귀는 사람 있어요? 현재?"

데브는 자기도 모르게 힐긋 내 쪽을 보았다. 어때, 보고 있나? 눈빛이 이렇게 말하는 듯했다.

"영광이군요." 데이미언은 애매한 미소를 지으며 불안한 눈빛으로 우리 둘을 번갈아 쳐다보았다. "하지만, 네, 지금 함께하는 사람이 있습니다."

그러고 나서 데이미언이 뒤돌아 저만치 걸어가는데, 그때 데브가 데이미언의 말이 무슨 뜻인지 깨달았다.

---

* 독일어로 다음에 보자는 인사말.

"아니, 내가 아니라!" 데브는 어쩔 줄 몰라하며 데이미언의 등 뒤에 대고 외쳤다. "어이, 데이미언! 내가 아니에요!"

데브는 앉아 있는 나를 손가락으로 가리켰다.

"이 친구 때문에 물어본 거예요!"

나는 진짜 아무렇지도 않았다. 전혀 신경쓰이지 않았다. 포리스트 래스킨이 얼마나 큰 회사인지, 그들이 무슨 일을 하는지 알게 되었으니까.

그리고 이 일이 어떻게 풀리든 간에, 방금 전에 나는 그들의 특별 리스트에 들어간 것이다. 왠지 데이미언 래스킨에게 묘한 친근함이 느껴졌다.

"사랑하는 여인이 있다면, 그녀에게 가기 위해 죽음을 불사하고 온 힘을 기울일 것이다"

_ 짐바브웨 쇼나 부족의 속담

내 블로그에 댓글을 달아줘서 고마워요. 이젠 여기에 들르는 사람이 열 명이 됐는데, 여전히 난해한 얘기만 늘어놔서 미안해요. 그래도 최대한 솔직하게 쓰려고 노력하고 있어요.

마틴 님: 아뇨, 그 사람 이름은 말해줄 수 없어요. 하지만 당신의 닉네임은 꽤 잘 어울리네요.

모린 님: 네, 저도 카메라에 들어 있던 사진이 무척 보고 싶어요. 그 일 때문에 제가 이 블로그를 시작한 거나 마찬가지니까요. 증거가 남지 않은 순간들을 기억할 방편으로. 덕분에 깨우침을 얻을 수 있을지도 모르죠.

그의 아파트에 처음 갔을 때—아파트가 알래스카처럼 광활했다는 정도로만 말해두죠—나는 이런 리스트가 있다고 그에게 얘기했어요.

자, 보세요. 그동안 내가 누군가에게 엽서를 보낸 장소와 그 엽서의 수신인을 전부 적은 목록이에요. 나의 간략한 인생사라고 할 수 있죠. 어떤 사람이 되지 못했는가 못지않게 어떤 사람이 되었는가에 관한 일종의 예시죠.

애버리스트위스—지리학 현장학습(엄마와 아빠, 나나에게).

디에프—교환 학교 방문(엄마와 아빠, 나나에게).

글래스고—SECC에서 열린 테이크 댓의 '더 팝스' 투어 공연(엄마, 나나).

스털링—대학 입학 첫 주(엄마와 아빠, 나나).

런던—직장 면접(엄마, 나나).

휫비—아빠의 무덤. 아빠는 늘 태어난 곳에서 삶을 마치고 싶다고 하셨거든요. 아빠 차는 제가 물려받았지만, 엽서는 엄마를 위해 본가에 남겨뒀어요.

그 사람이 여기에서 아이디어를 얻은 것 같아요, 이 기발한 재주꾼. 그 때문에 쉽게 그에게 마음을 내준 것 같아요.

그 일을 후회하면 후회할수록, 다시는 그렇게 쉽게 마음을 내주지 못하게 되겠죠.

그래서, 캡틴 스팅크제트 님의 질문에 답하자면, 당분간은 익명으로 남아 있는 게 좋겠다고 생각한 거예요.

ㅅㄴ.

열여섯

잘 자요 그리고 좋은 아침

Goodnight & Goodmorning

내가 만약 아직도 그저 그런 선생 노릇을 하고 있다면, 걸핏하면 병가를 내는 도드 선생님 대신 과학 수업을 하면서(점심시간에 도드 선생님을 찾아가서 안부 카드나 꽃다발을 전하고 싶다면, 래드브로크스 도박장 구석자리로 찾아가라. 그가 매우 기뻐할 것이다), 나의 현 상황을 다음과 같이 평가했을 것이다.

목표: 허무맹랑.

방법: 법원에서는 스토킹이라고 판단할지도.

결과: 얻으면 좋겠지.

결론: 한 번에 한 걸음씩. 그러나 리스트는 신의 한 수였음.

그래, 나는 데이미언의 리스트와 같은 것들을 잘 안다.

리스트에 들어간다는 것은, 선택되었다는 뜻이다. 중요 인사로 여겨진다는 뜻이다. 홍보사에서 그냥 '기자'가 아니라 '친한 기자'라고 부를 만한 사람. 그들만의 리그에 들어가서, 음식과 음료를 산더미처럼 쌓아놓은 경치 좋은 곳에서 며칠씩 진행하는 호화로운 행사에 초대되고, '우리와 다른' 열등한 기자들에 대한 은밀한 험담을 공유한다.

들어가기만 하면 굉장한 자리다. 정보망을 형성하고 인맥을 쌓을 수 있다. 접근권이 생긴다. 나는 그것을 활용할 수 있다. 〈런던 나우〉를 넘어서 〈GQ〉나 〈에스콰이어〉 〈쇼트리스트〉 등 자기들과 비슷한 수준의 사람을 고용하고 싶어하는 여러 잡지사와 신문사도 가시권에 들어온다.

포리스트 래스킨의 리스트에 들어간다는 건 머지않아 다른 리스트에도 들어간다는 뜻이었다.

"다음엔 허슬 앤드 자이브에 가야겠다." 집으로 돌아오는 버스 안에서 데브가 말했다. "데이미언과 또 마주칠 수도 있잖아. 게다가 스피키지 재즈 레스토랑이라는 게 뭔지도 좀 알아보고."

나는 그럴 필요가 없다고 설명했다. 리스트에 들어가는 것 자체가 데이미언과의 교유를 보장하는 일이었다. 그에 관한 정보를 쉽게 얻을 수 있다. 또한 그를 통해, 그 여자에 관한 정보도 좀더 알아낼 수 있다. 대부분의 행사에 나와 동행하게 될 사람이 자신임을 깨달은 데브는 그날 밤 거의 잠을 이루지 못했다.

"F1 그랑프리에도 초대될 거야!" 다음날 아침 데브가 집에서 말했다. 데브는 나치 좀비스 게임을 하면서 활짝 웃고 있었다. "아님 윔블던이라든가! 분명 올림픽 티켓도 잔뜩 사놓겠지! 특별실이고 카나페도 있겠다! 나랑 같이 가는 거 맞지? 지금 이 자리에서 약속해!"

"너랑 같이 갈 거야." 내 말을 듣고 데브는 자축의 의미로 카빈 총을 재장전하고 나치 좀비 한 놈을 날려버렸다.

문득 데브가 시간을 확인했다.

"근데 너 벌써 출근했어야 하지 않냐?"

리스트에 들어갔다고 해서 모든 게 다 바뀔 거라고 생각하다니, 어처구니없다는 거 안다. 하지만 내가 말했듯, 그것은 그들만의 리그에 받아들여졌다는 표시다. 인정받고 있다는 증거다. 물론 멋모르는 인턴 사원이 멍한 눈으로 메일링 리스트에 모르는 이름 하나를 더 추가하는 것뿐이라고 얘기할 수도 있겠지만, 그래도 나는 그런 상황으로 나를 밀어넣어준 데브에게 묘한 고마움을 느꼈다.

요즘 데브는 그런 일을 아주 많이 했다. 데브의 좋은 점이었다. 충동적이지만, 늘 계획이 있었다. 허무맹랑한 계획조차도, 낙관주의가 불을 지핀 것이었다. 데브는 참견하기를 좋아한다. 그리고 참견하고 싶어하는 사람이 주위에 있다는 것은 자못 놀라울 정도로 삶의 질을 향상시킨다. 세라와의 과거를 잊게 하려고 데브가 이런 일을 벌였다는 데 큰 의미가 있었다. 우리 두 사람이 함께 순간을 활용하고 있다—그래야 하고, 할 수 있고, 할 거라고 우리가 늘 말해왔던 것처럼—는 사실 또한 굉장했다. 어쨌거나 결국, 불을 지른 사람은 우리가 아니었다. 정말로. 불을 지른 사람은, 우리가 함께 나누길 바랐던 그 순간에 마침 카메라를 잃어버린 그 여자였다.

그렇다면 그녀는 데이미언과 어떤 사이일까? 궁금했다. 함께하는 사람이 있다고, 데이미언은 말했다. 그녀와 사귀는 걸까? 여자

친구? 아니면 결혼은 했고, 그녀는 정부일까? 만약 그렇다면 그녀도 그 사실을 알까? 그냥 한번 즐긴 사이? 지속적으로 만나는 사이? 아니면 둘은 아무 상관도 없는 관계일까?

어쩌면 단순히 같은 회사 동료일지도 모른다고, 나는 짐작했다. 그의 홍보 팀원 중 한 사람. 홍보 팀 사람들은 보통 아주 가깝게 지내니까. 행사도 같이 다닌다. 식당에서 같이 밥도 먹는다. 일도 열심히 하고, 놀기도 열심히 놀고, 초밥을 먹으면서 고객사에 대해 야한 농담을 짓궂게 주고받는다. 정장 차림으로 회사 로고 아래 한데 뭉쳐 꼭 껴안고 등을 두드리며 서로를 격려하고는 다시 고객사로 돌아가는 모습도 종종 보인다. 단순한 직장 동료 이상으로 오해받기 쉽다. 지나치게 친밀해 보이고 즐거워 보이는 여자 사진은 그렇게 설명될지도 모른다. 혹은 데이미언이 처음 몇 장의 사진에만 등장하는 건 그때만 잠깐 관련됐기 때문일지도…… 나머지 사진은 제삼자가 찍었을지도 모른다. 어쩌면 그녀는 데이미언에게 아무 의미 없는 타인일지도 모를 일이다. 파티에서 한 번 만난 적 있는 사람으로 언뜻 기억할 뿐, 함께 사진을 찍었던 것 같기도 한데 확실한지는 별로 자신이 없는 그런 사람. "그런 행사가 어떤지 잘 아시잖습니까." 데이미언은 아마 이렇게 말할 것이다. "다들 아무데나 카메라를 들이대고 뭐든 찍어대죠."

아니면 혹시……

혹시 그녀도 리스트에 들어 있는 게 아닐까? 〈그라치아〉나 〈T2〉* 에서 일하는 기자나 편집자, 혹은 교열 기자일까? 레스토랑의 개

* Times2. 〈타임스〉 주중 판의 별책 부록.

업 행사나 시사회에 갈 때 사람들이 기억을 기록하기 위해 노키아 휴대폰을 사용하듯 애용하는 일회용 카메라를 갖고 다니는 게 아닐까? 그래서, 혹시 그 사진이 단순히 파티에서 찍은 거라면, 근데, 왜 그렇게 즐거운 표정이지?

그냥 그녀도 나처럼 기자이고, 데이미언이 나에게 했던 것처럼 그녀에게 똑같은 제안을 했던 것일 수도 있다.

어이, 희망 군, 거기 있는 게 자넨가? 지하철에서 사무실로 성큼성큼 걸어가는데 뱃속에서 작은 기포 같은 뭔가가 보글보글 올라오는 것은, 흥분 군, 자넨가?

그러다 프렛 앞을 지날 때 그 자동차가 생각났다.

그래. 그 자동차.

알래스카 빌딩 앞에서, 그녀는 그 자동차와 함께 사진을 찍었다.

데이미언에 대해서 아는 건 많지 않지만, 지금까지 살면서 내가 만나본 이들 중에 한정판 자동차를 몰거나 알래스카라고 쓰인 빌딩의 쪽모이 세공으로 바닥에 원목을 깐 펜트하우스 유지비를 감당할 만한 사람을 대라면 무조건 제1순위는 데이미언이다.

결혼식장 사진이 첫번째였고, 알래스카 빌딩이 두번째였다. 어떤 관계에 대한 이야기가 담긴 두 순간과 아파트.

그건, 당연히, 단순히 지인의 결혼식에서 우연히 만난 것 이상의 뭔가가 있다는 얘기였다. 뭔가 내력이 있다는 얘기였다. 낮의 만남과 저녁의 만남. 일 때문에 만났을 수도 있지만, 그보다는 개인적인 만남일 가능성이 높았다. 그 말인즉슨, 이 사진들이 그녀의 것이면서 동시에 데이미언의 것이라는 얘기였다.

그래도, 하지만, 나는 생각했다. 리스트에 들어가는 일이 나쁠

것은 없다.

"어이, 나 엊저녁에 데이미언 래스킨 만났어." 나는 대수롭지 않은 척 얘기를 꺼냈고, 모니터를 보고 있던 조는 고개를 들고 눈썹을 치켜세웠다.

"그래? 어디서?"

"아, 그게…… 아브리치에서."

"아브리치? 아브리치에서 네가 쓴 문구로 라디오 광고를 시작한 거 알아? 넌 거기서 뭐하는 중이었는데? 래스킨은 또 뭘 하고 있었고?"

"아브리치 홍보 건을 맡아서 준비하고 있다나봐. 그건 그렇고, 몇 군데 초청받을 수 있게 손을 써준다더군. 자기 리스트에 나를 넣어준다고 하데."

나는 별일 아닌 듯 어깨를 으쓱했다.

"응, 나도 그 리스트에 들어 있어." 조가 말했다.

"아, 너야 편집장이니까 당연히 들어 있겠지. 그냥 그런 일이 있었다고."

"나도 들어 있는데." 클렘이 말했다.

"당신이? 당신도 들어 있어요? 일반 리스트가 아니라 특별 리스트 말하는 건데."

"온갖 리스트에 다 들어가서 골치 아파. '오, 트로카데로에 오셔서 피아트의 새 얼굴인 플리피를 만나보세요.' 그러고선 플리피 열쇠고리랑 벌써 7월이라 반은 쓸모없는 달력이 든 쇼핑백을 주는 거야."

"플리피가 누군진 모르겠지만, 어쨌든 포리스트 래스킨은 그런 종류의 일은 안 받을걸요, 안 그래요? 규모가 되는 곳, 좀 이름 있는 브랜드를 다루죠. 메르세데스, 소니, 그런 곳."

"그래. 이름 있는 브랜드. 그럼 한번 말해보시지. 자네의 그 아브리치는 어떤 곳인데?"

내가 데이미언에 관한 말을 꺼낸 이유는 오로지 그에 대해 알아보기 위해서였다. 사업에 관한 이야기나 성공담 혹은 실패담이 아니라, 실제로 그가 어떤 사람인지에 관한 이야기, 알래스카 빌딩 꼭대기의 집에 있을 때면 임스 의자에 편히 누워 사우스런던을 굽어본다든가 뭐 그런 얘기 말이다. 조는 알고 있을 터였다. 조는 충분히 오랫동안 이 업계에 몸담았고, 남들 못지않게 열심히 일했다. 그녀는 연줄이 있었고, 연줄은 결과적으로 업계 친구가 되었고, 업계 친구들끼리는 곧잘 남의 사생활에 관한 가십을 일거리 삼아 주고받기 마련이다.

"포리스트 래스킨에 아는 사람 있어?" 나는 다시 한번 아주 자연스럽게 물었다.

"응, 많이." 조는 내게 눈길도 던지지 않고 말했다.

"가령 누구?"

"대체로 조라는 이름이야." 조가 말했다. "해나도 많긴 하지만, 주로 조가 많지."

"데이미언은? 그 사람 알아?"

"흐음?"

"그냥, 데이미언에 대해서 특별히 잘 아는지 궁금해서. 괜찮은 사람 같더라고. 현실적이고 차분하고. 뭐랄까, 한 집안의 가장다운 느낌?"

"하!" 조가 말했다.

"왜?"

조는 그저 고개를 절레절레 젓고는 계속 키보드를 두드렸다.

정오가 막 지나, 별로 중요치 않고 특별 리스트 발끝에도 못 미치는 홍보 자료가 벌써 몇 건 들어왔고, 이런저런 소포들과 이런저런 초청 건을 이런저런 프리랜서들에게 나누어 맡기고 나서(발신인이 된다는 것, 일거리를 나눠주고 배분하는 권력자가 된다는 것은 여전히 기분좋았다) 그 일이 이미 궤도에 들어섰음을 알리는 메일을 받고 나는 쾌재를 불렀다. 마침내 시작됐다.

발신: Emily@ForestLaskin

수신: 익명

제목: 마지막 알림—특별 행사, VIP 한정, 목요일 저녁 여덟시.

나는 메일을 열어보기도 전에 행사에 참석하기로 마음을 정했다.

그 주에, 초대장이 잇따라 대거 쏟아져들어왔다.

큰 건수라면 분담해서 참석해야 한다고 생각한다. 하지만 이것들은 큰 건수가 아님을 염두에 두시라.

나 혼자서 참석한 행사: 늦은 점심시간에 진행된 패션 브랜드 나바로의 개장 행사(보드라운 가죽장갑 한 켤레를 받았다), 난도스 레스토랑의 베리페리페리 '핫소스 기념 행사'(베리페리페리 소스 한 병을 받아서 클렘에게 주었는데, 흥미롭게도 클렘은 이 행사에 초대받지 못했고, 나는 핫소스를 마시는 게 직업이라는 마틴이라는 남자를 만났다).

데브와 같이 참석한 행사: 비노폴리스에서 열린 뉴질랜드 관광청의 말버러 지역 와인 시음 행사와 '뉴질랜드 하우스'의 위스키 바에서 열린 식후 행사.

데브와 같이든 아니든 참석하려고 했으나 참석하지 못한 행사: 실버스톤 트랙 데이, 열기구에 관한 픽사의 새 애니메이션을 기념한 열기구 띄우기 및 샴페인 행사, 버펄로 바에서 열린 폴 웰러의 친선 공연, 사우스엔드온시의 '파우 파우'에서 열린 언론인 대 SAS의 서바이벌 게임 대회.

보이드 힐턴*이 된 기분이었다.

매번 데이미언이 왔나 두리번거렸다. 매번 그 아가씨는 왔나 두리번거렸다. 매번 실망했다.

한번은 조인가 해나인가를 한쪽으로 데리고 가서 물었다. "데이미언은 어디 있나요? 이런 행사에는 참석하지 않나요?" 그러자 조인지 해나인지는 고객이 들을까봐 몰래 이렇게 말하면서 계속 주변을 살폈다. "아, 사장님이 참석하는 행사는 사장실에서 직접 초대장을 보내요. 주로 큰 행사에서 아는 사람들과 일하시거든요……"

그 얘길 들으니 나의 보드라운 새 가죽장갑의 매력 지수가 좀 떨어졌다.

* 연예 주간지 〈히트〉 기자 출신으로, 현재 여러 매체에서 방송과 리뷰 전문가로 활동하고 있다.

그래도, 괜찮다. 기다리다보면 때가 올 것이다. 데이미언을 다시 만날 때가.

금요일 밤 외출이 별로 좋은 생각이 아니라는 건 알고 있었다.

일단 금요일 다음날은 토요일이고, 토요일에 전 애인의 약혼식에 참석하기로 했다면, 그 전날인 금요일부터 몸가짐을 바로 하는 게 맞다.

세라가 그날 카페에서 테이블 위로 초대장을 슥 밀었을 때, 나는 당연히 가겠다고 했다. 철들었고 어른이 됐다는 얘기를 막 들은 참이었고, 철들었다거나 어른이 됐다는 말을 들었을 때의 가장 유치한 반응은 그 말을 곧이곧대로 믿는 것이다. 그래서 자연히 나는 어른스러운 표정을 지으며 어른다운 태도로 초대장을 읽고, 둘 다 철든 어른이라는 식으로 고개를 끄덕이며 참석하겠다고 확언했던 것이다.

바보 같은 짓이었다. 실은 가고 싶지 않았다.

내 감정은 이랬다—좋아. 가서 결혼해. 내 행동에 스스로 민망해하는 건 지긋지긋해. 과거를 돌아보는 것도 질렸어. 너더러 그만두라고는 하지 않을게. 상황이 달랐더라면 좋았겠지만, 그렇지 않으니까, 가, 문을 나가서, 이젠 돌아보지 마, 왜냐면 사실 난 그렇게 기꺼이 네 결혼을 환영하는 건 아니거든. 그래도 어쨌든 철이 든 척해야겠지.

그래 맞다. 금요일 밤에 외출이라니 좋은 생각이 아니라는 건 알고 있었다. 금요일 밤 열시 십 분 전이었고, 텔레비전은 아무도 없는 벽을 향해 저 혼자 떠들어대고 있었고, 데브와 나는 여태 애비를 기다리며 집안에 들어앉아 있었으니, 좋은 생각이 아니라는 건 그 어느 때보다 잘 알고 있었다.

보통 때 이 시간쯤이면 슬슬 집으로 돌아오면서, 배달 음식을 시켜 먹을 만큼 돈이 넘쳐나지 않는 이상, 굽다가 태워도 아깝지 않은 싸구려 냉동 피자를 사러 캘리도니언 로드 푸드 앤드 와인에 들렀을 것이다.

"젊고 쿨한 여자애들은 이게 문제야." 데브가 고개를 저으며 말했다. "약속 장소에 가는 길에 항상 아홉 군데쯤 들른다니까. '마블 아치에 잠깐 들러야겠어.' '올드 스트리트에 있는 친구한테 뭘 좀 받아야 해서.' '어이, 못 가겠는데. 결국 마르세유까지 왔네.' 나이 들고 쿨하지 않은 여자들과 데이트하는 것도 꽤 할 만하겠다 싶어진다니까. 브라이튼에 남자친구가 있대?"

"내가 아는 한은 없어."

"네가 아는 한?"

"싱글인 것 같았어. 처음 만난 그날 저녁엔 확실히 혼자였어. 애인이 생겼다면 얘기했겠지. 게다가 내가 고백이라도 하려는 게 아닌 이상 남자친구가 있는지 없는지 물어볼 방법도 없잖아."

"고백 안 해?"

나는 데브에게 시계를 보여주었다. 열시 오 분 전이다. 이제 충분해.

딩동.

"정말 가는 거죠?" 애비는 온통 반짝이 화장에 눈썹까지 내려오는 앞머리를 휘날리며 말했다. "우린 모두 손님 명단에 들어 있어요."

킥스는 확실히 성공가도를 달리는 중이었다. 플레이 앤드 레코드를 키운 사람을 아는 사람의 아는 사람의 아는 사람의 눈에 띄었단다. 플레이 앤드 레코드는 작년에 성공가도를 달린 밴드였고, 말 그대로 여기저기 등장했다. 〈NME〉*의 표지, XFM의 라이브 방송, 래티튜드 페스티벌의 소규모 무대.

"스칼라로 가주세요." 애비는 마빈스에서 나오는 택시에 올라 말했고, 다초점 렌즈 안경을 쓴 운전사는 귀도 안 좋은지 애비의 말을 스카버러로 잘못 알아들은 것 같았다.

"스칼라는 제법 큰 곳인데." 나는 적이 놀랐다.

"뭐, 킥스는 제법 큰 밴드가 될 거예요."

"이야, 그 친구들하고 인터뷰해야겠는걸. 그러니까, 내가 전에 쓴 리뷰의 후속편으로."

"다들 그 리뷰를 굉장히 좋아했어요." 애비가 말했다. "마이키는 그 리뷰가 제일 마음에 든대요."

나는 우쭐해졌고, 이것은 우려할 만한 일이었다. 아부에 쉽게 넘어가는 기자는 리뷰를 쉽게 쓴다.

아, 제기랄. 난 결코 냉철한 기자가 되지 않을 것이다. 근사한 시간을 즐기고, 초대 명단에 들어가고, 대짜 베리페리페리 소스를 맛있게 먹는 편이 훨씬 낫다.

"아버님은 잘 지내세요, 데브?" 오크니 하우스 옆 주유소를 지날 때 애비가 물었다. 킹스크로스 바로 맞은편에 있는 스칼라 클럽

* New Musical Express. 1952년 창간된 영국의 음악 전문지.

까지는 고작 몇 분 거리였다.

"데브의 아버지? 아버지는 언제 만났어?"

"지난번에. 세라가 가게에 나타난 바로 다음에요." 애비가 말했다. "화가 나신 것 같던데."

"애비, 우리 둘 다 궁금해하던 참인데. 애인 있어?" 느닷없이 데브가 물었다.

"함께하는 사람이 있죠." 애비가 얼른 대답했지만, 나는 여전히 그날 데브의 아버지가 왜 오셨는지 알고 싶었다.

"사람들이 '함께한다'고 말할 때 그건 무슨 뜻이야?" 데브가 물었다. "왜 그냥 '결혼했다'거나 '애인이 있다'고 하면 안 되는데?"

"때론 어물쩍 넘어가고 싶다는 뜻으로 쓰이는 것 같아요." 애비는 시선을 창밖에 둔 채로 대답했다.

"너도 어물쩍 넘어가고 싶은 거야?" 데브가 물었다.

"난 확신범이에요. 그야말로 열과 성을 다하죠. 그러다 가끔은 감옥에 끌려가야 하지만."

우리 둘 다 애비의 말이 무슨 뜻인지 골똘히 생각하느라 잠시 침묵이 흘렀다. 웃어야 할 때인 것 같았지만, 아무도 웃지 않았다.

"하여간 그래서, 나랑 사귈래?" 데브가 물었다.

"다 왔습니다." 택시 운전사가 브레이크를 밟으며 말했다. "스카버러입니다."

안에 들어가자, 사실 킥스는 플레이 앤드 레코드의 '서포팅' 밴드가 아니었음이 아주 금방 매우 확연해졌다. 엄밀히 따지면 서포팅 밴드였지만, 엄밀히 따질 때만 그랬다. 킥스는 플레이 앤드 레코드의 본공연이 시작되기 전 기나긴 대기 시간 동안 분위기를 띄우는 여섯 팀 중 하나였다. 그리고 우리는 대략 두 시간 차이로 킥스의 공연을 놓쳤다.

우리는 느슨한 노란색 팔찌를 차고 간신히 위층의 바로 올라갔다. 밴드를 하거나 밴드와 일했거나 밴드에 있었음이 분명한 남자들이 플라스틱 잔을 들고 모자를 만지작거리고 있었다.

"안녕!" 애비는 그런 남자들 중 한 사람을 두 팔 벌려 포옹했고, 지금이야말로 나의 뛰어남을 보여줄 기회이기에 나는 팔꿈치로 데브를 쿡 찔렀다. 킥스처럼 로큰롤을 하는 친구들과 어울리는 법을 잘 알고 있다는 걸 데브에게 보여주는 것이 중요했다.

"잘 지냈나, 맨?" 나는 그 남자를 포옹하며 말했다. "피닉스에서 본 후로 처음이지! 잘나가던데! 라디오에도 나오고!"

"기자님." 애비가 말했다. "얘는 폴이에요. 킥스 멤버가 아니라."

"맞아!" 나는 허풍을 떨었다. "나도 그렇게 생각했어. 알고 있었다고."

"폴은 인형 조종사예요."

"멋진데." 내가 말했다. 거의 쿨할 뻔했다가 쿨 근처에도 못 가고 끝난 내 모습을 고소해하면서 데브가 씩 웃었다. "나도 인형을 무척 좋아해요."

"어떤 인형을 좋아하시는데요?" 폴은 좀 냉랭하게 따지듯 물었고, 나는 인형 조종사라는 사람이 이렇게 나올 줄은 전혀 예상치 못했다.

"전부 다요. 어렸을 때 하나 갖고 있었죠. 여우 인형."

폴은 나를 뜯어보았다. 인형을 조종하는 사람 앞에서 나 자신이 이렇게 초라해지는 기분은 난생처음이었다.

"폴은……" 아주 짧은 머뭇거림, 찰나의 정적. "……내 남자친구예요."

"아!" 나는 두 사람을 위해 진심으로 기뻐하는 표정을 지으려 노력했다.

"아." 데브가 말했다.

"네, 만났다, 헤어졌다, 또 만났다, 갈팡질팡하고 있죠." 폴이 말했다.

그건 진심으로 기쁘네.

"제이슨 씨는 기자야." 애비의 말투에서 폴의 말을 일축하는 듯한 기미가 얼핏 느껴졌다. "제이슨 프리스틀리 씨."

"하하! 〈베벌리힐스의 아이들〉 이후로 쭉 내리막길을 걷고 있는?" 폴이 말했다.

"하하!" 나는 너그럽게 하하거려주었다.

"밴드를 취재하는 중이래. 인터뷰를 하고 싶은 거죠?"

애비는 사과하는 듯한 미소를 내게 살짝 보였고, 폴은 지루하다는 미소로 응수했다. 폴은 어딘가 비뚤어진 느낌이었다. 잘생겼나, 그렇다. 패션 감각이 뛰어난가, 그런 것 같다. 스키니 진을 입고 톱맨 매장 계산대 옆 매대에서 파는 장신구를 걸친 그는 이곳에 잘 어울리는 것 같았다. 하지만 또 염소수염과 포니테일도 금방 기를 수 있는 사람처럼 보였다. 말하는 게 꼭 염소수염과 포니테일 과의 남자 같았다. 염소수염과 포니테일이 없다는 게 아마 그에게서 느껴지는 불안함의 가장 큰 이유일 것이다.

"기자 나부랭이들은 화려한 걸 좋아하던데." 폴이 말했다. "조명이며 마이크며 번쩍번쩍 빛나는 것들. 우리 쪽에서는 대수롭지도 않은 거지만. 하긴, 댁 쪽에서 보면 나도 별거 아니겠지."

"그런가?"

"〈타임아웃〉 표지에 인형 조종사가 나온 것 본 적 있습니까?" 폴이 말했다. 나는 그가 눈이 반쯤 감겨서 지루해하고 있음을 알아차렸다.

"좋은 지적이네." 나는 되도록 친절하게 대답했다.

"사실 별로 나쁘지 않은 직업이죠, 기자라는 건. 이런 데서도 영향력 있어 보이고, 기사를 써서 그게 실리면 또 영향력 있어 보이고. 하지만 실제로 만들어내는 건 아무것도 없잖습니까?"

이 인형 조종사가 남의 신경을 살살 긁기 시작했다. 나도 이 인형 조종사의 신경을 긁고 싶어졌다. 녀석은 뿌듯한 미소를 짓고 있는데, 아마 자기는 있는 그대로 말하는 사람이라며 의기양양해하고 있을 터였다. 당신이 상처받았다면 그건 당신 잘못이고, 난 단지 솔직하게 사실을 말할 뿐이며, 나는 원래 그런 사람이고, 뒤에서 험담하느니 면전에 대고 말하겠다. 당연히 그러시겠지. 그렇게 해야 자기가 영향력 있는 사람이라는 기분이 들 테니까.

녀석은 분명 예술가들이 무단 점유한 지하실의 보헤미안 디너파티에서 민속 깔개 위에 양반다리를 하고 앉아 수많은 사람들을 이런 식으로 싸잡아 무시했을 것이고, 그의 경멸을 감내했던 그 수많은 사람들은 지금 저것과 똑같은 미소, '난 그저 솔직할 뿐'이라는 얄팍한 미소를 목격했을 것이다.

"여하튼 어서 가서 하던 일이나 계속하시죠." 그가 말했다. "킥스를 대단한 건수로 부풀려서 팔아먹어야 재네들도 칼스버그든 펩시

든 광고 같은 거라도 따서 우리한테 팔아먹을 수 있지 않겠어요?"

그가 마시고 있는 칼스버그 맥주에 눈이 가지 않을 수 없었다. 애비의 시선도 폴의 맥주잔을 흘끔거렸다. 애비는 입술을 깨물고는 다시 미안하다는 듯 나를 쳐다보았다.

표정이 내 생각을 대변하고 있었던 게 분명하다. 내 표정은 '농담이지, 애비? 이 녀석이 네 남자친구라고? 앤 예명을 '재수없는 새끼'라고 하는 게 낫겠다'라고 말하고 있었다.

또한 그 표정은 '캠던의 운하 옆에 앉아서 또는 블룸즈버리를 지나는 버스 안에서 또는 우리집 근처 카페에서 조숙한 척, 현명한 척하던 여자애의 사랑과 인생에 대한 충고는 듣지 않겠어. 너도 영국에서 제일 재수없는 새끼랑 사귀잖아!'라고도 말하고 있었다.

그 표정은, 묻지도 않았는데 의견을 피력하는 폴의 한껏 적의를 담은 단조로운 일제사격에 의해 중단되었다.

"그 점에 대해선 나름 존경스럽네요." 이 대목에서 나는 그를 때려눕혔다, 라는 건 뻥이고. "그래도 하하 하아, 내 생각을 말하라면 말이죠, 신사 여러분, 난 댁이 하는 그런 일 같은 건 곧 죽어도 못 히겠이요."

그는 고개를 흔들더니 마치 '아 예, 말해버리고 말았군요, 그럼 이만 얘기 끝' 하고 말하듯 우리의 시선을 피하고, 또 한번 그 거만하고 우쭐대는 자족 모드에 들어갔다. 이건 전혀 유쾌하지 않았다.

나는 묵묵히 시선을 공연 쪽으로 돌리고 주먹 쥔 손으로 맥주병의 목을 졸랐다.

"그래, 당신이 조종하는 인형 쇼를 보러 사람들이 많이 오나요?" 데브는 천진난만하게 물었고, 폴은 짐짓 충격을 받은 척 힘 주어 눈을 깜박거렸다. "굉장한 직업이겠어요. 나도 하루 온종일 인형 놀이만 하고 싶네. 스트레스 푸는 데 최고일 텐데. 그러다 줄이라도 하나 끊어지면 큰일이겠지만. 그건 확실히 스트레스겠군요."

폴은 데브가 무슨 짓을 하고 있는지 단박에 알아차렸다.

"그럼 댁은 무슨 일을 하십니까?"

"국방부에서 일합니다." 데브가 말했다. "그 이상은 말씀드릴 수가 없군요."

"비밀 정보원이라도 되는 양 말씀하시는데, 왜 저는 안내 데스크에 앉아 계신 모습만 연상되죠?" 폴은 무표정한 얼굴로 단조롭게 말했다.

"하하! 그럼 곧 마술 쇼를 할 예정인가요?"

"극장." 폴이 정정했다. "극장 공연입니다."

"네 살배기 조카가 있는데 걔가 인형을 무진장 좋아해서요. 조카한테 〈머핏 퍼핏〉을 보여주기 시작했죠. 〈머핏 퍼핏〉에 아주 환장하던데요!"

"그 인형은 그냥 '머핏'*입니다. 머핏 퍼핏이 아니라."

"뭐 그쪽이 전문가시니까. 당연히 퍼핏 머핏에 대해서 훤히 꿰고 계시겠죠."

"머핏은 정확히 말해서 내……"

"언제 처음으로 머핏에 관심을 갖게 됐나요?"

나는 애비와 눈이 마주쳤다. 애비는 조용히 이 상황을 즐기고 있

* 1955년 짐 헨슨에 의해 탄생해 오십 년 넘게 사랑받은 인형극과 거기에 등장하는 인형들.

었다.

"네 살짜리가 내 접근법을 제대로 이해할지 모르겠군요."

"왜 네 살짜리한테 접근하려고 하는데요?"

"이거 아주 웃기는군."

"제일 좋아하는 인형은 뭐예요? 원숭이 인형도 있어요?"

"그렇게 즐거우십니까, 날 놀려먹는 게?" 폴이 말했고, 이제 애비가 나서서 "그만, 폴, 쓸데없이 가르치려 들지 마. 이 사람들은 내 친구야"라고 말할 타이밍이었다. 그러나 애비는 이렇게 말했다. "폴 말이 맞아요. 철 좀 들어요, 다들."

"저 녀석이 애비의 남자친구고, 녀석이 런던에 살고 있다면, 왜 애비는 그날 밤에 우리집에서 묵었을까?"

무대 스태프들이 플레이 앤드 레코드라고 이름이 찍힌 거대한 키보드를 손보는 동안 우리는 2층 발코니에 기대어 서 있었다.

"다시 만났다 다시 헤어졌다 한다니까, 헤어졌을 때였나보지. 게다가 애가 좀 괴팍하고 성질이 더럽던데. 그런 게 때론 잘 먹히지."

애비의 남자친구가 어떤 사람일 거라고 예상했는지 모르겠다. 아마도 상당히 평범할 거라고 추측했던 것 같다. 좀 딱딱하고 고루한 사람일 거라고. 애비는 뻔하지 않은 것에 매료되고, 서로 정반대되는 것의 병치에서 희열을 느낄 것 같았다. 종종 멋쟁이 일본 여자애들이 크고 둔한 안경잡이들과 팔짱을 끼고 쇼어디치를 활보하는 것처럼.

미리 언질도 없이 폴이 갑자기 여기에, 우리 모임에 낀 것이 영 마음에 들지 않았다. 우리는 즐거운 세 명에서 싸늘한 네 명이 됐고, 이게 다 저 뾰족뾰족한 인형 조종사 덕분이었다.

애비는 우리를 그에게 소개하고 싶었던 듯하지만, 우리가 그와 어울리길 바랐던 건 아닌 듯했다. 애비는 우리의 인정을 구하려 하지 않았다. 오히려 반감을 구하려 했던 것 같다.

갑자기, 뒤에서 누가 어깨를 탁 쳤다.

"별일 없죠?"

"마이키!" 나는 곧장 로큰롤 모드로 변환했다. "잘 지냈나, 맨?"

마이키는 다른 킥스 멤버들과 달리 홀로 있었지만, 그래도 주위에서는 온통 그와 얘기하고 싶어 안달인 사람들이 웅성거렸다.

"예, 나쁘지 않아요, 맨" 하고 대답하고 나서 마이키는 데브의 존재를 알아차렸다. "안녕, 마이키? 난 데브라고 해." 데브는 얼토당토않은 자신감에 차서 말했다. "나도 음악 하는 사람이야."

맙소사.

"그래요? 어떤 악기를 다루는데요?"

"음악."

마이키는, 흔히들 사실은 무슨 말인지 하나도 모르겠지만 알겠다고 표현할 때 하는 식으로 고개를 끄덕였다. 그러고는 다시 내 쪽으로 향했다.

"어이, 형님한테 감사해야겠어요."

"왜? 그럴 필요 없어." 말은 겸손하게 했지만, 그가 지금 하려는 말이 뭐든, 어쨌든 기뻤다.

"아니, 맨, 형님은 이제 우리 이야기의 일부예요. 형님 리뷰를 음반에 넣어서 온 시내를 돌아다니며 이백 명이 넘는 프로듀서들한테 직접 일일이 전달했어요. 그중 하나가 다른 음반들과 함께 어떤 사람 책상 위에 올라갔고, 다른 것들은 다 쓰레기통에 던져졌지만 형님 리뷰가 그 사람 시선을 끌어서 우리 음반이 가방에 담겼고, 그 사람이 퇴근길에 차에서 듣고는 그날 밤에 우리한테 연락을 해서……"

나는 함박웃음을 지었다. 그 리뷰에 대해서는 애비에게 감사해야 할 것이다.

"처음으로 우리 노래가 전파를 탔고, 지금 여기서 플레이 앤드 레코드와 함께 공연하게 됐고, 우릴 보고 제2의 뭐라는 기자들도 생겼고……"

"그 뭐라는 게 누군데?"라고 데브가 물었고, 우리는 그를 무시했다. 우린 쿨하니까.

"모든 게 한꺼번에 터졌다고요, 맨! 요전날 밤에 필한테도 말했었는데, 형님을 우리 밴드의 공식 록 전기 작가로 모셔야겠어요. 형님은 우리 역사를 얘기할 수 있어요, 맨 처음 시작부터! 필은 나보고 앞서가지 말라고 했지만."

마이키 뒤에서 우리 대화를 쭉 지켜보는 사람들이 눈에 들어왔다. 그들은 마이키를 응시하고 있었다. 그는 특별한 사람이 되어가고 있었고, 사람들은 그것을 본능적으로 감지했다.

"그니까, 하여간, 우리가 형님한테 빚을 졌다고요. 곧 맥주 한잔해요!" 그는 멀어지면서 이렇게 말했다. 세상을 발밑에 꿇린 이 스무 살짜리 청년은 빙그레 웃으며 뼈만 앙상한 손가락으로 나를 가리켰다. 마치 나 또한 특별한 사람이라는 듯.

"당근!" 나는 말했다. "당근이지, 맨."

우리는 마이키가 소규모 군중에 삼켜지는 모습을 바라보았다.

힙스터들과 애비보다 어린 여자애들이 직접 만든 킥스 팔찌를 차고 킥스 티셔츠를 입고 있었다.

나는 의기양양하게 데브를 돌아보았다.

"저 사람, 네가 맨날 홀 앤드 오츠 듣는 거 아냐?" 데브가 말했다.

애비가 눈을 가리며 양쪽 여닫이문을 밀치고 나가는 모습을 시야 끝에서 얼핏 본 것 같았다.

우리는 그대로 자리를 지키며 플레이 앤드 레코드의 공연까지 보았다. 나는 머릿속으로 리뷰를 작성했다. 마이키 덕분에 한껏 고양되어 있었다. 내가 변화를 만들어낼 수 있어! 내가 역사의 일부가 될 수 있어! 어쩌면 나는 폴이라면 제 표현의 독창성에 우쭐해 미소를 지으면서 '기계장치'라고 폄하할 것의 일개 톱니에 불과할지 모르지만, 그래도 나는 내 멋대로 그 톱니바퀴의 성격을 규정할 수 있다. 또한 그건 플레이 앤드 레코드도 나를 좋아하게 될 거란 뜻이다. 킥스를 이렇게나 일찍 알아보다니, 그들의 이야기에서 이런 역할을 수행하다니, 난 정말 굉장한 음악 전문 기자임에 틀림없어.

플레이 앤드 레코드는 힘차고 웅장한 파워하우스 록에 다운비트 트립합의 멜로디를 엮었다, 고 쓰기로 결정했다. 그들의 보도 자료에도 그렇게 나와 있었다.

나는 애비를 찾아서 실내를 두리번거렸다. 어디서도 보이지 않았다. 폴은 여전히 바에 앉아서 금발머리 아가씨와 입씨름을 하고 있었는데, 프루스트가 유럽의 인형극 기술에 미친 영향에 관해서 논쟁중이신가보지. 난 정말 폴을 손톱만큼도 좋아하지 않았다.

사실, 내가 아직도 선생 노릇을 하고 있다면 다음과 같이 그를 평가했을 것이다.

폴: 재수없는 새끼.

그리고 걔가 그렇게 된 원인은 학교에서 친구를 잘못 사귀어서겠지.

"맷을 불러야 했어." 데브가 말했다. "걔라면 어디서 철제 기둥이라도 뽑아와서 폴의 인형을 다 부숴버렸을 텐데. 맷한테 전화했어?"

"했어. 안 받더라고."

"도대체 애비는 왜 저딴 녀석하고 사귀는 거지?" 바람이 우리를 두들겨 펜턴빌 로드에 뻗게 할 기세로 불어와 옷깃을 세우고 있을 때 데브가 말했다. 육 분 후, 우리는 문을 닫기 전에 겨우 오즈에 도착해서 칠리소스로 볼따구니를 가득 채웠다. "그니까, 사람들은 참 웃겨, 그지?"

"그 녀석을 사랑하나보지."

"사랑할 리가. 사랑할 데가 어딨다고? 테니스공 발사 장치 같은 놈이잖아. 세 발자국 거리에서 상대방 얼굴에 대고 고까운 의견을 다다다다 발사한 다음 상대의 어깨 너머를 쳐다보지. 다시 시선을 마주치는 건 어김없이 공을 하나 더 면상에 발사할 때뿐이고."

"꽤 피곤한 녀석이더군."

"그보다 더 심했어. 마치…… 마치 그보다 더 심한 놈이었다고."

"근데, 요전날 저녁에 너네 아버지가 가게에 왜 오신 거야?"

"우리 아버지?"

"응. 애비가 가게에서 너희 아버지를 봤다던데, 그리고……"

뒤에서 누가 고함치는 소리가 들리는 것 같아서 돌아봤다가 이내 몸을 다시 돌려 걸음을 재촉했다. 뭐지? 싸움이라도 났나? 노상강도?

애비가 뛰어오는 게 보였고, 메고 있는 가방이 제멋대로 이리저리 달랑거렸다.

"오늘밤에 그 집에서 자도 돼요?" 애비가 물었다. "폴이 새벽 다섯시에 일어나야 한대서."

"인형의 생명을 위협할 만한 긴급 상황이라도 발생했나?" 내가 말했다.

"닥쳐요." 애비는 깔깔 웃었다. "그러니까 거기서 자도 돼요?"

애비가 울고 있는 건지 확인하려 했지만, 바람이 너무 차서 우리 모두 울고 있었다.

"물론이지." 내가 말했다.

"맛있는 선물 가져왔어요!" 애비는 밝게 말하며 자기 가방을 가볍게 두드렸다.

"우린 케밥 잔뜩 먹었는데." 내가 말했다.

"물론 그러시겠지." 애비는 내 팔짱을 끼면서 다정하게 말했다. "당연히 그랬겠지."

집으로 돌아와, 애비는 테이블 위 우유와 설탕을 듬뿍 넣은 홍차가 든 머그컵 옆에 자신의 선물을 늘어놓았다.

우리는 그 선물은 공유하지 않았지만, 소파는 공유했다. 애비가 우리 사이를 비집고 들어와 앉았다.

"스페이스케이크*예요." 애비는 잔뜩 기대하며 환영사를 하듯 소개했다. 마치 "빅맥이야"라고 말하는 것 같았다.

대학 때 이후로는 스페이스케이크에 일절 입을 대지 않았다. 교통 정체와 지하철 파업과 요금 선불제가 횡행하는 현실 세계와 스페이스케이크는 도무지 같은 선상에 있는 것 같지가 않았다. 아주 잠깐, 레스터 대학 기숙사 방의 손잡이를 멍한 눈빛으로 바라보던 어느 날 밤을 추억하고 싶은 유혹을 느끼긴 했지만, 곧 정중히 사양했다. 데브는 케이크를 보고 겁에 질린 얼굴이었다. 마치 애비가 지금 막 자신이 헤로인 딜러임을 밝히고 자기 친구들이 몽땅 묵으러 오는 중이라고 얘기하기라도 한 듯. 애비는 전혀 개의치 않고 케이크를 우적우적 씹어먹으면서 물었다.

"그 여자 말예요, 그 여자 건은 어떻게 됐어요?"

"별로." 내가 대답했다. "별 진전이 없어."

"야, 좀." 데브가 목소리 톤을 높였다. "그 남자를 찾았어. 사진에 있던 남자 말이야."

"그 여자 애인? 묵직한 시계를 찬 남자?"

애비는 신이 나서 허리를 펴고 앉았다.

"애인인지 아닌지는 몰라. 성별이 남자라는 것만 알지."

"그 남자를 어떻게 찾아냈어요?"

"운명이지!" 데브는 손가락으로 하늘을 가리키며 말했다.

"진짜 어떻게 찾았는데요?"

* 마리화나를 넣어 만든 케이크. 일부 유럽 국가에서는 합법이나 영국과 북미에서는 불법이다.

"샬럿 스트리트에 있더라고. 직장이 거기더군. 그 남자가 식당에 갈 때 쫓아가서 말을 걸고 얘기를 시작했지."

"오주여이거농담아니죠진짜끝내준다!" 애비는 숨도 쉬지 않고 단번에 말했다. "그 남자를 쫓아갔다니! 무슨 얘기를 했어요?"

애비가 정신 못 차리게 들떠 있는 모습을 보는 건, 정신 못 차리게 들뜨는 일이었다.

"그 남자가 그 여자 얘길 하던가요?" 애비의 질문이 휘몰아쳤다.

"아니." 데브가 말했다. "하지만 머잖아 하게 될걸! 그동안 우린 그가 참석할 것 같은 행사에 다녔는데, 알고 보니 그런 행사에는 안 온다고 하더라고. 그래도 언젠가는 그 아가씨가 나올 테고, 그때 확 덮치는 거지!"

우리 중 어느 누구도 그게 나쁜 짓이라는 사실을 지적하지 않았다.

애비는 씩 웃고 나서 하품을 억눌렀다. 다시 소파에 늘어져 앉더니 꿈틀거리며 편안하게 자리잡았다.

"일이 그렇게 된다면 정말 근사할 텐데." 애비가 말했다. "나도 좇아갈 꿈이 있으면 좋겠다. 뭐랄까, 현실적인 꿈. 신기루 같은 꿈 말고, 실현 가능성이 있는 꿈."

"야망 같은 거?" 데브가 물었다.

"그 말이 더 낫네. 응, 야망이 있으면 좋겠어요. 난 그냥 이리저리 표류하고 있네요. 아님 야망을 품은 다른 사람들을 돕고 있거나. 그게요, 내가 부추기기 전까지 폴은 진지하게 극장용 인형극을 쓴 적이 없거든요? 근데 억지로 자리에 앉혀서 쓰게 했더니 일주일 만에 뚝딱 〈오사마 러빙〉이 나오더라고요. 난 스스로의 꿈이 결여

된 꿈 도우미예요."

"그거 뮤지컬 가사로 쓰면 기막히겠다." 데브가 말했다. "폴한테 그걸로 만들어보라고 해."

애비는 연신 하품을 했다.

"내일은 뭐하지?"

나는 데브를 향해 제발 안 돼, 라는 눈빛을 쏘아보냈다.

"내일은 세라의 약혼식인데." 데브가 말했다.

"갈 거예요?" 애비가 물었다. "가야겠지. 초대받았어요? 초대받았겠지."

"초대받았어. 가야지."

"벌벌 떨고 있는 주제에." 데브가 남은 차를 홀짝 다 마시며 말했다.

"같이 가고 싶다." 애비가 눈을 감으며 말했다. "다 같이 가요. 기자님이 뭘 겁내는지 보고 싶어요."

"겁내는 거 아냐."

"그 사람들을 몹시 겁내고 있잖아요. 마음대로 그 사람들을 다룰 수가 없어서. 그들이 당신을 다루지. 다른 사람들한테 좌지우지되면 안 돼요. 자유로워야지. 우리 모두 자유로워야 해."

스페이스케이크가 약효를 발휘하기 시작한 것 같았다.

"원하는 일을 하기 위해 자유로워지는 건 중요한 일이지. 바로 그 때문에 당신은 그 아가씨를 찾아야 해. 스스로 좌지우지하고 있는 일이니까. 반드시 그 여자를 찾아야 해. 나를 위해서. 아니, 당신을 위해서."

애비의 말에 어떻게 반응해야 할지 궁리하며 머그잔 가장자리를 톡톡 치고 있는데, 애비가 내 어깨에 스르르 기대어 잠이 들었다.

나는 조심스럽게 몸을 빼내고 애비의 머리를 살며시 쿠션에 얹었다. 가필드 이불을 덮어주고, 아침에 일어나면 눈에 띌 곳에 가방을 옮겨주고는, 잠깐 주춤했다.

가방 옆 주머니에서 빠끔 고개를 내민 CD에는 '애비의 노래'라고 적혀 있었다.

열일곱

그래서 마음이 아픈 거야

And That's What Hurts

나는 페이지를 넘겼다가, 도로 앞으로 넘겨 다시 한번 읽었다.

"광고를 내면서 반응이 있을 거라곤 전혀 기대하지 않았습니다." 스코틀랜드의 생활·문화 안내지 〈리스트〉에 광고를 실은 당사자인 제임스 워드는 이렇게 말한다. 그가 낸 광고는 어느 여행 전문 서점에서 눈에 띈 젊은 여자에 대한 것이었다.

"저는 첫눈에 반하는 사랑이라는 것에 늘 의구심을 품고 있었는데, 이게 바로 그런 거구나, 하는 생각이 들었어요." 현재 에든버러 대학에서 유동 세포 분석기 운영 기술자로 일하는 워드의 말이다. "짧게 친 검은 머리에 커다란 파란 눈 그리고 미소가 귀여운 키 큰 아가씨였어요."

그다음 주 〈리스트〉에 실린 워드의 광고는 이러하다. '당신은 퍼스셔에 관한 책을 읽고 있었고, 커피 두 잔을 들고 서 있던 남자가 접니

다. 그중 한 잔을 당신에게 드릴 걸 그랬어요. 지금 어떠세요?'

사 년하고도 육 개월 전의 일이다. 현재 그와 제니 베일-워드는 결혼하여 헨리라는 십팔 개월 된 아들을 두고 있다.

"기회를 잡지 않으면 영영 아무것도 손에 쥐지 못한 채로 끝날 거라고 항상 생각했습니다"라고 워드는 말했다.

"아침 먹어요!" 거실에서 애비가 우렁차게 외쳤다.

나는 기회를 잡았다.

어젯밤에 침대에 누워 천장을 바라보며 애비가 말했던 야망이란 것에 대해 곰곰 생각해보았다. 애비는 아무 꿈도 없는 유의 사람으로 보이지 않았다. 오히려 꿈이 백만 가지는 넘을 사람으로 보였다. 애비가 변덕이 심하다거나 산만하다는 뜻은 아니다. 공교롭게도 그 두 가지 요소를 모두 겸비하고는 있지만. 그냥, 이렇게 생기발랄하고 기쁨으로 충만한 누군가에게 꿈이 결여되었다는 얘기는 믿기가 어렵다는 말이다.

야망이라는 단어는 내게도 낯설지 않다. 세라와 나는 야망이 있었다. 처음에는, 원대하고 어마어마한 꿈이긴 해도 그 정도야 할 수 있지, 라는 기분이었다. 한두 해 동안 우리는 최선을 다해 열심히 일할 계획이었다. 나는 주임 교사가 되고, 세라는 수석 애널리스트가 된다. 함께 저금을 하고, 세라가 목표액을 달성해 보너스를 받으면 정말로 하고 싶은 일에만 사용한다. 가령, 코츠월드에서 휴가를 즐긴다거나 뉴욕에서 주말을 보낸다거나. 우리가 세 들어 사는 풀럼의 작은 집을 거저나 다름없이 싸게 구입해서 온통 하얗게

페인트칠을 하고 욕실 타일을 새로 갈아 시세보다 육만 파운드 더 받고 판다. 그러고 나서 일 년 휴가를 받아 타이로 날아가 폐차 직전의 개나리색 폴크스바겐 캠퍼를 사서 열두 달 동안 동남아시아를 쏘다니며 쌀밥을 먹고 햇볕을 실컷 쬐어 구릿빛 피부가 된다.

그다음, 제2단계. 푹 쉬어 머리를 식히고 원기를 회복하여 영국으로 돌아오면, 세라의 직장에서는 어서 복귀해달라고 읍소하고, 세라는 부서장이 되어 새로이 발굴한 동양철학을 전파해 이사회를 충격에 빠뜨리고 고객에게 깊은 인상을 준다. 나는 여행지에서 쓴 글을 보완하고 마무리해서 세 권짜리 출판 계약을 맺고, 세련되고 우아한 이름의 여행 잡지에 고정 필진으로 합류한다.

그러나 현실은 어땠는지 아는가? 일은 이렇게 흘러갔다. 자동차는 배기통을 새로 교체해야 했다. 어느 날 밤 웬 도둑이 스패너로 철창을 긁는 소리라고 생각했던 철커덩 소리는 우울증에 걸린 보일러가 세심하게 쓴 자살 유서였다. 나는 점점 더 많은 회의에 끌려들어갔고, 어깨에 놓인 짐은 점점 더 무거워졌으며, 내 꿈은 가까이 가기도 전에 한없이 멀어졌다. 우리는 주말을 �POS스터블에서 보냈고, 뉴욕은 꿈도 못 꾸었다. 마치 〈매드 멘〉* 마지막 회가 방영되기를 계속 기다리는데, 방송에서는 계속 〈더 원 쇼〉**의 다른 회만 주야장천 틀어주는 꼴이었다.

우리는 당분간 눈에 보이는 목표에 집중하기로 했다. 집 말이다. 하지만 하필 그때 집주인 할머니가 앓아눕는 바람에 아들내미가

---

* 1960년대 뉴욕의 잘나가는 광고 회사를 무대로 당시 시대 상황과 문화를 적나라하게 그려낸 미국의 인기 드라마.

** BBC1에서 평일 저녁 방영되는 생방송 종합 교양 프로그램.

재산을 물려받았고, 그 아들내미는 집을 팔아야 한다고 자기 엄마를 설득했고, 그도 우리처럼 세라 비니의 방송을 봤는지, 네 달 후 우리집은 벽이 하얀색이 되고 욕실에는 새 타일이 붙고 바닥이 반짝반짝해지더니 시세보다 육만 파운드 높은 금액에 매물로 나왔다.

그래서 우리는 노스런던으로 이사했고, 세라는 목표액을 달성하지 못했으며, 나는 승진 심사에서 떨어졌다.

그러던 어느 날 세라가 유산을 했다.

나도 안다.

미안하다.

지금까지 얘기하지 않은 일. 괜히 당신의 판단을 흐리거나 연민에 호소하고 싶지 않았다. 유산과 그 일을 둘러싼 당시 상황에 대해 알리고 싶지 않았다. 왜냐하면 누구나 한 번쯤 생각해봤을 만한 일이니까. 누구나 한 번쯤 고려해봤을 만한 일이니까.

세라가 일 년 전에 유산했을 때 내가 세라한테 했던 짓이 상황을 더 악화시켰을까? 그렇다. 당연히 그렇다. 그래, 어쩌면, 여기서 솔직해지자면, 그 때문에 여태껏 말하지 않았다. 그리고 이제 패를 테이블 위에 펼치고 끝을 낼 때가 됐으니, 최악의 패를 보여주겠다. 지금까지도 돌이켜보면 가장 힘들고, 스스로 생각해도 혐오스러운 일. 이기적이게도—용서할 수 없게도—내 속의 작은 일부는 그 일에 안도감을 느꼈다는 것.

끔찍하다고, 나도 안다. 그 일을 종이 위에 적는 것만으로도 나 또한 끔찍한 기분이다. 하지만 순수하고 공명정대하게, 최소한 다음과 같은 사안을 고려해주기 바란다. 이 또한 중요한 사안이다.

우리는 이세를 계획하지 않았다. 그냥 어느 날 세라가 임신했다는 사실을 알게 된 것이다. 한 주 동안 공황 상태에 빠져 천국과 지옥을 오갔다. 뒤이어 한 주 동안 계획을 세웠다.

그런데 그다음날, 그토록 신속하게, 모두 없던 일이 되었다.

세라는 그 일로 인해 돌이킬 수 없게 달라졌다. 관심사가 변했고, 그녀가 정말 원하는 게 무엇인지, 손에 넣을 뻔했던 게 무엇인지, 우리가 얼마나 이기적으로 살고 있었는지 깨달았다. 처음에 세라는 거의 망가져 제정신이 아니었고, 나는 이전에 존재하지도 않았던 무언가에 대한 그녀의 절박한 애착에 묘하게도 질투심이 일었다. 처음 만난 순간부터 우리가 세심하게 함께 나누고 키워온 초라한 야망보다 훨씬 근사하고 성취감을 주는, 단지 한순간 존재했을 뿐인 그 존재에 근거한 미래를 그녀는 그릴 수 있다는 사실에 샘이 났다. 그녀와 같은 꿈을 꾸지 않는다는 이유로, 그녀만큼 절실히 원하지 않는다는 이유로 세라는 나를 미워했을 것이다. 하지만 내 머릿속은 온통 180도 달라질 뻔했던 내 인생에 관한 생각으로 가득했다. 나 자신의 운명에 대해 실제로 내가 가진 통제권이란 얼마나 미미한지. 무언가를…… 하지 않고 있다는 게 얼마나 불행한지.

지금도 마찬가지다.

오늘은 세라의 약혼식이다. 세라는 원하던 자리로 가는 중이다. 그녀는 현재진행형이다.

그리고 내가 해야 하는 일은 그저 모습을 보이고 행복을 빌어주는 것뿐이다.

그 정도는 할 수 있다.

"뭘 가져온 거야?" 나는 의심스럽게 물었다. "냄새가 장난 아냐!"

"파멜라가 추천한 거야." 데브는 그 물건을 든 팔을 최대한 멀리 길게 뻗고 있었다. 무엇인지는 모르겠지만 여하간 파란 비닐로 단단히 봉해져 있었고, 나는 그 사실에 안도했다. "무슨 치즈라던데."

나는 씩 웃었다. "파멜라가? 파멜라를 보려고 카페에 들른 거지?"

"파멜라에게는 남자친구가 있다고, 제이슨."

"나도 간다고 문제가 되진 않겠죠?" 버스에서 내리면서 배낭의 어깨끈에 어렵사리 팔을 끼우며 애비가 물었다. "어젯밤에도 내가 그냥 쳐들어간 거나 마찬가지였나?"

"네가 여기 있어서 다행인걸." 진심이었다.

분명, 혼자 가서, 얼굴만 아는 사람들이나 내 정체를 알고 나면 거북해할 그녀의 가족들과 예의바르게 담소를 나누는 편이 더 어른스러운 태도일 것이다. "아, 당신이 그 제이슨이군요." 사람들은 일그러진 웃음을 머금고 돌아서서 가버리겠지. 나를 염려하는 모든 사람들을 위해서 나의 편, 나의 팀이 있는 쪽이 훨씬 낫다.

약혼식은 그레이트포틀랜드 스트리트 근처의 퀸 앤드 아티초크 2층에서 열렸다.

들어서자마자 곧장, 창문으로 들어오는 사정없는 햇빛을 등지고 선 애나와 마주쳤다. 그녀 주위로 온통 먼지가 춤을 추었다.

"여기까지 오다니 꽤나 성숙해졌네." 애나는 눈을 별로 마주치지 않으며 말했다. "퍼브에서 열리는 약혼식이기 때문이라는 추측이 들긴 하지만."

"다시 만나서 반가워, 애나."

"이제 보니 그 창녀도 데리고 왔네."

애비는 모퉁이에 서서 천장 때문에 혼란스럽다는 듯 천장을 노려보고 있었다.

"그건 농담이었어." 나는 불필요하다 싶었지만 설명했다. "파이를 먹으면서 울거나 하진 않아."

애나는 나를 위아래로 훑어보았다.

"뭐, 파이에 관한 건 잘 모르겠고." 애나는 씩 웃으며 말했다.

나는 멋대로 생각하게 내버려뒀다.

"치즈를 좀 가져왔어요"라며 데브는 애나의 손에 그 물건을 꽉 쥐여주었고, 드디어 치워버려서 가뿐한 눈치였다. "감사의 말은 됐어요."

애나가 가버리자 나는 실내를 한 바퀴 둘러보았다. 아, 저기 벤이 있네. 클로이도. 그리고 한동안 못 본 사람들도 한 무더기 있었다. 세라와 헤어진 후 나는 잠수를 탔다. 내 친구들을 포기하고 세라에게 넘겼다. 그렇게 하는 편이 세라에게도 편하고 내게도 편했으면 싶었다. 그리하여 나는 이별 후 한 번도 현실과 정면으로 부딪친 적이 없었다. 이 사람들을 다시 보는 것이 왜 이렇게 힘들까? 단순히 창피해서일까, 아니면 그들을 다시 봄으로써 과거의 내 비겁함을 인정해야 하기 때문일까?

웨이트리스가 사뿐히 옆을 지나가자 나는 손을 뻗어 볼로방*을 집었다. 다들 바빠 보였다.

"스프레드가 맛있는데." 데브가 뭔가를 씹으며 말했다. "내가 장

---

* 얇은 페이스트리에 고기와 생선 등으로 속을 채운 작고 동그란 파이.

담하는데, 반경 수킬로미터 내에서 알디 할인점의 새우 링은 구경도 못할걸!"

그때 게리가 나타났다.

"제이슨 프리스틀리!" 게리는 내 어깨에 손을 올리고, 내 어깨에 손을 올린 자기 모습을 다들 볼 수 있도록 큰 소리로 말했다. "물론 〈베벌리힐스의 아이들〉에 나온 그 사람은 아니지! 와줘서 고맙네. 세라가 자네를 초대했다고 하더군. 난 잘했다고 했지."

게리가 애비를 발견했다. 애비는 밝은 핑크색 휴대폰으로 화초를 찍고 있었다.

"자네…… 친구인가? 기억이 안 나는데. 저분 사진이었나? 휫비나 그런 데서 찍은 사진들이?"

"아니, 그건…… 다른 친구고."

게리는 내게 윙크를 날렸다.

"제법인데."

"그런 거 아니야. 애비는 문자 그대로 그냥 친구야."

그는 거듭 윙크를 날렸다.

"이해했어."

"아니, 내 말은 그런 뜻이 아니라."

"당연히 그렇겠지."

그는 세번째로 윙크를 날렸다.

"그나저나, 일은 어떻게 잘……" 하고 내가 말머리를 돌렸지만, 게리는 종이 한 장을 꺼내더니 잠깐 검지를 세워 입술에 댔다.

"연설 때문에. 무슨 말을 할지 좀 생각해두는 게 낫겠어."

게리는 옆걸음으로 사라졌고, 저쪽 구석에 행복감에 젖어 반짝거리며 환히 피어난 게리의 약혼녀가 보였다. 세라는 신나게 재잘거리는 친구들에게 둘러싸여 있었고, 잠시 후 자신을 바라보는 시선을 느꼈는지 살짝 고개를 돌려 나를 보고는 환영의 미소를 짓고 술잔을 들어 보였다.

어느샌가 데브가 다시 내 옆에 섰는데, 손에는 볼로방 접시를 들고 가슴에는 맥주 두 잔을 안고 있었다.

"자, 여기"라는 말에 나는 한 잔을 받아들었다. "애비는 어디 있어?"

우리는 주위를 돌아보았다. 어디서도 애비는 보이지 않았다. 파리에 정신이 팔려 그 뒤를 쫓아 밖으로 나갔거나 뭐 그랬을 것이다.

"별로 굉장한 파티는 아니네, 그치?" 데브가 말했다.

"겨우 오후 세시인걸. 애초에 굉장한 파티를 열 생각은 아니었던 것 같아."

"그럼 이런 파티에서는 무슨 일이 생기나? 그냥 이렇게 서성이는 건가?"

"맞아. 그냥 서성이는 거야. 중요한 건 모습을 보였다는 점이지. 왔다는 걸 보여주려고 여기 있는 거야. 모습을 보이면 이 약혼을 지지한다는 뜻이니까."

"아." 데브는 실망했다. "그럼, 가령, 신부 들러리 같은 건 없는 거네?"

"약혼식에 보통 그런 건 없지."

"그럼 그 뭐냐, 교구 목사나 그런 것도 없는 거지?"

"사실을 아는 게 너한테 도움이 된다면, 맞아, 없어."

데브는 고개를 끄덕이고 나서 실내를 둘러보았다.

슬슬 사람들과 어울려야 했지만, 솔직히 말해서 나한테는 그럴 자격이 없다는 기분이 들었다. 다른 사람들이 내게 말을 걸어준다면 모를까.

애나는 벌써 한쪽 구석에서 사람들과 미묘한 시선을 교환하고 애잔하게 고개를 끄덕거리며 최선을 다해 가십을 퍼뜨리는 중이었다. 그녀는 이미 사람들한테 애비와 함께 있는 나를 우연히 봤던 일에 대해서 떠벌렸으며, 애비가 얼마나 어린지, 그러니 내가 얼마나 철이 없는지, 자기는 늘 내게 더 심각한 문제가, 심각한 결점이 있으리라 생각해왔으며, 세라가 게리를 만난 게 얼마나 행운인지, 불운 속에서도 희망은 있다고 떠들었다. 어떤 사람들은 관심이라는 껍질을 한 겹 두르는 것만으로 부정적인 태도를 잘도 감춘다.

"별일 없죠?" 난데없이 애비가 나타났다. 또다른 웨이트리스가 조그만 머핀이 담긴 호화로운 쟁반을 들고 지나갈 때였다.

"어디 갔었어?"

"주방에, 잠깐." 애비가 말했다. "무슨 일 없었어요? 아직 눈 맞은 사람도 없고?"

나는 손목시계를 확인했다.

"이제 세시 오분인데. 무슨 일이 일어나기엔 좀 이르잖아."

애비는 킥킥 웃었다. 뭔가 있는 모양이었다. 나도 그녀의 시선을 따라 쳐다봤지만, 별것 없었다.

"왜?" 내가 물었다.

"아무것도 아니에요." 애비가 또 킥킥거렸다.

"뭔데?"

"아직, 나한테 생각이 있어요. 좀 이따 말해줄게요."

세상에, 게리가 말도 할 줄 아네.

"다음달엔 세라와 함께 플로리다에 갈 거야." 게리가 말했다. "세라는 '신혼여행 때를 위해 아껴둬야지!'라고 했지만, 세상은 여행하라고 있는 거 아니겠나? 신혼여행 때는 어딘가 더 좋은 곳으로 가야지."

유치한 경쟁심이 발동했다.

"나는 곧 열기구를 탈 건데. 실버스톤 서킷에도 가고. 하지만 우선 열기구를 타고 하늘에서 샴페인을 마실 거야."

게리는 미친놈 보듯 나를 쳐다봤다.

"또 머잖아 서바이벌 게임에서 SAS 놈들과 맞짱을 뜰 거야."

게리는 말을 이었다. "플로리다의 문제점은 날씨가 어떻게 될지 당최 감을 잡을 수 없다는 거지. 부모님이 곧 그쪽으로 이사하실 거라 우린 매년 부모님 댁에서 머물 예정이야. 알다시피, 아이랑 함께."

나는 미소 지었다. 발뒤꿈치를 구르고, 고개를 끄덕였다. 게리는 잠깐 말을 멈추고 인됐다는 듯 나를 쳐다봤다.

"둘은 아기를 가질 생각은 한 번도 안 했지?" 게리가 물었다.

오, 게리, 제발, 이러지 마.

"전혀." 나는 되도록 사무적인 투로 말했다. "적절한 때를 못 찾아서."

세라가 얘기하지 않았군. 그런 얘기를 왜 하겠는가? 옛날 일이었다. 오늘은 미래를 위한 자리고.

"아, 아기를 갖는 데 '적절한 때'라는 건 없어, 제이슨!" 그는 껄껄 웃으며 자기가 그 문구를 만들어낸 양, 이미 수백 명의 자식을 둔 아버지인 양 말했다. "생길 때까지는 말이지. 생겼을 때가 적절한 때인 거지."

"맞아."

"이제 티가 나기 시작하네." 게리는 생각에 잠긴 듯 말했고, 우리 둘은 아름답고 행복에 겨운 세라를 가만히 바라보았다.

정말 티가 나기 시작했다. 순간 감당할 수 없는 감정이 밀려들었다.

세라에게는 한 번도 하지 않았던 말, 했으면 좋았을걸 늘 후회하지만 이젠 절대로 하지 못할 말은, 나도 아기를 원했다는 것이다. 일단 충격에서 벗어나, 혼란스럽고 이기적인 생각들을 잠재우고 나니, 그녀가 원했던 것을 나도 원하고 있었다. 그리고 내가 우리 사이를 망쳤을 때, 세라가 나를 버리고 떠났을 때는 그저 사람들의 눈을 피해서 난 괜찮아, 묵묵히 내 할 일만 하면 괜찮을 거야, 하고 스스로를 납득시키는 수밖에 없었다. 나는 한 사람이 아니라 두 사람을 잃은 기분이었다. 가족을 잃은 기분이었다. 우리는 가족이 될 수도 있었고, 한때는 가족이나 다름없었다.

나는 갈 수 있었던 길에 놓인 인생의 전부를 잃었다.

"세라가 오늘 무척 멋져 보이는군, 게리." 약혼식에서 으레 하는 농담이 아니라 진심이었기에 더욱 가슴이 뻐근했다. "자넨 정말 운이 좋은 사내야."

나는 밖으로 나와 쓰레기통 옆에 앉아 휴대폰을 가지고 놀았다.

나는 괜찮았다, 정말로. 그냥 잠깐 시간이 필요했다. 저 모든 현실과 정면으로 마주하려면. 난 그리 대단할 것도 없는 자리에 그냥 머물러 있는데, 다른 사람들은 앞으로 나아가고 있다는 생각만으로도 충분히 힘들었다. 다른 사람들이 너무나 잘 나아가고 있는 이 시간이 내게는 조용한 고문이었다.

그때 세라가 나와서 내 옆에 앉았다.

"와줘서 고마워, 제이슨."

잠시 침묵. 양쪽의 말없는 끄덕임. 나는 똑바로 앞만 응시했고, 세라는 들고 있던 잔 속의 얼음을 찰랑찰랑 흔들었다. 왠지 그 소리가 런던의 버스와 자동차와 자전거 소음보다 더 컸다.

"내가 바보처럼 굴고 있지." 나는 진실보다 더 설득력 있는 얘기를 생각해낼 수가 없었다. "그냥 시간이 좀 필요해서. 안은 너무 덥고……"

"네가 기억해야 하는 건, 너는 이런 상황을 전혀 바라지 않았다는 사실이야. 그러니까 슬퍼하지 마." 세라가 위로했다.

"슬퍼하는 거 아냐. 축하하는 거라고. 슬퍼하는 게 아니라."

사실, 나는 슬퍼하고 있었다. 하지만 그건 이기심의 발현이었다. 우리는 자신이 가진 것에 슬퍼하고, 더이상 관심의 중심에 서지 못하거나 혹은 관심의 일부라도 얻지 못하게 되면 그 잃은 것에 슬퍼한다.

"우린 앞으로도 항상 서로를 나름의 방식으로 아끼고 사랑할 거야." 세라가 말했다. "우린 서로 삶의 일부였잖아. 앞으로도 그럴 수 있어."

나는 마음에 없는 미소를 살짝 머금었다. 그게 사실일까? 과연 정말로 그럴 수 있을까? 상황은 달라졌고, 머잖아 더욱더 달라질 텐데.

"너도 알다시피 나는 늘 언젠가는 아이를 갖고 싶었어." 그녀가 말을 이었다. "생각했던 것보다는 좀 이르지만, 그래도 너는 언제나 나를 위해서 기뻐해줄 수 있잖아."

"정말 기뻐, 잘된 일이야. 진심으로, 세라."

"하지만 넌 아이를 원한 적이 없었지."

"난 내가 원하는 게 뭔지 알지도 못했어. 이제야 겨우 알게 된 셈이지. 어쨌든 그에 관해서는 한 번도 서로 얘기한 적이 없는데, 내가 뭘 원했는지 네가 어떻게 알아?"

"다 아는 법이 있지. 남자친구가 언젠가는 아이를 갖고 싶어하는지 여자가 모를 거라고 생각해? 왜…… 우리가 가질 뻔했던 걸 거의 가졌을 때……"

우리는 항상 그때 일을 이런 식으로 묘사했다. 진실은 언제나 너무 쓰라리고 힘겨워서 있는 그대로 솔직히 말할 수가 없었다. 우리가 가질 뻔했던 걸 거의 가졌을 때는 고통과 현재 사이에 거리를 두기 위한 우리 나름의 표현법이었다.

"……뭐랄까, 꽤 확연히 드러났잖아, 제이스. 그때 난 네가 어떤 기분인지 알 수 있었어. 한기가 돌았지."

"묻지도 않았으면서."

"넌 말을 꺼낸 적이나 있니? 그럴 필요도 없었지. 그러고 나서 넌 네가 했던 일을 했으니, 모든 게 분명하잖아."

그러고 나서 넌 네가 했던 일을 했다. 고통의 한계선을 넘지 않기 위해 고안해낸 우리의 또다른 용어다. 연인들은 원래 다 이런 걸 만들어내나? 끔찍한 기억에 대처하기 위한 표현을?

"내가 했던 일을 했을 때…… 그건 우리가 거의 가질 뻔했던 것 때문은 아니었어. 나도 우리가 가질 뻔했던 것을 원했어. 다만 그걸 깨닫기까지 시간이 좀 필요했던 거고."

"하지만 제이슨, 넌 네가 했던 일을 안 한 게 아니잖아."

세라는 이제 다정한 말투로 얘기했다. 마치 깨지고 부서지기 쉬운 소중한 것을 대하듯.

"넌 우리가 가질 뻔했던 것에도 불구하고 네가 했던 일을 했어. 넌 우리가 이미 갖고 있던 모든 것에도 불구하고 그 일을 했어. 넌 그 일을 저질렀어. 그래서 내 심장은 산산이 부서졌어. 영원히는 아니었지만 한동안은 그랬어, 왜냐면, 뻔하게 들리겠지만, 나는 널 사랑했으니까."

나는 처음으로 고개를 돌려 그녀를 쳐다보았다. 그녀의 눈은 눈물로 그렁그렁했다. 가슴속에서 뭔가 탁 찢어지며 그저 그녀를 감싸안고 싶었다. 하지만 남들 눈에 어떻게 비치겠나? 딴 남자의 임신한 약혼녀에게 마지막으로 한번 수작을 걸고 있는 못된 전 애인? 그녀도 내 마음을 알고 있었고—세라는 늘 알고 있었다—희미한 미소를 지었다.

"정말 미안해, 세라." 내 눈가도 촉촉이 젖어드는 게 느껴졌다.

다시 안으로 들어가자 곧장 데브가 다가와 호랑이처럼 덮쳤다.

"내가 엄청난 밴드 이름을 생각해냈어! 방금 지었거든. 우리, 밴드 만들까?"

"뭐? 별로." 나는 세라를 건너다보며 말했다. 그녀는 다시 퍼브 한쪽으로 돌아와 아무 일도 없었던 것처럼 깔깔거렸다. 우리는 당연한 이유로 따로따로 들어왔고, 나는 눈에 띄는 첫번째 술을 집어 들어 단숨에 들이켰다. "근데 왜? 네 그 엄청난 밴드 이름이라는 게 뭔데?"

"바로, '엄청난 밴드'야! 그러면 우린 '저희는 엄청난 밴드입니다!'라고 외칠 수 있고, 다들 '쟤네가 엄청난 밴드래!' 하고 말하겠지."

"그러네, 좋아, 밴드 하나 만들자."

"누가 밴드를 만든다고?" 어디선가 갑자기 애비가 나타났다.

"나랑 제이슨이." 데브가 우쭐해서 말했다. "너도 낄래?"

"나도? 맙소사, 됐네요. 난 재능이라곤 눈곱만치도 없습니다."

나는 눈을 껌벅거리며 어젯밤 일을 떠올렸다. 애비의 가방에서 수줍게 고개를 내밀고 있던 CD. 애비의 노래.

"어디 갔다 온 거야?" 데브가 물었다. "난 내내 여기 처박혀서 저 깡마른 남자랑 얘기했는데."

"난 게리 씨랑 얘기하고 있었는데." 애비는 나를 돌아보며 활짝 미소 지었다. "그리고 애나 씨하고도."

미소가 애비의 얼굴을 떠나지 않았다. 무슨 말을 해야 할지 알 수가 없었다. 하지만 애비가 나한테 뭔가 하고 싶은 얘기가 있음은 분명했다.

"어…… 좋았어?" 일단 물어봤다.

애비는 그저 싱글거리기만 했다.

그래서 나는 게리를 쳐다보았다. 게리는 그 깡마른 남자랑 얘기하는 중이었고, 조그만 일회용 접시를 손목 위에 아슬아슬하게 올려놓고 있었다. 게리는 멀쩡해 보였다.

순간 나는 낯빛이 살짝 창백해졌다.

"젠장 무슨 짓을 한 거야?" 나는 화들짝 놀라 물었고, 애비는 나의 깨달음에 신나서 더욱 환하게 미소 지을 뿐이었다. "으아, 맙소사, 애비, 도대체?"

나는 데브와 애비를 놔두고 게리를 향해 성큼성큼 걷기 시작했다. 시야 끝에서 세라의 걱정스러운 얼굴이 보였다. 마치 자기가 날 잘 처리했는데 내가 다시 나타나 소동을 일으키려 작심했다고 생각하는 듯한 표정이었다. 나는 본능적으로 걸음을 늦췄지만, 가까이 가보니……

"이젠 케이크군." 게리가 말했다. "안뇽, 제이슨."

나도 "안뇽"이라고 응수했지만, 다시는 혹여라도 그런 말은 입에 담지 않으리라. "뭘, 어…… 그러니까, 뭘 먹고 있어?"

게리의 어깨 너머로 애나가 보였다. 그녀도 하나 들고 있었다. 별로 마음에 들지 않는다는 듯 케이크를 쳐다보면서도, 어쨌든 우적우적 다 먹어치우고 있었다.

누가 뒤에서 셔츠를 잡아당기길래 돌아봤더니 애비였고, 나는 아연해졌다.

애비는 잔뜩 기대에 차서 싱글거렸고, 금방이라도 포복절도할 것처럼 눈이 반짝반짝 빛났다. 그 옆에서 데브는 어리둥절한 표정이었다.

"티 케이크인 모양인데." 게리가 말했다. "좀 퍼석거리지만. 그래도 맛있네."

오 맙소사, 주여.

게리가 데브에게 "그 멋진 닛산 체리 함선"이 잘 굴러가는지 묻는 틈을 타서 나는 애비를 붙잡아 한쪽으로 데려갔다.

"무슨 짓을 한 거야?" 그때부터 애비는 피식피식 균열이 가기 시작했다. 그러다 균열이 생긴 지 일 초 후, 빵 터졌다.

애비는 웃고 또 웃다가, 180센티미터짜리 용혈수를 잡고 겨우 진정했는데, 나무가 흔들리자 더욱 크게 웃어젖혔다.

나는 애비를 복도로 끌고 갔다.

"너 약 했어?" 난데없이 교사 시절의 말투가 튀어나왔다.

"아냐!" 애비는 캑캑거리더니 훨씬 더 크게 박장대소했다.

"빌어먹을, 무슨 짓을 한 거야?" 나는 물었고, 그 시점에서 애비는 웃다가 폭발해버릴 것 같았다. "그게 얼마나 위험한 건지 알기나 해? 네가 얼마나 무책임한 짓을 한 건지 알아?"

"나 원!" 애비는 숨을 헐떡이며 간신히 말을 이었다. "웃긴다, 웃겨. 지금 당신은 전 애인 약혼식에 와서 세상에서 가장 지루하고 뚱한 사람들과 어울리고 있어요. 그 사람들 중 하나는 당신한테 주사酒邪가 있다고 생각하고 다른 한 사람은 맨날 이래라저래라 훈계하죠. 그러니 이 파티를 즐기려면 이 방법밖에 없잖아요?"

"난 즐기러 온 게 아니야! 내가 얼마나 성숙한 어른인지 보여주려고 온 거야! 근데 넌 지금 게리와 애나한테 스페이스케이크를 먹였어."

애비는 내 말이 의미하는 바를 곰곰 생각해보았다. 이미 벌어진 일과 사람들이 누굴 의심할지 거듭 생각해보더니, 다시 빵 터졌다.

"제이슨, 스베틀라나와 네가 준비됐다면." 가차없는 애나가 문간에 기대어 다 안다는 듯 경멸 어린 말투로 말했다. "예비 신랑 신부의 인사말이 시작되려는데. 하지만 천천히 와도 돼. 어쨌든 오늘은 너의 날이니까."

나는 다시 애비를 쳐다보았고, 선생 시절에 수도 없이 그랬던 것처럼 고개를 젓고는 한숨을 내쉬고 실내로 성큼성큼 돌아갔다.

아, 맙소사, 이것은 재앙이었다.

시한폭탄 같았다. 시한폭탄이라는 말이 금지된 장소에 정식으로 설치된 시한폭탄.

이십 분 후, 나는 마흔 명쯤 되는 무리 속에서 데브와 애비 사이에 서 있었고, 신경은 너덜너덜해졌다.

제발 약효가 약한 것이었기를, 나는 쉬지 않고 빌었다. 제발 눈에 띄는 효과는 나타나지 않기를. 제발 애비가 엄청 바가지를 쓴 것이었기를, 혹은 기본적으로 요리 실력이 없거나 그냥 반죽법이 틀렸기를.

식은땀이 흘렀다. 데브는 아무 생각이 없었다. 애비는 웃음을 참느라 바르르 떨었고, 진정하기 위해 내 쪽으로 몸을 기댔다.

토할 것 같았다.

세라가 먼저 일어섰다. 하객에 대한 인사가 시작됐고, 나는 계속 빌었다. 아니면 다 생략하길! 인사고 뭐고 몽땅 생략하길!

게리 쪽을 쳐다봤지만 그의 정수리밖에 보이지 않았고, 애나는 벽에 기대고 있었다. 사람들이 보통 저러던가? 나는 겁에 질려 생각했다. 벽에 기대는 게 스페이스케이크의 첫 징후인가?

"먼저, 이 자리에 와주셔서 대단히 감사합니다." 세라가 말문을 열었다. "게리와 저 모두에게 지금은 세상 무엇과도 바꿀 수 없는 소중한 시간입니다. 세상에, 이 사람을 나의 약혼자라고 부르는 것부터 시작해야겠군요!"

선의의 예의바른 웃음소리가 퍼졌다. 이때를 틈타 나는 주위를 둘러보았다.

애나가 세번째 케이크를 먹는 중이었다.

"애나가 세 개째 먹고 있어." 나는 절망적으로 속삭였고, 애비는 깔깔 웃음을 터뜨렸다. "몇 개나 준 거야?"

"세 개. 걱정 말아요, 그게 다니까. 우리 할머니가 만들었다고 했어요. '어머 맛있겠다' 하더니, 웨이트로즈*에서 파는 과자 같은 건 사올 형편이 못 되는군, 하는 눈빛으로 나를 쳐다보길래 좀 많이 주고 싶어졌어요."

"안 돼!" 나는 여러분의 상상만큼 큰 소리로 외쳤다. 고개를 돌려 우리를 노려보는 열두어 명쯤 되는 사람들에게 죄송하다는 표정을 지어 보였다.

"빌어먹을, 애비." 나는 소곤거렸다. "내가 자유로운 영혼에 긍정적인 사람이긴 하지만, 그것도 어디까지나 때와 장소를 가릴 때 얘기야. 자유로운 영혼에도 원칙이 있어야 한다고."

"이 자리에 와주신 저희의 새 친구들—저희가 사귀고 나서 만난 친구들이죠, 또한 세상 어느 누구보다 소중한 분들이며, 그뿐만 아니라 비교적 오랫동안 저희 인생의 한 부분이나 다름없는 분들도 빠뜨릴 수 없습니다……"

나다. 세라가 나에 대해서 말하고 있다. 나는 얼굴이 붉어졌다.

"……가령 저희 가족이라든가……"

아.

* 고급 식재료를 파는 슈퍼마켓 체인점.

"또 여러 사람들."

세라는 내 쪽으로 시선을 보내며 살짝 미소를 지었는데, 무슨 뜻인지 충분히 알아들을 만큼 길면서도 게리한테 결례는 되지 않을 만큼 짧은 응시였다.

"살면서 우리는 종종 과거를 잊고 앞으로 나아갑니다. 자연스러운 일이죠. 하지만 진정한 친구는 인생에서 완전히 삭제해버릴 수 없습니다."

사람들 틈에서 누가 말했다. "저런."

"그럼 이어서 제 약혼자에게 바통을 넘기죠."

다들 박수를 치기 시작했다. 나는 그 틈을 타서 소곤거렸다. "지금 나가면 돼, 지금 자리를 뜨자." 하지만 데브는 "왜, 지금이 하이라이트인데!"라며 움직이지 않았다.

박수 소리가 잦아들고 나서도 게리가 나타나지 않자 부드러운 웃음소리가 좀더 이어졌다. 이런, 망할. 세라가 다시 단상 앞으로 나왔다.

"음, 다시 한번 부를게요! 제 약혼자에게 바통을 넘깁니다!"

웃음소리가 이어졌다. 그래도 여전히 게리는 보이지 않았다.

그때, 뒤쪽에서 누가 말했다. "게리! 자네 차례야!"

게리는 음식이 잔뜩 쌓인 조그만 접시를 들고 나타났다. 음식으로 블록 쌓기를 하려는 중인 듯했다.

"으음시이이익이 많아요!" 게리가 외쳤다. "먹어! 막 먹어! 음식은, 그래, 잔뜩 있으니까."

게리는 옆에 있는 테이블 위에 접시를 내려놓았다가 금방 또다시 집어들었다.

"자! 당연히 그래야지. 어디 보자."

그는 주머니에서 종이쪽지를 꺼내려 애쓰면서도 접시를 내려놓고 싶지는 않은 모양이었다.

나는 애비를 쳐다보았다. 애비는 입을 딱 벌리고 눈이 휘둥그레져 좋아 죽겠다는 표정으로 그 장면을 지켜보고 있었다.

"자!"라고 재차 말하고 접시를 내려놓으며 종이를 펼치려다 또 실패한 뒤, 다시 접시를 들고 종이를 던져버리곤 이렇게 말했다.

"그냥 마음에서 곧장 우러나온 얘기를 하겠습니다."

좋지 않은 징조다. 좋지 않다고.

"친구들은!" 게리는 연설을 시작했다. "꽃과 같습니다!"

아까 혀를 찼던 여자가 다시 "저런" 하고 혀를 찼다.

"꽃에는 물을 줘야 합니다! 그뿐만 아니라 햇빛도 쐬어줘야 하죠!"

내가 느낌표를 남발하는 게 아니다. 게리가 감탄사를 연발하고 있었다.

"여러분은 우리의 꽃입니다! 그리고 우리가 여러분에게 물을 주지요."

"여기요, 여기!" 음담패설을 좋아하게 생긴 한 남자가 맥주잔을 들어올리며 소리질렀다. 그의 아내가 조용히 하라며 말리자 남자는 도로 손을 내렸다.

"아하하!" 게리가 말했다. "여기, 여기요, 정말. 여기…… 여기, 저기 그리고 어디에나. 친구가 있다!"

연설이 끝난 것 같았다. 그 말이 일종의 하이쿠라고 생각한 듯한 여자분이 용기 있게 박수를 치기 시작했다. 그러나 그게 끝이 아니었다.

"저 게리라는 사람, 꽤 시적인데. 안 그래?" 데브가 소곤거렸고, 나는 멍하니 앞만 쳐다보았다.

애비는 계속 내 옆구리를 찌르고 있었다. 그녀의 떨림이 느껴졌다. 나는 실내를 둘러보았다. 대부분 어리둥절한 모습이었다. 한두 사람 정도는 진심으로 그의 말에 빠져든 것 같기도 했다. 나는 세라를 힐끗 쳐다보았고, 그녀의 발놀림과 눈을 가리고 있는 손을 유심히 살폈다.

그때 애나가 눈에 띄었다.

애나는 활짝 웃으며 게리의 말에 박자를 맞추려는 듯 손가락을 탁탁 튕기고 있었다.

"이제 가야 되겠는걸." 나는 정신을 차리고 말했다.

"되게 특이한 약혼식이네." 데브가 말했다.

애비는 눈물을 훔쳤다.

우리가 살금살금 빠져나올 때, 게리는 포르셰 카엔이 아니라 렉서스를 고른 이유 여섯 가지 중 두번째로 넘어가는 중이었다.

"방금 무슨 일이 있었어?" 밖에서 애비가 숨넘어갈 듯 발작적으로 웃어대자 데브가 물었다. "조금 전에 저기서 무슨 일이 있었던 거야?"

"제이슨, 저 사람들 따위 당신한테 다 쓸모없다고요." 숨을 돌리고 나서 애비가 말했다. "저 사람들한테 증명해야 할 건 아무것도 없어요. 왜 그렇게 안절부절못하는지 이유를 모르겠네. 안에 들어가서 든 생각이, 이 사람들? 이딴 사람들이 무섭다는 거야? 저 사람들이 무슨 생각을 하든 무슨 상관이래?"

"우린 말 그대로 감옥에 갈 수도 있어, 애비." 말은 이렇게 했지만, 애비를 쳐다보니 그녀에게는 넉살 좋고 건방지고 짓궂은 반짝임과 함께 삶을 긍정하고 정신을 고양하는 '무슨 상관?'의 자세가 있었다. 나는 엄격하고 고지식하고 선생답고 싶었지만, 더이상 그렇게 되지가 않았다. 내 얼굴에 어린 보일락 말락 어렴풋한 실 같은 미소를 애비는 놓치지 않았다.

그때 애비가 진짜로 끈을 놓아버렸다. 더이상 참지 못하고 눈물이 그렁그렁해서 울부짖듯 박장대소했다.

그러자 나도 포기하고 같이 웃음보를 터뜨리고 말았다.

나는 웃었다. 우는 것보다 웃는 편이 훨씬 쉬웠다. 모든 걸 다 쏟아냈다. 모든 감정, 혼란, 불안, 분노, 외로움, 절망, 이제 다 끝났다는 달콤한 안도감.

웃음이 가라앉자 우리는 벤치에 털썩 주저앉았다. 기운이 다 빠져 힘들었고 눈물이 양볼에 말라붙었는데, 데브가 일회용 카메라를 꺼내들고 팔을 쭉 뻗더니 외쳤다. "웃어!"

그로부터 한 시간 후, 죄책감은 아직 멀찌감치 있었으므로, 나는 휴대폰을 들여다보기로 했다. 이메일이 한 통 와 있었다.

"이건 기회가 될 수 있어!" 버스 정류장에서, 좀 늦긴 했지만, 애비가 말했다. "후보군을 좁히는 거지! 야망을 성취하는 거야!"

"아마도, 어쩌면." 내가 대꾸했다.

"이제 나도 야망을 가져야지!"

나는 애비와 포옹으로 작별 인사를 했고, 앞으로 무엇을 할지 생각했다.

하나. 다음주 데이미언 본인이 주최하는 포리스트 래스킨 홍보 행사에서 무엇을 할 것인가.

둘. 주머니에서 아이팟을 꺼내 어젯밤 늦게 가방에서 슬쩍해서 몰래 복사한 노래를 듣는다. 나름 재미있을 것이다.

사는 맛 난다!

이 기분이 그리 오래갈 리 없지만.

열여덟

당신이 나를 하얗게 태웠어, 나는 담배야

You Burn Me Up, I'm a Cigarette

데브가 영국식으로 거한 아침식사를 해야겠다고 저렇게 단호하게 우기는 모습은 난생처음 봤다.

"소문으로 들었는데 말야." 데브는 비밀을 모의하듯 말했다. "파베우가 그러는데 토마시가 말하길 마르친이 알려줬대."

"마르친이 누구야?"

"마르친. 두 발목의 마르친."

"무슨 말인지 모르겠는데."

"기회가 왔다는 말이지!"

우리는 카페의 바깥 자리에 앉아 있었고, 데브는 파멜라가 어디 있나 보려고 고개를 쭉 빼서 상하좌우로 바삐 움직였다. 데브의 지금 이 모습을 파멜라가 본다면 틀림없이 즉각 사랑에 빠질 텐데. 단, 그녀가 미어캣과 사랑에 빠지길 원한다는 가정하에서.

하지만 파멜라는 카페에 없었다. 카페 주인이 대신 일하고 있었다. 험악한 인상의 주인은 우리도 종종 보던 사람인데, 보통 한쪽 구석에서 폴란드 신문을 읽거나 이젠 별로 좋아하지 않는 듯한 파란 문신을 벅벅 긁었다. 그는 퍼브에서 흔히 보는 눈 벌건 술주정뱅이 같은 분위기를 풍겼다. 거 왜, 좋다고 나를 반길지 아니면 내 머리채를 잡아 테이블에 꼬라박을지 아슬아슬하게 줄타기하는 술꾼 말이다. 이러한 이유와 그 외에도 대략 여섯 가지 정도의 이유로 인하여 우리는 그에게 별로 말을 걸지 않는 편이었다.

그러나 오늘의 데브는 달랐다.

"어…… 파멜라는 어디 있어요?" 데브가 물었다.

"하 하 하." 주인이 웃었다. 그가 질문을 제대로 알아들었는지 의심스러웠다. 주인은 테이블 위에 우리가 시킨 음식 접시를 내려놓았다. 달걀이 베이컨을 덮고 흘러넘쳐, 햇살 아래서 허리와 엉덩이를 흔들며 춤을 추었다.

"그 여자 말인데요?" 데브가 다시 물었다. "어…… 팜-엘-라?"

"아!" 주인이 말했다. "예! 파멜라. 예."

그는 기분 나쁜 표정을 짓고 허리에 손을 얹음으로써 국제 마임계의 최서 기록을 경신했다.

"여기 있어요?" 데브가 카페 안을 가리키며 물었다. "우 에 파멜라?"*

"아니." 주인이 말했다. 그러더니 자기 눈을 비비고 잠시 우는 시늉을 했다.

그러고는 "하 하 하!".

---

* Où est Pamela? '파멜라 어디 있어요?'를 프랑스어로 말함.

주인은 뒤돌아서 가버렸다.

"이상한데." 내가 말했다.

"나보고 슬프다는 거야, 아님 그녀가 슬프다는 거야?" 데브가 물었다. "만약 그녀가 슬픈 거라면, 그 소문이 맞았어!"

"너희 둘 다 좀 슬프긴 한데 이유가 다르다는 걸지도."

데브는 잘 모르겠다는 표정으로 고개를 끄덕였다.

"근데 무슨 초대장이었어?" 데브가 물었다. 오늘 아침에 나는 뜻밖에도 우편으로 카드를 하나 받았는데, 온통 크림색 엠보싱에 리넨으로 장식된 것이 마치 가스 요금 고지서의 거만한 사촌 같았다.

"세라의 결혼식." 나는 청첩장을 넣어둔 주머니를 가볍게 두드려 아직 거기 들었는지 확인하며 대답했다. "내가 성숙도 테스트를 통과한 게 분명해. 결혼까지 서둘러서 해치우네. 게리가 아이가 태어나기 전에 결혼하고 싶어해."

"그래, 근데 청첩장 말고. 다른 걸 봤는데. 그 초대장. 두근두근하는 초대장."

아하. 그 초대장.

이메일에는 '트로피카나—긴급'이라고 적혀 있었고, 그래서 하마터면 무시할 뻔했는데(정말이지 트로피카나 괴물이라도 나타난 게 아니라면 트로피카나에 긴급씩이나 할 일이 도대체 뭐가 있다고?) 한번 더 흘깃 봤을 때 발신인이 누군지 알아보았다.

"그랑프리 대회라든가 그 비슷한 거라고 말해줘. 아니면 프리미어 시사회! 아니면 새 보드카 시음 행사라든가. 분명 은색 드레스를 쫙 빼입고 보드카를 나눠주는 모델들이 있을 거야. 아니면 골든 조이스틱! 은색 드레스를 입은 모델이나 골든 조이스틱 둘 중 하나라고 해줘!"

데브는 줄곧 골든 조이스틱 어워드에 가보고 싶어했다. 분명 기막힐 거라는 말을 입에 달고 살았다. 분명 힐턴 호텔 지하에서 열릴 거라고 나는 생각한다.

"비디오게임계의 오스카상과 같은 거라고. 다들 거기 나와. 유명 스타들이 총출동하는 거지."

"가령 누구?"

"들어도 모를 거야. 그런 식으로 유명한 스타가 아니니까."

"흠, 골든 조이스틱은 아닌데. 실은……" 나는 이메일을 데브에게 보여주며 '짜잔' 비슷한 효과음을 냈다. "트로피카나 아사이베리 세트 신상품 출시 행사!"

데브는 의지의 힘으로 이것을 실제보다 더 좋은 소식으로 받아들이며 고개를 끄덕였다.

"트로피카나라" 하며 음미했다.

"아사이베리는 우리가 전에 생각했던 것보다 90퍼센트 더 많은 노화 방지 성분을 함유하고 있대."

"뭐, 좋은 소식이네."

"시골의 대저택에서 열린대. 아사이베리 옷을 입은 모델도 있을 거야."

갑자기 데브의 흥미도가 대폭 상승한 것 같았다.

"생애 첫 메이저 코미디 대회를 제패할 사람은 누구게?" 클렘은 양손으로 자기 자신을 가리키며 싱글벙글 말했다.

"당신이죠, 클렘?"

"바로 그렇습니다, 선생님! 네 그렇죠, 선생님! 뭐, '제패'한다는 건 사실 '입성'한다는 뜻으로 쓴 거지만, 그래도 이번엔 무우우우척 감이 좋아."

클렘은 자신을 둘러싼 실내 분위기를 완전히 무시할 수 있는 능력의 소유자인 듯했다. 나는 아니었다. 나는 그런 것들이 눈에 잘 들어왔다—주변 상황에 따라 내 기분을 맞춰갔다. 바로 지금은, 호기롭게 큰소리 땅땅 치는 클렘과 달리, 나는 침묵했다.

오늘 아침 조는 사무실에 없었다. 샘은 조가 강의를 들으러 간 것 같다고 했지만, 〈런던 나우〉에서 강의를 들으라고 오전 업무를 빼주는 일은 없다. 다른 사람들은 조가 대릴 채닝과 회의중일 거라고 생각했다. 대릴 채닝은 〈맨체스터 나우〉와 〈런던 나우〉를 소유하고 있고, 크리스마스 직전에 폐간할 때까지 〈글래스고 나이츠〉를 소유했던 거들먹거리는 오너들 중 한 사람이다.

클렘은 처클 캐빈에서 열리는 코미디 시상식 전단지를 뚫어져라 쳐다보았다. 당일 저녁 가장 웃기고 재미있는 최고의 코미디를 선보인 사람에게 수여하는 조그만 플라스틱 바나나 트로피를 손에 든 자신의 모습을 상상하고 있는 것이리라.

나는 책상 위에 발을 올리고 〈런던 나우〉 최신호를 대충 넘겨보았다. 그러다 해당 기사를 발견하고는 혼자 빙그레 웃었다.

아마 좋아서 팔짝팔짝 뛰겠지.

실제로 그날 저녁, 당신이 이런 일을 하다니 진짜 믿을 수가 없군요!라는 문자메시지를 애비에게서 받았다.

하하하!라고 답을 보내고 애비의 회신을 기다렸다.

그러나 더이상 답이 없자 다시 이렇게 썼다.

사진은 맘에 들어? 데브의 휴대폰에 있던 거야!

또 답이 없었다. 한 시간 두 시간이 흘러도 답장이 오지 않았다.

그래서 그냥 내 일을 하면서 빈둥거렸다. 스칼라 클럽에서 있었던 공연에 대한 리뷰를 쓰고 TV 리모컨의 건전지를 갈아끼웠다. 점심으로 먹을 샌드위치를 준비하고, 쓰레기통을 비우고, 새 우유를 샀다. 슬슬 왜 애비한테서 답이 없을까 궁금해지기 시작했다.

그래서 다시 한번 애비의 문자를 들여다보았다. 그제야 내가 실수를 했음을 깨달았다.

진짜 믿을 수가 없군요!가 아니었다.

진짜 믿을 수가 없군요였다. 느낌표가 붙지 않은 무미한 문장.

애비의 노래 — 애비 그랜트

영혼을 울리는 바다의 장엄함과 경쾌한 손길이 만나다

요즘 브라이튼은 음악계에서 승승장구하고 있다. 올 초엔 킥스가 혜성같이 음악계를 강타했고, 이제는 영혼을 울리는 우아함을 지닌 유망 싱어송라이터 애비 그랜트를 환영할 차례다……

기사는 이렇게 서두를 열었다. 별 다섯 개 만점짜리 이 앨범은 아직 아무도 들을 수 없었다. 애비와 나를 빼고는. 이 기사는 선물이 될 예정이었다. 자기는 아무 꿈이 없다고 주장했지만 꿈이 있음이 확실한 아가씨에게 보내는, 이해와 인정의 끄덕임이었다. 이것은 분명 애비의 꿈이었고, 게다가 재능도 있었으니 더할 나위 없었다. 성공 가능성이 보였다! 뭐, 녹음 상태는 다소 아쉬운 부분이 있었고, 프로듀싱이고 자시고 할 것도 없이 그냥 혼자 연주한 어쿠스틱 기타에 가끔 아코디언 같은 게 추가된 실시간 녹음이었지만…… 어쨌든 나로서는 그게 더 좋았다. 좀더 생생하고, 좀더 라이브답고, 좀더 생의 본연의 모습을 담고 있었다.

애비는 이 노래들과 희망과 사랑을 담은 CD를 줄곧 비밀에 부쳤다. 왜? 말이 안 됐다. 애비는 사방팔방 쏘다니는 스스럼없는 아이인데, 왜 기회를 잡으려 하지 않는지 나는 이해할 수 없었다. 단순히 겁이 나서? 내가 생각하기에, 이 리뷰—나의 너그러운 개입—는 딱 애비에게 필요한 것이었다. 외부의 인정. 잘한다고 얘기해주고, 다음 단계로 내디뎌도 좋다고 말해주는 친구가 있어야 했고, 내가 그런 친구가 되어주리라 생각했다. 그것도 아주 특별한 방법으로. 〈런던 나우〉에 실어서 애비의 첫 언론 데뷔를 장식하고, 바로 앞서 킥스가 그랬던 것처럼 기사를 오려서 CD 앞면에 붙일 수 있는 기회를 제공했다. 더욱 앞으로 뻗어나가라고 애비를 부추기고 재촉했다.

이상이 나의 계획이었다.

그러나 계획대로 되지 않은 모양이다.

"덕분에 아주 곤란해졌어요." 그날 저녁 전화 통화에서 애비는 상처받고 화난 투로 말했다.

"내 의도는 그게 아니었어." 나는 그녀의 신뢰를 회복하려 필사적이었다. 절박하고 신중하게 말했다. "근사한 선물을 주고 싶었어. 맹세코 난 그게……"

"내 가방을 뒤져서 내 노래를 훔치고……"

"훔치지 않았어. 그냥 듣기만 했다고……"

"훔친 거야. 복사했잖아요. 원래는 내 거였는데 이젠 아니게 됐으니 훔친 거지."

"뭐? 아냐, 그 노랜 여전히 네 거야!"

"근본적으로, 내 일기를 가져가서 읽고 복사하고 멋대로 당신 신문에 일기 얘기를 실었어."

"애비, 아냐, 저기…… CD가 보이길래 그래서……"

"그 기사에서…… 나와 폴의 관계에 대해서……"

"난 그에 대해서 쓴 게 아냐. 그냥 덫에 걸린 상황에 관한 노래가 하나 있다고 했을 뿐이고……"

"난 덫에 걸린 게 아니에요! 게다가 그건 폴에 관한 노래도 아니고. 하지만 기사에선 명백히 폴에 관한 거라고 암시해놨더군요."

거기에 대해서는 침묵했다. 폴에 관한 노래인 줄 알았다.

"폴이 그 기사를 봤어요. 화가 단단히 났죠. 나한테 뭐가 문제냐고 따져물으면서. 폴은 노래에 관해서 전혀 몰랐으니까. 이젠 보여줄 수밖에 없잖아요. 그게 나한테 얼마나 곤란한 일인 줄 알아요? 당신은 내게서 무언가를 빼앗아간 거예요. 왜 그랬는지 난 이유도 몰라. 당신은 정말 이기적이야. 대체 왜 그런 거야? 다른 사람의 엄청난 자유를 빼앗은 거라고!"

"흠, 그런 짓을 내가 어디서 배웠다고 생각해, 애비? 내 아파트에 뚜벅뚜벅 걸어들어와서 내 전 여자친구를 삭제해버린 사람이 누구더라? '당신한테 이건 필요 없어요'라고 네가 그랬잖아. 난 이게 너한테 필요하다고 생각했어!"

“당신도 결국 그런 사람들 중 하나였어.”

“어떤 사람들?”

“뻔한 보통 사람들 중 하나에 불과했다고, 안 그래?”

“애비, 난 네 친구야, 난……”

이어서 수화기가 뭔가에—테이블 같았다—쾅 하고 부딪히는 소리가 났고, 그다음에 다시 전화기 위에 탕 하고 얹히는 소리가 났다.

나는 스스로를 걷어차버리고 싶었다. 그런 짓을 하다니. 애비가 화를 낼 만도 하다. 사람들이 자기 노래에 관해 알기를 바랐더라면, 애비는…… 음…… 노래를 불렀겠지. 그날 밤엔 뭐에 씌었는지—CD가 가방에서 빠끔 고개를 내민 모양새가 스스로 나오고 싶어하는 것 같았고, 다 같이 삶과 야망과 꿈에 대해서 이야기꽃을 피운 직후이기도 해서—내가 하는 일이 전적으로 옳다고 느꼈다.

게다가, 젠장, 옳은 일이었잖아, 안 그래? 이건 애비 같은 여자애들이 흔히 하는 과잉 반응이야. 애가 변덕이 심하다거나 멍청하다는 얘기가 아니라, 지금까지 만난 사람들 중 가장 친화력이 강하긴 하지만 좀 감정적인 면이 있다고, 안 그래? 가슴이 시키는 대로 저지르는 애지. 사실 바른말로, 걔가 나를 이렇게 만들었다고 해도 과언이 아니잖아. 걔를 위해서 한 일이었어. 전적으로 시기적절한 때와 장소에서, 가슴이 시키는 대로 곧장 했다고. 이렇게 자길 신경써주는 사람이 있다는 사실에 고마워하기는커녕. 내 말은, 그래, 폴에 관한 얘긴 넣지 말았어야 했다. 그건 그때도 인정했고 지금도 인정한다. 물론 이름을 거론한 건 아니지만. 리뷰의 어느 대목에선가, 애비가 가볍게 에두른 가사를 통해 자기 자신에게 도움이 되지 않는 연애를 했거나 혹은 하고 있는 여자를 그리고 있다고 썼을 뿐이다. 폴과 관련해서 뭔가 흘렸다면 거기서 흘렸을지도.

거기서, 실은 내가, 그 노래는 다른 사람의 인형처럼 살지 말라는 의미라고 썼던 것이다.

이 사태를 어떻게 수습해야 할지, 나는 알 수가 없었다. 기사는 이미 나왔다. 휴대폰으로 찍은 흑백사진과 함께 별 다섯 개짜리 리뷰가, 벤치마다 술집마다 버스마다, 갓 나온 따끈따끈한 신문 10만 부에 실린 채 온 런던에 뿌려진 것이다.

그리하여 나는 휴대폰을 집어들고 문자를 보냈다.

진심으로 미안해. 달리 할말이 없었다.

그러고는 휴대폰 옆에 앉아서 답신을 기다렸다.

사흘 후, 매켄지 홀은 온통 트로피카나 축하연의 도가니였다.

이런 행사에 드는 돈이 어디서 나는지 전혀 감도 오지 않았다. 이런 행사를 어떻게 기획하는지도. 나라면 아마도, 풍선으로 시작해서 케이크로 끝낼 것이다. 기저귀 찬 아이들 생일 파티 하듯. 그러나 이 사람들은 프로였다.

먼저 트로피카나 걸들이 나타났다. 여남은 명의 학생인지 모델인지가 하얀 고양이 복장에 망토—망토라니!—를 두르고 주스잔들을 고정시킨 쟁반을 들고 다녔다.

데브는 갑자기 트로피카나 광팬이 되었다.

"좀 천천히 마셔." 데브가 지나가는 은색 쟁반에서 알코올이 함유된 스무디를 또 떼어내 마시길래 말렸다.

"이건 공짜인데다 난 지금 신경이 예민해. 망토를 두른 여자들이 있잖아. 저걸 보는 내 기분이 어떤지 알아? 슈퍼히어로들 옆에 있는 것 같다고."

"저 사람들은 캣 레이디가 아니라 모델이야."

"캣 우먼. 캣 우먼이야. 저 사람들이 캣 레이디라면 내가 이렇게 신경이 예민해질 리가 있어?"

포리스트 래스킨은 호화로운 자동차들—죄다 호두나무 대시보드에 검은 가죽 시트의 아우디 R8이었다—을 쭉 도열시켜놓고, 기자들에게 한번 몰고 부지를 돌아다니면서 결코 우리 것이 될 수 없는 삶을 상상해보라고 부추겼다. 좀더 인지도 높은 기자들의 경우는 창문을 새카맣게 코팅하고 알루미늄 합금으로 경량화한 레인지로버로 온천 휴양지 바스를 돌아보며, 〈굿 푸드〉의 '일일 권장량!' 섹션을 담당하는 기자나 세인즈베리 슈퍼마켓 소식지의 사진 캡션 담당자와는 격이 다른 진정한 의미의 VIP들답게 한 시간가량 개인 사진을 찍을 시간을 따로 주었다.

〈웨이크 업 콜〉에서 연예 보도를 담당하는 여자가 벌써 몇 가지 발표를 했다. 어느 주에는 칸에 있다가, 그다음 주에는 느닷없이 게리 발로와 함께 제트스키를 타는 여자다. 또 그다음 주에는 〈스트릭틀리〉*에 출연한다. 하여간, 다행히 그녀는 새로 출시된 트로피카나 세트의 열광적인 팬이었다. "왜냐면 육십 년 전통의 트로피카나는 과일 혼합 음료계에서 오랜 경험을 쌓았고, 모든 트로피카나

* 유명인과 전문 댄서가 한 팀이 되어 스포츠댄스 실력을 겨루는 BBC1의 서바이벌 프로그램.

제품이 하나하나 그토록 맛있는 것도 그런 오랜 노하우 때문이니까요!" 나는 그녀의 이런 점이 마음에 들었다. 프로답다. 해당 기업의 이념에 충실하다. 그녀는 나중에 질의응답 시간에 다시 올 거라면서, 가을에는 피트니스 DVD가 새로 출시될 계획이라고 덧붙였다. 최신 DVD에 항상 주목하는 데브에게는 좋은 소식이었다.

오늘 저녁 야외무대에서는 모던 록 밴드 오션 컬러 신의 공연이 있을 예정이었다. 경품 추첨 행사에서는 당첨자에게 뉴욕행 비즈니스석 티켓을 줄 것이다. 객실마다 작은 샴페인이 준비되어 있었다(여러분이 궁금해할까봐 말해주는데 객실은 총 마흔두 개였고, 본관과 별관에 서른세 개, 거물들을 위한 가족 별장 여섯 채, 래스킨 사에서 쓰는 산장이 세 곳이었다). 카우셰드 생크추어리의 무료 스파에 흥분한 사람들이 있는 반면, 어떤 이들은 서재에서 칵테일 전문가와 어울리는 기회를 받고 투덜거렸다.

나는 주스를 마시며 주위를 둘러보았다. 모든 것이 여기에 다 있었다. 바로 이곳에. 퓰리처상 따윈 잊어버리자. 1면 대서특필이라든가 정권 실각이라든가 하는 것 따위는 다 집어치우자. 품질 좋고 건상한 과일 음료에 대한 애정을 평생 단 한 번도 기사화한 적 없는—평소 대화에서 입도 벙긋한 적 없는—기자들이 증정품 꾸러미와 티셔츠를 들고 서성이면서, 신제품 발표는 안중에도 없이 그날 밤 제공되는 숙식에 짜릿함을 느끼며, 이번 크리스마스엔 이 증정품 꾸러미에서 뭘 꺼내 가족들에게 자랑스럽게 나눠줄지 벌써부터 궁리했다.

그리고 저쪽 구석에서, 헤드셋을 끼고 클립보드를 든 여자 두어 명과 얘기하고 있는 사람이 바로 이 모든 것을 한데 묶어 기획한 남자였다. 데이미언 앤더스 래스킨.

비행기 표, 자동차, 무료 스파 이용권, DVD, 그제야 나는 깨달았다. 그 모든 것이 전지전능한 포리스트 래스킨의 고객사에서 협찬 받은 것이었다.

나는 그와 눈을 마주치려 애썼다. 사근사근하게, 감사하다는 태도로, '다시 만나서 반가워요'라는 의미로 눈썹을 치켜세웠지만, 딴사람들도 죄다 그러고 있었다. 서열상 〈그라치아〉의 고갯짓 한 번이 〈런던 나우〉의 고갯짓 다섯 번에 해당한다.

어쨌든 내가 여기 온 이유는 그게 아니었다.

"안 보이는데." 데브가 말했다. "트로피카나 걸들 중에는 없어."

"트로피카나 걸들 좀 그만 쳐다봐라."

"망토는 왜 두르고 있는 걸까?"

머릿속 한편에서는 그 아가씨가 기자일 거라 확신하고 있었지만, 데이미언을 둘러싼 사람들이나 그가 고용한 사람들을 보면 볼수록, 그의 팀원이 아닐까 하는 생각이 들기 시작했다.

홍보에서 프레젠테이션이 차지하는 비중은 반이 넘는다. 다른 사람들 앞에 내보여야 하고, 내보일 수 있는 팀이 필요하다.

데이미언은, 말하자면, 프레젠테이션에 대한 감식안이 있었다.

내가 다시 데이미언을 쳐다보았을 때, 그는 어디 내놔도 부끄럽지 않은 아내의 어깨에 팔을 두르고 있었고, 그의 아내는 어디 내놔도 부끄럽지 않은 아들을 안고 있었다.

"흐음." 데브의 소리였다.

"그럼 원래부터 과일주스에 늘 관심이 많았다는 말입니까?"

내가 〈웨이크 업 콜〉에서 온 여자를 인터뷰할 차례였다. 그제야 그녀의 이름이 생각났다. 에스토니아 마시. 그녀의 새 DVD 표지 위쪽에 반짝반짝 빛나는 금빛 문구가 볼록 튀어나와 있었다. 피트니스는 힘들게 할 필요가 없어요…… 에스토니아 마시와 함께. 데브는 조용히 손가락으로 DVD 표지에 나온 그녀의 다리 라인을 훑어내리고 있었다. 포리스트 래스킨의 여직원이 에스토니아와의 일대일 인터뷰를 위해 나를 데리러 오자 데브는 약간 길 잃은 양처럼 보였다. 데브는 사람들이 많은 곳에 익숙지 않다. 시끌벅적한 곳에서는 넋이 나가버린다. 그가 파워업!에서 그토록 편안한 것이 바로 그 때문인 듯싶다.

"나 혼자 여기 두고 가지 말아줘." 데브는 애원하는 눈빛으로 말했다. "저 사람들은 다들 축구에 관해서 잘 아는 것 같아. 지난번에 네가 축구를 잘 아는 사람들 사이에 나만 놔두고 가버렸을 때 무슨 일이 있었는지 알지. 난 정신이 거의 나가버렸잖아. 아스널 대 브라질 시즌권을 갖고 있다고 말해버렸지. 누가 봐도 도대체 말이 안 되잖아."

홍보대행사 사람들은 신경쓰지 않았다. 나는 데브가 우리 회사 인턴이라고 했고, 데브가 새로 받은 잔을 거의 다 비우는 동안 에스토니아는 나의 질문에 프로답게 신속하게 대답했다.

"건강하게 먹는 것은 제게 매우 중요하고, 저는 트로피카나를 '하루 다섯 번'* 중 하나로 생각하며 마셔요!"

"그럼…… 이 과일주스를 그렇게 선호하는 이유가 구체적으로

* 매일 다섯 가지 색의 과일과 야채를 다섯 접시 이상 섭취하자는 암 예방 캠페인.

뭐지요?"

"냉장고에 늘 충분한 먹거리를 넣어두는 것은 제게 무척 중요한 일이고, 비타민의 경우는 특별히 챙기고 있어요. 트로피카나는 신개념 이지포어 시스템을 도입해서 그 어느 때보다 쉽고 빠르게 일일 비타민 권장량을 제공하게 되었죠!"

나는 고개를 끄덕이며 메모하는 시늉을 했다.

잠시 침묵이 흘렀다. 다음 질문을 어떻게 할지 막막했다. 이미 두 가지 다른 표현으로 과일주스를 좋아하냐고 물었고, 세번째 표현이 있는지는 미지수였다.

"그럼…… 과일주스와 관련된 재미있는 일화라도 있나요?"

그녀는 당황한 것 같았다. 그녀의 눈동자가 초조하게 자꾸 한구석에 있는 홍보대행사 직원 쪽을 힐끔거렸다.

"어……"

"꼭 재미있는 건 아니어도 됩니다. 실화라든가? 아님 그냥 이야기라도?"

"과일주스에 관한 이야기라……" 천천히 말하면서 옛날에 써먹었던 인터뷰 답변 목록을 죄다 뒤져봐도 아무것도 나오지 않는 모양이었다.

그때 데브가 난데없이 끼어들었다.

"제 친구 제이슨은 어떤 아가씨를 찾고 있는데, 그 아가씨의 카메라를 이 친구가 갖게 되었죠. 이 친구는 그 아가씨가 자신의 반쪽일지도 모른다고 생각해요."

"됐어, 데브……" 나는 눈이 휘둥그레져서 얼른 녀석의 빈 잔으로 손을 뻗었다.

"그래요?" 에스토니아는 나를 보며 잠시 방긋 웃더니 나머지 미소는 데브 쪽으로 보냈다. "그게 무슨 말이죠?"

"이 친구가 카메라를 발견했어요. 뭐, 발견했다기보다, 그 아가씨가 우연히 이 친구한테 주고 간 거죠, 어느 날 저녁 샬럿 스트리트에서 삼 초 정도 만났을 때. 그래서 이 친구가 그 필름을 현상해서 봤더니……"

"어, 잠깐, 그건 데브 네가 현상한 거잖아, 게다가……"

"어찌됐든 간에, 결국 필름은 현상되었고, 지금 이 친구가 제대로 꽂힌 거죠. 그 아가씨가 딱 취향이었거든요."

"저런." 한구석에 있던 홍보대행사 직원이 무심코 내뱉었다. 하지만 나는 그가 좀더 로맨틱하게 표현할 수도 있었다는 생각이 든다.

"그래서 당신에게 드리는 제 질문은요, 숙녀분으로서 어떤 조언을 해주시겠어요?"

에스토니아 마시는 상담과 조언에 특별히 조예가 깊지는 않은 것으로 드러났다. 비록 이렇게 말하긴 했지만. "가슴이 시키는 대로 따라야 한다고 생각해요!" 그러고는 고개를 끄덕거리고 격려하듯 말했다. "두 손으로 뿔을 잡듯 인생을 움켜쥐고, 황소를 타듯 올라타야죠!"

〈웨이크 업 콜〉의 연예 리포터와 이 건을 가지고 토론하는 것은 전혀 계획에 없던 일이었으므로 나는 그저 발개진 얼굴로 그러겠다고 말했다.

그때 데브가 "진정 사랑에 빠져본 적이 있나요, 에스토니아 씨? 그러니까, 진정으로?" 하고 물었고, 나는 그 시점에서 데브가 스페셜 트로피카나를 못 마시게 반드시 막아야겠다고 결심했다. 스페셜 트로피카나 때문에 녀석이 낭만적 몽상에 빠져드는 것 같았다.

"아, 아시다시피……" 에스토니아는 대답을 흐리면서 한구석의 홍보대행사 사람을 향해 눈썹을 치켜세웠고, 홍보대행사 직원은 즉각 조치를 취했다. "과일주스가 건강한 라이프스타일에 얼마나 유익한지, 특히 합리적인 다이어트와 피트니스 계획의 일부로서 섭취할 경우 얼마나 유용한지에 관한 질문이 끝나셨다면……"

"네!" 내가 말했다. "끝났습니다."

"그래도 그녀를 찾을 수 있으면 좋겠어요. 행운을 빌어요"라고 에스토니아는 방긋 웃으며 말했다.

"끝내주는 여자네." 야외무대 옆에서 데브가 말했다. 무대에서는 남성 아카펠라 사중창단이 〈홈 앤드 어웨이〉*의 주제곡을 부르고 있었다. "만약 파워업!을 재개업한다면 에스토니아가 개업식에 와줄까? 한번 부탁해볼까? 가게를 다시 열 때 유명 인사가 있으면 좋잖아."

"가게는 왜 다시 열고 싶은데? 가게 문을 닫은 게 아니잖아. 영업 잘하고 있으면서."

"그냥 해본 말이야, 재개업을 하면 혹시 주목을 받을까 해서. 웨이트로즈에서 카나페를 사올 수도 있어. 작은 소시지도. 아니면 애비의 특별한 케이크도 좀 놓고."

* 1988년부터 방영된 호주의 장수 TV 드라마. 영국인들이 동경하는 햇볕 좋은 바닷가 마을을 무대로 하여 영국에서 인기가 높다.

"그거면 틀림없이 주목을 크게 받겠군. 지역신문, 경찰, 뭐 그런 데서."

우리는 입을 다물고 주위를 둘러보았다. 새로운 사람들이 도착했는데, 너무도 중요한 분들이라 에스토니아와의 질의응답 따위를 위해 오전에 시간을 내기가 불가능한 이들이었다.

하지만 그중에 내가 원하는 사람은 없었다.

"안 올 거야." 나는 맥이 빠졌다. "그 아가씨는 안 올 거야."

"올 거야. 그럼 안녕하세요, 하고 인사하면 돼."

"그다음엔?"

"네 이야기를 들려줘야지."

"그리고 이게 다 그저 우연의 일치였다고 주장하라고?"

"네 경우에는 이미 우연의 일치라는 증거가 있잖아. 그 사진들 중 한 장에 네가 찍혔으니. 지금 말 못하겠다면, 나중에 언젠가 손주들한테 할머니 할아버지는 트로피카나 아사이베리 세트 신제품 출시 행사장에서 만났다고 얘기하면 되지."

"아니면…… 내가 할 수 있는 일이 또하나 있다."

데브는 의아한 표정으로 나를 쳐다보았다.

나는 건너편을 고갯짓으로 가리키며 내 뜻을 알렸다.

데브는 알아들었다.

"그건 안 될 말일세, 친구. 그 생각은 좋지 않아."

"왜?"

"우리가 이미 한 짓은 한 짓이고, 그건 전혀 다른 차원의 일이야. 우리가 여태껏 한 일은 그냥 심심풀이였어. 재미있는 일이었지. 소년 탐정단! 하지만 그건…… 일이 심각해져."

"심각하지 않으려면 뭐하러 한 거야? 맨날 더 심각하고 진지해야 한다고 우긴 건 너잖아!"

"아니, 그래도…… 넌 네가 무슨 짓을 하려는지 모르는 거야. 다른 사람의 인생에 그런 식으로 우당탕 끼어들면 어떡하냐."

정곡을 찔렸다. 애비가 생각났다. 내가 우당탕 끼어들었던 그 사건이 생각났다. 하지만 그녀를 위해서였다. 이건 나를 위해서다. 나도 인생의 뿔을 두 손으로 꽉 움켜쥘 수 있다. 황소를 타듯 올라타라.

나는 다시 건너편을, 헤드셋을 낀 아가씨의 어깨에 팔을 두르고 제 쪽으로 바싹 당기며 웃고 있는 데이미언 앤더스 래스킨을 쳐다보았다. 그리고 생각했다.

그냥 가서 물어보면 되잖아?

"신사 숙녀 여러분, 오 분 후에 경품 추첨 행사가 진행될 예정입니다." 세상에 저보다 더 많은 펜이 필요한 인간이 있을까 싶을 정도로 수많은 펜을 주머니에 꽂은 남자가 알렸다. "본관 홀로 자리를 옮기실까요?"

데브는 지난 십오 분 동안 나의 결심을 꺾으려고 온 힘을 기울였다. 대여섯 가지 가능한 시나리오를 요약해 들려주었고, 각각의 줄거리는 모두 내가 눈에 멍이 들거나, 해고되거나, 나머지 성한 눈마저 멍이 드는 사태로 귀결됐다.

"저 사람은 우리가 보는 시각으로 이 일을 보지 않을 거야." 데브의 말이다. "에스토니아같이 전혀 모르는 사람한테는 얘기할 수 있어도, 데이미언한테는 못해. 관련이 있는 사람이잖아. 신경을 쓸 거라고."

"나는 직접 물어볼 거야." 내 말에 데브는 겁에 질렸다.

"저 사람은 유부남이고, 가족도 있고, 게다가……"

"이봐, 난 데이미언을 비난하려는 게 아니야. 알다시피 난 아는 게 거의 없잖아, 그러니까 사실대로 털어놓을 거야. 내가 다 알아서 할게."

"아냐, 친구, 잠깐, 잠깐만……"

"왜? 지금 이 자리에서 마무리지을 수 있어. 그럼 알게 되겠지. 답을 얻는 거야!"

"일은 그런 식으로 풀리지 않아."

"이렇게 풀 수밖에 없어. 요는, 이게 유일한 방법인걸. 우린 두 단계만 건너면 돼. 데이미언은 그녀를 알아. 나는 데이미언을 알고. 가서 물어볼게."

데브가 멈칫했다."어떻게 물어보려고?"

데이미언은 나를 보고 미소 지었다.

"즐거운 시간을 보내고 계십니까? 친구분과 같이 오신 걸 봤는데……"

"데브요? 네! 우리 회사에서 인턴 일을 하고 있어서……"

"당연히 그렇겠죠. 그럼요, 안 될 거 뭐 있나요. 나라도 그렇게 했을 겁니다."

"저를, 아니 우리를 초대해주셔서 다시 한번 감사드립니다."

그럴 때가 있다. 기어를 바꿔야 한다는 건 아는데 그 방법이 떠오르지 않을 때.

나는 좀더 바싹 다가가서 목소리를 낮췄다.

"데이미언, 잠깐 얘기 좀 할 수 있을까요? 개인적인 일인데."

그는 나를 쳐다보았다.

"무슨 불편한 일이라도 있는 건 아니죠?"

"네, 하지만 잠깐 나가서 얘기할 수 있을까요?"

데이미언은 내가 그의 엉덩이를 살짝 만지고 싶다고 얘기하기라도 한 것처럼 얼굴을 찌푸렸다.

별관을 나와 우리는 석양을 받으며 섰다. 주위 들녘이 산들바람에 가볍게 흔들리며 쉿 조용히 하라고 내게 충고했으나, 나는 무시했다.

"곧 추첨 행사가 시작되는데." 데이미언이 말버러 갑을 열고 한 개비를 꺼내 뚜껑에 대고 두드렸다. "제가 비행기 표를 당첨자에게 건네줘야 해서."

"아, 네, 뉴욕행 비행기."

"자주 가십니까?"

"아뇨…… 계획은 있었죠. 인생이 바뀌기 전에. 지금은 아닙니다."

"전 다음 주말에 애니와 제임스를 데리고 갈 예정입니다. 특전이란 거죠. 보통 아내와 아들은 이런 행사에 잘 오지 않는데, 젠장, 뭐 어때요? 매켄지 홀에서 주말 하루 보내는 것쯤이야. 그리고 아내는 스파라면 사족을 못 써요. 애는 스파에서 알아서 돌봐주고."

데이미언은 담배 한 모금을 빨고 나를 쳐다보았다.

"그래, 무슨 일인데요?"

"어……" 나는 최대한 호의적인 어투로 말문을 열었다. "무척 이상하게 들릴 텐데요. 어디서부터 설명해야 할지 모르겠군요."

"그럼 그냥 설명하세요."

"그 일이 일어난 게……"

"좋은 출발이네요."

"어느 날 저녁 길에서 어떤 아가씨와 마주쳤어요. 그 아가씨가 누군지는 몰랐죠. 그다음에, 제가, 음……"

그다음에 뭐? 데이미언은 어리둥절한 표정으로 지금 왜 그런 얘기를 자기한테 하는지, 그게 자기하고 무슨 상관이 있는지 의아해했다. 이것참 뭐라고 말을 하지?

"그다음에 그녀의 카메라 필름을 내가 가지고 있다는 걸 알게 되었고, 필름을 현상해서 그녀의 발자취를 더듬었습니다. 왜냐하면 그녀에겐 뭔가 있었고, 내 삶은 결핍투성이였으며, 어쩌면 그 일이 나를 어딘가로 이끌어줄 거라고, 더 나은 곳으로 이끌어줄 거라고 생각했거든요. 그녀와 함께 있는 당신의 사진을 보았을 땐 묘하게 질투도 나더군요. 그리고 그날 그 바에서 당신을 봤을 때 뒤를 쫓기로 결심했고 레스토랑까지 들어가서 잡담을 하게 됐죠. 마침내 당신이 나를 신뢰하게 됐고, 지금 이렇게 함께 있네요!"라고 말하나?

설마.

그래서 나는 주머니에 손을 넣어, 가지고 다니던 사진 한 장을 꺼냈다.

그 아가씨가 카메라 근처의 누군가 혹은 무언가를 바라보며 방긋 웃고 있는 사진. 양볼은 붉게 상기됐고, 머리칼은 바람에 휘날리는, 내가 제일 좋아하는 사진.

"바로 이 아가씨입니다."

모험이었다. 판돈을 깡그리 건 승부수였다. 통해야 했다.

데이미언은 사진을 가져가서 흘깃 보고는 다시 나를 쳐다봤다.

어색한 침묵이 흘렀다. 나는 애매한 미소를 띠었다.

그때 데이미언이 담배 연기를 오른쪽으로 훽 내뿜더니, 일부러 아주 천천히 말했다. "씨발 너 뭐하는 놈이야?"

나는 두 눈을 껌벅였다.

"아뇨, 데이미언. 이건……" 하지만 그는 듣고 있지 않았다. 사진을 접어서 자기 주머니 속에 넣더니 이 장면을 본 사람이 혹시 있을까 주위를 살폈다.

"씨발 너 뭐하는 놈이냐고?"

"나는 그냥 납니다!" 쓸데없이 이렇게 덧붙였다. "제이슨이죠."

"무슨 수작이야?" 그가 차갑게 내뱉었다. "뭐, 돈을 노린 협박이냐? 씨발 넌 뭐야?"

그는 관목 숲이며 먼 담벼락이며 나무들을 자꾸 힐긋거렸고, 나는 그가 사진사를 찾고 있음을 알아차렸다. 그는 홍보를 제대로 할 줄 아는 사람이었다.

"난…… 지금 사진을 찍는 사람은 아무도 없어요. 이건 당신 가족에 관한 얘기가 아닙니다."

"내 가족? 왜 내 가족을 들먹이는데?"

그는 고개를 바싹 들이밀었고, 그의 숨결과 담배 냄새가 느껴졌다. 갑작스럽게 치미는 무언가에 대비하듯 그의 두 팔에는 잔뜩 힘이 들어갔다.

"데이미언, 이건 맹세코 사진에 나온 그 아가씨에 관한 일이에요, 그리고……"

"씨발 넌 누구야? 원하는 게 뭐야? 넌 내 손님으로 여기에 왔어.

내 가족이 여기에 있다는 것도 알고. 누가 널 보낸 거야?"

"우릴 보낸 사람은 아무도 없어요."

"우리?"

"나하고 데브. 우린 트로피카나 신제품 출시 행사에 참석하러 왔어요."

지금 이 상황에서 내 얘기는 참 터무니없고 우스꽝스럽게 들렸다. 트로피카나라는 단어는 실외 대치 상태에서 흔히 쓰이는 말은 아니다. 나는 그 점을 지적하고 싶었다. 이 긴장감에 구멍을 낼 수 있게, 다시 원만히 굴러갈 수 있게.

"당신하고 당신 친구는 가주셔야겠습니다."

"내 말 좀 들어……"

"가시죠. 씨발 지금 당장."

나는 데브를 잡았다.

"떠나야 해." 내가 말했다. "씨발 지금 당장."

"잘됐어?"

"별로."

"놀랄 만하지." 데브가 말했다. "자기 가족과 친구들과 동료들이 다 있는 자리에 누가 오더니 자기와 바람을 피운 적 있는 여자의 사진을 들이댔는데."

"정말로 그렇게 된 일인지는 모르잖아."

"정말로 그렇게 된 일인 것처럼 반응한 것 같은데?"

"씨발 지금 당장 가자니까." 나는 데브의 잔을 빼앗아 테이블 위에 올려놨고, 우리는 자리를 떴다.

밖으로 나와서 바스 스파 기차역까지 우리를 태워다줄 택시를, 우리의 구명보트를 기다렸다. 나는 데이미언을 떠올렸다. 그는 우리를 이곳에 초대했다. 그런데 나는 그런 짓을 저질렀다.

"뭐, 데이미언 잘못은 아니지"라고 데브가 말했고, 그것은 내가 가장 듣고 싶지 않은 말이었다. "어떻게 데이미언을 탓할 수 있겠어?"

"닥쳐." 나는 낮게 으르렁거렸다. 데브를 나무랄 생각은 아니었다. 그냥 그 일에 대해서 더이상 얘기하고 싶지 않았다. 굳이 남이 지적하지 않아도 내가 어리석었다는 건 잘 알고 있었다.

"왜?" 데브는 지지 않았다. "생각 좀 해봐. 다 날아갔어. 네가 다 날려먹었다고."

"알았으니까 그만해."

"이제 데이미언은 우리가 한 짓을 다 알아. 우리가 자길 스토킹했다는 걸 알지. 〈런던 나우〉에서 어떻게 나올 것 같아? 데이미언이 회사에 다 말할 거야. 네가 이러저러한 짓을 했다고 말하겠지. 네 커리어에 영향을 끼칠 거야."

"그래, 뭐, 최소한 난 커리어라도 있네."

쾅. 나는 최후의 일격을 가했다.

"아, 나의 작은 가게야 보잘것없지, 그래. 어쨌든 네가 그렇게 생각한다는 거 내가 모를 줄 알아? 노상 그딴 소리 안 듣는 줄 알아?"

"누구한테? 파베우?"

"파베우 빼고 전부 다. 그래도 난 적어도 뭔가 하고 있어. 최소한 내가 하고 있는 일을 좋아해. 넌 TV에 나오는 여자들한테 과일에 관해서 인터뷰하는 게 좋냐? 그리고 뭐, 너하고 데이미언이 그렇게 다른 것 같아?"

"그 사람하고 나는 전혀 달라."

"넌 데이미언과 관련된 문제를 한쪽으로만 확대해석하고 있어. 넌 그가 그 아가씨와 같이 있을 거라고 생각했는데, 그는 자기 가족들하고 왔지. 즉 그는 바람을 피운 거였어. 누구랑 비슷한 것 같지 않냐?"

"웃기지 마, 그거하고 이건 엄연히 달라. 너도 알지만 그건 내 실수였어. 미리 계획한 것도 아니었고. 그냥 어쩌다보니 그렇게 된 거지."

"넌 그 사람이 시계와 자동차와 아파트가 있다는 것밖에 아무것도 모르면서, 전혀 알지도 못하는 어떤 사건의 '증거'를 면전에 내밀었어."

"그래, 아는 게 없는데 그게 무슨 증거인지 난들 어떻게 아냐?"

"하여간 어리석었다니까, 그런 일을 벌이다니. 정신 나간 짓 좀 하지 마."

"니보고 하는 말이냐? 처음부터 줄기차게 부추긴 게 누군데?"

"일반적인 조사라면, 그래! 네 삶을 흥미진진하게 만들어주는 일이라면, 좋아! 기운 내게 하려고, 희망을 주려고 한 거야. 하지만 너처럼 이상한 짓은 안 했어."

"휫비에 가자고 한 건 너잖아."

데브는 미소를 지으며 고개를 절레절레 흔들더니 시선을 돌려 먼 곳을 바라보았다.

"뭐야? 그 표정은 무슨 뜻이야?"

"난 나대로 휫비에 갈 만한 이유가 있었어."

"뭔데? 무슨 이윤데?"

"택시 왔다."

나는 속이 부글부글 끓었다. 바스 역까지 가는 내내 부글부글 끓었고, 시내를 노려보며 2번 플랫폼에 서 있는 내내 부글부글 끓었고, 그후 패딩턴으로 돌아오는 동안에도 내내 부글부글 끓었다.

"어땠어?" 사무실에 들어가자 조가 찬바람 쌩쌩 도는 말투로 물었다. 나는 여섯시쯤 런던으로 돌아왔다. 돌아오는 길 내내 데브와는 한마디도 안 했고, 지금도 데브가 있는 곳만 아니라면 어디든 상관없다는 심정이다. 녀석은 바보 천치고, 이제 더이상 상관하지 않으련다. 자기가 뭔데 나한테 이래라저래라 하는 거야?

"좋았어." 나는 책상 위에 가방을 던져놓으며 말했다. "트로피카나 아사이베리 세트 신상품을 좋아한다면. 그건 그렇고, 지금 왔으니 좀 늦게까지 있으려고. 처리할 일이 잔뜩 있어서. 본격적으로 열심히 해야지."

"거기서 무슨 일 있었어?" 조가 물었을 때, 클렘이 벌떡 일어나서 사무실을 나갔다.

나는 퇴근하는 클렘을 바라보다가, 조에게로 시선을 돌렸다. 아주 기쁜 표정은 아니었다.

"왜?"

"앤드리아 스패로한테 메일을 받았어. 누군지 알던가?"

"알아."

모른다.

"오늘 행사에서 네 행태 때문에, 넌 앞으로 포리스트 래스킨이 주최하는 행사에는 일절 초대받지 못할 거라고 하더군."

오, 맙소사. 빠르기도 해라. 업계 2위인가 3위인가 하는 대형 홍보대행사라지만 이건 너무 빠르다.

"좋아."

"아니, 좋지 않아, 제이슨. 나빠. 우리에겐 나쁜 소식이라고. 뭘 어떻게 한 거야?"

"진정해. 그래봤자 기껏 회사 하나야. 우리한테 그들이 필요한 것보다는 그들한테 우리가 더 필요할 거야."

"아, 그러셔? 우리가 지금 여기서 무슨 일을 하는지 알기나 해? 별 볼 일 없는 무가지나 내면서, 경쟁사보다 한참은 뒤처져서, 여기저기 들쑤셔 기사를 모으고, 그게 다 좋아서가 아니라 먹고살아야 하니까 어쩔 수 없이 하는 거라는 걸?"

"미안하다!" 내가 말했다. "트로피카나 아사이베리 세트 신제품에 관한 독점 기사라도 실을 생각이었어? 우리 독자들이 트로피카나에 대한 좀더 통찰력 있는 기사를 원하나? 아니면 내가 간과한 관심 집단이라도 있었어?"

"널 보내준 건 그게 관광이었기 때문이야. 하지만 우리한테도 좋은 홍보 기회였지. 홍보대행사에 홍보할 좋은 기회. 넌 상당히 영향력 있는 회사를 건드렸어. 어떻게 그랬는지는 신만이 아시겠지. 무슨 짓을 한 거야? 술 취했어?"

"아니. 저기, 미안해. 하지만 세상에 널리고 깔린 게 홍보대행사잖아. 우리 일에 더 적합한 회사들도 많아. 지금부터 만회할게, 약속해. 과일주스 따윈 전혀 언급할 필요도 없는 괜찮은 기사들이 줄을 서 있어."

조는 한 손을 허리에 얹고 한숨을 내쉬었다.

"됐어."

뭐?

"됐다고. 계속 기고는 해도 되지만, 리뷰 담당 에디터 자리는 끝이야. 미안해, 제이스. 원래 공식적인 건 아니었고, 어차피 대타였잖아. 롭도 많이 나았고 곧 돌아올 테니 그동안은 내부에서 어떻게든 해야지."

"너…… 그 말 하기를 기다리고 있었구나."

"아. 그래. 물론이지. 세상이 너를 버렸어."

"오늘 운수를 보면 그런 것 같군."

"그러게. 내가 기껏 기회를 줬는데도."

"우리 둘 사이에 있었던 일 때문이지."

"어휴, 철 좀 들어라, 응? 그건 백만 년도 더 된 일이야. 나한텐 다 지난 일이라고. 그리고 이건 일에 관한 얘기야. 넌 그 소소한 섹션을 가지고 뭔가 해볼 기회가 있었어, 알아? 우리 회사는 돈이 없어. 눈치챘는지 모르겠지만, 우린 지금 가라앉는 배에 타고 있어. 업계 신문을 읽기는 하니? 난 너한테 섹션 하나를 통째로 맡겼고, 그 섹션이 살아 있는 동안 넌 그 안에서 맘껏 할 수 있었어. 우리 사이에 그런 일이 있었을 때, 넌 나한테 그게 생의 목표라고 했었어. 뭐 하나를 맡아서 네 식대로 빚어내는 것. 세라는 이해하지 못하지만 그게 네가 원하는 거라고. 뭐, 내 죄일지도 모르지. 어쨌든 난 도와줬어, 안 그래? 아직 널 좋아하거나 너랑 같이 있고 싶어서가 아니라, 죄책감을 느꼈기 때문에 그런 거야."

넌 뼈아픈 말을 좀 들어야 해, 라는 말을 들을 때 어떤 느낌인지 알지 않는가? 그런 일이 실제로 일어나면 굉장하다.

"그런데 네 보답은 뭐였니? 넌 자기 친구 노래를 리뷰에 싣고 별 다섯 개를 줬어."

조는 애비의 리뷰가 실린 페이지를 던졌다.

애비의 노래 — 애비 그랜트. 영혼을 울리는 강력한 경쾌함. 애비에게 길을 물어보자.

"애비가 누구야? 어느 음반사와도 계약되어 있지 않아. 인터넷에도 없어. 마이스페이스도 개설되어 있지 않고. 이 바닥 어느 누구도 애비란 이름을 들어본 적이 없다는군. 앨범을 파는 데도 없고. 내가 이런 걸 다 어떻게 알았는지 알아? 왜냐면 나도 들어보고 싶었거든. 슬픈 일이지. 네 글을 보고 애비의 노래가 듣고 싶었으니."

"너도 좋아할 거야, 세상에 드러나지 않은 보석이지. 타당한 이유가……"

"이 멍청아. 그럼 안 되는 거잖아. 아직 무명인 자기 친구를 홍보하려고 신문을 이용하다니 그게 가당키나 해? 게다가 별 다섯 개라니, 밥소사. 늘농나기라도 하면 어쩌려고?"

"애비 노래는 정말 진짜 괜찮아, 조."

"네가 이 사무실에 있는 동안 또 무슨 짓을 했는지 얘기해볼까. 보도 자료를 베낀 주제에 가서 보지도 않은 전시회를 관람한 척했지."

"공연에는 갔어! 그 밴드도 발굴했잖아!"

"리뷰는 전부 다 무난하게, 좋게 좋게 썼더군. 그게 무슨 리뷰냐? 그런 건 비평이라고 할 수 없어."

"나는 영향력 있는 자리에 있잖아. 또 평론이란 게……"

"런던의 평범하기 이를 데 없는 피자집을 우리 이름으로 도배해 놨고."

"괜찮은 데였어!"

"거기서 돈을 줬어?"

"뭐? 아냐!"

"네가 쓴 아브리치 리뷰에 관한 인터넷 토론방까지 생겼어, 그건 알고 있어? 서른한 개의 글이 달렸더군. 좋은 평점을 얻으려면 누구한테 돈을 주면 되냐고 묻는 사람도 있어."

"라이벌 체인점이겠지." 나는 기가 죽어 변명조로 말했다. "어쨌든 말이 많으면 좋은 거……"

"영문 모를 곳을 찾으라는 기막힌 특집도 제안했지. '런던의 숨겨진 곳'? 거기가 어딘지는 알아내기나 했어?"

"하이게이트 공동묘지."

"뭐, 또 거기 가셔야겠네. 거기 가서 커리어를 찾아보시지."

이건 쓰라렸다. 조도 알아차렸을 것이다. 데브가 생각났다—내가 데브에게 했던 말도.

"아, '당신을 봤어요' 건은 또 어떻고?" 조는 말을 이었다. "돌려받으려면 연락 주세요? 거 좀 애처롭다."

클렘이다. 빌어먹을 클렘. 이렇게 원수를 갚는군. 그날 알아낸 게 분명하다. 내가 자기 컴퓨터에서 한 일을 본 것이다. 그리고 온 사무실에 다 소문냈겠지. 최후의 굴욕이었다. 내 뒤에서 자기들끼리 얼마나 씹어댔을까. 나한테 어떤 별명을 붙였을까. 클렘이 끼었다면 적당히 웃기는 이름이겠군.

"이봐, 나도 유감스럽게 생각해." 조가 말했다. "하지만 지금 내 입장이 대단히 곤란하다는 거 너도 알 거야. 래스킨을 열받게 한 건 기름을 이고 불구덩이에 뛰어든 격이었어. 집에 가서 한잔하고 머리 좀 식혀. 예전으로 돌아가는 거야. 이번주 목요일이나 금요일쯤 리뷰 건 몇 가지 메일로 보낼게. 좋은 특집 아이디어가 있으면 아마 나중에……"

그러나 나는 이미 문을 나서고 있었다.

집으로 돌아왔는데 데브의 모습이 보이지 않았다. 인간사 새옹지마라더니. 나는 지금 데브가 필요했다. 평소에 데브가 끝내주게 잘하는 게 한 가지 있다면, 그건 바로 내 편을 들어주는 일이었다. 데브에게 우정은 세상 그 무엇과도 바꿀 수 없는 것이다. 만약 데브가 히틀러와 함께 대학에 다녔다면, 벙커 안에서 초침이 째깍째깍 돌아갈 때에도 히틀러가 인생의 밝은 면을 보도록 만들었을 것이다.

물론 오늘은, 데이미언의 일과 관련해서는 내 편을 들어주지 않았지만 그래도 그건 일시적인 문제에 불과하다고 나는 판단했다. 지금은 내 편을 들어줄 것이다. 그래야 한다. 내가 그래주길 바라니까. 데브는 평생을 패자로 살아왔다—여자들하고도, 가족과도. 그래서 게임의 세계로 도피한 게 아닐까 나는 늘 생각했다. 비디오게임에서는 늘 패자였다 해도 계속 근성 있게 도전하면서 컨트롤을 익히고 언제 저장하고 언제 종료해야 할지 깨달으면 언젠가는 반드시 이기게 되어 있다. 데브가 웨이트리스 파멜라에게 한 일도 따지고 보면 그런 거 아닌가? 간 데까지 저장하기. 게임 종료하기. 다음날 또 시작하기.

나는 휴대폰을 꺼내서 데브에게 전화를 걸었다. 신호음은 곧장 음성 녹음으로 넘어갔다.

"데브, 나야, 제이스. 나 잘린 것 같아. 정확히 말해서 잘린 건 아니고. 좌천됐어. 어차피 정식으로 들어간 건 아니었으니까. 일감을 계속 준다고는 하는데…… 하여간 전화 좀 해라, 알았지?"

전화를 끊고 창밖을 멍하니 바라보았다. 캘리도니언 로드에서 풍기는 저녁 감자튀김 냄새가 눈에 보일 것만 같았다. 튀김 냄새는 투명한 안개처럼 떠다니며, 반조리된 고기와 켈로그 시리얼 5종 세트가 담긴 아이슬란드* 봉지를 축 늘어뜨린 채 힘없이 걸어가는 사람들을 에워쌌다. 에티오피아 식당 문간에 서 있는 한 남자는 이쪽 발 저쪽 발 번갈아 깡충거리며 낡아빠진 라이터를 흔들어 어떻게든 마지막 한 줄기 불꽃을 켜보려고 안간힘을 쓰고 있었다.

TV를 켰다. 하지만 지금의 내게는 술이 필요하다는 것을 알기에 소용없었다. 그렇다고 캘리도니언 로드에 혼자 나가 술을 마시기는 싫었다. 혼자서 술을 마셔도 괜찮은 동네가 있긴 하다. 가령 샬럿 스트리트라든가. 하지만 캘리도니언 로드에서 혼자 마셨다간 절대 좋은 꼴을 보기 어렵다.

냉장고를 열어봤지만 그 또한 소용없는 짓이었다. 우리가 냉장고에 채워넣는 맥주는 잠시 스쳐가는 손님처럼 늘 그날 저녁에만 머물렀고, 다음날 아침이면 어김없이 메모 한 장 남기지 않고 사라져버렸으니까. 나는 냉장고 문을 쾅 닫고 습관처럼 주전자를 불에 올렸다가 이내 흥미를 잃고 꺼버렸다. 데브가 파베우한테 사서 쟁

* 냉동식품과 즉석식품을 주로 파는 슈퍼마켓.

여놓은 예시노브카가 생각났기 때문이다. 예시노브카는 늘 있었다. 마실 수 있는 만큼 잔뜩 마셔도, 바닥에는 늘 조금씩 남아 있었다.

나는 찬장 문을 확 열고 이 빠지고 금간 도자기 그릇들을 옆으로 밀었다. 한 번도 열어본 적 없는 맨 아래 칸의 토스터 뒤쪽까지 확인해보았다.

예시노브카는 없었다.

데브의 방.

나는 노크를 하고, 혹시 누가 안에서 대답할지 몰라 잠시 기다렸다. 방에 아무도 없다는 건 알고 있었지만, 나도 남들이 내 방에 들어올 때 노크를 하기 바라므로.

안으로 들어가니 라디오가 작게 틀어져 있었고 블라인드가 반쯤 내려져 있었다. 나는 발뒤꿈치를 들고 게임 카트리지와 운동화가 어질러진 지뢰밭 사이로 들어가, 침대 머리맡 탁자에 머그잔의 호위를 받으며 종이 뭉치 위에 놓여 있는 술병으로 향했다.

"안녕?" TV에서 사람들이 반가운 물건을 보면 무생물에게도 인사하는 걸 본 듯해서 그렇게 인사했다. 나는 끈석끈석한 술병의 목을 잡고 들었다. 병 아래에 데브가 어딘가에서 가져온 잔 받침이 붙었길래 비틀어 떼어내서 다시 탁자 위에 내려놓는데, 뭔가가 시선을 끌었다.

종이에 찍힌 커다란 자주색 동그라미가 내 시선을 끌었을 수도 있고, 말라붙은 블랙베리 리큐어로 강조된 주요 낱말 때문이었을지도 모른다. 아니면 세일이라면 사족을 못 쓰는 내게 그런 단어는 늘 세상 무엇과도 바꿀 수 없이 소중하게 느껴지기 때문일지도 모른다.

어쨌든 거기에, 스테이플러를 박은 종이 뭉치 맨 앞쪽에, 내 물건들이 고스란히 있는 내 방 사진과 데브의 물건들이 고스란히 있는 데브의 방 사진 바로 위에, 다들 윤락업소인 줄 아는데 실제로는 아닌 곳과 이웃한 비디오게임 가게 사진들 옆에…… 그 단어가 있었다. 매매. 가격 절충 가능. 즉시 입주.

나는 눈을 뗄 수가 없었다.

매매.

뭐, 하루의 마무리치고는 좀 특별했다.

나는 밖으로 나가 캘리도니언 로드에서 혼자 술을 마셨다.

열아홉

대치 상태

At Tension

데브와 나는 레스터 대학에 입학한 첫날 만났다.

거 왜, 그런 친구 있잖은가. 이야 너구나! 우린 죽을 때까지 친구다! 2학년 때는 같이 자취방을 얻자! 졸업하면 같이 살자! 어릴 적 친구들을 몽땅 불러 소개해주고 싶은 친구—신나고 활기차고 새로운 내 인생 시나리오에 등장한 이 신나고 활기찬 새 캐릭터 좀 봐.

그런 건 데브와 나에게는 전혀 해당 사항 없는 얘기다.

난 녀석이 별종이라고 생각했다. 일단 세가 파워 티셔츠를 입었고, 몇 가닥 없는 콧수염을 길렀고, 숱 없는 머리는 맥가이버처럼 앞은 짧게 치고 뒤는 길게 길렀다. 자기를 알렉산더라고 소개했는데, 화분을 든 그의 어머니가 모퉁이를 돌아 나와 넌 알렉산더가 아니라 데브다타야, 라고 야단쳤고, 어머니가 떠나기도 전에 자신을 재창조하려는 애가 여기 있네 싶어 나는 피식 웃었다. 데브는 매닉 스트리트 프리처스*의 광팬이라고 했고, 그럼 제일 좋아하는 앨범이 뭐냐고 묻자 낯빛이 창백해져서 머뭇거리며 제목을 다 외우진 못한다던가 뭐 그런 말을 중얼거렸다. 자신의 첫번째 비디오게임—배스터로이즈!—을 기획중이라면서, 컴퓨터와 경영학에서 학사 학위를 따는 동안 그 게임으로 부자가 될 거라고 했다. 그러고선 N64 게임기를 풀었고, 우리는 데브의 기숙사 방에 앉아 골든아이를 했다. 이후로 십여 년 동안 종종 그랬듯. 별일 없었다면 오늘도 저녁에 한 판 했을 것이다.

그러므로 전혀, 초반에는, 여기 내가 평생을 함께할 친구가 있구나, 라는 생각을 해본 적이 없었다. 하지만 천천히, 확실하게, 어쨌든 데브는 내 생의 일부가 되었다. 그 종이를 보기 한 시간 전까지만 해도 누가 나에게 물었다면, 우리의 우정에 이변이 있으리라곤 꿈에도 생각하지 않았을 것이다.

왜냐하면 우리에겐 쌓아온 과거가 있으니까. 친한 친구끼리 무척 빠르게 써내려간 역사. 우리는 여러 번 싸웠고, 싸울 때 어느 펍에 있었건 음울하게 벽지만 뚫어져라 쳐다보다가 결국 '그 얘기는 하고 싶지 않아'에서 '네가 더 나은 이유가 또 있군' 상태로 넘어갔다. 나는 녀석의 형 결혼식에 참석했고, 녀석에게 인생과 직업과 여자에 관해 조언했으며, 어느 슬프고 기나긴 일요일 아침, 녀석의 어머니 장례식에서 연설을 했고, 그때 녀석은 이를 꽉 깨물고 땅을 노려보며 아버지한테 우는 모습을 보이지 않으려 무던 애를 썼다.

* 1986년 결성된 웨일스 출신의 얼터너티브 록 밴드. 노동계급의 정체성을 담은 급진적이고 비판적인 가사와 높은 음악적 완성도로 영국을 대표하는 밴드 중 하나로 꼽힌다.

녀석도 내가 세라와 그렇게 됐을 때 쭉 곁을 지켜주었다…… 내가 만약 세라가 유산한 일을 얘기했더라면, 그때도 내 옆에 있어주었을 것이다.

그 오랜 시간 동안, 내가 아는 한, 녀석에게 이런 대접을 받은 적은 한 번도 없었다. 그리고 어쩌면, 지금 다시 돌이켜보니, 그건 중요한 게 아니었을지도 모른다. 어쩌면 내가 쿨하게 굴었어야 했는지도 모른다. 녀석은 녀석대로 이유가 있었을 테고, 뭐, 비밀이라 해봐야 고작 그거 하나뿐이니. 하지만 그때는, 주변 상황이 온통 엉망이었고, 또 한 해 동안 겪어온 게 있어서, 술잔을 쥐고 덴에 앉아 있자니 뒤통수를 맞은 기분이었다.

현관문을 좀 세게 닫고 나서 보니 데브가 거실에 있었다.

"안녕 치이이잉구." 데브는 고개도 들지 않고 말했다. 브라더후드의 밀수범을 추격하는 중이었다.

"오늘 일은 미안해." 나는 친구답게 정다운 어조로 말했다. 그래, 맞아, 난 지금 사태를 수습하는 방법을 잘 알고 있지.

"괜찮아. 나도 미안해." 데브는 게임기를 내려놓으며 말했다. "어디 갔었어? 네 메시지는 받았어. 무슨 일이야?"

"데이미언이 공문을 보내서 자기네 행사에 더이상 나를 초대하지 않겠다고 했다더군."

데브는 그러기에 내가 뭐랬어, 라고 하지 않았다. 대신 생각에 잠겼다.

"설상가상으로 조가 그동안 내가 저지른 다른 소소한 일탈 행위들까지 몽땅 까발렸어."

"아." 데브가 말했다. "뭐, 그러려고 벼르고 있었겠지."

봐, 지지해주잖아.

"좀 취했냐?" '일탈 행위' 같은 단어를 말할 때 발음이 뭉개지는 걸 들었으면서도 굳이 묻는다.

"약간." 그리고 가능한 한 성심성의껏 이렇게 말했다. "술에 취해서 이러는지도 모르지만, 하여간 그냥 고맙다는 말을 하고 싶다."

"나한테?"

"오늘 나한테 솔직하게 대해줘서."

방금 내가 본 건 뭐지? 일말의 죄책감?

"그런 식으로 데이미언한테 들이대지 말았어야 했는데. 그 일만 아니었으면 그 노인네하고 덴에 앉아서 술로 우울함을 달래는 일따윈 없었을 텐데. 배수 시설에서 가끔 일하던 그 파란 비닐봉지 들고 다니는 할아버지 말이야. 넌 어땠어? 오늘 저녁에 어디 갔던 거야?"

데브는 다시 화면으로 고개를 돌리고 게임기를 집어들었다.

"일이 있어서, 아버지 만나러 브릭 레인에 갔었어."

"요즘 거기 자주 가네."

"응, 뭐, 알잖아. 집안 문제라는 게 그렇지."

나는 소파에 앉아 데브를 마주했다.

"아버지 어떠셔?"

"잘 계셔."

"사업은 어떠……"

"다 잘돼."

잠시 침묵. 데브는 게임기에 문제가 있는 척했다.

"또……" 나는 쥐를 덮치기 직전의 고양이처럼 말했다. "이곳에서 살게 해준 데 대해서도 고맙다는 말을 하고 싶다."

"됐어. 여유가 되면 세도 내잖아. 가게도 봐주고. 별거 아니야."

"그래, 하지만 나의 유일한 안정적인 주거지였지. 그 점에 대해서 고마워하고 있어. 너랑 여기 사는 게 아주 좋거든."

데브는 고개를 돌려 나를 쳐다보았다. 내가 뭘 알고서 얘기하는 건지 의아해하는 빛이 역력했다. 데브는 아니라고 결론짓고 다시 등을 돌렸다. 나는 짜증이 났다. 방금은 녀석의 차례였다. 내가 녀석에게 기회를 준 거다. 녀석은 깔끔하게 해결할 수 있었다. 그러나 차려준 상을 받지 않았다.

"자기 전에 한잔 더 할래?" 데브가 말했다. "내 방에 예시노브카 한 병이……"

"내가 다 마셨어. 또 한 병 있다는 얘기가 아니라면. 내가 다 마셨다는 그 술은 네 침대 옆에, 웬 종이 위에 있던 거였어."

"내 방에 들어갔었어?"

"네 방에 들어갔었다, 그래."

"그럼……"

"그 종이."

"봤어?" 데브는 얼른 분노를 불러일으키려 최선을 다했지만, 내가 선수를 쳤다.

"어떻게 나한테 한마디도 안 할 수가 있냐?" 나는 사력을 다해 침착을 유지하며 물었다. "집을 내놓으면서! 물론 네 집이지만, 그래도 최소한 귀띔은 미리 해줄 수 있잖아! 뭐, 나처럼 집도 뭣도 없는 놈은 안중에 없어?"

"그렇게 호들갑 떨지 마." 데브의 말에 나는 웃어버렸다. "그래, 네 말이 맞아! 여긴 내 집이야! 아니, 우리 아버지 집, 어쨌든! 얘기할 만한 적당한 타이밍이 없었어! 한두 번 말을 하려고 했지만, 세라 건이 있거나 직장 문제가 있거나 아니면……"

"뭐, 세라 건은 끝났고. 내 직장은 웃음거리밖에 안 되고. 또 뭐가 있는데? 그리고 네가 언제 말을 꺼내려고 했다고?"

"시도했어, 야, 한두 번인가 얘기를 꺼내려고 했는데……"

"방 사진은 언제 찍었어? 언제부터 일이 진행된 거야?"

"오래전은 아니야."

"우리가 휫비에 가자고 한 그날 저녁 바로 전이었지?"

데브가 멈칫했다. 벌써 계산은 다 해보았다. 그래도 녀석의 확인을 받고 싶었다.

"넌 휫비에 가자고 한 적 없잖아." 데브가 말했다. "내가 너한테 휫비에 가보라고, 같이 가자고 했지."

아까 저녁에 이미 머릿속으로 계산은 다 끝냈다. 데브가 서둘러 떠나려고 했던 이유가 전부 이해됐다. 무언가를 해보려는 녀석의 열정은 이제 보니, 아무래도 좋다는 마음이었던 것이다. 녀석은 사진 속 아가씨나 나에게, 아니 우리 둘 다에게 아무런 관심도 없었다. 다만 현실을 직시하기 싫어서 종적을 감추려 했던 것일 뿐. 아버지한테서. 가게에서. 뭐든.

"넌 날 속였어." 이 말을 내뱉는 순간 나도 내가 한 말에 깜짝 놀랐지만, 어쨌든. "나를 속이려고 그 여자를 이용한 거냐?"

"그게 너한테도 도움이 될 거라고 생각했어, 또……"

"방구석에 처박혀 있지 말고 나가게 하려고 그러는 거라고 했잖아.” 나는 화가 치밀었다. “넌 진지했어. 그동안 네가 뭔가 하자고 할 때마다 다 그랬던 거야? 낮부터 한잔하자고 한 거나 남의 필름을 현상한 거나 ‘야호, 다 같이 휫비로 출발!’ 그런 것도 다? 그렇게 내가 정신을 딴 데 파는 동안 넌 교묘히 빠져나가고? 그래서 네 아버지가 오셔서 치수를 재고 값을 정하고 사진을 찍고……”

“넌 어떻게 말을 해도 꼭 내가 이런 일이 생기길 바랐다는 듯이 그러냐? 휫비에 간 건 나를 위해서이기도 했어. 나도 필요했다고, 휴식과 기분 전환이. 아버지가 전화해서 가게로 오는 중이라는데, 난 딴 데로 튀어야 했고, 또 친구도 필요했어. 이건 나한텐 아주 힘든 일이야, 제이슨. 여긴 내 꿈이라고, 이 가게는.”

“근데 이렇게 쉽게 포기하는 거야?”

“네가 감당할 수 없는 아이큐를 가지고 어른이 되려고 해봐. 네가 아버지가 틀렸음을 증명하려고 노력할 때마다 결국 아버지가 맞다는 것을 증명하게 되어보라고. 우리 아버지는 애초에 나를 구제불능이라고 생각했어. 너 같으면 제일 친한 친구한테까지 그걸 알리고 싶겠냐?”

“너 나한테 계속 뭐라 그랬냐? 필름을 현상해야 한다고, 그 아가씨를 쫓아야 한다고, 순간을 써먹어야 한다고 그러지 않았어?”

“난 네가 희망을 가졌으면 했어, 제이슨.”

희망. 또 그 단어다.

“그러는 넌?” 내가 쏘아붙였다. “네 희망은 어디 있는데?”

“아, 정말. 이 가게가 내 꿈이라고 얘기했잖아. 아버지는 나한테 기회를 주고는 증명한 거야. 꿈은 비현실적이라고, 그래서 꿈이라고. 이 가게로 충분한 기회를 제공했다고, 그 뭐냐, 거 못지않게……”

"내가 그 여자를 찾을 기회만큼이나."

"그래!" 갑자기 데브가 더 성질을 내며 말했다. "그래, 그렇게 말하고 싶다면 맘대로 해. 그래도 그건 네가 노력을 안 했다는 뜻은 아니잖아, 안 그래? 하지만 내 꿈은 끝났어, 제이스, 왜냐면 내가 노력했기 때문에. 아버지는 한번 해보라고 일 년의 시간을 줬어. 어제 내가 얼마를 벌었는지 알아? 중고 소닉 2를 팔아서 1.5파운드 벌었어. 사람들은 최신 게임을 원해. 우리 가게에 오지 않아. GAME으로 가거나 HMV로 가거나, 하여간 다음주에 갑자기 없어질지도 모르는 이곳으로는 안 온다고. 나는 틈새시장을 노렸다고 생각했는데, 우리 아버지는 나한테 한 소리 또 하고 빌어먹을 한 소리 또 하는 데 아주 재미가 들려서, 경기 불황에 틈새시장은 잘 되지 않는다고 귀에 딱지가 앉게 말하더라. 아버지가 브릭 레인에 벌인 사업은 아주 성업이고, 거기에 집중하고 싶어하셔. 아버지 말에 이의를 제기할 회계사는 이 나라에 단 한 사람도 없을걸."

"그래서 그게 다야? 다 끝난 거야?"

"여긴 아버지 소유야. 아버지 돈이고. 말해볼 여지도 없어. 하지만 봐봐, 몇 달, 아니 몇 년 동안 안 팔릴지도 몰라. 저 모퉁이에 있는 낡은 애견 가게도 나온 지 백만 년이 됐는데 아직 안 팔렸으니까, 이 집도 계속 있을 거야! 걱정시키고 싶지 않아. 넌 나의 제일 친한 친구인걸, 제이스. 우린 여기서 천년만년 살 수 있어."

저금도 얼마 없고, 전망도 별로 없는데, 이젠 희망까지 없어졌다. 그날 저녁 샬럿 스트리트에서 있었던 일 때문에 앞으로 뭔가 좋은 일이 생길 거라고 믿었다는 것도 웃기지만, 심지어 데브마저 그게 다 멍청한 짓거리라고 생각했음을 알게 된다는 건 완전히 다른 문제였다. 어이가 없었고, 완전히 속았다는 기분에 절망감이 들었다.

나는 집안을 둘러보았다. 우리가 여기서 천년만년 살지 않을 것임을 잘 알고 있었다. 어쨌든 나는 그럴 생각이 없었다. 그래서 나는 화를 내며 밖으로 나왔고, 화를 내며 술을 마셨고, 집에 가기는 싫은데 달리 갈 데가 마땅치 않아서 전화를 걸었고, 그녀는 전화를 받고 이렇게 말했다. "이리로 와. 지금."

그럼 그 아가씨는?

그 아가씨는 단지 꿈이었을 뿐이고, 나의 위대한 벗 데브다타 파텔의 말을 빌리면, 꿈은 비현실적이다.

“손에 든 것은 놓칠 수도 있지만, 가슴에 든 것은 죽을 때까지 지고 간다”

_ 짐바브웨 쇼나 부족의 속담

안녕하세요, 여러분 — 열일곱 분이나? 파티를 열기에 충분한 인원이네요. 모여서 서로 한마디도 안 하고 술을 마시다가, 집에 가서 파티에 대해 글을 올리면 어떨까요.

말레이시아에 사는 마틴: 이건 당신이 딱 좋아할 만한 얘기예요. 오늘 아침에 굿지 스트리트에서 지하철을 탔는데, 최근에 무가지에서 본 광고가 하나 생각났어요. 어떤 남자가 처음 본 여자한테 사랑을 고백하는 광고였죠.

평소에는 잘 안 봐요, 너무 당황스럽거든요. 언젠가 저건 나를 말하는 게 분명하다 싶은 광고를 보게 되면, 정말로 나를 찾는 광고면 어떡해요. 그게 누구든 순전히 고마운 마음에 그 사람과 결혼해야 할 것 같거든요.

뭐랄까, 저건 내 얘기네, 싶게 만드는 건 간단해요. 빨간 상의를 입은 아가씨. 성병 전문 병원 창문 너머로 당신을 봤어요. 나쁜 소식이 있었지만 당신 덕분에 좋은 하루가 됐어요. 그럼 하루종일 들떠서 친구들한테 이렇게 묻게 되겠죠. “성병이 있는 사람을 만나러 갈 때는 무슨 옷을 입지?”

하여간, 내가 읽은 광고는 이런 거예요.

‘당신을 봤어요. 지하철에서 천장에 달린 손잡이를 잡지 않더군요. 열차가 흔들려서 당신이 내 쪽으로 쓰러지길 바랐어요. 그런 일은 없었지만.’

처음엔 그냥 웃고 다음 장으로 넘겼어요. 지하철 무가지의 이런 광고에는 금방 익숙해지기 마련이니까. 희한하게 만난 사람들에 관한 기사와 비슷해요. 그런 기사들은 항상 ‘두 사람은 최근 약혼을 발표했다’ 아니면 그 비슷한 문장으로 끝나죠.

그런데 궁금해요. 손잡이를 잡지 않고 있던 여자를 찾는 광고를 낸 그 남자는 그날 모험을 하는 기분이었을까. 자신이 바라던 대로 이루어질 수도 있다는 기대감에 심장이 더 빠르게 뛰었을까.

누가 나를 찾는다는 것, 누가 나를 특별하게 생각한다는 것, 어딘가의 누군가가—아는 사람이든 모르는 사람이든—나를 필요로 한다는 것. 사실 누구나 원하는 것 아닌가요? 우리 모두 자신의 이야기가 ‘두 사람은 최근 약혼을 발표했다’ 같은 문장으로 끝나기를 바라지 않나요?

어쩌면 요즘 내가 마음이 좀 약해진 걸지도 모르겠어요. 이러다 우린 다 늘그막에 고양이를 벗삼아야 하는 처지가 될 거라고 확신해요.

젠장, 난 고양이 따위 질색인데.

ㅅㄴ.

스물

추위, 어둠 그리고 어제

Cold, Dark and Yesterday

그냥저냥 별일 없이 한 달하고도 하루가 지났다.

나는 거의 아무것도 하지 않고 지냈다. 블랙스톡 로드에 아담한 아파트를 찾은 것 빼고는. 이사는 별것 없었다. 상자 아홉 개, 텔레비전 한 대, 노트북 한 대와 돌돌 만 이불 한 채. 한 사람의 삶치고는 참 보잘것없는데, 그 모든 짐이 콜밴 뒷좌석에 딱 들어갈 때는 그렇게 나쁘지만은 않구나 싶다.

당연한 말이지만 내 은행 잔고도 점차 줄어들었다. 언제나 사랑스러운 발육 부진아였다, 나의 은행 잔고란 놈은. 선천적으로 줄어드는 데 능한 놈이다. 벌이가 시원찮을수록 놈은 미리미리 줄어드는 쪽으로 대책을 확실히 강구하는 것 같다.

그러나 나는 반대로 늑장을 피우고 있다. 아까도 말했듯, 특기할 만한 사건도 몇 없이 한 달이 훌쩍 흘러가버린 것이다. 굳이 쥐어짠다면 구체적으로 두 건 정도는 나올 수 있겠지만.

하나는 전화 건.

"제이슨?"으로 시작하는 낯익은 목소리였다. "나 에스토니아 마시예요."

"아"라고 대답했고, 그게 최선이었다.

"이렇게 갑자기 전화해서 정말 미안해요. 전화번호는 〈런던 나우〉를 통해서 받았어요. 이젠 거기 안 다닌다면서요?"

"어…… 여전히 기고는 하고 있지만, 네, 다니진 않죠."

"저기요……" 그녀가 말했다.

알고 보니 에스토니아는 방송 제작진과 저녁을 먹던 중이었고, 각자 배우자를 어떻게 만났는지 얘기가 나왔는데, 그때 그녀가 "아, 나 얼마 전에 어떤 사람을 만났는데……"라며 말을 꺼냈고, 그러자 〈웨이크 업 콜〉의 프로듀서가 사우스뱅크의 스튜디오로 나를 불러서 나의 탐색을 돕고 싶다고 했다는 것이다.

"근사할 거예요!" 에스토니아가 말했다. "100만 명의 시청자가 보고 있고, 당신이 갖고 있는 사진을 보여주면 누군가 그녀를 알아볼 테고, 우린 당신들 두 사람을 TV 쇼에서 만날 수 있게 해주는 거죠!"

"아……" 나는 시간을 끌었다. "뭐, 재미있을 것 같……"

"친구분 말로는, 이미 신문에 광고도 냈고, 그녀를 찾으려고 백방으로 노력했다면서요. 그러니까 이번 일은 그냥 한 계단 올라서는 것에 불과해요, 안 그래요? 굉장히 재미있을 거예요!"

"네, 네. 근데 확신이 좀 안 서서."

"아마 반대급부로 보상도 좀 있을 거예요. 종종 신문이나 주간지와 연계해 아이템을 진행하는데, 기사를 쓸 프리랜서를 섭외해주기도 하거든요. 〈데일리 메일〉이나 뭐 그런 쪽에 얘기해서 당신한테 기사를 의뢰하도록 미리 협의할 수도 있어요."

"어…… 생각할 시간을 좀 주시겠습니까?"

"물론이죠! 네, 당연히 그래야죠." 피노누아 와인 세 병을 마시고 자기네들끼리 확신했던 것처럼 내가 호들갑을 떨지 않자 그녀는 낙심한 게 분명했다. "저는요, 개인적으로, 이건 정말 꼭 해야 한다고 생각해요. 왜냐면, 이게 핵심인데, 그 이야기의 결말이 어떻게 될지 당신도 아직 모르는 거잖아요!"

그래서 잠깐 생각을 해보긴 했는데—어쩌면 내 인생도 타블로이드 신문에 흔히 나오는 그 아름답고 유치한 마지막 문구로 끝나는 이야기 중 하나가 될지도 모른다는 생각이 들었지만—어차피 잠깐 생각해보는 정도로 끝날 것임을 스스로도 잘 알고 있었다.

왜냐하면 그로부터 고작 몇 시간 후, 날이 슬슬 저물 무렵 개인적인 용무로 혼자 폴란드 스트리트의 한구석에 있는데 세상이 내게 경고를 날렸기 때문이다. 안 돼, 하지 마, 라고.

저 위쪽 NCP 주차장에서 나오는 차는…… 파셀 베가였다. 잘못 볼 리가 없는 녹득한 연두색 비등이 낮은 부르릉 소리를 남기며 멀어졌고, 뒤창은 물방울로 흐려져 데이미언으로부터 나를, 내게서 데이미언을 숨겨주었다.

그럼에도 불구하고 나는 고개를 푹 숙이고 재빨리 다블레이 스트리트로 내려가 얼른 지하철역으로 들어갔다.

오늘 아침으로 돌아와서.

또하나는 오늘 자 타블로이드 신문에 실린 건.

첫눈에 반하는 사랑이라는 것은, 인터플로라의 꽃 배달원 존 바인덤의 경우, 회사원 로라 데이비스에게 낭만적인 꽃다발을 배달했을 때 찾아왔다.

무척이나 절절한 사랑이었기에 바로 이튿날 그는 엄청나게 큰 꽃다발을 또 그녀에게 배달했다—이번에는 자신이 직접 보내는 것이었다!

오늘 두 사람은 윌트셔의 림플리 스토크에서 사랑의 결실을 맺는다.

"기회를 잡은 거죠!"라고 존(30세)은 말한다.

다만 그가 몰랐던 사실은, 처음에 배달된 꽃이 그녀의 구혼자에게서 온 것이 아니라, 로라 씨의 아버지가 딸의 운전면허 시험 통과를 축하하며 보내온 것이었다는 점이다!

"때론 꽃다발로 말해야 한다는 것을 증명한 셈이죠"라고 존은 농담삼아 말한다.

이 마지막 문장이 더할 나위 없이 마음에 든다. 그런 말을 하는 사람들이 정말로 존재할까는 의심스럽지만.

나는 찬장에서 머그잔을 꺼냈고, 그게 데브의 컵이라는 사실을 깨달았다.

이사한 후로 데브를 한 번도 보지 못했다. 정리해야 할 일들이 많아서이기도 했지만, 겸연쩍기 때문이기도 했다. 그동안 내가 한 행동들이 겸연쩍었고, 데브가 아버지와 그 사달이 나는 내내 한 번도 일이 어떻게 되어가는지, 괜찮은지, 가게는 어떤지 물어볼 생각을 안 했다는 게 겸연쩍었다. 또 내가 속았다는 게, 만난 적도 없고 만날 일도 없는 여자한테 강박처럼 집착해서 바보같이 속았다는 게 겸연쩍었다.

어쩌면, 술 한잔 해도 괜찮을 것이다. 어쩌면, 너를 그런 식으로 저버려서 미안하다고 사과하고. 어쩌면, 그동안 쌓인 세월을 봐서 결국 덴에서 함께 마시는 걸로 마무리될지도 모른다.

하지만 오늘은 아니다.

킥스가 T4에 나왔다. 내 휴대용 수신기가 좀 지지직거렸는데도, 릭 에드워즈는 정말 킥스를 마음에 들어하는 것 같았다.

"브라이튼의 브라이티스트." 에드워즈는 킥스를 이렇게 불렀다.

녀석들은 제법 잘나가고 있었다. 킥스와 내가 그저 두어 번 만난 사이일 뿐이라는 건 나도 잘 안다. 그때 이후로 킥스는 기자들을 100명 가까이 만났고, 그중에는 〈타임스〉와 〈가디언〉처럼 제대로 된 언론사도 있었으며, 그 기자들은 이 건방진 로큰롤 유망주를 아주 좋아한다(〈NME〉에서는 '어―오! 북극까지 점령할 기세!'라고 외쳤고, Q채널에서는 '킥스가 슬슬 킥오프합니다'라고 떠들어댔다)는 것도 안다. 그래도 나는 늘 킥스와 연결되어 있다는 기분이 든다. 그리고 화면 가장자리를 계속 유심히 살핀다. 혹시 애비가, 형광 파란색 신발이 얼핏 보일까 해서.

그날 밤 이후로 애비와 얘기한 적은 없다. 대화하려고 했지만, 닿지가 않았다. 시간이 흐르면서 내가 무슨 짓을 저질렀는지 서서히, 뼈에 사무치게 깨달았다. 내가 무슨 권리로 그런 짓을 했을까? 매일 그 일을 떠올릴 때면 자다가도 벌떡 일어나 나 자신을 걷어차고 싶은 심정이었다.

나는 호의를 베풀고 있다고 생각했다. 이제 와 생각하니 그게 아니라는 것을 알겠다. 내가 다른 사람의 사생활에 잘못 발을 디뎠음을…… 아니, 잘못 발을 디뎠던 건 아니지. 그렇게 말하면 우연 같으니까. 그래, 나는 무단 침입했다. 강도처럼 문을 발로 뻥 차고 들어가서 남의 비밀을 샅샅이 뒤져 훔쳤고, 더 나쁜 것은…… 그것을 세상에 보여줬다는 거다. 불공평한 일이었다.

그렇게 답신 없는 문자메시지 몇 개와 받지 않는 전화 몇 통 후, 나는 칩거에 들어갔다. 어떤 면에서는 좋은 점도 많았다. 우선 더 많이 읽었다. 라디오 4의 '오늘의 선곡'을 틀어놓고 아이슬란드의 한 끼 식사용 즉석 냉동식품을 먹으면서 아무 생각 없이 포장지의 원재료명 및 함량을 읽었다. 평온했고, 삶이 흘러가는 대로 표류했다. 또다시, 희망이 나를 어디까지 끌고 갈 수 있는지 체감했기 때문이다. 그런 것 없이 사는 편이 더 낫다고, 나는 판단했다. 뭔가 좋은 일이 생기면 뜻밖이라며 기뻐하는 편이, 스스로 좋은 일을 만들어보겠다고 나섰다가 망하는 것보다는 백번 나았다.

나는 텔레비전을 껐다. 며칠 만에 처음으로, 갈 곳이 생겼다.

"그럼, 얼마나 오래 쉬신 거죠?" 남자가 물었다.

"십팔 개월 정도요."

"일이 잘 안 풀리셨습니까?"

"일은 잘됐어요. 그냥 새로운 도전을 할 때가 된 거죠."

"어떻게 도전에 임하시려고요?"

"음, 저는 기본적으로 팀플레이어이긴 하지만, 혼자 하는 일도 그에 못잖게 잘합니다."

"그런데 전에 이곳 세인트존스에 계셨다고요?"

"네."

"왜 그만두기로 결심하셨던 겁니까?"

"거기 제 파일에 다 들어 있을 텐데요."

"아, 네." 잠시 침묵. "약점은?"

"초콜릿입니다."

"하하하! 아주 귀여운 유머 감각이로군요!"

"감사합니다. 진지하게 말씀드리자면 저는 완벽주의자라서요, 그게 아마 저의 제일 큰 약점일 겁니다."

"굉장하군요." 남자는 나를 쳐다보았다. "그럼 다다음 주부터 출근하실 수 있나요?"

나는 임시 교사를 할 생각이다.

임시 교사가 어디가 어때서. 그래 나도 안다. 나는 기량도 자격도 경험도 있고, 세인트존스에서 오래 일하려는 교사가 줄을 선 것도 아니다. 뭐, 내가 예전에 부주임 교사였음을 감안하면 한 걸음 후퇴한 셈이고, 내가 늘 가고 싶다던 방향에서도 완전히 어긋났지만, 일은 일이었다. 그리고 내가 할 수 있는 일이었다.

세인트존스로 돌아가려니 한 사람이 생각났다.

딜런 베일은 아니다. 물론 놈은 여전히 나의 공포였다. 공황 발작이라도 일으키면 얼마나 당혹스러울까. 창문 옆을 지날 때마다 움찔움찔하면 얼마나 민망할까. 다 그 꼬마 한 명과 공기총 덕분이다.

생각난 사람은 맷이다.

어디로 간 걸까? 몇 번인가 문자메시지도 보내고 전화도 한 번 걸었지만, 없는 번호라고 나와서 어떻게 해볼 수가 없었다. 내가 뭘 잘못했나? 녀석한테도 실망시킨 일이 있었나?

그래도 맷과 얘기하고 싶었다. 데브와의 일, 애비와의 일…… 뭐, 맷도 아는 사람들이니까. 조언을 해줄지도 모르고.

세인트존스에서 집으로 돌아가는 길, 우연히 그랬는지 일부러 그랬는지 나는 에인절 역 근처 세인즈베리 슈퍼마켓에서 팔라펠*을 보게 되었고, 문득 이곳에서 채플마켓이 얼마나 가까운지 깨달았다.

오전 열시였고, 앨마 앞에서 잉글랜드 유니폼을 입은 사내들이 잉글랜드 깃발 아래서 개를 데리고 맥주를 마시고 있었다.

자동차 정비소 위치는 알고 있었다. 채플마켓의 치킨집과 DIY 상점들 바로 뒤, 골목 안쪽으로 들어가 '안전 검사 및 수리'라고 벽에 커다란 손글씨가 적힌 곳.

그곳에 도착하자마자 곧장 불확실하고 불편한 기분이 스멀스멀 엄습했다. 내 주위를 둘러싼 남자들은 흔히 보는 남자들이 아니었다. 퍼브에서 보는 남자들, 양복을 입은 남자들, 당신의 아버지나 우리 아버지 같은 남자들이 아니었다. 진짜 사내들, 자동차 문짝이나 망치 같은 것에 찍혀 손톱에 검은 멍이 든 사내들, 손목에는 제비 문신이 있고 두꺼운 피부의 굵은 목에는 황금 체인 목걸이를 두른 사내들이었다.

나는 ㅎ 발음을 빼고 말할 준비를 했다.**

"안녕하세요?" 제일 높아 보이는 사람에게 말을 걸었다. 그는

* 으깬 병아리콩으로 속을 채워 튀긴 경단. 중동 지역의 전통 음식이다.

** 런던 토박이 노동자계급의 말투에서는 h 음을 묵음으로 발음한다.

다른 사람들을 지켜보고 있었는데, '반장'이나 뭐 그런 호칭으로 불러야만 할 것 같은 사람이었다.

그는 정체 모를 도구를 내려놓고 작업복 옆구리에 손을 닦았다. 아이들이 정비공을 그리면 딱 이렇게 그리겠다 싶은 모습이었다.

"맷 있습니까?" 나는 무심한 척, 아니, 이런 데서만 볼 수 있는 차체를 들어올리는 기계에 올라앉은 차에 최대한 신경쓰지 않는 척했다.

"맷?" 그가 되물었다.

"파울러인데요." 나는 맷이 이스트엔드* 사람들에게 흔한 성씨인 것에 감사했다. "맷 파울러라고 아세요?"

"맷 파울러?" 그가 반문했다. "걔를 알아?"

오로지 질문식으로 나가야만 풀리는 대화법이란 게 이런 것이리라.

"안에 있습니까?" 어서 질문식이 아닌 문답식 대화가 되길 바라며 나는 물었다.

"워런?" 그는 몸을 돌리며 외쳤다. "맷 있냐?"

나는 워런이라는 사람을 쳐다보았고, 그는 웃음을 터뜨렸다.

"딘?" 워런이 안에서 라디오를 만지작거리는 다른 사람에게 소리쳤다. "맷 어딨냐?"

딘은 웃음을 터뜨리며 고개를 끄덕였다.

"대학 친구들하고 있어!" 하고 딘이 말했고, 그 말에 다들 와락 웃어젖혔다.

---

* 전통적으로 노동자계급 사람들이 주로 사는 런던 동부 지역.

"어디 있다고요?" 나는 물었다.

"맷 그 녀석 여기 안 나온 지 한 달 됐어. 도를 깨쳤거든!"

사람들이 또다시 낄낄 웃어댔다. 워런은 '도'라는 말에 피식 웃으며 고개를 절레절레 젓고는 하던 일을 계속했다.

"맷이 어디 있는지 아십니까?" 다시 물었다.

"뱃놀이하러 갔을걸. 아니면, 거 뭐라더라…… 서리하러. 아니, 서리가 아니다. 벼락치기다. '졸업 시험'인가를 본다던데!"

이 사람들이 지금 놀리는 건지, 만약 그렇다면 누굴 놀리는 건지 알 수가 없었다. 맷을? 아니면 나를? 말끔한 입성에 일용직 노동이라곤 해본 적도 없고 기름때 하나 묻지 않은 연약한 손을 가진 나.

"맷이…… 대학에 다닙니까?" 내가 물었다.

어떻게? 대학은 그냥 갈 수 있는 곳이 아니다. 공부도 해야 하고, 시험도 쳐야 하고, 성적도 우수해야 하고, 원서도 내야 한다. 자리에 앉아서 여러 입학 안내서도 들여다봐야 하고, 그러다 자기가 뭘 하고 있는지 모르면 어느새 카디프 대학의 지리학과에 다니게 되는 것이다.

그는 "감자튀김 가게 위층에 있는 쪼그만 곳도 대학으로 친다면" 하고 말하고는 손가락을 닦으며 나를 보고 씩 웃었다.

이것으로 우리의 대화는 끝난 것이리라.

나는 터덜터덜 블랙스톡 로드로 돌아왔다.

아까 내가 블랙스톡 로드에 아담한 아파트를 찾았다고 했는데, 그 말인즉슨 어느샌가 블랙스톡 로드의 아담한 아파트에 살고 있는 나를 발견하게 되었다는 뜻이다.

동거인과 함께였다.

트로피카나 사건 이후 일이 이렇게 되리라곤 꿈에도 생각지 않았다. 그러나 나는 친구가 필요했고, 이제 그녀는 나의 가장 친한 친구였다.

그날 밤 집을 뛰쳐나온 나는 분노와 부당함과 실망을 깃발처럼 든 채 길을 잃었으며, 슬프고 외로웠다.

"맙소사, 제이슨, 무슨 일이야?" 그녀는 문을 열어주면서 물었고, 나는 어둠 속에서 한참 걸려 찾은 이 아파트의 좁고 어둑어둑한 현관 안으로, 그녀를 지나쳐 들어갔다. 전에도 한 번 그랬듯, 이 모든 사달이 비롯됐던 그때와 똑같이.

그날 밤 조와 나는 오랫동안 많은 이야기를 나누었다. 조는 나의 커리어를 운운한 데 대해서, 하이게이트 묘지에 가서 커리어를 찾네 마네 한 말에 대해서 사과했다. 그녀는 계속 압력에 시달렸다면서, 그날 사건은 가장 원치 않던 일이었고, 〈런던 나우〉는 현재 수렁에 빠져 있으며, 끽해야 몇 달 버티는 게 다인데, 설상가상 리뷰 담당인 롭은 계속 돌아오고 싶다고 조르고, 어쩌고저쩌고 이러쿵저러쿵.

나는 조의 행동을 이해했다. 나도 그런 적이 있으니까. 사람들은 이따금 자신을 괴롭혔던 사람을 거꾸로 괴롭히면서 소소한 승리감을 맛보기도 한다. 일종의 뒤끝인 셈이다.

그렇게 우리는 그날 일에 대해 얘기했다. 또한, 서서히, 훨씬 전날 밤에 있었던 일, 이전의 삶에서 일어났던 일에 대해서도 얘기했다.

"우린 서로의 약점을 이용하는 그런 친구였던 거지." 조가 말했다. 죄책감이 스치고 지나간 자리에 이제는 체념의 무딘 통증이 남았다.

"내 잘못이야." 내가 말했다.

"내 잘못이기도 해. 난 단지 어떻게 해야 할지 몰랐어. 한때는 널 사랑했거든, 그러니까, 친구로서 말이야. 네가 괴로워하는 모습을 보는 게 아프고 힘들었어. 거의 물리적인 통증으로 느껴질 정도로. 다 잘될 거라고 널 안심시키려고 노력했어. 가령, 네가 교사직을 그만둬도 내가 너한테 일감을 좀 줄 수 있으니까 아마도 네가 원하던 일을 찾을 수 있을 거다, 그런 식으로. 하지만 세라와 관련해서는 어떻게 할 건지 일절 묻지 않았어. 난 거기에 대해서는 입도 벙긋하지 않았고, 그때 네가 나한테 키스를 했고, 왜 거기서 멈추지 않았는지 모르겠지만 결국 그렇게 됐지."

늘 마음 한구석에는 만약 조와 내가 그후로 쭉 사귀었더라면 어떻게 됐을까 하는 궁금증이 자리잡고 있었다. 그러나 내가 원했던 사람은 세라였다. 우리 둘은 결코 잘될 리가 없었다. 수치와 비난, 영혼을 후려치는 죄책감이 밀실공포증처럼 나를 덮쳤다. 그것은 정직한 관계가 아니었다. 계획한 게 아니었다. 꿩 대신 닭은 말이 안 됐다.

하지만 지금 이건 뭐지? 나는 그녀를 쳐다보며 생각했다.

나는 방세 조로 은행 잔고를 탈탈 털어서 조에게 넘겼다. 물론 계속 눌어붙을 심사는 아니었다. 다시 자리를 잡을 때까지만이었다. 데브의 집에서 나왔을 때 달리 아무 계획도 없었고, 그저 뭔가 익숙하고 따스한 것이 절실했다. 세라에게 이사했다는 것을 알려야 했지만, 어디로 이사했는지는 감히 밝힐 수가 없었다. 그래서 대충 얼버무리자 결심하고 세라에게 연락했을 때 이런 일이 벌어졌다.

나: 안녕, 방금 확인했는데, 청첩장을 받아서, 그러니까 회답을 달라고 돼 있길래……

세라: 이야, 너냐. 배짱 한번 대단한데, 그건 인정해주겠어.

나: 응?

세라: 내가 바본 줄 알아? 어디 전화하나 보자 했는데 진짜로 하네. 가장 기분 나쁜 건 말이야, 네가 철이 들었다고 내가 착각했다는 사실이야. 그런 게 아니라고 말해줄 수도 있었잖아? 근데 쫄래쫄래 와서는 철이 든 척했어. 실토하지도 않고, 인정하지도 않고. 다시 한번 나를 실망시켰지.

나: 지금 얘기하는 게……

세라: 하객들한테 약 먹인 사건? 맞아. 그래. 너랑 네 괴상한 친구들이 정신 나간 개그 콤비처럼 굴면서 내 약혼식에 온 하객들한테 약을 먹인 그 얘기야. 애나가 알아냈어. 식중독에 걸린 줄 알고 병원에서 이것저것 검사했거든. 애나는 직장에서 잘릴 뻔했어.

나: 그건 다 오해야, 그건……

세라: 게리는 집에 오는 내내 토했어. 내가 렉서스를 몰아야 했고. 자동차 매트를 다 새로 갈아야 해.

나: 게리한테 내가 다 부담한다고……

세라: 애나는 가로등 기둥을 뽑아서 버스에 타려고 했고.

나: (웃음을 터뜨리며) 나는…… 애나가……

세라: 그래. 그때처럼 지금도 마냥 웃긴다 이거지. 가로등 기둥

을 뽑아서 버스에 타려고 애쓰는 사람을 본 적 있어? 기품 있는 모습은 아니지, 맞아, 하지만 애나가 왜 그런 꼴을 당해야 하는데? 난 앞으로 팔 주 후에 결혼해, 제이슨, 그리고 앞으로 우리가 얘기할 일이 없다는 점이 애석하네. 왜냐면 우린 앞으로 다시는, 영원히, 얘기하지 않을 거거든. 철 좀 들기를 빌어. 네 그 안타깝고 작은 꿈처럼 가망 없는 일 같긴 하지만. 아, 그리고 조한테 안부 전해줘.

딸칵.

그러니까 세라는 알고 있었다. 데브가 말했나? 만약 내가 아직도 선생 노릇을 하고 있다면 다음과 같……

아, 지금 난 선생이지.

하여간, 그 이튿날, 조가 퇴근하고 나서 우리는 뱅크 오브 프렌드십 퍼브에서 만났다.

그때 이후로는 매일 저녁 대략 일곱시 반쯤 부엌에서 만난다.

처음에는 어색하고 싸늘했다. 마치 이것이 맨 처음 술에 취했던 그날 이후로 피할 수 없는 운명인 듯, 미리 예견된 일인 듯. 그래서 서로가 불편했다. 이건 우리가 선택한 게 아니다. 어쩌다보니 이렇게 된 거지. 다른 일은 전혀 없었다. 당신이 '일어날 수도 있는 일'을 기대하는 것 같아 미리 밝혀두는데, 우리는 근본적으로 타인일 뿐이었고, 지저분한 과거를 뭔가 부끄럽지 않은 것으로 만들어보려는 피차 지친 동거인 사이였다. 그러던 어느 날, 〈백만장자가 되고 싶은 사람은 누구?〉를 틀어놓고 저녁을 먹으며 조가 말했다.

"좋네. 너랑 나랑, 이렇게 한집에서 같이 있으니까."

나는 수프를 떠먹던 스푼을 내려놓고 조를 쳐다보았다. 그런 대화는 하고 싶지 않았다. 미래에 관한 얘기, 앞으로 어떻게 될지, 우리가 '우리'로 묶일 수가 있나? 하는 얘기. 나는 정신적으로 무장하기 시작했다. 침대 밑에는 아직 포장도 풀지 않은 상자가 아홉 개 있었다. 콜밴 전화번호도 아직 갖고 있었다. 나는 우리 관계에 확신이 없었다. 이 상황이 우리의 합의라는 생각이 들지 않았다.

사실을 말하자면, 나는 아직 조가 필요했다. 데브도 없고, 세라는 다시 나한테 화가 나 있었다. 애비는 한참을 못 봤고, 맷은 지구상에서 사라져버렸다.

나는 마음을 단단히 먹었다.

"왜냐면……" 조가 말했다. "더이상 억측하지 않아도 되니까. 가끔 너랑 세라가 헤어진 후에 우리가 사귀게 됐더라면 어땠을까 뭐 그런 생각이 들었거든. 너한테 〈런던 나우〉에 일자리를 마련해주면서 동시에 네가 어떤 사람인지 관찰하고 있었어. 널 좋아하지 않게 됐으면 했어. 때론 모르는 편이 더 낫다는 것도 알았지만."

나는 여전히 그녀를 쳐다보고만 있었다. 그녀는 아무렇지도 않은 척, 신문에서 본 얘기를 하듯 태연하게 말했다.

"다행히, 너랑 있으면서, 이젠 알아. 너도 그럴 거야, 너야말로 확실히 해둬야 하는데, 특히나 넌 다 잃었으니까. 갈망이나 욕구 같은 건 절대 있을 수가 없어. 왜냐면, 확실히 해두자, 우리 둘 다, 서로 어느 한구석도 맞는 데가 없다는 것을 알게 됐으니까."

나는 웃음을 터뜨리고 다시 스푼을 집어들었다. 가끔 나락으로 떨어진 사람들 얘기를 듣는다. 그 사람들은 빠져나올 힘이 없어서 평생 그곳에 머문다. 그런 일이 블랙스톡 로드에서 일어날 수도 있었다. 이 이야기의 끝이 그렇게 될 수도 있었다. 이 글은 온통, 내가 어떻게 다들 윤락업소인 줄 아는데 실제로는 아닌 집과 이웃한 비디오게임 가게 2층에서 나와 식탁 위 전등은 너무 낮게 달려 있고 뒤쪽 창문에는 금이 간 더 좁은 아파트로 옮겨왔는가에 대한 이야기였을 수도 있었다. 그 모든 게 내가 약하고 지치고 상처받았기 때문일 수 있었다.

"내 말은, 우리가 사귀었다면 진짜 끔찍했을 거라는 얘기야." 조는 마침내 나를 똑바로 쳐다보며 말했다. "네가 스푼을 잡은 그 꼴 좀 봐. 나는 스푼을 그런 식으로 잡는 남자와, 장기적으로는, 같이 살 수 없어. 게다가 너의 그 허세뿐인 영화 취향, 너 그거 안 보잖아, 짐 자무시 박스 세트는 아직 포장도 안 뜯었으면서. 그리고 네 침대 밑에 있는, 절대로 치우지 않는 그 상자들 또한 네 결심을 보여주지."

나는 빙그레 웃었다. 우리는 잠시 같이 살고 있을 뿐인 불행한 두 사람이었고, 잠시 같이 있을 누군가가 있다는 사실에 만족하고 행복했다. 이젠 서로 눈치보지 않아도 괜찮았다. 이젠 밤에 소파를 차지해도 괜찮았고, 그녀는 내가 뒤척이는 동안 잠든 척하지 않아도 괜찮았다.

조는 데브가 아니다. 하지만 나는 다시 친구를 얻었다.

"나갈까?" 내가 말했다.

조는 코로 칵테일을 뿜었다.

"'꼴뚜기처넘 생긴 넘'이라니!" 조의 외침에 옆 테이블 사람이 고개를 돌려 쳐다봤다. "끝내주는 모욕인데. 그걸 모욕으로 써먹었다면, 끝내주는 거지."

"인정해주니 기쁘군."

"그래서 세라의 반응은 어땠어? 아냐, 못 들은 걸로 해. 게리의 반응은 어땠어?"

조는 그 얘기를 아주 재미있어했다.

"나더러 자꾸 여보게 저보게 하면서 친한 척하던데."

"최상의 복수다!" 조가 말했다. "아주 그냥 프로네. 자기가 어떤 사람인지, 그리고 네가 얼마나 어린애 같은지 세라한테 완벽히 입증했군. 천잰데."

나쁘지 않았다. 조와 아무 상관도 없는 사건의 후일담을 여차저차 늘어놓는 게 영 어색할 수도 있었다. 하지만 나쁘지 않았다. 큰 소리로 후련하게 떠들어대고 있자니 암담함도 어느 정도 휘발되었고, 허파에 잔뜩 들었던 바람도 빠졌다. 살면서 잃어버렸던 뭔가를 되찾은 기분이었다. 나를 잘 아는 옛 친구, 학생회에서 파는 스네이크바이트*를 마시고 비 맞은 담배를 뻑뻑 피워대며 나의 약점을 후벼파던 옛 친구는 전혀 변한 게 없어 보였다.

긴장감은 사라졌다. 나는 그 시절의 그녀가 그리웠던 것이다.

"그다음엔 어떻게 됐어?" 조는 몸을 앞으로 기울이고 뒷부분을 듣고 싶어 죽겠다는 눈치였다.

"그다음에 페이스북 친구에서 삭제했지. 내가 그런 건 아니고. 애비가 지웠어. 근데 희한하게 그걸 보고 세라는 내가 상황에 침착하게 대처하는 어른이 됐다고 생각한 모양이더라."

"정말 21세기답네. 정말 성숙해진 모습이야. 그래서 그다음엔?"

* 맥주와 사과주를 반씩 섞은 음료.

"결국 세라의 약혼식에 가게 됐고, 애비가 하객들한테 마약을 나눠주는 바람에 또 거기서부터 상황이 곤두박질쳤지. 세라의 제일 친한 친구인 애나는 가로등 기둥을 뽑아들고 버스에 타려 했고, 게리는 자동차 매트에 토했다나."

조는 테이블을 탕 치며 소리질렀다. "하!"

"와, 그거 특집 기사로 내면 대박이겠다, 제이슨." 조가 말했다. "'남자답게 이별에 대처하는 법'이라고."

나는 빙그레 웃고 술을 한 모금 마셨다.

"곧 결혼한다니까 금방 다 잊을 거야."

"얼마나 남았지?"

"한 달. 아기가 태어났을 때 게리가 정식으로 자신을 '세라의 남편'이라고 소개할 수 있도록 서둘러 합치고 싶어하더라고."

조는 웃음을 터뜨렸다. "그럼 애비라는 사람은…… 그 가수 말이야. 애비가 그 아가씨야? 네가 신문에 찾고 싶다고 메시지를 남긴 사람? 내심 꽤 귀여운 짓을 한다고 생각했거든. 말 안 하려고 했는데 왜냐면…… 뭐, 효과가 없었던 것 같아서. 아니면 잘못됐거나. 안 그랬다면 네가 그녀가 아니라 우리집으로 찾아왔을 리가……"

"애비는 그 아가씨가 아니야. 애비도 아가씨긴 하지만, 그 아가씨는 아니지."

"그럼 '그 아가씨'는 누군데?"

나는 웃었다. 나쁘지 않았다. 웬지 분위기가 산뜻해진 기분이었다. 어색하지도 않고, 후회도 없고, 우정만 남았다.

"그 사람이 누군지는 나도 몰라."

조는 코를 찡긋하고 연극적으로 손가락을 튕겨서 바텐더에게 술을 한 잔 더 달라는 신호를 보냈다. 바텐더는 조를 무시하고 계속 술잔만 닦았다.

"모른다고? 그 아가씨가 누군지 모른다고? 지금 은유법을 쓴 거야? 가령, 그녀를 알지만, 그녀의 실체는 죽을 때까지 알지 못할 것이다, 뭐 그런 의미로? 무슨 일일 드라마 쓰냐?"

"문자 그대로 모른다는 뜻이야. 문자 그대로 그녀가 누군지 몰라. 하지만 한편으론 그 정반대를 의미하기도 해."

"얘가 진짜 일일 드라마 쓰네!"

조는 '내가 아까 주문한 거 못 봤냐'라고 말하듯 짜증을 내며 바텐더를 돌아봤지만, 바텐더는 그들 세계의 불문율인 듯 '필요하면 똑바로 말로 해' 원칙을 단호히 고수했다.

나는 조에게 술을 갖다주기 위해서, 또 그 이야기를 어떻게 풀어낼지 생각하기 위해서 일어섰다. 그리고 다시 자리에 앉아서 이야기를 마치자, 조는 내 눈을 똑바로 쳐다보면서 말했다. "너 맨날 연애에는 출발점이 필요하다 그랬잖아. 바로 그거네. 그럼 끝마무리는 어떻게 할래? 왜냐면 이렇게—너랑 나랑 이 축축한 하이버리 술집에 앉아 있다가 터벅터벅 그 칙칙한 하이버리 아파트로 돌아가는 걸로—이야기의 결말을 맺을 수는 없잖아."

"아직은." 나는 두 손을 쳐들고, 마음을 정하고, 말했다. "아직까지는 그렇지."

"축축하다고요?" 바텐더가 쏘아보았다.

그 아가씨를 위한 때와 장소는 따로 있었다.

나는 삶이 던져주는 실마리를 잡아야 했다. 데브도 없고, 애비도 없고, 세라도 없다. 〈런던 나우〉도 없고, 전망도 없고, 희망도 없다.

나 스스로 해야 한다는 생각이 들기 시작했다.

알다시피 때로 인생은 마법이 아니다. 때로 인생은 그저 일상이다. 바쁜 점심시간에 열쇠집을 찾아가는 여행이다. 백열전구의 필라멘트가 탁 끊어지는 높은 음이다. 자동차 미등을 안 껐다고 찾아와서 알려주는 이웃이다.

그래, 인생에서 특별한 일은 극히 드물다. 가령 샬럿 스트리트에서 만난 아가씨의 눈빛 같은 것. 하지만 그 눈빛의 효력은 얼마나 오래가는 걸까? 단 한 번의 눈빛이 얼마나 오래 관성을 띠고 굴러갈까?

일단 내 앞가림부터 하려면 현실적인 문제에 우선순위를 두어야 했다. 원대한 꿈을 지닌 백수들은 길거리에 널렸다.

처리해야 할 일들이 있었다. 우정의 회복. 혼자 살 집. 일자리.

조의 관심은 나쁘지 않았지만, 이야기의 결말을 듣고 싶은 사람의 관심일 뿐이었다. 조가 발 벗고 나서서 일을 도모해야 할 필요는 없었다. 일을 도모하여 이루어내는 과정은 험난하다. 노력도 들고, 시간도 들고, 음…… 더구나 난 지금 직장에 매인 상태다. 가야 할 곳과 해야 할 일들. 그리고 계획, 내게는 계획이 있었다.

솔직히 말해서, 좀 허무했다. 야망이 무산됐다거나, 꿈이 이루어지지 않았다거나, 그런 기분이었다. 거의 코앞까지 갔었는데, 근데 어디의 코앞까지 갔었다는 거지? 가만 보면 이 모든 게 시작됐을 때나 어제나 똑같이 나는 그 아가씨에게 한 걸음도 다가가지 못했다. 그러니까, 그래, 그녀의 전 애인을 찾아내긴 했지만, 그 사소한 발견 때문에 내가 어떤 대가를 치러야 했는가? 그 기회를 또 얼마나 멋지게 망쳐버렸는가? 꾸준히 악화일로를 걷고 있는 내 인생은, 더 나빠질 수도 있다면 말이지만, 그 소소한 유랑 덕분에 조금 더 형편없어졌을 뿐이다. 그래도 역시 허무한 건 허무한 거였다. 뭔가 마법이 되길 바랐던 것을 포기하는 아픔.

마법은 나중에.

지금은 일상을 살아야 할 때다.

세인트존스에 출근한 지 사흘째. "아, 돌아오셨군요." 수학과 주임교사인 제인 울라컴이 인사했다. 누군가가 돌아왔다는 얘기를 들으면 사람들은 대개 그런 식으로 반응하지만, 사실 그들은 내가 있는지 없는지도 몰랐다. 수학과 교실 복도는 마치 1970년대로 돌아가는 타임머신 버튼을 누른 것처럼 바닥에는 온통 초록색 리놀륨이 깔리고 벽에는 복숭아색 페인트가 칠해져 있었다.

"어떻게…… 근데 정확히 어딜 갔던 거예요? 여행이나 뭐 그런 거?"

"아뇨, 여행은 아니었습니다."

수학 선생은 초조하게 나비 모양 브로치를 만지작거렸다.

"그럼 잠깐 쉬려고요?"

"의도한 건 아니었고요."

그녀는 멍하니 나를 쳐다보았다.

"뭘 좀 시도해봤어요." 나는 가능한 한 아무렇지 않은 척 말했다. "잘되진 않았지만. 느릿느릿 허우적거리며 계속 땅콩만 먹고 살다가, 일찌감치 손을 떼기로 한 거죠."

"아." 그녀는 고개를 숙였다. "뭐, 실패한 건 아니네요. 시도는 해봤으니까."

"전 실패했다고 말한 적 없습니다."

"그럼 어째서…… 에……"

"여자친구하고 헤어졌어요. 얼마 전에."

"흠, 연애란 게…… 그렇죠. 그것도 실패라고 할 수는 없죠."

"전 그 어느 것도 실패했다고 말하지 않았어요."

"그래요, 잘됐네요, 당신은 그러지 않았으니까. 그 단어를 말하기 좋아하는 사람들이 있잖아요, 그러면 안 되는데. 그러니까 당신은 시도해본다는 것 자체가 중요하다는 거죠."

"누가 '실패'라고 말하고 다니는데요?"

"그게 뭐 중요한가요. 신경쓰지 마세요. 어쨌든 그런 사람들하곤 얘기할 가치도 없죠."

그녀는 바로 옆 교실의 네모난 유리창 너머로 윌리스 선생을 의심스러운 눈빛으로 쏘아보고는 눈썹을 사납게 치켜세웠다.

"평생 아무것도 안 하는 저 사람하곤 격이 다르네요, 그쵸? 자동차 경적 소리를 모은다던가 뭐 취미가 그렇다죠? 저 사람한테 꼭 그 얘기 좀 하세요."

그녀는 까치발을 하면서 몸을 쭉 펴더니 휙 돌아 총총 가버렸다.

나는 윌리스 선생 쪽을 한번 더 쳐다보았다. 그는 나를 보고 미소 지으며 손을 흔들었다.

이 교실은 다시 앉아보고 싶어 안달하던 곳은 아니었다.

이 교실은 그 아파트에서 훤히 내려다보였다.

나는 아이들이 오기 몇 분 전에 교실에 들어갔는데, 순간 멈칫했다.

바로 거기, 그 유리창에—거의 알아볼 수 없을 정도로 작아서 아마 나 외에는 아무도 알아차리지 못하겠지만—금과 급하게 수리한 흔적이 있었다.

그 사건이 일어났음을 보여주는 유일한 증거.

아파트 쪽을 바라보며 눈을 깜박였다. 어디쯤이었더라?

그때 종이 울렸고, 나는 화들짝 놀랐다.

부딪쳐 감당해야 한다고 스스로를 달랬다.

"저기요, 선생님!" 정문 앞에서 한 아이가 말을 걸었다.

하루인가 이틀 전에 우리 학교의 어떤 애하고 스토키 근처 기술학교 애들하고 싸움이 붙었다. 학교에서는 재발 방지 차원에서 윌리스 선생과 내게 일종의 방어막 역할을 맡겼는데, 내가 싸움 근처에 가본 일이라곤 휫비에서 옛 제자에게 구조됐을 때가 처음이자 마지막이었고, 윌리스 선생은 그야말로 자동차 경적 소리나 모을 만한 유형의 남자로 보였다.

나는 아이를 쳐다보았다. 열네 살쯤 됐을까. 절반쯤 학살된 촘프 초코바를 들고 있었다. 교복 넥타이에도 똑같은 짓을 했는지 넥타이가 엄청나게 짧았다. 재주도 좋다. 어디서 유아용 넥타이를 구하기라도 한 건지. "프리스틀리 선생님 맞죠?"

"그래, 나다."

"우리 형 아시죠?" 나는 아이의 어깨 너머를 흘깃 보았다. 한 아이가 다른 아이를 벽에 밀어붙였고, 둘 다 나를 보더니 찔린 듯 큰 소리로 웃으며 자기들이 친구 사이임을 과시했다. "맷 파울러라고."

맷의 남동생인가?

"알아." 내가 말했다. "근데 못 본 지 한참 됐네. 형은 잘 지내니?"

"바빠요."

"정비소 일 때문에?" 며칠 전 정비소 사람들이 나를 놀려댄 것일지도 모른다. 맷은 잠시 자리를 비웠던 것일 수도 있다. 잠깐 차를 마시러 갔거나. 아팠거나. 오락실에 갔거나.

"아뇨." 아이가 말을 이었다. "이런저런 일로 바빠요."

어떤 생각이 내 머리를 스쳤다. 토니라니 열네 살짜리 이름이라기엔 정말 이상하다.* 하지만 그냥 넘어갔다.

"그렇구나. 근데 어디서 일하는데? 요전날 채플마켓 근처에 갔는데, 안 보이더라."

"그 이상 정비소에 일 안 해요."

"더이상 정비소에서 일 안 한다고. 그래, 나도 그렇게 들었다. 그럼 지금은 어디 있어?"

"버거킹요, 그쵸."

"그렇죠라고 해야지. 게다가 그 말은 그 문장에서 아무 쓸모가 없어. 맷이 왜 버거킹에서 일해? 정비소에서 무슨 일 있었니?"

아이는 어깨를 으쓱하더니 콧방귀를 뀌었다.

"정비소에 일하기 싫대요. 그거랑 강의 듣는 거랑 같이 할 수가 없다고. 그래서 버거킹을 사 일 밤 하고, 나머지는 퀸즈 헤드에서 일해요."

---

* 토니는 앤서니의 애칭인데 남자다운 느낌이 강해 아이 때는 주로 본명을 부른다. 제이슨은 아이의 이름이 앤서니가 아니고 토니인 것을 이상하게 생각하고 있다.

"너 문법 공부 좀 해야겠다, 토니. 그런데 강의라니 무슨 소리야?"

알겠다.

이제야 알겠다.

맷이 늘 걱정스러웠던 건 녀석의 분노 때문이었다. 내가 학교에서 목격했던 분노, 컴퍼스로 다른 아이의 눈을 멀게 할 뻔했던 그날…… 물론 그 사건의 해석은 누구 말을 믿을 것이냐에 따라 달라졌고, 교육위원회는 다른 아이의 말을 믿었다. 자긴 아무 짓도 안 했는데 맷이 그냥 덤볐다고, 아이는 말했다. 맷은 학교를 벗어나자마자 사라졌다. 나는 아마도 착오가 있었을 거라고, 학교에서 맷을 불공평하게 대했고, 그래서 맷이 학교 제도에 대한 신뢰를 잃은 거라고 생각했다. 하지만 그때, 그날 밤 휫비에서 맷이 한바탕 쇼를 해서 우리를 무사히 구해줬을 때…… 나는 고마우면서도 한편으로는 불안했다. 녀석의 분노를 바로 코앞에서 목격했기 때문이다. 기다란 파이프와 공중전화 부스 하나에 고스란히 담긴 그 포효와 격노를.

하지만 이젠 알겠다. 그것은 분노가 아니었다. 좌절이었다.

맷 파울러는 스스로 더 나은 사람이 되기 위해 채플마켓 근처의 자동차 정비소 일을 그만두었다. '스스로 더 나은 사람이 된다'라니 표현 참 예스럽다. 맷은 제인 오스틴 소설에서 튀어나온 인물이 아니다. 맷은 '무언가를 하기' 위해서 그만둔 것이다. 맷은 그의 직장 동료들이 몹시도 우스워했던 도를 깨쳤다. 그리하여 비정규 대학 과정에 등록했다. 화요일과 목요일은 저녁 일곱시부터 밤 열시까지. 토요일에는 오전 열시부터 오후 다섯시까지. 등록금으로 사천오백 파운드가 들었지만, 길게 보면 결국 그 값을 할 터였다. 맷은 오토바이를 팔고, 플레이스테이션을 팔고, 휴대폰과 그 외 팔 수 있는 것은 뭐든 다 팔았고, 정비소에도 그만두겠다고 알렸다. 그 바람에 내내 쉴 틈 없이 일해야 했지만, 이거야말로 진짜배기였다. 이거야말로 '뭔가 하는' 것이었다. 좀더 구체적으로 말해서, 사운드 엔지니어링과 음악 프로덕션 기초 과정이었다. 덴마크 스트리트 바로 근처였다.

나는 휫비를 떠올렸다. "전 뭔가 만들고 싶어요"라고 맷은 말했다. 나는 그게 맷 자신을 의미한다고 생각했는데, 이제 보니 둘 다를 의미하는 것이었다.

집에 와서 좀더 찾아보고서는, 맷에게 잘된 일이라 적잖이 흥분됐다. 과목당 수강 가능 인원이 겨우 다섯 명이었다. 맷은 믹싱, 패칭, 신호 흐름, 멀티트랙, 압축, 노이즈 게이트, 디지털 딜레이, DAW 시퀀싱, VCO, VCF, VCA 등등 나는 설명의 첫마디도 못 알아먹겠는 백만 가지 것들을 배우게 될 것이다.

대학을 마친 후 육 개월 동안은 툴툴거리는 엔지니어들에게 차를 타주는 일밖에 기대하지 못하겠지만, 온갖 궂은일을 도맡아 하는 막내로 현장에서 실무를 배우면서 늦든 빠르든 언젠가는 스튜디오 엔지니어로 자립할 수 있는 기회를 포착하게 될 것이다. 나는 진심으로 기쁘면서도 이상하게 시샘하고 있음을 깨달았다.

맷은 자신의 길을 찾은 것이다.

조는 그 아가씨 건으로 나를 놀려먹는 데 아주 재미를 붙였다.

"계속해야지 않겠어." 조는 냄비 속 스튜를 저으며 말했다. 우리는 핫도그 스튜를 먹을 예정이었다—냉장고에 있는 야채와 찬장에 하나 남은 통조림을 한데 넣고 만들 수 있는 유일한 요리였다. 데브와 같이 살던 레스터 대학 자취 시절, 즉 1997년이나 지금이나 똑같은 조리법이다. "에스토니아 마시한테 전화해서 〈웨이크 업 콜〉에 나가겠다고 말해. 내 생각엔 그게 최선이야."

"아니. 지금부터는 운명이 내 삶을 좌우하게 내버려둘 거야. 데브는 항상 운명의 편이었지."

"꼭 데브가 죽은 것처럼 말한다. 걔는 캘리도니언 로드에 있어."

"이젠 브릭 레인이야. 페이스북에서 봤어. 이사했더라. 아버지 레스토랑 중 한 곳을 맡아서 해본대. 그래서 파워업!은 이제 끝이야. 공식적으로 다음주에 폐업이지."

"재밌네, 페이스북이니 트위터니 하는 거. 타인의 삶을 그냥 슥 훔쳐볼 수 있잖아. 그 사람들을 다시 대면할 필요도 딱히 없고. 그냥 사람들의 매 순간을 찔끔찔끔 맛보기만 하면 되니까. 그 중간의 모든 일은 생략해도 되고. 편리한 우정일세."

나는 스푼을 가지고 장난치고 있었다. 아마도 나는 편리한 우정을 원치 않았던 것 같다. 별안간 우리의 낡고, 불편하고, 느리게 움직이는 우정이 그리워졌다.

데브를 만나야 한다. 애비의 경우에는 그녀가 선택한 일이다. 애비가 다시 나를 기꺼이 받아주면 좋을 텐데. 하지만 우리가 서로를 알고 지낸 시간이 그리 길지 않았음을 감안하면 그건 기대하기 어렵다. 세라는 자신의 감정을 거침없이 드러내 보였고, 게리와 베갯머리송사를 하는 걸 보면 두 사람은 전혀 변화의 기미가 없다.

하지만 데브와의 일은…… 흠, 그건 내 책임이다.

그에 대한 준비를 해나가기로 마음먹었다. 서두르는 것은 좋지 않았다. 브릭 레인에 들러서 카레를 먹을 수도 있었다. 사실은 데브를 위한 아이디어가 한 가지 있었다. 뭔가 근사한 것. 우리 두 사람 사이를 화기애애하게 풀어줄 만한 것. 나는 조에게 그 일에 관해 혹시 좀 도와줄 수 있는지 물었고, 조는 몇 군데 전화를 넣더니 긍정적인 답변을 주었다.

하지만 그보다 먼저, 내가 만나고 싶은 사람은 따로 있었다. 언제 어떻게 일을 꾸며야 할지 고민하던 찰나, 주머니 속에서 진동이 울렸다.

"모르는 전화번호네." 나는 휴대폰 액정을 쳐다보며 말했다. "틀림없이 또 어느 아침 방송의 섹시한 여성 진행자가 내 로맨틱한 꿈을 전국에 생중계하자고 부추기는 걸 거야."

통화 버튼을 눌렀다.

"여보세요!"

"제이슨?"

"네, 그렇습니다!"

잠시 침묵. 그리고 들려온 말. "데이미언 래스킨입니다."

스물하나

혼자서 가라

Go Solo

"안녕하세요." 나는 두 손으로 휴대폰을 잡으며 말했다. 현관 앞 복도로 나와서, 얼룩진 파란 카펫 타일과 금이 간 뒤창을 보며 전화를 받았다. "안녕하세요, 데이미언."

"간단히 말하죠." 그가 말했다. "좀 만납시다."

내 침묵이 좀 길었나보다. 데이미언은 황급히 이렇게 말을 이었다. "저기, 내가 그날 험한 말로 당신을 윽박지른 건 당신이 뭘 원하는지 알 수가 없었기 때문입니다. 지금도 당신이 뭘 원하는지는 잘 모르지만, 어쨌든 해를 끼칠 생각이 없다는 건 알겠습니다. 내 말에 동의합니까?"

"네."

"직접 말해봐요."

"난 당신에게 해를 끼칠 생각이 없습니다."

"내 가족에게도."

"당신 가족에게도, 당연하죠! 저기, 데이미언, 희한하게 들리겠지만……"

"아뇨, 아뇨, 만나서 얘기합시다. 월요일, 다섯시쯤. 장소는 그쪽이 정하시죠."

데이미언의 말대로 장소를 정하고 나니, 뭔가 말로 표현할 수 없는 불안감이 엄습했다. 데이미언이 왜 이러는 걸까? 그것도 왜 지금 와서? 게다가……

"어떻게, 음, 내 전화번호는 어떻게 알았습니까?"

"전화번호를 알아내는 것쯤이야 무수히 다양한 방법이 있죠, 제이슨. 사실—그리고 솔직히 오늘 이렇게 전화를 걸게 된 것도 그 때문인데—당신 전화번호가 씨발 우리 동네 케밥집 유리창에 붙어 있더군요."

그는 껄껄 웃고는 전화를 끊었다.

나는 조에게 얘기했고, 조는 핫도그를 먹다가 질식할 뻔했다. 조가 식탁을 마구 두드리는 바람에 포크가 다 바닥에 떨어졌다.

에식스 로드에 있는 한때 게이 퍼브였던 올드 퀸즈 헤드는 지금은 중산층을 타깃으로 가죽소파와 프랑스산 테이블 축구 게임 테이블을 들여놔서, 곰 인형과 황동 램프를 갖춘 기묘한 앤티크 레스토랑과 요청만 하면 친절한 외국인 직원들이 높은 유아용 의자에 풍선을 묶어주는 요란한 레스토랑 체인점 사이의 어중간한 분위기였다.

폐점 시간이 거의 다 된 시각이었고, 나는 바글거리던 손님들이 버스를 타러 가거나 모퉁이의 테스코 익스프레스에서 마지막으로 한 캔 더 하려고 빠져나가 뜸해질 때까지 밖에서 조금 기다렸다. 안에서 웬 늙은 술고래가 담배를 말며 마지막 작별 키스를 준비하는 동안 검은 옷을 입은 녀석이 바에 기대어 있는 모습이 보였다.

나는 문을 밀치고 들어가며 일부러 부산스럽고 정신없게 굴다가 눈이 마주치면 놀란 시늉을 할 생각이었는데, 녀석이 곧바로 나를 알아보았다.

"안녕하세요!"

"맷!" 뜻밖인 척 움찔했다가 긴가민가 확인하는 모양이 너무 만화 같지 않았기를 바라며 말했다. "네가 여긴 웬일이야?"

맷이 그날 밤 마무리를 위해 플라스틱 설거지통에 술잔을 하나 더 던져넣는 동안 나는 적절하게 어리둥절한 표정을 지었다.

맷은 혼자서 슬며시 미소를 지었다.

"제 동생이 말했죠?" 그가 말했다.

"그래, 맞아. 그 조막만한 넥타이를 맨 녀석이 네 동생이지?"

맷은 씩 웃었다. "맞아요."

"그래, 잘 지내? 어떻게 된 거야?"

"네, 잘 지내요." 맷은 고개를 끄덕였고, 나는 조금 당황했다. 맷이 잘 지냈기 때문이 아니다. 맷이 자기 입으로 잘 지낸다고 얘기했기 때문이다. 맷이 잘 지낸다고 말하는 것을 들어본 기억이 없다. 그제야 처음으로 맷이 전에는 항상 우울해 보였음을 깨달았다. 지금 보니 전과 다르다. 비교가 됐다. 다시 생각해보면, 이것이야말로 내가 바랐던 일일지도 모른다.

"언제 끝나?" 내가 물었다.

맷은 텅 빈 술집 안을 가리켰다.

"다시 학교에 돌아가셨다는 소리 듣고 깜짝 놀랐어요." 맷은 소맷부리를 만지작거리며 말했다. 우리는 로터리 근처 맥도널드에 자리를 잡고 앉았고, 나는 김빠진 환타를, 맷은 생선 버거와 밀크셰이크를 먹었다.

"왜?" 내가 물었다.

"그렇게 돌아가실 거라곤 생각 못했거든요." 맷은 입에 묻은 소스를 훔치며 말했다. "늘 앞으로 나아가라고 말씀하셨는데."

나는 돌이켜보았다. 내가 그랬나?

"내가 언제?"

"음, 세인트존스를 그만두실 때, 그러셨잖아요? 스스로 변화를 보이셨죠. 하지만 선생님으로 계실 때도 그랬어요. 저희한테 다들 할 수 있다고 말씀하셨어요. 살면서 뭐든 이룰 수 있다고."

나는 고개를 끄덕거렸다. 하지만 진짜 내가 그랬나? 기억이 나지 않았다. 커피를 마신 후의 시큼한 입냄새와 쉬는 시간을 간절히 기다렸던 일과 질문에 교묘히 답을 얼버무렸던 것과 아침 아홉시부터 먹은 진통제는 생각나는데, 그런 말은 기억나지 않았다. 근데 맷에 따르면, 난 꼭 〈죽은 시인의 사회〉에 나오는 선생 같다.

"하지만 무언가를 이루기 위해서는 스스로 도모하여 이루어내야 한다고 말씀하셨죠."

어, 잠깐. 저건 어디서 많이 들어본 말인데. 요리조리 피하다가 결국 딱 걸린 어느 날 아침 조회 시간의 연설, 의욕 없고 따분해하고 시큰둥한 전교생에게서 반응이 나올 리는 만무했고, 나는 그 상황이 너무나 두려웠다.

그러나 애시크로프트 전 교장은 주장을 꺾지 않았다. 교사들은 순서대로 반드시 한 번씩 아이들 앞에서 연설을 해야 하며, 그 일이 매우 중요하다고 생각했다. "학생들을 일깨우세요. 긍정적인 말로 동기를 심어주세요! 학생들이 누릴 수 있는 세상을 보여주세요!"

나는 연설에 '이루어내라!'라는 제목을 붙였고, 실제로 원고 중 일부는 직접 썼다. 나머지는 구글로 앤서니 로빈스의 명언 페이지를 찾아서 참조했다.

하지만 전혀, 어느 한 순간도, 누가 듣고 있으리라고는 생각지 않았다.

"가만히 서 있는 것조차 뒤로 가는 거라고 하셨죠, 왜냐면 가만히 있는 동안 세상이 나를 앞질러 가니까, 뒤로 가는 것과 마찬가지라고."

"그리고…… 넌 그 말을 새겨들었구나, 그치?"

"네, 그 얘기가 뇌리에 달라붙어 떠나질 않더라고요. 그래도 여전히 선생 따윈 재수없다고 생각했지만. 교장이 한 달에 한 번씩 선생들한테 돌아가며 하라고 시켰잖아요, 우릴 '일깨우라'고. 콜 선생은 맨날 아스널 얘기만 했고."

맷은 웃음을 터뜨렸다.

"그후로 다들 선생님 흉내를 내곤 했죠. '이루어내라! 우아아! 나 좀 봐, 이루어내고 있잖냐?'"

그러고는 다시 웃어젖혔다.

"그러다가 선생님을 다시 만났는데, 네, 이루어내셨더군요. 정말로 해냈더라고요. 다른 선생님들은 대부분, 거기 그대로 있어요. 지금은 내 동생을 가르치고 있죠."

"꼬마 토니."*

"네! 하하. 꼬마 토니죠, 진짜. 그 선생님들은 아마 내 자식도 가르치게 될 걸요. 무슨 일이 있어도 절대 그만두지 않을 테니."

"나쁘지 않은 직업이야. 너의 엘가도 그 선생님들한테 배우게 되어 다행이라고 여길 거야."

"네, 하지만 마음이 딴 데 가 있으면, 마음이 있는 그곳으로 몸도 따라가야죠."

"말 잘하네."

맷은 생선 버거를 내려놓고 눈썹을 치켰다.

"선생님 본인이 한 말이에요. 젠장, 하나도 기억 안 나요?"

나는 어깨를 으쓱했다. 다 들켰군.

"사실, 기억하느냐 마느냐는 중요한 게 아니죠. 떨치고 일어나서, 안정적인 직장을 때려치우면서 위험을 무릅썼고, 결국 이뤄냈어요. 기자인가 뭔가가 되고 싶었고, 그래서 됐잖아요? 횟비에 갔던 그날 밤 저한테 과정을 밟든가 뭔가 해야 한다고 말씀하셨을 때, 오래전 그날 학교에서 연설하셨던 게 생각났고, 그래서 선생님을 쳐다보면서 생각했죠. 이 사람이 이걸 의미한 거였구나."

우아.

"근데 아니었나보네요."

"아냐, 맞아. 그런 얘기였어, 맷. 분명히."

"그럼 왜 돌아간 거예요?"

"때로는…… 너도 알다시피, 때론 사는 게 마음대로 되지 않을

* 토니라는 남자다운 이름에 꼬마라는 수식어는 아이러니한 느낌을 준다.

때가 있지. 가령 한 일 년쯤 여행을 가고 싶었는데, 그때 하필 보일러가 터지거나 자동차를 수리해야 한다거나 해서 계획이 다 바뀌는 거야."

"핑계야 항상 있죠. 이것도 그때 조회 시간 연설인가 뭔가에서 선생님이 하신 말씀이에요."

"젠장, 좋아, 그래, 그거 다 내가 지어낸 거야, 맷. 난 위험을 무릅쓴 적도 없고, 뭘 이루어낸 적도 없다."

"하지만 그때는 하셨죠. 바로 그게 절 일깨운 거예요. 선생님이 하신 말씀이 아니라, 선생님이 하신 행동이."

나는 맷을 바라보았다. 맷이 '일깨우다'라는 단어를 썼다. 그런데 정작 나 자신은 한 번도 일깨워진 적이 없었다. 내가 듣고 싶어 했던 말이 그것뿐이었을 때가 생각났다.

"알고 보니 좋은 선생님이었네요." 맷이 씩 웃었다. "다만 교직이 길이 아닌지도 모르죠."

나는 그날 저녁 늦게 집으로 돌아왔다. 늦었지만 즐거웠다.

맷과 나눈 대화 덕분에 온갖 것들이 되살아났다. 어떻게 세인트존스에서 교편을 잡게 됐는지. 어떻게 선생 노릇을 해왔는지. 어떻게 서서히 시들해졌는지. 어떻게 자신감을 잃게 됐는지. 그러나 자신감을 잃었다는 것은, 그전에는 자신감이 있었다는 얘기다. 그리고 내게 만약 자신감이라는 게 있었다면, 이제는 그것을 되찾고 싶다. 꼭 교단에 설 자신감일 필요는 없다. 배는 일주일 전에 항해를 시작했다. 인생이라는 항해를. 그 무언가를 목표로.

맷에게 나는 늘 일단은 옛 선생일 테고, 그다음에 친구일 것이다. 그래도 그걸로 괜찮다는 생각이 들었다. 이제야 알게 됐지만, 내가 그렇게까지 나쁜 선생은 아니었으니까. 단순히 친구일 때도.

그리고 이젠, 일부러 그랬는지 우연히 그랬는지 모르지만, 거꾸로 녀석이 나를 도왔다.

조용히 집안으로 들어왔을 때 조는 이미 잠들어 있었다. 그러나 TV는 낮은 소리로 켜져 있었다. 조별 퀴즈 게임 같은 프로였다. 나는 베개를 툭툭 쳐서 소파에 소박한 잠자리를 마련한 다음 노트북을 켰다.

마침내, 나 자신의 일을 해결할 시간이었다. 내가 있을 장소를 마련하는 것. 스스로 책임을 지는 것.

베개 옆에 '제이스'라고 적힌 조그만 황금색 봉투가 보였다.

나는 봉투를 열어보고 빙그레 웃었다. 조가 잘 처리해줬군.

데브를 다시 만나러 가면, 녀석은 이걸 보고 틀림없이 나를 우러러보게 될걸.

하지만 아직은 때가 아니다. 내가 다 포기하고 세인트존스에 다시 다니는 동안은 안 된다. 머잖아 데브를 만날 준비가 되겠지. 지금은 우선 해결해야 할 일이 있다.

1순위는 내 인생이다.

월요일, 오후 다섯시 십오분. 그리하여 나는 지금 여기에, 포스트먼즈 파크에 다시 와 있다. 달리 어디로 정해야 할지 알 수가 없었다. 편집증적인 데이미언이 이 공원의 한적하면서도 개방적인 속성을 충분히 인지할 거라고 생각했다. 우리가 뭐라고? 접선하는 스파이들?

만물의 초점이 나간 듯 스산하게 흐린 날이었고, 십오 분 정도 일찍 온 것 같았다. 나는 지각하는 것을 죽도록 싫어한다. 상대방을 일 분이라도 기다리게 하느니 내가 한 시간 일찍 나오는 게 낫다. 데브는 늘 "늦을 때까지는 늦은 게 아니야"라고 말하곤 했다. 그게 무슨 뜻인지도 알고, 엄밀히 말해서 그 말이 참이라는 것도 알지만, 그래도 내게는 통하지 않는다. 늦을 것이라는 사실을 알게 되는 것만으로도 충분히 기분이 나쁘다. 그나마 내가 할 수 있는 게 걱정거리를 미리 해치워버리는 것이다.

나는 캔을 발로 차서 벽 쪽으로 굴렸다. 그냥 그렇게 했다. 나한테 그러라고 부탁한 사람은 없었다. 제대로라면 캔을 집어서 쓰레기통에 넣어야 했겠지만, 발로 차서 한쪽 구석으로 몰아낸 것만으로도 충분한 성의를 보였다고 생각한다. 아직도 입김을 불면 눈에 보이는지 궁금해져서 숨을 호호 내쉬었다.

그러다 내가 데이미언을 다시 만나게 되어 신경이 곤두선 것임을 깨달았다.

하던 짓을 멈추고, 영웅적인 자기희생을 기리는 기념비를 바라보았다.

윌리엄 굿럼.

신호원, 향년 60세.

킹스랜드로드 브리지에서 큐에서 오는 기차에 치일 뻔한 일꾼을 구하는 와중에 목숨을 잃다.

1880년 2월 28일.

이것만 한 백 번쯤 읽었을 것이다.

"제이슨?"

나는 뒤돌아보았다. 데이미언이 잔디밭 옆에 서 있었고, 눈이 마주치자 고개를 끄덕였다. 데이미언은 잡지에 나오는 남자들처럼 허벅지까지 내려오는 긴 재킷을 입고 있었다. 바람 부는 날 간이 활주로에 세워둔, 선글라스를 쓰고 스카프를 두른 금발머리 여자가 조수석에서 말없이 담뱃불을 붙이는 척하고 있는 클래식 재규어 옆에 선 화보 속 남자들처럼 말이다. 빳빳한 하늘색 셔츠의 목깃이 살짝 보였는데, 캐시미어임이 분명한 목도리에 거의 가려져 있었다.

"별일 없죠?" 그는 냉랭하게 말했다. 내 감이 맞다면 말미의 물음표는 없었던 것 같다.

"네, 괜찮습니다." 나는 나직이 말했다. "와주셔서 감사합니다."

와주셔서 감사하다고? 날 소환한 건 저쪽인데.

"춥네요." 내가 말했다. "차로 왔나요, 아니면……?"

"나는 운전 안 합니다." 데이미언이 너무 바로, 또 칼로 자르듯 딱 잘라 대꾸하는 바람에 나는 움찔했다. "당신이 알고 싶은 걸 질문하면 대답해주기는 하겠는데, 그게 다요. 나는 질문 세례를 반기지 않고, 무슨 엄청난 대화를 하려는 것도 아닙니다. 그냥, 나 자신의 마음의 평화를 위해, 이 문제가 해결되기를 바랄 뿐이오."

나는 알겠다고 고개를 끄덕였다.

"그럼, 계속하시죠." 그가 말했다. "질문하세요."

나는 편치 않은 기분으로 이쪽 발에서 저쪽 발로 무게중심을 옮겨 디뎠다.

"사실 이젠 별로 중요하지 않게 됐습니다. 다 잊고 앞으로 나아가려고요."

"뭘 다 잊고?"

"뭐였든지 간에. 좀 묘한 처지였거든요. 실타래처럼 엉킨 게 많아서. 과거도 그렇고. 바랐던 만큼 부응하지 못하는 현재도 그렇고. 뾰족한 수가 없는 미래도 그렇고."

"질문을 하세요."

"별로 그럴 필요가 없……"

"내가 얘기를 하고 싶습니다."

나는 데이미언을 쳐다보았다. 그는 자기 구두 끝을 바라보고 있었다. 무엇인가 때문에, 정확히 뭔지는 모르겠지만 그것 때문에, 데이미언은 나를 필요로 하는 것 같았다.

젠장. 뭐 어떠랴.

"그럼 그 아가씨는 누굽니까?" 나는 질문했다.

"그녀와는 결혼식장에서 만났습니다." 우리는 서로를 쳐다보지 않는 게 전혀 이상할 것 없는 양, 벤치에 등을 기대고 나란히 앉았다. "그녀는 신부 들러리였고, 내 평생 처음 봤다 싶은 최악의 드레스를 입고 있었죠. 보통 신부 들러리 드레스는 제법 예쁜 편인데, 그녀는 꼭 앤 해서웨이 영화에서 튀어나온 사람 같았습니다. 거 왜, 엄청 튀는 초록색 있잖아요? 우리는 같은 테이블이었고, 나는 감언이설로 살살 꼬드겨 그녀 바로 옆자리에 앉았습니다."

감언이설. 이 남자는 감언이설 같은 말도 쓸 줄 안다.

"누구의 결혼식이었는데요?" 별로 궁금하진 않았지만, 예의상 관심을 보이기 위해 물었다. 그러나 데이미언은 휙 째려보았고 나는 주눅이 들었다.

"내가 좀 전에 뭐라고 했죠? 무슨 거창한 대화를 나누려는 게 아니라고 했습니다. 나는 당신이 묻는 말에 대답할 거고, 그건 내가 하고 싶어하는 일이지만, 그렇다고 당신의 모든 질문에 대답하지는 않을 거요. 누구 결혼식이든 그게 무슨 상관입니까? 애초에 그게 왜 중요하죠?"

"계속하세요." 나는 그의 시선을 피해 쓰레기통을 찾아서 시선을 고정했다. "미안합니다."

"그냥 친구 결혼식이었어요, 됐습니까? 버크셔에서. 뭐, 친구이자 고객이긴 하죠. 신부가 나를 그 테이블에 앉히더니 윙크를 하더군요. 우리가 친해질 거라는 걸 알고 있었던 거죠."

"당신과 그 아가씨가?"

"나와⋯⋯ 그녀가, 그렇죠. 나는 술을 좀 마셨고, 좀 과하다 싶게 사근사근하게 굴었을 겁니다. 난 원래 결혼반지를 안 끼고 다니고, 그녀는 낭만을 바라는 눈치였죠."

데이미언은 연습이라도 해온 것처럼 말했다. 아무 감정 없이 대답함으로써 그 의미가 빛바랠 수 있도록 집에서 예행연습을 한 것이다. 어쩌면 이것이 그의 이야기, 즉 그가 이렇게 생각하기로 작심한 이야기일지도 모르고, 그래서 고집스레 이야기를 계속하려는 것일지도 모른다. 나는 고개를 돌려 그를 바라보았다. 그러나 그는 바로 앞만 쳐다보았다.

"테이블 위에는 카메라가 몇 개 있었습니다. 그⋯⋯"

"일회용 카메라?"

"일회용 카메라요, 네. 하객들이 서로 사진을 찍어서 마지막에 교환하자는 아이디어였어요. 사진사를 일찍 돌려보내서 몇 푼이라도 아끼는 좋은 방법이죠. 하여간, 난 카메라를 집어서 그녀와 같이 사진을 한 장 찍었습니다. 그때 그녀가 춤을 추자고 하더군요. AC/DC인가 하는 밴드의 노래가 나오고 있었고, 그녀는 그게 세상에서 가장 훌륭한 노래라던가 뭐 그런 말을 했습니다."

나는 빙긋 웃었다.

"〈Back in Black〉?"

데이미언은 미심쩍은 눈빛으로 나를 쳐다보았다.

"사실 잘 모릅니다. 내가 싫다고 얘기했지만, 그녀는 날 일으켜 세웠어요. 그러더니 나중에 나를 쳐다보는데, 글쎄요, 그냥 괜찮더라고요."

맙소사. 나는 그 사진들을 쭉 보아왔다. 당시의 순간들을. 그러나 각 사진들의 다음 순간은 생각해본 적이 없다—내가 보지 못한 순간들. 지금은 살짝 분하다. 당시의 상황이 놀랍기 때문이기도 하고, 그 순간들이 내가 아니라 데이미언의 것이기 때문이기도 하다.

"그것이 발단이었습니다. 그렇게 해서 시작된 거죠. 결혼식장에서 만난 두 사람."

"둘이서 무슨 얘기를 했어요?" 내 질문에 데이미언은 이쪽을 쳐다보았다.

"그날 나를 미행했지요?" 그가 물었다. "내 뒤를 쫓아서 그 레스토랑에 들어온 거죠?"

"네."

"그게 사회적으로 용인될 수 있는 행동이라고 생각합니까?"

이 대목에서 나는 약간 얼굴을 붉혔던 것 같다. 미행을 정당화하기는 어렵다. 그 모든 상황이 거짓에서 출발했고, 그의 신뢰가 착각에서 비롯됐고, 내가 그것을 악의적으로 이용했음을 인정하기란 힘든 일이다.

우리는 잠시 숨을 골랐고, 데이미언이 다시 이야기를 시작했다.

"버몬지에 아파트가 하나 있어요. 첫 주말을 거기서 함께 보냈습니다. 낡은 공장 안에 있는 아파트인데……"

그가 멈칫했다.

"그러고 보니 다 알고 있겠군요."

나는 난감한 미소를 지었다.

"그래서 하여간, 우린 세계에 대한 얘기를 했습니다. 나는 영화제 일로 사라예보에 다녀온 참이었고, 그녀는 자기도 늘 가고 싶었다고 했어요. 여행다운 여행은 한 번도 해본 적이 없다고. 농장에서 자라서."

농장에서 자랐다!

"그녀에게 보스니아와 크로아티아에 대한 얘기를 했어요. 전혀 딴 세상 얘기 같다고 하더군요. 난 언젠가 그런 곳에 데려가주겠다고 했죠. 아시겠어요? 나는 그녀에게 세계를 보여주겠다고 했습니다. 그런 얘기를 아주 많이 했죠."

"사람들이 흔히 하는…… 그런 얘기 같네요"라고 말하고 나는 고개를 흔들었다. 이런 건 데이미언과 어쩐지 어울리지 않았고, 나는 그 이유를 알았다. 그는 자신의 약점이 노출되는 데 익숙지 않았다.

그는 얼른 말을 이었다. "그후로 두어 시간가량 더 얘기하다가, 입을 맞췄습니다. 나는 그녀에게 문자메시지를 보냈고, 약속해서 만났고, 참 많이도 만났고, 그러고는 그녀의 마음을 아프게 했고,

나는 등신이고, 그렇게 된 겁니다."

그는 두 손으로 무릎을 탁 잡고 일어섰다.

"자, 됐죠." 그가 말했다. "당신 질문에 대한 대답도 다 들었고, 공짜로 두어 가지 흥미진진한 얘깃거리도 건졌겠군요."

"너그럽게 만나주셔서 고맙습니다." 내 말에 그는 감사 따위 필요 없다는 듯 고개를 끄덕였다.

그는 아마도 캐시미어일 가능성이 높은 목도리를 다시 목에 두르다가 멈추더니 나를 똑바로 쳐다보았다.

"그럼 이제 나한테 답해주시죠……"

순간 그가 나온 이유가 분명해졌다. 그도 나처럼 궁금했던 것이다.

"왜 이런 얘기를 듣고 싶어한 겁니까? 요컨대, 난 당신이 그녀의 오빠거나 시샘 많은 전 남자친구거나 새로운 애인일 거라고, 하여간, 복수든 금품 요구든 협박이든 할 거라고 생각했는데?"

"어느 날 밤에 샬럿 스트리트에서 그녀를 봤어요." 내가 말했다. "나중에 그녀의 카메라를 발견하게 됐죠. 그 카메라를 그녀에게 돌려주고 싶어요."

데이미언은 하늘을 보며 웃음을 터뜨렸다.

"그냥 그녀에게 반한 겁니까?"

그는 다시 웃었다. 이번에는 좀더 싸늘한 웃음이었다.

"음…… 설명하기 어려운데…… 이건……"

"그것 참 달콤하군요. 꽤나 유쾌하고 처량하고 애처로우면서도, 이런 표현을 양해해준다면, 희한하기도 한데, 어쨌든 달콤하네요. 그냥 술집에 가보지 그래요? 결혼식장이라든가? 아예 그녀가 참석하는 결혼식장이 더 좋겠네. 결혼식장에 가는 걸 좋아하는 여자니까."

이런 태도는 마음에 들지 않았다. 그는 망치려 하고 있다. 그녀를 망치려고. 그는 내가 그의 의도를 간파했음을 알아차렸다.

"이봐요, 우린 별로 안 좋게 끝났어요. 몇 가지 분명한 이유 때문에. 그녀는 전화번호를 바꿨고, 그러지 않았다면……"

그는 어깨를 으쓱했다.

"이메일은?" 나는 시험 삼아 물어보았다.

그는 고개를 저었고, 주머니에서 뭔가를 꺼냈다.

"이건 내가 가져도 될까요?" 그날 그가 가져간 그녀의 사진이었다.

당연하지, 나는 쭉 그렇게 생각하고 있었다. 그녀는 당신의 여자였으니까. 그리고 당신이 찍은 사진이니까!

하지만 나는 이렇게 대답했다. "사실 제 것이 아니라서 마음대로 드릴 수가 없습니다."

데이미언은 사진을 들고 있었다. 어떻게 할까 고민하는 것 같았다. 건네줄까 아니면 도로 주머니에 쑤셔넣을까.

"핀칠리에 있는 퍼브예요." 그가 말했다. "애들레이드. 이 사진을 찍은 곳 말입니다. 이런 곳을 찾아다녔죠."

"퍼브를요?" 내가 물었다.

그는 사진을 건네주면서 뭔가 하려던 말을 고개를 저으며 날려버리고 경멸하는 눈초리로 나를 쳐다보았다.

"아니, 퍼브가 아니라." 데이미언은 더이상 설명하지 않았다.

나는 어깨를 으쓱하고 말았다.

"당신은 좀 묘한 구석이 있어요." 데이미언이 말했다. "이런 짓을 해도 용인할 만한 뭔가가 있어요. 하지만 당신 지금 살얼음판

위에 있는 겁니다, 그거 아시죠?"

할말이 없었다. 그래서 이렇게 대꾸했다. "나는 새로 시작하는 게 좋습니다. 뭔가를 시작하는 모양새를 좋아해요. 시작이 충분히 좋으면 끝까지 견딜 힘을 주니까."

"하지만 모든 일에는 끝이 있죠." 데이미언이 말했다.

그러더니, 다시 몸을 추스르며 갈 채비를 했다. "그 사진을 왜 나한테 주지 않으려는 겁니까?"

"말했다시피…… 나한테 결정권이 없어서."

"이게 당신에게는 아직 끝나지 않은 일이기 때문에 돌려주지 않는 거지." 그가 말했다. "앞으로 나아간 게 아니군. 시작도 안 했어."

나는 그가 떠나는 모습을 가만히 지켜볼 수도 있었다. 모두 다 정리됐고, 다 끝났다고, 다시는 이 문제가 그를 괴롭히지 않을 거라고 확신한 모습이었다. 그러나 뭔가가, 아주 사소한 것이 마음에 걸렸다. 그리고 그가 고개를 돌리고 시선을 땅으로 향했을 때, 그게 뭔지 생각났다.

"운전을 안 한다고 했는데……" 나는 서투르게 불쑥 말을 꺼냈다. "하지만 사진에 나왔던 차는, 난 그 차가……"

"파셀 베가." 그는 씩 웃었다. "내 차 아닙니다. 설마요. 정말로 내 차일 거라고 생각했다면 좀 모욕적인걸."

"좋은 차잖아요." 나는 열심히 수습하려 했지만, 당신도 알다시피, 나의 승차 경험은 대부분 칼리포 껍데기가 수북이 쌓인 닛산 체리에 한정되어 있었고, 게다가 〈톱기어〉에 나오는 사람들은 어떤 차를 봐도 '좋은 차'라고 하지 않는다. 차는 말이나 여자와 비교해야 하는 것이다.

"당분간은 도로에서 벗어나 있어야 해서. 약간 '행복한' 상태에서 운전을 했거든요. '예외적 곤란'으로 선처를 호소했지만 PRCA* 에서 넷이 달려들어도 어쩔 수 없더군요."

나는 그게 무슨 뜻인지 아는 척 고개를 끄덕였다.

"그 낡고 덩치 큰 차는 그녀 거예요. 그녀의 아버지 차였죠. 내버릴 수가 없다면서. 아버지를 저버리는 기분이라나."

이제 데이미언은 정말로 발걸음을 뗐다. 내게 등을 보이고 성큼성큼 공원 가장자리를 향해 멀어져갔다. 그런데 정문에 거의 다 가서 걸음을 멈추고 잠시 생각에 잠겼다. 그의 그런 모습을 지켜보면서 나는 뭘 해야 할지 알 수가 없었고, 불현듯 두 손을 어디에 둬야 할지 갈피를 못 잡고 있는데, 그때 데이미언이 돌아서더니 두 손을 동그랗게 모아 입에 댔다.

"제이슨!" 그가 외쳤다. "그녀의 이름은 쇼나예요!"

그는 고개를 한 번 끄덕이고는 그의 세계로 되돌아갔고, 나는 나의 세계에 남았다. 그것이 내가 마지막으로 본 데이미언 앤더스 래스킨의 모습일 것이다.

* Public Relations Consultants Association. 홍보 컨설턴트 협회.

“땅에 떨어진 차카타 열매는 모두의 것이지만, 나무에 달린 차카타 열매는 오를 수 있는 자의 것이다”

_ 짐바브웨 쇼나 부족의 속담

마지막으로 그를 봤을 때, 그런 생각이 들었어요.

그 생각이 뇌리를 떠나지 않네요. 이건 얘기 안 하려고 계속 참았는데. 한심하게 징징거리는 것처럼 보일까봐 겁나서요. 줄리아 로버츠가 나와서 먹고 기도하고 사랑하는 영화를 봤는데(제목은 잊어버렸어요), 그녀처럼 될까봐 좀 무서워요.

처음엔 그저 직업을 바꾸면 될 줄 알았죠.

교사라든가. 그것도 괜찮은 직업이에요. 우리 아버지가 교사셨죠.

그다음엔 어쩐지 세상에 이름을 떨쳐야겠다는 생각이 들었어요. 뭔가 상식을 벗어나는 짓이라도 해서. 필리스 피어솔이라는 이름 들어본 적 있나요? 아주 똑똑한 여자예요. 그녀는 1920년대에서 1930년대까지 매일 아침 다섯시에 일어나서 런던의 거리를 30여 킬로미터씩 쏘다니며 걸었고, 뭐가 어디 있는지 몽땅 다 정확히 메모하고, 2만 3000개 각각의 거리 이름을 침대 밑 신발 상자에 쟁여두었죠.

아마 정신적으로 문제가 있는 여자일 거라고 생각하고 있죠?

하지만 그게 『런던 A to Z』*의 시초였어요. 연락하는 출판사마다 다들 절대로 안 된다며 출판을 거부하자, 필리스 피어솔은 직접 외바퀴 손수레를 끌고 다니며 모든 WH 스미스 서점에 책을 배달했어요. 그녀는 1996년에 사망했는데 그때까지 책은 이미 수백만 부가 팔렸고, 그녀는 내가 제일 좋아하는 런더너가 되었죠. 필리스 피어솔 같은 사람처럼 자신의 인생을 제대로 활용하지 못하고 있다는 기분이 든 적 있나요? 평범한 일상은 이제 그만, 지금부터는 마법을 위한 시간! 이런 느낌이 든 적 있어요?

그런 게 죄다 겹쳐서, 이런 생각이 들더라고요. 거의 이루어질 뻔했던 그 일을 이루어내고 싶다.

이번에는 나 자신의 힘으로.

남이 대신 이루어주는 것에 기대고 싶지 않아요. 사실 그러다가 이렇게 엉망진창이 됐거든요.

그리고 솔직히, 할 수 있을 것 같아요.

어젯밤 내내 곰곰 생각했고, 오늘 아침에 일어나서도 계속 생각했어

* 가장 대표적인 런던 지도책.

요. 하루종일 그 생각만 했고, 이젠 정말 그만 생각해야 할 때가 왔어요. 사실, 내일 버스에 치여 죽을 수도 있잖아요. 생각만 하는 대신, 시작해야죠.

그 첫번째 단계는 결심하는 거겠죠.

ㅅㄴ.

스물둘

성인 교육

Adult Education

교무실에 들어서는데 윌리스 선생이 보였다. 그는 자신이 제일 좋아하는 빨간 머그잔에게 재미있는 이야기를 들려주고 있었다.

나는 다른 교사들을 부를 때 굳이 학생들이 하듯 성에 직함을 붙여 말해버릇했다. 일부러 격식을 차린 반항이었다.

"당연히 실패한 거죠, 보면 알잖아요." 윌리스 선생의 말이었다. "깜냥이 안 됐던 거예요, 여긴 도심 빈민 지역 학교라고요. 딱 보면 척이지, 그냥 눈앞에 쫙 펼쳐지네……"

나는 울라컴 선생과 눈이 마주쳤고, 그녀는 본능적으로 나비 브로치로 손을 가져가 날개를 어루만지며 마음의 평정을 갈구했다. 문간에 어정쩡하게 서 있는 나를 자기 말고 또 눈치챈 사람이 있는지 초조하게 이리저리 눈길을 옮겼다.

"누구나 더 나은 일을 할 수 있다고 생각하죠, 당연히, 하지만 기본적으로 그 사람은……"

"제이슨!" 이학사 피트 선생이 좀 보라는 듯 큰 소리로 외쳤다. 거기 있는 다른 사람들도 보였다—당최 이름이 생각나지 않는 과학실 직원과 러프버러에서 새로 온 피터슨 선생. 그는 자금 지원이 거의 끊긴 체육 수업의 세계에 대변혁의 바람을 일으키고자 하는 열성파였다.

"실패한 게 아닙니다." 나는 최대한 호의적인 태도로 말했다. 비록 실패한 게 맞지만, 당연히, 부인할 수 없이. "제도에 충격을 준 것뿐입니다. 그런 게 좀 필요했어요."

"아니 그게, 제이슨." 윌리스 선생은 내 쪽으로 몸을 돌리고 찔린 듯 불안한 어조로 말했다. "난 그냥, 얼마나 힘들었을까 해서……"

"네, 분명 힘들었겠죠." 울라컴 선생이 말했다. "더욱이 뭔가 시작하려고 나섰는데 거기서 실패했으니까요. 제 말은, 당신이 실패했다는 뜻은 아니고요, 당신은 '실패'하지 않았으니까, 그래도……"

"괜찮습니다, 여러분. 괜찮아요."

나는 수년간 묵은 커피잔 자국과 샌드위치 얼룩으로 뒤덮인 소파에 앉았다. 경찰이 이 소파로 DNA 테스트를 한다면 헛수고일 확률이 90퍼센트였다.

"뭐 또다른 소식 있나요?" 나는 가볍게 물었다.

"게리가 또 아프다는군."

"도드 선생님이요? 래드브로크스에서 찾아보셨어요?"

사람 좋은 웃음소리.

보셨죠? 전 농담도 할 수 있어요. 또다시 실패하지 않을 겁니다, 여러분! 이 얘기를 하고 있던 것 맞죠? 전 완벽히 제 기능을 수행하고 있는 팀원이라고요!

"어휴, 게리가 아프다 함은 제비뽑기를 해야 한다는 뜻이네요." 울라컴 선생이 한숨을 내쉬며 말했다.

"무슨 제비뽑기요?"

"금요일."

"금요일이 왜요?"

친구들과 수다떨 때 쓸 만한 재미있는 사실을 알려주겠다. 포스트먼즈 파크에서 집에 오자마자 곧장 미친듯이 구글을 검색해서 알아낸 사실이다.

쇼나는 조앤의 스코틀랜드식 이름이다.

뭐, 좋다, 딱히 재미있다고 할 순 없지. 하지만 사실은 사실이다.

그러니까 그녀는 어쩌면 스코틀랜드 사람일지도 모른다. 스코틀랜드 농장에서 스코틀랜드 사람들과 어울리고 스코틀랜드식 이름으로 불리며 자랐을지도 모른다.

또한 쇼나는 짐바브웨 어느 부족의 이름이자 언어이기도 한데, 그녀가 짐바브웨 사람일 것 같지는 않다.

스코틀랜드 서해안 근처에 아일린 쇼나라는 섬도 있는데, 인구는 고작 두 명이다. 그렇다고 해서 세상에서 가장 낭만적인 섬이라거나 가장 우울한 섬이라는 얘긴 아니다.

이러한 것들은 어쨌든 이야기의 소재가 된다. 어느 날 밤 혹여라도 우연히 그녀와 만날 경우를 대비하여. 어쨌든 만날 뻔한 적도 있었으니.

파셀 베가. 폴란드 스트리트의 주차장에서 나가는 그 차를 보고 고개를 푹 숙인 채 황급히 돌아섰던 그날 밤. 내가 조금만 더 가까이서 봤더라면, 내가 조금만 더 용감했더라면……

하여간, 마침내 나는, 만약 그녀를 다시 보게 된다면 "아, 쇼나라는 이름의 짐바브웨 부족과 언어가 있지 않나요?"라고 말할 수 있게 되었다. 파이프 담배를 가볍게 톡톡 두드리며, 그녀가 마시던 탱고 캔을 옆으로 치우고 세련되고 지적인 모습으로 옆자리에 앉는데, 그녀가 앉으라고 한 건 아니지만 분명 싫지만은 않은 눈치다.

"네." 그녀는 부드러운 스코틀랜드 억양으로 조용히 기분좋게 대답하고, 아마도 (거의) 알아차리지 못할 정도로 얼굴을 붉힌다. 자신보다 아주 조금 나이가 많고 파이프를 든 남자의 자신감에 그녀는 얼굴이 상기되고 너무 속이 보일까봐 내 눈을 피한다. "자랑스러운 쇼나 부족의 이름이자 언어지요. 저는 갭이어* 때 그들과 함께 공부했어요. 파괴에 열중하는 서구 개발자들의 야욕을 분쇄하느라 함께 어깨를 겯고 싸우면서 그들이 얼마나 현명하고 품위 있는 사람들인지 알게 되었죠."

나는 별 감흥 없다는 표정으로 대한다.

"벵골어로는 '달콤하다'는 뜻이기도 하죠?" 나는 저 앞을 쳐다보며 무심하게, 구름 속에 있는 듯, 고혹적으로 이렇게 덧붙이고, 그러면 그녀는 두 손으로 턱을 괴고 상체를 앞으로 내밀며 이렇게 말한다. "그건 몰랐네요……"

그러면 나는 그녀에게 내가 키우는 수많은 고양이에 대해서 얘

---

* gap year. 영국에서 흔히 고교 졸업 후 대학 입학 전에 여행을 하거나 다양한 경험을 하면서 보내는 해.

기하고, 그녀는 탄성을 지른다. 왜냐하면 그녀는 고양이라면 사족을 못 쓰거든.

기분이 묘했다, 그녀의 이름을 안다는 것은. 물론 그녀에게도 이름이 있으리라는 사실은 알고 있었다. 이름 없는 사람은 본 적도 없고, 설사 본 적이 있다 하더라도, 내가 그 사람 이름을 멋대로 지을 수는 없다.

하지만 이제 나는 그녀의 이름을 알고…… 그녀는 현실이 되었다. 단순히 한순간의 여자가 아니었다. 지금 이 순간에 어디엔가 존재하고, 무엇인가를 하고 있는 여자였다.

그녀에 대해 말할 때 데이미언의 말투에는 애정과 후회가 어려 있었다. 만약 그녀가 지독한 사람이거나 이기적이거나 성마르거나 화를 잘 내거나 거만하거나 호전적이거나 제멋대로거나 차갑다면, 그런 식으로 말할 리가 없다. 그는 그녀에 대해서 손에 넣지 못한 사람, 늘 안타깝게 생각하는 사람, 결코 마음 아프게 할 생각이 없었던 사람이라는 투로 말했다.

그리고 그녀가 그곳에 있었다.

비록 나는 포기했다고 스스로에게 말했지만, 비록 그 특별한 시작은 이미 끝났다고 스스로를 설득했지만, 마음 한구석으로는 드디어 내 손으로 직접 마지막을 결정할 수 있게 되어 기뻤다.

노력하는 것으로 마무리짓느냐…… 아니면 그만두는 것으로 마무리짓느냐.

최소한, 통제권을 내가 쥐고 있는 것이다.

파워업!은 파워를 내립니다, 라고 페이스북 초대장에 적혀 있었다.

오셔서 한 시대의 전설에 작별을 고하십시오.

나 말고 또 누가 초대됐는지 확인했다. 단골 두어 명이 있었다. 알지는 못하지만 가게에서 본 적이 있는 사람. 파베우. 소셜 네트워크는 잘 몰라도 회신하는 법을 어떻게든 알아낼지도 모른다. 그리고 나.

데브의 계획은 저녁때 덴으로 몰려가기 전에 잠시 가게에서 간단한 추도식을 갖자는 것 같았다. 데브다운 야심찬 저녁 계획이다.

분명 재미있을 것이다.

나는 회신용 문항을 열어보았다.

참석하시겠습니까? 네, 아니요, 아마도.

나는 아니요를 클릭했다.

둘이 같이 앞으로 나아가는 데 대해 잔뜩 얘기하고선, 뒤로 크게 한 걸음 물러난 내 모습을 보이기 창피해서 그런 것만은 아니었다. 어떻게 보면 참석하지 않는 편이 앞으로 나아가는 것이었다. 뒤돌아보지 않는 것이 앞으로 나아가는 일이 아니고 뭐겠는가?

아무 문제 없다고 스스로를 납득시키려 하면 이렇게 혼란스러워진다. 저 좋을 대로 생각하게 된다.

하여간. 내가 데브와 우정을 회복하기 위해 노력을 안 했다는 말은 아니다. 나는 조에게서 어렵사리 구한 황금색 봉투를 데브에게 보냈다. 데브는 아주 좋아했다. 끝에 조그만 하트를 붙인 문자를 보내왔다. 그러니 데브와 내가 다시 좋은 사이가 될 시간은 충분했다.

그전에 우선 내 앞가림부터 해야 했다.

나는 한 달 안에 블랙스톡 로드에서 나올 예정이다.

캐넌버리 스퀘어에 괜찮은 원룸을 봐뒀다. 하도 작아서 주방의 음식 냄새가 하루종일 집안을 떠돌지만, 빛이 환히 들어오는 창가에는 책상 하나가 들어간다. 집세는 비싸도 그편이 내게 좋으리라 판단했다. 집세를 내기 위해서라도 어떻게든 일을 해야 하니까. 이런 식으로 임시 교사 일에만 매달릴 수는 없다. 프리랜서 일도 해야 하고, 아이디어를 찾고, 글도 써야 한다. 그러다보면 진척을 이룰지도.

조는 상당히 기분이 저조했다. 〈런던 나우〉는 드디어 정리해고에 들어갔다.

"오늘내일해." 조가 말했다. "회사에서는 말 그대로 마음만 먹으면 아무때나 접을 수 있어."

조는 벌써부터 몇 군데 전화를 넣기 시작했고 신문사 두어 곳에 길을 뚫은 것 같았지만, 요즘은 다들 재정 상태가 좋지 않다고 했다. 우리는 여느 저녁때와 같이 음식을 만들어 먹은 다음 뱅크 오브 프렌드십을 찾아갔고, 그곳에서, 그날 저녁, 조가 테이블 너머로 내게 봉투 하나를 내밀었다.

"이게 뭐야?" 내가 물었다.

업데이트가 느린 몇몇 홍보대행사 리스트에는 내 이름이 아직 남아 있었고, 그래서 조는 이따금 형편없는 새 뮤지컬의 주인공 인터뷰 초대장이나 포장지에 꽁꽁 싸인 진스터스의 신제품 파이를 집으로 가져왔다. 보도 자료도 읽어보고 파이도 먹어봤는데 그 둘은 쓰레기통으로 들어갈 운명이었다. 하지만 이번 건은 달랐다.

"오늘 아침에 왔더라." 조가 말했다. "개인적인 우편물 같아서, 안 열어봤어. 그래서 더욱 열어보고 싶었지만."

일단, 회사 내부에서 급하게 찍느라 빨갛게 얼룩진 요금 별납 스탬프가 아니라 정식 우표가 붙어 있었다. 주소는 앙증맞고 멋부린 서체로 손으로 직접 썼다. 소인을 보았다.

브라이튼이었다.

봉투를 열었는데, 안에는 쪽지도 설명도 없었다—화려한 전단지 한 장만 달랑 들어 있었다. 기타와 무지개, 그리고 가지런한 앞머리와 형광 파란색 아이라이너를 하고 바닷가에 앉아 있는 한 여자의 흐릿한 사진.

애비 그랜트.

"영혼을 울리는 바다의 장엄함과 경쾌한 손길이 만나다."—〈런던 나우〉.

오픈 하우스 앤드 퍼포머 바.

목요일 저녁 아홉시.

짜릿했다. 나는 활짝 웃었다. 해냈구나.

고양감에 가득차서, 그 순간을 써먹고자, 집으로 돌아와 여태 풀지 않고 남겨둔 상자 두 개를 마저 열고 샅샅이 뒤졌다. 세인트존스를 그만둘 때부터 쭉 가지고 있던 파일을 찾으면서, 스테이플러로 박아둔 그 원고를 제발 버리지 않았기를 바랐는데, 사실 그게 다시 필요하리라곤 상상도 못했다.

육중한 체스터필드 소파와 거친 원목 테이블과 붉은 벽면과 짐 모리슨 팝아트로 뒤덮인 브라이튼의 오픈 하우스 앤드 퍼포머 바는, 정말이지 좀더 기억하기 쉬운 이름이 필요하다.

대부분 학생들이었지만 동네 사람들도 몇몇 눈에 띄는 목요일 저녁 여덟시 반이 지난 시각, 나는 어느새 후미진 구석에서 조용히, 버려진 〈아거스〉*를 읽는 시늉을 하고 있었다.

애비에게 내가 간다는 말은 하지 않았다. 애비가 전단지를 보내긴 했지만, 메모도 한 장 없었고, 내가 이 자리에 있기를 바란다는 아무런 표시가 없었다. 예의상 보냈다는 느낌이 들었다. 저기요, 내가 이런 일을 하고 있어요, 노력하고 있으니까 행운을 빌어줘요, 그럼 안녕히 계세요, 뭐 이런 얘기를 하듯.

나는 기차에서 전단지를 응시하며 아이팟으로 애비의 노래를 들었다. 도시의 태양이 전원의 저녁 풍경 속으로 가라앉고 있었다. 노래는 아름다웠다. 완벽한 건 아니다. 하지만 그애와 닮았다. 깨지기 쉽지만 생명력으로 가득차 있고, 너무나 섬세하고 부서질 것 같지만 또한 희망으로 가득차 있었다. 그 리뷰를 썼을 때 나는 거짓말을 하지 않았다. 사실 난, 그 어느 때보다 정직하게 썼다고 생각한다. 내가 애비에게 준 선물은 내가 그녀를 알았든 몰랐든 똑같았을 텐데, 어쩐지 평가절하되어 내팽개쳐졌다.

하하. 내가 준 '선물'이라니. 불명예스럽게 해고된 거나 다름없는 리뷰 담당 에디터 대리가 준 별 다섯 개가 선물일 리가. 그 별 다섯 개는 제대로 말해서 내 선물이 아니었다. 그냥 믿어준 게 선물 아니었을까. 내가 줄 수 있는 유일한 것, 믿음.

그때 조명이 어두워지면서 사람들이 자리에 앉았고, 애비가 눈

* 브라이튼과 호브 지역의 일간지.

을 내리깔고 관중을 의식하며 걸어나와 기타에 플러그를 꽂고 노래하기 시작했다.

나는 몹시 행복하고, 몹시 짜릿하고, 몹시 충만한 기분이었다.

"오실 줄 몰랐어요." 공연이 끝나고 애비가 말했다.

"네가 반길지 싫어할지 몰라서." 내가 말했다.

"어느 쪽도 아니었는데."

"진짜 멋졌어, 애비. 마치……"

"지난번엔 죄송했어요."

"내 잘못이었는걸. 내가 망친 거였지. 위로가 될지 모르겠지만, 내가 리뷰 담당 에디터 대리에서 해고된 이유가 최소한 아홉 가지는 되는데 그중 하나가 그거였어. 그러니까 비긴 셈이지. 아니다, 네가 내 전 여자친구의 약혼자랑 친구한테 약 먹인 일도 있으니, 사실 아직 나한테 갚아야 할 빚이 있는 거야. 세라가 이젠 나랑 말도 안 하고, 결혼식 초대도 취소해버렸거든."

애비는 양심에 찔린 듯 킬킬거렸다.

"맙소사, 그때 내가 무슨 생각으로 그랬는지 모르겠어요. 현실도피였을 거예요. 비긴 셈 쳐요."

"아니지, 아직 나한테 빚진 상태라니까. 그리고 오늘 공연 굉장했어. 새삼 깨달았는데 역시 넌 야망이 있는 애였어. 전에 거짓말을 한 거였냐, 아니면……"

"거짓말한 건 아니에요." 애비는 눈알을 굴리며 말했고, 나는 재빨리 끊긴 말을 다시 이었다.

"그래, 거짓말을 했다는 건 아니야, 그건 확실하지. 단지 네가 틀린 거였어. 넌 분명 야망 있는 애였으니까."

처음 만났을 때부터 애비는 좀 신기했다. 왜 킥스를 졸졸 따라다니는 걸까? 왜 다른 여러 밴드들과도 알고 지내고 항상 쫓아다니는 걸까? 다른 여자애들보다 좀더 윗줄에 있는 특별한 팬인가 싶었다. 밴드와 '함께' 있었고, 밴드와 말을 틀 정도로 서로 안면이 있고 술도 같이 마셨으니까. 하지만 팬은 전혀 아니었다. 이제 보니 애비는 그저, 자기가 하고 싶은 일을 그들이 하고 있었기 때문에 밴드와 어울려 다닌 것이었다. 애비는 밴드가 아니라 음악을 사랑했고, 음악 세계 자체를 사랑했다. 무대 옆에서 조용히 다른 이들의 시도를 지켜보고 싶었던 것이다. 아마도 직접 무대 위로 걸어나가 세상을 향해 자신의 생각을 얘기할 용기는 없었기 때문에.

이전까지는.

"해냈구나." 내가 말했다. "야망을 실현했어."

"겨우 몇 번 공연한 게 다예요. 공연 기회를 얻기가 힘드네요. 그래도 지금까지 반응은 좋았어요. 뭐, 몇 사람 빼고는."

"관객들이 좀 거친가?"

"관객들은 괜찮았어요. 예의발랐죠, 어쨌든. 관객이 아니라, 폴 얘기예요."

"인형 조종사 폴? 인형 조종사 폴이 뭘 어쨌길래?"

"인형 조종사 폴은 시큰둥해하더라고요. 누가 창작자가 될지 결정해야 한다면서. 두 사람이 똑같은 세상을 때려부수려 하면 일이 제대로 되는 법이 없다나."

"때려부수긴 개뿔, 그 자식은 기껏 인형 조종사잖아!"

애비의 얼굴에 피식 미소가 피어올랐다. 그녀는 한 손으로 턱을 괴었다.

"사실, 폴은 자기를 정치적인 인형 조종사라고 불러주면 더 좋아해요."

"그럼 폴은 오늘 저녁에 어디 있는 거야? 유엔에? 아니면 양말 한 짝과 탁구공 두 개를 들고 낙하산으로 가자 지구에 침투하기라도 했어?"

찰나였지만 그녀의 미소가 아주 약간 흐려졌다.

"우린 더이상 사귀지 않아요, 폴하고 나. 언제 우리가 사귄 적이 있었는지도 모르겠지만."

오, 주여. 내 잘못이었다. 그 리뷰—나의 작은 선물—가 이 사달의 발단이 된 것이다. 정치적인 인형 조종사를 열받게 한 기폭제였다. 미안하다고 사과해야 한다. 알고는 있었다. 남의 연애를 망친 것에 대해 망설임 없이 사과해야 한다.

하지만 그때, 스칼라 클럽의 그날 밤 일이 생각났다. 남을 얕보고 깔아뭉개는 언사. 재치를 가장한 조롱. 애비를 대하는 태도. 나 혼자 머릿속으로 작성한 유치한 학생 생활기록부(네, 폴 부모님, 이번 학기 생활기록부에 따르면, 폴은 재수없는 새끼네요).

"애초에 왜 그런 자식하고 사귄 거야, 애비?" 나는 낙심한 큰오빠라도 되는 양 물었다.

"모르겠어요. 사고 구조 때문에? 인형을 좋아하긴 하지만 폴은 내가 아는 가장 체계적인 사람이었어요, 인형과 상관없이. 그리고 내 생각엔, 뭐랄까, 사람은 제한이란 게 필요하잖아요? 규칙이 있어야죠. 난 대부분의 시간을 그냥 해파리처럼 표류하는 것 같았는데, 여기까지만 표류해라, 하는 한계선이 생긴 게 나쁘지 않았어요. 하지만 문제는…… 내가 진심으로 표류하는 걸 좋아한다는 거죠."

잠시 침묵.

"사람들은 '표류하다'라는 단어에 너무 인색한 것 같지 않아요?" 애비가 물었다.

"빌어먹을 정치적인 인형 조종사 같으니." 내가 대꾸했다. "정치적인 인형 조종사들은 다 망해버려라. 인형들이여, 주인에 맞서 분노하며 일어나라."

애비는 웃음을 터뜨렸다.

"빌어먹을 폴." 그녀가 말했다.

나는 잔을 들었다.

"이루어내기 위하여." 내가 말했다.

"요즘 그 문구 참 자주 쓰네." 애비는 빙긋 웃었다.

나는 얼굴을 붉혔다. 실제로 자주 쓴다.

"데브는 잘 지내요?" 애비는 지나가듯 물었다.

"사실 요즘 별로 못 봤어. 난 사람들을 별로 못 보는 취미가 새로 생긴 것 같다."

애비는 테이블을 두드리고 술을 한 모금 마셨다.

"처음 당신을 봤을 때, 내가 무슨 생각 했는지 알아요?" 애비가 물었다.

나는 고개를 저었다.

"나 같은 사람이구나, 생각했어요."

"밴드와 어울려 돌아다니는 귀여운 아가씨?"

"아뇨. 좀 망가진 사람."

"상처받은 것 같다고 했었지, 네가."

"하지만 회복할 수 있을 거예요. 나도 고치려고 노력중이고, 네, 당신의 그 바보 같은 짓 덕분이죠. 그래서 고맙게 생각해요. 또 우리 같이 몰려다닐 때 보니까, 뭐랄까, 당신도 고치려고 노력하는 중이라는 생각이 점점 더 크게 들더라고요."

애비는 잔을 들어 내 잔에 부딪쳤다.

"멈추지 마세요." 그녀가 말했다.

우리는 잠시 그렇게, 펍에서 만난 두 친구처럼 앉아 있었다. 문득 그녀의 기타가 보였다.

"있잖아, 나도 너처럼 공연을 한번 해볼 수 있을 것도 같은데, 관심 있어?"

이튿날 아침. 금요일. 울라컴 선생이 두려워하던 그날이 왔다. 제비뽑기에서 당첨된 윌리스 선생은 오늘을 준비하면서 분명 게리 도드와 래드브로크스를 향해 욕을 한 바가지 퍼부었을 것이다.

나는 요전날 저녁 내 짐 상자에서 발굴한 원고를 꺼내들었다. 어젯밤에 집으로 가는 기차 안에서 기억을 되새길 겸, 아직 쓸 만한가 알아볼 겸 읽어봤는데, 문득 정신을 차리고 보니 미친듯이 원고를 다듬어 다시 쓰고 제목도 새로 짓고 있었다.

이루어내라! 그 제목은 이랬다. 프리스틀리 선생의 조회 시간 연설!

내가 기꺼이 그주 조회 연설을 맡겠다고 하자 모두들 기뻐서 난리도 아니었다. 그러다 갑자기 나한테 빠져나갈 방법을 열심히 알려주었다—임시 교사는 수업 외 업무를 하지 않아도 된다고, 조회 연설은 언제라도 취소할 수 있고 그냥 자습으로 대체해도 된다고. 그러나 나는 괜찮다고, 기회가 생겨서 감사하다고 말했다. "아이들과 함께 호흡하는 게 좋거든요!"

다들 정신 나간 사람 보듯 나를 쳐다보았다.

단지 그들이 십 분짜리 연설을 피하고 싶어했기 때문만은 아니었다. 자습을 반기지 않거나, 연설 도중에 자신의 말을 시큰둥하게 귓등으로 흘리는 학생들에게 느끼는 불안함과 무기력함 때문만도 아니었다.

"장학사가 와 있거든요." 강당으로 걸어가면서, 울라컴 선생이 결국 털어놓았다. "잘못 걸리면 큰일나요!"

울라컴 선생은 '미안해요, 미리 말했어야 했는데' 표정을 지었고, 나는 괜찮다고 손을 내저었다. 나는 대체로 이 시간을 고대하고 있었다. 생각만으로도 흥분됐다. 어쩌면 나한테 필요한 건 이거야, 라는 생각이 들었다. 말 등에 다시 올라타는 것. 제대로 하는 것. 정확히 하는 것. 장학사가 있든 없든. 이 모든 게 맷 덕분이었다.

나는 단상 위의 내 자리, 조그맣고 빨간 플라스틱 의자에서 고개를 들었다. 신임 애버크롬비 교장이 교과서를 갈색 종이로 싸는 일의 중요성에 관해 열정적으로 훈시하고 있었다. 갈색 종이가 없다면 벽지로 싸도 좋다, 아니면 그냥 포장지로 싸도 된다, 하지만 갈색 종이 혹은 점성이 있는 비닐이 이상적이다. 교장은 제법 시간을 들여 그 점을 강조했다. 아이들은 멍한 눈빛에 따분한 표정이었고, 강당은 하품과 아직 자리잡지 못한 헤어젤과 닳은 운동화와 조막만한 넥타이의 지루한 바다였다. 두번째 줄에서 마이클 백스터가 목깃을 세우고 껌을 질겅질겅 씹으며 시끄럽게 딱딱거렸고, 꽉 끼는 바지 속에 담배 열 갑과 라이터의 윤곽이 다 보였다. 터리저 메이는 자꾸 휴대폰 화면을 힐끔거렸고, 꼬마 토니는 여기저기를 긁어댔다.

"……이는 실제로 오늘 조회 연설의 주제로 연결되는데……" 갑작스러운 애버크롬비 교장의 말에 나는 흠칫했다. 마이클 백스터가 알아채고는 히죽거렸다.

"자 그럼, 프리스틀리 선생님?"

나는 자리에서 일어섰다.

"고맙습니다, 애버크롬비 교장 선생님" 하고 인사하며 나의 청중, 나의 아이들, 빚어내야 하는 어린 영혼들을 바라보았다.

어디서 누군가 트림을 했다.

"이루어내라." 나는 운을 뗐고, 눈으로 강당 안을 훑으며 누구든 아무나 매슈 파울러의 눈빛을 하고 있는 아이를 찾았다. 그런 아이가 한 명이라도 있을까 해서 나는 연설을 맡았고, 제대로 해내고 싶었다. 궁극적으로 나는 그런 아이들을 위해서 연설을 하는 것이다. "어떻게 하면 '이루어낼' 수 있을까요? '이루어낸다'라는 게 도대체 무슨 뜻일까요?"

또 트림 소리가 났고, 이번에는 킥킥거리는 웃음소리도 이어졌다.

나는 무시했다. 정말이지, 하고 싶은 얘기가 잔뜩 있었으니까.

그래서 곧장 이야기로 들어갔다.

나는 얘기하고, 얘기하고, 조금 더 얘기했다. 농담도 몇 개 했고, 그중 두 가지에는 그럭저럭 웃음도 터졌다. 강당 안을 둘러보니 따분한 얼굴들 사이에, 시큰둥한 표정들 중에, 무관심한 모습들 가운데, 거의 알아차리기 힘들지만 그래도 무언가 다른 기류가 느껴졌다. 관심의 아주 작은 불씨. 묘하게 갸웃하는 고개. 고작해야 두세 명일지도. 아니, 그럼에도 불구하고 두세 명이나였다.

기분이 좋았다. 색다른 느낌이었다.

연설문 원고를 몇 장 넘기고 마지막 결론에 다다르자—꿈에 관하여, 왜 꿈을 비현실적이라고들 하는가에 관하여, 하지만 어떤 꿈은 이루어질 수 있다는 것에 관하여—나는 마치 디즈니 영화의 대미를 장식하는, 꿈을 일깨우는 선생이 된 기분이었다. 이런 나는 꿈에도 생각해본 적이 없었다. 이런 기분은 난생처음이었다. 교사는 내가 꿈꿔왔던 직업이 아니었다. 나는 아주 뛰어난 교사도 아니었다. 하긴, 평생 교직에 몸담을 것도 아니다. 나는 내 말을 참되게 지켜 '이루어낼' 작정이므로, 이 학교 강당에 있는 매슈 파울러 새싹들이 앞으로 오 년 동안 그야말로 아무것도 하지 않는 나를 지켜보며 실망하는 일은 절대 없도록 할 것이다. 그것이야말로 가르침이다. 몸소 보여주기. 그것이 바로 나의 계획이었다. 막연하고 보잘것없고 순진해빠진 계획이긴 해도.

그때였다.

교장실에서 일하는 여자—이름이 실라던가?—가 강당 뒤쪽의 양쪽 여닫이문을 밀고 들어와 양해를 구하듯 두 손을 번쩍 들었다. 나는 교장을 돌아보았고, 교장은 실라를 향해 눈썹을 치켜세웠고, 실라는 전화가 왔다는 몸짓을 했다. 그래서 애버크롬비 교장이 일어났는데, 실라의 얘기는 그게 아니었다. 실라는 나를 가리켰다.

저요? 이젠 내가 몸짓으로 말했다.

네, 실라가 다시 몸짓으로 대답했다. 빨리.

"제이슨?" 하고 수화기 저쪽에서 누가 말했다. 외국 억양이 강한 여자 목소리였다.

실라는 무척 걱정스러운 표정으로 주변을 맴돌며 내 어깨에 불쑥 손을 얹고 자꾸 토닥거렸는데, 나는 상대방이 누군지 뻔하다고 생각했다.

"어…… 스베틀라나?" 내가 물었다. "사실 지금은 좀 파이와 울먹임에 대해 얘기하기 곤란한데. 단상에서 오늘의 젊은이들에게 꿈을 일깨우던 중이었거든."

나는 실라를 향해 '다른 일 하실 거 없으세요?'라는 뜻으로 눈알을 굴렸고, 그러자 토닥임이 멎었다.

저쪽에서는 아무런 말이 없었다.

"애비?"

"애비 아녜요. 파멜라예요."

파멜라?

놀라고 겁먹고 걱정스러운 어조였다.

갑자기 나는 두려워졌다. 두려움의 정체를 알기도 전에 공포를 느낄 수 있다니 이 얼마나 놀라운가.

"제발, 제이슨, 지금 와요!"

"왜요? 어딘데요? 무슨 일이에요?"

"데브가."

젠장.

"무슨 일인데요?" 내 목소리에서도 당황과 공포가 조금씩 묻어나기 시작했다. "데브가 어떻게 됐어요?"

스물셋

멋대로 해, 너답게 살아

Do What You Want, Be What You Are

데브다타 란지트 산다난다 파텔은 영웅이었다.

인간계의 영웅.

로봇과 나치와 외계인을 제압한 영웅.

총이든 쌍절곤이든 하도켄*이든 못하는 게 없는 남자.

공주를 구하고, 동물을 풀어주고, 이번 판 보스를 제거한 후 다음 판 보스를 제거하고, 그리고 언제나 항상 끝까지 살아남아 이야기를 들려주는 남자.

그러나 현실 세계에서 데브다타 파텔은 단 한 번도 영웅적인 행위를 한 적이 없었다.

무엇보다 그 사실이 늘 데브를 괴롭혔다.

"우린 아무것도 한 게 없어." 포스트먼즈 파크에서 점심을 먹으

---

* 게임 스트리트 파이터에 나오는 필살기인 파동권.

면서 데브는 곧잘 말했다. "우리가 여태껏 한 게 뭐가 있냐?"

그날이 생각난다. 우리는 타일 앞에 서서 거기 새겨진 문구를 들여다보고 있었다.

윌리엄 프리어 루커스.

왕립외과대학 박사, 미들섹스 병원 근무.

독극물 중독의 위험을 무릅쓰고 아이의 생명을 먼저 구하려다가 사망했다.

1893년 10월 8일.

데브가 제일 좋아한, 다른 어느 것보다 마음에 들어한 타일이다.

"이거야말로 후세에 길이 남을 유산이지!" 데브는 이렇게 말하곤 했다. "그는 무언가를 했고, 백 년하고도 몇십 년이 흐른 뒤에, 지금 여기 있는 우리가, 너하고 나 고작 둘뿐일지도 모르지만 하여간 우리가 윌리엄 프리어 루커스라는 이름을 알고 있어. 우린 모두 이 행성에 눈 깜짝할 시간 동안밖에 머물지 못하지만, 우리 중 몇몇은 좀더 오래 사는 거야, 비록 요절한다 해도 말이지."

택시 안에서 내내 그 생각만 났다. 유리창 밖으로 회색 가게와 거리와 상점가를 바라보면서, 사이렌이 울릴 때마다 구급차가 지나갈 때마다 나는 움찔했다.

그러니까, 아니다. 데브는 한 번도 영웅이었던 적이 없었다.

오늘 전까지는.

택시에서 멀미를 했다.

정보가 없었다. 급히 병원으로 옮겨졌다는 얘기밖에 듣지 못했고, 파멜라의 목메고 겁에 질린 목소리로 보건대 상황은 심각했다. 어쩌면 아주 심각할지도 몰랐다.

통화 말미에, 내가 최대한 빨리 가겠다고 말하자 파멜라는 신경질적으로 초조하게 굴었다. 소식을 전해주고 나서 짧게나마 감정적으로 무너질 틈새를 찾은 것 같았다.

맙소사, 데브, 너 무슨 짓을 한 거야? 괜찮아?

나는 주먹을 단단히 쥐고 택시 유리창에 기대어 난생처음으로 친구를 위해 기도를 올렸다.

"같이 거기 가는 중이었어요." 파멜라가 홍차 잔을 그러쥐며 말했다.

"어딜요?" 내가 물었다. "무슨 일인데요?"

"힐턴 호텔." 그녀가 대답했다. "메이페어에 있는."

아, 맙소사. 당연하지. 골든 조이스틱 시상식이었다. 그게 오늘이었다.

내가 준비한 깜짝 선물이었다. 내가 내민 화해의 증표였다. 조가 몇 군데나 전화를 넣어야 했지만 어쨌든 올해의 가장 큰 비디오게임 축제의 초대장 두 장을 확보했다.

데브에게서 잔뜩 흥분한 문자메시지가 왔다. 정말 너무 몹시 고맙다! 골든 조이스틱! 골든 조이스틱 어워드는 게임마스터 TV 쇼의 특별기획으로 초기에는 게임 추천 가이드 노릇을 톡톡히 했지! 내가 누구랑 같이 갈지 맞혀봐…… 절대 못 맞힐걸!♥

"지하철역으로 걸어가고 있었는데……" 파멜라는 내 눈을 똑바로 응시하며 말했다. "데브가, 여자애 봤어요, 아마 열네 살쯤, 자전거를 타고 있었는데, 그애가…… 어……"

파멜라는 손짓으로 표현했다.

"비틀거렸어요?" 나는 어림짐작했다.

"이쪽으로 그리고 저쪽으로." 파멜라가 고개를 끄덕이며 말했다. "비틀거렸어, 자전거에 봉투가, 가게 봉투가 여러 개 있었는데……"

나는 파란 플라스틱 의자 두 개를 겹쳐서 그 위에 파멜라를 앉혔다. 그녀의 손이 부들부들 떨리는 게 느껴졌다.

"그러더니, 애 쓰러졌고, 아주 심하게, 쓰러질 때 자전거 벨소리 났어요, 그리고 애가 비명을 질렀고……" 파멜라가 이어서 말했다. "봉투가 사방으로 날아갔는데, 다리가 자전거 밑에 깔려서, 애는…… 어……"

"겁에 질려 당황하고?"

파멜라가 고개를 끄덕였고, 당시의 긴박감이 전해져 나는 땀이 나기 시작했다.

"그리고 차가 오는데, 빨리, 진짜 빨리, 그래서 내가 데브 팔을 잡았는데, 데브가 달리기 시작하고…… 데브가 애를 자전거에서 빼내고, 하지만 차가 너무 빨리 와서, 데브 아직 거기에 있는데……"

파멜라는 두 손을 탁 하고 마주잡았다.

"데브가 빙빙 돌아요." 파멜라가 말했다. "차에 치였어요! 다리가 찢겨서 다 보여, 제이슨, 피가 철철 나고, 뼈 보이고, 그……"

파멜라는 설명할 단어를 찾지 못해서 손짓으로 대신했다. 그녀가 하고 싶었던 말은 '비틀리다'였던 것 같다. 데브의 뼈가, 넙다리뼈와 종아리뼈와 정강이뼈가 피막과 피와 자동차와 청바지와 뒤엉켜 비틀렸고 인대는 늘어나 찢겼고, 그 참상의 한가운데 내 친구 데브가, 피칠갑을 하고 걸레짝처럼 절망적으로 내팽개쳐져 있었단다.

그녀는 어떻게 이런 일이 있을 수 있는지, 자신이 아는 남자가 차에 치이다니, 도저히 믿기지 않는다는 듯 나를 쳐다보았다.

"데브 상태는 어때요?" 이제는 내 손도 덜덜 떨렸다.

살다보면 그런 순간이—심지어 몇 날 며칠 그럴 때도—있다. 순식간에 다른 모든 것들이 차단되는 순간. 아주 작은 바늘로 쿡쿡 찌르는 것 같다. 날카롭고 고통스럽고 온통 그것밖에 느껴지지 않는 순간. 방향도 끝도 알 수 없는 안갯속으로 발을 내딛는 듯한 순간.

친구를 잃는다는 게 어떤 일인지, 나는 한 번도 생각해본 적이 없었다. 데브를 잃는다는 것. 그런 일이 일어날 수도 있다니, 도저히 비현실적이고 불가능해 보였다. 어쨌든 오늘 전까지는 그랬다.

데브는 살아 있다, 그건 안다. 하지만 만에 하나라도 상황이 달랐더라면? 시속 1킬로미터만 더 빨랐더라면, 1초만 더 늦게 브레이크를 밟았더라면, 1, 2센티만 더 오른쪽 혹은 왼쪽으로 지나갔더라면?

그러나 무엇보다 내 머릿속에 제일 크게 자리잡은 생각, 뇌리에서 떨쳐낼 수 없었던 건…… 감탄과 존경이었다.

"출혈량이 상당했습니다." 의사가 말했다. 내 또래 같은데 참 신산하고 지쳐 보이는 게 당분간 〈홀비 시티〉*의 배역에 지원하기는 힘들 것 같았다. "고약한 교통사고였어요."

얼마나 고약한가요? 나는 묻고 싶었지만 의사의 말은 아직 끝나지 않았고, 이런 상황에서는 되도록 나쁜 소식을 듣게 되는 순간을 지연시키고 싶은 법이다. 의사가 얘기를 마저 끝내도록 그냥 가만히 듣자. 의사는 쭉 이런 일을 해왔고, 이 방면의 베테랑이다.

"다리가 꽤 심하게 끼어서 열상과 다발성골절이 일어났고 근손상도 적지 않은데다……"

속이 거북해졌다. 의사가 하는 말은 점점 끔찍해졌지만 어조는 부드러웠다.

"햄스트링이 찢어져서, 유감스럽지만 저희로선……"

기절하기 일보 직전이다.

이제 됐다. 그만.

"괜찮은가요?" 내가 물었다. "데브는 괜찮은 거죠?"

네 시간 후. 파멜라가 잠깐 나가서 KFC 치킨을 사왔지만 나는 내 몫에 손도 대지 못했다. 뼈가 너무 많았다. 늘어진 지방도 너무 많고, 너무 따뜻하고 기름졌다.

파멜라는 뼈까지 쪽쪽 빨아먹고 있다가 나를 흘끗 보더니 손을 멈췄다. 내 얼굴은 내가 들고 있던 차만큼이나 납빛이었다.

그때 문이 쾅 하고 열렸다.

"무우우우더엄에서 이이이러나라." 이것이 데브가 휠체어를 타고 들어올 때 가장 먼저 들린 소리였다. 데브는 휠체어를 미는 남자를 새로 사귄 절친한 친구 찰스라며 자랑스럽게 소개했다. 찰스의 이

---

* 1999년부터 BBC에서 방영중인 의학 드라마.

름표를 보니 필이라고 적혀 있었다.

데브는 다리에 깁스를 했고 얼굴은 멍들고 부었지만 묘하게 행복해 보였다.

"다리가 아주 형편없이 부러졌어!" 데브는 열쇠고리를 휘두르며 말했다. "또 고장난 데도 몇 군데 더 있고."

"데브." 내가 말했다. "너 네가 무슨 짓을 했는지 알아?"

"이따금 어린 생명을 구하는 일도 못한다면, 뭘 할 수 있겠어?"

"그래, 넌 해냈지!" 내가 말했다. "넌 생명을 구했어! 넌 영웅이야!"

"나라면 그 단어를 쓰지 않겠어." 데브가 겸손을 떨며 말했다. "하지만 너는 언제든지 마음대로 써도 괜찮아. 안녕하세요, 파멜라."

"데브, 고마워요." 파멜라가 말했다.

파멜라가 무엇 때문에 데브에게 고맙다는 건지 우리는 알 수 없었지만, 어쨌든 군말 없이 감사를 받았다. 꽤나 긍정적으로 들렸으니까.

"빌어먹을 차 같으니." 데브가 말했다. "벡트라였어! 운전자는 통화중이었고. 마지막 순간까지 나를 못 봤대. 겨우 방향을 틀기는 했는데, 내 오른쪽 그…… 저기…… 어……"

"다리요." 파멜라가 거들었다.

"맞아. 다리. 이 다리."

데브는 깁스한 다리를 가리켰다.

"게다가 빌어먹을 골든 조이스틱도 놓쳤어." 데브는 고개를 절레절레 저었다. "이 비극에 대해서는 병원의 어느 누구도 언급하지 않더군. 간호사들은 아예 신경도 안 쓰고. 빌어먹을 영국의 공공

의료."

"내년에 가면 되지." 내가 말했다.

"식후 파티는 아직 하고 있지 않을까?"

"야, 넌 다리가 부러졌다고. 모르핀도 꽤 많이 맞았을 거야."

"많이 맞았지, 진짜!" 데브는 고개를 끄덕였다. "덕분에 엄청난 행복감이 밀려드는걸. 집에도 좀 갖다놔야겠어. 애비가 그걸로 오믈렛을 만들어줄 거야. 이번주 차트 1위는 누가 했는지 궁금하네."

나는 상황을 가늠해보았다.

"너 이제 좀 쉬어야겠다." 내 말에 찰스는 마치 의학 천재의 진단을 들은 듯 고개를 끄덕였다. 내일 아침이면 특급 우편으로 의학박사 학위가 올지도 모르겠다. "파멜라, 어디 갈 거면 태워다드릴까요?"

"여기 있을래요." 파멜라의 말에 데브는 내게 미묘한 윙크를 보냈고, 하도 미묘해서 분명 독일에 있는 사람들까지 그 윙크를 보았을 거라고 확신한다.

한시름 놓이며 즐거운 마음으로 기진맥진해 문을 나서다가, 뒤를 돌아보았다.

"데브, 너 이게 뭘 뜻하는지 알아?"

"넵, 압니다, 선생님. 나한테 스물네 시간 간병인이 붙어 있어야 한다는 뜻이지!"

"이건 데브, 네가 뭔가 해냈다는 뜻이야."

데브는 고개를 갸웃했다.

"기회의 순간이 왔고, 너는 그 순간을 활용한 거야."

그날 저녁 나는 완전히 지쳐서 집으로 돌아왔다. 하마터면 데브를 잃을 뻔했다, 라는 생각밖에 없었다.

당신 주변의 사람들이 바로 당신이다. 그들은 당신의 역사를 공유한다. 그들은 당신과 함께 역사를 써내려갈 수도 있다. 그리고 주변의 한 사람을 잃으면, 어떤 식으로 잃었든, 당신 자신의 일부도 그들과 함께 사라지는 것이다.

그래서 나는 컴퓨터 앞에 앉았다. 이메일을 쓰려고 했다. 지금 내가 느끼는 이 기분을 글로 옮겨보려 했다. 미안하다, 무조건 미안하다, 모든 게 다 미안하다고 말하고 싶었고, 약속을 하고 싶었고, 다시 좋은 사이가 되고 싶었고, 편지만 주고받는 사이로라도 그녀를 내 삶 속으로 되돌리고 싶었다.

하지만 할말은 그리 많지 않았다.

그래서 잠시 생각하다가, 페이스북으로 가서, 세라에게 친구 요청을 했다.

그 두 단어가, 이 모든 것을 대신 말해주길 바라며.

“요리사가 꼭 어여쁜 여자여야 할 필요는 없다”

_ 짐바브웨 쇼나 부족의 속담

여러분의 댓글은 무척 재미있었어요.

내가 여러분한테 별로 얘기를 안 하죠. 지명들, 사건들, 네, 고유명사는 별로 언급하지 않지요. 나의 엄청난 계획이 뭔지 아직까진 말할 수 없다는 점도 미안하게 생각해요.

하지만 처음부터 이 블로그를 쭉 봐왔던 분이라면, 아마 짐작하셨을 거예요.

오늘 아침에 버스에 앉아서 생각에 잠겨 있었어요. 근데 앞에서 무슨 사고가 난 거예요—구급차, 경찰, 오토바이를 탄 사람도 있었던 것 같고, 무슨 일인가 조금이라도 보려고 목을 길게 뺀 잔인한 구경꾼들까지. 그때 나는 느릿느릿 결론에 다다르고 있었어요. 이미 지나간 순간을 갈망하는 짓은 그만두자, 지금 여기 있는 순간을 활용하자.

그 말씀을 하려던 거였죠? 순간을 ‘활용’하라고. 좀 이상하게 들리긴 하지만 달리 뭐라고 표현해야 할지 모르겠네요.

그러고 보니, 오늘 버스 안에서 웬 남자가 내 옆에 바싹 붙어앉아서 작업을 걸었어요. 우연인 척 손을 스치더니 사과하면서 이렇게 말하더군요. "우아, 방금 그거 느꼈어요? 전기가 통했는데!" 그때 맨 처음 든 생각이 이렇다는 건 현재 내 정신 상태를 반영하는 증거겠지요. '두드러기나 안 났으면 좋겠네.'

내 표정을 보고 그 남자는 다음에 말하려고 준비해뒀던 수를 포기한 것 같았어요. 그냥 얌전히 있더라고요. 근데 이상하게 그게 또 좀 슬펐어요.

그 생각에 관해 인사부하고 좀더 협의했어요.

물론 '경비 조달 방법' 문제도 있죠. 우리 엄마는 늘 내 현실적인 면을 칭찬하셨죠. 내가 감수하는 모험을 좋아하는 쪽은 아빠였어요. 하지만 아버지와 함께 보냈던 그해는…… '그 사람'과 함께했던 그해는……

어쨌든 '그 사람'에게 원한을 품은 건 아니에요. 사실, 지금 다시 생각해보니, 덕분에 나는 더 강해진 것 같아요. 이제는 고민하지 않을 거예요. 무언가를 해야 하는지, 아니면 내 선택이 아니었던 그해를 버리고 떠날 것인지.

살다보면 꺾일 때도 있고, 굽힐 때도 있는 거죠.

오늘 아침에 샬럿 스트리트 근처 버스 정류장에 내리면서 카메라 생각이 다시 났어요. 그 필름과 그 순간들을 나는 인화했을까요? 네. 약해진 순간에는 그랬겠죠. 하지만 내가 강해져서 인화하지 않기로 **선택**했을 거라고 생각하면 기분이 좋아요.

올해는 스스로 선택하는 해군요. 하지만. 과연 내가 선택을 할까요?

어쩌면 그냥 주말 분위기에 심취해서 이러는지도 모르지만, 만약 선택을 하게 되면, 앞으로 훨씬 더 많이 털어놓을게요. 약속해요. 여러분은 아실 자격이 있어요. 여러분의 우정을 볼모로 이기적인 비밀주의를 고집한 데 대한 속죄의 의미로, 나중에, 한 가지 민망한 비밀을 공유할게요.

어쩌면 내 이름을 말해버릴지도 몰라요.

ㅅㄴ.

스물넷

그대를 보낸 곳으로 아이들이 간다

Children Go Where I Send Thee

주말이 지나갔고, 나는 책을 잔뜩 짊어지고 복도를 따라 또 예의 그 교실로 터벅터벅 걸어갔다. 걸어가는데 이상하게 키득거리는 소리가 들렸다.

"어이, 선생님, 이루어내셨습니까?" 트레이 스토더드가 큰 소리로 외쳤다.

"꺼져!" 나는 임시 교사였고, 아무도 내게 욕을 하면 안 된다고 말하지 않았다.

트레이는 제 허벅지를 탁 때리고 낄낄 웃더니 친구들한테 얘기하러 달려갔다.

"제이슨." 누가 내 뒤에서 종종걸음으로 다가오며 불렀다. 울라컴 선생이었다. "로라가 당신을 찾아요."

로라? 애버크롬비 교장이? 왜? 수업을 더 주려고? 아니면 이제 볼일 끝났으니 가보라고? 세인트존스와 계약을 맺기는 했지만, 계약대로 돌아간다는 보장은 없었다. 나는 속으로 한숨을 쉬었다. 여기서 일이 끊기면 다른 도심 빈민 지역 학교를 알아봐야 할 테고, 새로운 얼굴들과 더 긴 출퇴근 시간, 더 짧은 저녁 시간이 기다리고 있겠지.

"쉬는 시간에 교장실에 들를게요." 내가 말했다.

오늘 아이들은 퍽 얌전했다. 지난 조회 시간 때 내 현명하고 인상적인 연설로 녀석들을 감화했다고 생각하고 싶지만, 그보다는 체육 수업에 기를 다 뺏겨서 축 늘어졌다고 보는 편이 옳았다. 그래도 아이들은 제법 주의를 집중해주었고, 책을 펴라고 하자 항의도 한숨도 없이 책을 펼쳤다. 나는 조용히 앉아서 아이들이 책 읽는 소리를 경청했다.

그때, 아무 사전 경고도 없이, 밖에서 난데없이 웬 소음이 들렸다. 나는 흠칫 놀랐다가 이내 정신을 추슬렀다.

소음은 시끄러웠지만 순간적으로 사라졌다. 자동차 엔진이 역화했거나, 쓰레기통 뚜껑이 세게 닫혔거나, 뭐 그런 종류의 쾅 내지 펑 하는 소리였다. 아이들 두어 명이 목을 길게 빼고 바깥을 내다보며 거리 이쪽저쪽을 훑었다. 그러나 내 눈은 그 아파트의 유리창을 훑어보고 있었다.

아무도 없었다.

나는 다시 교실 안을 둘러보았고, 아이들은 이미 책 읽는 자세로 돌아와 있었다.

나도 다시 내 일로 돌아왔다.

"기본적으로, 대박이었어요." 애버크롬비 교장이 말했다. "초대박이었죠. 정말 잘하셨고, 그래서 고맙습니다."

"무슨 말씀이세요?" 나는 정말로 이해가 안 가 어리둥절해서 물었다.

아마 애들이 투표를 해서 제일 멋진 교사에 선정되었나보다.

"장학사가 선생님 연설을 아주 마음에 들어했어요. 아이들을 일깨우는 선생님이라고 칭찬하더라고요. 애들 언어를 아주 잘 이해하고, 적극적으로 동기를 부여하려 하셨다고. 대부분의 교사들은 그냥 인터넷에서 찾은 걸 프린트해서 읽어주는데, 선생님은 시간을 들여 준비하셨다고 아주 감명을 받았대요."

"저기, 그러니까, 저도 인터넷에서 찾은 다음 거기에 좀 덧붙인 거예요, 아시다시피. 개인적인 경험을 좀 넣어서 에피소드를 만든 거죠."

"콜 선생님도 아스널에 관해 연설할 때 그런 식으로 하시곤 했죠."

"그랬다고 들었습니다."

"윌리스 선생님에게도 감사해야겠네요. 프리스틀리 선생님한테 연설을 맡긴 게 자기 아이디어였다고 하더라고요."

"아."

"그리고 디파 드리스티에게도요, 디파를 아세요?"

나는 고개를 끄덕였다. 3학년 학생이었다.

"디파가 장학사에게 선생님 연설을 듣고 희망을 가지게 됐다고 얘기했어요."

아이고야. 디파가 어떤 식으로 얘기했을지 눈에 훤하다. 그 크고 아름다운 갈색 눈으로 드라마를 썼겠지. 디파는 대학에 떨어지면 〈홀리오크스〉* 오디션에 응모할 거라고 노상 떠들고 다니는 애다.

비록 〈홀리오크스〉적이긴 하지만, 어쨌든 내 점수를 올려주긴 했군.

"그 장학사 이름이 타냐 마이어스예요. 실은 그분이 당신과 이름이 같은 배우가 있다는 얘기를 전하고 싶어하더군요."

"그런 사람이 있대요? 전혀 몰랐습니다."

"그리고 조회가 끝난 다음에 선생님과 얘기를 하고 싶어했는데, 이미 가버리셔서……"

"그게, 제일 친한 친구가 교통사고를 당해서요."

"아." 애버크롬비 교장은 이런 사정일 줄은 전혀 예상치 못했던 것이다. 객관적으로 보면 내가 좀더 조심스럽게 말을 했어야 옳겠지만, 이 모든 게 좀 뜻밖이라 나도 경황이 없었다. 교장은 분명 이 사태를 어떻게 넘겨야 할지 고민하는 중이었다.

"어쨌든." 교장은 두루뭉술하게 넘어갔다. "마이어스 장학사에게 전화해보세요."

교장은 명함을 한 장 내밀었다.

며칠 후, 덴 앞에서, 차들이 축축하고 우울한 캘리도니언 로드를 쌩하니 지나갔다. 맞은편 공영수택 베란다에서는 난간에 기내어 상체를 내민 아이들이 두 손을 오므려 빗물을 받아서 서로에게 뿌려댔다.

파멜라가 데브의 휠체어를 밀고 왔고, 우리는 파워업!에 나름의 작별 인사를 했다. 그래야 할 것 같았다. 덴으로 와서 한쪽 벽에 안

---

* 영국 체스터 근교의 가상 마을 홀리오크스를 배경으로 십대 아이들과 가족, 주변 이웃들의 일상을 잔잔하게 풀어가는 장수 드라마.

전하게 휠체어를 붙이고 앉은 후, 데브는 담배를 말면서 나를 쳐다보았다.

"사과하려고 여기 온 건 아니지만, 친구." 데브가 입을 열었다. "그래도 사과하고 싶어. 미안하다. 난 가게가 내 꿈이라고 생각했기 때문에 무리를 해서라도 가게를 지키고 싶었는데, 어느 날 보니까, 너는 네가 원하는 걸 그때그때 상황에 맞게 바꿀 능력이 있다는 생각이 들더라. 그 느낌 알겠냐? 집을 팔 거라고 너한테 미리 얘기했어야 했는데, 난 내 생각만으로도 바빴고, 뭐, 무슨 일이 생겨도 그냥 같이 다른 곳으로 이사 가면 되겠거니 싶었어. 하지만 정말 바보 같고 이기적인 생각이었지. 거긴 네 집이기도 하다는 걸 까먹은 거야. 부모라도 된 것처럼 애들은 몰라도 돼, 그런 식이었어."

"괜찮아." 내가 말했다. "나도 한번 엉덩이를 걷어차여야 정신을 차리지. 옮길 때가 된 거였어. 안 그랬으면 언제까지나 그대로 주저앉아 있었을걸. 우린 영원히 동거인으로 남았을 거야."

"그랬으면 근사했겠다."

"그랬으면 기괴했겠지."

"그건 그렇고…… 그때 했던 또다른 얘기 있잖아, 그 아가씨에 대한……"

"쇼나?"

데브는 벙한 얼굴이 됐다.

"그게 뭐야? 쇼나라는 게 무슨 뜻이야?"

"조앤의 스코틀랜드식 이름이야." 내가 설명했다. "짐바브웨 어느 부족의 이름이자 언어이기도 해. 하여간 계속해. 그 아가씨에 대한 무슨 얘기?"

"아니, 내 말은 그냥, 내가 좀 생각이 없었다고 그때…… 잠깐, 너 무슨 얘기야, 그 쇼나라는 게?"

"그 아가씨 이름이 쇼나야."

나는 눈썹을 치키고 고개를 끄덕이고 어깨를 으쓱했다. 데브는 잠깐 어리둥절해하다가, 파안대소하며 데브다운 미소를 짓고 내 어깨를 찰싹 때리려고 했지만, 휠체어에 앉은 상태에서는 상당히 어려운 일이었다.

"그 아가씨 이름을 알아냈어? 어떻게 이름을 알아낸 거야?"

"그리고 그녀가 모는 차종을 맞혀봐."

"설마!" 데브는 믿지 못하겠다는 듯 말했다.

"사실 요전날 저녁에 폴란드 스트리트에서 그 차를 봤어."

"그녀를 봤어? 이 친구가, 그것 또한 운명일세!"

나는 웃음을 터뜨렸다.

"마시자." 내가 말했다.

"아냐! 제이스! 야아! 끝을 봐야지!"

"데브, 내가 할 일은 이미 벌인 일을 계속 해나가는 거야. 멀리 있는 일을 좇는 게 아니라. 그게 바로 내가 이루어내려고 하는 서야. 이해가 돼?"

데브는 곰곰 생각하는 눈치였다. 데브가 그 얘기를 좀더 하고 싶어하고, 그 아가씨를 찾으라고 나를 채근하고 싶어한다는 것도 잘 안다. 하지만 나는 우리가 이미 모퉁이를 돌았다는 것 또한 잘 알고 있다.

"가자." 내가 말했다. "늦겠다."

모퉁이를 돌자마자 올드 퀸즈 헤드 앞에 놓인 칠판이 보였다.

오늘 저녁 라이브 공연.

애비 그랜트.

그리고 그 아래: "볼만한 공연"—〈브라이트 아거스〉.

좋은데, 애비.

맷이 사장과 얘기해서 미리 다 허락을 받았는데, 날짜가 목요일이라며 맷은 어쩔 줄 몰라했다.

"목요일이라서 허락을 해준 거예요. 목요일엔 손님이 없거든요…… 다들 저 아래 브라운으로 가서. 학교에서 앰프랑 조명은 빌렸는데, 아무도 안 오면 어떡하죠?"

그러나 사람들은 왔다. 내가 다 불러모았다. 전화를 하고, 문자 메시지를 보내고, 페이스북에서 지속적으로 괴롭혔다. 오늘 저녁만큼은 내가 공연 프로모터였다.

당연히 나와 데브가 왔고, 파멜라와 그녀의 친구 두엇이 가세해 구석 테이블을 차지했다.

그리고 파베우와 토마시와 두 발목의 마르친이 왔다.

조가 "마침내 그 아가씨가 별 다섯 개를 받을 만한지 알 수 있겠군!" 하며 들어왔고, 클렘과 또다른 조와 샘이 같이 왔다. 〈런던 나우〉가 이달 말에 폐간된다는 게 확정된 직후였다. 그러나 그들은 몇 주간 쉬고 나서 다른 계열사로 발령을 내주기로 확답을 받았다.

"그 정도면 사실 꽤 괜찮은 셈이지." 클렘이 말했다. "휴가나 마찬가지야."

"코미디는 어땠어요?" 내가 물었다.

"그만둘까 해." 그가 말했다. "'하하마겟돈' 대회의 올해의 신인상 부문 심사위원단이 악랄한 음모로 추정되는 불미스러운 사건에 휘말렸거든."

나는 그 이상 묻지 않았다.

그리고, 뜻밖의 결말.

문을 열고 손을 맞잡고 들어오는, 세라와 게리.

"정말로 와주다니 믿을 수가 없다." 내가 말했다.

"난 안 오려고 했어." 세라가 말했고, 게리가 그녀의 손을 꼭 쥐는 게 보였다. "우린 안 오려고 했어. 하지만 이런 생각이 들더라. 그동안 우린 만날 때마다 압박감이 상당했지. 그렇잖아? 항상 말로 표현할 수 없는 것들을 설명하려고 애썼던 것 같아. 그래서 그냥 뭔가…… 평범한 걸 해보는 것도 괜찮겠다 싶어서. 공연을 본다든가 그런 거. 그냥 친구처럼. 그리고 넌 이 가수의 열렬한 팬인 것 같더라, 네가 페이스북에서 친구들한테 돌린 알람 횟수만 봐도 그렇고. 도대체 누군데 그래?"

그녀는 나를 기다리게 했다. 세라가 그랬다는 말이다. 세라는 하루인가 이틀가량 나의 친구 요청을 무시했다. 나는 세라가 항상 로그인 상태라는 것을 알고 있었다. 친구 요청을 보내자마자 그녀가 메시지를 받았다는 것도 알고 있었다.

제이슨 프리스틀리 님이 친구 요청을 하셨습니다……

그러고 나서 세라는 친구 요청을 수락했다. 클릭 한 번으로 표현한 용서.

"여보게, 안녕하신가." 게리가 냉랭하게 인사했고, 나는 정신이 번쩍 들었다. "깜찍하고 멋진 묘기였어."

"게리, 난……"

"아냐, 아닐세, 이해해, 다 이해하네. 학생 시절의 장난이지. 틀에 박힌 파티에 활기를 불어넣으려 그랬겠지. 난 다 이해해. 지금도 약 먹은 상태인가?"

"안 먹었어. 난 약 안 해."

"오늘 저녁은 사이키델릭 공연이 아니었으면 좋겠는데."

"그런 거 아냐, 내가 보장해. 아, 술을 좀 갖다줄게."

"난 오렌지주스로 부탁해." 세라의 말에 나는 그녀의 볼록한 배를 쳐다봤고, 몇 개월 전에는 상상도 할 수 없었겠지만 지금은 그녀를 위해서 진심으로 기뻐해줄 수 있었다.

"물론이지"라고 말하고 나는 바로 향했다.

"음, 이건 좀 어색한데." 조는 술잔을 응시하며 말했다. "가야겠다."

"가지 마." 내가 말렸다. "그건 내 잘못이었어. 세라도 알아. 네가 날 도와줬고, 다시 일어설 수 있게 지원해줬다는 것도. 세라는 모든 일에는 다 이유가 있다고 생각하니까……"

그런데 갑자기—전광석화같이—세라가 나타났다.

"두 사람이 무슨 얘기 하는지 알 것 같은데." 세라가 끼어들며 말했다. "너도 올 줄 알았어, 조."

"안녕, 세라. 저기, 난 이만 가볼게, 그러니까……"

"그때 일로 널 탓하지 않아. 내 생에 그런 일이 없었으면 좋았을 걸 싶을 때도 있지만, 어쨌든 우린 어른이잖아. 난 아이를 가졌고, 결혼을 앞두고 있고, 딱 내가 원하는 대로야. 그러니까 다들, 오늘 밤 하루만이라도, 세상은 아름다운 곳이라 생각하고 즐기자. 난 지금 이 상태가 마음에 드니까. 정말 좋아."

나는 세라를 쳐다보았고, 언젠가는 나도 세라처럼 어른스러운 혹은 현실적인 사람이 될 수 있을까 하는 의문이 들었다.

애비가 걸어나오자 우레와 같은 환호와 박수가 터져나왔다.

몇 사람만 빼고.

"장난해?" 경악한 게리를 두고 세라는 내 쪽으로 얼굴을 들이밀고 벼락처럼 성질을 냈다. "미쳤어? 저 여자야?!"

나는 애비에게 친구들이 퍼브를 가득 채울 거라고 장담했다. 애비가 그들을 모두 알든 말든. 이 순간만큼은 우리 모두 애비의 친구가 되기로 마음먹은 것처럼. 나는 열정이 넘친 나머지, 세라와 게리가 애비에 대해서 애정이 아닌 다른 감정을 품고 있을지도 모른다는 사실을 잠깐 잊고 있었다.

"아, 저기, 그건 애비 잘못이 아냐, 내가 잘못한 거지." 나는 다급하게 속삭였다. "세상은 아름다운 곳이라 생각하고 즐기자고, 그리고……"

그때 애비가 나머지 말을 대신해주었다.

"오늘 첫 노래는 제 오지랖에도 불구하고 제게 큰 의미가 있는 분께 헌정해야 할 것 같아요. 그분도 오지랖이 장난 아니더라고요. 아, 오해하지 마세요. 그분 오지랖이 아니었으면 저는 이 자리에 서지도 못했을 거예요. 하지만 오지랖은 제가 최고죠. 하여간, 이런저런 점을 고려해봤을 때, 그러니까, 이 노래는 곧 결혼을 앞둔 사랑스럽고 운좋은 한 커플에게 헌정하는 편이 좋겠어요. 그 커플의 약혼식을 제가 아주 제대로 망쳐버렸거든요. 이 곡은 고소고발이 아니라 참사랑에 대한 노래입니다."

애비는 연주하기 시작했다. 몇 분 후에 슥 보니, 게리는 세라의 배를 토닥이고 있었고, 세라는 게리의 손을 꼭 쥐고 있었다.

얼마 후, 나는 토크 오브 인디아의 긴 테이블 상석에 앉아 있었다.

맞은편에 앉은 데브는 평생을 서빙 직원들에게 호통치던 사람처럼 우르두어로 뭐라 뭐라 호통치며 지시했고, 그 모습을 파멜라가 뿌듯한 표정으로 지켜보았다. 가게 점장으로서 데브는 실패한 것으로 밝혀졌다. 하지만 인사관리 매니저로서는, 좋게 말해서, 대단히 주도적이었다.

나는 주변을 두리번거렸다.

파베우는 음식을 마구 입에 넣고 있었고, 애비와 맷은 술잔을 부딪치고 있었고, 나는 세라와 게리와 함께 식사를 했다. 그들이 원하던 대로. 친구처럼, 밖에서 함께 밥을 먹는 평범한 저녁.

"두근두근하겠다." 내가 말했다. "결혼식이 다음주니."

"응, 그래서 말인데"라고 세라가 말하자, 게리가 사랑스러워 죽겠다는 듯 세라의 등을 가볍게 문질렀다. "너 그날 아직 선약 없지?"

아.

"난…… 응, 나는……"

"별다른 선약 없으면 결혼식에 와줬으면 해서. 참 힘들었지, 올한 해는, 너에게. 그래도 네가 오지 않으면 정말로 마침표를 찍어버리는 것 같아서. 완전히 끝나는 거잖아. 마침표로 끝내지는 말자. 나는…… 쉼표로 하고 싶어."

"혹은 말줄임표로." 게리는 자신의 어휘를 음미하며 말했다.

"자네 생각은 어때, 게리?" 내가 물었다.

"딱히 좋아서 환장하는 건 아냐." 게리가 말했다. "자네도 알다시피 자동차 매트를 싹 다 갈아야 했거든. 하지만 세라의 말도 일리는 있어. 도망쳐서 좋을 건 없지. 상황은 변하니까. 사람은 변하지."

게리는 현자 같은 표정을 지었다. 난 진짜 현실 세계에서 진지하게 그런 말을 하는 사람을 난생처음 봤다.

"그리고 또……" 세라는 내가 무슨 생각을 했는지 감을 잡고는 피식 흘러나오는 웃음을 겨우 억누르며 말했다. "분명 힘들었을 거야, 계속 달라지고 앞으로 나아가는 내 모습을 지켜보는 게. 게다가 난 너한테 심한 말도 했지. 그거 진심이었어. 100퍼센트 진심이었지. 그 의견은 지금도 고수하고 있어!"

나는 빙그레 웃었다.

"하지만 후회되기도 해. 네 인생의 키워드 어쩌고 했던 말 있잖아."

"아, 그거!" 내가 말했다. "'실패, 후회, 이기심, 오만을 구글에 쳐봐, 그럼 네 사진이 나올걸!'"

세라는 겸연쩍은 미소를 지었다.

"난 그런 뜻이……"

"결혼식에 갈게." 내가 말했다.

"잘됐다!" 세라는 화제를 돌려 기쁘다는 듯 말했다. "이변이 없는 한, 약혼식 때보다 더한 재앙을 목격하게 될 거야."

나는 웃음을 터뜨렸다.

"농담 아니야." 세라가 말했다. "결혼식에 부른 밴드가 못 온대."

"아바솔류틀리라는 밴드인데, 크루즈에서 공연이 잡혔다는군." 게리가 덧붙였다.

"설상가상으로, 케이터링 업체는 우리가 다음주가 아니라 내년에 결혼한다고 알고 있더라고."

"그건 내 책임이 아니야!" 게리가 말했다. "전자는 인정하겠지만, 후자는 아냐. 그건 애나 책임이지."

나는 신나서 테이블을 두들겼다.

"애나가 망쳤구나!"

와, 이건 굉장하다! 심지어 게리마저도 내게 알 만하다는 눈짓을 보냈다.

"하여간, 내가 알아서 할게." 게리가 말했다.

"그레그스에서는 안 할 거야." 세라가 말했다. "내 결혼식에 그레그스의 케이터링은 안 쓸 거야."

"거기 음식도 괜찮아!"

게리와 세라의 어깨 너머로, 데브가 나를 바라보며 웃고 있었다. 데브는 내게 잔을 들어 보였고, 나는 고개를 끄덕이고 다시 세라에게 말했다.

"저기, 네가 그래야 할 이유는 없다는 거 알지만, 마지막으로 한 번만 날 좀 믿어줄 수 있어?"

"그래서, 곡은 녹음했어?" 내가 다시 레스토랑 안으로 들어오는데 맷이 물었다. 나는 전화로 몇 군데 문의를 하느라 밖에 있었다. 이제 손님들은 거의 다 갔고, 파베우만 묵묵히 남은 난을 우걱우걱 해치우고 있었다.

"뭐, 그냥, 내 방에서." 애비는 한 손으로는 잔을 잡고 다른 손으로는 눈을 가리는 앞머리를 쓸어올렸다.

"난 이제 간다, 제군들." 나는 인사했지만, 아무 말도 안 한 거나 마찬가지였다.

"내가 강의를 듣고 있거든. 그런데, 그게, 기말 프로젝트로 노래를 녹음할 사람이 필요해서."

"아."

"그래서, 가령, 만약 프로듀서가 필요하다면, 내가 있어." 맷이 말했다. "그니까 내 말은, 이제 갓 시작한 초보지만, 그래도……"

맷이 얼굴을 붉혔다.

"그럼 나중에 보자, 응?" 내가 말했다.

"스튜디오나 뭐 그런 것도 있고." 맷이 말했다. "악기 연주자도 구할 수 있어. 아님 그냥 너랑 네 기타만으로도 충분하고."

"마음에 들어." 애비가 말했다. "좋아."

나는 TV나 영화에서 보듯 내 존재를 그윽하게 알리기 위해 작게 헛기침 소리를 냈다.

"가령, 자연스러운 소리 같은 거야. 억지로 꾸민 게 아니라. 그러니까 방안의 소음도 들려, 무슨 소린지 이해가 가니? 오늘밤처럼 말이야."

"그래." 애비가 말했다. "공간도 음악의 일부니까. 온 세상이 음악의 일부지!"

나는 싱긋 웃고서 둘이 얘기하라고 자리를 떴다. 내가 나가는 것도 눈치채지 못하는 두 사람의 모습을 보니 흐뭇했다.

이로써 어쩌면 이야기는 끝을 맺을 수도 있었다. 나는 레스토랑에서 걸어나오고, 세라와 화해하고, 두 사람의 결혼식을 도와줄 아이디어를 내서 계획을 세우고, 나의 친구 데브—영웅 납신다!—가 새로운 사업과 어쩌면 새로운 인생까지 척척 꾸려나가는 모습을 보고, 맷과 애비는 둘이 키스하기까지 고작 몇 시간 남았음을 모를 뿐이고, 내 주위에는 내가 도왔던 친구들이 있고, 그들도 분명 언제든 나를 기꺼이 도울 것이다. 나는 인생을 제대로 장악하고 있다. 허깨비를 좇지 않고, 내가 가진 것에 집중하고 있다.

우정, 카레, 그리고 스스로에게 항상 조심하라고 말해왔던 희망의 어렴풋한 반짝임까지, 괜찮은 결말일 수도 있었다. 사실 내게는 과분한 결말이라고 생각하던 참이었다.

자, 그래, 이렇게 끝나도 무리는 아니었다.

마지막 한 가지 일만 아니었다면.

스물다섯

때로는 사고방식이 변한다

Sometimes a Mind Changes

11월 26일 토요일 오후 두시 정각에 세라 제니퍼 베넷은 세라 제니퍼 템플이 되었고, 그 엇비슷한 시각에 세라 뱃속의 녀석도 성이 바뀌었으리라 생각한다.

신부는 화사하게 빛났다.

그래, 나도 안다. 참 쉽게 쓰는 상투적인 말이라는 거, 하지만 이봐, 당신은 그 자리에 없었잖아. 그게 가장 정확한 표현이고, 이젠 질투에서 완전히 벗어난 전 애인이 편안함과 관대함을 담아 기꺼이 사용할 수 있는 표현이란 말이다.

세라는 내게 동반 1인을 허락했고, 그래서 당연히 데브에게 같이 가달라고 부탁했다. 결혼식 동반 하객으로 대인 관계에 서투르고 다리가 부러져 하루종일 돌봐야 하는 남자보다 더 적임자가 있을까?

그런데 오늘 결혼식 준비를 같이 도와준 또 한 명도 자유 입장권을 얻었다.

"준비됐대요!" 애비가 말했고, 그 뒤에 온순한 양처럼 얌전히 서 있는 맷도 보였다. 애비가 맷의 손을 잡았고, 맷은 땅바닥을 쳐다봤다. 우아. 녀석도 공식적인 동반 1인이군.

"안녕, 맷." 나는 맷이 다시 "안녕하세요, 선생님"이라고 대답할 줄 알고 있었다.

두 사람은 잘 어울렸다.

나는 애비의 큐 사인을 받았다.

디제이는 첨바왐바를 커다랗게 틀었고, 음악에 맞춰 게리의 럭비 친구들이 좀 심하게 즐기고 있었으므로, 나는 디제이에게 음악을 천천히 꺼달라고 고갯짓을 보냈다.

"신사 숙녀 여러분!" 나는 마이크에 대고 외쳤다. 사람들이 돌아봤고, 몇 명은 술에 취해서 맞인사를 외쳤다. "에…… 저는 제이슨 프리스틀리입니다……"

어떤 아주머니가 웃음을 터뜨렸다.

"……신부의 전 남자친구죠."

야유 소리와 헉 소리가 몇 군데서 났다.

"자넨 너무 늦었네!" 한쪽 구석에서 점잖게 곤드레만드레 취해가던 신부님이 소리쳤고, 다들 깔깔거렸다.

"꼴뚜기처념 생긴 넘!" 누가 또 아주 신이 나서 소리를 질렀고, 그에 대한 반응은 별로 없었다. 재치 있게 되받아쳐줄까 해서 소리지른 장본인을 찾아보았다. 기상 캐스터 마이클 피시였다.

나는 얼른 다음으로 넘어갔다.

"오늘 저녁 뷔페가 좀 독특하죠. 맛있게 즐기시면 좋겠습니다…… 겨우 일주일 전에 촉박하게 얘기해서 아주 급하게 준비한 이탈리아·인도 퓨전식입니다. 우리의 친구 아브리치—바로 그 천상의 맛, 천국의 피자죠—와 브릭 레인의 토크 오브 인디아 제공입니다."

의도한 건 아니었지만 나는 이 말을 하면서 무심코 애나를 똑바로 쳐다보았다. 애나는 머쓱하게 내 눈길을 피했다.

"100점 만점이에요!"라며 세라가 박수갈채를 보냈다. 데브는 두 손을 번쩍 들어 환호에 답례하려 했지만, 휠체어에 앉은 상태로는 누구의 눈에도 띄지 않았으므로 곧 포기했다. 그의 직원들 중 한 명이 그를 가리키며 웃어댔다.

"그리고 마지막으로 특별히 준비한 선물은…… 에, 원래는 신랑이 제일 좋아하는 밴드인 아바솔류틀리의 선율을 음미할 계획이었습니다만……"

게리의 마초 같은 럭비 친구들이 게리를 아바나 좋아하는 소녀라고 놀리듯 그의 팔을 꾹꾹 찌르며 비웃었다.

"……불행히도 그 친구들은 이번주에 일주일 여정으로 리스본으로 가는 P&O 크루즈에 승선한다는군요. 그래서 대신, 브라이튼에서 먼길을 온……"

나는 애비를 쳐다보았다. 그녀는 씩 웃었다. 그러나 오늘 저녁 공연자는 그녀가 아니다. 그녀 뒤에서, 그들이 무대로 걸어나오기 시작했다. 무대 근처에 있던 젊은 여자가 헉 소리를 내며 숨을 삼켰다.

"……곧 첫 앨범을 발매할 예정인……"

어떤 사람은 가까이 와서 사진을 찍은 다음 정말로 그들이 맞는지 카메라를 확인했다.

"오늘 아침 〈웨이크 업 콜〉에서 이들을 보셨을지도 모르겠군요, 에스토니아 마시가 프러포즈를 했죠."

마이키가 나를 가볍게 포옹했다. 나는 쿨해 보였다.

"세라와 게리, 우리의 행복한 커플에게 바칩니다…… 더 킥스!"

광란의 도가니였다.

무대 위의 젊은이들이 누군지 문자 그대로 듣도 보도 못한 사람들조차—솔직히 말하면, 나의 인상적인 소개말에도 불구하고 모르는 사람이 태반이었다—똑같이 광란의 도가니에 빠져들었다.

잠시 후, 〈Uh-Oh〉가 장내를 가득 채운 가운데, 애비가 플로어 위로 맷을 끌고 나왔다…… 돌아보니 파멜라도 나와서 휠체어에 탄 데브를 빙빙 돌리며 웃고 있었다.

나는 카메라를 꺼내서 살펴보았다. 딱 한 장 남았다.

지금인가? 포착해야 할 순간이?

그 아가씨의 필름은 결혼식장에서 시작됐다. 내 필름이 결혼식장에서 끝나면 잘 어울리겠군.

"같이 춰요!" 애비가 내게 외쳤다. "인생은 멋져!"

찰칵.

"잘했어, 친구." 야외 테라스에서 데브가 말했다. 그는 담뱃불이 잘 안 붙어 고생하면서도 아닌 척, 태연한 척했다. "정말 잘했어. 이제 레벨 2로 넘어가는 것 같군."

"레벨 2?"

"다음 단계 말이야. 미래. 두어 주 후에 새 아파트로 이사하는 것, 그게 레벨 2지. 레벨 1은 현재고. 내가 보기에, 넌 일이 생길 때마다—가령 세라와 게리에 관련된 문제나 그 카메라 아가씨 건 같은—레벨 1에서 벗어나질 못하더라. 원래 노상 일이 터지고, 그게 설상가상 겹치고, 끝에서는 어김없이 끝판 왕이 막아서고, 그래서 레벨 2에 가는 사람은 드물어…… 하지만 넌 말이지, 친구…… 넌 이제 막 레벨 업을 한 거야!"

나는 씩 웃었다.

"표현 한번 잘했다."

데브는 어둠 속을 뚫어져라 바라보았다.

"가령, 비디오게임에서는……"

"그래, 네가 인생을 비디오게임에 비유하고 있다는 거 알아."

"아냐, 잠깐만, 해야 할 일을 빼먹지 않고 다 완수했는지 확인하려면 그 판을 리플레이 해야 하거든. 아님 '콜 오브 듀티'에서는 프레스티지 레벨에 가면 항상……"

"비디오게임 은유는 그만하면 충분해. 이제 그만 저장하고 종료하라고. 어쨌든 요점은 알아들었어. 레벨 업. 그게 바로 살던 집과 직장과 여자친구를 잃은 것의 엄청난 장점이네."

"내 말이, 바로 그 말이야." 데브는 내 반어법을 알아듣지 못했다.

"나더러 지역 교사 학회에서 연설을 해달라더군." 나는 수줍게 말을 꺼냈다.

"누가?"

"가르침의 '고수'들이. 장학사가 내 조회 연설을 듣고 '꿈을 일깨우는' 멋진 연설이라고 했어."

"거 굉장한 소식인데, 친구! 잘됐네!"

"몇 군데 잡지에도 원고를 보내기 시작했어. 특집 기사용 아이디어 같은 거. 그리고 칼럼도."

"칼럼? 칼럼에는 근사한 제목이 필요한데."

"근사한 제목이 있지. '그리고 한 가지 더!'"

"근사한 제목이네. 끝에 느낌표를 붙인 게 좀 우려스럽긴 하지만."

"요는, 전에는 내가 너무 소심했다는 거야. 다시 나다워진 기분이 들기까지 시간이 걸린 거지. 요전에 이런 생각이 들더라. 황소의 뿔을 붙잡고 등에 올라타자. 세상은 그런 식으로 돌아가는 거잖아? 네가 파멜라를 얻은 방법도 그렇고, 안 그래?"

데브의 표정이 좀 난감해졌다.

"뭐야? 표정이 왜 그래?"

"그래, 나하고 파멜라. 나하고 파멜라가 잘 사귈 수 있을지 모르겠다."

"뭐? 왜? 그동안 엄청나게 발품을 팔았잖아!"

사실 휠체어에 앉아 있는 데브를 바라보니, 너무 심하게 발품을 팔았던 것 같다. 데브는 거의 속삭임에 가깝게 소리를 죽였다.

"더할 나위 없이 사랑스러운 아가씨지, 맞아. 근데 제대로 얘기해보니까, 사실 굉장히 따분한 여자더라고."

"저런."

"파베우 말이 맞았어."

"그렇구나."

"게다가 남자친구도 있더라."

"어이구."

"근데 냉전중이래."

"그렇구나."

"냉전을 너무 오래 끌지 말라고 조언했지. 길고 복잡한 얘기야. 어쨌든 우린 그냥 친구로 남는 게 나을 것 같아."

이야. 친구라니. 어른스럽군. 데브도 레벨 2의 맛을 본 셈이군.

뭐, 그럼 그걸로 된 거다. 우리는 잘 치러냈다. 결혼식도 잘 끝났다. 그리고 데브 말이 맞다. 이젠 넘어가야 할 시간이다.

그런데 그때. "한 가지 더. 아직 한 가지 남았다, 안 그래?"

"뭐가?"

데브는 "야, 좀" 하며 뜸을 들이더니 결국 입을 열었다. "네가 다음 판으로 넘어가기 전에 레벨 1에서 처리할 게 그거 말고 또 뭐가 있겠냐?"

"제이슨이 하려던 일을 완전히 포기했대요." 데브가 파멜라에게 말했고, 파멜라는 자리에 앉으며 호기심을 보였다.

"뭘 포기했는데요?"

"희망과 관련된 거였어요." 나는 잘난 척으로 들리지 않게 애썼지만 역시 잘난 척하는 걸로 들렸다. "최근에 깨달았는데, 사실 제일 잘사는 방법은 헛된 희망을 품지 않는 거더라고요. 세라식으로 말하자면, 현실적인 면을 보고 현실적으로 행동하는 거죠."

"최선을 다하는 것?" 맷이 실크컷 갑을 톡톡 두드려 한 개비 꺼내며 말했다.

"그래! 바로 그거야. 최선을 다하는 것."

"그럼 '이루어내라'는 아니고요?"

딱 걸렸군.

"에, 최선을 다하다보면 이루어낼 수 있겠지."

"데브가 카메라 아가씨에 대해서 말하던데." 파멜라가 말했다. "그 얘긴가요?"

"네, 그거예요, 파멜라." 나는 그쯤 하고 말머리를 돌리길 바라며 대답했다.

"이 카메라?" 파멜라가 테이블에서 일회용 카메라를 집어들며 말했다.

"아니." 데브가 말했다. "그건 내가 제이슨한테 준 거예요. 자신의 여정을 기록하라고. 어떤 사진이 들었을 것 같아요? 제이슨, 이건 언제 현상할 거야?"

"현상을 할지 말지 모르겠다." 내가 말했다. "그래봤자 무슨 소용이 있는지도 모르겠고."

"뭐?" 데브가 말했다. "추억이지! 너랑 나랑 피자랑, 그 이탈리아 레스토랑에서, 그 아가씨와 사귀던 남자가 찍어준 사진! 그거 아주 좋았다고! 휫비에서 네가 바짝 언 모습으로 찍힌 사진도 있고."

"제가 공중전화 부스를 때려부순 후에 달아나던 놈들을 찍은 사진도 있어요." 맷의 말에 애비는 콧잔등을 찡그리며 어리둥절한 표정을 지었다.

"영화관도 있죠." 애비가 말했다. "그날 참 즐거웠는데."

"그 값비싼 고급 레스토랑도 있다." 데브가 말했다. "가리비랑 같이 찍은. 솔직히 난 그것들이 아직도 내 위장에 머물고 있는 것 같아."

"묘지에서도 한 장 찍지 않았어요?" 애비의 물음에 다들 박장대소했다. 하지만 나는 듣고 있지 않았다. 뭔가 이상하고 독특한 생각이 뇌리를 번쩍 스쳤기 때문이다.

"묘지는 좀 기괴했지." 데브가 말했다. "다른 건 그래도 괜찮은 퍼브에, 괜찮은 레스토랑이었는데. 영화관도 꽤 괜찮았고……"

퍼뜩 묘한 생각이 들었다.

뺨을 한 대 힘껏 얻어맞은 것처럼, 하이힐 굽에 발을 밟힌 것처럼, 그 생각은 나를 사로잡고 놔주질 않았다.

나는 그 생각을 다시 머릿속으로 검토해보았다.

"그 영화관 이름이 뭐였지?" 데브가 물었다.

젠장.

젠장, 잠깐만……

"너 맨날 그 사진들에 주제가 있다고 했지." 나는 다급함을 내비치지 않으려 애쓰며 데브에게 물었다. "그게 무슨 뜻이었냐?"

"글쎄." 데브가 대답했다. "그게…… 일회용 카메라에 있는 모든 사진은 한 세트라고. 그 속에 하나로 묶여 있는 셈이니까. 한 묶음인 거지. 서로를 필요로 하는."

"취했구나!" 파멜라가 장난스럽게 말했다.

"아냐, 난 진지해." 데브가 말했다. "그 사진들은 한 묶음으로 묶여야 의미가 있어. 하나의 컬렉션이지. 근데 그건 왜?"

나는 어깨를 으쓱했다. 얘기하고 싶지 않았다. 아직은.

방금, 불쑥 예고도 없이, 마치 그 일회용 카메라 속 필름처럼 내 머릿속을 스쳐가는 영상이 있었다.

우리가 했던 여행들, 우리가 본 것들, 우리가 말한 것들.

아귀가 맞는 것도 있고 안 맞는 것도 있지만, 어쨌든 그 모든 것이 한꺼번에 내게 몰려들었다.

그 레스토랑의 가리비들, 그것들이 내게 다가왔다.

데이미언은, 공원에서, 캐시미어 목도리를 칭칭 감고 말했다. "나는 그녀에게 세계를 보여주겠다고 했습니다. 그런 얘기를 아주 많이 했죠."

쇼나. 인구 두 명.

퍼브 옆의 물개 가죽 공장, 그 거대한 흰색 건물 앞의 자동차……

닛산 체리에서 데브는 XFM을 듣고 있었고, 나는 조수석에 앉아 주변을 두리번거렸다. "전 세계가 샬럿 스트리트에 모여 있군……"

그 모든 게 되살아나서 머릿속을 스치고 지나갔다.

맙소사.

여태껏 나는 사진 속에서 실마리를 찾았다. 그러나 실마리는 바로 그 사진들 자체였다.

데브의 말은 늘 옳았다.

별안간, 불가피하게, 나는 흥분됐다. 난생처음으로, 뱃속 깊은 곳에 자리한 그 느낌, 내내 맞서 싸우기만 했던 그 희망이란 놈, 또 다른 끝이 아니라 뭔가 시작할 수도 있다는 기분.

하지만 어떻게 시작해야 할까? 이 이미지를, 이 순간을, 이 스치는 영상을 어떻게 써먹지?

바로 그때 나는 껄껄 웃고 싶어졌다. 왜냐하면 나는 이미 그 방법을 알고 있었다. 요 바로 며칠 전 저녁에 나는 세라와 함께 그에 관한 얘기를 했던 것이다.

사실, 그 방법을 내게 알려준 사람이 세라였다.

실패, 후회, 이기심, 오만을 구글에 쳐봐, 그럼 네 사진이 나올걸. 나의 전 여자친구는 결혼하기 직전 불같이 화를 내며 그렇게 말했다. "그게 네 인생의 키워드야."

우린 모두 나름의 키워드를 갖고 있다고 생각한다. 우린 모두 나름의 독특한 특징이 있다고 생각한다. 우리가 겉에 걸친 DNA이자 세상에 보여주는 DNA.

나에 대한 세라의 평가에 이의를 제기할 수 없었던 게, 그것이 바로 그녀가 안다고 생각한, 내가 걸친 특징들이었기 때문이다. 운은 다하고 삶에 지친 투덜이 전 남자친구, 이제는 다들 윤락업소인 줄 아는데 실제로는 아닌 집과 이웃한 비디오게임 가게 2층에도 살지 못하는.

그러나 나의 키워드는 바뀌었을지도 모른다.

맷 덕분에, 애비 덕분에, 데브 덕분에 바뀌었다. 어쩌면 세라는 나를 위해서 게리와 그렇게 만나야 했을지도 모른다. 그간 모든 일이 그런 식으로 일어나야 했던 것이다. 과거를 과거로 묻기 위해서. 다시는 찾을 수 없는 곳에, 딛고 나아갈 수만 있는 곳에 묻기 위해서. 마치 낡은 카메라로 형편없는 사진을 찍어도 필름을 감을 수밖에 없듯이.

나는 희망이란 놈이 늘 의심스러웠다. 하지만 이제는 절망 또한 앞으로 나아가는 길이 아님을 알겠다. 물론, 뜻밖에 좋은 일이 생겨 놀라는 것도 근사하다. 난데없이 걸려온 전화. 살면서 겪는 예기치 못한 승리. 하지만 좋은 성과를 이루어내기 위해서 노력하는 것 또한 얼마나 근사한지.

지금 내가 희망을 품고 바라는 일이 바로 그것이다.

그렇다. 우린 모두 나름의 키워드를 갖고 있다. 하지만 키워드는 바뀔 수 있다. 상황은 변한다. 사람은 변한다. 흠, 이 말은 앞으로 두 번 다시 안 하겠다.

하지만 그것도 운이 좋을 때 얘기다. 보통은 다른 사람들 덕분이다. 다른 사람들이 도와주는 자립만큼 좋은 자립은 없다. 내 주변의 소규모 집단이 그 점을 이미 충분히 증명했다. 좌절과 분노, 억눌림과 울화, 출구가 보이지 않는 울분이라도 적절한 방향으로 통로만 틔워주면 제대로 집중할 수 있다는 것을 입증했다.

겁쟁이가 용감해질 수 있다. 절망이 희망을 품는다.

전에도 구글에서 쇼나를 검색해보았다. 뭘 당연한 걸 묻나.

나는 구글에 쇼나 런던을 쳐봤다.

쇼나 런던 아가씨.

쇼나 런던 카메라를 잃어버렸어요 아마 바구니가 달린 낡은 자전거를 탈 거예요.

0.06초 만에 240만 건의 결과가 나온 것을 보고 심장이 덜컹한 것 외에는 확실히 아무 성과가 없었다.

쇼나는, 알고 보니, 인구 800만의 도시에서 가장 드문 이름은 아니었던 것이다.

하지만 지금은…… 지금 나는 그녀의 DNA 중 몇 가지를 갖고 있다. 그녀의 이야기 중 한 부분을, 그녀 인생의 일부를 갖고 있다. 모든 실마리는 유용하게 하나로 엮였고, 이젠 더이상 단순한 사진들이 아니다.

이제, 실마리는 단어다.

그 모든 실마리가 그토록 오랫동안 나를 코앞에서 쳐다보고 있었다. 나 자신의 사진을 찍는 이유를 생각해보기까지는 하나로 엮을 수 없었던 맥락. 나 자신의 이야기.

그날 밤, 집으로 돌아와서, 결혼식이 끝나고 먼지 쌓인 옛 삶이 드디어 과거로 묻힌 다음, 나는 구글 창을 열고 키보드를 두드리기 시작했다.

처음 세 단어는 쉽게 나왔다.

알래스카.

그 건물.

리오.

그 영화관.

오슬로.

그 레스토랑.

나는 하이게이트 공동묘지에서 걸었던 길이 생각났다—이집션 애비뉴.

이집트.

데이미언이 그녀를 데려갔다고 얘기했던 퍼브가 생각났다. 내가 제일 좋아하는 사진에 완벽히 포착된 그 순간, 그녀의 머리칼은 바람에 휘날렸고, 그녀의 두 볼은 따뜻하고 붉게 상기됐으며, 내가 그 자리에 있었으면 하고 바랐던 그 사진……

애들레이드.

그리고 그 순간, 내 두뇌가 연결고리를 따라 회전하기 시작할 때, 내 안의 물고기를 발견하면서 땅속에서 다이아몬드가 반짝거리기 시작할 때, 그렇게 막 검색 버튼을 누르려 할 때, 번개같이 뇌리를 스치는 생각이 있었다—나는 웃음을 터뜨리며 고개를 절레

절레 저었다. 소시지와 달콤한 홍차와 새카만 택시 뒤창에 비친 한 줄기 노랑 미등과 나 또한 그곳에 있었다는 깨달음.

로마.

그 카페.

그리하여 드디어, 검색창이 다 채워졌고, 여행은 완성되었다……

쇼나.

클릭.

“새로운 사건은 가만히 앉아 있는 여자가 아니라 여행하는 여자에게 찾아온다”

_ 짐바브웨 쇼나 부족의 속담

안녕하세요.

내 이름은 쇼나 매캘리스터예요.

스물아홉 살입니다.

퍼스앤드킨로스의 킬스핀디 마을에서 자랐어요.

제일 좋아하는 색깔은 노란색.

제일 좋아하는 물건은 내 자전거.

그리고 좀 부끄러운 취미가 있습니다. 홀 앤드 오츠의 완벽한 백카탈로그.* 난들 어쩔 수 없죠, 타고나길 그런 식으로 타고난걸. 그러고 보니

* 음반사가 보유하고 있는 과거의 레퍼토리. 이를 리마스터링 등을 통해 재발매하기도 한다.

이건 나 혼자서 다 모은 거지만.

(〈London, Luck & Love〉에서 모든 게 비롯됐죠…… 고마워요, 아빠. ♥)

이왕 엄청난 고백을 한 김에 하나 더. 하지만 이번엔 좀더 긍정적인 얘기예요. 저 결심했습니다.

그걸 하겠어요.

다시 나다워진 기분이 드네요.

쇼나.

♥

스물여섯

머물러줘

Make You Stay

그는 그녀에게 세계를 보여주겠다고 약속했다.

데이미언이 그렇게 말했던 것으로 기억한다.

그래서 카메라에 담긴 이야기—35밀리미터 일회용 카메라로 한 컷 한 컷 찍어 엮은—는 두 사람의 짧은 연애담이었다. 알래스카에서 리오까지 왔다가 되돌아가는 여행. 최근 내가 즐겨찾기에 추가한 '속담 속 내 인생' 블로그에 짤막짤막하게 기록된 이야기. 정신없이 빠르게 벌어진, 런던 속 세계 여행.

데이미언은 실로 아이디어 맨이었다. 나는 그가 이 모든 일을 홍보 전략을 짜듯 계획한 건 아닌지 궁금해졌다. 데이트 때마다 특정 테마가 있는 장소를 찾아서 그곳을 배경으로 사진을 찍어 이야기에 살을 붙인다. 완벽한 데이트 시리즈가 하나의 컬렉션으로서 두 사람이 처음 만났을 때 집어든 일회용 카메라에 포착되었다. 열두 프레임에 담긴 만남과 이별에 관한 이야기.

그녀의 블로그를 읽을수록, 그녀가 상처받았다는 느낌이 들었다. 직업에 대한 언급도 없고(단순히 '일'이라고만 적었는데, 나는 여전히 책이나 대학과 관련된 일이라는 가정이 마음에 든다), 자신의 삶에서 새로워진 부분에 대한 언급도 하지 않는다. 두드러기 날까 무섭다는, 버스에서 옆자리에 앉은 놈에 대한 얘기를 제외하면.

그러나 그녀와 데이미언에 관한 이야기가 아무나 볼 수 있게 거기에 있었다. 익명이었지만 친숙했다.

그녀는 낙관주의자이긴 했지만, 상처를 받았다. 낭만주의자라고 말하지는 않겠다. 그녀는 현실주의자였다. 낙관적인 현실주의자.

그날 저녁 잃어버린 카메라에 대한 얘기도 나왔고, 그걸 봤을 때 소름이 쫙 끼치면서 심장박동이 빨라졌다. 나는 처음엔 그냥 '남자'로, 그다음엔 '그 남자'로 총 두 번 언급됐다. 그녀는 그다음날 스내피 스냅스에 다시 들렀는데, 그날이 내가 아브리치에서 천상의 피자를 먹다가 그녀를 본 날이었으며, 그날 저녁에도 그녀는 그 카페에 한번 더 들렀고, 100미터 떨어진 곳에서 내가 내 슬픔을 외면하는 동안 그녀는 달콤한 차 한잔에 자신의 슬픔을 푹 담갔다.

그녀는 사랑스러워 보였다.

잘될 리가 없다는 것도 안다.

왜냐하면 그 아가씨—그녀를 개인적으로 알게 됐을 때만 쇼나라는 이름으로 부르자고 결심했다—는 결정을 내렸다. 만약 누군가 그녀에게 세계를 보여주지 않는다면—다른 사람과 함께 세계를 볼 수 없다면—혼자 보러 나서겠다고.

그녀는 아버지의 차를 팔았다. 어렸을 때부터 함께했던 파셀 베가, 아버지는 그 차로 테이크 댓 콘서트를 보러 가는 그녀를 글래스고까지 태워다주었고, 아버지가 돌아가셨을 때 그녀는 굳이 그 차를 물려받기로 결심했다. 그런 차를 팔아서 여행 비용을 마련했다. 방을 뺐고, 회사 인사부에 알렸다.

그러니 지금 내게 어떤 가능성이 있겠는가? 상대방이 내 존재 자체를 아예 모르는데, 무슨 가능성이고 자시고 할 게 있겠는가?

그 아가씨는 토요일 아침에 킹스크로스에서 출발할 것이다.

배웅하는 사람도 없이 혼자서, 왜냐하면 그녀도 나처럼, 헤어질 때 인사보다 만날 때 인사를 더 좋아하니까.

만약 이게 영화라면 나는 이 사실을 그녀가 떠나는 날 아침에 알아냈을 것이다. 절박함에 충동적으로 아파트 문을 박차고 나가거나, 중요한 미팅 도중에 뛰쳐나가거나, 전 여자친구의 결혼식에서 빠져나오거나, 하여간 수백 가지 소소한 희생을 치르며 심장이 말하는 대로 따랐을 것이다. 그러나 나는 일주일을 꼬박 기다려야 했고, 일주일 내내 수없이 이랬다저랬다 결심을 번복했고, 만약 이렇게 하면 어떻게 될까 저렇게 하면 어떻게 될까 상상을 거듭하며 보냈다.

그러다가 금요일에서 토요일로 넘어가는 밤이 왔고, 곧 아침이 닥쳐올 것이다.

"싫어."

"해야 해."

"안 해."

"레벨 2잖아. 하라고."

"안 해, 데브."

"해요, 제이스."

"싫어, 애비."

"그래도 해야 돼요."

"그래도 할 수 없어."

"이루어내야죠, 프리스틀리 선생님."

나는 이사할 채비를 마치고, 레벨 2로 넘어갈 준비를 하고, 이삿짐 상자에 둘러싸여 부엌에 앉아 있었다. 물이 끓는지 안 끓는지 일 초마다 주전자를 쳐다보았다.

오늘 아침에는 눈이 일찍 떠졌다. 거기에 마음을 쓰지 않으려고, 할 수 있는 온갖 짓을 했다. 노트북을 열고 여기저기 돌아다니다가 페이스북으로 갔는데, 그때와 한 자도 다르지 않은 여섯 마디를 보고 웃음을 터뜨렸다.

……님이 생애 최고의 순간을 만끽하고 있습니다.

하지만 이젠 그 문구를 봐도 마음이 아프지 않았다. 오히려 나를 응원하는 것 같았다.

사진을 클릭했다.

세라. 행복한 모습. 구릿빛 피부. 동그란 배 위에 올려놓은 손. 눈에 넣어도 아프지 않다는 듯 그녀의 어깨를 안은 게리의 팔. 빙그레 웃음이 났다.

식탁에 앉아 겨울 햇볕을 쬐며, 나는 우편배달부가 왔다 가는 모습을 보았고, 옆집 개가 환영하듯 짖는 소리를 들었다.

그런 다음 슬슬 집을 나와 블랙스톡 로드를 걸어올라가 어퍼 스트리트로 향했고, 캘리도니언 로드에 접어들어 파워업!이었던 곳을 지나 킹스크로스로 향했다. 그냥 마음 가는 대로 맡겼을 뿐이다.

처음부터 이럴 줄 알고 있었다.

기차역에서 나는 플랫폼을 확인했다.

한동안은 아무 일도 없었다. 청소부, 승무원, 서류 가방과 서류를 든 남자 몇 명.

나는 차분해졌다. 내가 찾는 사람은 내가 어떻게 생겼는지 모른다. 주변 사람들은 나를 기차를 기다리는 사람 중 하나로 여길 것이다. 난생처음일지도 모르겠는데, 다른 사람의 시선이 신경쓰이지 않았다. 나는…… 차분했다. 잘 다스리고 있었다.

그다음 순간…… 흑백 화면이 컬러로 바뀐 것 같았다.

나는 멈칫하고 기둥에 기대어 주머니 속 사진을 초조하게 더듬었다. 집에서 오는 길 내내 그랬듯.

파란색 외투. 빨간 구두. 배낭과 가방 몇 개.

순간 도망치고 싶었다. 마음을 바꿔 돌아서고 싶었다. 내가 정확히 뭘 얻으려고 여기 서 있는 거지? 실패하면 뭘 잃는 거지? 데브가 뭘 하라고 했더라? 아, 데브는 내게 순간을 써먹으라고 했다. 새로운 시작은 일구지 못하더라도, 최소한 끝났다는 건 확실히 알기 위해서. 하지만 문제는……

"낯이 익네요"라는 목소리가 들렸다.

그녀는 내 쪽으로 돌아서 있었고, 살짝 미소를 머금은 채였다. 예의 그 미소.

"안녕하세요." 내가 인사했다.

"제가 아는 분인가요?" 그녀가 물었다.

나는 생각했던 것보다 더 그녀에게 가까이 다가간 상태였다. 전광판의 출발 시간을 보는 척했지만, 전광판은 고장이 나 있었고, 그래서 다시 그녀를 보았다.

이제 시작이다.

다 연습했던 상황이었다. 무슨 말을 하고 어떻게 대처해야 하는지 나는 정확히 알고 있었다. 어쩌면 나도 모르게 이 상황을 미리 연습했고, 그 횟수도 한두 번은 아니었다. 최선의 행동 방침은 단도직입적으로 가는 거라고, 나는 여러 번 다짐했다. 현실적으로, 또 합리적으로. 세상에서 가장 평범한 일인 양 접근하는 거다. 하지만 지금 여기, 그녀 앞에서, 그녀의 목소리를 듣자, 그 모든 다짐이 무너져내리기 시작했다.

"저기……" 내가 더듬거리며 말했다. "그게……"

그녀는 고개를 갸웃하며 미소 지었다…… 기억하는 걸까? 샬럿 스트리트와 택시와 가방과 운전사와 그가 피우던 담배를? 아니면 그날 저녁 카페에서 나를 보았나? 아니면 단순히, 내가 여기서 아는 사람처럼 자기를 쳐다보고 있어서일까?

잠깐 침묵이 흘렀고, 내 차례였다. 하지만 할말을 찾을 수가 없었다. 그래서 주머니에 손을 넣어 이제는 구깃구깃 구겨지고 찢어진 사진 봉투를 꺼내 그녀에게 건넸다. 사진들은 나처럼 피곤하고 안쓰러워 보였다.

일 초쯤 지나 그녀는 이게 무슨 일인지 알아차렸다. 자신의 사진이었다. 내가 사진을 인화했다. 내가 자기 삶의 일부를 보았다. 내가—모르는 사람이.

그녀는 이제 어떤 반응이든 보일 수 있다. 비명을 지르거나, 달아나거나.

그러나 그녀는 그러지 않았다. 봉투를 열고, 사진을 휘리릭 넘겨 보기 시작했다. 슬픈 옛 추억을 향해 집에 잘 왔다는 미소를 반쯤 머금고.

"확실히…… 당신을 찾으려고, 그러니까 이걸 당신에게 돌려주려고요. 당신 거니까. 그래서 할 수 없이…… 필름을…… 보시다시피……"

나는 봉투를 가리켰다. 그녀는 입술을 깨물고 고개를 끄덕였다. 그녀가 무슨 생각을 하는지 전혀 알 수 없었다.

"고마워요." 그녀는 고개를 들었다. 그녀의 다음 질문은 "어떻게?"가 되어야 마땅했다.

그러나 그녀는 아무 말도 하지 않았다. 마치 내가 찾아올 줄 예상하고 있었다는 듯.

나는 여기저기 시선을 보냈다. 가방들. 지갑. 손에 쥔 유로스타 티켓.

그 외에 달리 무언가를 할 만한 시간이 없었다.

뭐, 어쩌면 하나 더.

"저기, 음…… 혹시 다음에 만날 때 인사를 하고 싶어지면"이라며 나는 주머니에서 다른 것을 꺼내서 그녀에게 건넸다.

나의 일회용 카메라. 나 자신의 열두 순간.

그녀는 카메라를 받아들고 이해한다는 미소를 짓고는 다시 한번 나를 쳐다보았다. 알아보았다는, 서서히 뭔가 생각났다는 표정이었다. 내 얼굴이 조금 전보다 더 많은 것을 의미한다는 표정.

"역시 제가 아는 분이었군요." 그녀가 말했다.

"저 역시 당신을 알고 있었다고 생각합니다." 내가 말했다.

그뒤에 나는 돌아서서, 그녀의 가방과 그녀의 기차와 그녀의 미래를 그녀에게 남기고, 킹스크로스 역 바깥으로 걸어나와서, 데브와 파멜라와 애비와 맷을 만나러 갔다. 그들에게 이 모든 일에 대해서, 그녀를 찾아냈지만 그녀를 보냈다고 말할 것이다.

그리고 우리는 즐겁게 술을 마실 것이고, 나는 오늘부로 제2의 인생을 시작할 것이다.

스물일곱
절반쯤 갔어
Halfway There

“자, 어때?” 나는 희색이 만면하여 말했다.

“굉장해!” 데브는 얼이 빠져 고개를 저었다. “굉장하다고밖엔!”

킹스크로스에서 그 일이 있고 한 시간 후, 우리는 포스트먼즈 파크에 한번 더 들렀다.

파멜라와 애비 그리고 데브의 휠체어를 맡은 맷은 평소처럼 난도스에 가는 척하면서 나왔지만, 실은 필요한 모든 것을 다 준비해 왔다. 파멜라는 크로키에티 빵을 만들어 왔고, 나는 여섯 캔짜리 레흐 한 꾸러미를 가져왔으며, 화려한 제막식—제막식에서 사용한 작고 파란 커튼은 1980년대 세인트존스의 과학관 개관 행사에서 앤 공주가 사용하고 학교에서 쭉 보관해오던 것이다—을 성공리에 마쳤다.

벽에는 새 타일이 붙어 있었다.

데브다타 파텔, 레스토랑 경영인이자 비디오게임의 열광적인 팬.

캘리도니언 로드에서 생명의 위험을 무릅쓰고 자전거를 타다 쓰러진 소녀를 구했다. 사실 사망하지는 않았지만, 자신의 안전을 거의 돌보지 않아서 다리를 약간 다쳤다.

데브는 뿌듯하게 타일을 응시했다.

"사람들을 데려와서 보여줄 거야." 그가 말했다. "난 그냥, 이렇게, '나 원, 이거 아직도 여기 있어?' 하는 거지."

"맞아요, 근데 좀 멋쩍은 듯 겸손하게 해야 할 거예요"라고 애비가 말했고, 맷은 고래는 작은 모자를 쓴다는 얘기라도 들은 양 이상한 소리를 냈다.

나는 타일을 가볍게 닦았다. 이 타일은 다른 것들과 좀 떨어져 있다. 어젯밤 상당히 늦은 시각에 몰래 들어와서 밀반입한 접착제로 붙인 것이다. 그래도 점심시간에 햇빛 아래서 보니 눈부시게 빛났다.

뱅크시*가 된 기분이었다. 다른 사람들이 눈치채기까지 얼마나 걸릴까? 쥐도 새도 모르게 사라질 때까지 얼마나 걸릴까? 상관없다. 오늘 하루로 족하니까. 그래도 이 타일이 이렇게 몰래 영원토록 걸려 있을 거라고 생각하고 싶다.

"이거요…… 파멜라…… 괜찮으시면." 내가 말했다.

나는 주머니에서 뭔가를 꺼냈다.

파멜라가 그것을 쳐다보았다. 빨간색 글자가 눈에 확 띄는 하늘색 물건이었다.

---

* 영국 곳곳의 공공장소에 권위에 반하는 그라피티를 남겨 세계적으로 명성을 얻은 익명의 길거리 아티스트.

35mm 일회용 카메라.

"새거예요?" 파멜라가 물었고, 나는 고개를 끄덕였다.

"최신 제품이죠."

나는 휠체어의 앞바퀴를 들고 데브를 타일 벽으로 밀고 가 휠체어를 빙 돌린 다음 내 팔을 데브의 어깨에 둘렀다. 애비와 맷이 양쪽에 꼭 붙어섰다.

찰칵.

재미있다. 데브는 늘 일회용 카메라는 다르다고 말했다. 그 자리에서 들여다볼 수 없기 때문에 그 안에 담긴 것은 더욱 특별하다고. 기다려야 한다. 그 순간에 투자를 해야 하고, 결과물을 보기 위해 기다려야 한다. 그리고 그 순간은 적절한 순간이어야 한다. 버튼을 누를 때 바로 그 순간을 원했음을 확신해야 한다. 왜냐하면 시간은 어김없이 흘러가버리고, 버튼을 한 번 누를 때마다 그만큼 마지막이 가까워지니까. 지금 이 자리가 바로 그런 느낌이었다. 그래서 더욱 두근두근 흥미진진했다.

나는 필름 감개 위의 작은 숫자를 들여다보았다.

1.

이제 열한 장 남았다.

나머지는 어떤 사진이 될까? 누가 찍혀 있을까? 어떤 이야기를 들려줄까?

나는 카메라를 주머니에 쑤셔넣고 고개를 들어 내 친구들을 바라보았다.

나는 레벨 2를 위한 준비를 마쳤다.

우리는 공원을 나서면서 데브의 휠체어를 거꾸로 당겨야 했다.

데브는 자기 타일을 쭉 바라보고 싶어했다. 데브가 무슨 생각을 하는지 알겠다. 데브는 이렇게 생각하고 있었다. 마침내.

나도 마찬가지였다.

일 년 후

어느 날 저녁 샬럿 스트리트에서 마주친 여자가 일회용 카메라를 놓고 떠났을 때, 제이슨 프리스틀리는 첫눈에 그녀에게 홀딱 반했다!

사랑에 눈먼 제이슨(32세)은 카메라에 든 필름을 현상했고, 안타깝게도 그 미지의 여인에게는 이미 애인이 있다는 사실을 알게 되었다.

그러나 그는 굴하지 않고 런던 킹스크로스 기차역까지 그녀의 흔적을 쫓았고, 그곳에서 그녀가 영국을 떠나 여행—장장 육 개월 동안의 세계 여행이었다!—을 가려는 찰나에 사진을 건넸다.

출판사에서 일하는 쇼나 매캘리스터(30세)는 강한 호기심을 느꼈고, 용케 제이슨의 전화번호를 알아냈다—제이슨의 제일 친한 친구가 몰래 사진 봉투 속에 숨겨둔 얄미운 메모 덕분이었다!

임시 교사이자 패션지 〈맨 업〉에 '그리고 한 가지 더'라는 칼럼을 연재하는 제이슨은 이렇게 말한다. “저는 항상 이루어낸다는 신념을 간직하고 있었죠!”

그리고 카메라 덕분에 연인을 만난 일에 대해서, 그는 이렇게 말한다. “우린 그냥 찰칵 맞아떨어졌다고 해도 무방해요!”

두 사람은 최근 약혼을 발표했다.

감사의 말

변함없이 나를 지지해준 아내 그레타에게 가장 큰 고마움을 표하고, 응원해주신 부모님과 인생에 엄청난 재미를 선사해준 아들 엘리엇에게도 감사하고 싶다.

런던의 학교 선생님의 삶에 관하여 훌륭한 도움말을 제공한 데이브 코빗에게도 감사의 말을 전한다.

내게 소설을 쓰라고 격려하며 집필 기간 내내 귀중한 조언을 해준 제이크 링우드에게 감사드린다. 마찬가지로 도움을 준 유나이티드 에이전트의 사이먼 트레윈에게도, 그뒤를 이은 즐거움에 대해 제이고 어윈에게도 감사드린다. 멋진 아이디어를 주고 세세한 곳까지 꼼꼼하게 관심을 기울여준 질리언 그린에게 감사드리며, 에드 그리피스에게 미리 고마움을 전하고, 지난 몇 년간 나의 작품

출간을 위해 노고를 아끼지 않은 이버리 출판사의 모든 분들께 감사드린다. 너무나도 그리운 리처드 맥팔레인—호비스 프레슬리라고 알려진—의 멋진 시를 사용할 수 있도록 허락해주신 저작권 소유자께도 감사드린다.

그리고 이 책을 읽어주신 독자 여러분께 감사의 말씀을 올린다.

옮긴이의 말

"좋은 여자지…… 떠났지만."

책의 서두에 언급된 이 한 줄짜리 시의 제목은 '전 여자친구(EX)'다. 아무래도 잉글랜드인들이 최고로 치는 유머는 자학과 자조로 이루어진 것 같다. 대충 이런 식이다. "여자들은 내가 돈을 얼마나 버는지 알기 전까지는 나더러 못생겼다고 한다. 알고 나서는 못생겼고 가난하다고 한다." 자기 연민을 자학 개그로 승화시키며 반어적 쾌감을 느낀달까(특히 요리에 대한 영국인들의 자기 비하는 집요하기까지 하다).

이 책의 화자 역시 그런 반어법의 달인이다. 윤락업소처럼 보이지만 윤락업소는 아닌 원룸에 살고, 보도자료를 베끼면서 자기가 쓴 기사에 심취하고, 음악에 대해 쥐뿔도 모르면서 전문 평론가 행세를 한다. 노동계급의 무식함을 비아냥거리고 영어가 서툰 폴란드 이민자를 놀리고 꽤 수위가 높은 농담을 일삼는 것처럼 보인다. 하지만 사실 그는 자신을 포함한 모두가 비주류임을 잘 알고 있고, 그래서 이 또한 스스로를 조롱하는 자학 개그의 범주에 속한다. 이렇듯 뻔뻔하면서도 어딘가 어설퍼서 귀여운 제이슨은 전성기의 휴 그랜트를 떠올리면 딱이다. 이 책의 영화 판권은 워킹타이틀이 가져갔고, 실제로 작가는 각기 쉰과 마흔을 훌쩍 넘겨버린 휴 그랜트와 이완 맥그리거에 대해 아쉬움을 피력했다. 〈GQ〉와의 인터뷰에서 니콜라스 홀트가 다 클 때까지 구 년 정도는 기다려줄 수 있다고 말하기도 했다(구 년 후까지 이 책이 살아남기를……).

샬럿 스트리트는 조지 3세와 결혼한 샬럿 왕비를 기려 1763년에 조성된 거리로, 런던 중심부 피츠로비아에 위치한다. 남쪽은 수많은 레스토랑과 카페, 활발한 밤문화로 불야성을 이루고, 북쪽은 유명 광고 회사와 런던대학교 등 대형 사무빌딩이 밀집되어 있다. 샬럿 스트리트를 구석구석 누비며 밥 먹고 커피 마시고 산책하는 제이슨의 뒤를 쫓다보면 이만큼 현실에 발붙인 런던 가이드가 또 있을까 싶다. 케밥과 탄두리와 피자가 난무하는 다국적 멜팅 팟 런던에서 그래도 점심으로는 프레타망제 샌드위치가 대세이고, 퇴근 후에는 구석진 퍼브에서 맥주를 마시고, 집에 돌아와서는 〈컴 다인 위드 미〉를 보고, 여자친구에게 차이고 나서는 페이스북에서 그녀를 지운다. 영국 대중문화에 정통하지 않다면 소화하기 벅찰 정도로 온갖 레퍼런스가 펄떡이는 와중에 평범한 런더너의 일상과 사고방식이 날것으로 생생히 펼쳐진다.

보통 작가는 주인공에게 자신을 투사하지만, 여기서는 게임 '덕후' 데브에게 작가의 페르소나가 일부 겹쳐진다. 대니 월리스는 B급 감성과 마니아적 기질로 중학생 때 게임 잡지 필자로 엔터테인먼트 업계에 입성했고, 이후 시나리오 작가, 프로듀서, 성우, 라디오 DJ 등 다방면에서 맹활약중이다. 이미 여러 권의 논픽션을 출간한 인기 작가지만 소설로는 이 작품이 데뷔작이다. 이메일과 SNS를 주고받으며 알게 된 대니는 자잘한 것에 개의치 않는 대인배였고(한국에 잘 알려지지 않은 영국 드라마를 인용한 대사는 캐릭터와 맥락에 대한 이해 없이는 의미가 없으니 그냥 삭제해버리라고 조언했다—그래서 딱 한 군데 삭제했음을 일러둔다), 여러 차례 성가신 질문에도 친절하게 답해주었다(고마워요, 대니!).

워낙 다양한 대중문화 레퍼런스가 등장하는데, 특히 비디오게임의 경우 일본 세가의 초창기 역사를 훑는다 해도 과언이 아니다. 원서에는 유럽 발매명으로 나왔지만 우리나라에도 소개된 게임 타이틀은 한국 발매명으로 표기했다. 역주를 통해 레퍼런스를 알기 쉽게 설명하려 노력했으나 그래도 놓친 부분이 있다면 역자가 미숙한 탓이려니 너른 양해를 부탁드리며, 문학동네 편집부에 제보하시면 교정쇄에 반영될 것으로 확신한다(이 뻔뻔함은 제이슨에게 빙의된 걸지도……).

엄일녀

옮긴이 **엄일녀**

을묘년 서울에서 태어났다. 서울대 언론정보학과를 졸업하고 출판 기획과 잡지 편집을 했으며, 현재는 전문번역가로 활동하고 있다. 옮긴 책으로는 『너를 다시 만나면』 『미스터 세바스찬과 검둥이 마술사』 『안 그러면 아비규환』 『여름, 비지테이션 거리에서』 『함정』 『사라진 수녀』 등이 있다.

문학동네 세계문학

샬럿 스트리트

초판인쇄 2015년 3월 20일 | 초판발행 2015년 3월 30일

지은이 대니 월리스 | 옮긴이 엄일녀 | 펴낸이 강병선

책임편집 이현자 | 편집 홍유신 양재화 | 독자 모니터 양은희

디자인 김마리 이원경 | 저작권 한문숙 박혜연 김지영

마케팅 정민호 이미진 정진아 양서연 | 온라인마케팅 김희숙 김상만 한수진 이천희

제작 강신은 김동욱 임현식 | 제작처 영신사

펴낸곳 (주)문학동네

출판등록 1993년 10월 22일 제406-2003-000045호

주소 413-120 경기도 파주시 회동길 210

전자우편 editor@munhak.com | 대표전화 031) 955-8888 | 팩스 031) 955-8855

문의전화 031) 955-1927(마케팅) 031) 955-8859(편집)

문학동네카페 http://cafe.naver.com/mhdn | 트위터 @munhakdongne

ISBN 978-89-546-3559-2 03840

www.munhak.com